叶舟作品

叶舟 著

凉州十八拍 中卷

中 卷

(第六拍至第十三拍)

第六拍

胡笳四十五节

被掼在地上时，惊白疼了几下，疼完也就不疼了，或者说麻木了。

原因只在于那一根绳子，牛皮绳子，扎得太紧了，比捆一头牲口还蛮横。惊白趴在土堆上，耸肩一瞭，日他妈的，绳子还浸过水，越干燥越紧，骨头八成也碎了，但已经试不来疼。即便在这一刻，惊白竟也不知，死亡已经扑将过来，五花大绑了他，只等着追魂炮一响，枪口冒烟的时候。日光白花花的，早晚的寒气不见了，甚至有一种温煦，晒得沟子发烫，脊梁发汗。今年的重阳节与往日一致，并无什么异常，倘若非要追究其中的不同，在惊白看来，那便是自己除了籍，退了学，落了个无官一身轻的逍遥状态。在被绑来之前，惊白唯一的苦恼就是背课文，去给尹先生当面背诵一篇韩愈韩夫子的文章，但这并不是弘毅乡学拐弯抹角布置下来的，而是姐姐达云心血来潮的产物。可好，目下出了城，离开了权家和承平堡，尤其是摆脱了姐姐的淫威，惊白本应该像一只被放了生的羊，心里雀跃极了，要不是这一根绳子，他恐怕早就爬到了树上，喊哑了声嗓，根本轮不到像现在这么窝囊。

转念一想，这也不叫窝囊。惊白一向属于乐天派，虽说今个早上遭遇甚多，还来不及消化，但至少北疆蒙家庄子的脱可木出现了，捎来了消息，这就足以令人开怀，迎风朗笑了。至于其他的不堪，大不了就是踩着了狗屎，恶心了自己一下，不提也罢。

先时，那个车夫模样的家伙突然翻了脸，一改在路上时的客气与礼性，三七不问，一把将惊白从轿厢中揪了出来，肘子一顶，肩膀一耷，标准的大背摔，将其掼在了地上。掼，而不是卸，也不是扔，就好像惊白在他的手中，只是碎砖烂瓦，垃圾一般。惊白跌落在了一堆炉渣上面，灰尘一漾，立刻蓬头垢面了起来，俨然是一介囚徒。待适应之后，惊白方睁开了眼睛，心里着实鬼祟，更是无知，不明白自己大限将至。倏忽间，惊白瞭见一米开外有一座土堆，馒头状的土堆，或许是刚刚挖出来的，熟土的味道很大。惊白撅起沟子，蛆一样地蠕动着，好歹趴在了土堆上头，忙撑起半截身子，获得了一个良好的视角。这么着，惊白意外地发现，其实在他的身体两侧，照例有两行一般大小的土堆，左首五个，右首四个，他自己恰恰居中。土堆整齐有序地码放着，周围也铺上了一层干燥的炉渣，如果打个马虎眼的话，还以为是哪一家车马店的大炕上，客人们睡过的荞皮枕头。往前看，秋后的郊田上被日光笼盖着，成排的玉米秆子戳在了地上，有的像有钱人，浑身绫罗绸缎的，有的却像穷汉，上下连一块遮羞布也瞭不见，早就被掰走了腰间的苞谷棒子。惊白的脑袋朝后一瞅，妈呀，竟然瞥见了萨班渠，以及渠道两岸浓密的左大人树。

呵呵，惊白心中仅有的一份恐惧与不安，此刻就像提前揭开的热蒸笼，一下子走光了气，全无惧怕，忧虑不再了。因为萨班渠位于承平堡的东侧，两者大概相距二三里地，这等于是在自家的门口耍戏吧。

列位，总因笔墨宽裕，此处必须有所交代，铺陈一番。

元太宗窝阔台执政年间，亦即公元1240年前后，其子阔端率大军驻守于凉州，演练军马，储备粮草，意欲穿越祁连山一线，进攻吐蕃。先期，阔端派大将达尔汗台吉提兵南下，进逼到了藏北的热振寺一带，给整个藏地形成了空前的压力，战火一触即发。在此情形下，吐蕃境内各个教派的领袖人物，一心向北，纷纷发出了和平的愿心，于是公推萨迦班智达大师前往祁连山北麓，与蒙古大军谈判，挽回局势。这么着，当时已经年届63岁的萨班，带着两名侄子，一个是10岁的八思巴，另一个是6岁的恰那多吉，从萨迦寺动身，辗转跋涉了两年之久，方才抵达凉州，轰动了整个河西走廊。那一年，阔端作为蒙古汗廷的一方，萨班代表了吐蕃各界，首次举行了会谈，史称"凉州会谈"。在这次彪炳史册的晤面中，萨班大师拟就了《萨迦班智达致蕃人书》，正式确认了关于西藏的归附问题，承认其境内的僧俗官员和百姓属民，均为蒙古大汗的臣民，而各级行政事务，须由蒙古指派的官员前来管理，等等。据闻，这一纸文告抵达了西藏之后，僧人、弟子与万千信众无不欢欣，纷纷服属。此后，中央王朝将西藏同中原内地的各行省一样，进行着有效的管辖和治理。"凉州会谈"最为深远的意义，在于它标志着西藏成为中国领土不可分割的一部分，彼此换命，生死不弃，赓续到了今日，犹如长空之上的日月相依，显得愈加珍贵。

传说，在凉州期间，阔端虽然对萨班佩服有加，却也暗自怀疑这一位高僧的修证成就，所以免不了试探一二，邀请河西一带四郡两关的术士与风水，要么设局，要么施法，测度对方的法力。有一回，阔端王爷请来了一名肃州术士，在旧城东面的一片湖面上，变幻出了一座华丽的宫殿，宫殿的中央用《大藏经》垒成了一座法台，法台四周用绸缎包裹着，然后邀请萨班登台弘法。阔端的目的再简单不过了，假如萨班没有神通与成就，只是一具肉身凡胎的话，他只要一踏上去，定然会跌落水中。萨班来了，站在湖边一瞧，当即识破了眼前的幻术，于是挥手一指，并运用了无上的法力，将水中的宫殿，变成了一座真正的寺院。这便是当年的幻化寺，如今白塔寺的确切来历。阔端彻底服了，此后一直追随着萨班大师习法，并无二心。但是，凉州本地的妖怪术士们异常嫉妒，如鲠在喉，只因萨班抢了他们的风头，砸了他们的饭钵；于是乎他们纠集在了一起，暗中使坏，将一棵大树砍削成了旱魃的样子，偷偷地埋在了城外的地里，等着看可笑。翻过年，到了禾苗破土的时候，凉州全境却是空前大旱，赤野千里，一脚踩下去，居然能漾起三丈高的烟尘，饥荒像瘟疫一般，无孔不入。阔端王爷也是体恤百姓，不忍臣民们如此遭罪，亲自去拜见了萨班，邀请大师速速作法，禳除这一场灾患。到了那一日，当着王爷和所有田夫故老的面，萨班坐在一张毡毯上，施出了法力，一下子就飞到了天上，巡视了一趟凉州的山川形胜，终于号准了脉息，寻见了病根子。然而，萨班毕竟是一个教养极深之人，他并不打算戳破当地术士们的鬼祟，只好动用了个人的金刚加持力，开始在天上作法，将福祉降赐给地上的百姓们。

但见，萨班抓住了一大团云彩，放在手中捋了捋，最后竟然捋成了一条白色的哈达。萨班将哈达的一头，搭在了祁连山的雪峰上，又沿着武威旧城环绕了一圈，将另一头安顿在了石羊河里。此后，萨班再次坐着那一块毡毯，飞上了天，停在了凉州的半空中，左手结了一个施愿印，右手则是无畏印，开始声若洪钟地诵起了大经。奇迹爆发了，那一条原本软塌塌的哈达，突然之间变成了清凉凉的雪山水，冲出了一条渠道，绕城北上，最后注入到石羊河中。水来了，凉州大地顿时解了渴，禾苗露出了头，生发了翠绿的叶子，俨然是一个丰年的景象。萨班从天上降落下来，领受了庶民百姓的欢呼与膜拜，那个场面，即便是皇上驾临，恐怕也要逊色三分。阔端王爷自然也是兴奋坏了，当即发了话，说凉州人一定要世世代代记住大师的恩泽，这条渠就叫萨班渠吧。

萨班渠永不枯竭，一年四季都在流淌，仿佛一根强劲的血管，馈赐给了凉州百姓们生命的泉源。到了清朝末期，朝廷的肱股大臣左宗棠提兵入疆，曾在武威城外有过短暂的停留。听说了萨班的这一段轶事后，左宗棠有感于大师的无上慈悲，拨付了一笔专款，令当地军民在水渠的两岸，遍植了柳树、榆树和白蜡杆子；其中尤以柳树长势良好，浓荫密布，人称左大人树。小时候，惊白时常跟着城里的娃娃们，跑到萨班渠一带，戏水，抓鱼，捉麻雀，偷苞谷，反正没少让姐姐达云操心，挨打也是不可避免的。目下，惊白被捆成了一个麻袋状，趴在土堆上，拧着脖颈子，朝萨班渠瞅了又瞅，突然发现情况不妙，料知自己根本不是来吃席的，也绝非来郊游的，这半天的遭际，实则是一场噩梦，正在发酵当中。

视野中，惊白发现自己所处的这一片区域煞是冷清，而萨班渠对岸的堤坝上，在左大人树下，密密麻麻地站满了凉州人，一个个哑巴似的鹅立着，盯看了过来。武威城里的闲话多，武威城里的闲人更多，这不值得大惊小怪。但是，在成百上千的人墙前头，来自新城大营的国民革命军的兵士们，竟然三步一岗，五步一哨，荷枪实弹地警戒着，已经彻底征用了这一块领地，实施了封锁，就连一只麻雀也难以飞进来。惊白慌掉了，举目寻找那个带自己出城而来的车夫，却发现连他的影子也瞭不见，那一辆车轿更是没了踪迹。惊白一下子毛了，沟子也突然松了，浑身塌在了土堆上，委屈地埋下头去，嘟嘟囔囔地说：日你妈的，我上当了，我上了大当了。

这个关节上，从新城的方向，传来了卡车的喇叭声，耳朵都快聋掉了。

卡车停下后，不远处漾起了一大团尘土，就好像一块褐色的祖师麻膏药，补在了天老爷的鼻脸上，格外刺眼。不一时，呼啦啦地冲过来了一支宪兵队，弧形地撒开，把守住了各个方向，将这里几乎围成了铁桶一般。惊白就像一条丧家之犬，失了三魂，丢了六魄，赶紧将身子骨蜷起来，缩成了一块肉墩子。卡车的轰鸣声停止后，代之而来的则是一连串的詈骂与踢打，行刑队押解着一干囚犯，从萨班渠一侧出现了。惊白不敢偷窥，继续埋着头，但分明耳食到了囚犯们的抗争和回骂，以及挨揍之后的惨叫声。行刑队两人一组，将五花大绑的囚犯们分散开来，各自站定在了土堆前，又不停地断喝道：趴下，快趴下。

日光澎湃，照彻在了这个崎岖而荒凉的人世间。萨班渠两岸的左大人树上，那些飞卷的落叶、失色的枝条，似乎并不能说明活着是一件棘手而麻烦的事。囚犯们硬邦邦地站着，谁也不肯就范，不乐意去送死，但这样的抵抗，根本上就是瞎子点灯，白费了蜡。行刑队员抄起了枪托子，在囚犯们的膝盖骨上敲了一下，又敲了一下。转瞬，这些死到临头的货色，像突然被斩断的玉米秆子，一棵跟着一棵，栽倒在了地上，整整齐齐地趴在土堆上面，终于消停了下来。晃眼中，这一座被戒严的刑场，如同城里的某家车马店，客人们疲累地睡在了大炕上，脑袋下面各自垫着一只荞皮枕头。

天呐，惊白忽然喜出望外，不觉得孤单了，因为他瞭见了左侧的马眉臣，又瞥见了右面的陈匹三，狗皮袜子们好歹碰面了，聚首了，哪怕这里是一座鬼门关，最终没有好果子可吃。伴当们也发现了权家的小少爷，心情登时松脱了不少，原因在于惊白不仅趴在了中心位置，身上捆扎的竟然还是一根牛皮绳子，而非不值钱的烂麻绳。马眉臣乃是大皮匠家的子弟，天天看惯了屠牛杀驴，闻惯了血腥气，在这个关节上也是不知深浅，嬉皮笑脸的，讥讽道：尿太子，你可是主凶，你坐上了头把交椅呀。惊白哀告道：好我的碎哥哥，这是个啥阵势，这是个什么场合呀，你居然牙茬话不断，还在喊我的绰号？陈匹三也从惊吓中清醒了过来，挖苦说：呔，小少爷，你可比我俩多活了一段时间啊！自从事发被抓后，我们端的是牢饭，你却在外面山珍海味的，想必少东主使了不少的钱，打通了各路关节，才有了你的舒坦日子吧？惊白灰败极了，央求道：二位，咱们别说这些不打粮食的话了，也别往自己家的饭碗里吐痰，眼下的当务之急，就是赶紧寻一个告饶的办法，这个脸实在丢不起。是这，我今早上是被骗来的，在半路上被截来的，这究竟是哪一折子戏，你们至少给我透个底吧！不承想，陈匹三绝望道：晚了，我们已经吃过杀头饭了，也拉光了在这个阳世上的最后一泡热屎，打算轻松上路了。马眉臣也附和说：判了，新城军营的那一帮狗日的宣读了判决书，惊白你是魁首，位居第一，认定你是主凶，阿骨里是次凶，我俩和兽医铺子的周光弼，包括文香府的葛望义葛掌柜，全部是共犯，一个也不曾饶过。直到此时，惊白方才明白了事情的危险性，失声道：判，判了个啥么？你赶紧给我一句实话，别连毛带草的了！陈匹三答复说：日他妈的，还能判啥么！咱们的孽罐子满了，报应来了，等一下太阳站在头顶时，一律枪毙，以后大家就去阎王爷的灶上盛饭吧。

枪毙，这个词就像一颗子弹，射向了惊白的面门，突然间爆炸了。

半晌后，惊白从昏厥中渐渐醒转了过来，闻听左右两个伴当正在斗嘴，吵得一塌糊涂。幸亏附近警戒的宪兵们听不懂凉州土话，也懒得呵斥，所以才免除了他们的皮肉之苦。陈匹三问说：疼不疼，你给个实话呀？马眉臣恼了：老子的嘴都说干了，说了不下十遍，大牲口从来就不疼，一下子就过去了，只有小畜生才害怕，越害怕越疼。陈匹三又问：那，人算大的，还是算小的？马眉臣苦笑道：你个贼，你脑子里灌满了屎么？人当然算是大牲口了，这一点不必废话。但是，陈匹三的疑问犹在，疙里疙瘩地说：哎哟，我属鸡，属鸡的人，怎么能算在大牲口的名册上呢？这个问题同样困扰着伴当，马眉臣千思万想，最终也落实不了，只好搪塞说：唉，属鸡的人那就更干脆，不用刀子，脖子让人家一拧断，咔嚓一声就过去了，根本不知道疼。陈匹三扬了扬嗓子，怆然道：过去是过去了，但他们肯定会烧一壶开水来烫我，拔我的鸡毛吧？登时，马眉臣的脑子里也仿佛塞满了鸡毛，同样抱怨说：天老爷，我不想操心你的生死，我现在只考虑个人的事情，等一下被枪毙时，他们究竟是打我的头，还是射我的心脏。陈匹三颇为好奇，探问原因。这么着，马眉臣以大皮匠儿子的姿态，老练地说：打头就坏了，子弹射穿了脑壳，骨头渣子乱飞，白花花的脑浆也会淌上一地，实在是场面不堪；更恼火的是，刚才过来的路上，我瞭见城里的王傻子他妈，手里捧着几个热蒸馍，等着蘸上我的脑浆，打算拿回去给傻儿子吃，吃啥补啥么，道理就这么简单。陈匹三觉得在理，谄媚道：对对对，喂了那个王傻子，还不如让狗给舔了，起码狗是一只灵兽，你到了六道当中，肯定不会迷路的。恭维的话，谁都爱听，马眉臣顿时端起了架子，笃定地说：呵呵，还是打我的心脏吧，子弹从后脊背上射进去，顶多就破了一个洞，我好歹也能留下一副全尸，将来还可以入祖坟，爹娘老子也少一些怊惶。陈匹三赶紧道：呃，你的主见也就是我的主见，咱们一搭里上路吧，你可别丢下我。

惊白几乎哭死了，埋下头去，嘴巴里塞满了泥土，嘟嘟囔囔的。

早起时，达云煮了一碗油茶，碗沿上担着一根大麻花，搁在了弟弟的面前。惊白玩了半宿，后半夜才上的炕，一时间撒了懒，不想下来。达云又端来了洗脸水，拿来了牙粉，再三催促说：乖，等你洗漱罢，吃喝罢，你先抓紧温习一下课文，等姐姐回来后，趁着天气好，我带你去见尹先生；今个天是重阳节，权家不能输了礼数，一定要去当面问个安。弟弟抢白道：真是怪哉了！我已经被弘毅乡学除了籍，退了学，跟尹先生分道扬镳了，你干么偏偏鼓着我，非要去给他背课文呀？达云抡起了巴掌，却停在了半空中，申斥道：反了，你这个没良心的小贼！一日为师，终身为父，这么浅白的道理，难道你还悟不透么？唉，自打你冷不丁地退了学之后，山农跑了好几趟，专程去拜见尹先生，想求得一个宽谅和理解，但每次都吃了闭门羹，扫兴而回，一直延宕到了今日，我实在是心慌得不成。惊白乱翻着白眼，轻蔑地说：哼，这就叫悖逆师门，也叫欺师灭祖！我如今的尴尬与落魄，全是你和我哥自以为是，一手造就的，完全不顾及本人的颜面。你听着，已经有好几次了，我在街道上碰见了尹先生，我一无骨气，二无嘴脸，恨不得找一个老鼠洞钻进去，这个当我上大了，如今真是后悔死了。达云灰下了表情，劝慰说：所以么，今个天便是一个借口，重阳节不仅要登高望远，还讲究一个崇文敬老，我带着你去给尹先生背课文，这是和解，也算是下话，他那么一位儒雅之人，难道还能一笤帚把咱们轰出来不成？惊白又说：姐，韩愈韩夫子的文章太难懂了，况且是你布置的，又不是尹先生吩咐下来的，去也行，去了我背一首李白，或者白居易吧。达云瞪大了眼珠子，断然道：狗屁的话！你千万别让尹先生看轻了你，士别三日，当刮目相待，如果你能背出一篇韩愈韩夫子的文章，那才叫长进，也才能让尹先生宽心。实际上，惊白的内里深处，涌荡着一种对尹先生的思念，也巴不得去一趟弘毅乡学，故地重游。但是，三斤的鸭子，两斤的嘴，碍于少年人的性格，他最终也没有一吐为快。此刻，惊白冲着姐姐做了个鬼脸，抓起大麻花，掰碎后，丢在嘴里咀嚼了起来。油茶有一股羊膻味，惊白一向不爱吃，今天亦不例外。

　　达云款然一笑，脸上绽开了花，叮嘱说：记住喽，吃罢了你就温习课文，姐出去见见梅郎中，回头再来接你。达云扶住了卧房的门框，腰肢一耸，先将右腿摆出了门槛，而后将屁股送出去，最后才把左腿拽出了门，整个动作机械而僵硬，似乎使出了吃奶的劲。姐，你站住，我有话要问你，惊白突然呱喊道。达云骇了一大跳，脚下一时不稳，蓦地像一棵风中的弱柳，颓倒在了门口，张看着弟弟。惊白吃了枪药似的，追出来叱问：对了，我刚想起来了，你掌柜的在沙山上大摆筵席，今个天要款待凉州的乡绅耆老们，阵势大得上了天，城里头谁不知道呀；那我问你一句，姓顾的有没有考虑到尹先生，给他老人家送没送红帖？达云的表情抽搐着，一种噬心的疼痛，刚刚浮现了出来，却又被另一种灿烂的笑意迅速覆盖了，仿佛牡丹花一般。达云捏住拳头，捶打着自己的膝关节，激赏地说：哎哟，好我的弟弟，你有这一颗孝心，也算姐姐没白疼你，我知足了。哼，你别给我灌米汤，也别戴高帽子了！你就直接说，我哥请没请尹先生，红帖送到了么？惊白扔掉了麻花，叉住了腰。

停顿了半晌，达云开腔道：唉，你仔细听着，这也就是姐姐带你去看望尹先生的实情，沙山上的筵席一开，有头有脸的人们，全都喜滋滋地做客去了，这么大的凉州，这么空荒的武威城，独独剩下了尹先生一个，我怕他会孤单，我更担心他将来对你有不好的看法，所以骗了你，借口让你背文章，去了也好陪陪他，这便是姐姐的苦衷。惊白恼了：哼，这么说，姓顾的根本就没下帖子，狗眼看人低了？达云哀恳道：不是，倒也不是，你别误解了你哥；其实承平堡一连送出了三封红帖，但尹先生始终拒收，就连一个字的回执也没有，弄得少东主灰头土脸的，也不知他自己错在了哪里。后来么，你哥想出来一个法子，又让廖逢节单独去了一趟，白手去的，没带帖子，只央求尹先生赐一幅墨宝，这回终于如愿了，虽说拿到了墨宝，但管家也没能见上尹先生一面，东西是从门缝里递出来的，据说连对方的一声咳嗽也没听见呀。闻听此话，惊白宽释了不少，因笑说：怪人，尹先生本来就是凉州的一介怪人，这并不稀奇。那他最终写了什么字，我倒想知道一二？达云利索地说：塞外一席茶，你哥还请来了老匠人，把这五颗字刻在了一块牌匾上，假如我猜的没错，今个天应该挂在了沙山上。惊白笑坏了，诡谲地说：这样也好，有那一块牌子在，尹先生也就没必要去喝什么茶了；少东主设下的那一座坛场，八成是好吃难消化呀。

地上的湿气太重，达云再也坐不住了，撑住了身子，打算爬起来。不料，胳膊上乏力，软得像一根面条，整个人再次跌倒在地上，简直孽障极了。惊白伸手去搀，搀了几次，却也无效，眼见着姐姐的脸色煞白，豆子大的汗珠挂在了鼻脸上，指了指墙根下的一辆手推车。因为茶会的缘故，城里的家和承平堡的所有车轿，悉数被顾山农征用了，这个破推车子，此刻便成了应急之选。惊白不谙技术，喊来了一名老伙计，见他将车把上的缆绳挂在脖颈子里，呼哧一下抬起了推车子，手段凌厉。车子驶到了大小姐的身畔，停下轮子，头偏了过来。达云挣着力气，抓住了车轴，屁股一抬，身子便坐了上去，盘住了姿势。临出门时，达云突然伸手，拦住了弟弟，呱喊说：止步，你回去温习课文吧，等一下我过来接你。惊白犟嘴道：不，我不想背了，我要陪你去看梅郎中，反正我的脑子也乱了。达云黑下了脸，哀告说：哎哟，大天白日的，你这么好端端的一个少年人，干么要陪我去受罪呀？天老爷，那种地方的风水不好，邪祟遍地，你就趁早学乖吧。见姐姐急火攻心，羸弱得不成样子，惊白便也放弃了争执，靠在门柱子上，心里头一片塌陷。

稍后，惊白忽然变了卦，冲出家门，追撵了上去。

这是上半天的光景，又恰逢节庆，按理说街道上应该人满为患、车马喧腾才是。然而，惊白失望地瞭见，整个武威城空空荡荡的，听不见鸡叫，也没有犬吠，空气黏稠得就像一碗昨日夜里剩下的米汤，干脆搅拌不开。这真是一个罕见的早上。凉州咋了么？凉州人躲到哪里去了？惊白究问了许多遍，一切却没有下文。老伙计跑得飞快，往西门上奔去，偶尔回过了头，用告饶的眼神再三制止惊白，似乎在说，别再添乱了，大小姐已经够泼烦的了。拐过了街角，前头就是一条叫杨府巷的主街，惊白突然放弃了追赶，一个蹦子爬上围墙，又跃上了别人家的屋脊。

这一刻，武威城仿佛一座生锈的沙盘，撂在了惊白的眼前。

在连绵的屋顶之外，杨府巷的长街上，照例也是阒无一人，除了权家的主仆，除了那一辆推车子。不，那或许不是什么手推车，它更接近于一把残破的板胡，刺啦刺啦的，干涩，尖利，锥人魂魄，一方面在报丧似的，另一方面又像挥刀自残。姐，惊白失声喊了一嗓子，眼泪唰地淌了下来，瞬时模糊了，心里干脆恓惶得不成。那个工夫上，姐姐仿佛是全天下最落怜的女人，凄凉而无助，受难般地趴在了那一把板胡上，动弹不得。惊白宁肯相信，板胡所发出的那些尖叫，那些仓皇的絮叨，一定是姐姐本人在求援，在喊救命。事实上，这一幕如同一块燃烧的烙铁，深深地刻印在了少年的心中；在随后而来的巨大动荡，在引燃了整个祁连山北麓的苍茫烽火中，惊白无论上天，抑或是入地，一旦忆想起姐姐的这个可怜形象，便也无路可走，无计可施了。这是惊白的命门，也是他在这一世的光阴中最软弱的关节，外人一般难以知晓。哭罢了，擦掉了泪水，惊白抬头再看时，杨府巷左近干干净净的，那一把凄凉的板胡却已不知去向。

　　坏事来了，现在仅仅是一个开头，惊白并未察觉。

　　回到家，惊白就想温习功课，背诵文章，但找了半天，韩愈韩夫子的那本书却不在。惊白恍惚记得，昨晚夕还瞄过一眼，现在它长了腿，怕是故意在气自己，跟小少爷作对。翻箱倒柜了一阵子，最终无果，惊白便有些胆怯，心知这大半年以来，姐姐对自己唯一的托付，就是这个该死的韩夫子，倘若今个天爽约，说不出什么子丑寅卯，她那一颗原本烂透了的心，一定会再次吐血的。蓦地，惊白记起来了，承平堡的角院里，另有一本文集，同样收录了韩夫子的那篇文章，不妨抓紧去取一趟，来回也就半个时辰左右吧。害怕下人们告状，惊白悄悄绕到了前院，正打算从旌善亭一侧翻墙，却冷不丁闻听到了一种哭噎声，忙匿下了身子，偷窥开来。丫鬟叫丸子，本名不详，姐姐一直这么戏称的，属于她的跟班和左右手，一根甩不掉的尾巴。这时候，丸子拎着半桶水，拿着缸子，正在花坛里浇牡丹，但鼻脸上的泪水更多，似乎委屈极了。自从爹老子下世后，这棵牡丹树仿佛通了人性，想必守孝去了，在长达三年多的光阴中，一片叶子也不发，一朵花竟也不开，完全是一副死样子，枯瘦地站在院子当中，随时能唤醒大家的哀痛。惊白建议过好几次，让伙计们赶紧挖掉，刈除出去，免得大小姐迎风落泪，不可自拔。可每一次说罢，这个鲁莽的想法均被大小姐否决了，惊白得到的回答，一般是姐姐甩过来的抽脖子，下手很重。这还不算，姐姐又额外地给丸子下达了任务，定期浇花，按时除草，基本上像先人在世时那样打理，不得有误。眼前，丸子浇着浇着，突然间恼怒了，一脚踢翻水桶，扔掉缸子，蹲在了地上，将一张漂亮的五官埋在膝头上，肩胛瑟缩着，啜泣开来。毕竟是少年，惊白的顽劣心一下子高涨了起来，踮起脚尖，偷偷地趄入花坛，抄到了丸子的身后，一把握住了丫鬟的辫子。

　　也许，这是人世上最漂亮的一根辫子，油亮、粗黑、有力，仿佛一根大麻花。

惊白一手攥住辫子，若有所思，另一只手叉开了两根指头，剪刀状，铰住了它。就在辫子被揪起来的那一霎，一截玉石般的颈子，忽然暴露在了惊白的眼前，他随即更改了主意，用剪刀夹住了对方的肌肤。丫鬟嘤咛了一声，当即跪下了，浑身如木，不敢动弹。惊白开始了恶作剧，闷声问说：呔，你个小蹄子，你号的什么丧呀？丸子胆怯道：哭，我在哭大小姐呢，我恨不得替她去死。惊白愣住了：咋了，大小姐咋了么？丸子的眼泪说来就来，哭诉道：唉，我家的大小姐听不住劝，如今她那么一副孽障的身子骨了，却偏偏停了梅郎中开的药，去相信一个神婆子的鬼话，天天喝香灰，顿顿吃金粉，刚才又去参加神婆子的法事了，我拦挡了几次，每回都是挨骂，我不恓惶，谁来心疼她呀？一时间，惊白色飞骨惊，姐姐最近的这一系列琐碎勾当，他竟然一无所知，不由得失声道：神婆子？神婆子她什么来头？丸子答复说：我没见过，大小姐也不曾透露过一言半语，她一般都是独来独往。呃，对了，八成是在制革厂附近吧，我听大小姐唠叨过，说最是那一带的空气难闻，现在洗皮子的池子里放了鸽子粪，味道太大，她回家之后的第一件事就是洗头。惊白松开了手，站在丫鬟面前，逼问说：你个死丸子，你实话告诉我，神婆子的宅门到底在哪，我现在就去寻人。显然，丫鬟对于小少爷的出现并不惊讶，或者说，她早就确认了身后的惊白，而这不过是一次通报，一桩求援。丸子摇了摇头，表情灰败，惊白自然也丧失了追问下去的道理。

但是，事情往往会有一些意外的枝节，让气氛不堪起来。

临走之际，惊白突然问说：丸子，大小姐到底害的啥病，严重么？丫鬟腾地红下了脸，推脱道：哎呀，妇人家的琐屑，你就别打听了，念你的书去。又问：那我姐去找神婆子的事，少东主知道么？他拿什么态度？丫鬟犹疑着，眼神中一半是哀婉，一半是叹息，不肯作答。惊白揶揄说：哼，你们这几个小蹄子，少不了偷听人家两口子的窗户，不说我也能猜出来。丫鬟反诘道：乱嚼牙茬，胡栽赃！人家是主子们，谁敢偷听窗户？再说了，大小姐这一段的脾气不甚好，少东主天天晚夕被逐出了卧房，一个人抱着铺盖枕头，随处将就去了。惊白听出了异常，叹息道：啧啧！这也就是说，他们两口子不在一个炕上睡觉，干脆没同房？话未落地，丸子抓起一缸子水，兜头泼在了小少爷的身上，又除下她的一只鞋，鞋底子抽将而来。好男不跟女斗，惊白掉转过头，落荒而逃。

出了门，惊白就像一只落汤鸡，发足狂奔了一阵子，重新站在了杨府巷的街道上。

至此，什么韩愈韩夫子，什么重阳佳节，统统失了色，一文不值。在惊白看来，姐姐害的这个怪病，姐姐擅自停下了梅郎中开的药，去喝香灰，去吃金粉，去迷信一个神婆子，这才是送死的把戏，要命的伎俩，他必须不择手段地去制止。兀立在长街上，不见了家中的老伙计，也不见了那辆推车子，但惊白的耳朵里，却分明灌满了那一把板胡的凄凉奏鸣，刺刺啦啦，呜呜咽咽，从四面八方袭扰而来，仿佛这一座城池就是琴箱，放大了他个人的忧戚。这个时辰上，行人陆续多了起来，挑葱卖蒜的，补鞋钉帮子的，吆喝糖葫芦的，卖卜算卦的，似乎凉州人刚刚从睡梦中醒来，开始了这一天的生计。制革厂在东南角一带，惊白记得大概的位置，出于提早截住姐姐的目的，便也不想徒步去追赶，巡望了一圈，打算临时雇一辆车轿，省下一些力气。失望的是，这一天相当的诡谲，街上连一匹骡马，一头叫驴，哪怕是一只狗也没有，似乎故意在给惊白脸色看。无奈之下，惊白拐过街角，走入了探花巷，寻思着去家里开的那一座油坊瞧瞧，可否借上一匹大牲口，纾解一时之急。

油坊在探花巷中段，此时已开门待客。隔着老远，惊白便嗅闻到了一股胡麻油的气息，浓烈，缠绵，挥之不去，果然是今年的新植物压榨出来的，如同天空中飘满了热气腾腾的油渣饼子，正在款待这个早上的凉州百姓。门口的伙计也瞭见了惊白，喊了一声小少爷，迎了过来。惊白刚要开腔时，一个不速之客从身后追了上来，横在面前，喘息了半天后，迅速堆起了笑容，抱拳问说：小兄可是惊白，权家的小少爷？惊白点头，讥诮道：嘿嘿，看把你急死慌忙的，天又没有塌下来，快进去喝碗水吧。对方释解说：不了，心领了，在下是敦煌急递社武威分社的一员，这里有一个急件，还请你签收，务必转交给朱绣朱先生。原来如此。惊白听懂了原委，瞭见对方从脊背上解下来一个包袱，递给自己，又拿出来一份货单，一小盒印泥。惊白也不曾多想，蘸上印泥，哈了哈大拇指，摁在了单据的下方，交接完毕。长方形的白布包裹，一行墨字自上而下，清晰地写明了凉州总教的名讳，以及朱绣的宅门地址，却没有落尾。惊白纳罕道：咦，这应该由朱先生亲自签收才是，你干么不去找他，偏偏要让我转手呀？来人释解说：去了，我去找过了，但朱家的大门上了锁，听邻居们讲，朱先生拿着承平堡的红帖，一大早就出了城。惊白蔑笑说：那你就来找我，当我是一个使娃子呢，还是研墨的书童？对方慷慨道：呵呵，武威城里谁不知道，朱先生的门下有一位高足，正是小少爷你，况且这也是一个急件，根本耽误不得。一旦戴上了高帽子，惊白立刻得意了许多，掂了掂手里的东西，相问说：这是个啥么？龙泉宝剑，还是太上老君的鸠杖？急递社的家伙猛地捂住了口鼻，嗫嚅道：少爷，我只负责传报和投递，我可不能多嘴，这是行规，还请你宽谅。言毕，双拳一抱，作势欲走。

岂料，惊白再次别生枝节，一把拽住对方，讥讽道：哼，既然你是急递社的一员，干么连一匹快马也不骑？光脚赤足的，这瞒不过我的眼睛。来人答复说：嘻，少爷恐怕是刚刚睡醒来，还不知道武威城里的变化吧？是这，新城大营的革命军在一个时辰前，已经发布了戒严令，四个城门只准进，不许出，城里头也是禁绝车马，红事白事一概停办，寺庙道观关门谢客。这不没办法么，我只能靠一双腿脚了。惊白哦了一声，又问：咋了，军部要演习，还是在搜捕犯人？来人答：不清楚，城门一带也没见文告，事情很突然。惊白撇下对方，径自走入了油坊，将朱先生的急件暂存于此，待消停了再说。失望是确凿的，油坊的车马也被承平堡征用了，去了东郊的沙山。

告辞后，正待出门，惊白却猛地收住了脚步，心里一毛。

房檐下站着两个铁塔般的汉子，一个反穿皮袄，羊毛结成了疙瘩状，脏得不成样子，另一个却赤裸上身，肩膀上扛着一个麻包，汗水淋漓。惊白当即判定，他们不是来买胡麻油的，多半是刚刚进城的乡下人。蓦地，羊皮袄抱拳一揖，相问说：姑舅可是权家的小少爷，姓徐，大名叫惊白？闻听口音，惊白突然一喜：天老爷，你们是北疆蒙家庄子的人吧，我一耳朵就听出来了。待双方确认之后，店里的伙计连忙送来了板凳，又拿来一摞碗，一壶开水。落了座，惊白迫切地问：脱可木呢？我木哥在哪？羊皮袄如实地说：唉，他没来，他还在蒙家庄子，他叫我们来找你的。惊白不信，揶揄道：哼，骗鬼的话，木哥肯定在武威城里。是不是需要我在鸿宾楼摆上一桌，他才肯现身呀？对面的二人面色炭黑，只有眼仁是白的，互视了一番，带着乡下人特有的拘谨，不再作答。惊白被这种意外之喜攫取了，夸张地说：哎哟，我等了整整一个秋天，肠子断了，肝花烂了，这个贼哥哥，临到了今个天，他还在给我作法，试探我的耐心，看我等一下见了他，不撕烂他的耳朵才怪呐。惊白眉飞色舞、指天戳地，一副猴子状，惹得路人们纷纷回头，不明所以。又道：其实呀，木哥托付过我，让我给梅郎中知会一声，我早就办妥了，但他却迟迟不见动静，不将姨娘从蒙家庄子请过来。难道，难道扎针吃药就那么难么？这一刻，羊皮袄端起一碗水，在虚空中敬了敬，忽然泼在地上，充满了祭奠的意思。咋了，姨娘咋了么？惊白失声道。羊皮袄回说：是这，姨娘下世了，明个天就是七七，脱可木他在坟上守孝，这才嘱咐我们上城里来找你的。噩讯像一棵无形的大树，刹那间被伐倒了，砸向了这名凉州少年。眼泪哗地淌了下来，惊白慌张地说：天呐，那木哥一定哭坏了，心里头肯定疼死了！难怪我等了这么久，把秋天也等完了，我的腔子里同样结满了冷冰，原来是姨娘不在了。

恓惶归恓惶，但惊白的悲伤并不曾持续太久，又被再次惊呆了。

光脊梁指着地上的那一只麻包，绍介说：少爷，这是木哥捎给你的，你打开看看吧；等交割完毕后，我们还要赶路呐。惊白从泪水中抬头，慢慢地解开束绳，敞开了麻包的一角，原来是一块铁疙瘩。事实上，并不是记性太差，也不是悲伤所致，只因为这一年的重阳日，在凉州的史册中，太过于诡谲，也太深不可测了。呃，少爷，木哥知道你喜欢这个东西，喜欢得不得了，我们这才扛了一路，现在见到了你，也算是不辱使命了，羊皮袄罕见地一笑。铁喇叭，地耳朵，当麻包被彻底除下时，一只锥形的旧铁器，呈现在了眼前，惊白不由得愣住了。般般往事，犹如掠过屋檐的那一道刺目的秋光，照彻在了武威城，同样也照彻在了少年人的心中。这一时，惊白忸怩地说：嘿嘿，狼吃的，我还以为木哥忘了我这个伴当，我这个同砚席友呢，我真是错怪了他。羊皮袄道：少爷，木哥让我另外捎来了一句话，你仔细听着。惊白板住了面孔：啥话，你快点吭个气么？对方却后一步，款然一揖：是这，木哥让我转告你，请你务必珍重自己，规规矩矩的，凡事不要跳腾，不可逞能，一定要等到他来寻你的那一天。如此重若千钧的叮嘱，亲密无隙的情义，令惊白的内里潮起了一股感念的波澜，慌忙道：木哥要来了，木哥啥时候来呀？羊皮袄肃穆地说：嗯，短则半年，长则三五年，总之他会来找你的，只要你好好地活着，终有见面的那一天。告辞了。

见对方一口水也没喝，惊白毕竟不舍，央告道：哎呀，听说全城戒严了，只准进，不许出，你们不妨去家里歇息一天，等着解除封锁吧。一直言辞吝啬的光脊梁，忽地开了腔：呸，日能的，土匪也不敢动报丧之人，这是自古而来的规矩，难道军部就吃了豹子胆么？惊白呃摸道：报丧，报的什么丧？你们是不是去找木哥他爹，那个老大烟鬼？两个乡下人互视一眼，各自吞下了肺腑，不再吱声，匆匆抱拳后，一道烟地消失在了人群中。

伙计们围拢过来，七嘴八舌的，争辩着那个铁疙瘩究竟是什么。有的说是打铁的砧子，也有人说是拴马的桩子，大多数人却认定这是一只响器，铁喇叭之类的东西，理论不清时，纷纷将目光投向了小少爷。惊白兀立着，思忖了半晌，突然蹲了下去，将耳朵贴在铁嘴子上，仔细谛听了起来。渐渐地，这一块非凡而神奇的铁器，仿佛生出了一堆庞大的根须，蔓延开来，伸展在了武威城的地底下，蛛网一般，捕捉住了尘世上的全部动静。的确，那是另一个世界，用声音传递，带着一种鲜为人知的机密，将远近各处的风吹草动，悉数灌在了惊白的脑海中，让他去辨析，去识读。至为遗憾的是，因为心急的缘故，也由于油坊的伙计们在侧，像一群雀鸟在聒噪不休，这名少年竟然天眼未凿，轻易地忽视了这一重大的关口，也不曾窥破什么，神情依旧懵懂着，样子颓丧。听了几耳朵，简直没什么名堂，连脱可木的一声咳嗽也抓不住，惊白便草草地收了兵，用麻包兜住了铁器，扎紧了束绳,交给带班的伙计,声称这是少东主顾山农的东西,千万要保管妥当。末了,惊白相问说:是这,我现在去找一个大烟鬼,一个赌棍,那个老贼娃子八成就在平心定气馆里逍遥,不是我怕他,我就想邀约三两个帮手,免得别人说我以少欺老,落下个骂名;姑舅们,这一趟可不是白辛苦,我惊白的大方,想必你们也有所耳闻吧?带班的伙计年岁稍大,约略知道一些这个少爷坏子的脾性,拦挡说:不可,万万不可,今个天可是重阳节,假如你冒犯了长辈,惹起众怒的话,大小姐指不定又要哭天抹泪,权家的脸面又往哪里搁,你三思再行吧。詈骂的话衔在了嘴边,惊白及时地咽了下去,尴尬地说:哼,我滚,我马上就滚,我不拖累你们了,我单刀赴会,我过五关斩六将,你们就等着瞧吧。

事实上,这一刻的少年惊白,已经彻底忘掉了姐姐,也忘掉了那一辆推车子。

胡笳四十六节

  日光流淌在头顶，瀑布一般，耀得人几乎睁不开眼睛。这一座河西首郡沉浸其中，一切都显得那么无辜，那么轻信。惊白踅出了探花巷，一路雀跃着，朝城中心走去。不必问，他知道那家平心定气馆的位置，也一厢情愿地相信，脱可木就在此地，跟自己同处一城，只不过囿于家务缠身，所以才不来照面。其实，家务不应该是别的，脱可木八成去给爹老子亲自报丧了，这是孝子的本分，也是北疆的规矩。但那个老贼娃子，那个瘦叽麻秆的大烟鬼，那个从不顾家的赌棍，绝对没有好脸色，爷父之间的冲突和打斗，基本上十有八九。惊白又一再思忖，木哥，好我的木哥，他的心一定疼死了，肝肠也烂透了，姨娘下了世，就等于他的天塌了，地陷了，这一生的柱子全部折了，他成了没娘的娃，冷热由不得自己了。唏嘘中，惊白渐渐地产生了一种感同身受的悲哀，又忆想起了个人的身世，一时间眼泪巴巴的，仿佛脏腑当中，黄连和苦胆在一个池子里发酵，几乎淹没了他的头顶。恰是在这一霎，惊白陡然生出了一份分担的愿望，救援的心情，就好像以前在弘毅乡学的那一座破庙中，一块锅盔两个人吃，一根萝卜两个人啃，一个炕角两个人卧，一场架两个人打，永远也不分彼此那样。

  走了一程，很快就走热了，惊白停下脚歇缓时，忽然失笑了出来。

  左侧的巷子很僻静，名叫骆驼巷，像一根弯曲的肠子，两头漏气。但这个时候，骆驼巷里并无骆驼，相反却停着一辆车轿，驾辕的大马在垂头吃草，地上还有一堆马粪，热腾腾的。惊白一喜，身上的懒病立时犯了，赶紧跑将过去，打算雇上它，也好节省一点力气。也是巧了，车夫拿着一只铁油壶，刚刚给车轴的左右两端膏完了油，用抹布擦净了手。听罢惊白的意思后，车夫为难地说：唉，走是可以走，大街上禁绝了车马，但戒严令管不住武威城里的各个猫道狗道，没有人比我更熟悉它，只怕是要耽误公子你的一点时间了。这分明是索价。惊白遂道：嗯，你只管送我去目的地，钱的事情上，你不必发愁。车夫努了努嘴，首肯了，惊白便一个蹦子跳将上去，抓住了车框，撩起了轿厢的帘子。忽然，巷口的方向上传来了一声喊叫：车把式，稍等一等。

惊白一向爱凑热闹，这回也不例外，折转身子，又跳下了车轿。

有趣的是，巷子东头喊罢了，西头也传来了一嗓子，同样的意思，大家都是赶来雇车的，似乎整个武威城内，只有这一辆车马，别无分号。车夫锁住眉头，面色阴郁，歉疚地说：二位掌柜，我这个车轮子太小，马也太瘦，还请你们去宽展处自在，去明亮里逍遥吧，这位少爷来得早，规矩不能变，对不住了。这句话等于关上了门，再无商量的余地，车夫也抓紧收拾起草料袋，解开鞭绳子，松开了车闸。惊白瞧见那两个汉子面呈焦虑，急得直跳脚，便也不忍，询问他们到底去哪里。瓦刀脸说：哎呀，家父病得厉害，上吐下泻的，我这是去炭门街抓药，刚才心里一着急，走错了方向，这才掉转过来，身上没有了力气。另一个则是酒糟鼻子，诉苦道：少爷，我也急成了一堆火，听说弟弟从工地的架子上摔了下来，天灵盖上破了一个洞，再不去付家巷收尸的话，恐怕野狗们就要过年了。惊白一拍腔子，慷慨地说：嗐，这个简单，就是拔一根汗毛的事情，不值一提，炭门街在北城，付家巷也在北城，我先送二位去救急，然后再料理自己的琐事也不迟。车夫却不干了，拉下脸，拧住了表情，但当他瞥见那个少爷的手，塞进了兜里，抓出来一只钱袋子时，慌忙改了口，少不了点头哈腰。收下现钱，车夫支起了上马凳，搀住少爷的胳膊，嘴里一连迭地喊着小心小心。惊白抬起一只脚，正打算去踩凳子，突然间，空气中传来了一道穿云裂帛的声音，仿佛天老爷倒吸了一口凉气，人也訇然跌落下来。

果然，一枚箭矢击穿了虚空，啪的一下，钉在了凳面上。

"天狼弩!"

瓦刀脸惊喊了一声。

"李广箭!"

旁侧里,那一疙瘩酒糟鼻子也瞬时煞白了,失声道。

日光犹如一场狂热的雪崩,从头顶上垮塌下来,填得满坑满谷的,带着一种无声的轰鸣。显然,这可不是一般的灾难,这实为一场杀戮的前奏。那一枚箭矢大概有小拇指粗细,黑红两色,箭头插进了凳子里,深达寸许,尾部却不是羽毛,而是一束狼毫,冰冷且无情。在河西一带的旷天野地中,在刀丛里挣命的贸易长路上,在恩仇难平的这个人世间,也不知从哪一个朝代肇始,像这样的箭矢一旦飞出,一俟公开,就等于下达了一道死亡的通牒,一纸判决,生死悬于天地,一座开铡问斩的血腥杀场,其实已经布置停当。

车轿下,众人从最初的惊悸中举起了目光,四野八荒地望了过去,竟然发现左右两侧的墙头屋顶上,直挺挺地戳着七八条汉子,仿佛天罡,也好似地煞,身上裹挟着一幕幕不祥的气息,随时都能飞扑而来,截住这一辆车轿。当然,这些家伙并非白手,更不是前来请安的,他们的颊脸上全部蒙着皮子,碟子大的一块羊皮,只露出了眼睛和鼻头,手里要么端着天狼弩,要么拿着飞石索,脊背上则一律扛着砍刀,不发一语,狼盯虎视地等待着。纵然这是一个生死时刻,即便脚下是一座壁立千仞的悬崖,惊白的脑海中,却突兀地闪现出了一幕幕古典戏剧,千里走单骑,温酒斩华雄,五鼠闹东京,智劫生辰纲,以及孙猴子大闹天宫之类的情节。这么着,惊白开始了轻佻,指着高处的人们,挑衅地说:哎,你们也太无法无天了吧?杂碎们,这岂不是欺我凉州无人么!得不到对方的一丝响应,连秋风也是倨傲的,懒得搭理这名少年人,又惹得惊白突然间恼恨开来:呸,臭要饭的,偷袭算什么本事,你们有胆量的话,快快滚下来,跟我的这哼哈二将比试比试吧,看看谁的拳头上可站人,谁的胳膊上能跑马。说着话,惊白更加放肆了,拍了拍左边的肩膀,捶了捶右面的后脑勺,嘻嘻哈哈地介绍说:尔等听着,这个瓦刀脸是我的焦赞,这个烂鼻子是我的孟良;焦不离孟,孟不离焦,大家都清楚这个老古今,那你们放马过来吧，小爷我从不斩无名之辈。话音未落，酒糟鼻子蓦地送来了一记耳光，打得惊白的脑壳里散了蛋花似的，目眩神迷。另一侧的瓦刀脸也是不甘侮辱，抡起胳膊，一肘子击打在了少年的腹部，力大势沉，毫不手软。惊白惨叫一声，摔在了轮毂上，半晌之后，这才挣扎着爬起来，抱住了上马凳。

这时候，墙头屋顶上的那七八个贼人，突然间哭下了，泪水滂沱，哽咽声不断。

喂，哪一路的神仙，哪一座灶台的好汉，事先道个蔓儿吧？酒糟鼻子猛一抱拳，抬问道。恓惶罢了，哭喊完了，收住了泪水，一个带头模样的家伙跳下了山墙，竟然像一片落叶似的，脚不沾尘，气息匀称，款款地说：仁兄，最好不要各自打听，因为这一次见面过后，你我再也不会重逢，但我求你菩萨心肠，卖给我一个面子，也好让我在这个阳世上抬起头来活人。瓦刀脸插嘴说：哎呀，听你的炉渣口音，八成是北疆一带的乡下棒子，说说看，你们究竟是混进武威城里的土匪呢，还是行商卖货的伙计？如果不给个实话，别怪我今个天不客气。对方蔑笑道：哼，你个驴日的，实话说给你知道吧，老子是阎王爷的兄弟，阴曹地府里的常客，免贵姓索，叫索命的鬼。如此强硬的答复，令瓦刀脸一时窘迫，手伸在了腰后，探摸着身上的凶器。见双方水火不容，尤其是眼前的这个蒙面汉子属于硬茬子，心中带钢，酒糟鼻子便也和缓了下来，相问说：唉，皮子太薄，恐怕你也吃不上肉馅，但不知让我给你卖个啥面子呢？带头的趸过身子，指着惊白道：是这，这位公子跟我之间有一笔旧账，此前谈妥了的，要在九月九的这一天打打算盘，问问阴阳，从此两不相欠，但你们如此鲁莽，岂不是挡住了我的手么？二位姑舅，卖个面子吧，人给我留下，我担保你们囫囵地离开。瓦刀脸诡笑说：呵呵，吃屎的家伙，你连一个坑都不挖，就想免费咥一泡热屎，世上哪有这样的好事。酒糟鼻子也道：嗯，借米不借柴，借衣不借鞋，这个道理估计你也知道，少公子既然在我的槽上吃草，别人家的鞍子，恐怕也套不在他的身上。蒙面汉子冷笑说：哼，假如这位公子去了良善人家吃席做客的话，我也不会过问，但现在偏偏不是。咦，你是从哪里瞧见的？莫非马王爷的一只眼睛,长在了你身上?反诘道。不料,一直趴在凳子上的惊白,突然呕吐起来,一些黏稠的口水,挂在了他的嘴角上,样子痛楚极了。蒙面汉子愤恨地跺了跺脚,眼睛一红,扯起了声嗓,劈头盖脸地怒斥道:

"呸,狼吃剩下的,你们本来就是军部安插在武威城里的桩子。"

"这话咋讲?"

"特务,你们就是特务。"笃定道。

"咦,那你们到底是何方神圣?承平堡的护卫,还是顾山农的家丁?"酒糟鼻子喝问。

"别费心思了,你永远也不会懂。"

瓦刀脸狞笑道:"呵呵,马上就要封城了,你们一个也走不脱。"

"呃,我连命都不要了,还顾惜什么活不活么。"暗中,蒙面汉子却后几步,靠近了惊白,浑身上下充满了警觉,激愤地说,"两个狗日的,你们听说过死士么?"

"死士?"

"不错,我们就是一班北疆死士。"截铁道。

这个关节上,车夫蹒跚了过来,哀求双方再不要斗嘴了,赶路要紧。既然翻了脸,身份被揭穿了,瓦刀脸突然一耸肩胛,下盘一沉,扑上前去,一把卡住了惊白的后脖子。酒糟鼻子也是闻风而动,一脚踢翻上马凳,抱住了惊白挣扎的双腿,轻易地控制住了他。两个人颇有默契,一前一后,将惊白抬起来,打算扔进轿厢内。见状不妙,带头汉子急遽地打了一声唿哨,墙头屋顶上的伴当们立刻动了手,放弩的放弩,抛石的抛石,场面大乱。一时间,骆驼巷的半空中,箭矢飞射,拳石翻滚,呼啸地扑向了车轿的方向,日光暗沉,生死就在须臾之际。两名桩子也是武人的角色,耳食了空气中的异响,料知危险迫近,慌忙松脱了手,扔下惊白,又各自散开,一道烟地钻进了车轿下,听见一阵雨点般的打击声落在附近,吓得汗毛倒竖。惊白哀号不止,浑身的骨头几乎快碎了,疼痛像梅郎中亲自扎下的一把干针,在肉体内游走着,戳弄着,奔突着,一种绞杀般的感觉,完全压垮了他。带头汉子再次发出了一声唿哨,这一次却态度温和,附带着几个召唤的手势。惊白仰躺在轮毂下,目光挣扎,瞭见那五六条蒙面汉子，齐刷刷地从天上跳将下来，将自己拢在了中央。

少年不解，更是恐惧使然，在众目睽睽之下，竟然蜷住了身体，顺势一滚，也藏在了车轿底下。惊白的颠顸与孩子气，无异于送羊入虎口，危险至极。瓦刀脸摸出来一把尖刀，顶在了少年的下颌上，喝令他不许动。酒糟鼻子也趁机掏出一根牛皮绳子，迅速将惊白捆缚停当，手段凌厉，就像腊月里杀猪宰羊那么利索。这么着，双方对峙了起来，形势堪如水火，谁也不敢草率，不敢鲁莽。

讶异的事情发生了，带头汉子突然下跪，居然还磕起了头，磕了一地的响头。

首领率先服了软，其他的蒙面之人也是无从抉择，纷纷扔掉了飞石索和天狼弩，一个个相跟着，跪在了他的身后。带头的哀求道：二位大掌柜，这多半是一场误会，你们要钱也好，索命也罢，只管开一个价码，我当场兑现，但请你们高抬贵手，把这位公子还给我吧。惊白不谙内情，厉声道：放屁的话，我根本就不认识你们两拨人，你们又何苦跟我纠缠，拿我当一个砝码、一只猪尿脬那样对待，快放了我呀。带头的拖着哭腔，切齿道：公子，你自然不认识我们，但我们却是因你而来，假如今个天你有个三长两短，我发誓，这条巷子里谁也不得活，全都得死。惊白沮丧地说：哎呀，我的头大了，我糊涂了，你们谁是黑，谁又是白，我完全不知底细，反正横竖就是一个死，不管死在谁的刀下，一个尿样子么。言毕，惊白闭住了眼睛，不再吱声。

既然占了上风，控制住了整个局面，就没有不去发泄的道理。从车轿底下爬出来，瓦刀脸和酒糟鼻子火速分开，沿着左右两翼，再次制服了这一帮来自北疆的草莽汉子。带头的被踢翻在地，瓦刀脸的一只靴子踩住了他的鼻脸，质问道：日能的，你们自称死士班子，现在说给我知道，你们这么多的人，潜入到了武威城内，究竟要图谋什么，打的哪个算盘？此刻，羊皮面罩掉落了，五官也彻底变了形，口鼻喷血，带头的挣扎道：呸，你不过是个桩子，是个暗探，被军部偷偷喂熟的一条走狗，我们身上揣着的秘密，你没资格打听。刀光一闪，匕首扎进了首领的右脸，又贯通了另一侧的面颊，将其直接钉在了地上，动弹不得。快说！什么秘密？你们身上扛的什么任务？瓦刀脸也是立功心切，感觉只有撬开了这一张嘴，他自己才能飞黄腾达，才能一步登天。带头的并未昏厥，疼痛也不曾灭失了他扭曲的笑容，抬手指了指颊脸上的尖刀，似乎在请求对方，尽快行一个方便，最好一了百了。瓦刀脸傲慢地拔出了匕首，扔在身后，又慢慢蹲了下去，耳朵贴近了手下败将，显然是想独吞这个机密。救孤，我们千里来救孤，带头的终于开口，坦白了这个机密，但如此踉跄而含混的声音，已经浸满了血水，黏黏糊糊的，难以辨听。瓦刀脸知道机会来了，于是贴得更近一些，不愿意跟他人分享，悄声问说：到底救啥？你们准备救什么？带头的吞下了一口热血，牙齿发红地说：救孤，来救少主子。好了，现在终于听明白了，获知了凉州境内这个惊天的秘密，但瓦刀脸宁肯不信，狐疑地撇过头去，瞭了瞭车轿下的那名少年人，狞笑道：呵呵，少主子？难道说，为了那个小贼娃子，你们就敢搭上这七八条性命，热身子也不要了，来做赔本的买卖？带头的抽搐不止，艰难地说：不，命不是我们自家的，命是少主子的，假如他想要的话，我们随时都可以献上。瓦刀脸再次埋下头去，贴在了对方的嘴边：喂，哪家的少主子，他姓甚名谁？难道说，他不是权家的后人，不是承平堡的小少爷么？这一刻，答复他的竟然是一双铁掌，从左右两侧劈空而下，双耳灌风，突然间就得逞了。瓦刀脸甚至来不及呱喊，仆倒在地上，脑浆像蛋花一样散开了，轰鸣不止。带头汉子一骨碌爬起来，钳住了瓦刀脸的头颅，下嘴一啃，便咬住了对方脖子里的一根血管，当即就撕裂了，皮肉分离。血水犹如一根鲜红的柱子，飞溅开来，画过一道弧线，又渐渐地矮了下去。带头汉子犹不罢休，一口叼住了对方的伤口，咕噜咕噜地喝将起来，却并没有咽进肚子里，血水是从左右颊脸上的两个窟窿里喷射出来的，那种饕餮而执拗的劲头，如同祁连山中一只饿极了的雪豹。半晌后，两个人不再动弹了，开始凉了下来。

实际上，一个是被呛死的，另一个却被啃死了，双双毙命。

作为新近才入伙的桩子，也就是外围的暗探，酒糟鼻子目睹了这惨烈的一幕，一来胆寒，二来也是对伴当刚才的鬼祟心生不满，所以并未出手相救,明白事情闹大了。北疆的蒙面汉子们依旧下跪着,束手无策,知道人质还在对方的手中,目标被牢牢地捆绑着,一时间难以自保,倘若他们稍有不屈的话,惊白这一尊单薄而珍贵的瓷器,势必要失手,当场打碎在地上。岂料,事发意外,酒糟鼻子突然掉转身子,扔下满地的败将,也放弃了刚才的威风,犹如一只受惊的兔子,狂奔而去,逃向了远处的骆驼巷口。此刻,周围没有外人了,终于获救了,仿佛天老爷成全似的,将目标毫发无伤地托付在眼前,等待众人前来认领。北疆汉子们忽然哭下了,扯开了声嗓,一边膝行,一边少主子长少主子短地哀叫着,准备过去会合,去解除惊白身上的绳索。偏偏这时,此前一直在专心料理辕马的车夫蓦地变了脸,一个箭步冲了过来,单膝跪地,拔出了腰间的驳壳枪,瞄准了巷口的方向。

  枪响了,一共打了两枪。

  酒糟鼻子在逃跑的过程中,突然被两颗子弹追上了,射穿了,当即毙命,一头栽倒在了墙根下。原来,车夫才是新城军部的真正特工,瓦刀脸和酒糟鼻子这两个蟊贼,不过是他在当地发展的下线,外围的暗桩。车夫的怒火持续着,暴躁无比,喝令下跪的人们立刻摘下蒙面的小羊皮,否则格杀勿论。北疆汉子们悲愤至极,又一次堕入了绝望的谷底,眼睁睁地看着煮熟的鸭子飞了,要么惝惶,要么迟疑。在车夫看来,这些乡下棒子的懒散与怠慢,无异于一种挑衅,加之巷口方向哨声大作,想必县警察局的人马也已经捕获了枪声,正在集结,扑向了骆驼巷。这家伙的确是一介狠人,拔身而起,一不做二不休,又连开数枪,击杀了三四名北疆汉子,镇住了整个局面,解除了后患,同时也替自己廓开了一条生路。在幸存者错愕的注视下,车夫一把揪出了惊白,将其扔进了轿厢内,他则骗腿坐在了车架上,一挥鞭杆子,扬长而去。

  响铃阵阵,马蹄声碎,一切都迅如闪电,恍若一场晴天之下的噩梦。

  直到驶出了骆驼巷,拐入了天宝街后,迎面跑过来了一群人,分明是前来接应的。辕马筋脉抖擞,呼啸地奔行着,车子根本就停不下来,秋风割面,几乎要打歪了人的嘴脸。车夫将鞭杆子抛了出去,交给了一名属下,勒令对方去继续驾车,他自己则转身撩开了身后的帘子。惊白躺在轿厢内，突然被一根刺目的日光抓住了，闭眼之际，又暗黑了下去，一个影子闪了进来，搀住了他的胳膊。车夫蔼然地问说：小少爷，你没事吧？让你虚惊了一场，真是罪过呀！惊白彻底糊涂了，究问道：你又是哪一伙的？干么谁也放不过我，都在跟我作对，打算要我的命？这一霎，车夫松开了表情，相告说：呃，少东主特地派我来的，专门接你去沙山；刚才的情形你可都看见了，我实在不方便讲。惊白瑟缩一团，恐惧地哀求道：你，你真的杀了人，你杀了那几个北疆的乡下人？你别碰我，你也别解绳子，你的手上有血，我害怕你。车夫收住手，打消了念头，辩解说：哼，他们统统该死，他们是北疆来的一伙绑匪，准备请你这一尊财神，以此来讹诈少东主，勒索承平堡，幸亏被我及时干掉了。财神，我是财神爷？惊白一喜，见对方慷慨地点了点头，做了肯定的答复，便道：那好吧，等见了姓顾的，你帮我作证，我徐惊白也是有斤两的人，别让他成天吹胡子瞪眼的，一直瞧不起我。

揣着这样的念想，惊白一路上都很规矩，一不哭，二不闹，三不踢腿磴沟子。大概半个时辰后，车轿停在了北郊的萨班渠附近，车夫扛起人质，站在了一片刈后的玉米地里，一个背摔，便将惊白掼在了地上，让他死狗一样地趴着。直到此刻，惊白仍不明白，这其实是一座临时法场，距承平堡也不太远，军部的行刑队正在火速赶来。

古历九月九的日光，纷纷扬扬地落在了骆驼巷中，仿佛给这条老旧而斑驳的麻石路，铺上了一匹白练，装饰成了一座灵棚。但是，没有唢呐，也没有叫魂的法器，只有步警队和马警队的铁哨子声不绝于耳，在巷口附近激烈地鸣叫着，十万火急的样子。死尸横陈，血水在石缝中蜿蜒着，空气中弥漫着一股令人作呕的气息。活下来的北疆汉子们颓坐在街上，一脸的绝望，一身的疲惫，最终听见危险来临时，这才想起去收尸，去逃命。

这个关节上，北侧的院墙下，出现了一坨阴影。走近了一瞧，原来是个拾粪老汉。

邋遢老汉背着一只粪筐，一直佝偻着，整个腰身就像一把角尺，难以抬头。路过命案现场的那一霎,老汉拎起手中的长铲,在一个北疆汉子的箍拐上敲了敲,呵斥说:日能的,少主子都丢了,还要死身子干啥?快撤,逃命要紧,你们把尾巴藏起来,等我的信号。

眨眼之间,这个北疆来的死士班子,在日光下突然蒸发了。

胡笳四十七节

惊白哭坏了，土堆上淌满了泪水，就像一个泥水匠似的。

哭也是白搭，反正这一具热身子趴在了刑场上，日头也不怜惜，缓步登天，马上就要站在了头顶上。午时三刻，惊白是念过书、看过戏的，心知这是一道门槛，跨一步则昏天黑地，万劫不复，倘若退一步的话，他仍旧可以活在这个宽大明亮的人世上，最起码还有姐姐的疼爱，有少东主顾山农的庇护，也有一个像样的家。惊白不敢想，一想就撕破了肝胆，疼烂了心肠。假如照着两个伴当的话，子弹要么打头，要么射穿胸膛，那自己的这个躯体肯定就四分五裂了，胳膊折了，脖颈子断了，鼻子不是鼻子，眼珠子也不是眼珠子，总之就像一堆腐肉，一堆烂下水，落满了苍蝇，生出了蛆虫，臭不可闻。然而，越是不敢想，脑子里的画面就越发恶劣了，仿佛一块烧红的烙铁，捅进了头颅中，燎起了一阵黑烟，味道焦煳，令人窒息。惊白思忖，自己被杀了之后，少东主难过不难过，还在两说，毕竟顾山农跟他之间，还隔着那么一层。但是，有一点却确凿无疑，这个世界上最悲痛的人，寻死觅活的人，鬼哭狼嚎的人，绝食的人，撕扯头发的人，上吊抹脖子的人，跳井的人，喝砒霜灌马钱子的人，那一定是大小姐权达云，一定是姐姐。念想至此，惊白似乎伏在了云端上，瞭见下界里的姐姐早已枯瘦如柴，披头散发，在凉州的阡陌上彻底疯了，一边号哭，一边在捡拾。不错，因为被行刑队一枪给崩了，惊白的魂魄抓不住自身，于是这里一疙瘩肉，那里一小块碎骨，稍微马虎的话，也就丢失了。天老爷，惊白暗自尖喊了一声，像姐姐的这个孽障劲，这种一口气就能吹倒的样子，她究竟得花二十年，还是三四十年，才能将弟弟身上的零件全部拾起来，葬埋在一座坟里，安顿在爹老子的脚下呀？恓惶到了极点，惊白恍惚地觉得，自己的目光昏聩不明，被寒凉的秋风裹挟着，尘沙四起，接天壤地的。就在这个肃杀的天气下，一个颤颤巍巍的老妪，一个满头白雪的女人，蹒跚在凉州的大路小径上，挥着泪，叫着魂，摔着跟头，老无所依，最后必定伤心至死了。惊白知道，这个人就是姐姐，不会是旁人，但他不敢扑上去相认，也不敢下跪。因为他罪无可逭，这一切皆是因他而起，葬送了权家的一世清名，将其推入到了令人不齿的境地。

哭了许久，惊白的耳畔再次萦回着那一辆推车子，不，应该是那一把板胡凄厉的哀鸣，游窜在武威城的街道上，孤单，锥心，破败，无人同情。姐姐，一喊这个词，惊白便感觉自己的苦胆砰地破了，慌忙张开了口舌，却发现嘴里不是苦涩的汁水，而是土，嚼碎了的土，拌着唾沫，几乎成了泥浆。惊白回过神来，啐了几口，发现刑场上动静皆无，一切照旧。

但是，左右两侧的伴当，仍旧像两只激愤的小公鸡，一直在斗嘴，斗个不停。陈匹三叫骂道：日他妈呀，军阀也是瞎了眼了，老子们固然犯了死罪，毙也就毙了，亲兄热弟地一起去死，一趟子去闯阎王殿，可军部为了凑数，偏偏拉来了那么四个二流子，要跟我们一道问斩，这实在不公平。马眉臣失笑地说：唉，你针尖大的心眼，死都死屎了，还在乎个啥？阎王殿里无大小，也不讲究身份，反正横竖就是一个死，大家结伴去吃阴间的饭，快别挑三拣四了。佛具店的子弟拉下了脸：呸！你是弥勒佛，你的肚量大，可我不能不计较；你跟我，包括惊白、周光弼和葛望义，咱们好歹也算是武威城里有门脸的人，互不嫌弃，可以一搭里结伴上路，但阿骨里他算个屁，另外那三个恶棍又烧了什么高香，有啥资格来跟咱们一起挨枪子呀，我着气的是这个。闻听此话，惊白拔长脖颈子，朝两头瞥望一番，果然瞭见了那几个生面孔。他们早就吓瘫了，要么哭哭啼啼地告饶，要么后门松了，拉屎放屁的，令这一带的空气恶臭不堪。突然，惊白讶叫开来：哎呀，日头跑了，日头跑过了。两个伴当也歪起脑袋，仰看着天空，果真发现日头偏斜了，滑过了午时三刻的那个位置，朝着祁连山的方向在慢慢下沉。惊白欣然地说：二位，按照阴阳法则，过了这个时辰，他们也就不能杀人了，咱们起码还可以多活一天；当然喽，这准定是天老爷的意思，佛祖的恩赐，一脚把太阳踢远了。马眉臣附和道：也许吧，只要追魂炮不响，咱们可能还有救，我有这个预感，等着瞧。这么着，陈匹三补充道：嗯，你们说到了我的心坎上，如今生死一发之际，咱们也只有仰仗尹先生，期盼他老人家的无边法力了。

"啊，尹先生？尹先生咋了么？"

惊白失声道。

"恐怕，现在的尹先生也是凶多吉少，只剩下半口气的命了。"马眉臣挣扎着，但那一根麻绳绝不会法外开恩，他又哀伤地说，"唉，他那么大的岁数了，一直玉山不祥，体弱多病，肯定经不住这一顿折腾。实话说吧，当时我被押在囚车的前排，我瞭见那一幕的时候，觉得死就死了，咱们最坏也就是搭上这几具热身子，但只要他老人家还毫发无伤，还安然无恙，我姓马的二话没有。"

"好像出事之后，新城大营派来了几名军医，正在就地抢救尹先生吧？"陈匹三问说。

"天知道。当时乱糟糟的，场面混乱，狗日的们肯定也被震住了，突然没了主张，赶紧去给军部报告，行刑队和囚车只得撂在了半路上，等待新城大营的最新命令。"马眉臣冷静的言辞，客观的剖析，显然与他的年龄不符，但又不能不让陈匹三一再信服，频频点头。后来，大皮匠的儿子感慨道："真的，我活生生地看见了那一幕，原来尹先生可不是一位简单的书生，他也不是把子曰诗云整天挂在嘴上的酸夫子，他的心中带钢，哪怕骨头断了，里面也全都是青铜的成分。"

"当世的荆轲。"

"他也是民国的青铜金人。"

"的确，尹先生颇具燕赵之风，不愧为凉州柱梁。"

"只可惜，咱们这样死了的话，那今天的这一幕便无人知晓，凉州不知道，整个河西也是被猪油蒙住了心。其实最遗憾的，莫过于将来的大小志书上，也就没有了尹先生的这一笔护犊心切，这一番热肝辣肠，这也是最为痛心的地方。"

陈匹三哭噎地说:"尹先生以老迈之身,病弱之躯,孤身来劫军方的这个法场,显然是抱定了必死的决心。天老爷,你最好睁开你的一对狗眼,再给他老人家一个相当的寿数。即便将来殁了,也要让他死在高堂明屋里,有一个寿终正寝的结果。"

"你个贼娃子,你可不许吃独食,这个心愿有我的一份,你听见了么?"

"当然喽。"

这样的一言一语,一问一答,分明将夹在中间的惊白给抛弃了,无视了。

倏忽间,惊白感觉到了一种彻底的孤单,寒冷入骨的孤单,恍若自己这一块破石头,被随手扔进了戈壁干滩中,没皮没脸,杳无踪迹了,也犹如一把粗盐,被丢在了酸菜缸里,酵出了一头的白絮。事实上,在孤单之余,令惊白更为切齿的,则是一份耻辱与不平。凉州。军方。行刑队。重阳节杀人。尹先生孤身劫法场,不幸血溅武威城外。这一个个黑暗的画面,层峦叠嶂地覆压在了惊白的脑海中,几乎让他喘不过气来,也丢人现眼到了极点。左右两侧的谈说,不是炫耀,也不是抢功,但在伴当们描述与勾勒的故事里,惊白缺席了,惊白被悄然逐出了,惊白癞蛤蟆避端午去了,这才是最为要命的所在。天老爷,同为门下弟子,弘毅乡学里一起共读的伙伴,陈匹三和马眉臣这两个贼至少还在现场,见证了尹先生慷慨举义的那一幕,这无疑也让先生本人心里热乎,不那么凄凉,不那么落单。但是,不忠不义的惊白在哪里?寡恩薄情的惊白又去了何处?这么一究问,惊白的心头似乎攮入了一把锥子,血水四溢,一时间疼痛难忍,悲愤不已。

终于,惊白腾出了腿脚,攒足力气,一脚踹在了陈匹三的腰眼上,让其立刻闭了嘴。惊白又咬住一疙瘩泥土,噗的一下,喷在了马眉臣的鼻脸上,喝问道:

"求求你告诉我,尹先生到底咋了么?"

"是这,他一头撞在了卡车上,逼停了整个行刑队,大喊枪下留人。"马眉臣也花着脸,语气萧索,回忆道,"后来,他老人家又跌跌撞撞地爬起来,横在车前头,拿出一份讨伐河西诸军阀的檄文,当众宣读了几句，然后就昏厥在地，人事不省了。"

惊白呱喊说："妈呀！那一定很疼，卡车又不是棉花垛子，那可是一堆钢铁呀。"

"也许不疼。"

"不疼？"

"疼了，就不会死。死了，也就不知道疼。"

"驴日的话！"惊白叱骂道。

"真的，等一下你挨了枪子，你就明白了，我现在懒得费唾沫，我要攒够精神去死。"马眉臣一边嘴硬，一边埋下头去，兀自啜泣开来，"其实我害怕，我尿了，我的屎也出来了。"

像是在呼应少年们的争吵，另一厢，军方也开始内讧了起来。

起先，萨班渠的北岸，响起了一阵激烈的铁哨声。紧接着，行刑队员们脚穿皮靴，手握长枪，首尾相衔地跑了过来，两人一组，环伺在了每名死囚的身后，准备开铡问斩。见此情状，负责警戒的宪兵队呼的一声，退在了五米开外，腾出了杀人的道场，双方换岗完毕。行刑队队长是最末一个进来的，样子倒也不急，挑了一处土坎，站了上去，也不明白他到底磨蹭个啥。少顷，队长摸出来一盒纸烟，嘴角上叨了一支，擦着了洋火，仔细点燃后，喷出来一股子烟雾，罩在了头顶。隔着一棵棵左大人树，萨班渠对岸的凉州看客们知道时辰到了，火候足了，杀人的大戏即将鸣锣登场，于是暗中怂恿着，攒动着，生怕漏掉其中一眼，错失了这个机会。但是，行刑队队长越发地不急了，吧嗒了几口纸烟，吐在了虚空中，一直在仰头问天，仿佛他遇见了一桩真正棘手的事情，此刻难以斟酌和判断。忽然，队长垂下了脑袋，发现鼻血不停地淌了下来，赶紧掏出来一块白手巾，擦了半晌，始终也不得消停。见两手满是血水，队长折转过身子，打算去渠边洗一洗，却不承想，军部特务组的人马突然杀来了，横插了一杠子。

天杀的，特务们还抬来了一副担架，放在了刘后的秋田上。

北风吹来，一股浓郁的血腥气激荡不已，令人嗓子一紧，仿佛军方提前布置下了杀戮之气。惊白胆怯地抬头，瞥见担架上躺着一个人，死尸似的，声气皆无。惊白一时骇然，思忖说，咋就没听见枪声，也没有放追魂炮，人却被毙掉了，这究竟唱的是哪一出戏呀？恰在这时，担架上的人挣了挣身子，衣衫褴褛，浑身肮脏，好像刚刚从炕灰中捞出来那样，除了额头周围箍紧的一圈绷带外，五官不明。但是，那一丛花白的头发，那一种特殊的姿态，让惊白心神洞开，立刻认出了对方。尹先生，尹先生你咋了么？惊白嘶叫一声，几乎把自己吵聋了，嗓子也喊哑了，却没有人听见这种咆哮，四下里依旧如故，连空气也在心惊肉跳似的。原来，牛皮绳子早就干透了，勒住了惊白的喉咙，即便是想喘息一声，嘴巴里也好像噙住了一颗刺蒺藜。目光尽头，几个剽悍的便衣飞奔过来，叉住了尹先生的两臂，将其从担架上拉拽起来，悬在了半空中，又一路小跑，安顿在了刑场中央的一只圈椅里。尹先生始终耷拉着脑袋，口水淌个不停，掉在了前襟上；那一件灰黑色的长衫，其实已经被血水浸透了。

军医来了。军医穿着一身革命军的制服，打开肩上的木箱子，拿出来一小瓶褐色药水，撬开尹先生的嘴巴，滴入了几滴。这还不算，军医解下水壶，他自己先灌了几口，然后鼓起腮帮子，噗的一下，喷在了尹先生的颊脸上。在午后的日光下，腾跃起来的那一圈水雾，反射着绮丽的光斑，又倏忽间消失了，就好像一只蝴蝶耐不住秋寒，藏在了苍茫当中。军医擦净了手，对特务们说：呃，不碍事的，等一下他就醒了，大概是营养不良和贫血的缘故吧。

那边厢，行刑队队长突然间发难，戳着指头喝问：马乙麻，你日的什么鬼？特务组组长一愣，回说：哎呀！我还能日什么鬼，我跟你一样都是办差的，侍奉同一个主子，咱们最好不要互相难为，伤了彼此的和气。队长的态度和缓了下来：喏，这个坛场归我，任务压在了我肩上，十万火急，现在凶犯们已经验明了正身，子弹也上了膛，就等着开枪送客了，你却带着一帮狗腿子杀过来，这岂不是往活人的眼睛里插柴么？马乙麻低头，随手捡起脚下的半根玉米秆子，撕掉叶子与外衣，露出了一截发白的肉芯子：唉，你的任务棘手，但在下也是奉章办事，咱们同僚一场，谁也别戏弄谁，最好各干各的；我真是讨厌这个场合，我干完了就走，以免夜里做的梦也不干净。队长甚觉蹊跷，这一桩任务不但紧急，而且相当无序，应该是军部临时起意的结果，直接下达在了行刑队的头上；特务组则属性不同，又有什么资格前来染指，遂问说：你奉谁的命？你又照谁的章？咱们现在最好公事公办，两不耽搁吧。马乙麻蔑笑说：哼，亏你还是一根老油条，我这个组直达天庭，除了长官而外，新城大营绝无第二个人，敢动我这一颗棋子。长官，这个讳莫如深的称呼，在军部，在凉州全境，乃至于在整个河西一线，几乎妇孺皆知，脏腑腑明了，但谁也不敢直呼其名，去触犯龙颜；因为，长官便是长生天，便是衣食父母，便是统治着下界里唯一的主宰。岂想，队长也是一头犟驴，摊开了手，逼问说：手谕呢？是这，你最好给我一份手谕，否则的话，你带上弟兄们赶紧走吧，我的这个席面上没有你。马乙麻撅断了玉米秆子，递给队长大半截，将剩下的一小截喂在自己嘴里，一边咀嚼，一边道：笑话么，长官的话就是圣旨，你何曾听说过康熙爷和乾隆爷亲自捉笔，给区区一个刀斧手下达圣谕？好我的姑舅哥，咱们干的可都是脏活，只要长官的两手干干净净，你我才能有白花花的银子，也才有优良的前程。队长跟着嚼吃了起来，点头道：说得也是，这个道理就像一碗水那么简单。

咀嚼了半晌，马乙麻将满嘴的秸秆渣子吐在地上，啐着唾沫说：妈的，一点也不甜。队长却道：嗐，我的这个还可以，像六合糖。马乙麻揶揄说：对呀，甘蔗没有两头甜，你摊上了就是福气呗。这么着，队长再次探问说：伙计，担架上的这个老东西，也是送来上路的么？我亲自毙，我已经很久没开荤了，枪也快锈住了，需要人血来膏一膏。马乙麻摇头，断然道：喂，你可千万别造次呀！这个老夫子可不是一般的匠人，他就是大名鼎鼎的尹先生，如果你杀错了人，长官不答应，军部不饶恕，他们还会把你我的脑袋拧下来，当成尿脬一样，挂在武威城的门楼子上示众。尹先生？哪座庙，哪个庄子里的？队长粗人一个，毕竟不解。马乙麻叹了叹气，觉得在目下的这种场合，去绍介一个半死不活的老人，实属荒谬，遂简洁地说：长官吩咐过了，等尹先生闹够了这一折子，也就消了气，回家歇息上十天半月之后，军部一定要用八抬大轿将他接到新城大营，三少君也好礼贤下士，当面拜谒和请益。什么，你说了个啥？这是三少君的话？难道长官他不顾身份，偏偏要抬举这么一个老东西？队长深感不平，怨怪道。马乙麻答复说：不，他根本不窝囊，更不惧死；像他这种读书人的心中，肯定埋着一堆炼砖，筑起了一座高楼，所以恃才傲物，性格凛冽，干脆没把咱们这些扛枪吃粮的放在眼里。伙计，你可别忘了呀，刚才正是他这个弱不禁风的老夫子，只身拦下了你们行刑队的四辆卡车，让你寸步难行，趴在路上动弹不得。队长尴尬道：嗯，阁下见笑了，我也是没了办法，当时的确被他唬住了。俗话说么，这世上有几大碰不得，光棍的铺盖，木匠的斧头，大姑娘的腰肢，豁出去的老命。这个老东西当属最后一类，真是让人泼烦死了。马乙麻表示赞同，咧笑说：确实，尹先生就没打算活着回去，他在替自己找明年的祭日，宣读了一篇讨伐檄文不说，他还一头撞在了卡车上，这分明就是以死相逼，故意在激怒军部。这番话明面上看似描述，究其实，却是抓起一把沙石打人。队长放下了仅有的客套，詈骂说：老狗日的，骂完我也倒罢了，他还居然当着那么多的人，又奚落起了长官的不是，左一个军阀，又一个武夫，我最气不过的就是这个。军阀！军阀咋了？没有三少君竖起的这一面大王旗，我至今还在河州莫尼沟老家拦羊种地呢！我真的很知足。马乙麻点头道：对对的，长官之所以发了慈悲，法外开恩，准备当面请益，就是想跟尹先生探讨一下军阀的问题；这个帽子太大了，三少君戴不住，也不想戴。队长一拍腔子，恍然道：呵呵，兄弟我明白了，先让这个老东西陪完了法场，杀掉他身上的气焰和威风，择日再去军部做客，高明，实在是高明！

马乙麻盯视着同僚，委婉地说：呃，小心火大，现在秋深了，天干物燥，一点就着，你看你，鼻血淌得这么厉害，你快去渠里洗洗吧，这里就交给我。时值此刻，队长也才领悟到，其实特务组已然接管了这里，马乙麻的身上另有机密，他本人算不上长官的心腹，始终不是，结果就是被排除在外了，但杀人的恶名，将来还是要落在行刑队的头上。队长嗯了一声，捂住口鼻，悻悻地朝萨班渠走去，还不忘自嘲一句：这个驴屎鼻子，一点也不争气，就像女人的月信漏了，干脆收拾不住它。

这个晴明的午后，尹先生苏息了过来，疲倦地瘫在圈椅中，九死一生。

马乙麻上前，躬身一揖：卑职给先生请安了，多有得罪，还望先生从国民革命军的角度上考虑，宽谅了刚才的不得已。此时，尹先生的面孔上早已山河瓦裂，一派残垣断壁，血水从头顶的绷带里渗下来，淤积在了左右眼眶中，目光痉挛而迷离。马乙麻驱离了军医，又用眼神喝退了一帮子属下，廓出来一个相对独立的空间，谦恭地说：先生，在下受革命军军部的委派，擅自做主，将先生请在了这样一个揪心的场合，只想借助你的威望，你的端严，你的天语纶音，给武威城和整个凉州说几句话吧，总之时间不长；等说罢了，我再亲自护送先生回城，待你玉山挺拔、伤势痊愈了之后，军部少不了要去送请柬，邀请先生在新城大营里开坛讲义，法安人心。尹先生抽搐着颊脸，眼神瞥望了过来，似乎在问询。这么着，马乙麻从衣兜里掏出来几页纸，递给了对方，相告说：呃，这是国民革命军军事法庭的判决书；现在有劳先生，还得请你当着这一干凶犯的面，当着萨班渠对岸那些凉州父老的面，逐行逐句，一个字也不要落下，将这个文告宣读一遍吧；时候不早了，先生也要体谅我，等你宣读完毕后，我必须执行判决。

尹先生抬身，胳膊伸了过来，就在交接的一刹那，却又突然收了回去。

那几页纸散落开来，像断了线的风筝，失去了重量，掉在地上。这是抗拒，也是挑衅，他八成是属核桃的，非要砸开了吃不可。马乙麻虽然这样思忖，但表情上仍旧敷满了笑容，款步上前，搀住了尹先生，重新让他靠在了椅背上。革命军？请问阁下，你们革的是谁的命？终于开了腔，尹先生忽然一扫倦态，目光如炬，逼问道。马乙麻因笑说：呵呵，姜还是老的辣，不愧是凉州闻人，时誉在身的尹先生，一上来就探究革命的根苗；在下粗通文墨，一知半解，不敢指画国家大事，但乐意在这个问题上，陪尹先生切磋一二，以求上进。简单地讲，革命军这个称谓之前，之所以冠以"国民"二字，便是根苗，就是缘由。凡被革命的羽翼所庇护、所珍重、所依赖者，无一例外，统统是国民的一员，也是我五族共和的子弟。反之，凡被革命的利爪所剔除、所抛弃、所厌恶者，包括那些背叛者、破坏者、纵火犯、杀人狂、淫贼与投毒者，理所当然就是中华民国的敌人。革命之谓，即是割下那些家伙的脑袋，放空他们身上的血，灭掉他们的狗命，整饬出一座朗朗乾坤，清明世界，让亿万万民众互相友爱，彼此亲善，生活在一个和煦的太平人间。尹先生苦楚着表情，抬手指了指眼前的这一座刑场，以及那几个待宰的羔羊，疼痛地说：革命疯了，疯了的革命，你们只懂得滥杀无辜，竟然连凉州的学子们，连这个国家的后人们也不放过。哼，短命吧，夭亡吧！这就是革命的孽罐子，军阀的孽罐子；不久的将来，你们终有被清算的那一天，谁也逃不脱天道的法则，躲不开人间的纲常，更是被世道人心称量着，一个也不能幸免。面对这样的诅咒，马乙麻不仅不恼怒，反而失笑地说：先生大谬，革命的另一层意思就是疯狂，唯有疯狂才是革命胯下的一匹神骏，一马当先，无所不往，也才能砸烂这个旧世界，重新捏塑出一片新天地。

卖弄罢了，马乙麻迅速被这一番咬文嚼字鼓舞了起来，感觉自己就像一根接天壤地的柱梁，壁立于凉州，目光傲慢，一切都不在话下似的。岂料，刀子来了棉花接，马乙麻随后的这一顿乱拳，统统打在了虚空里，以至于泥牛入海，毫无反响。缓过神来，这名特务头子方才明白，赫赫著闻的尹先生避虚就实，根本不打算理论，甚至也没将他放在眼里，一不端架子，二不装样子，粗言陋语之间，貌似轻松与自在，实则是一块顽石，真正的目空一切。那一刻，尹先生听罢了对方的高论，突然露出了一副猴相，好像屁股下面着了火，在圈椅里扭来扭去，丑陋地笑了：

"阁下，普陀巷有一家百货局，百货局的后身则是童炳章棺材铺，那里有我的一口。"

"什么意思？"

"有劳军爷了，等一下杀我，你不妨给棺材铺捎个话，来几个伙计，将我扔在薄皮棺材里，最好在天黑之后葬掉。呵呵，老朽这辈子白昼为鬼，入夜做人，偏偏就喜欢夜黑。"

马乙麻艰涩地说："先生何出此言，这根本不是针对你的呀？"

"瓜娃子，为了让你好交差么。"口气顽劣。

"交差？"

"哎呀呀，你快别给我灌米汤了，老朽即便没有杀罪，剐罪则是板上钉钉的事实，这错不了。首先，单单一个劫停囚车、辱骂军阀、以死讹诈的罪名，就够我喝一壶的了。"尹先生扔掉鞋子，左右赤足，不停地抠着脚趾上的烂泥，接续道，"第二，军部马上要处死的这些人里头，一个徐惊白，一个陈匹三，一个马眉臣，他们统统是在下的门生，老朽的弟子。这个罪责我不扛，于情于理都不符，凉州人将来一定会掘开我的坟，非鞭尸不可。俗话说，猪往前拱，鸡往后刨，现如今军方想断送他们的性命，那我也敢抢着去死。"

"先生，弘毅的院子里学子们多了，不光这三个小贼，你又何必如此决绝呀？"

"我是首犯，只欠一死。"

马乙麻抱拳，恳切地说："可是，军部并没有追究你，反倒有求于先生。"

"借我的这张嘴？"

"有劳先生。"

"呵呵，这个算盘打得精妙，可谓是一石三鸟，你们长官不愧是军阀的楷模，河西的霸主，我险些上了他的贼船。"尹先生坐定后，表情肃穆地说，"军部打算借我的这一根口条，想让我当着那些父老百姓的面，宣读这一份处决令，借刀杀人罢了。如果我糊里糊涂地干了，那就彻底坐实了弟子们毒杀革命军兵士的罪名，让凉州人无话可说，也让整个武威城四门蒙羞，永无昭雪翻案的那一天，此乃其一。"

马乙麻居然在鼓掌，掌声里充满了兴奋。

"其二，那样的话，军方自然保住了自己的清誉，杀鸡儆猴，从此令四郡两关一带噤若寒蝉，不敢动弹，也不敢非议，这是以悲求欢之计。呵呵，老朽嘴里的这一块糟肉，如果一时逞能，中了军部的奸计，也将挣得一个大义灭亲的名声，一个讪君卖直的好果子可吃。但是你想过没有，一旦我的弟子们殁了，我的这三个儿子死了，我的指头断了，我的心烂透了，我岂不是成了独夫民贼，我断子绝孙，我后世无援，以后一直在畜生界里打转转，永远也得不到超度么？"一念至此，尹先生的热泪扑将下来，哭得天昏地暗，泣不成声。平静了半响，又哽咽道："我老了，已经站在了末路的尽头，我个人不过是一粒芥子，泛舟沧溟罢了，不足挂齿，生死轻如鸿毛。但今日的这一场杀戮却是精心谋划，明摆着，就是军方对整个凉州的羞辱，对武威县府的诋毁，更是对顾山农本人的一次鸣枪警告。"

"先生恐怕小题大做了吧？杀人偿命，此乃自古而来的道理，连鼻涕娃娃们都知道。"

"哼！可这偏偏不是刑场，这是刻意为之。"

"怎么讲？"

"军方处心积虑罢了。等一下枪声大作，数命归天，那无异于敲山震虎，给少东主顾山农一次当头棒喝，一个结结实实的下马威，以图慑服其心，剪灭其翅，将来为军阀效命，成为新城大营的爪牙和鹰犬。"尹先生面色似铁，不见天光，仿佛有一幕疾风暴雨，一场闪电和雷霆，正在他羸弱的心头大面积发生，没有停止的迹象。末了，又诘问说："阁下，你不去军方的刑场上杀人，却偏偏挑在了这里，特地站在了承平堡的视野中，又将权家的小少爷打入死册，眼看着就要送命。再者，顾山农的保价局今日开张，各路宾朋们正在东郊的沙山上纷纷贺喜，你不送金匾和红帐子也倒罢了，干么要送子弹，送噩讯？到了夜饭的时候，你们又敲开承平堡的大门，再送进去一具徐惊白的死身子，迫其就范，让顾山农签字收尸，乖乖地认领了这一桩天大的冤案，从此难以抬头，唯有归顺军方。同时，新城方面也是一本万利，就此撬开了凉州的墙角，武威城的大门，并且锉平了地方政权的贰心。呃，老朽愚钝，临死之际，这才刚刚琢磨出了其中的因果，虽说太迟了，但也足以告慰此生。"

掌声停下后，马乙麻抢白道："这两不相干，东楼西门，先生究竟在胡说些什么呀？"

"说明承平堡失控了。"

哑默着。

"嗯，承平堡不但失控了，想必军部也已经发现，少东主顾山农并不是一只听话的兔子，更不是平地里久卧之人，于是你们慌掉了，气急败坏地祭出了这一招撒手锏。"倏忽间，尹先生失笑开来，蔼然地说，"阁下，我好心奉劝你和军部一句大实话，这根本没用，千万不可赌这口气，你们连一盏灯也吹不灭，遑论像顾山农那样一个铁石心肠、心高气傲之人。"

"请先生细说。"

哀恳道。

"是这，顾山农原本就是一个戏娃子，凉州四喜班出身的，不曾花落莲出，技成出徒，自小家境贫寒，飘零在外。嘻，也不知他得了什么道，烧了哪根高香，竟然时来运转，被权爱棠权大人相中后，招为了姑爷，入赘在了权家，如今俨然成了顶门杠子。徐惊白则是另外一个路数，慈善堂里的一名孤儿，来历不明，身世不详。不过么，同样是权大人慈心于世，菩萨肝肠，早年间将他抱养在了家中，收为了义子，视同己出，含辛茹苦地拉扯到了现在这么大，实在不易呀。"

马乙麻截停了对方："这个我悉数掌握，不劳先生替我补课。"

"所以说，顾徐二人根本就没有血缘，虽然同在一个屋檐下，但兄弟之间一向不睦。你别指望杀了一个小的，就可以要挟那个大的。恐怕，你除掉了惊白，恰好遂了顾山农的心愿，至少将来不必分家了，他还巴不得替阁下摆上一桌全羊宴呐。"

"先生，我信你，但我是一名军人，必须执行命令，不能感情用事。"

"这根舌头是我的，不能借。"

"一颗烟的工夫呀？"

尹先生截铁道："阁下，舌上有龙泉，杀人不见血。老朽宁可嚼舌而亡，也不愿意宣读这一纸荒唐而诬陷的文告，亲手断送了弟子们，让他们背上这一世的污名。"

"那就是说，先生不给军部面子了？"

"可惜呀，我连里子也没有，无法相赠，施舍不得。"长叹一声。

胡笳四十八节

　　枪杀开始了。突然间，天空陡然变色，一派猩红。
　　实际上，特务组和行刑队本就是一家人，彼此熟稔，少不了沾亲带故，互相喊姑舅。在马乙麻跟尹先生交涉的过程中，特务们便以军部密令的名义，替换了行刑人的位置，二人一组，站在了凶犯的身后，子弹也上了膛。那一刻，马乙麻见劝说无效，遂撇下尹先生，朝自己的属下们打了一个强硬的手势，枪声骤然大作。枪声中，马乙麻弯下腰，拾起地上的几页纸，吹净了灰尘，卷成一个喇叭筒，握在了手里。身旁，尹先生惊恐万分，额顶的伤口乍然开裂，一股股鲜血从绷带中淌下来，再一次储满了眼眶。
　　其实，枪声并不密集，而是点射。
　　惊白和两个伴当吓坏了，脸色像一张张黄表，裤裆里也完全湿透了，不是尿，就是屎，这是他们能留在这个人世间的唯一东西。马眉臣哭噎说：我害怕，我可不想死，我还没活够呐。陈匹三亦道：妈呀，来了，该轮到我了。的确，枪声是从两头响起来的，先左后右，中间有一段间隔，但恰是这种些许的停顿，骇人的静默，令少年们更加毛骨悚然，似乎舌头已经舔到了死亡的鼻尖，尝见了那一种黑暗的力量，寒冷的气息。与行刑队的风格不同，特务组对这一干凶犯不是集体射杀的，而是开了单灶，逐个枪毙，没有口令，也不曾吹哨子，干净利落，绝不拖泥带水。第一个被毙掉的是来自发放镇的贼娃子，他三番五次地潜入新城大营的车马库，偷粮食，偷各种挽具，偷轮子；在抓捕的过程中，他竟然点着了草料堆，引发了火灾，烧死了六匹快马。第二个是粉刷匠，丰乐镇人氏，受雇于革命军二营一连连长马力清家中，前不久因为讨要工钱未果，在后半夜翻进了院子里，将一块生石灰扔在了井中；石灰发酵之后，这口井也就废了，殃及了附近的几户人家，陆续搬离了，另觅他处。第三个死囚，来自天梯山下的孙庄，原本是一名猎户，入秋之际，他扛着一只金麂子进入了武威城，在集市上兜售野味，当即被特务们拿获了。马乙麻在金麂子的皮毛上，发现了几个枪眼，但这种开放性的创口并不是土枪造成的，而是制式武器所为。于是，军部紧急派出了一支特遣分队，押解着猎户，直奔祁连山腹地深处的孙庄，拆墙揭瓦，掘地三尺，迅速缴获了一支驳壳枪，终于破了案。大概在今年的谷雨前后，新城大营的一名通信兵携带密件，路过天梯山，打算登上老鹰嘴，去往青海一侧的驻防连时，被这名猎户所害，抢夺了枪支，由此生不见人，死不见尸，成了一桩迷案。此刻，特务组的人即便开始射杀，但也是挑肥拣瘦，轻重有别，手底下相当的讲究。

对付贼娃子时，只动用了一杆步枪，三颗子弹，悉数射进了他的脖颈子里，几乎打断了筋肉，只剩下一截子骨头粘连着，意思不大。轮到了粉刷匠，一名特务朝他的肚子上放了一枪，凿开了一枚碗大的血窟窿，而后掏出来一个纸包，原来是石灰疙瘩，全部塞入了他的伤口内，又踩上去一只靴子，严防漏气。不消片刻，粉刷匠的肚子就被吹大了，大如蒸笼，爬满了紊乱的青筋和游丝般的血管。准确地讲，粉刷匠最后是被烧死的，石灰其实是一种看不见的火，碰上了油脂一般的血水，一下子燎原开来，激荡在那一具皮囊中，仿佛撑开了一座宽广的帐篷。咽气之前，粉刷匠打了一个长长的饱嗝，既舒坦，又惬意，帐篷也随即塌落下来，肚腹之间出现了一道山坳，皮相不存。另一组特务的目标则是猎户，猎户受过半年多的磨折，已经彻底变了形，就像一根干柴棒子，一只尕鸡娃，杀起来也毫无快感。这么着，一名特务揪住猎户的头发，悬空了他的脑袋，摸见了嗓子，催喊赶紧。旁边的家伙握住刀子，在猎户的喉咙上割了一刀，迅速闪开了。吊诡的是，猎户一直到死，身上也不曾流血，只有切断的气管一带，噗嗤噗嗤地冒泡，声音就像一头叫驴在放屁。

这个关节上，文香府的葛望义彻底崩溃了，虽然被一根阎王绳捆缚着，但两个蹄子实在不老实，踢踹着身后的特务们，日娘捣老子地叫骂不休。骂了有一阵子，葛掌柜泄光了身上的力气，开始磕头求饶，哭诉道：军爷，我跟阿骨里这个狼吃的真没关系！他是个伙计，是个下人，先前在我的茶楼里干过一段日子，我见他手脚不干净，偷东摸西的，就把他轰走了，再无瓜葛。岂料，主凶阿骨里却不答应，尖起了声嗓，呱喊说：呵呵，你个老贼娃子，你指使我下的毒，毒杀了新城里的革命军，现在你就当我的一张狗皮褥子吧，阴曹地府里着实太冷了，我想把你铺在沟子下面，一起热乎热乎。葛掌柜冤枉极了，绝望地说：天老爷，我本来接获了承平堡的帖子，一大早要去沙山，给郡老和乡绅们沏茶添水的，谁知道一脚踩了个窟窿，被掳到了这里，现在连命也要搭上了。阿骨里却反诘道：呸！你别往我的头上泼大粪了，指不定，你的死因就是来自承平堡，来自顾山农那个家伙的嚣张。人狂没好事，狗狂拉稀屎，今个天好歹印证了。什么，你狗日的说了个啥？老子死也就死了，你个挨刀的，干么要给少东主栽赃，诬陷承平堡呢？葛掌柜不依不饶。或许，阿骨里放弃了生的念头，一时轻快，讥讽道：呔，老东家，你瞅见没有？连承平堡的小少爷也在地上乖乖趴着，等着吃铁沙枣呢，顾山农却两耳不闻，正在沙山上待客；这个道理就像一根针，明眼人都能看得出来，你却糊涂成了一碗糨子。

对付这种老婆舌，或者说搬是弄非之人，特务组自有一套专门的招数。这么着，一名便衣拿来了一副牛角弓子，弓子上紧绷着一根牛筋绳，直接套在了葛望义的颈项上，像拧抹布那样，开始了绞杀。葛掌柜死得很慢，那一根惨白的舌头滑出口腔，一寸一寸地下坠，悬吊在了胸脯一带，突然间就硬了，身子也不再动弹。

军爷，我喊你一声军爷，求求你给我来个痛快的吧，我不敢再泼烦你们了，阿骨里撅起瘦沟子，呱喊道。这个简单，身后的特务好像是他的亲姑舅，当即满足了他，扣动扳机，打出一梭子，打完了整个弹夹。阿骨里被射成了半张破筛子，下半身坑坑洼洼的，四面漏风，但是并不太致命，也没有当场昏死过去。特务蹲在了阿骨里眼前，摸出来一颗子弹，先是在凶犯的头皮上摩擦了一阵子，效果不著，然后又在他自己的靴子上刮蹭起来，喟叹道：嘻，这要是翻毛皮靴就好了，这个皮子太滑，弹头也烫不起来。阿骨里难堪地说：日他妈，这个我知道，这叫炸子儿，我以前去军部的刑场上看枪毙人，你们就用过这个。特务诡笑道：的确，炸子儿最痛快了，一旦射进你的脑袋就立刻爆炸，会把你打成一锅馓饭，揉出你脑壳里的屎浆子，将来也好肥了这一块苞谷地，明年能有一个不错的收成。阿骨里对此并无异议，相问说：烫了么，铁沙枣发烫了么？见特务摇头，遂献策道：哎呀，你应该在袖子上摩擦，你穿的是麻布衬衣，麻布来劲。

果然，麻布袖子就像一张粗砂纸，让弹头迅速灼烫了起来，明晃晃的。特务掏出驳壳枪，退下了弹夹，将子弹嵌入，重新推上后，打开了枪机。突然，阿骨里尖起嗓门，调皮地说：等一下，我有个条件，你们先杀承平堡的小少爷吧，等杀完了徐惊白之后，我愿意死两回，多死一次，绝不食言。特务们简直失笑坏了，气氛与刑场俨然不符，却也罕见地施出了一份宽容，纷纷支起了耳朵。阿骨里在临死之际，赫然吃下了一记恶咒：喂，惊白少爷，权家的小少爷，假如我在地底下寻不见你，你还在阳世上闹腾的话，那我一定要折返回来，天天追着你，让你不得受活。

枪响了。只响了一声，很闷，也很短促。

子弹是从阿骨里的太阳穴射进去的。燃烧的弹头，被液体拦住后，突然遇冷，当即就爆炸了，掀开了他的天灵盖，撕裂了他的鼻脸，摧毁了整个五官，将这名毒杀革命军兵士的主凶，枪决在了这一年秋日的午后。那一刻，阿骨里也许并不孤单，他好像齐天大圣似的，擢发成军，一下子幻化出无数个身子，变成了几十块碎肉，从半空中降下一场血腥之雨，洒落在了眼前的秋田上。旁侧里，惊白又尿了一大泡，尚未尿完，却惊骇地瞭见一疙瘩肉掉了下来，掉在了他的鼻子前头。天呐，那根本不是肉，实际上是一小块头盖骨，阿骨里的一撮头发还粘连在上面，脏兮兮的。果然，这个贼娃子的咒语应验了，即便死后，他也不肯放过自己，惊白这么一想，罪恶般地趴在土堆上，夹紧了沟门子，等待最后的枪声。

孰料，尹先生也怂了，态度骤变，朝马乙麻伸出了手。

特务组组长厉声呵斥，当即叫停了正在进行的杀戮，仍旧是两人一组，分别站在了徐惊白、马眉臣、陈匹三和周光弼的身后，枪不离手。马乙麻到底笑了，将那一纸文告递给了尹先生，又慌忙搀住他的胳膊，款款地扶下了椅子，自己则伺立一旁。尹先生展开那几页纸，瞅了再瞅，字迹模糊一片，目光也相当浑浊，只是依稀地瞭见一枚枚鲜红的×，勾决了这一干人犯的名字，其余不详。瞎了，我可是瞎掉了，尹先生一面嘀咕，一面用指尖抠着眼窝，竟然抠下来不少的淤血，揩在衣服上，又接着去抠。身负这一桩特殊使命，马乙麻有的是耐心，殷勤地说：先生，我陪你去萨班渠里洗一洗吧，反正也不必着急，前头的已经毙掉了，你只需要念剩下的这几个就够了。尹先生听进去了，一步一蹒跚，朝着左大人树走去。马乙麻尾在后头，以防万一，生怕这一具残破的躯体出现什么意外，他必将难辞其咎。尹先生光着脚，那一袭长衫好像刚刚从血水里捞出来，头上的绷带也松脱了，一根尾巴似的，曳在了空中，嘴里不停地叨念说：瞎了，我今个天瞎掉了，我的这辈子鸡飞蛋打，全部报销了。

不料想，就在路过那几只待宰的羔羊时，尹先生膝盖一软，长身仆地，竟然叩起了头。马乙麻不打算阻拦，因为上天也有好生之德，况且先生如父，恩同再造，在这么个生死大限之际，彼此挥泪诀别，自然也是人之常情。尹先生磕罢第一个头，哽咽道：匹三学弟，老夫教化无方，一生罪孽，百无一用，你就宽谅了我，此生不要记仇吧。第二个头磕给了马眉臣，照旧忏悔道：唉，我把戒尺当成了文明棍，平时用得太少了，以至于酿成了这样的残忍局面，老夫该如何给你们的爹娘老子，给凉州百姓一个交代呀？到了惊白跟前，尹先生伸手抚了抚少年人的耳朵，惜疼地说：瓜娃子，一旦见了权大人的面，你可不许替我开脱，也不必辩解，这一世的光阴里，我全都搞砸了，我还剩下一件事要去办，那就是负荆请罪，以死相报了。惊白一直在发抖，不敢抬头，更不敢接茬，恐惧就像一块巨大的磨盘，无形地压住了他，令其难以喘息。

尹先生收住了恓惶，摇曳地站起来，径自走向了萨班渠。

这个工夫上，行刑队队长正蹲在渠水边，不停地擦洗着鼻子。上火了，也可能是天气太燥，鼻血干脆就止不住，犹如断了线的珠子，落在水浪上，还等不到化开，迅速就被卷走了，冲向了下游。队长焦虑不安，担心自己失血过多，头晕目眩，不小心栽进水里，玷污了个人的身份。但是，相比起这个担忧，让队长更加郁愤的，则是萨班渠对岸的那些凉州看客，密密麻麻地砌成了一堵人墙，目光像一群群老鸹，飞扑而来，栖在了他的鼻子上，嗜血如狂，根本就不回避。日能的，这些猪狗杂碎，难道刚才的枪声和杀戮，地上的那几具死尸，还不够刺激么？还不如四喜班的折子戏么？鼻血有个啥看头，让你们如此津津有味的？心中怨怼了一阵子，消了消气，听见身后的脚声时，队长扭头一觑，发现弘毅乡学的那个老夫子趔趄过来，蹲在了渠水的下端，离自己并不太远。马乙麻也尾随而至，蓦地住步，斜靠在了一棵左大人树上，点着了一根纸烟，冷眼打望着附近。

奇怪了，鼻血再次汹涌而下，一直淌个不停。队长一遍遍地掬起冰冷的雪山水，敷在自己的面门上，却也无效。鲜血染红了渠水，一道烟地流泻下去，队长忽然想起了什么，叫喊说：先生，你别站在下头了，你去上游里洗吧，那里干净。喊了几遍，对方好像聋掉了，头也不抬，专心地搓洗着手里的一件东西。队长也是好奇，捏住鼻子，跑到了尹先生的身畔，再次催喊了一声。这么着，队长惊愕地发现，尹先生搓洗的不是指头，也不是手巾，竟然是那一份军事法庭的判决书。迟了，太迟了，那几页公文已经变成了纸张糨子，湿漉漉地攥在老夫子的手中，连揉带搓的，墨汁泛滥了出来，却怎么也淘洗不白。队长失望地说：唉，先生又何苦如此呀？难道毁灭了文告，你就能救下那几只羔子，将来做一位凉州大善人么？尹先生苦笑道：不，我不是为了挣名声，我这叫以血洗血。什么，以血洗血？队长狐疑地问。尹先生频频颔首，截铁地说：的确，这就是以血洗血，用你身上，用你们新城大营，也用你们的主子，那个河西最大的军阀头子的罪孽与肮脏，来浣洗这几个无辜少年的冤屈，还他们一个天大的清白。

言毕，尹先生纵身一跃，投进了萨班渠当中。

时值深秋，加之这一年当中，祁连山上雨雪慷慨，融冰不断，河西境内的大小绿洲水脉广泛，流量丰沛，萨班渠亦不例外。湍急而逝的渠水，仿佛板起了铁青色的面孔，带着一股狂野的力量，一把将尹先生拉拽下去，摁倒在了河底当中，彻底失踪了，甚至连一个指甲皮大小的浪花也不曾泛起。哎呀，糟糕了，大事不妙，这下子你可闯了天祸。马乙麻惊喊一声，跳下了河堤，眼睁睁地瞭望着这一条发怒的渠水，却也是无计可施，徒唤奈何。行刑队队长同样震惊不已，一面擦拭着鼻血，一面狡辩道：活该呀，这个老狗日的，他刚才咒了我，也咒了长官大人。马乙麻登时火了，三七不问，突然将手里的烟头，直接戳在了同僚的面门上，戳出来了一声惨叫。队长疼死了，赶紧捂住了鼻脸，但是炭火犹在，似乎他的整个五官瓦裂了，破碎了。这么着，队长慌忙跪了下去，将脑袋埋在水中，灼伤的感觉这才慢慢消失，清醒不少。不，不能还手，更不可内讧，让萨班渠对岸的凉州百姓们见了可笑，丢尽了军方的颜面。队长这样告诫自己，又忽然想起，马乙麻不但是长官身边的大红人，且是主子的亲房，侄儿辈的骨干，属于一根藤蔓上结出来的瓜，真可谓一笔写不出两个"马"字，人家乃显赫的贵胄，自己则是一个外姓走狗，这条小命随时拎在对方的手上，岂敢不从。队长从水中拔出了脑袋，甩干净之后，谄媚地笑了一笑。

伤感的是，马乙麻不见了，树下没有人，这就像拿着酥油却找不见庙门，一切白搭。

队长一时间愤恨不已，牙齿也快咬碎了。马乙麻的轻慢与蔑视，至少被周围的属下们看在了眼里，以后在新城大营中，他还怎么混，如何抬头，无疑成了一桩难题。这个气必须撒，现在就得发泄，马上扳回来一局，唯一的办法就是斗狠比恶，试试看，谁才是铁石心肠，谁才是真正的刀斧手，杀人不眨眼。一念至此，疯狂攫取了他，歹毒也控制了他，嘴里不停地嘶喊着，一个蹦子跳上了渠岸，冲进了那一座血腥的刑场。

幸好，马乙麻还没走，明人不做暗事，算是有种。队长从一名属下的手中，夺过来一支长枪，咔嚓上了膛，头也不抬，朝着天空扣下了扳机。枪声沉闷，预示着这一场杀戮再次开始了，萨班渠两岸气氛凝重，似乎连左大人树上的那些秋叶也停止了摇曳与喧哗，纷纷屏住了呼吸。队长麻利干散，亲自登场，目光清点了一番，只剩下了最后四名囚犯，正乖乖地趴在土堆上，等待受刑。这么着，队长挑选了一个顺序，自左至右，站在了陈匹三的身后，将枪口戳在了对方的后心上，找准了位置。队长决定打心脏，不必打头了，最好让血水淤积在犯人的腔子里，眼不见为净。因为尹先生的话犹在耳畔，以血洗血，这简直就像一句索命鬼的咒语，令其心悸不已。

岂料，就在开枪执行的前一刻，马乙麻踱了过来，塞给同僚一疙瘩棉花，催促道：你看你，鼻血像个怂一样，淌个没完，快塞上吧，小心流死你。队长放下枪杆子，接住了东西，定睛一瞧，热烈地说：哎呀呀！新疆长棉，这还是新的，老兄你从哪里搞到的？马乙麻并不答复，只敷衍地说了一声让我来，便拔出了身上的驳壳枪，迅速转过身去。

同样是自左至右，第一枪打的是陈匹三，徐惊白次之，马眉臣又次之，最后一个则是兽医铺子的掌柜周光弼。恰恰相反，马乙麻打的不是心脏，而是脑袋，前后开了四枪，不多也不少。旁侧里，队长撕下来一束新棉花，刚刚捻成了柱状，却惊讶地发现情况不对，一切都不是原来的计划，这个戏唱歪了，演砸了，突然失声道：

"老兄，你这是在干么？"

马乙麻当即变色："少他妈废话，你们赶紧收队吧，剩下的由特务组来办。"

"你这么干，掉脑袋的可是我呀？"

"机密，恕不奉告。"笃定地说。

第七拍

胡笳四十九节

十月一，送寒衣。

入了晚夕，雪下得更大了，大得有点无边无沿。夜饭时，雪还是絮状的，在头顶上懒散，此刻却是雪渣子，密集而来，恍如一块块白色的门板，横在街道上，令人寸步难行。火神庙的西侧，也就是八卦巷的对过，吴记面铺封门闭户，挂着锁头。廊檐下的一只铁炉子死灭了许久，腿脚上拴着一根铁链子，以防失窃。门钉上，悬吊着一块牌子，上面贴了一纸告示：家中有变，歇业一季，远近乡亲，还望周知。顾山农矬下肩膀，迎着呼啸的罡风，彳亍而走，觉得浑身的力量都被统统卸光了，消泯在了今年的头一场暴雪当中，但脚步并不迟疑。风声之外，顾山农又耳食到了一种窸窸窣窣的响动，弥天接地的，原来是左右手上提住的纸火在瑟缩，在翻卷。趔出巷口，一眼瞭见了吴记面铺，往事飞奔而至，犹若这湍急的夜色，突然砸在了他的身上，不由得滑了一脚，好歹也站稳了。顾山农仰起头，攒足了内心的热烈，朝着广大的虚空，不停地叨念说：面汤爷，山农来给你烧纸了，侄儿来给你老人家添几件棉衣了，你在那一世里务必收好，你赶紧穿上吧。

说着话，眼泪唰地淌了下来，一时间恓惶得不成。

不出意外，吴家的后人们可能等不及他，已经在傍晚左右祭奠完毕，抓紧回了家。面铺子门口黑乎乎的，顾山农用脚尖刨开了一堆积雪，果然瞭见了底下的纸灰、烛头和各类供品，夹杂着茶叶和酒水的气息。顾山农背风蹲下，勉强将这一场寒冷挡在了脊背后头，放下袋子，陆续掏出了纸衣、纸马、纸车和纸房子，另有三斤点心，一包干果，一大把六合糖，款款地摆在地上。一沓子冥亡钱是海藏寺的僧侣们印下的，据说很灵验，一大早就捎进了城里，不耽误事情。洋火有些潮，点到第五根时，这才见了火苗，顾山农喂在了纸钱下，忽地一声燎原开来，慌忙跪下了左右膝盖，磕了三个头。十月一，送寒衣，这是个寂灭而痛彻的日子。天刚刚擦黑时，武威城内就已经浓烟笼罩，鬼火缭乱，沦陷在了一种悲戚当中，令人遁逃不得。好在，这一场大雪从新疆的方向上驰奔过来，将地上的一切都擦干净了，包括阳世上的缅怀与灰烬，让人们腾出了更多的心情，进入了年末岁尾。

面汤爷殁了，殁在了重阳节的次日，算得上寿终正寝，结局圆满。灵棚搭起的当日，顾山农便接获了白帖，也抽空去了一趟吴家吊丧，披麻戴孝地守灵，前后一个时辰的样子。往后的一段，因为保价局杂事繁多，千头万绪，顾山农一心扑在了贸易上，分身无术，也就淡忘了许多。送寒衣是有苗头的，一大早，城里面便出现了不少的香烟纸火摊子。顾山农一拍脑门，这才惦记起这个风俗，赶紧派人去给吴家的长子传话，打算跟哥哥弟弟们一道去坟上祭拜。长子叫擀杖哥，捎回来的话说，因为今年是新坟，加之天气恶劣，决定不去城外乡下的墓地了，只在面铺子门口烧个纸，祭点酒，约在了夜饭之际。不料，顾山农却被另外的要紧事绊住了，直到现在这个荒野的时刻，方才跪在了令人泪下的地方，抽心一烂。

满目中，这个店面破了，旧了，早已不复从前，但跪拜的膝盖底下仍然温暖，仿佛有一堆不离不弃的炭火。

列位，总因世事沧桑，笔墨蹒跚，这里不得不先叙一桩寂灭的往事。

该是在十三四年以前，吴掌柜彻底扔掉了老营生，不再卖面了，转而开始做面。这个道理简单得就像一碗水，因为在穿街走巷地吆喝时，他发现那些挑葱卖蒜的辛苦上整整一天，还不如饭馆里的厨子颠一颠炒锅，挥一挥锅铲子，利润实在可怜。同样，卖面的不如做面的，况且他家中一地的娃娃们，哪一张嘴都不能亏欠，哪一个都是前世里的小先人，需要仔细善待。吴掌柜乃秦人，籍贯陕西长武，自小就是面肚子，只要一碗面咥舒坦了，天塌了不扶，房子着了也不管。

拿定主意后，吴掌柜率着长子和次子，回了一趟老家，一待就是大半年，然后技不压身地返回了凉州，在河西首郡的火神庙西侧，盘下了一座店铺，挂上了吴记的招牌。凉州人也是深谙面食的行家，格外挑剔，对这个外乡的老掌柜并无热情，闲话甚多，再加上当地同行们的排挤，那一块招牌渐渐地凉了，眼看着就要关张歇业。无奈，吴掌柜派出自己的儿子们，天天守在武威城的门楼子下，把住了四个方向，支起耳朵，一俟闻听了关中平原的口音，哪怕是一声咳嗽，便生拉硬拽地将那些远路上的客人，让进城里，安顿在了自家店里的凳子上。起先，吴掌柜甚至不收饭钱，只央求客人们说一声好，竖一根大拇指，在奔波的长路上传一个口碑。但是，陕西人性子倔，又都是买卖中人，你越是客气，他留下的饭钱就越多。况且舌头是不会骗人的，吴记的这一碗面食，可口至极，解除了他们出门在外的相思，连饱嗝也是十分响亮，揩完油嘴后，脚下拌蒜，仿佛有了醉酒一般的感觉。按理说，吴掌柜应该高兴才是，但每天打烊后，在算盘上一拨拉，草流也就那么多，赚头真的不大。

这样半死不活地维持了大半年，天气冷寒了下来，吴掌柜开始主打汤面，期冀着客人们吃上一口热乎的，身子暖和。汤面有两种，一种是擀的，另一种是扯的，各有各的讲究。当初回乡学艺时，吴掌柜就分工明确，让大儿子握住了擀杖，二儿子去练习揉面拉面的手法，即便将来他们另了家，也好有一门立身的技艺。那一日傍晚，突然雨雪交织，店内鲜有客人，儿子们坐在窗前看雪，土狗则在饭桌下啃食着干骨头。岂想，变起肘腋，店门外蓦地吵闹开来，夹杂着惊叫声，以及一阵阵苍老的哭泣。吴掌柜闻声，立刻从后堂里拔脚出来，扑在窗口上一瞧，当即骂了一句贼日的，你坏了良心。原来，一个要饭的老妪举着乞钵，站在店门前央求，大儿子却迁怒于她，迎面吐了几口痰，还唆使那一条土狗冲了上去，疯狂地撕咬。老妪瘫坐在风雪当中，耗尽了气力，一旁的大儿子还不罢休，仍在怂恿着脚下的畜生。吴掌柜的头皮麻了，抄起一根擀杖追出了门，先是一棍子劈在了狗头上，又反手敲在了大儿子的箍拐上。长子哎哟一声卧下后，狗也跑掉了，吴掌柜根本不计较男女禁忌，将老妪抱在了怀中，抛下身后的风雪，款款地放在了柜台下的炉子旁。二儿子见状，打来了一脸盆热水，淘了手巾，替老妪抹了脸，擦净了两手，这才看清了对方的模样。这名妇人实在是太老了，鸡皮蛙脸，单衣薄裤，枯瘦得就像一根细筷子，里里外外几乎冻透了，牙齿也在一直打架，炉子里的炭火根本无济于事。吴掌柜去了后堂，舀了一碗热气腾腾的面汤，撒上几粒芫荽和葱花，双手端给了对方。老妪见状，一点也不客气，长鲸吸水似的，一口气就灌进了肚子里，要求再来一碗。这回是二儿子端来的。吴掌柜靠在柜台上，瞭见老妪解开了一个脏包袱，掏出来半块馒头，掰碎后，泡在了面汤里。馒头八成是捡来的，硬得像石头，泡了半天，才软乎下来，被老妪吃干喝净后，一连打了几声饱嗝。大概是出于愧疚，吴掌柜找来了一套旧的棉衣棉裤，交给老妪，又亲自搀扶着送出了门。临别前，老妪突然抓住了吴掌柜的领豁，悄声道：你等着，等我儿子扛着戏箱子回来了，给你唱一台《劈山救母》吧。

夜幕沉降，八卦巷一带犹如风口，罡风和雪花很快就擦掉了老妪的身影，不知去向。吴掌柜扶住门框，陡地一激灵，料知刚才的这一幕并非那么简单，慌忙喊来了二儿子，塞给一把碎钱，催他去追上那个老妇人，最好雇一辆车轿，送到该去的地方。箍拐红肿了，大儿子从廊檐下爬起来，怨怪再三，说店里本来就没啥生意，如果让一个脏兮兮的老婆子坐进去，吓不跑顾客，起码也会败坏了大家的胃口。吴掌柜沉吟道：她偷走了那只碗，那个汤碗，她还会来的，因为碗一定认得吃饭的路。拿定了主意，当老子的交代说：你听着，在柜台旁专门设一张单桌，以后只要她进门的话，你们赶紧把她供在桌子上，好吃好喝好招待，谁胆敢给了她脸色，我姓吴的家谱上就革除了谁。很快，二儿子回来了，声称走遍了附近的街巷，竟没有寻获那个要饭的，那个腿脚不利索的老妇人，好像她有腾云驾雾之术，真是奇怪。大儿子嘻然道：就说么，明明是一个女妖怪，还要奉为佘太君，啧啧。吴掌柜一个抽脖子上去，打得大儿子当即闭了嘴，不再乱语三千，立刻支起了一张桌案，擦得明亮如镜。

火烧财门开。这人世上的老话，总归是有老的道理，万古不磨。

次日晚夕，虽然雪停了，风止了，但整个武威城犹如一座冰窖，被南部的祁连山压在了脚下，哈气成冰，苦寒异常。照旧没有客人，爷父三个围着炉子烤火，眉头皱成了一块块咸菜疙瘩似的。果然，碗认得自己吃饭的路，不会走错门。那一刻，门帘豁开了一条缝，粗碗伸了进来，凤凰三点头，乞求的样子。吴掌柜一努嘴，儿子们跳将起来，飞身而出，左搂右抱地将那个老妪请进了门，安顿在了凳子上。老妪头发花白，穿着昨晚夕获赠的那一套旧衣裳，始终埋下了鼻脸，不肯示人。去，捞一碗长面，浇上羊肉臊子，让嬢嬢快吃，吴掌柜吆喝了一声。这是大儿子的手艺，很快就端了上来，肉香扑鼻，汤面广阔，在这样的寒天冻月，一般人实难抗拒诱惑。结果，老妪不仅不言传，还一推二揉的，干脆不动筷子。吴掌柜又发话说：嗯，可能是嫌擀得太硬了，快去扯上一碗软面，下成韭叶儿，煮烂，浇上酸汤汁子吧。二儿子应命，又麻利地端来了一碗，汤面上敷着黄花、木耳、胡萝卜丁与蛋花，惹人馋涎。老妪顽固极了，心中拴着一颗秤砣似的，依旧不肯接受。吴掌柜灵光乍现，当即让了步，屏退了儿子们，他亲自拾起那一只粗碗，进了后堂。少顷，一大碗面汤上来了，芫荽和葱花比昨天多了一层，但一筷子就能插到底，没任何油水。老妪露齿而笑，又从脏包袱里掏出来一个花卷，掰碎后，泡在热汤中。吴掌柜眼尖，发现花卷上用红曲之类的食用颜料，画了几种记符，迅速判定这是神仙馍馍，是香客们献给寺里头的供品，难怪冻成了一块冰疙瘩。吴掌柜佯装轻松，抓了一把麻子，坐在对面，一边嗑，一边打望着老妪。

　　热饭烫食，真的吃舒坦了，老妪咂巴着嘴，方才进门时的那一身风寒，犹如太阳底下的积雪，迅速融化了。吴掌柜清楚，穷寒之气消失后，另有一种笃实的东西将水落石出，凸显在对方的目光与举止中。它叫自尊。它是一件看不见的衣裳。它一直挺括着，甚至连一个褶子也瞧不见。吴掌柜不嗑了，将麻子扔进了炉膛内，双臂支在桌沿上，热切地盯望着。恰是在这一夜，这个来自三秦大地的小买卖人，用了一句不经意的话，做出了惊天之逆转，竟然在日后的广漠光阴中，成就了一番慷慨大业，由此挽救了武威城，也挽救了凉州，乃至于整个河西一带的重大命运，功比日月，悬照西疆。掌柜的姓吴，名汉邦，长武县吴家堡子人氏，家中的一名亲舅舅跟随民国元老于右任先生辗转南北，属于贴身秘书之一。

哎呀，好我的嬢嬢，你慢点吃，你别慌忙，我这个穷酸小店别的恐怕也没有，但面汤管够。吴掌柜放下了姿态，跟着后人们一起喊嬢嬢，尽量让对方开心，不必拘束。明摆着，这是她一天当中唯一的进食，老妪吃得很仔细，汤汤水水的，一滴也没有洒出来。突然，老妪僵住了，嘴巴大张，浑身发抖。嬢嬢，你咋了，嗓子卡住了么？吴掌柜问完，这才发现土狗卧在了桌案下，正在嗅探着老妪的腿脚，于是抓起擀杖，一棍子劈了下去，轰跑了畜生。又添了半碗热汤，摆上一小碟腌韭菜和胡萝卜丝，吴掌柜照例坐下来，堆满了笑容。老妪终于吃毕了，掏出一块干净的手巾，揩了揩嘴角，开腔道：一饭之恩，我先记在账上吧，等将来一总结算。吴掌柜觉得被误解了，臊着脸说：你看你客气的，一碗面汤罢了，只要嬢嬢爱喝，以后你天天来，我专门伺候你。这么着，老妪俯身过来，贴耳道：真的，我儿子有一个戏箱子，等他回来了，让他给你唱一出《薛仁贵回窑》。言罢，又匆忙收拾起那一只粗碗，趔趄地出了门。

天寒路滑，夜幕如障。二儿子打算送上一程，却被爹老子一把拽住了，不许他出门。二儿子抢白说：不放心呀，万一有个闪失就糟了，我只在后头盯着，到了她的宅门便可。吴掌柜不松口，隐讳地说：唉，借着夜黑来，趁着夜黑走，这才叫体面！看来咱们的这一碗面汤，还需要再加工一下才是。大儿子插嘴说：听爹的这个口气，应该知道她的来历吧？吴掌柜找来了一根绳子，变色道：去，快去后院，把你的那个狗先人吊在树上，马上吊死，挖个坑埋在葡萄架下，不许犟嘴。大儿子接过绳子，哭丧地说：哼，为了一个臭要饭的，你就要杀生，你拨的什么算盘呀？吴掌柜不答，抓起一只秤砣，直接扔了过去，幸亏大儿子跑脱了。

跟别的人家一样，吴掌柜疼爱的是小的，见店内无人，恰是掏心挖肺的机会，遂说：唉，一个人如果不是落了难，遭了劫，谁还肯抹下脸皮，举着一只饭钵，在人世上四处乞讨呢？天有天的苦楚，人有人的难心，该帮一把的时候，千万不能吝啬，败坏了自己的福分。福分？爹说的是福分吧？二儿子若有所悟。吴掌柜诚恳地说：你想想，如果这个老妇人不来，不讨要一碗面汤的话，灶台上的那一口锅也就冰了，火也就灭了，这个店肯定维持不了几日，但她偏偏来了。二儿子抢过了话头，聪慧地说：爹的意思我全明白了，那个嬢嬢是来替咱们续火的，添柴加水的，喊财神的；她八成就是一位菩萨吧？吴掌柜一笑，将抹布递给了二儿子，催促说：喏，菩萨吃饭的桌子，以后一定要亮堂，亮得要像一块金瓦才是。

果然，半个时辰之内，这一番话就被天老爷兑现了。

依照凉州的气候，第一场大雪下来后，脸要皴，脚要裂，手指头就成了透明的胡萝卜，真正进入了冬寒阶段。人尚且如此，家中的那些大小牲畜更是难过，让人操碎了心。请火，去火神庙里请火，这是凉州的先人们传袭下来的习俗，近些年愈演愈烈，俨然成了一个不成文的节日，其中尤以武威城内的这一座庙宇香火最炽。火是有脾气的。白昼里的火，好像一直在打瞌睡，精力不济，请回去或许也是白搭，带不来想象中的祥瑞。但是天黑之后却不同，一灯破夜，那些摇曳的火焰筋骨强健，充斥在大街小巷中，恍若一条落满了光斑的石羊河，波来浪去，一刻也不曾停歇。从庙里请出来的火种，被灯罩护持着，让后生们一路小跑，紧急送回了家，剩下的人们便消停了不少，揣着这一年挣来的钱财，开始寻吃觅喝，不亏待肚皮。吴记面铺的门帘子被挤掉了，门槛也快被踩烂了，头顶上全是索饭的手，嘴里日娘捣老子的，一个个起起然，仿佛他们不是新姑爷，就是谁家的亲阿舅。吴掌柜倒也不急，挨着顺序，甲乙丙丁地发放了号牌，又扯起声嗓，朝后堂里喊话：七号，三个酸汤，五个臊子；八号，四个干拌，两个碱面；来个驴日的，先给叔伯们把面汤沏上，让舌头不要焦干了。云云。再瞅时，吴掌柜发现顾客们的颊脸上湿漉漉的，坏脾气消失了，纷纷眉开眼笑，陷落在了一团团稠密的蒸气当中，云遮雾绕，仿佛送钱的财神们。灶房里也不一般，幸亏吴掌柜生养的多，闺女们和面的和面，拉风箱的拉风箱，择菜的择菜；两个儿子则挥舞着大笊篱，样子亢奋，将一碗又一碗的面食分送出去，又准备下一锅。抽了空，吴掌柜出门去擤鼻子，却没得逞，因为廊檐下蹲满了高高低低的吃客们，手里捧着大海碗，满街都是喉咙的声音。那个阵势，简直堪比灾害的年份上，海藏寺、白塔寺和无量寺等等的凉州沙门里放粥的场面，只多不少。这一夜，吴家的爷父们手忙脚乱，一直忙到了公鸡打鸣时，方才送走了最后一个客人，上紧了门板。

自此，吴家的表盘子被拨乱了，更改了作息。

一般到了午后，全家人睡醒了，马上就进入了正题，各司其职。大儿子换了一根长擀杖，每次擀出来一张，差不多能切出十几把子长面，规整地码在笸子上，放在后院里冻好，再去擀下一张。二儿子在缸里和面，一次十几斤，揉搓光滑后，切成剂子，抹上清油，慢慢地去饧面，越饧越筋道。干完了这些活计，两个儿子开始专心打一碗面汤，不是往常的那种糨子水，而是特制的，既要有营养，又不能被识破。这一套手法类似于文火煎药，火候是第一位的。为此，吴掌柜精挑细选，买回来一只平凉安口窑的粗砂锅。启用之前，先要杀一杀泥腥气。砂锅被炭火烧红了，吴掌柜调了一碗玉米汤，泼了进去，一共泼了七八遍，铺垫好了底子。再次烧红后，吴掌柜又调了一碗新麦子汤，滚沸了一段时辰，这才洗刷干净。砂锅的筋脉和肌理当中，从此弥散着一股粮食的清香，就好像一件老家当似的，让人放心。终于，这一碗秘而不宣的面汤调制了出来，坐在炉口上，咕嘟咕嘟地喊着话，深情地等待着门外的那一位菩萨驾临，一饮如醉，夸赞连连。爷父三人也是惶惶不安，外松内紧，目光齐刷刷地盯在了那一道门帘子上，如逢大考，紧张得汗下如雨。

这以后，一天的生意，总是从菩萨进来的那一刻算起。面汤刚上了桌，老妪照旧解开了包袱，伸手去掏馍馍，吴掌柜却将半个硕大的干馒头递过去，哀恳道：孃孃，这是我吃剩的，丢了可惜，你就别嫌弃了。对方翻了翻白眼，勉强接住了，掰碎在碗里，埋头吃喝了起来。蓦地，老妪停了下来，生疑地说：不妙，这不是面汤，你们哄我呐。吴掌柜笑说：嘻，不值钱的泔水，不吃也罢，我给你换一碗臊子汤吧。老妪说：鸡，这个味道是老母鸡的，我还记得。吴掌柜提前准备了一篇腹稿，回说：对了，那个砂锅刚刚炖完老母鸡肉，刷了好几遍，味道总还是有的，这个怪我，真怪我。话一说开，老妪也就释然了，连吃带喝的，很快就见了底，擦净了嘴角。临出门前，老妪凑在吴掌柜的耳畔，又是一路的水话，嘀咕道：真的，我儿子扛着一只戏箱子，等他回来后，我一定让他给你唱一出《火焰驹》。瞥见两个儿子笑眯眯的，表情上埋藏着机密，老妪左抚一番，右拍一下，分别说：擀杖哥，我儿子给你唱的是《挑滑车》，给这个行面的娃子，干脆就唱《长坂坡》吧。

门帘子落下后，爷父们喜不自禁，笑疼了肚子，为这一桩勾当的得逞深感快慰。这叫暗度陈仓吧？这叫瞒天过海吧？儿子们开始请教。爹老子摇头道：不，这应该是卤水点豆腐，一切都是续功，慢慢来；等这三天的鸡汤吃罢后，再炖上一根羊骨头，菩萨也不能那么瘦，菩萨也需要贴膘么。忽然，大儿子指了指自己的脑袋，挤眉弄眼地说：怕是，她的这个玩意不太灵光，怕是被门板夹坏了，出了麻烦吧，一口一个许愿，倒也像她脚上的裹布一样，又臭又长。吴掌柜生气了，扑将过去，抬手一记抽脖子，断喝道：呸，你都是快要娶媳妇的人了，不积口德，老子没给你拴链子，你就乱咬人，仔细我再送你一根绳子，你跟着你的狗先人去升天吧。儿子们望风而逃，钻进了灶房内，开始拨火拉风箱，预备开来。气罢了，吴掌柜抓起一个围裙，系在了腰上。一阵寒风拂来，门帘子被掀开后，凉州人们带着大嗓门进来吃饭了。

渐渐地，名声传开后，吴记面铺就成了人们挂在嘴上的一个热门地点，不唯是请火的城中百姓，就连那些郊外的乡绅耆老也一道结伴，坐在车轿上，烤着炉子，一路上嗅闻着想象中的味道，前来一饱口福。的确，舌头是不会骗人的。一样的面粉，一样的醋水，一样的菜蔬，但吴记的这一碗面食，却让人安魂驻魄，七窍生烟，大有一种朝佛之后的陶醉感，身心一派空明，仿佛骑鹤驾云那般，乐而忘返。表面上看，这一切的因由，似乎是吴记面铺毗邻了火神庙的缘故，也是请火的百姓们共同襄助的，但在吴掌柜倔强的内心，执拗地认定非也，统统不是，此乃皮相之说。揣着这一份暗喜，吴掌柜感恩戴德，始终认为这缘于那一位菩萨的加持，是她假扮成了一名乞丐，在试探自己，在测度着人世上的良心，同时也是替这个面铺开了光，作了法，布下了神圣的恩泽。如此一来，吴记面铺成了武威城里一个奇异的门店，一桩诡谲的生意，只卖夜饭，只在傍晚时分开门待客，而当天的头一碗面汤，如果它还叫面汤的话，总是被一个要饭的婆子给抢先端上了。凉州人慷慨地送给了吴汉邦两个绰号，一个叫善人，另一个叫怪骨头，在褒扬的同时，又表达了一种眼热与嫉妒的心理。

其间，也发生过一件意外，让吴掌柜后悔得直砸腔子，一直难以宽恕自己。

大概是腊月初九，门板上贴了一张红纸，上书四行墨字：家中有喜，歇业五日，远近乡亲，还望周知。吴家在城外的大柳有一座庄院，还给大儿子说下了媳妇，吃过了酒，本打算翻过年了娶亲，但女方家里突然出了麻烦，老人一病不起，于是捎来了话，就想借着这门子婚事，冲一冲晦气，或许还能奏效。吴掌柜二话不说，率着一门老小急匆匆地走了，只留下了那一张红纸。乡下的婚礼繁琐而冗长，稍一大意，就会得罪人，等事情办完后，吴掌柜的骨头架子都快散了，睡了整整一天，方才缓过劲来。那日黄昏，一个从城里买完年货的邻居敲开了院门，递给吴掌柜一只首饰盒，声称这是别人随的礼性，赠给新娘子的东西。谁送的，姓个啥，叫个什么？吴掌柜在脑子里搜腾了半天，自己在武威城内一无亲戚，二无交情，不免心存疑惑。邻居绍介说，他也不好问对方的名字，反正是一个岁数大的婆子，看着像要饭的，出手却这么大方。吴掌柜惊魂地说：天老爷，你在哪里碰见她老人家的？你们本不认识，怎么就搭上话了？这么着，邻居再三坦承，说他专门去了一趟吴家的铺子，只想知道门朝哪开，占了什么好风水，干么生意火得一塌糊涂。结果，他正在门缝里偷窥时，一个邋遢的婆子从廊檐下的铺盖卷当中钻出来，一把拦住了他。末了，邻居仔细地说：呃，是这，她在替你守铺子呢，你门口的那一个铁炉子忘了拴链子，幸亏有人照管着。

怕有闲话，吴掌柜关了门，坐在明屋的炕桌旁，打开了首饰盒。天呐，一只玉镯子，羊脂玉的镯子，缠裹在一块绵软的绿丝绒当中；这么大的礼性，说出去谁也不信。吴掌柜识货，翻来覆去地摩挲了好几遍，知道这是个老物件，年深日久了，表面上沁着一层温润的油脂，分量也不一般。突然，一个尖锐的念头跳将出来，吴掌柜相信，这应该是老妪从自己的腕子上抹下来的，带着她的身世和祝愿，慷慨相赠。吴掌柜被一种羞耻感拿住了，目光趑出了窗外，瞭见天色渐暗，冬日的黄昏开始席卷凉州大地。哎呀，这么些天了，孃孃在哪里讨饭？又是夜饭的时辰了，孃孃现在吃了没吃？究问了许多遍，终于问不下去了，吴掌柜一时心慌，赶紧揣上首饰盒，牵出来一头骡子，打算立刻进城。儿子们再三拦挡着，说天黑路滑，等天亮了吧。爹老子却噙着泪水道：唉，今晚夕不去做一碗面汤的话，我的良心过不去，我也睡不安生。

出了八卦巷口，吴掌柜果然瞭见廊檐下有一卷铺盖，老妪缩作一团，正在酣睡。

差不多是子夜时分了，吴掌柜蹑手蹑脚，卸下来两扇门板，侧身而入，生了炉子，又在灶房里做了一大碗面汤。此后，吴掌柜点亮了所有的灯台，擦净桌子，摆好了汤碗，直接将老妪抱了进来，款款地安顿在凳子上。老妪从迷瞪中醒来后，先是嗅闻到了那一股熟悉的味道，然后抬望着对方，仿佛做了一场梦。吴掌柜并不多言，性子像平时那样温和，拿来一盘子新鲜的大馒头，掰碎在了热汤里，只说：孃孃，这是婚事上的喜馍馍，你尝个味道吧。老妪吃喝了起来，寒冷瓦解了，煞白的颊脸上有了一坨坨红晕。吴掌柜坐在对面，叹气地说：唉，我那个大贼娶媳妇，花光了我的箱底子，小的那个也快到了成家的年纪，我得抓紧挣钱，以后过年过节的，一天也不敢休息，门照开，面照卖。老妪却说：年关就要来了，大人娃娃们全都在家里吃喝，正月里没生意，你就不要点灯熬油了，划不来。这么着，话递了出去，吴掌柜立时轻松了，笑说：孃孃，舌头认得吃饭的路，凉州人不上瘾的话，我也就不会夸这个海口，到了正月里请你天天来，你来见证一下吧，顾客们只多不少。

吃毕了，老妪站在廊檐下，将那一卷铺盖捆扎起来，挂在了左臂上。这一霎，吴掌柜突然捉住了对方的右手，将那一只玉镯子套进去，箍在了她的腕子上，哀恳地说：孃孃，我心领了，但这么贵重的礼当我不能收，还是放在你身上吧。老妪执拗着，却也抗拒不得，只好乖乖妥协了。吴掌柜释解道：唉，娃娃们的福薄，即便戴上了，也扛不住这一份情义；况且这也是你家传的宝贝，瞎子都能看出来，你千万小心，别磕着碰着了。老妪答复说：咿呀，这么大的喜事，我总得随一份礼性么；既然你看不上这个，那就等我儿子扛着戏箱子回来，去你的府上，专门唱一出《凤求凰》吧。这个时候，吴掌柜再也忍不住了，求告说：嬢嬢，你总得告诉我令公子的名姓，好让我心里有个期待，在这么大的凉州，将来多一门亲戚呀？老妪踩着地上的结冰，惊颤地走远了，丢下话说：呃，他姓顾，叫个顾山农。

顾山农。这是吴掌柜头一次听说这个名字，颇感陌生，但还是记住了。

一年一度的请火仪式逐渐结束了，过完年，打了春，立了夏，天老爷的嗓门陡然一高，热浪围困了武威城。吴记面铺的经营稍做了调整，易节随俗，扩大了门类，但仍旧以面食为主，回头客居多，尝鲜者更是络绎于途。唯一不变的，则是傍晚开门，后半夜打烊。这个古怪的做法，让食客们在心生抱怨的同时，也无形地增加了这个店铺的传奇与神秘。此后，城内的许多家馆子开始效仿，但意思不大，吴记仍然独占花魁，每天要卖掉七八袋子面粉，拾碗也拾得腰疼。吴掌柜趴在柜台上，一张算盘油汪汪的，在窃喜的那一刻，还不忘告诫自己，知恩图报，供养菩萨才是第一位的，此乃天课，一日也不得懈怠。大儿子成家之后，性格突然一变，或许也是明白了爹娘老子的不易，敬上友下，时时抢着干活，手里的那一根擀杖，就像一介老匠人似的出神入化，几乎无可挑剔。二儿子也灵光多了，心思扑在了案板上，跟哥哥一直在暗中较劲，但功夫稍欠火候，还有待长进。令吴掌柜欣慰的一点，则是儿子们对那一位菩萨的态度空前地热烈，已经将她当成了家中的一员，毫不生分，伺候得滴水不漏。的确，那一碗吴记的汤水还叫面汤，但是慢工出细活，卤水点豆腐，实际上却是沉淀了大半天的肉汤或骨头汤，只不过被一把玉米粉完全混淆后，遮人耳目罢了。因为，爷父们渐渐发现，老妪的双眼其实早就哭坏了，舌头也麻木了，哪怕你喂给她一坨酥油，她也能吃出五谷杂粮的味道。

不久后，这个机密就被戳穿了，肇事者乃是名著天下的权爱棠大人和尹先生。

　　算盘越拨越亮，说明流水越来越多。入了夏，天黑得迟了，一切似乎也慢了下来。吴掌柜正在低头打算盘，门帘一撩，急吼吼地闯进来了三名客人，浑身上下写着同一个热字。挑了一张通风避光的桌子，二人落了座，另一个管家模样的喊说：掌柜的，上凉汤，先上一盆子凉汤解解渴。这个点子上，哪来的凉汤呀！吴掌柜应命而至，只觉得桌旁的二位气度不凡，举止儒雅，便赶紧泡了一壶热茶，摆上了茶盅。不料想，身后的灶房里却起了冲突，吵嚷不止。少顷，管家捧着一大碗凉汤出来，气呼呼地说：哼，这种吃剩的泔水，泼了也就泼了，让人解个渴，难道还会剜了你们身上的肉不成？两个儿子追了过来，下话说：叔，这碗你别动，单另再给你们熬上一锅吧，也就一袋烟的工夫罢了。管家道：别废话，等不及了，嗓子眼里已经冒烟了！你们这是开店呢，还是在愚弄人？刚要伸手，管家却被一根擀杖拦住了，大儿子怒斥道：不，别不识抬举，卖与不卖是我说了算，你做不了主。管家下不了台面，沮丧地问说：哎哟，你这个究竟是神仙汤，还是甘露水，我干么就没这个口福呀？这个关节上，二儿子抢走了那一碗汤，答复说：对对的，这就是菩萨的饭食，你小心遭灾。管家正欲理论时，旁边的客人却拉下了脸，不怪道：逢节，你出去，你现在就去慈善堂附近转达着，如果听见敲钟的话，你就赶紧来告知一声，我恰好和尹先生有话要说，一块合计合计。这句话一锤定音，容不得反驳，管家翻着白眼走掉了，还公然踹了一脚门板，哐当一声。

　　茶水半天也凉不下来，客人们凑在一起，面色凝重地私语着。吴掌柜终究忍不住好奇，加之生意人的精明，忙抓起一把扇子，打算给茶水降温，耳朵却贴了过去，捕捉着对方的讯息。慈善堂。儿娃子。徐惊白。沐浴。昼夜啼哭。这些陌生的辞藻，犹如一大把粗沙子，扔在了吴掌柜的鼻脸上，令其不明所以，仿佛在听一部天书。吴掌柜唯一能辨识的，则是客人们之间的谦逊与揖让，一个称呼对方尹先生，另一个便赶紧抱拳，回一声权大人，彼此皆有君子之风。听熟了，吴掌柜突然心窍大开，汗颜不已，丢下了扇子，悄悄地钻进后堂，捂住了儿子们的嘴，呵斥他们安静。心跳得太乱了。心跳得就像一大锅滚开的沸水，难以止息。快，快给我找一件干净的围裙，我这个太油了，见不了大人物，爹老子呱喊着。围裙拿来了，吴掌柜换在了身上，又交代说：你两个就在灶房里乖乖蹲着，别死眉耷眼地出去丢人，让大人们笑话，我自己去张罗，去服侍。儿子们从没见过爹老子如此失态，一再追问客人的身份。吴掌柜卖了个关子说：瓜娃子，连县长见了都要停车下马、点头哈腰的人物，你们自己想去吧。鉴于刚才的争执，吴掌柜心存愧疚，觉得这么白手出去实在不妥，便亲自切了一碟子肘花，一碟子牛肉，一盘凉拌沙葱，一碗水萝卜，又沥上一壶苞谷酒，脚步簌簌地上了菜。

　　两位大人并不客气，抓起筷子就吃，不承想，菜还没有搛在嘴里，便先后惊呆了，愣在了凳子上。那一刻，老妪进来了，脚下无声，安静地坐在了柜台旁的单桌上，熟门熟路的样子。儿子们烧开了那一碗所谓的面汤，撒上芫荽和葱花，照旧供在了菩萨的跟前，今天还有热花卷，刚刚出锅的。老妪吃得很慢，即便是泡软的馍馍，下咽也很困难，又生怕旁人失笑，回看了几番，或许是因为眼睛早就麻掉了，并不曾发现周围的异常。傍晚的热浪侵袭进来，整个店铺内犹如蒸锅，两位客人从最初的震惊中拔身而出，相视一番，忽然间泪水满面，情不自禁地抓住了酒盅子，一饮而尽。吴家的爷父们茫然无措，被这一幕吓坏了，乖乖地蹲在墙根下，不敢出声，当起了凉州看客，并意外地获知了过去的一台恩仇大戏。

　　一向性格沉稳的权爱棠，被几杯酒给点燃后，起身站在了柜台下，抱拳一揖，恳切道：敢问，嬢嬢可是顾家的老嫂子，夫家姓顾，娘家姓肖？剩下了半碗汤，老妪正在歇缓当中，含混一笑，嘴巴里竟然没有一颗牙齿，牙床也是紫黑色的，好像她最近患了口疮似的。权爱棠再说：请问，嬢嬢可是顾肖氏，抄经匠顾遂的夫人？这次，老妪好歹听清了，指了指头顶上的一抹夕光，讶叫道：对呀对呀，顾遂飞走了，顾遂是一只麻雀，去了沙州城，去了敦煌。天呐，事情终于确凿了，水落石出，眼前的这个要饭婆子，这个邋邋而肮脏的老妇人，恰是让整个凉州的民间社会牵心了诸多年，赴河西一带寻找了几十趟的顾肖氏。权爱棠婆娑着泪水，一揖到底，声色怆然地说：老嫂子，让你遭罪了！你既然回到了武威城，你咋就不言传一声，让大家知道呀？尹先生却不见悲戚，异常开心，上去搂住了顾肖氏的脖颈子，揶揄道：哎呀，好我的老嫂子，凉州的锅都快熬零干了，你不来添一勺水，反倒在这个宅门里偷偷地吃独食，这个我可不答应。说着话，尹先生捧起那半碗面汤，咕嘟了一大口，目光瞥望了一眼墙根下的爷父三人，似乎啥也明白了。顾肖氏塑住表情，嘀咕道：天快黑了，顾遂还不飞回来么？麻雀给他借了一件衣裳，按理说，他也该回家了吧？尹先生不再玩笑，答复说：老嫂子，天还亮着呢，你就不要再说夜黑里的话了，我跟权大人也在等顾遂，一道陪着你等吧。顾肖氏摇了摇头，立起身子：不行，我知道了，麻雀的衣裳料子不好，我去问喜鹊借一件吧，喜鹊穿的是绸子缎子。这个关节上，权爱棠和尹先生分明判定，顾肖氏的脑子坏了，已经像隔夜的糨子那样坏掉了。

倏忽间，顾肖氏伸出手来，朝着吴掌柜呱喊说：小米，给我一把小米。儿子们飞快地进去，舀来了半碗小米，但顾肖氏只抓了一点点，羞赧地说：够了，顾遂吃不多，顾遂是鸡娃的嗉子麻雀的胃，等一下我撒在街道上，他也就知道该回家了。蹒跚到了门口，顾肖氏仔细地说：你们等着，等我儿子扛着戏箱子回来后，给你们一家唱一台戏，亏待不了的。吴掌柜亲自将这一位菩萨扶出了门，送到了八卦巷口，瞭见对方消失后，方才折身返回。

铺子开门待客了，乌泱泱的食客们涌入进来，沸反盈天的样子，与往日没有不同。权爱棠的眼睛红肿着，尹先生也是一脸沮丧，相互劝慰说，像老嫂子这种梦游的状态，切切不可受到外界的刺激，更不能一巴掌打醒梦中人，只有听之任之，静待她康复的那一日。至于顾肖氏在哪里落脚，在何处过夜，现状如何，似乎并不在两位大人的惦记当中，这一方面缘于凉州男将们的一贯风格，另一方面也很快揭开了谜底。鉴于人多嘴杂，顾客吵嚷，吴掌柜将权尹二人邀请到了后院，置身在一座浓荫蔽日的葡萄架下，茶水也刚好凉了下来，适宜于这个夏夜。冷不丁地，权爱棠一声长叹，感慨道：

"唉，物是人非呀，这个院子跟顾遂当年临走时一样，丝毫没变。"

"只不过旧了,也破了。"尹先生一边答话,一边摘下来几粒青葡萄,抿在舌头上吮吸,又迅速吐掉了,"听说,顾遂去了敦煌以后,这棵树上结出来的都是苦果,再也甜不起来了。"

"的确,树犹如此,人何以堪。今晚夕突然见到了老嫂子,我心里的苦胆破了。"

"你我可都是顾家的罪人,当初不该交给他那个担子。"

权爱棠凄楚地说:"这一家人如今零落天涯,生死两隔,这是凉州的心病,也是你我的耻辱。此番老嫂子突然现身,虽说她的脑子糊涂掉了,但是这个债必须还,不可暗室亏心。"

"尹某莫敢不从。"

吴掌柜怔忡地问:"二位大人,原来这个院子姓顾,是顾遂家的老宅门么?"

"不错,这正是顾遂家的,也幸亏没拆掉,嫂夫人才能老马识途,寻上门来。"

"我懂了。我也是从别人的手里盘下来的,不知道前面的底细,今个天终于明朗了。"吴掌柜暗忖,眼前这一座幽暗的院落,其实是那一尊菩萨的领地,他自己不过是挂了个名,在火神庙一带贩卖吃喝罢了。这跟钱财无关,更和地契无涉,其中一定埋伏着不为人知的秘闻。这么着,吴掌柜心头一热,笃定地说:"是这,老嫂子的冷暖就交给我吧,我一定悉心伺候着,绝不会有任何闪失,二位大人尽管来抽查,随时吩咐在下。"

"有劳掌柜的,你值得托付。"

权爱棠随之一揖,郑重地道了谢。

"呵呵,你这个善心之人,你使的好手段,那一碗热汤表面上看不出详情,但舌头一尝,却是羊骨头和萝卜熬炖的,这岂不是瞒天过海么?"尹先生灿烂开来,攀住了吴掌柜的肩膀,相告说,"你有所不知,顾遂老两口一辈子茹素,不沾荤腥,持戒很严。但是,这个戒破得好,发心良善,你继续破下去,我们替你保密。"

"我记得老嫂子说过,顾家有一个后人,儿子娃娃,叫个什么?"吴掌柜忆想不出。

"顾山农。"权爱棠道。

尹先生敛住了表情，不快地说："哼，那个贼疙瘩呀，几年前买了个戏箱子，狠心地丢下父母，跟上一个戏班子走了，扬言去学戏。后来爹老子出了事，他也不知道回来尽孝。"

"难怪么。"

吴掌柜附和了一声。

这时候，管家廖逢节火急地进来，通报说慈善堂开始了，已经敲起了第二遍钟。甚至来不及打招呼，权爱棠和尹先生突然间抖落了身上的酷暑，鹰隼一般地冷静，私语了几句后，便相率而出，三个人从侧门里消失了。是日晚夕，吴掌柜破天荒地撒了懒，不想去站柜台，落座在了凉风习习的葡萄架下，一盅接着一盅，喝败了那一壶茶，心如明镜。在吴汉邦看来，这三个行为诡秘、不事声张之人，一定在筹谋着一桩天大的勾当，大概正处于胶着状态吧，所以他们取舍不定，忧心忡忡。此刻，在这一座古城的上空，不仅绽放着繁密而璀璨的星宿，而且还运行着一道道如水的天命，勾画着下界里的道路，布置着一切众生的棋局，犹如前定。其实，这个贩卖吃喝的异乡人也不曾料到，夜空早已泌下了一滴甘露，掉在了他的额头上，于千人万众里挑选出了他，让他荷担使命，在将来的某一天，当着少东主顾山农的面，去亲口转达权爱棠大人的遗训：信，你一定要信，慈善堂里的事情是真的。

但是，这一重要托付还为时尚早，正处于挂果的阶段，不可操之过急。

胡笳五十节

  自从有了相认的那一幕，隔三岔五的，权尹二人便时常现身在了吴记面铺，吃喝事小，陪伴为大，总要跟顾肖氏拉呱上几句，方满意而归。这中间，自然少不了吴掌柜的撺掇与殷勤，八面玲珑，笑脸迎送，渐渐地获得了两位门面人物的认可，彼此信赖，无话不说。这么着，吴掌柜的脑子里东缝西补，拼凑出了一段当初的凉州往事。
  原来，四郡两关一带佛事炽烈，信众广泛，构成了整个民间社会的基石，不以朝代更迭而动摇，也不以地方当权者的喜恶而褪色，犹如一条执信的大河，在祁连山下流淌千年，生气不竭。民国初造之后，敦煌开元寺迅速崛起，成了一个显赫的存在，身为住持的印光法师开始领袖沙门，凿凿有声。那一年，印光拾起了在光绪末期中断的一项法事，分别给凉州、甘州和肃州下了帖子，邀约东部的这三个郡县，各遴选一名顶级的抄经匠，前往莫高窟誊写经书，一道联手供养。这件事的吊诡之处就在于，表面上看似客气，一切都波澜不惊，不过是派遣了一人一笔，答复了印光法师的请求，但是谁都知道，那其实是一场公开的比拼，郡县和郡县之间的较量，不啻于皇上的殿试，也类似于擢拔河西一带的文状元。敦煌的帖子依照旧例，下达在了凉州城内的罗什寺；不巧的是，该寺的时任住持释法然在前一年去了五台山，迟滞未归。唯恐耽误了大事，庙祝擅做主张，将帖子转交给了当时的六郡老这个议事班子。名为六郡老，但在世的仅有四名，其中一个瘫了，两个在乡下养老，拿事的又将帖子交在了朱绣的手上。彼时，朱绣头角崭露，属于一棵好苗子，亦是下一届班子的备选才俊。令人万万想不到的是，朱绣误解了对方的意思，以为自己足堪大任，于是背上笔墨行囊，单人独马地踏上了西去的长路，颇有一番为凉州建功立业的架势。

这个关节上，朱绣的鲁莽之举，被学子们揭发了出来。武威城黉夜派出了一匹快马，将朱绣截停在了焉支山下，令其掉头而返，他自然灰败不已，内里当中一片残垣断壁。这件事的幕后主使，一个是权爱棠，另一个则是尹先生。朱绣不敢敌视素孚众望的权大人，于是将所有的病，看在了后者的身上。这是尹朱二人之间最初的交恶，一辈子的心病，无从化解。

很快，幕后主使站在了前台，由权爱棠倡议，弘毅乡学承办，组成了一个遴选班子，布告凉州全境，邀请各路的写家子齐聚武威文庙，参加笔墨大赛，公推一人。朱绣丧尽了面子，心存不甘，三番五次地找到了权爱棠，据理力争，却被对方一针见血地拒绝了。权爱棠道：小先生，你不能只顾着满足个人的私欲，冷寒了凉州学子们的心。这一份请柬，这一个名额，绝不可私相授受，一定要公开、公平、公正地选拔；只有公推出来一名笔墨颖秀之才俊，方能不辜负凉州，也对得起莫高窟的那一面千佛灵岩。碰壁之后，朱绣并不曾颓废，闭关了半个月，苦练了一番技艺，最后揣着一方袖砚，拿着一支毛笔，走向了文庙。那一日，名冠陇右的武威文庙里，麇集了168名考生，试题和规则也是权爱棠单独确定的，誊抄一段《大菩萨藏经》，总计抄写三份，由本人挑选出最满意的一张，参与角逐。花了半个白昼，事情就见了分晓，最后的前三甲里，其实并没有朱绣其人。究问之下，尹先生如实相告，朱绣在第一轮就被淘汰了，说不得，实在说不得呀。权爱棠不信，特地调来了朱绣的那一份卷子，只瞥了一眼，便呱喊说：天老爷，幸亏被截了回来，否则的话，凉州的牙要被敦煌拔光了。坦白地讲，那一张纸面上的墨字，如果不是狗刨的，就一定是猪啃的，简直大失水准，惨不忍睹。或许，朱绣求胜心切，太想出风头了，以至于用力过猛，连起码的笔画和间架结构也不讲究了，一片污山浊水的。深思之后，权爱棠在即将榜示的名单里，仍旧填写上了朱绣的名字，位列第三。尹先生率尔一笑，点头首肯了。权爱棠打趣说：这个，这个么，总不能因为一次抄写，就断了人家的路，耽误了日后的前程，朱绣总归是有上进心的，又被郡老们看好，不如给他一个台阶吧。尹先生笑道：反正，只有第一名是真实的，其他的全不作数，你法眼天下，但愿朱绣能理解了你的这一番苦心。张榜之后，年轻的朱绣臊得不行，果然猜出了权爱棠的用意，一心扑在书案上，天天临帖，日日精进，大概过了五六年，笔墨功夫大为改观，一手字领异标新，足够衬得上将来凉州总教的身份。时光广漠，在往后的日子里，朱绣的内里当中，跟权家逐渐地亲近了起来；尤其是在北门外的承平堡筹建及完工期间，他始终扮演着一位谋士、一个门客的角色，与权爱棠几成莫逆，无话不说。之所以这么干，朱绣并不是在排挤尹先生，而是时刻保持着一种发愤为雄的动力，一份谨慎的敌意。不错，只有敌意才能让人清醒而明朗，也才是一碗灯油，可以随时照见自己脚下的路。

第一名叫顾遂，完全陌生的名字，幸好留下了他本人的宅门地址。

挑了个下半天，权爱棠特地喊上了朱绣，前去火神庙一带的顾家拜访。门开了，说明了来意，顾肖氏却道男将不在，他一直在寺里干活，约摸半个月才有一次照面。两个访客揣着满肚子的好奇，端着一杯茶，逡巡在院子里，就想看看顾遂何以在这样的环境中，寂寂无名，埋首砚田，却练就了一手炉火纯青的笔墨，技惊凉州。寻来望去，这个院子并无一毫的特异之处，风水略欠，被旁边的火神庙强势压迫着，不像后来拆掉了临街的围墙，开了一座铺面那么招摇。倘若挑一个优点的话，那就是洁净，葡萄架下一尘不染，大小零碎摆放整齐，连墙面也是不久前粉过的，充斥着一股石灰水的清晰味道。终于，访客们发现了端倪，有一面窗台上码满了废弃的字纸，顶天立地的样子，那显然是顾遂临帖之后的产物，叠得四四方方，又用细麻绳捆成了井字状，犹如切出来的一块块发糕，纹丝不乱。权爱棠故意问说：哟，这怕是生火的吧？顾肖氏一愣，讶异道：看你说的，架炉子有火油，这可是抄下的经文，顾遂不满意，所以先积攒着，等攒够了，再抱到寺里去，一把火给烧了，这样才干净嘛。权爱棠笑说：嫂子，那寺里的火跟家里的火没啥两样呀，你又何必折腾，点在炉膛里不是更轻省么？顾肖氏道：大人，火是一样的火，但字纸却又不同，点在寺院和文庙里的，那叫经文，烧在穷街陋巷当中的，不过是黄表罢了。受教了，权爱棠抬手一揖，不再多言。旁侧里，朱绣也是满腹感慨，一方面亲眼见识了顾遂的用功程度，自愧弗如，另一方面也分明知道，此乃权爱棠亲授的一课，在给他去火，祛除他身上的浮躁与颠顸。因为尹先生的不在场，朱绣便感觉吃了一顿独食，脑子里微微发甜。

刚要告辞，斜对过的一间明屋里，突然闹翻了天似的，掀桌子，砸板凳，一个少年呱喊着，拖着尖锐的哭腔。一时间，顾肖氏惭愧极了，释解说，那是她和顾遂的儿子，老生胎，打小就惯坏了，如今无法无天，只有锁闭在家中，让他乖乖念书，省得去街道上浪荡。老生胎，此乃凉州土话，年老得子的意思，抱怨是小，更多的则是一种惜疼与不忍，万般感情，蕴藏其中。活该有一份因缘，权爱棠停下了脚步，解围道：唉，这就是大人们的不对了，这个阳世上的少年们不欢闹，难道让白头发的去闹，让拄拐杖的去闹么？顾肖氏绍介说：这一段来了几个外地的戏班子，每天晚夕在胡家大院里连轴唱戏，胡老太爷的八十大寿，热闹得不成；我的这个老生胎儿子呀，别的不学，却偏偏迷恋上了那些涂脂抹粉的戏娃子，这不又犯病了么，开始大闹天宫了。权爱棠嘻然一笑，伸出了手：钥匙，你把钥匙给我。顾肖氏不想驳了客人的面子，掏出钥匙，乖乖地递了过去。这么着，权爱棠擅自做主，不由分说地站在了明屋门口，打开了那一把锁子，又顺手从兜里摸出来一笔钱。

门开了，但是从屋檐上漏下来的一抹日光，将少年的那一副表情，隐匿在了黢黑中，令人看不周详。权爱棠含笑，只感觉对方气呼呼的，浑身像一座沸腾的火炉，炙烤过来，烈焰熏天。呃，在下权爱棠，专门来拜访令尊大人的，请问公子怎么称呼？客人含了含腰。少年抢白道：叫山农，姓顾。客人又问：这两个字咋写呀？少年不悦地说：山，泰山的山；农，农事的农。这一刻，权爱棠兴趣大增，相问说：咦，干么舍近求远呀？你为何不讲祁连山的山，却跑到了山东的泰山？少年卖弄道：呵呵，登泰山而小天下么！这么浅显的道理，亏你这个老夫子惘然不知。事实上，这是翁婿二人在这个人世上的第一次晤面，但一切尚在根苗的阶段，有待时日。权爱棠将手中的钱递了过去，蔼然道：贤侄，听戏归听戏，但听戏也不能饿了肚子，胡家大院的旁边，有一家姚成德羊肉锅子，你肯定喜欢，快拿上去吃吧。不承想，少年突然挌开了客人的胳膊，猫下身子，像一道闪电似的，从权爱棠的肘腋之下跑掉了，消失在了门外。顾肖氏抓住一把笤帚，踮起小脚，追撵了几步，又赶紧折返回来，相帮着拾起了地上的票子，一连迭地道歉。权爱棠拒绝再三，叮嘱说：嫂子，这是我和朱先生的一点礼性，你也不要嫌弃，让山农平时买个零嘴，磨牙去吧。客人们先后出去，顾肖氏临关门之际，潸然地说：大人们慢走，等顾遂从罗什寺回来的话，我转告他就是了。

罗什寺不远，本应该趁着余兴，前去探望一下顾遂，将敦煌之事给郑重托付了，但权朱二人斟酌再三，又见夕光席卷，鸦雀归林，凉州的大小佛刹也到了闭门谢客的时辰，这样唐突地去闯入，总归不妥，便也打消了念头，各自西东。回到家中，权爱棠发现尹先生兀自一人，正坐在树下的一张饭桌旁，吃着半碗洋芋馓饭，没滋没味的，于是钻进了灶房，让饭婆子单另炒了一盘番瓜，一碟线辣子，赶紧送了过去。尹先生是权家的常客，上下熟络，来去自由，今个天害了馋病，点名要吃这个，下人们只有乖乖照办。权爱棠净了手，同样搋了一碗馓饭，落座在了对面，未及开腔，却听尹先生道：唉，这人世上的事，无非两种，凭菜吃馓饭，靠赖打官司，不外如此呀。来了，又来了，又是一本高头讲章，权爱棠太熟悉这个伴当的脾性了，便只管埋头吃，先让对方舌灿莲花一通，然后再做计较。尹先生吃毕后，从身上摸出来两封信，搁在了桌面上，绍介说：喏，敦煌方面催得很急，印光那个老和尚一点也不通融，七日之后，准时在莫高窟的开元寺举办抄经法会，这下子凉州真的要凉了么？权爱棠登时丧失了胃口，扔下碗筷，靠在树上，讲述了自己和朱绣下半天的经历，又懊悔没能去罗什寺一趟，耽搁不少。这个关节上，尹先生长出一口气，诡笑道：

"哈哈，不劳你的大驾了，我刚从罗什寺出来，人也偷偷带回来了。"

"谁?"

"顾遂。第一名顾遂。状元顾遂。凉州抄经匠顾遂。"尹先生的喜悦煞是嚣张,饱嗝也响亮,眉飞色舞地说,"我先让他去了家里,跟婆娘娃娃告辞一声,半个时辰后,他就来你的府上点卯,然后连夜出城。放心吧,我已经在西门外安排了人手,准备了快马、干粮和盘缠,大概五日之后,他应该能吃上沙州城里的早饭,再歇息上一天,误不了大事。"

闻听味道不对,权爱棠究问说:"到底发生了什么事,干么跟做贼的一样?"

"他被圈禁了。文庙的遴选之后,他就一直在坐牢。"

一怔。

"长话短说吧,住持释法然去了五台山,至今不归,罗什寺里的僧侣们内讧严重,派系恶斗,结果连累了顾遂。顾遂这个人性格内向,老实巴交的,在罗什寺里抄了大半辈子的经书,一向清白,不承想,这一次却被栽赃陷害了,押在了一座地窖里,吃了不少的苦头。"尹先生的笃定,令这些话有根有据,无从置疑。又道:"我认得庙祝,他的两个娃子就在弘毅的院子里念书,趁着罗什寺下午有一场法事,这才将顾遂领了出来。"

"先生,他究竟什么罪名呀?"

"血经。"

权爱棠盯视着。

"唉,事情不妙呀!据说那一卷血经丢了,罗什寺的镇寺之宝丢了。这一座古刹如今乱象纷呈,徒有虚名,倘若再这么下去的话,恐怕离遣散众僧、熄灭香火的日子不远了,鸠摩罗什的在天之灵将难以瞑目,整个凉州也脱不了干系,或许大难正在路上呢。"

"天呐,那可是鸠摩罗什在世的光阴里,用他自己身上的鲜血蘸写下的。"

"所以么,那可不是一般的经卷,肯定有无上的法力。"尹先生举首,瞅了瞅天色,瞭见天空暗沉了下来,又沮丧地说,"罗什寺不敢报官,丑闻还局限在那一堵墙内,大小和尚们乱如蜂蝶,人心惶惶,开始互相撕咬,一盘散沙罢了。"

"那么,先生的意思是用人不疑了?"

"因为凉州清白。"

"呵呵,这就是说代表凉州的抄经匠顾遂,他也一定是清白的。"

权爱棠附和道。

这一时,管家廖逢节在门口接上了客人,匆匆入内。尹先生居中绍介,一个是庙祝,另一个则是顾遂。宾主相互一揖,说了客套的话。薄暗中,顾遂清癯而修长,身心当中带着一份笃定之色,俨然是几十年的笔墨生涯所造就的,恰似金沙深埋,沉静内敛。权爱棠只瞭了一眼,便相信了尹先生的话,顾遂是清白的,一无蒙冤之后的呼告,二无离乡背井之际的不安,仿佛眼前的这一幕,不过是一次普通的晤面。庙祝率先开了腔,催说罗什寺的法会已到了尾声,事情尚未败露,必须赶紧走人,四个城门也即将关闸落锁,只剩下半个时辰的宽余了。管家亦称,车轿早已预备妥了,正在后门一带恭候,拖宕不得。这么着,权尹二人当即携手,款步上前,冲着顾遂一揖到底,先后说:凉州拜托了,凉州致敬了,这个担子从此由你一个人去挑,在莫高窟下,在两关之地,你便是凉州的化身,你的那一套笔墨,自然也就是凉州的魂魄与精神;切盼你好自为之,早日东返,整个武威城将来为你扎彩门、舞狮子、披红挂绿吧。顾遂也是抖擞一番,抱拳道:谢过了,但愿在下不负凉州,不负大人们的重托,尽一己之所能,抄写出一份完美无缺的经卷,替凉州父老供养在莫高窟的千佛灵岩上。辞别的话总是多多益善,哪怕夜色如幕,混淆了各自的表情。权爱棠的声音湿透了,一半是哽咽,一半是不舍,突然捉住了顾遂的腕子,亲自引路,将一干人带到了权家的后门。

谁也不曾料到,这顾遂竟然是一个耿介决绝之人,令大家当场愕然。

门开了,但顾遂冲上前去,哐的一声又踢上了,抢过管家手里的一盏方灯,挂在了头顶的柱子上。光焰如水,顾遂解下肩上的一件麻布包袱,扔在地上,迅速打开后,请大家一睹其详。实际上,包袱里除了几管毛笔、一块洮砚、一本法帖外,只有一套换洗的衣裳,两双新纳的花鞋垫。就在众人错愕失语的那一霎，顾遂竟然毫无顾忌，脱掉了鞋袜，除下了身上的全部衣服，一丝不挂地站在了灯光下。身体发肤，受之父母，一个堂堂的男将，以如此粗暴和不堪的方式，将自己彻底袒露在了大家的面前，这在凉州的地界上，乃至于整个河西境内，无论如何都是一桩耻辱的罪孽，野蛮的行径，无异于自掘坟墓。尹先生急了，呱喊说：仁兄，你这是干啥么，仔细你身上的斯文！权爱棠偏过了目光，不忍去瞧，哀恳地说：哎呀，夜里太凉，小心受寒，你赶紧穿戴上吧，万一过来女眷的话，这几张老脸又往哪里塞呀？顾遂思忖着，终于听从了劝谏，开始穿衣戴帽了，但并不是眉毛胡子一把抓。的确，顾遂这个人过于倔强了，每捡起一件衣服，就要丢下一句重话：

"抱歉，有请大人们作证，顾某赤条条来到这个人世上，今晚夕离开武威城，也是赤条条一个，身上并无多余的夹带。"

权爱棠一时不悦："那又如何？"

"呃，大人息怒，顾某之所以这么造次，实在是被逼无奈，只有出此下策，让大人们验明正身，也好轻快上路。"顾遂抖了抖衫子，拍打一气，然后穿在身上，及时地掩住了下体。又接续道，"这起码可以证明，鸠摩罗什的那一卷血经，跟我无关。"

"好我的顾遂，这里没人怀疑你，你又何必作践自己。"尹先生祈求说。

"但罗什寺诬陷了我，给我栽赃。"

权爱棠呵斥道："凉州不曾。凉州反而在重用你，像当年的张骞那样，派你去凿空。"

"实心说吧，我确实见过鸠摩罗什法师的那一卷血经，只见过一回，但那还是二十年前的事情了，当时我是学徒，站在三米之外瞥了一眼。"顾遂拾起裤子，照旧抖了抖，拍打一番，这才伸出腿脚，提住了裤带，"我敢说，血经被窃一事，肯定出在罗什寺内部。因为我这一走，诬陷我的人反而宽释了，放心了，以后一定是不了了之，不再追究。"

"佛门的恩怨，咱们这些俗家之人，切勿插手其中，乱语三千。"

奉劝道。

"我还敢吃咒。"

尹先生眉头一紧:"咒什么?"

"明月在上,二位大人也慷慨见证,我不咒别的,我只咒这一件事。顾某负谤难明,凉州也没有一条清白的河流,来洗刷我的冤屈。将来往后,我只有在莫高窟下扪心抄经,祈请佛祖和菩萨,收留了我这一世的忠肝义肠。"顾遂终于穿妥了鞋袜,捆扎起包袱,原样绑在了身上,又腾出来一根指头,上指天,下戳地,悲愤地说,"那件血经跟我无关,假如我牵涉了一根一毫的话,就让天雷劈在我身上,让报应降在顾家后人的头上。"

言毕,顾遂掉头而去,门嘎吱一声开了。管家忙摘下方灯,拽上庙祝,也一趟子跑远了。四周昏黑了下来,一牙月亮也并不济事,恰巧遮掩了权尹二人臊红的脸。顾遂的咒语充满了挑衅,一方面在力证个人的无辜,另一方面却又像撂挑子,将自己心理上的重轭,一推三六九,直接甩给了凉州的门面人物,一走了之,轻松赴约。权爱棠毕竟不甘,喊了一声且慢:

"请问,令公子如何称呼?"

"山农。"

"可是泰山的山,农事的农?"

"不,最好是山丘的山,农夫的农。"顾遂一怔,摇首道。

闻听此话,权爱棠哈哈大笑,拽住尹先生,反倒率先离开了。

很快,这件事就被人淡忘了,武威城里多一个顾遂,少一个顾遂,根本上无人过问。僧俗之间的沟壑也相当分明,至于罗什寺的内讧与争斗,以及那一卷血经的下落,就像一个机深的秘密,外界难以知晓。权爱棠一是心善,二是缜密,曾经给在世的凉州郡老们写过信,恳请议事班子抓紧备案,最好每一季度划拨一笔专项经费,用于支付顾家母子俩的开销,以防他们的日子陷入困顿,揭不开锅。不管咋说,顾遂是以凉州专使的名义去往敦煌的,只要他在外一天,后方就不能乱了阵脚,更不能日塌了,输了礼数。凭着权爱棠的巨大名望,郡老们一致通过了这一请求,不仅将数目翻了一番,还将每一季度压缩成了两个月,定期支取。这么着,跑腿的事情就落在了管家的头上,每次从火神庙附近送完钱回来,廖逢节总要给当家人絮叨再三,讲解一番顾家的现状。权爱棠问得很仔细,任何一个枝节上的事情,也逃不过他的法眼。

话虽这么说,但凉州的一道目光,始终瞥望着西疆,静待着敦煌方面的消息。

按理讲,抄经之类的法事,短则半年,长的也不过一年罢了。河西诸郡选派的顶级笔墨匠抵达敦煌后,并不是立刻进入了议程,从此暗无天日,一味地伺候笔墨字纸。恰恰相反,主办方措施松散,信马由缰,一般让这些匠人先去考察风土,了解民情,在阳关和玉门关一带吟咏,沿着党河两岸采撷灵感;天气适当的话,甚至还会攀上当金山口,要么望气,要么吐纳,要么怀古,极尽浪漫之能事。这一趟下来,匠人们的心中便有了大致的山川形胜,同时也服属了当地的水土,身心合一,渐渐地静谧了,开始认他乡为故乡。此后,匠人们就被封闭在了莫高窟下,宕泉河旁,或者去观瞻一个又一个残破的窟子,或者翻阅一叶又一叶的佛经、卷子与文书,打好腹稿,以备来日。择上一个吉日,抄经大典便正式开始,敦煌境内的大德高僧们齐聚一堂,昼夜诵经,设坛作法,而后献上净水、莲花和供果,尤其是一套套簇新的笔墨,以求佛祖加持。至于具体的抄写篇目,并非是主办方下达的,每一位匠人根据自己的愿心、认知和能力,可长可短,将确定之后的内容呈报上去,得到一众沙门领袖的认可了,这才进入后续的操作阶段。但随后,主办方渐渐发现了一种不好的苗头,那就是匠人们一个比一个狠,你抄五部,我就敢抄十部,你对着一架子的佛经发愿,我也能指着一面墙的经匣子吃咒,互不相让,各方的牙齿都很硬。这么着,有些人老虎吃天,眼大肚子小,往往成事不足,久拖不决,由此名正言顺地滞留在了敦煌境内,吃喝不愁,三年不算短,五年不算长,令当事一方心里苦哈哈的,却也无可奈何。毕竟,佛的面子最大,谁的那一张嘴脸,也比不过佛的天颜。

过去了大半年,整个凉州未曾接获敦煌方面的任何讯息,顾遂也是长了一颗榆木疙瘩的脑子,一个口信竟没捎来,似乎他被连根拔除了。偶尔说起时，权爱棠还在替顾遂辩护，让郡老们消消气，什么将在外君命有所不受，什么分心不得之类的，但是私底下，他和尹先生同样抱怨不已，预感自己走了眼，所托非人。廖逢节了解这一现状，于是隔三岔五的，就去火神庙附近转转，带回来一些零打碎敲的消息，让权爱棠纾解苦闷。忽一日，管家跑了回来，相告说，顾遂在敦煌大典上申报的题目居然是五部大论，用五种字体各誊抄一遍，集成一件，他是本届法事中发愿最深的一名匠人。又绍介说，消息确凿，此乃顾肖氏亲口道出的，顾遂寄来了一封家书。权爱棠大喜，一扫愁云，跟尹先生商议再三，断定誊写完五部大论的话，没有个三年五载，或许无法收笔，但一颗心着实落在了腔子里，终于不再惦记了。大概一年半以后，廖逢节再次相告，说顾遂让家里寄一些凉州祖师麻膏药，因为他常年伏案，关节发炎了，疼痛难熬，根本握不住毛笔。权爱棠也是痛快，买光了几家药店里的特制膏药，通过急递社，直接发往了莫高窟的开元寺，让顾遂抓紧疗伤。人世上的光阴走了又来，来了又走，一切都悄无声息，好像一桌流水席，谁也不可能永远霸住那个位子。大概到了第四个年头的秋上，廖逢节突然急死慌忙地进了门，说顾肖氏一定是犯了病，她竟然打掉了那个院子，兑了一笔现钱，连夜去了敦煌。究问之下，管家也是半信半疑，声称火神庙的街坊们在拉老婆舌，说顾遂出了家，当了和尚，前不久捎来了一封绝交信，跟家里一刀两断了，顾肖氏哭罢鼻子，低价卖掉了宅院，去西路上寻夫了。权爱棠竟然见怪不怪，苦笑了一阵子，淡然地说：唉，也难怪，顾遂浸淫了几十年，青灯黄卷，一心向佛，他本来就是沙门中人，佛前弟子，此番不过是披上了一件袈裟而已，这也是一条正信之路，凉州无权指责，更不值得大惊小怪。廖逢节鄙夷道：哼，抛下婆娘娃娃，一个人去吃斋饭，这也太绝情、太不是东西了，但凡有一天被我逮住，我的拳头可不答应。忽然间，权爱棠猛地蹙眉，诘问道：那，那他儿子呢？那个叫顾山农的少年人，他在哪里安身？呸，管家啐了一嘴，不屑地说：那个小贼更不是个东西，听戏听得着了魔，据说在几个月前，跟着一个外地的戏班子跑了，扛着戏箱子吃饭去了，活生生地扔下了他娘老子，给自己造孽不是？权爱棠拍着大腿，一连迭地说：哎呀，散了，这个家散了，真是可惜了。当天夜里，权爱棠饿了自己一顿，一直枯坐到了天明。女儿达云劝了又劝，权爱棠自称胃口不佳，实际上却是心里坐下了一个病，他在惩罚自己。

转眼间，日子长了，天气也热了，吴家面铺的生意还是那么好，好得出奇。但是规矩不变，只有顾肖氏喝光了那一碗面汤，门板才全部卸下，真正开始这一天的营业。爷父们变着法子，精心熬炖着那一锅汤，既营养丰沛，又能让对方不惊不诧，感觉是在吃素。渐渐地，顾肖氏的口味被篡改了，舌头被蒙蔽了，脸色红润了许多，脚步也轻快了不少。凉州的食客们候在门外，牢骚满腹，东短西长的，打死也不明白，这家老掌柜中了什么邪，犯了何等病，天天的头一碗饭，总是率先招待一个要饭的婆子。后来，及至他们发现素孚声望的权爱棠和尹先生进了店门，并对那个婆子恭敬有加，嘘寒问暖，类似的疑问便彻底消散了。凉州人明白，道理是不需要打问的，因为权爱棠就是道理，尹先生也是同样的道理。

孰料，这样的善举并没有持续下去，顾肖氏殁在了那一年的夏天，殁在了吴家面铺。

事发当日，一切都毫无苗头，除了门外的那一场特大沙尘。顾肖氏踩着饭点来的，刚刚坐下，二儿子便淘了热手巾，替她揩净了口鼻，擦完了指头。大儿子也是赶紧上饭，将一碗热腾腾的汤水摆在了桌上，嘴里喊着婶娘。风沙击打着门框，空气中漾荡着一股呛人的尘土气息，不免有些昏暗。吴掌柜点亮了油灯，歉疚再三，说因为天气不佳，面发酵不出来，今晚夕没有蒸馒头和花卷，锅台上恰巧剩下了半碗香头子，老嫂子你干脆将就一顿吧。实际上，这种寸许的香头子面食，悄悄添加了鸡蛋和清油，专门为顾肖氏擀下的。半碗面拨在了热汤中，吴掌柜喜滋滋地坐在了对面，一边谝闲传，一边咒骂着黑风暴。顾肖氏捞了几筷子，嫌烫，当即停下了手，召唤吴掌柜俯身过去，贴耳说：咋了么，我着实心慌，我心慌得不成？吴掌柜扣住了她的腕子，去摸脉，但也摸不出一个究竟。顾肖氏又说：唉，昨晚夕我做了一个梦，梦见顾遂来接我，我不答应，他还像吃奶的娃娃那样哭下了。吴掌柜到底不知，宽心道：嗯，等这个坏天气过去后，你去敦煌散散心也好。倏忽间，顾肖氏诡笑开来：不，顾遂接我去阴间，去见阎王爷，他死在了前头，他早就被开元寺的和尚们烧成了一把灰，撒在了鸣沙山上，我去了敦煌也是白搭，我不跑这个腿。后来，吴掌柜方才明白，如此灵光的话，确凿无疑的表情，其实是顾肖氏横死之前的一次回光返照，一句交代。可当时，吴掌柜只觉得脊背上一阵阵发寒，心里头也瘆得慌，忙丢开了对方的腕子，去旁边咳嗽了。

这个关节上，一帮头皮锃亮、身穿袈裟的僧人拥了进来，嚷喊着要吃酸汤面。

吴掌柜一时间惊掉了，浑身像开了锅似的，不敢相信眼前的这一幕。待听清了来意，知道这是一群无量寺的和尚，掌柜的这才缓过神来，赶紧去了灶房，交代儿子们换一口新锅，换一块干净的案板，不得沾上荤腥，破坏了戒律。吴掌柜平静了半晌，反身出来后，却见柜台旁的那一张桌子空着，顾肖氏不见了，但一碗香头子面仍旧冒着热气，泛滥着芫荽和葱花的味道。感觉不妙，吴掌柜拨开了和尚们，一个蹦子跑出了店门，却被风沙揪住了，趔趄不已。这一场特大黑风暴起自镇番县，挟带着腾格里方向的大量沙尘，犹如施了咒语一般的大氅，笼盖在了整个凉州。据《古浪县志》民国二十七年版（1938）记载，是日大红风，旋大黑暗，黄沙蔽天，拔树揭瓦，埋压禾苗，禽鸟死者无算，咫尺人莫相见，云云。吴掌柜瞭见左侧的墙角下，有一堆黑乎乎的东西，忙抓起一根棍子，勉力支撑住自己，一寸一寸地挪了过去。墙根下积满了流沙，吴掌柜刨开一瞧，果然是顾肖氏，伸手去摸鼻息时，却意外地攥住了一把血水，血是凉的。没了辙，吴掌柜用棍子敲打着窗户，喊来了几个僧侣。大家挖开沙堆，七手八脚地将顾肖氏抬了出来，赶紧进了店，款款放在了一张桌子上。

来不及了，其中一名老和尚掐住了顾肖氏的腕子，当即说：心脉断了，干脆没救了。

天明后，风沙略微减缓了，吴掌柜派出了两个儿子，一个去权家，另一个去了弘毅乡学，将噩讯传报给了两位大人。无主的丧事，不搭灵棚，不请水陆班子，况且天气糟透了，尸体也放不住。这么着，在权爱棠和尹先生的关照下，顾肖氏很快就被送进了城外的化人场，一把火给烧掉了，骨灰暂厝在了地藏寺，也算是一个不错的归宿。

虽说没有了那一尊菩萨的光临，吴家面铺的生意却依旧红火，除了味道不变之外，有关吴汉邦爷父三人的善行，突然间不胫而走，满城争说。这无疑是最佳的口碑，谁都愿意来这个铺子里沾吉。到了这一年年根上，吴掌柜当了爷爷，抱上了一对双胞胎孙娃子，这家人一河的水开了。连续一个月，但凡在这里下馆子的人，均可以免费获赠两颗红皮鸡蛋。

一喜之外，另有一喜。这一桩善行的鼎沸阶段，爆发在了腊月里。

顾遂的后人终于回来了，扛着戏箱子，在城门关闸落锁之前，进入了风雪掩盖的河西首郡。这究竟是第几场雪，武威城里没有人能说得清楚，反正一直在下，下得人心慌，下得人身上发麻。顾山农着实冻坏了，手脚生了烂疮，颊脸上满是脓血，路过火神庙时，瞭见里头炉火熊熊，光焰万丈，便赶紧跑了进去，打算暖一暖，最好能洗上一把热水脸，回家之后不要吓坏了娘老子。顾山农靠近炉火，坐在戏箱子上烤手，却意外地获知了一个锥心的话题。风雪侵袭，在寒烈的夜空下，那些前来请火的乡邻们，一个个面色潮红，七嘴八舌的，正在谈说着隔壁的吴家面铺，以及爷父们对一个要饭婆子的善举。一拨香客走掉了，另一拨又挤了进来，照旧是同样的述说，传奇一般的精彩演义，犹如众人拾柴，将凉州大地上的这一幕恩义呈现而出，完整地灌输在了顾山农的脑海中。好歹，顾山农这些年在异乡学戏，见了世面，经过历练，长了不少的本事。上述的话题，很快就在这个少年人敏感而多疑的心中，淬炼成钢，一下子确凿成了事实，不由得涕泗横流，饮泣不止。思想之后，顾山农换了一套干净的衣裳，收住泪水，扛起戏箱子，趔出了火神庙。

风雪笼盖下的武威城，仿佛一座刚刚搭建的戏台，顾山农就此登场，成了主角。

在乌泱泱的食客们的注视下，顾山农站在吴家面铺的门口，放下戏箱子，先是长身一揖，怆然地啸叫一声，然后重重地跪在了雪地上，认真地磕下了三个头。顾山农并不了解恩人的名讳，但他记得那一碗传说中的面汤，活命的面汤，母亲大人捧过的面汤。那一刻，一个杜撰出来的称谓，突然脱口而出，令其抽心一疼，热烈地呱喊道：面汤爷，侄儿给你行礼了，行大礼了，你就收下吧！铺子里登时乱糟糟的，食客们的心中更是慌乱如麻，似乎吃喝成了一桩揪心而不堪的勾当，门外的那一幕，才是百年不遇的奇闻。吴掌柜被食客们簇拥着出来，一头的雾水，待看清了顾山农的五官时，一下子忆想起了顾肖氏，头脑中当即浮现出那一尊菩萨的清晰面容，不由得激动开来。街道上除了风雪，更多的是冰，吴掌柜召唤儿子们，赶紧拿来了一件长皮袄，亲自披在了顾山农的身上。又不忍心，将一条毡毯折叠起来，连搂带抱的，硬是垫在了顾山农的膝盖下面，让关节不再受罪。吴掌柜掐住了对方的脸蛋，恓惶地说：好我的侄娃子，金窝银窝不如咱们的狗窝，外面的世道一定难死了，你回来就好；以后有我的半碗，你肯定也能吃上一口，哪怕我破产关张了，起码可以供得起你一碗面汤吧。顾山农千恩万谢的，攀住了老掌柜的胳膊，哭诉道：面汤爷，这一饭之恩比天大，比祁连山还重，虽说我如今饥不能食，寒不能衣，但你老人家的恩泽却是铭肌镂骨，没齿难忘，倘若将来的哪一天，山农有了一点点出息的话，我定然会加倍报还。这时候，吴掌柜嘻然一乐，从怀里摸出一个布囊，解开束绳，掏出来一只玉镯子，递将过去：喏，这是你娘老子下世前，托付我交给你的，你仔细收好吧，这个可有些年成了，你务必小心。顾山农双手接住后，贴在了颊脸上。它是温烫的，带着面汤爷身上的体温，却又仿佛隔世而来，分明源自母亲大人生前的那一份牵心与不安。洵不虚言，单单凭着这一件信物，武威城里的所有传闻与演义，终于找见了根由，砸在了实处。顾山农再次悲声大作，伏在了对方的脚下，哀恳地说：面汤爷，就让山农给你下跪三天三夜，行完一套完整的礼数吧，我没有别的，我只有这一对膝盖骨。吴掌柜不许，拦挡说：天呐，你可是个儿子娃娃，你不能随便下跪，你这样的混账话，存心是让我折寿么。顾山农悲戚着，仰首问天，答复说：天老爷明白我，一定知道我的肝肠。吴掌柜无奈，匆忙搂住了对方，惜疼地说：太冷了，今年的凉州太冷了，你快快起来吧。

这些亲爱如素识的话,令顾山农在这个寒冬,突然变成了一棵树,一棵跪拜的树,根须扎在了地底下,目光迫切地迎向了吴汉邦,掏出了全部的热心辣胆,其决绝的样子,就像一头年轻的豹子。这一夜的吴家面铺简直乱了套,食客们几乎忘掉了饥饿,里三层外三层地围拢在了门口,争睹这一幕稀奇。顾山农的执拗,让吴掌柜一时间没了办法,只好勒令两个儿子出来,同样下跪在了街道上,试图还上这一份礼性。吴掌柜又提来了几只炉子,填满了精炭,放在了后生们的身畔,忽然又想起一件事,消失了大概半个时辰左右。

满打满算,这样的跪拜真的持续了三个昼夜,忽然就有了转圜。

到了第三日,下半天的光景上,权爱棠坐在吴家面铺内,斟酌了许久,方才开腔道:你去吧,你去征求一下他的意见,待诏的挑子一头热,我的这番好心,未必能换来人家的首肯,凡事不必勉强。吴掌柜的表情灿烂如花,讶异地说:大人,你真是一位善人,心比日月,天地可鉴,这样的福气掉在了他的头上,全凉州也就只此一人,他没有拒绝的道理;你们二位先坐着喝茶,我这就去告知他一声。言毕,吴掌柜抬高了脚步,俨然一只欢快的喜鹊,衔命而走。不承想,他刚到了门端里,尹先生却吼了一声且慢。

尹先生带着读书人的那一份认真,从凳子上起身,冲着权爱棠含了含胸,探问说:大人,你一向心思缜密,凡事都要盘磨再三,权衡利弊,怎么现在却破了戒,心肠如此之软,慌忙地做出了这么重大的一个决定?权爱棠颊脸一红,辩白道:唉,先生你知道的,人跟人之间,有时候凭的就是一个眼缘,只要眼睛对上了,其他的就不是问题。尹先生揣着一肚子的喜乐,却故意冷下了表情,揶揄道:啧啧,就因为门外的后生那么一跪,把你的心给跪塌了,所以你就施舍出一份天大的恩泽,打算将他收在膝下,纳为义子呀?权爱棠用茶碗遮住了鼻脸,尴尬地说:呃,你看你,你这个尹先生,你咋这么阴阳怪气的!我不过是念在顾遂夫妇的面子上,又考虑这个娃子回来后,上无片瓦,下无立锥之地,才生出了这样一个念想来;假如先生有异议,觉得于情于理不符的话,我马上放弃,你们就当听了一个笑话吧。尹先生笃定地说：哎呀，实不相瞒，他那么一跪，的确也将老夫的心给跪塌了，到了现在还是寸断肝肠，感慨不已。权爱棠的一口水喷了出来，诘问道：真的，你真这么认为？尹先生抿笑不语，伸出一根指头来，蘸上茶汤，在桌面上写下了一颗字：义。

转瞬，尹先生突然抱拳，冲着权爱棠一连迭地说：恭喜权大人，恭喜权家，这一年将近了，可谓是双喜临门呀。权爱棠一时怔忡，面露不解，又闻听对方哈哈大笑：是这，你权大人的千金是属羊的，门外的顾山农则是属马的，年长达云一岁半，我已经打问清楚了，呵呵，这两个娃子岁数相契，八字相合，你与其收顾山农为义子，不如送佛送到西，一竿子插到底，让他暂时委屈一下，先当你的半个儿子，将来再做权家的上门女婿，这才是最稳妥的策略。权爱棠被这种笑声感染了，慌忙还礼，惊喜地说：哎哟，原来先生你也有此意呀！我差一点听岔了，误以为你要唱白脸，棒打鸳鸯呢。是这，容我辩解一句，我那个想法本来是缓兵之计，但你却火眼金睛，居然一步到位了，我又如何拒绝得了呀！尹先生唤来了吴掌柜，重新沏了一碗茶，跟权爱棠以茶代酒地碰了碰，夸张地说：看来，这个月老的角色，只能我去秘密扮演了；我的价钱也不高，等将来大婚的那一天，你干脆送我三双羊毛袜子吧！权爱棠赶紧道：十双，十双，凑个整数吧。

咦，先生，你刚才说我双喜临门，那另外的一喜呢？趁着高兴，权爱棠再次究问。尹先生瞥望了对方一眼，讥诮道：哈哈，凉州话说有福不能双受，油馍馍不能夹肉，你今个天相中了一位女婿，此前还从慈善堂里领回来了一个碎儿子，你难道忘过了？闻听此语，权爱棠的目光扫视了一圈，突然间尖叫开来，仿佛他坐在了一盆炭火之上：天呐，惊白呢？我的惊白呢？惊白去了哪里？回答他的则是吴掌柜的一个手势，指了指门外，让他放宽心。

接近晚夕时，雪又慢慢地下大了，空气中也结了冰似的，脚底下很滑。吴掌柜踅出了店铺，瞭见那个碎娃娃穿着一身肥大的棉猴，捏住一把雪花，咯咯咯地在笑。不忍心徐惊白摔跤，吴掌柜抱起了他，让娃娃坐在了自己的臂弯里，走入街道中央，拨开了人群。顾山农和吴家的两个儿子仍旧在下跪，瑟瑟发抖，好像膝盖和积雪的冰面已经焊在了一起，无法切割似的。一抬头，顾山农发现恩人走了过来，忙抖擞精神，直起了腰身，殷勤地相看着。

"侄儿，你不必再下跪了，你有报答我的办法。"

磕下一记响头，顾山农忙道："面汤爷，你老人家尽管吩咐。"

"嗯，是这，我现在到底想起来了。"吴掌柜将怀里的惊白款款放下来，放在了旁边的戏箱子上，扶稳了娃娃，"令堂大人活着的时候，几次三番地给我说过，等你回来之后，一定要让你给我唱一台戏，因为我的面汤不免费，我也不喜欢赊账。"

"面汤爷，你老人家想听个啥么？"

顾山农蹙紧眉头，艰涩地问。

"随便。"

"爷，这世上可没有随便的戏，你总得给我靠实一个曲目吧？"

"我真不知道，我只是惜疼你这个孤儿。"

"孤儿？我是孤儿了？"

怆然道。

"当然，菩萨走了，菩萨不在了，谁都是人世上的孤儿。"

"嗯，侄儿记住了，那我就唱《赵氏孤儿》吧。"顾山农根本不解其意，匆忙作答，只是在他自己有限的认知中，率性地挑选了这个本子，接续说，"不过，还请你老人家发个慈悲，给我宽限上一年半载，等我唱熟了之后，再来这里，专门给你办一次堂会吧！"

"不急，真的不急，千万不要耽搁了你的正事。"叮嘱道。

这个关节上，幼年的徐惊白突然伸出了小手，去抓顾山农的袖子。无疑，这是兄弟二人在偌大的凉州，在这一世的光阴中首次见面。惊白没抓住，急得快哭了，嘟囔说：

"哥，回家，回家。"

胡笳五十一节

纸钱焚化后，在积雪的麻石路面上，留下了一个深坑般的形状。

缠麻一样的往事，终于消停了，退出了顾山农的头脑，犹如这地上的死灰，一无生气，二无颜色，带走了阳世上的缅怀与挂念。顾山农抓起一把雪，搓净了手，刚要起立时，身子突然一僵，继续跪了下去，不敢妄动。凭着一双耳朵，顾山农捕获了身后的呼吸声，不是一个人，而是好几个人，在清冽且广寒的天气下，分外地清晰。危险临近，一定被跟踪了，一定被算计上了；但顾山农茫然无绪，不知道即将席卷自己的是何人，这一带瞄准自己的枪口，究竟抓住了什么样的把柄，以至于如此的丧心病狂。恰巧，火神庙里的钟声敲响了，响到第三下时，顾山农蓦地灵光乍现，迅速恍悟了。不错，旁边的庙门附近，包括八卦巷口，竟然没有一个请火的香客，没有了往日冬天的喧闹和嘈杂，甚至连一个夜游神、一个鬼影子也不见。顾山农当即判定，这一片区域已经宵禁了，戒严了，先前只留下了一条孔道，一扇预设的窄门，唯独放行了他，待他祭奠完之后，便开始动手。

呵呵，在下何德何能，居然惊动了诸位的大驾，劳烦你们在这个寒天冻地里，陪着我一起烧纸，给先人们捎去寒衣呀？顾山农一边喊着罪过罪过，一边收拾起膝盖，整理了衣裳，掉转身子，硬着头皮迎上前去。这一刻，县长吕介侯就站在几步之外，表情冷峻，像一尊石狮子那般哑默着，并不接茬。侍卫们提着灯笼，幽灵一般地出现了，将飞落的雪花，逼真地映现了出来。县长的身后，另一个人摘下了棉帽子，口喷白雾，正是武威县警察局局长陈垦丁。顾山农料知不祥，忙虚上一礼，便打算脚底抹油，赶紧撤离这一片是非之地。岂想，刚刚拔脚走到了北头,步警队队长张彝突然横在了面前,阻绝了方向。没了辙,顾山农又反身南下,拐入了八卦巷口,猛一抬头,却见一匹大马踢踏而至,马警队队长王伯鱼拉开了枪栓,朝着沉沉的夜空放了一枪,声震武威城。天破了。天真的破了,一切都变起肘腋,猝不及防,犹如这头顶上的罡风,充斥着不测与危险。到了这个时候,顾山农已然是一头困兽,人世上的路全部断了,断绝了,只得乖乖地退回来,仔细应对眼前的这一幕。倏忽间,顾山农换上另一副表情,拿出了买卖人惯有的样子,诏媚了起来。但是,吕介侯率先开了腔:

"顾山农,你终于暴露了,你不必再演戏了。"

"天台大人,这话咋讲?"

"哼,少来这一套拗口的辞藻,你也别附庸风雅了。"吕介侯脸色煞白,这不单单是气候的缘故,分明是满腔子的愤怒在作怪。又道:"我现在怀疑你,你隶属于军部,你就是新城大营安插在武威城里的一座堡垒,一个不穿军装的人物,你带有特殊的使命。"

顾山农仰首一叹:"这可真是错爱了我,但是大人切莫忘了,在下姓顾,却不姓马。"

"不错,这就是你的花招,一般人难以识破。"

"顾某不过是个买卖人,况且保价局已经在县府备过案,入了册,拿到了一套合理合法的证照。蒙天老爷眷顾,如今在贸易一项上,大体上也还凑合。比如最近一段,虽然天气恶劣,北疆一带频发雪灾,但是由保价局支持的驼队和大型商团,起码在十几批次左右,仍在长路上抢时间,不至于折返回来,耽误了挣钱的机会。大人,在下无明无昼地劳碌着,一心扑在了承平堡,连个咳嗽的空子也没有。那么请问,你是如何怀疑上我的,又怎么确定我是军部的一员,在你掌控的地盘上心生歹意,以至于活成了内外两张皮?"

"不愧是戏班子出身的,你果然巧舌如簧,牙口伶俐。"

顾山农一时窘迫,争辩道:"所以县府出手,现在全城戒严,只为了拿获我?"

"你最好听着,在新城的军方面前,我武威县就是一颗鸡蛋,一碰就碎,一磕即亡。这个我认了,我没有对策。"吕介侯开始踱步,言辞之间，谨慎地回避了有关军阀的话题，唯恐隔墙有耳，生出另外的事端。再道："但是，对于你和承平堡而言，县府就是一根针，我可以不费吹灰之力，随时能扎破你这一只猪尿脖，让你前功尽弃。"

对方翻了脸，彻底变了卦，根本不认情义了。顾山农一边告诫自己，一边忆想起秋上的某夜，吕介侯还曾在文庙的内院，秘密约见了自己，也有过一番郑重的托付。然而目下，碍于对方的同僚们在场，顾山农不便旧话重提，去套近乎，只好苦楚地说：

"阁下这是专拣软柿子来捏呀，你惹不起军部，只有把气撒在草民的头上了？"

"是这，借一步说话吧。"

"什么？"

尖喊了一声。

"顾山农，如果撬不开你的牙齿，我发誓，我这个吕字以后一定倒着写。"

瞅准一个空隙，顾山农突然拔脚而逃，绕开了吕介侯，朝着黑暗的街巷深处狂奔。但是，麻石路太滑，对手又是专吃缉拿这一碗饭的干员们，陈垦丁和张彝从左右两翼追撵了上去，王伯鱼的坐骑也像一堵山墙，矗立在了眼前。顾山农跑出去几丈远，见于事无补，当即放弃了，掉转过身子，一脸的苦笑。这一时，几个人扑将过来，钳住了顾山农的胳膊，终于捕获停当了。暗中，顾山农感觉有一只手摸在了他的肋下，隐蔽地招了招，那意思好像在说，稳静一点么，不要太激动，其实没啥大不了的。倒是陈垦丁相当的礼遇，他根本不像一介警察头子，信步而走，拍了拍顾山农的后脊背，调侃说：呵呵，少东主，我可从没见过你这么狼狈的，承平堡的那一大摊子贸易，你能拾掇得了么？顾山农一味地赔着笑，惶然道：唉，学徒阶段，学徒阶段么，走一步看一步吧。双方会合在了一处，顾山农不免脸红，为刚才的遁逃、懦弱与心虚愧疚不已，但嘴上又不肯认输，冲着县长挑衅道：

"阁下，如果我不开口，你真的敢把吕字倒着写么？"

"君子一言。"

"问题就在于，你那个吕字即便倒着写，还是上下两个口，也还是念吕，你先前发过的誓等于一句戏言罢了。"顾山农勉力维持着一丝自尊，又讨好地说，"不过，阁下现在问什么，我一定事无巨细，如实相告，你至少要相信我一回。"

"顾山农你听着，我已经不在乎了，我这是在向凉州父老们谢罪，恳求大家宽恕我。"

"怎么了？阁下何出此言？"

"我估计，也就五六天的邮路吧，想必我的辞职函，今天已经送进了兰州城，上报给了甘肃省府。真的，留给我的日子并不多了，我现在就站在了悬崖上。倘若少东主怜惜我的话，你就不要在口舌上抹蜂蜜，再给我灌米汤了。"

吕介侯祈求地说。

事实上，全城戒严并不是一种夸张，即便县府和警察局的势力扩散不到整个凉州，但眼前的这一座城池，这一座河西首郡，仍旧是吕介侯的道场，一切都由他本人说了算。尤其在这个风雪劫掠、四门锁闭的时刻，谁也不知道接下来的一幕，又将如何。

一干人进入火神庙，忽然悄静了下来，似乎连喘息声也是一种亵渎。顾山农被左右挟持着，虽不是人犯，但一张无形的罗网，悬布于四周，心里头也似吊了一块秤砣，不免灰暗。往昔里，大殿门前的小广场上，总是香客云集，稠人广众，当中的那一座高炉，便是百姓们请火的地点，昼夜不熄，光焰万丈，半个天空也能被染红。但是此一时刻，除了风雪暴虐之外，几乎阒无一人，地如死灰，天似挽幛，充斥着不测与危机。后院内，另有一座不大的偏殿，原本是储存香火的所在，门廊两侧的立柱上，分别张挂着一块牌匾：烟火重地，禁绝靠近。吕介侯率先停下脚步，掸了掸肩膀上的落雪，暗自叹气，抬手一指。王伯鱼和张彝赶紧应命，跑上前去，打开了门扇。门轴痛苦地嘶叫起来，犹如一个老妇人摔断了骨头，在哀嚎，在啜泣。不一时，殿内的方灯全部被点亮了，光芒似水，从门窗里流泻而出，令人霎时一暖。

吕介侯做了一个邀请的手势，先自入内。陈垦丁则抹下手套，按住了顾山农的后背，悄语道：少东主，承平堡贸易兴隆，名声大炽，这可是整个凉州的荣幸呀，恭喜恭喜。顾山农忐忑地说：唉，这个时辰上来坐席，真不知道吃的是杀头饭，还是要喝一碗结义酒，烦请仁兄多方照护着，承平堡一定记得你的好。薄暗中，陈垦丁拽住对方的袖子，跨上了台阶，因笑道：再说吧，在下也是泥菩萨一个，难以过河。

仰首一望，顾山农瞭见偏殿的正墙上，也就是那一排供桌的上方，张挂着一条七八米长的白布横幅。横幅上有一行粗大的墨字，黑白分明，触目惊心，自右至左依次是：武威县各界悼念尹贤先生致祭大会。这一霎，顾山农戳在了地上，色飞骨惊，眼底一黑，突然间不能自已，内里当中潮起了一阵阵寒彻的悲楚，禁不住地发抖。尹先生，这个血肉般的称呼，这个打断骨头连着筋的名字，在秋末的那一日，已经被萨班渠里湍急的洪水卷走了，湮没在了下游，迄今下落不明。但是，作为承平堡的主人，又是权家的女婿，顾山农从来也不曾忘记这个月老，泰山大人生前的这一位诤友、知己与手足。哪怕是到了现在，从表面上看，保价局一直在高调地运行着，远比当初预想的更加红火，进项广泛，利润巨大。然而在私底下，顾山农更多的心思与精力，其实是花在了寻找尹先生的方向上。这一桩意外令其痛不欲生，天天在磨折自己，却又不敢声张，最怕惹恼了军部，引火烧身，连累了刚刚开张的保价局，于是只有暗中行事，期冀着这一事件的转圜。事发之后，亦即重阳节的傍晚，顾山农因为心慌，眼皮子乱跳，预感颇为不祥，所以提前策马离开了沙山，甫一进城，便获知了尹先生投水的噩讯。是夜，顾山农交代给了管家，让廖逢节将承平堡的护卫队分成了两股，沿着萨班渠的左右两岸，不辞劳苦地向下游里探寻，城北一带的郊田上，炬火烁闪，喊叫声连绵不辍。三天后，这些人马空手而返，不停地摇头，不是他们不卖力，只因渠水汇入了石羊河，被这一条狂野之河拖拽着，一路北上，消失在了绿洲以外的天涯尽头。活要见人，死要见尸，顾山农毕竟不甘，撒出去了大把大把的银两，收买了众多的耳朵和眼睛，分布于大河上下、浅滩泥淖当中，日夜静候着一道起死回生的消息。岂料，秋天也已经下世了，如今又到了滴水成冰的季节，顾山农的心血熬干了，手段也用光了，但尹先生就像一只绝望而悲愤的老鹰，冲出了凉州的天空，构成了一桩迷案。

此刻，面对头顶上的这一条横幅，纵然内里深处岩浆翻滚，烽火狼烟，但顾山农早已不是那个往日的少年了，诸如莽撞、激烈、偏执等等的性格，渐渐地被他的遭际与城府过滤殆尽，剩下的只是沉静，犹如佛前的一碗净水。

各界？呵呵，真是讽刺至极，狗屁的各界，只不过四五个人，五六条枪，还奢谈武威县各界致祭大会，这真是我的罪孽，我的无能呀。吕介侯摊开两手，苦涩地自嘲着，做了一番开场白。在这个戒严之地，在空空荡荡的大殿内，他的声音乏力而无助，显得颇为寂寥。张彝上前，揭开了供桌上三块苫布中的一块，并摸出洋火，点燃了几根白蜡。顾山农瞭见，尹先生的灵牌兀立在桌子上，约摸两尺高，恐怕还来不及刷漆，刺目的墨字渗进了木纹当中，晕染开来，煞是张牙舞爪。王伯鱼拿来了一只火盆，放在桌案下，又摆上了黄表与冥亡钱，以及各种颜色的燃香。开始了，吕介侯特意盯望了顾山农一眼，惨烈而笑，掉头站在了横幅下，一身肃穆。王伯鱼和张彝也不敢怠慢，分列左右，脊椎骨戳得像一根根椽子。这么着，陈垦丁扮演了司仪的角色，压抑着声嗓，开腔道：诸位，武威县各界人士追祭尹贤先生大会现在举行，因为时局不靖，天象不佳，所以简化了与会人员与各项程序，切盼大家保守秘密，三缄其口。停顿了半晌，司仪的嗓音引导着，无非是一鞠躬、再鞠躬、三鞠躬、礼毕之类的。顾山农的腿上灌满了铅水似的，倔强地肃立着，并不想随大流，但头脑中空白一片，始终也寻不见一根线头，窥破这一场深夜致祭的真正缘由。吕介侯蹲在火盆旁，下属们也依次拢了过来，递了黄表，喂上了火苗，一张张颊脸开始泛红。倏忽之间，这一座陈旧而冰冷的殿堂内，死灰的气息，犹如夏天的一大锅剩饭，开始发出了馊味。

祭奠也就罢了，但吕介侯忽然盘腿坐了下来，一边烧纸，一边饮泣不止。县长如此死心塌地的，同僚们也是莫可奈何，只好萧规曹随，纷纷坐在了湿冷的砖地上，陪着他一起怆然不已。灰烬像一群毫无章法的黑蝴蝶，漾荡在半空中，扑打着周围的方灯，暗影绰约，弥漫着一种诡异的气氛。这个关节上，意外发生了，吕介侯突然攒起一口唾沫，呸的一声，吐在了火盆当中，又连续啐了三四次，呵斥道：尹先生，你这个凉州老贼，你一死了之了，你去躲清闲了，却将整个武威县府陷于不义当中，置于一个难堪的境地，你存心何在？上峰变了脸，下属们互相张看着，不明所以，各自搅拌着舌头，挤出一点点干唾沫，射将出去。吕介侯又黯然地说：唉，我本来就德不配位，一是无能，二是无力，螺蛳壳里做道场，受命打理着这一座四方城，为凉州父老们效命。实话说吧，我就是炉子上的一块烤饼，一头是新城军部的烈焰，另一头则是百姓们的干柴，尹先生这一死，我就被彻底烤焦了，掰烂了，没有了正当性，没有了合法性，也失去了继续干下去的勇气，我这一世的路真正断了。陈垦丁劝慰道：阁下，这也是我的重大失职，我反省再三，觉得这个惩罚应该由我一人来承担，与你无涉，也跟他们二人无关。吕介侯哼的一声，咆哮道：就你？你以为你是谁呀，你还掂量不清个人的斤两么？尹先生投水自尽，尸骨至今没有下文，这是凉州的奇耻大辱，乃至于是整个甘肃的丑闻，灭顶之灾也，难道一纸处分便可以化解，撤职查办就能够愈合了大家的伤口么？警察局长一时间臊坏了，偏过头去，用咳嗽掩饰住了尴尬。张彝插嘴说：阁下，我奉命去了弘毅乡学，带人清查了尹先生的住所，他的全部家当凑起来，也就打了一个枕头大小的包袱，请你示下，该如何处置。吕介侯的声嗓再次湿透了，伤感地说：唉，尹先生这一辈子无儿无女，只身塞上，飘零天涯，但实际上他并不孤单，他的门下弟子倘若没有三千，至少也比这头顶上的屋瓦还要多。是这，东西全部烧了吧，你们最好抓紧烧上一套笔墨，让尹先生的手不要空着，在那个世界上好歹有个拐杖。王伯鱼也是不甘人后，陈述道：阁下，据我的人手侦报，自重阳日之后，军部还处决了两名税卡的卡兵，枪杀了祁连山里的几个金把头，霸占了两座金厂；至于武威城里失踪的那五名妇人，最后的线索均在北门外中断了，想必也跟新城大营脱不了干系。吕介侯突然恼了，不耐烦了，断喝道：不，你闭嘴吧！我不听这些，我只要尹先生，凉州的尹先生，否则我就无法收场呀。哑默了片刻，陈垦丁再次出手，调门陡升，诘问道：阁下，难道你还不觉悟么？事到如今，整个凉州成了一个烂摊子，这跟你的软弱、退让和绥靖干脆分不开；当局者迷这一句话，就是你的逼真状态。俗话讲，对人别太好，喂狗别喂饱，这些年在你的任上，你一味地讨好新城大营，向军阀献媚，罔顾百姓之生计，无视地方利益，以至于酿成了现在的惨烈局面。哼，你连一群少年学子，一个像尹先生那样老迈的读书人也庇护不了，却在这里考虑你如何收场，独独保全你个人的颜面与自尊，这岂不是让属下们寒心么？面对这一连串审判似的质问，吕介侯愕然极了，捶打着自己的太阳穴，哀恸地说：天呐，这是军阀，可耻的军阀集团绑架了河西四郡，凌驾于共和之上；这个国家如今就是一个笑话，让我们时时上当，天天心悸，甚至没有一片可以遮风避雨的屋瓦。陈垦丁并不妥协，继续驳斥说：听听，像你这样一推三六九，试图撇干净自己的行径，也真是令人齿寒。阁下，共和原本没有错，母亲也有打错自己娃娃的时候，但你的那些抱怨，其实就像一碗干掉的糨子，哪怕连一个缝隙也糊不住，还望你三思。吕介侯挣扎着起身，嘟囔说：唉，有心杀贼，无力回天，你们根本不知道，在石头面前，鸡蛋永远是鸡蛋，鸡蛋不会是一把斧头。言毕，武威县县长抛下了同僚们，径直朝顾山农走了过来，脚声拖沓而滞重，甚至有一点执迷不悟。

另一厢，顾山农刚刚摆脱了身上的寒意，尖起双耳，谛听着那些嘈杂的争议。在顾山农看来，虽然火盆里光焰不熄，火势升腾，但这些凉州执政者撕扯不清的话题，实乃一种黑暗的说法，一种遁词。什么政党主义，什么势力地盘，什么军地两方，那不过是权力的角逐，一家唱罢，另一家粉墨登场罢了，犹如自己曾经在戏班子里温习过的那些唱本，再一次死灰重燃，开始了新一季的演义。这么着，顾山农的内里渐渐地落了潮，一块明亮的礁石露出了头角真容，盘踞在心头，勒令他压住阵脚，要警觉，要肃穆。顾山农抱臂，暗中掐住了胳膊上的一疙瘩肉，拼命地告诫自己，整个凉州的锁钥，一直就藏在他的腔子里，这一片绿洲上最机深的秘密，也同样荷担在了他本人的脊梁上；这是承平堡唯一的使命，也是一个儿子娃娃必然的正信，切勿因小失大，乱了方寸，力争去度过此刻，去跨过这个艰难的门槛吧。于是，顾山农一方面默念着这句话，替自己频频打气，另一方面张开了眉头，松开了表情，迎向了县长大人。

岂想，吕介侯唰地变了色，手里竟然多出了一把勃朗宁，胳膊一抬，枪口戳在了顾山农的胸膛上。陈垦丁和两名队长也是大吃一惊，慌忙矬下身子，手摸向了腰后的枪套，却被上峰叫停了，喝令他们无须紧张，旁听而已。深夜的致祭仪式，一瞬间变成了三方的角力，县府、县警察局和承平堡构成了一种致命的关系，冲突骤起。顾山农苦涩一笑，料知事情的走向，业已大大地超过了他的预估，谁知道哪一片纸灰落下来，将砸中自己，从此万劫不复呢。吕介侯斥责道：

"顾山农，你为何如此冷血，一不鞠躬，二不祭拜呢？"

"因为没这个必要。"

"此话怎讲？"

吕介侯一怔。

"请教阁下，既然是武威县各界的致祭大会，那县府何必要全城戒严，封门闭户，人人禁足？虽说尹先生算不上一介大儒，但在杏坛当中，他也是一位响当当的翘楚，门生众多，源远流长。这磕头守灵、披麻戴孝的事情，本该由弟子们来承担，现在怎么却不见一人？阁下乃是本地的父母官，发心善良，日月可鉴，但也不知出于什么目的，你带着这三位长官，趁着外面风雪大作，偷偷摸摸地在这里焚纸点香，痛心追思，又毫无根由地将一场无妄之灾，一腔子的无名怒火，撒在了我这个草民的头上呢？"

"呵呵，顾山农你真是一个贼人，你明知故问，你的言辞里夹枪带棒的。"

"阁下错看了，山农不过是一个买卖人。"

吕介侯的枪口并没打瞌睡，瞄准的是对方的心口窝："好吧，那我来告诉你，火神庙的这一场祭奠所为何来。其一，尹先生投水自尽后，弘毅乡学里的学子们便开始罢课；哼，罢课并不稀奇，也见怪不怪，目下的中国，大概每一天都有成百上千的类似事件，但弘毅的这次造反，无异于将一桶子火油，泼在了凉州，引起了河西四郡的连锁反应，以至于东西响应，省城震惊。其二，罢课只是一根灯捻子，不幸的是那些父母家长也一哄而上，罢市已经持续了近月，商业凋敝，民生艰困，眼看着又到了年关左近，这一座城池恐怕再也难以维持下去了。身为父母官，我被架在了一座火炉上，只好如此了。"

"所以阁下打算撂挑子，事先给省府递交了辞职函，准备一走了之？"

"呃，这叫迫不得已，留一份体面。"

面对枪口，顾山农不解，却也不惧，用目光一再询问着。

"顾山农，我在六年前过了潼关，西渡黄河，赴河西一带就任的时候，还以为凉州不过是一个蕞尔之地、雀鸟之躯。可是，就像本土谚语所说的那样，若要知道，经过一遭；这么些年下来，我才深有所悟，这片绿洲其实是铁板一块，死水一潭，鼻青脸肿的是我，投水溺亡的也只能是尹先生那样的执着分子，我们的下场均不好，结局早就注定了。"吕介侯唏嘘再三，在这样的寒夜里，种种不堪的遭际，仿佛一捆捆烈焰干柴，在他的心中毕剥作响，实难将息，"抱歉，今晚上没有什么各界人士，因为各界人士组成的上访团，正在前往省城兰州的路上，准备大闹衙门，在省主席的肃王府门口游行示威呐。"

"上访团？"

顾山农讶异道。这也是承平堡未曾获知的情报之一。

"不错，各界人士上访团，走掉整整三天了，他们应该翻过了乌鞘岭，进入了武胜驿和平番县境内。"吕介侯抽搐着颊脸，蔑笑说，"呵呵，他们的腿脚，毕竟抵不上牲口的蹄子，我的辞职函先人一步，八成已经到了省主席的手上。我现在释然了，我没啥可担心的。"

"阁下既然卸掉了担子，却又为何多此一举，专门设了这样一个半夜的道场？"

"这得问你。"

"问我？"

"顾山农，我实话告诉你，这不是你熟悉的戏台，也不是你所谓的道场，这应该是一座公堂，一个审判厅。你刚才袖手作壁上观，既不鞠躬，也不祭奠，这完全印证了我对你的怀疑。"枪管戳了下去，顾山农猛地一龇牙，疼痛像一大把撒开的黄豆，掉进了体内，周身觳觫。吕介侯却毫不在乎，愤慨道："尹先生之死，包括那二名曾经就读于弘毅的学生被绑缚法场，挨了枪子，表面上看，这虽然是军方的罪恶，是新城大营在滥杀无辜，但我最近逐渐明白了，你顾山农就是幕后的黑手之一，你在借刀杀人，你在趁机夯实和扩张自己的保价局，你在壮大承平堡的黑暗势力。"

"阁下，你打算明年的今日，也要给我送一套寒衣么？"

"也许吧。"

吕介侯喊了一句搜身，王伯鱼和张彝跑将过来，四只手在顾山农的身上乱摸一气。末了，张彝找见了一堆现钞，但王伯鱼从对方的袜筒中，寻见了一个布囊，打开后，竟是大拇指粗细的一只玻璃瓶，里面的液体晃荡着，颜色可疑。未及问询，顾山农一把抢过来，拔掉了木塞子，仰头而尽，悉数灌在了他的嘴巴里。这一系列动作快如闪电，令人措手不及。吕介侯一时间慌乱，嗅闻到了一股刺鼻的味道，猜想此乃毒药，八成是顾山农被戳穿之后的绝望之举；吕介侯不由得惊出了一身冷汗，持枪的手也在发抖。孰料，顾山农摔碎了瓶子，淡然一笑，释解说，这是梅郎中配的方子，专治桃花水留下的后遗症，一日一瓶，两顿服完。瞭见对方疑问犹在，不肯轻易释怀，顾山农便也没了说辞，一五一十地全盘供认了，坦言这种桃花水是北疆的土匪武装特制的迷药，一旦被人误食后，将终身难以排解，或多或少地残留于体内，还会不定期地发作，发作之时，状若疯子，仿佛魔鬼一般。实际上，顾山农的自我亵渎，这一种剖心献胆的陈述，这一番以屈求伸的计策，根本无效，甚至连一句同情的安慰也不曾得到。吕介侯摇了摇头，放下表情，枪口划过了对方的胸膛，划过了手臂，慢慢地绕到了身后，突然顶在了顾山农的脑后，喝令他上前。人为刀俎，我为鱼肉，在如此万般无奈的境地下，顾山农乖乖地举起了双手，蹒跚上前，停在了供桌之下。

"顾山农，我再给你一个辩白的机会，最后一次。"

"不，我绝不祭拜。"

截铁道。

"听说，尹先生以前是权家的常客，也是你老泰山的至交，还是你跟大小姐的月老。如今尹先生走了绝路，不幸丧了命，难道你的脊梁杆子就不能弯下来，不能点一张黄表么？"

"阁下，一辈人有一辈人的交情，倘若我这样做的话，尹先生就再也回不来了。"

"咦，你相信他还活着？"

"至少，我要见到尹先生的尸首，我要搭建一座广大灵堂，请一个唢呐班子，再将他葬埋在凉州的土地上。"顾山农的倔强暴露无遗，真是水泼不进，针扎不透，顽石一块。又讥讽道："县府和阁下如此草率，大半夜的忙于作结，岂不是有点草菅人命，冷寒了凉州生民百姓的心肠么？"

"果然，你顾山农天生有一副好口舌。"

刹那间，吕介侯似乎受到了什么刺激，一抬手，揭开了供桌上的另外两块苫布。天呐，在雪亮的灯光下，在这个诡谲而跌宕的冬夜，顾山农清晰地瞭见，在尹先生的中央灵位两侧，竟然还摆放着八九块灵牌，同样来不及刷漆，同样是墨字渗进了纹理，笔画粗糙，一个个张牙舞爪，分明是临时赶制出来的。徐惊白，马眉臣，陈匹三，周光弼，阿骨里，以及其他几个陌生的名字，犹如一丛丛尖锐的荆棘，一下子刺痛了顾山农的目光。这一刻，顾山农魂魄皆亡，仿佛一介夜游神似的，盯视着弟弟的那三颗墨字，挪动了脚步，潸然趋前。

但是，就在顾山农刚一伸手，打算捧起那一个疼痛的名字时，枪响了。

吕介侯扣动了扳机，子弹裹挟着一股风滚草般的巨大回声，炸裂在了这座风雪覆盖的空殿中，惊涛拍岸，余音不绝。寒冷也被斧劈了下来，像一块块无形的冰石，漫山遍野地飞滚而下，填满了周遭各处，也埋住了所有的心跳与疑问。陈垦丁连同两名队长吓坏了，错愕不已，不知道上峰的这一颗子弹到底意味着什么。但是当他们发现吕介侯仍旧不罢不休，一直举起枪，枪口瞄准了承平堡的主人时，便纷纷戳在了地上，不敢妄动，不敢吱声，驯服地等待着下文。

枪声过后，桌案上的其中一块灵牌炸飞了，木屑四溅，满目狰狞。

顾山农根本无视面前的枪口，蹒跚上去，扶住了跌倒的白烛，拨亮了灯捻子，仔细地捡起一根根木头渣子，丢在了火盆里。其实，顾山农攥在手心里的，不单单是木屑，而是一些被肢解的汉字，一些残破的偏旁部首，一个熟悉的名字。这十几根凌乱的笔画，一旦被他看在眼里，便迅速有了生气，一骑奔来，呼朋唤友，与另外的伴当们重逢，再次组合在了一起，鲜亮得就像刚刚落墨的字迹，令人惜疼。顾山农的脑海中拼凑出了两个字，一个是徐，一个是惊，但最后一个却找不见了，失踪了，似乎它长了腿跑掉了。在即将泄气的那一刻，火盆里咔嚓一声，一根火苗像弱小的藤萝，攀援在空气中，照亮了周围的寸尺之地。顾山农猛一低头，瞭见靴子旁边，躺着一块巴掌大小的木片，上面有一颗确凿无误的汉字：白。

"阁下，你看清楚了么？这就叫天意，天老爷也是这个意思。"顾山农再也抑制不住内里的激愤，拾起脚下的木片，冲上前去，两手捧给了吕介侯，"这是白，清白的白，雪白的白，大天白日的白，我弟弟徐惊白的白。他是被冤枉的。他是被诬陷的。他还是一个少年人。他在这个荒凉无情的人世上，还没活过几天带劲的日子，难道整个凉州就容不下他，非要治他的死罪么？"

"顾山农，我奉劝你最好别再演戏了。"

吕介侯呵斥道。

"演戏？敢问阁下，你见过拿性命来做戏的么？我倒想结识一位这样的天纵之才。"

"我说过了，你顾山农或许就是幕后的主谋之一。"

"这个再议。但你吕介侯现在不是或许，你已经背上了屠夫的恶名，你就是一个杀人不眨眼的刽子手，你种下了报应。"倏忽间，顾山农的情绪彻底崩溃了，热泪满面，弯下腰去，仔细掰碎了那一颗"白"字，扔在火盆里，叫魂地说，"可怜呀，我的惊白着实遭了罪了，我的弟弟蒙受了不白之冤，前后挨了两枪，一枪是穿着老虎皮的狗日的军阀打的，另一枪则是武威县的父母官干的。天老爷，惊白统共死了两回,一次在重阳节,一次是现在。这让我如何给外父权大人的在天之灵交代?又让我怎么去面对达云呀?"

闻听哭腔,吕介侯顿时不解:"哎呀,惊白不是还活着么?他就在你的承平堡呀?"

"不,他死了。"

"他还活着。惊白是张彝从军部的刑场上抬出来的,抬进了承平堡。"

尖喊道。

"晚了,那也太迟了。惊白现在生不如死,活下来的只是一具皮囊,三魂丢了,六魄也找不见了,至今还昏迷在炕上,跟一个月娃子差不多。"顾山农突然扇了自己一耳光,诅咒地说,"呸!与其这样人事不省、屎尿满炕的话,还不如当初一枪把他给毙了,好歹那也是一种解脱,让惊白赶紧去下一世里投胎最好。"

"你这不是人话。你顾山农绝不会弃之不顾,自断手足。"

"我真的尽力了,我用光了全天下的好药,我拜完了凉州的所有寺院,我磕下了十万八千个头,但根本无济于事,惊白的脑子终究瓜掉了,如今是活死人一个。"顾山农哭诉着,又连续抽了自己几个大耳光,声音悲戚而滞重。

"啧啧,这就是你顾山农的重大嫌疑,也是你的狡黠之处,其实你才是这一场惨案的真正祸首。"吕介侯再次举起了勃朗宁,瞄准了对方,截铁地说,"因为没有人能从军阀恶棍的枪口下,讨来过一个活口,但你顾山农却办到了,办得滴水不漏,一点马脚也没留下。"

"军阀?你想说我是走狗?"

"不错。我怀疑你就是新城大营的一员,你虽然不穿军装,但你早就效忠了军阀。"

"阁下,我可以吃一个天大的恶咒么?"

"你想发誓?"

吕介侯逼问道,枪口垂下了一寸。

第八拍

胡笳五十二节

鸠摩罗什寺的寺门关闭了，榫卯松弛，油漆大面积剥落，门钉也掉了不少，表面上坑坑洼洼的，败象毕露。

大概在戌时左右，顾山农离开东郊后，策马进入了武威县城，径直扑向了罗什寺，一心想把事情办妥了，然后再回家歇息。夜幕垂降，沙山上的宴饮与交锋，包括保价局的开张典礼，犹如重阳节这一天的整个白昼，业已被夕光带走了，交代在了祁连山的西陲，跟所有逝去的光阴那样，最终被葬埋在了山谷、冈峦与深涧当中。宿命之事，自然不必提及。返程时，顾山农一路上摸黑，但完全仰赖于胯下的坐骑，居然这么快地抵达了城内。此刻，这一匹骏马皮毛发烫，汗水蒸腾，不停地打着响鼻。借着附近的薄光，顾山农瞭见这个大牲口毛尖泛红，毛根灰白，尤其是臀部高耸，腿脚修长，便当即断定此乃阿尔金长走马的变种，脚力非凡，不亚于传说中的神骏。呵呵，也难怪，管家的门道着实太多了，谁知道廖逢节又从哪一路商团的手中，赚来了这一件宝物呀。顾山农一边嘀咕，一边张看着街上的动静，竟然连一名僧侣也不曾瞥见。

等待中，顾山农突然晕眩开来，一屁股坐在地上，靠住了寺门。

平静了片刻，呼吸稍微匀称后，顾山农知道类似的发作，并不是桃花水带来的恶果，一定另有他故。果然，嘴巴里就像涨了一阵阵春潮似的，一种前所未有的血腥味涌荡而来，攥住了他的喉咙，刹那间冲决而出。顾山农赶紧垂下头去，吐在了脚下。不灰之舌，这个狼伉之词，仿佛一根野蛮的绊马索，不由分说地羁押了顾山农的全部善念，剩下的只有恐惧，恐惧，恐惧。前一次吐血是在沙山上，目下却是在罗什寺的寺门外，之间仅仅相隔了一半个时辰。顾山农惊骇地发现，这个词一旦被说出口，哪怕只是他个人的一点想法，一道闪念，打击随之就来了，疼痛也就来了，在疯狂地绞杀自己的口舌，在惩罚这一具肉身。血水并不太多，像刚刚摘下来的一片秋叶，在地上慢慢地干枯，最后蜷曲了起来，犹若一幕深夜的启示。事实上，即便在这样的关节时刻，顾山农依旧懵懂，年少轻狂，竟不知道身后的这一座千年古寺，其实是他本人的致命之地，宿命之所，一切报应才刚刚开始。吐完了血水，顾山农精疲力竭地倚在了门框上，这一天的劳碌与奔波，真是够呛，眼皮子一直在打架，瞌睡来了，瞌睡真的来了。

岂料，肩膀一斜，罗什寺的半扇门嘎吱一响，竟然滑开了，留下了足够一个人进出的空隙，似乎专门在等待顾山农其人。

的确，天下的佛门是从不上锁的，因为一切的庙宇局所，不过是在这个荒凉人世上暂栖的码头，横渡的舟楫，也是砖瓦木石的坛场。万象互起灭，此心须自在，乃是佛陀的法度，也恰是生人造物的天公自太古而来精心布下的一盘盘棋局，以此试探着下界里的众生。

列位，总因笔墨宽裕，更深夜静，此处不叙别的，首先讲述一件凉州的奇异之事。

发现门扇开了，嘎吱一嗓子，顾山农好像接获了一份请帖，慌忙收拾起膝盖，将缰绳拴在了桩子上，安顿好坐骑，转身入内。寺中的夜色愈加沉郁，没有了墙外街市上的喧闹与灯火，代之而起的，则是九月初九日的星月，广大寒凉，笼盖在了这一座废墟之上。据《武威地区志》记载，民国十六年农历四月二十三日卯时，也就是1927年5月23日上午5时20分，武威县地忽大震，轰烈如雷，簸荡如舟，如涛怒卷，尘土障空，飞沙走石，鸡鸣犬吠，人民惊起，村堡皆然。起止五六次，约10分钟，震中烈度为11度，震级为八级。事后，经甘肃省府派员调查统计，此次地震倒塌民舍4.18万间，压死3.55万人，受伤4.32万人，死大牲畜4.88万余头，羊17.62万只，崩裂田地12.37万亩。尤其是县署倒平，城内砖楼崩塌23座，清应寺、大云寺二塔夷为平地，全城尽为瓦砾之场。大震之后，黑雾弥漫，哭声遍野，家家祭奠，户户戴孝，实乃千古未有之奇灾。

星月下，鸠摩罗什塔携带着那一年的残迹，约有一人高，凄楚地兀立着，神伤不已。顾山农蹒跚上前，迅速被废墟上的荒凉景致所感染，心中频频致哀，昏暝不已。

灾难发生时，罗什寺的僧侣们正巧在做早课，为当年的春苗诵经祝福，为大牲口的生育布施加持力，冀望着凉州全境风调雨顺，能有一个不错的年景。讽刺来了，山摇地动之际，整个祁连山下的缠绵绿洲，犹如一叶无根的飘萍，在激烈的波涛中翻滚，彻底覆灭了那一个初夏。尤其是震中所在的河西首郡武威县，更是一朝沦陷，万象惨烈，演变成了一座人间地狱、修罗之场。听见大雄宝殿屋瓦崩裂，柱梁摇晃，一班释子从黎明的哈欠中突然醒来，纷纷丢下了经卷和鞋子，逃也似的跑了出去，乌泱泱地站在了庭院中，庆幸不止。那一刻，公鸡才开始打鸣，霞光还远，尚在河套平原与腾格里沙漠一带沐浴梳妆，暮气不曾褪去，天色柔中带刚，恰在由阴转阳的关节上。眼睁睁的，在全体僧侣的注视下，大雄宝殿轰然塌陷了，药王殿也倒了，观音堂就像一堆烂劈柴，散落一地，碎石横飞，伤人不少。紧接着，瓦砾和梁木之上，突然蹿出来一根根火苗，又相互挽臂，呼啦啦地扯开了一大片焰火，将整个罗什寺筑成了一座高炉，光焰冲天，炙人心神。实际上，罗什寺的灾情并不突出，因为它不过是一颗纽扣，系在了武威城的衣襟上，但这件衣裳已经被彻底撕碎了，扯烂了，百无一用。在剧烈的动荡中，僧侣们的脑子被搅浑了，一边恶心，一边连滚带爬地坐在地上，放弃了灭火，枉费了眼泪，一个个呱喊着，哭得死爹丧老子的。半响后，天老爷终于稳静了，土地爷也消停了下来，黎明的天光仿佛一张刚刚宰杀之后水淋淋的羊皮，血光四溅，挂在了凉州的穹顶上，恍若噩梦，令人不寒而栗。吊诡的是，这一天的黄历上，竟赫然注明了这样一行字：是日，宜静养，宜团聚，宜收徒，忌动土，忌搬家，忌建造，云云。

其实，罗什塔是最后一个倒掉的。众僧可以作证，洵不虚言。

新中国建立后，大概是1956年，当地的文物所在普查过程中，寻获了几册从罗什寺里流失出来的抄本，里面记载了十七名僧侣的目击文字，重现了罗什塔最后的时刻。鸠摩罗什塔建于公元413年，分别于唐、宋、明、清之际各有修缮，为八角十二级空心砖塔，高33米，内置木梯可达塔顶，内藏鸠摩罗什大师舌舍利，包括鸠摩罗什像一尊、大藏经一部，并有鸠摩罗什译介之石刻《阿弥陀经》一卷等。在千百年的广漠光阴中，这座寺院凭借着鸠摩罗什的无上法名，以及他一生当中超凡入圣之身、发奋造极之资的猎猎传奇，一向奇崛沉厚，志气如神，在河西一带领袖沙门，拔山举鼎，声威并著，拥有了不可撼动的地位。而庭院中的那一座巨塔，仿佛鸡中之鹤，又好似一面大纛，跃然于武威城上空，构成了西疆四郡两关的真正门户。往昔里，罗什寺的塔尖上常有祥云环绕，吉鸟栖息，风过如琴，院内的香火也最为炽烈，寺僧六百，信众十万。但是，这一幕锦绣历史，突遭劫难，戛然终止于那一个夏日的早上。

僧人一悟讲述说，后来地就不震了，但嗓眼里的恶心还在，他赶紧趴在了门海旁，打算掬一口水解渴。就在那一霎，他瞭见水面上倒映的塔尖，突然间塌掉了，一股绛紫色的烟云，从塔身中漾荡而出，盘桓不散。不一会儿，竟然有一个身穿袈裟的人钻出了塔尖，趺坐于高塔顶端，合十祷告，声若蚊蝇。至于这个人最后如何消失的，一悟也是语焉不详，毫无结论。小僧心悦却另有说头，他曾经爬上过塔尖，发现在十二层的台沿上，阴面筑有一座燕巢，阳面则是一个喜鹊窝。这两家子一向和睦，各吃各的饭，各抱各的娃，互不打扰。余震频发的那个下午，心悦索性躺在了树坑里，仰头张望着天空，蹊跷地发现那一对喜鹊和一双燕子急坏了，蛋不见了，孵了一半的娃娃们失踪了。这么着，四只雀鸟扑扇着翅膀，首尾相衔，停在了半空中，开始拆卸砖塔。第一只鸟用尖喙撬开了炼砖，咬住之后，交给了身后，这样一路传递了下来。最后一只是母喜鹊，生性干净，将所有的炼砖整齐地码在了地上，丝毫不乱。但是，天意难违，那些蛋还是碎了，破了，终究也指望不上，像一个个伤心欲绝的故事。这两对夫妇在尘土弥漫的废墟之上哀鸣了半天，彼此作揖，相互话别，各自飞离了这一块悲痛之地。凉州人记得，在震后的三五年之内，罗什寺的上空一白如洗，干干净净的，连一根羽毛也瞭不见，这其中必有深意。砖塔不幸倒塌了，只剩下了一人高的塔基，碎石瓦砾堆砌在一处，恍若一座新筑的大坟，令人时时心悸。庙祝叫王牧人，来自一条山，自光绪末年就在寺里效劳，后来眼看着重建无望，便用一根裤腰带，将自己吊死在了墙外的菜地里。据王牧人生前作证，开头的几年，那一座废墟上开出了一种硕大的花朵，颜色猩红，叶子像蒲扇那么大，簇拥着宝塔似的花瓣，十分罕见，所有的人闻所未闻。本来以为是吉兆，却因故生变，这种花在子夜时分，往往会喷吐出一种乳白色的气体，腥臭难闻，仿佛尸变的味道。到了白昼天，虽说消停了下来，不再喷射，但那一股强烈的异味弥散广泛，整个武威城关门闭户，人人掩鼻，却又无计可施。王牧人用火烧过，用开水烫过，用石灰腐蚀过，均告失败。迫于无奈，王牧人生出了歹意，准备斩草除根，可是当镢头刨开土堆，铁锨铲了下去，这才发现一团庞大的根须，早已扎进了砖塔的地基中，稍有不慎，便会伤筋动骨，一切尽毁。这朵花来得诡秘，去得也不知底细，唯一带走的就是王牧人的这条命。另有一页记载，落尾是罗什寺时任方丈演觉法师。据他讲，震后的大半年，他每天夜里都在禅房内诵经，祈求普门大士、各路菩萨，降福于这一座冒烟的城池，让崩裂的田亩和生民百姓尽快地苏息过来，有所转机。但是，演觉的诵经时常被打断，一种刮骨吸髓般的嘈杂声，从屋梁、从仰衬、从四壁间渗流而出，让他沮丧万分，天天半途而废。演觉趴在窗缝上，目光挤成了一根线，瞭看出去，发现在星月覆盖的废墟之上，竟然有一个弦乐班子，正在吹拉弹唱，呜呜咽咽的，根本听不清词牌或曲目。这一页纸记满后，演觉又开始反悔，用毛笔画了一个圆圈，打了个×，且在旁边补录了一行字：诳语，十足的诳语。

与演觉的行为相仿，当地的文物所在核查完这几册文字后，觉得价值不大，属于封建迷信，决定一把火给烧了，肃清余毒。焚烧时，一个叫柴根大的队员偷走了其中一册，打算拿回家去，让婆娘剪鞋样子。最终，这些奇异的文字避过了一场灾难，于1987年重见天日，并被收录在由武威市文化馆编纂的《鸠摩罗什逸闻集》一书中。

实际上，罗什塔的崩塌，让凉州人留下持久未愈的创伤，痛心不已。出了家门，人们习惯性地抬头张望，但再也没有了那一根脊椎般的巨塔，整个城池俨然是一件穿旧的衣裳，扔在了祁连山下，绿洲之上，了无生气。头几年，大人娃娃们总是迷路，牲口亦不例外，街道上时常有惊马和疯狗出现。尤其是从南山一带飞来的鹞鹰，方向错乱，獐头鼠目，始终在寺院上空打转转，找不见一条生路。重建计划一直摆在了案头上，这不唯是罗什寺单方面的责任，县署主导过，六郡老插手过，河西一带的大小佛门也广泛劝募，池子里的资金只多不少。谁都想去沾吉，凉州百姓被鼓噪了起来，纷纷涌向了罗什寺，李家送一根椽子，郑家赠一块炼砖，沙子和三合土更是绰绰有余。的确，也不是没有开工重建过，但这里面掩藏着一个不堪的秘辛，令相关各方先后坐蜡，推诿了起来。顾山农犹记得，外父权爱棠曾偶尔提及过，说真是邪门了，奇了怪了，工匠们每次重修时，塔基上的炼砖才砌了几圈，大约一米来高时，突然就塌了，前功尽弃。炼砖根本站不住，拌了羊血、米汤和筋麻的泥浆也毫无黏性，彼此不合，难怪皮是皮、骨是骨的，一口气就能吹翻。另一个，罗什寺的僧侣们也是良莠不齐，面对一池子的钱财，忽然间成了一盘散沙，拉帮结派，分歧日深，甚至拳脚相加。这么着，墙内乱了，门外的热心人属于剃头的挑子，也渐渐地心凉了下去，双方拉开了距离，鲜有问候与走动。习惯成自然，在灾难过去，这一座肱股大郡百业复苏，商贾丛集，充满了生息之机的年代里，唯有罗什寺山门紧闭，清冷异常，寡落落地蜷缩在街巷当中，日升月降，晨昏更迭，逐渐地不为人识。

此刻，顾山农兀立良久，盯看着那一座秃白如洗的塔基，似乎比想象中的更矮了，更残破了。星光洒落下来，塔基犹如一座坟丘，将鸠摩罗什法师的一切痕迹，悉数葬埋在了地下，与凉州水乳一体，生死同穴，实在难以割裂。荒凉入目，环绕着塔基一带，曾经用于重建的一堆堆沙子粉掉了，椽子烂掉了，砖瓦破碎了，粗大的梁木也是纷纷开裂，落满了鸟屎与尿迹。顾山农唏嘘了片刻，忽然耳食到了一种扫把曳地的声音，唰拉唰拉的，好像有一个人在深夜收集着落叶，在清扫庭院；他不由得生出了一份好奇心。

循着声音，顾山农踅向了后面的庭院。庭院左侧的大雄宝殿建造了近三年，山墙壁立，但始终没有架梁铺瓦，萧索极了，时有黄鼠狼和狐狸出没，在此觅食与过夜。右首也属于寺产，原先是一大片菜地，地震过后，这里盖起了一排排简易的僧舍，过渡性质的。事实上，在千古未有的天灾当中，唯一不曾受损的便是树木，环绕着罗什寺的一棵棵银白杨高大挺拔，状若勇士，伸出了精铁般的枝条，托举着凉州的夜空，以及那些繁密的星宿。庭院的东西两侧，各有一棵银杏树，气血两旺，冠冕堂皇，气势赳赳，好像它们一个是储君，另一个则是当朝太子。的确，关于银杏树的渊源，凉州人历来分为两派，争执不下。一说是当年左宗棠提兵入疆，凯旋东还，为了彪炳个人的不世之功，感激凉州方面的后援，他在罗什寺里亲手植下的；另一个说法，则寄托在了林则徐的身上，言大人被朝廷贬黜，流放新疆伊犁的途中，捎来了一些陕西法门寺的苗木，沿路馈赠，但只有凉州的这两棵幸存了下来，长成了参天大树。类似的争讼一直持续着，不分伯仲，直至几十年之后，一群人携带着钢锯和板斧，闯进了罗什寺，放倒了全部的树木，人们便不再斗嘴，彻底消停了下来。那个年代，河西一线高炉林立，烟障蔽日，一场大炼钢铁的运动如火如荼。

但是秋天深了，北来的罡风掳去了银杏与银白杨的叶子，马上就要进入枯瘦的一季。那一根扫把还在不停地叫魂，顾山农扪下心跳，一路追撵了过去，竟然惊恐地发现，在寺墙下面，堆放着不少残损的罗汉、观音和佛陀的塑像，要么缺鼻子少眼，要么大卸八块的，仿佛一座停尸之所。罗什寺的败落与凋敝，看似是一场地震所致，究其实，大概也归咎于僧侣们的懒惰和不作为，更缘于这一座河西名刹的复杂成因。顾山农这么思忖着，忽然置身于庭院深处，夜色陡沉，星光像一片特殊的穹顶，张开了一座帐幕，慢慢地笼盖下来。

定睛一瞧，顾山农不免愕然，因为目力所及，根本就没有什么扫把，也瞭不见清理落叶的场景。唰拉唰拉的声音，实际上来自一杆毛笔，而这支毛笔，此刻正握在一介老僧的手中；老僧且歌且吟，一忽儿仰首问天，一忽儿又俯身书写，完全无视顾山农这个陌生的访客，只是单纯地沉浸在他个人的心境当中，不问世事。看了半晌，顾山农终于发现，那些银白杨和银杏的叶子，仿佛接获了一种神秘的召唤，从两侧高大的树木上挣脱下来，排着长队似的，等待那一支墨笔的点化与开示。成群的叶子乖巧极了，要么停在空中，要么委身于地，尽力配合着老僧的歌吟,一个个驯服地低下了头颅,接受摩顶和赐福。秋深了,叶子本来就黄灿灿的,但在老僧援管落墨之后,它们突然间更换了筋骨,澄澈了表情,变成了一片片飞舞的金箔,烁烨光辉,灿然闪亮,将这一座深夜的庭院布置一新,俨然是一间供养与祝颂的赞堂。顾山农简直看呆了,痴迷极了,心知眼前的这一幕,倘若不是千载难逢,那也一定是百年罕见,或许这就是天老爷特地为他设立的坛场,布置下来的一份课业。如此念想着,顾山农宽释了不少,也不再拘谨,款步上前,拾起一把落叶,握在了手中。

唯有一愿在,能呼观世音。

借着稀薄的星月,当顾山农的目光,落在手中的那一摞黄叶上,逐个去查看时,竟然吃惊地发现,每一片叶面上,清晰地凸显出了各种笔画,站着一颗颗确凿的汉字。奇迹之处在于,原本还凌乱无序的一地落叶,一旦被顾山农拾起,攥在了手里,就好像它们去过一趟印经院,核实了页码,理顺了内容,被装订成册,如今花落莲出,变成了一本黄金经卷。顾山农突然间激动了起来,知道这是开示,大地醍醐,整个凉州的夜空下,恐怕只有他独自一人获得了这样的礼遇,如此的福报;他不由得翻看着手上的落叶,尖声诵念出那一行文字:唯有一愿在,能呼观世音。

不料,这一嗓子惊扰了对方,老僧蓦地停下了手脚,顾盼而来。空气中的金箔也纷纷落地,恰似在他的足下,铺上了一块奢华而锦绣的毡毯,气氛肃穆,神态不凡。顾山农赶忙弯下腰去,一揖到底,将自己摆在了晚辈的位置上。见面问根苗,此乃凉州人的习性,但顾山农心思迫切,居然以下犯上,率先开了腔,错误地问道:

"师父,该怎么称呼你呀?"

"不必了,反正野鸡无名,草鞋无号。"

对方嘲讽道。

知道自己失言,顾山农忙捂住了口鼻,愧怍不已。却不承想,眼前的老僧竟是一介滑稽之人,一边诡笑着,一边伸手在脊背上扪虱子,每捉出来一只,打个招呼之后,重又放入了他的领口内,并不杀生。老僧天顶危峙,颧骨凸出,面目枯寒,一道道褶皱犹如榛莽丛林当中的老树皮，刀劈斧凿似的，初见的那一霎，着实令人骇然。除了异人之相，老僧赤着两脚，裸着双臂，身上的那一件袈裟颜色尽失，不见本相，也不知是什么年代披上的，顾山农自然参不破其中的机关。的确，顾山农的脑子真是瓜掉了，再次冒犯道：

"师父，你到底是人间的鬼，还是一位世外的僧？"

"嗯，这么说吧，至少在我逗留的这一千多年里，我在这个院子里还没遇见过鬼，一次也没有。"老僧抬起左臂，右手从腋窝里摸出来一只虱子，拈在了指尖上，呵斥道，"哎呀，你看你，你这个碎鬼，你吃了我这么多年，几乎咂光了我身上的血，难道你现在还不闭嘴么？你要是再捣蛋的话，我就把你送给这位施主，你跟着他一起回承平堡吧。"

"啊，你认得我？"

闻听承平堡这个词，顾山农登时头皮一麻，有点心急，仓皇地发问。

"施主，你快把手伸开，夜里太寒，千万别冻坏了这个碎鬼。喏，你揣在身上吧，以后你养着它，权当这是我给你的一个见面礼。"执拗道。

"这，这又从何说起呀？"

"快伸手。"

顾山农态度固执，不肯就范，甚至生出了一丝厌恶感。但老僧却慢慢地偎了过来，样子甚是滑稽，言辞也没有边际，絮絮叨叨的，好像熟络得不成，彼此之间有八辈子的交情似的。老僧举起了指尖，催对方快看，认一下这件礼物。顾山农定睛一瞧，一只扁豆大的虱子兀自闪亮，正卧在老僧的指肚子上，通体殷红，肥头大耳，就像是吃醉了酒之后的一名衙役，酣睡不醒。催得太着急了，顾山农实在推托不过，违心地伸出了手，瞭见老僧将那一个恶心的东西，塞在了他的掌心里。干罢了这些龌龊事，老僧似乎轻松多了，手舞足蹈一番，最后趺坐在了地上，被一层层金箔般的落叶簇拥着，犹如法台之上的一尊斑驳塑像。事实上，在罗什寺这座古老的院子里，什么都会发生，一切也不必惊怪，只要你相信奇迹，一定就能找见整个凉州当年的根苗。这一夜，顾山农也不例外，或许他还将遭逢一场更大的加冕，更为锥心的打击。难堪了一阵子，顾山农慢慢松开了握拳，突然发现那只扁豆大的虱子不见了，手心里竟然是一枚金刚杵，黄金质地，灿然发光。这么着，一道闪电划过了顾山农的脑海，撇清了浑浊的记忆，复活了所有湮灭的细节，令其抽心一疼。顾山农心知，此时此处，如果算不上法外之地的话，那也一定是上天垂怜，替自己秘密设立的一座不为人知的课堂，单人独灶，有待于请益和求教，去破解心中的谜团，替承平堡寻获一个终极答案，进而为凉州全境求得一个大自在，一次彻头彻尾的解脱。一念至此，顾山农便不再惶恐，沉静与缜密占据了上风，趋前一步，探问说：

"师父，这个东西恐怕跟血经如出一辙吧？"

"血经？你知道它多少？"

"嗯，师父刚才的开示，令晚生想起了一件旧事。"顾山农攥住那一枚金刚杵，分明感觉到它不是简单的金属，而是滚烫的，活着的，带着老僧遗留下的体温，果真是法器一件，"据闻，在河西的佛门中，以血供养成了最高的信条，上至大德高僧，下到沙弥居士，大家都深信不疑，纷纷誓言在各自的一生里，起码要捐血供养一回，才能心安理得，也方可修得正果。"

"那又如何？"断喝道。

"此乃陋习，不仅戕人害命，还亵渎了凉州的这一方风水宝地，玷污了头顶上的神明。"

"呃，施主，此言差矣。这田亩泥壤之上，这河川阡陌之中，这人世上所有的荣耀、权柄、雨露和日光，无一不是上佛的恩赐。就算捐出了一具皮囊，一腔子骨血，那也是供养者最大的福报，又岂能寻词诟病，乱语三千？"老僧如同变戏法似的，手中忽然多出了一支毛笔，迎向了飞旋而来的一片片秋叶。再道："实话说吧，我在这罗什寺已经修行了上千年，也曾经蘸着指血，抄录过大量的经文，不仅耳聪目明，延年益寿，甚至连个咳嗽和发烧也不见，这便是例证，又如何能牵扯上戕人害命呢？"

"但是，家父就是因为一卷血经送命的，血经来自罗什寺。"

"不，这绝无可能。"

"家父最后蘸的不是指血。他刺瞎了双目，蘸的是自己眼睛里淌出来的血。他是个文笔匠。他在罗什寺里抄了一辈子的佛经和卷子。也许，他太喜欢那一件镇寺之宝了，所以临上敦煌之前，他被猪油蒙住了心，偷走了那一卷血经。"的确，假如不是在这样一个特殊的境地，不是在这个悲痛的秋夜，顾山农的这一番告白，永远也不会坦露无遗。又道："家父最终后悔了，用了最残忍的手段来惩罚自己，他先是削发为僧，发誓要用他身上的血水，重新誊抄一份佛经，然后一并璧还给罗什寺。但这件事只有开头，却没有结尾，因为他失血过多，死在了莫高窟的洞子里，半个月之后，才被人发现。"

老僧合十，叨念了一句阿弥陀佛。

"所以，依晚生看来，这种以血供养的陋习，恐怕应该废止才是。"如上的陈述，顾山农多半是从权爱棠大人的口中得知的，也不免接受了那一辈子人的爱憎，"而废止之事，当由罗什寺开始，在河西一带的大小佛门中，领风气之先。"

"施主，请问罗什寺的那一件血经呢？"

"烧了。"

"嗯，应该是焚化在了令尊的灵前，随他去了，这个归宿也不错。"

顾山农一时愕然，惊呼道："师父是如何猜中的？当年家父亡故后，骨灰葬埋在了莫高窟的开元寺，作主烧掉那一卷血经的，恰恰是开元寺的印光法师，这件事一向机密。"

"顾遂，顾遂何人呀？"

"正是家父。"

"呵呵，果然是人世轮转，天道好还。"老僧扪齿而笑，那种枯寂的笑容，仿佛树皮开裂，带着一种久远的锈迹，此刻重见了天日，"施主，俗话说父债子偿，你如今欠我一样东西，你得还给我。因为烧给令尊的那一卷血经，是我在一千多年前亲手抄录的，一直存放在罗什寺内，后来便失窃了。"

"你说什么？那一件血经是你本人抄写的？"

"嗯，不错，这个寺就是我自己当年的译场。实话说，我从来不曾离开过半步，我一直守在这里。"笃定道。

"可你口说无凭？"

"但是，我认得自己的血，我从这里蘸写的。"

对方竖起了一根食指。

"天老爷，那可是一件无上的法帖呀，据说它是鸠摩罗什大师当年的墨宝，也是这里的镇寺之物。"震惊就像一座垮塌下来的山峰，山石崩裂，肝胆俱碎，令顾山农一时间窒息，"敢问，师父又是哪里的贵人，深更半夜的，竟然兴风作乱，这么一味地说神论鬼，僭越之辞不断，频频冒犯了先贤？哼，凉州纵然天远地偏，节节多故，但这一片净土，想必也容不下你的虚妄，你的无礼。"

"哟，这是逐客令么？"

"不错，人贵有自知之明，你自己抉择吧。"冷然道。

"施主，请往你的手上看。"

老僧努了努嘴巴，朝着对方握紧的拳头示意再三，咧笑开来。顾山农愤懑犹在，肚子里一片狂燎烈焰，但碍于面对的是一个出家人，一位长者，便也收住了怒火，慢慢地蔫然下来。顾山农抬起拳头，依旧感觉到那一枚金刚杵在微微发烫，似乎仍在蠕动，不由得张开了五指，定睛一瞧。这一霎，金刚杵竟然不见了，一只火红色的雀子幽幽发光，正卧在他的掌心里，探头探脑的。作为在绿洲上长大的一员，顾山农也算是见识不少，但眼前的这只雀子实属意外，他根本上一无所知，陌生极了。雀子终于轻快了，忐忑地站立起来，奇异之处就在于，它的额头上长着一根孤零零的小骨节，仿佛插了一炷高香似的，而浑身的羽毛艳丽修长，蓬松无比，又好像一件被秋风灌满的宽大袈裟，在夜空下鼓荡。见此情状，顾山农还来不及发问，却见这只雀子腾跃而起，蹿入了天空，盘旋在整个寺院的头顶上，鸣叫不休。顾山农抬头盯望着，分明听见了在翅膀刮擦着空气的声音之外，雀子一直在呱喊：罗什，罗什罗什，罗什罗什罗什。

无疑，这又是一次棒喝，一种开示。

设若此刻，顾山农再不识抬举、不幡然醒悟的话，一切亦将无从谈起。那只雀子仍旧盘旋着，通体发光，就像一盏飞行的红灯笼，刺破了夜色，不停地叨念着那一句口诀，给这个昏暝不堪的人世间，播撒下微弱的法音。实际上，这是一个阴阳混沌的时刻，如露，如电，如梦幻泡影，什么都有可能，稍纵即逝。顾山农的心中，忽然潮起了一股温润的汁水，敛下了目光，不敢仰视，又簌簌簌地上前，垂首立在了老僧面前，哀恳道：

"师父，想必我知道你是谁，你的来历了。"

"僧侣鸟。"

对方抬手，指了指头顶上的雀子。

"还请师父明示，这僧侣鸟究竟在作什么法？念的哪本经？"

"是这，它在喊我回家，这个碎嘴子喊了有一千多年了，催得人心慌，我的耳朵也长满了茧子。"老僧偶尔的滑稽，就像一个长不大的稚童，口无遮拦，无法无天，"它呀，它也是从龟兹来的，自小就一直跟着我，混蛋罢了，简直泼烦死我了。"

"龟兹？"

"嗯，口外的龟兹，天山以南的龟兹。"

"我现在终于相信了，罗什寺一定就是师父的坛场，金刚的法床。这一千多年来，师父就驻锡于此，种百姓的福田，拔众生的苦厄，修凉州的道路，精心预备着将来的芝兰之日，莲花之时。"顾山农打开了记忆的窗牖，一束新鲜的光线彻照下来，般般往事奔袭而至，与光同尘，"家父在世的时候，靠着一副笔墨，一手的好字，在这个院子里抄了大半辈子的经卷。他没少给我讲罗什寺的古今，也屡次说起了法台的神迹，点滴之水，如今汇聚在山农的心中，就好像一眼荒漠甘泉，让晚生如痴如醉，一直啜饮到了现在。"

这个关节上，本来嘻然自乐的老僧，忽然间一怔，热泪满面地说：

"罪过呀，真是罪过。你老子顾遂终究还是连累了你，陷害了自己的儿子，以至于让你在今日里失去了主张，内心恐慌，带着不祥的预感，从东郊的沙山上一头杀回来，深夜来敲罗什寺的大门。"

"法师，家父做错了什么？"

"他当初不该吃那个咒，现在降罪在儿子的身上，让你如此地磨折不堪，前途不明。"

"不，我囫囵着，我好端端的呀？"

争辩道。

"唉，那个咒发芽了，如今就种在了你的身上。"

"我真的糊涂了，我不明白法师在暗示什么？"顾山农一时无绪，想反诘几句，但老僧颊脸上挂住的那两行清泪，剖心挖胆似的，充满了极端的慈悲，又让他不忍造次，只有哀告说，"是这，我在沙山上见到了一尊佛头，我听说佛头是罗什寺丢失的，所以不敢耽搁，赶紧来这里询问一声，也好在最近挑一个良辰吉日，将佛头迎请回来，复归大位。"

"施主灵慧，猜得确实不错，佛头就是本寺的一尊法身，大劫难之后丢失的，流落在了他乡异邦，消息绝灭，从此不闻。"或许，泪水也是一种信仰，尤其当它从一介枯木般的老僧眼中夺眶而出，抵抗着这个秋天的寒凉之时。老僧又道："不瞒施主，那尊法身可是来头不小，它还是我从西域佛国请进凉州的，在这个当年的译场扎了根，盘了窝，一待就是上千年，眷顾着这一座伽蓝之地，重重护卫，层层庇佑。唉，也难怪，自从法身失踪之后，这个塔就跟中了邪似的，始终也修建不起来，盖一层，塌一层。现在好了，主心骨总算回来了，一开春就可以动土修葺，遂了生民百姓们的念想。"

顾山农施上一礼，忙不迭地说："恭喜法师，人世间最美的事情，莫过于故人相见。"

"不，法身到了，但你的业障根本未消。"

顾山农一怔。

"听着，佛头是来报警的，专门替你破咒的，但你却丝毫也不领情；你顾及着你现在的身份，你那一点点可怜的自尊，在沙山上始终也不肯滴血认亲，竟而错过了这个大好良机。"

"滴血认亲？法师，你让我认哪一门子的亲？"

"顾山农。"

老僧突然断喝一声，喊出了施主的名姓，显然是有备而来。闻听这一嗓子，顾山农突然如遭电击，浑身一麻，慌忙捂住了自己的口鼻，讶异地盯视着对方，似乎这个神鬼莫测的老僧，就是他的克星，他此生的宿命。更加吊诡的是，在老僧喊完第二遍顾山农之后，盘桓于夜空当中的那一只雀鸟，倏忽之间收起了翅膀，衔命而至，款款地栖落在了老僧的肩膀上，仿佛一盏不眠的红灯笼，兀自光辉，又不停地啄食着身上的羽毛，对周围的争讼不闻不问。顾山农的心中大感挫败，因为打击来自那一种怪异的声嗓，尖厉，嶙峋，摄人魂魄。顾山农从仓皇中举起了头，悲戚地说：

"仄身子口音？"

老僧颔首。

"法师，你竟然也是仄身子口音？天呐，你跟我害的是一样的病么？"顾山农到底绷不住了，情绪失控，哀告说，"晚生同样。唉，山农害的也就是这个病，苦楚死我了，简直就像活埋了我，我根本就摆脱不了这种声嗓。我恨自己，我恨这种仄身子的腔调。"

"双舌？"

"的确。法师明鉴。"

老僧抚弄着肩头上的那只雀鸟，令其闭嘴，不许聒噪。

"我的嘴里多长了一根舌头，上下一对，我就是双舌。我控制不住它。我有时候也是仄身子口音，完全不是我在说话，好像有另外一个人在为我擅自做主，替我开口。"

"施主，但它不是病。"

"不，这就是病，无药可治的一种病。我心里其实很清楚，我害的是绝症，十三省的医生也治不好我了。"长期以来，压抑在心中的这个生理缺陷，既是一个短处，又像一只无解的包袱，隐秘且疼痛，令顾山农不堪其扰，誓死也不曾对外人谈及过，哪怕是对妻子达云。此刻，眼前的这个老僧竟毫无禁忌，一针刺穿了秘密，一语道破了端倪，顾山农便再也没有了羁绊，心头一酥，仿佛见到了爹娘老子似的，哭诉道："我害了这个绝症。我耻辱极了。我根本就不敢见人。我生怕一张嘴就露了馅。刚开始，也就是权爱棠大人下世以后，我打着替外父守孝的名义，躲在坟墓一般的承平堡内，大门不出，二门不迈，暗无天日了整整三年。但是三年的期限结束后，我又不得不出来谋生，经营家里的那一大摊子，尽量装出一个正常人的样子。另外，也是由于害怕，我还留起了这个盖胡子，特意遮住了嘴巴，让弟弟惊白见天笑话我。我真的恐惧。我害怕极了。我就担心旁人发现了我的这个缺陷，把我当成什么怪物，最后被逐出凉州。"

"施主，你不必惊讶，这就是因果的天道，报应的答案。"

"真的，我痛恨这一块多余的肉，我不需要它。"

"但是你现在有了。"

"那我也宁肯一刀割掉它，哪怕我变成一个哑汉子，从此不再开口。"

这一刻，老僧抬手，从肩膀上取下那一只雀鸟，拢在手心，捧在了心口窝上，缓颊道："施主，实话说吧，当年我在凉州境内逗留了整整十七年，后来去了长安草堂寺，主持着朝廷开办的译场。我所译介的佛经和卷子，没有亿兆，想必也算是恒河沙数，一天也没有懈怠过。临到了脱缁的那一年，我曾经发过一句重誓，我这样说，倘若我这一生所译介的文字根本无误，那么在肉身火化之后，我的这根三寸之舌仍在，一定不腐、不烂、不僵、不化，就让它继续留存于人世间，埋在凉州的这座罗什塔下，去做一个无上的金刚见证吧。"

"所以，你惦记着自己的舌头，一直没有离开过这个院子？"

"文墨之事，一向属于春秋大义，我个人不好独裁专断，还有待于世人评价。"

"法师，我真的知道你是谁了，但我不敢说破。"

顾山农坦言道。

"我的仄身子口音，就是因为这个缘故。实不相瞒，老衲也是双舌之人，一个舌头埋在凉州，另一个飘在了化外。施主，刚开始的时候，我真是万箭穿心，痛不欲生，但是等我慢慢地认清了这一根意外之舌的面目后，我就当它是亲人，于是甘之若饴，素心如雪，相互伴随到了现在。说什么苦痛，道什么短长，那些呻吟与磨折，不过是缠脚婆娘们在嚼牙茬，一堆老婆舌罢了。"

"可是我不一样，我只是个买卖人，我又何其无辜，受了这几年的大罪。"

"非罪也。"

一声否决,仄身子的腔调。

"法师,我恐怕撑不住了,我被这一块多余的肉几乎压垮了,我迟早要割了它。"

"报应之彰,历历在目。施主,你的这第二根舌头,其实就是令尊大人吃咒的结果,他一不小心,将业障种在了后人的生涯中,于是需要你加倍报偿,这并不奇怪。"在湍急的夜色下,那只僧侣鸟渐渐地安静了,扑闪的翅膀也合拢起来,但光芒未曾削减,依旧像一盏燃烧的红灯笼,挂在了主人的心口地带,倔强地抵抗着周围的黑暗。老僧的眸子突然一亮,笃定地说:"喏,以血供养,以血洗血,这就是将来凉州的道路,也是你代父赎罪的不二法门;除此之外,你也休想琵琶别抱,去寻另外的出路。因为在这个寒凉的人世上,再也没有了对你敞开的一扇生门,你非走不可。"

"你看你。你又来了。你还在旧话重提,天呐!"颓丧道。

"嗯,老衲守着这座罗什塔,其实一天也没有离开过凉州,离开过河西。施主,你且听仔细了,如果祁连山下的这一片绿洲、这一座山河道场依然如故,倘若人间不成佛,那我也只有横下一条心来,用自己的不灰之舌,以血供养,继续这么干下去了。"

"血,一直都是血。法师你为什么满口喷血,从来就没有一句好话呢?"

顾山农的仄身子口音,或许更尖锐,也更暴力。

"这个门外,正在进行一场大流血的战争呀,谁也不得幸免。"

"那又如何?"

"哼,雌黄之口,你根本就不值一驳。"老僧一边蔑视,一边抚弄着怀中的雀鸟,似乎眼前的顾山农,还比不上它的一根羽毛。半晌后,老僧又缓颊说:"我的这一具臭皮囊当中,起码积攒了上千年的春秋,如今枯木一根,病树一棵,实在是不堪其重。据老衲所见,在这一千多年的光阴中,河西一线的四郡两关,从来就是修罗之场、杀戮之所,大大小小的战争就像家常便饭似的,兵连祸结,向来不曾消停过，进而涂炭百姓，戕害生灵，糜烂了整个西疆。真的，从来没有一天的和平，假如有的话，那也只能是夹在两场硝烟当中的新娘子，喜色全无，不知所措罢了。那么请教施主，这难道不是以血供养，以血洗血，把此生当作了供果三牲，将河西变成了一座生死祭坛么？"

这一番激昂的说辞，令顾山农当即哑然，不再抱怨。不为别的，只因老僧身上发散而来的恳切之情，犹若一口幽深的古井，一瓢之饮，顾山农便也知其精髓，一瞬间澄明如昼。大流血的战争，顾山农反复咂摸着这句话，又研判了自己目下的困难处境，相问说：

"所以，法师在前面说过了，那一尊佛头是来报警的？"

"也可能是替你破咒的。"

"只可惜，那时候是下半天，东郊的沙山上人多眼杂，佛头当时口吐鲜血，我一时害怕，并不敢当场相认。"其实，顾山农并不后悔，这冥冥之中的因缘，一定是环环相扣，一毫不爽，才将他一路护送，置身于罗什寺内，如今聆听到了法师的天语纶音，包括这一幕单人独灶的开示。又肺腑地说："佛头既然为我而来，是来襄助我的，那我也该报答一二了。"

"咦，老衲愿意洗耳恭听。"

"法师，我立意已决，我打算自己挑头，由承平堡出资，然后邀请各位郡老帮衬，求请武威县府出面做主，尽快成立凉州罗什寺整理委员会。常言道，名不正，则言不顺。待整理委员会有了大概的眉目，我发誓，我一定要重建这个塔，再造这座庙，一连办上十天半月的大型法会，将佛头迎请回来，披金装，塑天颜，然后将这些山门统统打开。"

"施主，你善念可鉴，但是你蠢不可及，你枉费了老衲刚才的那一番苦口婆心。"

"这难道不算供养么？"

"不，绝不是。"

"我近佛，亲佛，修佛，塑佛，难道这些还不够么？"

老僧仰首，朝着虚空里一叹："施主，你大可不必八面玲珑，四处讨好，去求告县府，去拉拢郡老们，为自己赢得一些浮名蝇利。依老衲的看法，罗什寺根本不需要戴这个帽子，恰恰相反，整理委员会应该是为承平堡特设的才是。"

"承平堡整理什么呀？"追问说。

"哼，与虎谋皮，跟贼分赃，你这样的糨子脑袋，我真是失望透顶了，现在也多说无益。"言毕，老僧将十指合拢，关住了那一只雀鸟，双目微闭，嘴皮子哆嗦着，似乎叨念了一段经文。顾山农不知其详，带着歉疚与好奇，移前几步，偎在了法师的身畔。少顷，老僧行完了这一套法术，悠然睁开了双眼，一只手递将过来：

"拿着吧，你以后会明白的。"

这突然的馈赠，令顾山农大感意外，慌忙弯下了腰，接在了手中。

或许，这人世上的事情本该如此，奇迹多了，也就不再称其为妙果与圣行。这一夜，在罗什寺里的种种邂逅，让顾山农这个抄经匠的儿子，一方面天眼顿开，教化无穷，另一方面却又滋生出了一种消极的质疑，本能的抗争，虽然不是以冰冷与野蛮的方式示人。事实上，这便是顾山农其人将来的命运，青春的劫数，也是承平堡这个显赫的存在即将投入席卷了整个河西全境血雨腥风之前的一次朕兆。究其实，这一刻的顾山农，虽说携带着保价局开张大典的喜气，一整天都是踌躇满志，应付裕如，然而在精神上却毫无准备，一白如洗，甚至对重阳之日的公开杀戮也一概不知。棒喝来了。老僧将这一切都看在了眼里，干着急，没办法，心里头燎起了一场重大火灾，但也只能以这种暗示性的手法，烽烟报警般地降示了下来，只盼着对方突然开了窍，有所领悟，有所澄澈。棒喝真的来了。顾山农将东西捧在手中，仔细一瞧，却原来是一册空白的卷子，质地是绢帛的，分量很轻，不由得迟疑再三。

先前的僧侣鸟，那只头顶上插着一根香火、身披一件袈裟，仿佛一盏不眠的红灯笼似的雀鸟，如今在法师的手中，摇身而变，竟然又成了一册卷子。面对这一连串的奇迹，顾山农反倒不再惊怪，敛住了好奇，静待着对方的答案。暗中，手抚摸再三，看似是绢帛的料子，但顾山农分明觉得那是一丛丛蓬松的羽毛，火焰色，通体殷红，被一个秘密的匠人裱糊成册，此刻交给了他本人。诀别的时刻到了，从此天涯永隔，将不再相见。一念至此，顾山农忽地不舍了起来，攥住空白的卷册，哀恳地说：

"法师，晚生明白了，家父的那个旧债，我现在认了，我迟早要抄上，把它全部抄满。"

"血经？"

仄身子口音。

"不错，一份血经。"

"这就是说，你愿意以血供养、以血洗血了？"

"真的，我现在不太害怕了，我也不想反悔。我还年轻，大不了豁上这一具热身子，蘸着满腔子的血，为了罗什寺，为整个凉州，重新抄完这一份卷子。"仿佛是呼应，顾山农换了另外一根舌头，口气逼仄地说，"佛头来了。佛头来襄助我了，我有了照应。"

不承想，老僧大失所望，表情尽失，一味地摇头：

"呔，你最好记住了，可以照佛的话去听，但千万不能照佛的话去办。"

"法师大谬，你的这句话，有违出家人的衷肠与本分吧？"

"施主，你打算仰仗的，不过是一块石头，有鼻子有眼的石头。你千寻万找，百般趑摸，到头来只会发现，佛不在别处，佛其实就在承平堡内，就在你的身上。哎呀，时候不早了，天凉难耐，我也该走了。"老僧款款地起身，形销骨立，却也直声壮节，在昏黑的天幕下，掸了掸袈裟，掸净了这个夜晚的寒凉。突然又询问说："对了，我这一路还长，你干脆借我一样东西吧，想必少东主也不会吝啬？"

"法师请讲。"

"是这，我想从你的手上，借一匹凉州天马。"

"天马？"

闻听此话，顾山农几乎就要崩溃了，下意识地觉得，这种深夜的奇遇，这一幕邂逅，包括此前所有的攀谈与秘示，统统是一场铺垫，图穷匕见，或许才是此刻唯一的写照。实际上，在真正的棒喝来临之时，顾山农却因为个人的自负、猜忌与懦弱，错失了启示，错失了一切良机，进而将自己和整个承平堡，带入了一条险峻之路，从此跌宕不已，颠沛不断，前途甚是不明。或许是为了掩盖什么，顾山农一边后退，一边仓皇地抱怨道：

"法师，你恐怕糊涂了吧？晚生也是戏班子出身的人，只听说过向皇帝讨要天马的元帅，还不曾见过向买卖人借大牲口的和尚。天色已晚，恕不奉陪。"

"天马就在你的手上。"

"的确，寺门外拴着一匹大牲口，但它不是天马。"

"天马就在你的承平堡内。"

"呵呵，只可惜，承平堡不是你猜想中的紫禁城，我也不是那个慷慨借马的皇帝。"言罢，顾山农拽开了手脚，掉头便跑，一道烟地隐没在了夜色当中。孰料，刚刚跑到了寺门口，顾山农却被门槛绊倒了，重重地摔在地上，哎哟一声。

胡笳五十三节

这下子疼醒了，疼得浑身骨折了似的。

顾山农睁开双眼，但力气全无，感觉自己就像一缸烈日下的发面，不仅虚弱，而且酸臭无比。斜靠在寺门上，顾山农瞭见武威城的夜空生了锈，星宿不见了，倦鸟不见了，代之而起的却是夜饭之际的一阵阵柴烟，从家家户户的烟囱里漾了出来，湿重地弥漫在街巷中，挥之不去。但是，这一刻的嗅觉也格外敏锐，一股青草和豌豆的气息跑将过来，顾山农一偏头，发现不远处的坐骑停止了咀嚼，硕大的眼珠子里，布满了哀戚色，正在盯视着他。呃，好我的伴当，我这是困了，睡着了，还是做了一个夜游神的梦，折骨伤筋，揭瓦拆梁了呀？这么询问时，顾山农挣扎着拾起了怀里的落叶，银杏的，银白杨的，想必是入夜的秋风吹落下来，盖在了他的身上，给予温暖，一切都亲爱如素识。唯有一愿在，能呼观世音。顾山农的内里突然一热，蓦地忆起了这句话，赶紧将落叶捧在了眼前，借着饳饤一般微明的光亮，一片一片地详察，却又迅速失望了。因为落叶还是落叶，叶面上不见寸墨，只字皆无，当然也就没有那一句深沉的发愿。这么着，顾山农将落叶拾掇起来，悉数喂给了伴当，但那一匹大马嫌贫爱富，似乎兴趣不大，将鼻脸撇开后，喷了一口白沫。

果然，这是一种暗示，主人被提醒了。顾山农慌忙抬头，瞭见脚下趴着两个粗野的汉子，正在不停地叩头，呜呜咽咽的。

几时了？顾山农随口一问。哎呀，回少东主的话，戌时，戌时刚过，两个汉子猛地拔长了脖颈子，雀跃至极。戌时？顾山农一个蹦子站起来，简直被搞糊涂了，方才进入罗什寺内，邂逅了那个老僧，自己喋喋了许久，废话说了有几麻袋，怎么还在这个老时辰上？难道做了一场梦，神游了一趟？来不及思想，顾山农的两腿就被汉子们抱住了，一左一右地贴在了各自的颊脸上，一面呱喊，一面哭笑，举止也是毫无恶意、万般依存的样子。究问之下，顾山农这才获知，他们一个是佛具店的陈掌柜，另一个则是马掌柜，武威城里响当当的大皮匠。这么着，顾山农的脑子忽然灵光了，穿针引线地想起来两个名字，陈匹三，马眉臣，弟弟惊白的伴当们，一对混世魔王。顾山农搀扶了半天，两个当爹的死活也不肯站起来，再次执拗地跪在了他脚下，抢着磕头，几乎把脑袋都要磕烂了，一声声地喊着大恩人，大菩萨。原来，北门外的枪决事件结束后，儿子们毫发无伤，浑身囫囵地回了家，这两个当爹的破涕为笑，悲喜交加，匆忙一合计，断定这一系列枪下留人的戏剧性变化，绝对来自于承平堡的施压，锁钥就藏在了顾山农的身上。报恩是第一位的，这个可不能隔夜，否则就像一碗昨天的剩饭，食之无味。这么着，陈马二掌柜当即带着这一辈子的积蓄，吆着大小车辆，去叩承平堡的大门，紧急求见少东主，却被告知当家人不在，还在东郊的沙山上待客。彼时，小少爷惊白也刚刚被张彝的步警队送进去不久，整个堡子四门落锁，气氛肃杀，完全丧失了开业当天的大喜样子。无奈之下，车队返回武威城内，各自卸下了金银珠宝，奇花妙草。两个大掌柜你看我，我看你，天快擦黑时，突然想起另有一位恩人必须打点，过了那个麦子村，就没有这家高粱店，时辰不等人呀。

不由分说，陈掌柜从自家的店铺里，挑了一套最上乘的法器与佛具，总计九九八十一件，装了大半车。马掌柜也从灯市上，抓紧采购了一批香烟纸火，相约去往城西的无量寺。那些年，武威城内的无量寺香火最炽，信众数万，仅次于城外的海藏寺，毕竟佛在身边，才能取信于人吧。岂料，无量寺大门落闩，二门锁闭，竟然连一个贼和尚也瞭不见。门外，几个挖甜菜的老农相告说，干脆没人，师父们全部出了城，去萨班渠上念经祷告了，恐怕其他的寺也是如此，你们改日再来拜佛还愿吧。又透露说，弘毅乡学的尹先生护犊心切，不忍弟子们被无辜杀害，索性以命相搏，一了百了地投水自尽了，到了下半天仍然活不见人，死不见尸，全城的和尚们闻风出动，坐满了萨班渠两岸，一方面诵经，一方面施展法术，但求佛祖开眼，天老爷能留下这一条性命吧。碰壁之后，陈马二人不但不灰心，愿望反而火烈了起来，掉转车头，直接奔向了鸠摩罗什寺。

从本心上说，罗什寺的名望远在无量寺之上，乃是河西翘楚，沙门领袖。但是，大地震摧毁了它上千年的声誉，只留下了一截子塔基，加之僧侣们内斗不断，重建之事一再撂荒，寒了百姓们的心肠，伤了信众们的肝胆，平日里，大家一般都绕着它走，不忍去打搅，香火最终也就败落了。然而，对于这两个当爹做老子的人来讲，儿子们死地重生，侥幸活命，一个零件也不缺，囫囵完整地回到了家中，假如大人们仍旧瞌睡装死，不闻不问，不在当天子夜之前下跪，向佛祖和菩萨知会一声，那才叫孽罐子满了，也是百罪莫赎的业障。一路上紧赶慢赶，车队驶向了城东，终于抵达了罗什寺，却发现菜农们的话确实不假，这一扇寺门同样紧闭，犹若山墙，绝不通融。

失望是难免的，但惊喜又像一记喷嚏，打完之后，令人惬意和通透。两个掌柜的下了车，在寺门前徘徊时，竟意外地发现了承平堡的当家人。顾山农确实累坏了，睡得就像一根木头，说着梦话，嘟嘟囔囔的，夜风吹落的黄叶，飘落在了他的身上，降赐下些许的暖意。旁侧里，那一匹坐骑披着暮色，机警地照看着主人。陈掌柜提来了水桶，马掌柜扔下了新鲜的草料和豌豆，伺候一番，就怕大牲口发了脾气，惊扰了顾山农的美梦。忙乎了半晌，两个当爹的竟然在佛寺门口邂逅了大恩人，明摆着，这一切俱为天意，谁也不敢拂逆。

陈马二人泪水滂沱，喊得喉咙也哑掉了，总之就是大恩人、大菩萨之类的话，再没一句新鲜的。顾山农劝不住对方，只好蹲了下来，仔细究问。陈掌柜说：我不祭祖坟，我也不拜佛堂了，自此而后，我只认少东主你这个贵人，是你让我没有绝后，给陈家留下了一棵根苗，我甘愿做承平堡的一个下人，我发誓。大皮匠摊开两手，悔恨道：哎呀，我这一双爪子罪孽大了，我杀过生，我害过命，我攒下了天大的恶报，要不是少东主你慈悲心肠，法外开恩，恐怕我现在正在给儿子收尸呐。锣鼓听声，听话听音。顾山农略一思忖，料知不妙，头脑中立刻出现了一幕恐怖的画面，骇然地问：惊白呢？我弟弟惊白呢？天老爷，他们三个是一窝的，惊白到底咋么？马掌柜答复说：放心，少东主你尽管放心，小少爷好着呢，子弹打偏了，人好歹活了下来，让步警队从军部的法场上抬出来，送进了承平堡，想必他此刻刚刚吃罢了夜饭吧。陈掌柜也收住了悕惶，再次磕下头去，感念道：少东主，今个天军部要枪毙这三个娃子，我们的心里跟明镜似的，要不是你施压，要不是你这一张天大的面子，要不是尹先生以死相逼，那一帮驴日的杂崽，那些新城大营里的刀斧手，恐怕真就得逞了，我们现在搭灵棚还来不及呐。顾山农仓皇道：还有尹先生？他老人家咋了，你赶紧一吐为尽呀？这么着，陈马二人抢答说：糟透了，他老人家跳了萨班渠，投水自尽了，全城的和尚们聚集在北门外，正在超度亡灵呢。

枪毙。法场。军部。新城大营。三个娃子。尹先生。跳河自杀。

这每一个辞藻，仿若巨石，拉拽着顾山农的身心，让他一屁股跌坐在了地上。顾山农勒令自己冷静，万事莫慌，心里却思前想后，快速地盘磨了一番。半晌后，顾山农似乎从一团杂乱的麻绳中，找见了一根线头，有了初步的判断，也掌握了大概的脉络。但是，如果说震惊是一颗瘤子，带来了最初的绝望与挫败，那么它现在彻底病变了，恶化了，沁出了一股股脓和血，汁水漫流，吞噬而来。这种情绪叫耻辱，叫罪恶，叫杀人不见血，顾山农真是羞于启齿，当即决定要烂在肚子里，火速离开这个是非之地，不再纠缠。于是，顾山农哼哼哈哈的，说着堂皇而谦逊的话，一面辞让，一面解开了缰绳，翻身上马，作别而去。两个掌柜的将其送到了街上，及至人马消失在了夜色尽头，这才开怀大笑，觉得功德圆满了。的确，承平堡的主子乃是凉州的门面人物，平时连见个面、搭个话也算不小的福分，况且顾山农馈赐了天大的恩泽，保全了他们的后人，护佑了两家的血脉，这一份情义，堪比菩萨与佛祖。自此往后，在当爹的怂恿下，陈匹三和马眉臣成了承平堡的忠实门徒，或者准确地讲，这两个上天入地的少年人，一下子臣服了，做了徐惊白的焦赞与孟良，形影不离。

顾山农策马飞奔，像一枚箭矢，恨不得立刻钉在承平堡的院子里，问个究竟。

本来，出北门最近，但顾山农特地奔向了东门，寻思着也许能碰上从沙山回来的廖逢节，最好有个帮手，不至于孤掌难鸣。陈马二掌柜的话，虽然潦草，没有核心，但顾山农业已明白，军部大开杀戒，新城大营如此血腥的举动，这是武威城十几年来不曾发生过的重大惨案。绝非天灾，此乃人祸，就连当年的尕司令马仲英，也不过是勒索了一大笔金银，绕开了河西首郡，带着一支骑兵队伍，去祸害他乡异邦了，没有放过一枪一弹。预感不祥，顾山农的眼皮子一直在乱跳，跳得他实在心慌，跳得就像在油锅里泼上了一瓢冷水，刺啦在叫。到了东门，也就是后来的中山门，顾山农勒住缰绳，耸立在马脊上，借着城墙上的几支炬火，目光逡巡了一番，心却凉了下来。这个时辰上，门楼子下面行人稀疏，不外是要饭的、钉鞋的、卖卜算卦的、挑葱贩蒜的，三两个警察坐在哨卡上，正在打牛九牌，无心值守。看样子，管家率领的那一支车队，还没有进城，应该还在路上吧。这么一想，顾山农拨转马头，丢开了缰绳，便准备离开。

恰在这时，一帮子身穿麻衣孝服的男将出现了，端着纸火与祭品，拦住了道路，纷纷跪在门楼下头，哭喊成了一片。顾山农再次止步，翻身下马，规规矩矩地站在城墙下，不敢打扰。这是凉州的风俗，孝子们在给刚刚下世的亡人送水火，地点一般是城门或十字路口，以免亡魂迷失了，找不见家门。光焰冲天，纸灰猎猎，门楼子附近亮若白昼。突然，顾山农发现当中下跪的那个心酸汉子有些眼熟，似乎是吴家面铺的长子，心下大骇，赶紧跑上前去，欲一问究竟。顾山农不敢确认，因为那一张陷落在悲痛当中的颊脸煞是难测，五官也扭曲了，哭得半死。没了辙，顾山农带着夜闯白虎堂的架势，趸入孝子们中间，一把掀开了对方的孝帽，呱喊说：擀杖哥，我的爷咋了？我的面汤爷还安生么？两个儿子见状，一时间精神垮了，攀住了顾山农的肩膀，报丧说：我爹殁了，我爹下世了，从沙山上回到家，他高兴得就像个娃娃，结果一口痰没上来，睡了过去。事实上，在沙山下辞别时，顾山农已有预感，对此并不意外，此刻也不能扇酒风，点醉火，助长了孝子们号哭的调门。顾山农接过黄表，草草烧了几张，叩完头，又催问面汤爷的灵停在何处，城里还是乡下。儿子们绍介说，灵棚就设在了监院巷，问了风水，按凉州当地的规矩办，停灵至少七日，最后还是要葬埋在乡下，不回陕西老家了，这是他们爹老子的心愿。

于是，顾山农收拾起膝盖，带着擀杖哥一人，跳上了吴家的车轿，将自己的坐骑托付给其他的孝子们，直奔灵棚而去。车厢内黢黑一团，连马灯也忘了点，四目相对了半天，顾山农突然动手，剥下擀杖哥的麻衣和孝帽，穿在了自己身上。擀杖哥叹息道：少东主，你的心意我全领了，但你又何苦呢？你不应该去。顾山农悲从中来，笃定地说：你少嚼舌头，这七天我也要守灵，我哪也不去，我就跪着行孝，让凉州人全都知道，山农也是吴家的藤蔓上结的一颗瓜。面对如日中天、英气逼人的少东主，擀杖哥虽说年长几岁，但拘谨还是明显的：不，你意思一下就成了，承平堡还有一河滩的事，等着你去处置呢，因小失大，总归是一种遗憾呀！话里有话，这种暗示性的排斥，让顾山农再一次确信，不仅承平堡和家人，乃至于整个武威城，血光之灾犹在，尚未渡劫。见对方毫不松口，游说未果，擀杖哥便使出了另外一招，唏嘘道：唉！谁家都有一本难念的经呀，大小姐身子骨太差，听说事发之后，她晕死过去了好几回，幸亏梅郎中去得及时，这才留下了一口气。暗黑中，噙了半天的泪水，终于决堤而出，顾山农不想擦掉，只求释放一次，痛快一场，但也牙齿很硬地说：哼！嫁鸡随鸡，嫁狗随狗，大小姐既然摊上了我这个歹命，那她也只能认了；寒食粗服，头痛脑热，哪怕是最终的下场不太好，这一颗苦果，将来由我们夫妻分着吃，一家一半。这是根本的答复，不容置疑。擀杖哥慌忙找了个借口，闪出了轿厢，帮着车夫吆喝去了。待帘子落下后，顾山农再也维持不住体面了，掐住大腿上的一疙瘩肉，哑默地哭了起来，哭得掏心挖肺，差不多哭烂了这一副肝肠。

监院巷到了，唢呐班子响器轰鸣，哀声不断，覆盖了整条街道。

这几年，吴家面铺挣了钱，儿子们过不惯乡下的日子了，当爹的便在城内盘下了一座大院子，共用一个灶台。面汤爷也老了，腿脚不太灵便，时常歇缓在这里，如今下了世，在此处停灵，正应了寿终正寝这句话，此生的福报也。院子太大，又地处要津，门口对面是娘娘庙，左侧是县警察局的一个分部，右首则是县党部，彼此呼应。原先的老财东过世后，在省城兰州做水烟贸易的后人们，恰巧亏了一大笔生意，急于将院子出手，被面汤爷砍成了六折，这才拿到了地契与房契，等于拾了一个大跌果。顾山农下了车轿，瞭见院门一带吊客们不少，大多数是邻舍，但也不乏混吃骗喝的二流子，这里一桌，那里一席，猜拳的猜拳，骂仗的骂仗，脚下丢满了酒坛子。面汤爷得享高寿，白事变成了红事，依照凉州的习俗，不管是认得不认得的，只要人家有一份心，进了灵棚作个揖，插个香，点个纸，事主方面款待一顿吃喝，这是起码的讲究。大孝子在前头引路，顾山农仰仗着麻衣孝帽的遮护，不想被人识破，尾在了擀杖哥的身后，簌簌簌地进入院子。眼前的场景，竟如一口鼎沸的油锅，各色人等混迹其中，攀谈的，说笑的，帮忙的，闲荒的，不一而足。这个场面之大，就好像死的不是一个偲老汉，而是当朝的宰相，皇上的儿女亲家。尤其是唢呐班子的那一曲《十八叩》，从头至尾，居然毫无悲戚之色，反而吹奏成了喜洋洋的《凤求凰》，却也无人指责。

进了棚子，擀杖哥跪在一堆麦草上，伤心地哭下了，竟忘了身畔的伴当。后续的孝子们送完了当天的水火，也陆续回来了，趴在灵位前，扯开了声嗓。顾山农夹杂其中，做完了一整套祭奠的礼数，倒是不想哭，也哭不出来，盯望着面前的那一口寿材，头脑中空白无物。寿材是前些年打下的，虎头豹尾的形状，还用了上等的漆料，请城里最好的画匠移高红描绘了一番，一侧是蓬莱仙境，另一侧则是云水图案，面汤爷在世时，简直满意得不行。目光中，那一块棺盖虚掩着，上面象征性地插着一丛冥钉，楔子状，约摸两寸长，大概是辟邪的意思吧。顾山农知道，面汤爷劳碌了整七十二年，灯枯油尽，如今就躺在里头，彻底放下了这一世的担子，这就叫善终。的确，一辈子人走了，带走了他们身上的旧光阴，但儿子们的大时代就此开始了，拉开了帷幕，这恐怕就是生而为人的意义所在，谁也推辞不得。

突然，顾山农瞭见灵棚的豁口上，有一张脸在盯视着自己，但是当他的目光迎上去时，对方又蓦地消失不见。味道不对，顾山农的心中咯噔一下，刹那间生出了一种动物般的警觉，料知有异，于是假装去解手，退出了孝子们的阵营，趄出了棚子。

院内的墙根下，砌了三座神仙灶，炭火茁壮，热气四溢。蒸笼码了有一丈多高，花卷是撒了苦豆子的，一闻便知。白案师傅们正在忙碌，燎着猪头和肘把子，剁着羯羊肉，开水里烫着鸡毛，分工有序，一派井然。顾山农在人群中逡巡着，寻找那一张脸，但越是着急，越是没有线索。天下的吊客们全是一样的德行，致哀之后，挤在了院子当中，嚼牙茬，拉老婆舌；反正在这样的秋夜里，上炕睡觉实在是太浪费了，不划算。顾山农耳食了不少的唾沫渣子，发现吊客们的话题根本就不在亡人身上，诸如承平堡、小少爷、少东主、徐惊白、尹先生、萨班渠、枪决之类的辞藻，才是他们嘴里津津有味的调料，五花肉似的。顾山农惦记着家人，心里着了火，但目下的这个情形，又让他脱身不得，非要一探究竟。好在，这一套麻衣孝帽，令顾山农畅行无碍，凭着直觉，三兜两转地拐入了后面的马院。

薄暗中，马院的门扇大敞着，牲口粪便的气息扑鼻而至，蚊蝇袭人。顾山农此前来做客时，只在堂屋里逗留过，对另外的路径一概不熟。此刻，顾山农跨过门槛，听见了风吹屋瓦的声音，也听见了马嚼夜草的响动，但周遭越是寂静，一种瘆人的恐惧越是布满了两肋，后悔是难免的。左侧是一堆青饲料，一具铡刀；右面则是齐天高的麦草垛，石头也压不住，粗头乱服的样子。顾山农被一根木叉绊住了，俯身拾起来，支在了墙根下，正欲转身，却瞥见一个黑影扑将过来，将枪口顶在了自己的额头上，低声呵斥道：别吱声。

顾山农照办了，屏住呼吸，揭开了孝帽，以真面目示人。但是，就在对方瞥向大门口，略微分神的那一霎，顾山农突然出手，将一根精铁打制的冥钉，戳在了对方的下颌里。一时间，枪口是枪口，冥钉是冥钉，双方呈对峙之势，难分伯仲。半晌后，对方先自泄了气，讥讽地说：嘿，怪我大意了，忘了少东主你是戏班子出身的人，身手不赖呀。顾山农反诘道：哼，但凡是人，一定都有影子，哪怕是在夜里，可你偏偏没有，你像个饿鬼似的，我不能不防备啊。对方又说：误会了，我这是来救少东主的，可你不问青红皂白，就想钉住我的棺材板，送我上路，想必这不是承平堡的待客之道吧？顾山农亦不妥协，质问道：承平堡向来清白，一无仇家，二无债主，我这是来吊丧的，你解救个啥？对方暗笑一声：少东主，但愿今晚夕过去后，你欠我一样东西，我保证。这一刻，顾山农终于认出了对方，截铁地说：王伯鱼，你吃的是稠饭，我喝的是米汤，从来就不在一个灶头上共事，你我两不相欠，你又何必这么啰唆？身份被窥破了，王伯鱼放下胳膊，将驳壳枪插在了腰后，不仅不恼，反而像赢得了一次认同，一份礼遇，赶紧扯下了顾山农身上的麻衣孝帽，扔在脚下。末了，两个人贴着门板，藏在了角落里，能听见彼此心跳的声音。

如此意外的一幕，令顾山农莫可奈何，心里头叫苦连天。在凉州民间，百姓们流传着一句话：马警队，阎王的鬼；王伯鱼，喝血的嘴。顾山农自入赘之后，无论性格与立场，还是待人接物，多半是受了外父权爱棠的影响，深知官民两隔，一张是羔子皮，另一张是老虎皮，永远也缝不出一件体面的衣裳，所以一向跟公门中人保持着距离。少东主，马上给你看一场戏吧，我保证你从来没看过，王伯鱼悄语道。顾山农哑默着，但是从对方的言行上，分明发现了一种亢奋而激烈的东西，这就好像一坨肥肉，扔在了烧红的铁锅里，开始炼油了。王伯鱼压抑不住喜悦，又絮叨说：呃，我不能白手空口，这是我给你的见面礼，我总得取信于少东主，以后才能联手，彼此发财么。话音未落，墙外的榆树上老鸹叫了，仿佛一群黑衣裳的强人，正在瓜分赃墨，吵得面红耳赤。

这个关节上，两个黑影脚不沾尘，飘入了马院，俨然是练家子，身手不俗。

借着隐约的星光，顾山农敛住呼吸，瞭见这两个贼一身皂衣，完全是小贩的打扮，但脊背敦厚，握紧的拳头也在嘎巴作响，八成是来寻衅的。搜腾了半天，结果是明摆着的，两个人一无所获地折转回来，站在门端里干瞪眼。咦，姓顾的明明进来了，一泡尿也没这么长的工夫吧？莫非是他察觉了，翻墙跑了？一个问说。另一个却道：再等等吧，他应该还在，他会来当孝子守灵的，谁不知道这个亡者是顾山农的恩人呀；他也是没办法，一进城就被绊住了，回不了承平堡。

门板背后，顾山农几乎失声，惊出了一身的冷汗，原因并不仅仅在于自己被跟踪了，被锁定了，而是对方的那一种口音，那满嘴的土话，分明来自军部，来自新城大营，纯粹的河州腔调。一个抱怨说：哎呀，这要是让姓顾的走失了，咱们跟丢的话，我可不敢回去见阿舅，阿舅非得把我脑子里的屎打出来不可。伴当叮嘱说：呵呵，外甥是狗，吃饱就走，等一下回去交差时，三羊你最好多担待一些，别惹火了长官，最终倒霉的又是我。这一霎，两个贼突然发现了异状，拾起一根棍子，挑起了地上的东西，仔细一瞅，却原来是顾山农丢弃的麻衣孝帽。很显然，目标跟丢了，狗急跳墙了，这两人眼神一碰，知道事情不妙，赶紧扑向了马院的大门，打算去外面堵截。

恰在这时，门扇合上了，门杠也落了下来，此路不通。

王伯鱼冷笑着，拔出驳壳枪，咔嚓上了膛，抬手瞄准了对方。两个贼果然是年轻骁勇，训练有素，忽然间散开了，就像一根牛筋似的，弹射了回去，一个奔向了麦草垛，准备跳墙，另一个则跃过了马棚，惹得大牲口骚动不休。但是，王伯鱼根本不着急，因为马警队已经在私下里征用了吴家的后院，坛场太大，任由你孙猴子翻斤斗也行，驾在云头上也可以，总之逃不出如来佛的手掌心。王伯鱼客气地说：少东主，借前一步说话吧，这是武威城，这是凉州，这是咱们老先人留下来的地盘，容不得这两个外来的贼娃子这么放肆，哪怕他们是新城大营里的密探，一般人惹不起，也不敢惹。你过来，你且看我是如何断案的。顾山农依言，踅出了墙下的阴影，倏忽间置身于一片广大的星辉之下，不由得恍惚了起来。是的，这是一种久违了的感觉，似曾相识。顾山农犹记得，当年在戏班子里登台演出时，这一具躯体，也是这样由暗转明，亮相在了灯火如炬的舞台上。那时的生涯与经历，仿若前世，如今甚至咂摸不出一点点滋味了。

事实上，就在举步的这一刻，顾山农和整个承平堡，彻底暴露了。

另一厢，那个叫三羊的家伙刚刚站在了墙头上，麦草垛突然炸开了，跃出来几名精壮汉子，顺势甩出去一张麻绳网，兜头拿获了他。三羊哎哟一声，栽落下来，迅速被几只靴子踩住了，一顿暴揍过后，蜷缩在网中，被强行拖拽着，扔在了队长的脚下。另一个家伙也没好果子可吃，八成是浑身骨折了，双臂被缚，肘腋下插着一根扁担，挑在了队员们的肩膀上，就像生擒了一头沙狼似的。警员们提着羊皮方灯，照亮了这一方区域，不用问，已经仔细搜过了身，起获了短枪、匕首和一把碎钱，证据确凿，这绝不是良民之所为。虽说沦为了阶下囚，血流不止，但三羊和伴当仍旧目光桀骜，口舌激烈，脖颈子挺得很直，犹如一杆枪刺似的。王伯鱼打着哈欠，烟瘾上来后，从兜里摸出来一张三指宽的纸条，卷成一支喇叭筒，灌满了烟渣子，衔在嘴角，划着了一根洋火。第一口吃得很贪婪，烟头刷地红了，烫破了夜色，一缕烟雾从马警队队长的嘴角泻出来，漾荡在了头顶上。旱烟渣子，掺了一些新疆的莫合，味道苦辣，直冲天灵盖，据说相当地过瘾。顾山农嗅了一鼻子，想起管家廖逢节曾经的绍介，知道这种烈性的土烟，一般是河西的车夫和游击们的酷爱，煞是呛人，暗中挪开了一步，等待下文。王伯鱼还了魂似的，根本无视这两名手下败将的申辩，眼神一冷，威吓道：只有这一支烟的工夫，烟灭了，你们也就断送了活命的机会，我只能送二位上路。乖乖，今个天的烟渣子好像受了潮，干脆咂不动，不是太保险，随时可能会灭掉。三羊终于开了腔，扬起下巴，傲慢地说：鄙人三羊，他是我的伴当，他叫马丑子，我们是新城大营的人，国民革命军的正规一员；你们现在知趣的话，趁早放我们走，否则可就麻烦大了，恐怕连整个武威城也会受到连累的。一旁的马丑子缓过了神，帮腔道：呔，三羊的阿舅叫马乙麻，想必你们听说过他吧？阿舅是新城军部特务组组长，还是马长官身边的红人，我俩今日奉命办差，在城里被耽误了，不小心着了道，遭到暗算，你们心里最好有个尺码，掂量一下斤两吧。旱烟渣子太散了，王伯鱼又抽了一口，居然掉下来不少的火星子，熄灭在了夜风中，死期将至。一时间，马丑子害怕了，求饶道：姑舅，爷，大人，掌柜的，我知道你们的路数，你们一定是县警察局的人马；长官你也看着正义，瞅着慈祥，假如不是张彝队长的话，应该就是王伯鱼阁下了？毫无答复，甚至连一个怜悯的表情也没有，这个深秋的夜晚照样空虚而寒凉。三羊挣扎着，拖曳着那一张绳网，爬行过来，乞求地说：喂，你不是顾山农么？承平堡的少东主么？我认得你，我阿舅跟你有交情，我在新城大营曾经见过你一面，这错不了，少东主你不能哑巴，你给我作个证，化解了这一场误会吧！

顾山农突然觉得鞋窝里有一粒石子，硌得疼，赶紧蹲下来，单膝跪地，脱下了鞋子，磕掉之后，又重新穿上了。王伯鱼递过来一只手，将顾山农拉拽起来，瞭见对方面色平静，一点也不吃惊。顾山农指了指那支燃烧的喇叭筒，接过了烟卷，拼命地吸了一口，火星炸裂，顿感一股子沙尘弥漫在了自己的胸间，杀人如麻地难受。这就是态度，顾山农用这一举止，便决定了这两名密探的下场。

三羊冷笑了起来：呵呵，姓顾的，你弟弟今个天上了刑场，本来要被枪决的，军事法庭也已经下达了执行令，但我阿舅这个人心软，又念在他跟你顾山农的交情上，所以抗命不从，再三说服了马长官，徐惊白这才侥幸活命；哎呀，你总不会不要脸，恩将仇报，杀了马乙麻的外甥，替你保价局的开业大典披红吧？马丑子见伴当强硬了起来，他本人的牙齿也开始吞金嚼石了，激愤地说：呔，你们这一帮土贼，警察局里的杂牌军，谅你们也不敢造次，墙外监院巷这一带有不少特务组的兄弟，一旦听见枪声，他们肯定会杀奔过来，活吃了你们，大卸八块了你们。

一直专注于旱烟，侧耳听戏的王伯鱼，再也忍不住了，诡笑道：狗杂碎，你这是想捏住我的脖子过河呀，还是出门忘了拴链子？实话让你知道吧，我在等门外叫魂的鞭炮声，鞭炮一响，我就扣动扳机，子弹直接射进你们的腔子里，心脏砰的一声就爆炸了；等你们断了气，热身子变成了冻豆腐，恰好这院子里有一辆拉粪车，明日一早，你们就躺在一堆马粪、羊粪和鸡粪下面，驶出南门，三角钱卖给了肥料场，然后沉入在了沤粪池子里，一切也就断了线索，连狼狗也闻不见你们的气味。这一席话，令两个密探觳觫不已，胆战心惊，开始了新一轮的求饶与下跪。王伯鱼极为老练，不愧是审讯高手，慷慨地打开肺腑，和盘托出，并勾勒出了一种血淋淋的结局，提前告知：哎呀，等天亮了，万一吴家的孝子们发现这里有血迹，血水一大摊，他们肯定会跑到县警察局报官的。不过么，这也来得及。我马警队的弟兄们赶来之后，迅速封锁了院子，闲杂人员不得入内，几番勘察罢了，这才发现死了两只羊，咬了几只鸡，原来是黄鼠狼，要么是狐狸，它们在下半夜里祸害下的，实在怪不得什么人，于是便迅速结了案。这个关节上，三羊脑子里的天窗终于打开了，究问说：队长，你想杀我俩总得有一个借口，一个把柄吧？虽然武威县府和警察局仇恨军部，跟新城大营也一向不合，可羊粪蛋子表面光，至少大家心知肚明，两不伤害，维持着一种起码的体面；再说了，军地双方都是在为共和效命，又何必撕破脸皮呢？顾山农讶异地发现，王伯鱼根本听不进去，耳朵里长满了驴毛，他有一套自己独特的逻辑，丝毫也不为所动，更不接对方的话茬，想必是提前预防了一手，就怕隔墙有耳吧。果然，王伯鱼坦率地说：退一步讲，万一城外沤粪池子里的你们被发现了，明日下午，武威城的四个门楼子上，一定会贴满告示，称县警察局击杀了两名北疆的土匪，重阳节的这七八桩重大失窃案件，于当天夜里悉数告破，但唯一的遗憾，就是土匪头子黑喇嘛趁乱跑了，逃脱了，迄今也无法归案。

"土匪？你居然说我们是北疆的土匪？"三羊大惊。

"狗日的，你们就是黑喇嘛的手下。"

"黑喇嘛算个屁，一个壁虱罢了。"

"啧啧！这样子可不太好，在头把子跟前当狗，在主子背后日娘，你们这是要掉脑袋的。"喇叭筒快烧到了末尾，开始了虚火的阶段，烟气虽然减弱了，却更加呛人。王伯鱼眯缝着眼睛，平和地说："今个天是重阳节，军部在北门外枪决一批重要犯人，城里的百姓们全都跑出去看热闹了，家中只剩下了老弱孤残。趁着这个空隙，黑喇嘛带领人马潜入进来，疯狂洗劫了整整一条街，七八家大财东所剩无几。再者，流木巷的戴恩科老太爷惊吓而死，两个丫鬟也投了井。王怀林的儿媳妇挺着六个月大的肚子，却被你们糟蹋了，强暴了，现在还在大出血，华佗下凡也没用。"

"我俩的手是干净的，与此无关。"

"我恰巧有一大堆赃物，刚刚从你们的身上搜出来的。"

"呸，你嚼的什么牙茬？你栽的哪一门子的赃呀？老子们是国民革命军的正规人员，扛的是共和的枪，吃的是长官的饭，说的是家乡的河州话，你骗不了新城大营。"

王伯鱼冷笑道："冒充军人，抹黑军方，玷污共和之英名，你们至少要死三回。"

"那你带我们出城，去军部问一趟？"

"不必了。"

马丑子破口大骂："驴日下的，你这个人实在太阴了！你这是嫁祸于人，杀人灭口。整个武威城里，数来数去，只有你是最危险的家伙。我敢发誓，你将来的下场也好不了。"

话未言毕，一把明晃晃的铁锨，横空劈了下来，剁在马丑子的脖颈子里，像砍断了一把笤帚似的，密探当即殒了命。动手之人，自然是马警队的队员，也是王伯鱼今日的贴身护卫，名叫范应海，眼睛里揉不得一粒沙子，最恨的就是旁人冒犯自己的上峰。这一霎，喇叭筒子真的熄灭了，但灵棚的方向上却是鞭炮声大作，预示着又有另外的亲戚们前来吊丧。顾山农格外不解，觉得王伯鱼的手指上充满了魔术，烟头刚一熄灭，怎么就点燃了墙外的炮捻子，这其中一定埋伏着不可测知的因果。此后，顾山农的心情一直颠簸不断，上下沉浮，随着对方的喜怒无常，一个答案落地，另一个疑问又突然升起，令其颇感不适。扔掉了旱烟尾巴，王伯鱼吹了吹指头，朝着范应海跷起了大拇指，嘉许连连。范应海一时得意，误以为队长在召唤自己，一道烟地奔了过来。王伯鱼揽住手下的肩膀，俯下身子，嘴巴搭在了对方的耳畔：小人，狗，白眼狼，吃里爬外的东西，你不该替张彝卧底，不该去通风报信，让步警队今个天出了风头，抢先把徐惊白从法场上抬下来，送进了承平堡。日你娘的，你戳破的这个窟窿，我得用十倍的心血才能填上，还不一定能讨好少东主呐。不待范应海有所辩白，王伯鱼的枪口已经顶在了他的腔子上，连开三枪。范应海摇曳了几下，随即栽倒在地，一命归西了。枪声沉闷，在门外剧烈的鞭炮声中，一点也不刺耳，犹如一颗石子扔进了石羊河，溅不起太大的水花。驴日的，他有贰心，他是奸细，我马警队容不下这个叛贼，我只好替大家出气，亲自解决了。王伯鱼詈骂着，收起了驳壳枪，目光审视了一圈，瞭见灯光之下，下属们频频点头，齐声附和，他也终于借此机会，剔除了长期以来的一块心病，不由得宽释了许多。不料想，回头再去看另一名俘虏时，竟发现三羊死了，充血的舌头足足有半尺长，颈项上缠绕着绳索，大概是因为挣扎过度，一下子被勒死的。王伯鱼攥紧拳头，敲了敲他的下巴，打算将三羊的嘴给合上，但舌头不答应，已呈绛紫色，硬得如同一块石板，最终便也放弃了。第三日凌晨，军部发现了三羊的尸首，挂在了新城大营外的一片林子里，已经被狐狼瓜分了一条大腿。根据现场的痕迹，又鉴于死者一贯偷鸡摸狗、酷爱赌博的秉性，军部初步认定为畏罪自杀，迅速掩埋掉了。虽说外甥是狗，吃饱就走，但毕竟也是自己膝下的一条狗，特务组组长马乙麻吃了这个哑巴亏，表面上公事公办，但脏腑之间的那一种仇恨，犹如一桶子火油，只需要一根洋火罢了。

在马院里，王伯鱼交代完对策，属下们拉走了地上的尸体，当即宰杀了一只羊，将羊血泼在马院当中，迅速收拾停当。夜色再次深了，门外的唢呐班子开始了新一轮的哭泣；这多半是钱的缘故吧，钱就是一张张砂纸，将吹奏声打磨得很亮，笼盖在了监院巷一带，令人心碎。王伯鱼却兴奋地说：

"呵呵，这个贼就是王朗，被我三言两语骂死了。"

"阁下的确自负，以诸葛孔明自居？"

"不，我这个人性子太急，现世报，仇恨也从不过夜。今日里北门外的枪杀事件，分明是军部拿我们当鼻屎，一点也不曾尊重，说杀就杀，说砍就砍。难道武威的头顶上不是共和的天么，凉州的脚下不是五族的地么？我偏就不信，我舍得一身剐，非要打出一片澄明世界，清朗乾坤。"王伯鱼在公门中历练已久，深知所有的套路，如今他放下身段，势必要在顾山农这一块沃土上，洒下甘霖，储备情感，以待秋后的时节。又接续说："少东主，这个仇已经报了，我替你报的。不管咋说，小少爷惊白还活着，还能端住阳世上的饭碗，权家也还囫囵着。但马乙麻就不一样了，我断其一指，等于戳烂了他的心，十三省也没有治好他的医生。"

"但是，我可并没有指使你，你干么要搅浑了凉州这一河滩的水？"

"我想策应少东主，效命于承平堡。"

"天呐，天老爷你可看着呢，你这是要羞死山农么？"顾山农一阵眩晕，赶紧抚住额头，掩饰着内里的慌乱，搪塞道，"哎呀，我记得阁下你前头说过，顾某好像欠你一样东西？"

"交情。"

对方盈盈一笑。

"什么交情？"

"嗯，我需要少东主的情义，顾山农的信赖。"

"恕难从命。"截铁道。

顾山农刚刚撂下这句话，便发现王伯鱼突然拔出了驳壳枪，朝自己射出了一颗子弹。

胡笳五十四节

枪声照旧被门外的一堆唢呐混淆了,难以辨听。

子弹呼啸着,从顾山农的肩膀一侧穿掠而过,钉在了身后,只听见有个人惨叫一声,跌倒在地。顾山农大骇,原本以为刚才的断然拒绝,伤了脸,惹恼了王伯鱼,以至于对方恼羞成怒,痛下杀手。却不料想,王伯鱼一矬身子,犹如一只鹞鹰似的,扑向了后院,不消片刻,便拖拽着一个家伙过来,将其扔在了地上。据马警队队长绍介,此贼正是北疆土匪头子黑喇嘛派入武威城内的一个粘胡子,专门来望风打探,传递情报。再者,他是在流木巷一带被秘密擒获的,因为事急,被临时关押在了吴家这座马院的挽具房内,打算后半夜收监的,方才差点让他钻了空子,一逃了之。粘胡子,这是一句黑话,一个暗语,顾山农曾经从游击张汲水的口中了解过,并不陌生。一时间,王伯鱼的殷勤没完没了,面色潮红,又喋喋不休,说黑喇嘛亲自率着手下,血洗了整整一条街,来时如一阵沙暴,去时就像放了一个屁,全身而退,简直将武威城当作了金库银坑,随时支取,如入无人之境。只可惜,这个倒霉的家伙三寸饨饤,生就了一双筷子长的腿脚,飞不起来,也跑不快,所以被拿获了,且当场搜出了一堆赃物,将来不是杀罪,便是剐罪,总之在阎王殿里提前挂了号。顾山农对这些聒噪了无兴趣,心中激起了一份焦干的情绪,只想赶紧脱身,尽早骑马离开,返回承平堡去。不承想,这一刻王伯鱼带着嘲讽的口吻,冷笑道:

"他招供了。他说他叫坏天良,呵呵,天下竟有这样的狗屎名字。"

顾山农简直惊掉了,犹如遭到了一记霹雳。

"哎哟,真是失笑死了,他背着一只佛头进了城,知道没有人为难佛，敢跟佛过不去，所以来替黑喇嘛打前站，来秘密踩点。"王伯鱼有点尿急，解开了裤带，趔向了麦草垛的后身，夸张地说，"当时我正在对付暴民们，罢市的，罢课的，游行的，张贴反抗军阀报帖的，在县府门口静坐的，这一泡尿憋到了现在，尿脖都快爆炸了，我先去舒坦一下。"

灯光羸弱，似乎显得有气无力。那个被俘的家伙抱住大腿上的枪伤，呻唤不止。顾山农半蹲下来，伸手抬起对方的下巴，确认了一眼，酸辛地问说：

"你姓郭。你老子叫郭麻日，郭大良心？"

"少东主？"

"正是，在下顾山农。你听着，你伤得很厉害，你别动气，我来问你话，你只管点头或摇头。"在如此困厄而危险的局势下，顾山农虽然揣着一肚子的惶惑，却也丝毫不敢大意，仔细道，"原本，你跟着郭大良心从敦煌法雨寺而来，打算将佛头送进凉州的罗什寺，让法身复归大位，身首合一。不料想，你们在半路上出了事，在北疆一线被黑喇嘛给劫持了，你爹老子被土匪扣为人质，你这个做儿子的被逼无奈，只好当了粘胡子，背着佛头来凉州？"

坏天良再三点头。

"但是，你们爷父俩到底不甘心，郭麻日也早有交代，于是你撒谎，你编造了各种理由，你声称佛头显灵，佛头拒不进城，从而骗取了黑喇嘛的信任，掉头跑到了沙山去找我，去给我报警。"此刻，这一盘重阳节当天的散沙，万千头绪的茫然，终于在顾山农的捏塑下，打通了各个关节，呈现出了一个清晰的轮廓。顾山农懊丧极了："你当时在沙山上说，你老子郭大良心被土匪绑了，被黑喇嘛杀了，你暗示了我许多次，但我愚钝至极，竟然忽略掉了。"

"少东主，郭大良心现在应该真死了，刚刚死的，我敢发誓。"

"你说什么，他不是已经死了么？"

诘问道。

"不，他一定是刚刚死的，因为我被抓了，他就得去死，他绝没有活路。实话说吧，我也是故意被抓的，我干脆不想活了。"相告道。

"这么说，法雨寺下雨了？"

"下了很久，下得很厉害。"

"呃，难怪嘛。"

此乃当年的约定，一句切口，预示着危险将至。

"是这，我们爷父俩权衡再三，只有坏天良和郭大良心死了，所有的线索也就彻底断了，绝灭了，少东主你才能放心，承平堡才能安全，那一尊凉州铜马也就太平无恙了。"恐怕是失血过多，坏天良几乎支撑不住了，匍匐在地，挣扎道，"将来，这个人世上只有少东主一个人知道天马的秘密，你再也不必担心了，你尽可以放手一搏，遇佛杀佛，见鬼杀鬼。"

顾山农的心情堕入了冰窖："这就是你背着佛头，前来凉州报警的目的？"

"佛头回家了，我也终于可以安心去死了。"

"回到了罗什寺？"

"嗯，少东主真是贵人语迟呀。夜饭的时候，你在罗什寺里碰见的那个老僧，难道不是佛头的肉身么？该说的，他老人家全都说完了，这也就够了。"这个工夫上，马警队队长从麦草垛后面转了出来，神态轻松极了，嘴里哼唱着一段戏文，我弟兄三十六一处会面，我弟兄贾家楼同把香拈，我弟兄拈罢香无处立站，你一心奔瓦岗改地换天。脚步声越来越近了，坏天良惨烈一笑："没啥，真的没啥。坏天良和郭大良心在这一世里有福了，跟权大人，跟少东主一样，我们都是供养人，替凉州留下了一尊铜马，一匹千年的天马。"

"郭家兄弟，铜马一切都好，你放心去吧。"

"嗯，天马吉祥。"

顾山农突然出手，将那一根两寸长的冥钉刺将出去，噗嗤一声，插在了坏天良的后心上，只留下了一小截钉头。见此情状，王伯鱼嘴里的戏文蓦地打住了，慌忙揉了揉眼睛，却瞭见顾山农头也不回，一门心思地奔向了马厩，似乎去寻自己的坐骑了。在王伯鱼的心目中，顾山农的角色应该是小生，不大可能唱武戏，但方才的这一幕血腥，却让他慢慢地相信了，一切都有可能；这一座武威城本来就是魑魅魍魉的戏台，而他本人也不过是一粒芥子，如泛沧溟罢了。这么着，王伯鱼赶紧从一旁的墙上取下方灯，一边追撵，一边呱喊着少东主。

临近马厩时，王伯鱼好歹拽住了对方的胳膊，彼此站在了广寒的星辉之下，四目相对。事实上，秋天有两副嘴脸，一个在白昼，另一个却在夜半。比如此刻，墙外的榆树上刮下来一阵落叶，恰巧有一片掉在了顾山农的头发上，他却浑然不觉。王伯鱼踮起脚，拈开指尖，仔细摘下了那一枚黄叶，随口一吹，便倏忽消失了。

"天马？少东主，我听见你们刚才在说天马？"

"不，蛤蟆。"

"凉州天马，一定是天马。"

"是这，那个日鬼的家伙，他刚才趁你不在，央求我赶紧送他去看大夫，保他一条命。不料想，我刚一拒绝，他就扑上来咬我，那我也就不客气，我只好动手杀人。"顾山农目光冰冷，一直盯视着对方，笃定地说，"哼，不是什么人都能结交承平堡，跟我顾山农一起称兄道弟。除非是蛤蟆，蛤蟆要是能吃上天鹅肉，那自然另当别论。"

王伯鱼刷地红了脸，尴尬地说："少东主，你杀得好，我本来就打算干掉他的。"

"阁下，我同样给不了你交情，但我可以送你另外一样东西。"

"少东主吩咐。"

"干股。"

对方一怔。

"这样吧，我给你保价局的干股，这比交情还要实在。"

"呵呵，能跟少东主一起杀人，此乃卑职的荣耀，这比磕头换帖还要三生有幸。"无疑，这个致命的把柄，已经被王伯鱼攥在了手中。

"好自为之。"

冥冥中，一种异样而尖锐的预感，在提醒着顾山农，王伯鱼或许是他此生最大的敌人，最丧心病狂的对手之一；他不能不让步，在强硬的同时，去安抚再三，因为钱的话，谁都能听懂。这时，马厩里的那一匹坐骑，仿佛嗅闻到了主人的气息，咴咴地嘶叫了起来，亲热得就像一位异姓兄弟。

胡笳五十五节

揣着满肚子的心事，顾山农怏怏地回到家，特地绕开了承平堡的正门，就怕跟客人们打招呼，耽搁了自己。

夜色下，拴好了坐骑，掸净了衣裳和鞋面，叩了叩偏门。这时，顾山农瞭见更夫敲着梆子，一直围着承平堡在转圈子，宣告时辰，口中叫喊着天干物燥、小心火烛之类的话。亥时了，如果抛开返程的这一段，顾山农估计，在吴家马院里逗留的时间，大概有半个多时辰。然而，就是这短短的半个多时辰，淬火成钢，筑土为墙，让顾山农在陡然之间，发生了一种根本性的变化。或者说，这些年以来的所有压力、苦楚与磨折，包括他身体上的秘密病变，于开业大典的当日，也如影随形，适时地爆发了。手上有血，他开始对这个人世间有所亏欠了。但不管亏欠的是人命、情义，还是钱财，顾山农决定从此不再辩白，也不需要去释解；因为絮叨与抱怨，的确就像懒婆娘的那一根裹脚布，又臭又长，邪性无比。

门开了，竟是一介妇人，年龄不大，三十出头的样子，相貌中等，胸部赳赳，浑圆而硕大，腰间系着一条皮围裙，一边嚼吃着甜菜，一边没羞没臊地盯看着顾山农。此处是灶房，包揽了入住于承平堡内的各路商团、驼队和马帮首要人物的伙食，炭火不熄，随叫随办，昼夜也不间断。这是承平堡的格外礼遇，不管贸易大小，买卖最终如何洽谈，只要这些大掌柜在堡子外安顿好了货物、牲口与随从，欣然上门，在登记簿上签下个人的名姓、自己的宅门地址，那么客房便打开了，枕头暄软，被褥干净，饭食和酒水也是管饱管够，分文不取。事实上，在重阳节来临之前，保价局的各项贸易已经实际展开了。在这个秋深的夜晚，至少有七八支大型商团与驼队，避开了官方的税卡，抛下了缠绵的绿洲，一路北上，星夜驰奔于河西四郡以北的各条干旱线路上，去抢夺时间，去追逐利润。保价局出具的那一套通关手续纯属民间性质，除了死生有命、盈亏自负等等的誓约外，每一页都钤满了花押，凌乱的指头印子，犹如三九天气里那一树怒放的梅花，殷红刺目，郑重其事。另外，承平堡还给每一支签约担保的队伍，配备了一面牙旗。牙旗是绛紫色的内瓤，明黄色的牙边，居中的圆圈内，赫然有一颗斗大的"保"字。穹顶的周遭一带，密密麻麻地镶嵌着一行祈愿的墨字：日月升恒，乾坤清宁，中外协和，上下乐利。再者，由承平堡派出的护卫游击，按保单大小，人数不等地安插在队伍中，一路随扈，万般照应，直抵各自的目的地。这些游击的身上，揣着一块骑乘证，汉蒙文字，纯银打造，乃是顾山农亲自监制的，非万不得已之时，绝不会轻易示人。顾山农心知，恰是有了前期的精心筹谋，以及各方面的缜密部署，这一天所谓的开张大典，不过就是顺水推舟，做给凉州百姓们看的。

那名妇人嚼罢了甜菜，将满嘴的渣子吐在了簸箕里，这才定睛一瞧，惊喊说：盖胡子？你，你是少东主吧？顾山农点头，轻笑说：麻烦你，快去打一盆水来，我实在是脏死了。妇人雀跃着，大呼小叫地跑走了，这下子，整个灶房里人人得知，当家的进来了，于是不敢有丝毫的懈怠。顾山农揣着手，在烟熏火燎的灶台边溜达了一圈，瞧见厨子们汗珠子落地，似乎又有新客人上了门。果然，顾山农从当班的嘴里获知，今夜席开两桌，一桌是送陇西的药材商团连夜上路，赶往镇番县，另一桌则是招待从泾源道方向初次落脚武威县的皮货商人，七碟子八碗的，凉热搭配，自然也少不了上车的饺子下车的面。

踅出灶房后，顾山农瞧见灯火通明的廊檐下，搁着一只脸盆架子，水面反光。旁边垂立着两名妇人，其中一人，恰是刚才嚼吃甜菜的那个。顾山农惊了一跳，误以为看花了眼，待认清之后，这才发现她们长得一模一样，大概是一胎所生吧。顾山农掌握着分寸，并不言语，首先洗了脸，然后搓磨着指头，水渐渐地就稠了。妇人失笑着，递过来一块土胰子，揶揄道：哎呀，你这么大的人了，你是从涝坝里爬出来的，还是在石灰窑里闹腾过的？快听话，你以后要有当家人的样子，可不能失了主子的身份。言毕，妇人居然捉住顾山农的两手，打上了土胰子，亲自搓洗了起来。顾山农浑身僵硬，眉头紧皱，这样的遭遇闻所未闻，却也不能违拗，只有没话找话地说：听口音，二位恐怕是城外庄子里的人吧？妇人快言快语，直脱脱地说：嗯，我俩是下双梁家庄子上的亲姐妹，她叫梁凤，你以后喊我梁华吧。果然猜中了，顾山农又问说：咦，那你们在堡子里具体干啥？清洗缝补，还是在灶头案板上？梁华答复说：嗐，少东主你只管操心天下大事吧，鸡零狗碎的东西入不了你的法眼，反正我俩有的是力气，男将们剩下的活计，一律归我们去打理，我保证把整个承平堡收拾得干干净净，即便比不上赞堂和洞房，起码也落不上一粒灰尘渣子。顾山农刻意偏过头去，因为从梁华的领口内，漾荡出来一股股酥软的气息，羼杂着汗水的体香，他的心里一下子混乱了。少顷，梁华洗毕了，又用手巾擦干后，举起顾山农的手掌，兀自赞美道：你瞧，少东主你自己瞧瞧，葱白的手，羊脂玉的手，拿官印的手，状元的手，这才是你应该有的手，一定要听话呀。顾山农抽回了那只手，罪过地闭上了眼睛。

岂料，事情似乎还没完。一旁的梁凤突然捧住了顾山农的下巴，抬起了他的五官，左瞅瞅，右瞧瞧，赶紧摸出来一把牛角梳子，抿在她的嘴上，蘸了一点湿唾沫，开始梳理那一抹胡子。顾山农百般无奈，讶异地张看着，觉得浑身触了电似的，每一根汗毛都倒立了起来。梁凤嘻然道：嘿嘿，俗话说马鬃剪毛才算马，娃娃剃头才成人，女人生娃就下奶，男将留须为丈夫，你贵为承平堡的主子，你可不能这么邋遢，我以后天天盯紧你的胡子，我来打理。这两个母夜叉，简直没大没小，犯上作乱，一时间放肆极了。

这一刻，院子里霹雳声起，一根长鞭从头顶上划过，迅如闪电。

管家廖逢节震怒无比，收住了鞭子，断喝道：母狗！仔细你们的身份，再不懂得轻重的话，小心我将你们逐出堡子，以后去外面打野食吧。梁凤一道烟地跑掉了。梁华却硬着头皮，将盆中的脏水泼洒在地上，潮湿了半个庭院，气氛便也和缓下来。原来，管家早就回来了，也不曾歇息片刻，桩桩件件的事情，犹如一座垮掉的水坝，等着他拾掇残局。顾山农佯装镇静,一句话也不释解,径直朝文楼下的角院方向而去,可猛一抬头,惊见廖逢节的手中,提着一把明晃晃的菜刀,面色凶恶,不由得一怔。半晌后,管家终于绷不住了,蹲在地上,在顾山农的腿脚周围拼命地剁了几刀。菜刀砍在麻石上,溅出了一丛丛火星,倏忽间又死灭了。管家仍不作罢,又陆续在主子的头顶、肩膀、前心后脊上虚砍了一番,这才停下手,松开了表情。顾山农了解风俗,自嘲道:应该的,应该这样,万一把邪祟和晦气带进来的话,于大家都不利。廖逢节强硬地说:哼,你别耍嘴皮子!那你干么还跟那两个母狗热络呢?你就不怕人多眼杂,被旁人看了去?顾山农险些膩死了,摇首道:开了,天亮就开了,结付了工钱,打发她们走,省得大家男女授受不亲,让人乱嚼牙茬。不曾想,管家立刻反悔了,相告说:开是开不得的,这两个杨排风虽然是老鸹,成天叽叽喳喳,但干活却很实在,性子也泼辣,尤其是茶饭手艺无可挑剔,商客们都在叫好。顾山农蔑笑道:哼,四个腿的驴凉州难找,但精通茶饭的却大有人在,你赶紧去办,连夜就辞退吧。无奈,管家只好亮出了底牌:是这,梁氏姐妹的中人是大小姐,大小姐在前几日领进堡子里来的,这些天十分倚重,我可不当这个罪人;刚才呛人的话,就算廖某人放的屁,实在告罪。闻听是妻子做的主,顾山农也慌忙改口:咦,那就算了吧,泼辣又不是什么坏毛病,不泼辣的话,还能称得上母夜叉么?

原来,五天之前,达云带着丫鬟丸子,去了一趟南门外的唐家园,参加了一场婚礼。喜帖是父亲权爱棠生前的至交亲自送来的。达云查了保存下来的礼簿,当初她跟顾山农成亲时,对方随过一大笔礼金,这个必须要还,人情债不能欠。婚礼的场面很大,达云架不住知客们连劝带灌,多饮了几杯,晕晕乎乎地上了车轿。进城,达云忽感不适,慌忙下了车,跑到街边的一座茅厕里,吐天哇地的,结果昏厥了过去。车夫进不了茅厕,丫鬟又扶不起来,正在叫苦连天之际,下双梁家庄子的姐妹俩恰好路过,一时间心肠火热,赶紧施救。梁凤不停地掐着人中,梁华则从附近的清凉池澡堂子里讨来了一桶水,清洗了达云身上的秽物,这才有所好转。姐妹俩干脆送佛送到西,相跟着进入了权家，抓紧熬了一碗醒酒汤，又是和面，又是擀面，做了一大锅酸汤转百刀碎面。达云吃罢，肠胃立时舒坦了，美美地出了一身汗，活转了过来，并将姐妹俩请上了热炕，促膝封坐，呱唧了大半个晚上，大有相见恨晚之势。闻听了这姐妹俩一直在城里头打零工，浆洗缝补，做饭熬汤，伺候月婆子，代人号丧，真是受尽了委屈，达云深感不平，当即唤来了管家，让承平堡接纳这一对苦命人。廖逢节略一迟疑，达云便动了怒，声称承平堡正在用人之时，用谁不是用，何必挑三拣四的。管家再三申辩，说少东主立下的规矩，堡子里不许容纳女流之辈，连大小姐你都不能越雷池一步，他更不敢开这个口子。达云尴尬坏了，乖乖让了步，说不如这样吧，一个锅婆子，一个饭婆子，你将她俩圈在灶房里，不抛头露面就行了。毕竟是女少主求情，廖逢节也不再顽固，于次日晚夕，将梁氏姐妹领进了堡子内。天杀的，谁知道这么快，少东主便跟这两个母夜叉碰了面，管家不得不如实相告。此刻，顾山农破例应允了，管家心里的这一块石头，好歹落了地，各方均不得罪。

事实上，梁氏姐妹的到来，乃是北疆集团的第二股秘密势力，正式潜入了承平堡。

管家在前头引路。顾山农忙不迭地跟上去，跨过二道门，进入了厢房的院内，瞭见灯光的那一霎，内里的一颗苦胆突然破了，口舌剧痛，心中酸涩，哑默地哀嚎了几声。好我的弟弟呀，好我的惊白，这一场不白之冤险些要了你的命，收走了你的人间光阴，这个债哥哥记下了，我将来一定会加倍报偿。到了门前，顾山农对管家耳语了几句，催他抓紧去办，迅速支开后，又暗中告诫自己，必须独自面对来自妻子达云的一幕疾风骤雨。

窗子敞开着，一阵子铙钹，一阵子法铃，声音煞是瘆人，尤其在这个深夜。

这间厢房原本是顾山农个人的，平时忙迟了，回不了城里的家，便歇息一下，但此刻被占用了，竟然成了法官的道场。偎在窗前，顾山农瞭见弟弟惊白正躺在炕上，盖着几床厚被子，额头上苫着湿手巾，仍在颤栗不止，看样子是高烧不退。妻子达云则跪在炕下，一方面祷告，另一方面应和着法官，有问必答，递这递那的。达云只穿着一件无袖的汗褡，忙疯了，加之心里着急，衣服也全部湿透了，恐怕能拧出半碗水来。达云本来就瘦，骨骼也小，这三年多状况始终不佳，吃的药比饭还多，风中弱柳的样子，令顾山农的目光一时疼痛。法官是一对夫妇，来自古浪的土门镇，家传的本事，擅长于打鬼驱邪，叫魂喊灵，在武威城名气颇大，各方面很是吃得开。男将大概年过半百，寿眉很长，头戴紫金冠，身披一件绣满了神符的大氅，左手握着一只法铃，右手要么摇着羽扇，要么敲击一下铙钹，天玄地黄，宇宙洪荒，嘴里念念有词的。妇人则眉目慈祥，坐在惊白的另一侧，用一支糜子秸秆扎成的洒子，蘸一下碗里的净水，扬洒过去，将甘露布施在惊白的头脚上下，举止之间充满了疼爱。实际上，顾山农根本不信这些，也不想进门去打扰，既然达云张罗了这个场面，那就由着妻子去定夺，去了却一桩心愿吧。

顾山农抱住双膝，默然地坐在窗台下，暗自守护着达云和弟弟，这两个人世上仅存的亲人。狐疑的是，没有悲戚，也不存在胆怯与惧怕，顾山农在这一刹那，恍惚变成了一介匠人，在心里头开了一家工坊，在秘密地配制火药，在组装着一颗颗炸雷，在搓捻着引信，预备着将来的日子。墙外的更声飘然入耳，接近子夜时分了吧，凉州的穹顶渐渐地扩张开来，将广大而湍急的夜色导流而下，浇淋在了这一座堡子上，清晰地逼现出了一副轮廓，层层叠叠的，充满了玄机。隔着屋脊，猜拳行令声、吵嚷声、酸曲酒调之类的，从客房的方向上涌荡过来，将承平堡割裂成了两半，一半冷寂，另一半犹如嘈杂的集市，烟火弥散。顾山农刚刚打了一个小盹，猛地被惊醒后，瞭见妻子笑眯眯的，将颊脸贴在了他的身上。

"放屁了，终于放屁了。"

"咋了么？"

"哎呀，惊白放屁了，放了好几次响屁，说明气通了，他的阳魂现在回来了。"达云的喜悦如此由衷，如此的心花烂漫，又喜鹊似的说，"这下子好了，活着就好，咱们一家三口还囫囵着，青山尚在，绿水长流,这个劫数总算渡过去了。我出来回避回避,法官在办另一套手续,最后要燎干净惊白身上的邪祟,端正一下弟弟的风水。"

意料之中的,顾山农也失笑道:"呵呵,千金难买一个屁,惊白就这么贵重呀。"

"嗯,还尿了好几泡,炕都湿透了。"

"本来就是尿太子么。"

"哼,可不许你这么奚落他,你是大人,他还是一个娃娃,你最好留点口德吧,小心他不认你这个哥哥。"达云的表情忽地黯淡了下来,哀恳地说,"山农你是知道的,那是惊白以前在慈善堂里落下的病根子,也是他的短处,当初他就在弘毅乡学里抬不起头,你可再不能作践自家人呀。"

顾山农赶紧告饶,拉拽着妻子,坐在了自己身畔,搂紧了达云的肩膀。

"下半天时,惊白醒来过两次,一直在喊自己头疼,说他的脑子里嗡嗡嗡的,又打雷,又闪电,干脆清静不下来。唉,但愿我猜错了,他的右耳朵没聋,跟左耳朵一样好。"毕竟是妇人,此刻找见了靠山,达云蜷缩在丈夫的臂弯下,瑟瑟地说,"我揪心死了,先是请来了梅郎中,先生寻摸了一遍,还查了他的舌头和眼睛,诊断说没啥大碍,八成是发烧的缘故吧。我还是不素心,这不,法官到底技高一筹,惊白现在屁也放了,气也顺了,我的这个魂也沾了吉,跟着他安妥了。"

"真的,我恨不得他明天就长大,你也能少操点心。"

"那可不行。"

"怎么?"

顾山农将妻子搂得更紧了。

"哎哟,总之也不能太快了,让他慢慢地长吧,一毫一厘地长。等我再老上一些,等我将来腿脚走不动的时候,他再长成一个像你这样的男将,一根顶门杠子,我也好指望得上。"达云畅想着,絮叨着,一种幻觉般的喜悦布满了眉目,似乎这些心愿就在指日之间。可突然,欢欣又迅速失踪了,达云凝重地说:"哼,惊白也有可恨的地方,他竟然学会了打架,他今个天真是吃了豹子胆,约了城外的地痞流氓们打群架,险些丢了小命。我这个当姐姐的不够格,听见堡子里的伙计们来家中报告,我披头散发地出了城,看见惊白躺在炕上的时候,我连死的心也有了。命,恐怕这就是命,谁让我摊上了这么个哪吒,这么个弟弟呀。我的苦日子还在后头呢,不信了你等着瞧。"

此乃步警队队长张彝的一套优美说辞,只为了安抚大小姐,所以才大事化小,小事化了,如此杜撰出来的。管家刚才简单介绍过,也点拨过,顾山农早就心知肚明,一直不敢失态。但是转念一想,防人之口,胜于防川,顾山农唯恐日后生变,万一被妻子获知了全部真相,也为了求个长期太平,于是呵呵一笑,调侃说:

"儿子娃娃的拳头,就是专门用来打架的。不打架,怎么对得起裆里的那三两精肉呀?"

"顾!山!农!"

断喝道。

"你看你,天还晴着呢,你马上就要刮风下雨。"顾山农被掐疼了,持续忍受着,释解说,"公牛不顶牛,那叫㞞牛;公羊不打架,那是孬羊。我意思是说,好铁不打钉,好木不做檩,一个儿子娃娃不吃点亏,不挨些揍,不鼻青脸肿,不生死一回,将来怎么能出息呢?"

达云切齿道:"可惊白不同。他单薄得就像一件瓷器,一碰就会碎。"

"那倒也未必,咬人的狗一般不叫。"

"假如他打坏了旁人呢?"

"吃牢饭。"

"再万一,他不知深浅,他闹出了什么人命,岂不是灭顶之灾么?"

"呃,那就得上法场呀,一枪给毙掉。"

"枪毙?"

达云突然间慌了神,一个抽脖子上去,又粗暴地捂住了丈夫的老鸹嘴,不许他乱语三千。达云仍不放心,一连啐了几口唾沫,就怕天老爷和地老爷,以及附近夜游的神灵们捕获了这句话;她得用唾沫宣布这话作废了，不算数。达云似乎元气大伤，软在了丈夫的身上，半响过后，呼吸才慢慢匀称，蓦地灵机乍现，有了别样的主张。借此机会，也为了惩罚顾山农的无妄之谈，达云当即约法三章：其一，子夜到了，武威城早已关闸落锁，显然回不了家，达云决定就地住下，跟惊白睡在一个炕上，仔细照顾一番弟弟。其二，去城里采购的伙计们空手回来后，说集市停了，店铺全关了，商贩们也不见了人影子，县警察局正在各处抓人，吃喝也成了问题；在事情出现转机之前，达云决定暂时不回家，就在承平堡里过渡一段时间，井水不犯河水，彼此两不耽搁。其三，角院里阴气颇重，面积也太促狭了，难得晒上一半天的太阳，这肯定不利于惊白的身心康复；但外面的几个庭院里阳气足，日头大，客人们也多，干脆废除了禁足令，就让惊白去疯吧，由着他的性子去玩，这恰是朱绣朱先生提倡的散养么。

这一番攻城略地的言辞，等于承平堡基本上沦陷了，也等于所有的门扇，被达云于谈笑之间，一巴掌全部推开，从而收复了旧时的疆土，伸张了权利，卷土重归。顾山农错愕至极，甚至连一声抗拒也来不及脱口，但见妻子腾地起了身，循着厢房里法官的喊声，跑进去应酬了。临进门的那一刻，达云突然指着东南角的方向，愧疚地说：

"天呐，梅郎中还在文楼上，我差点忘死了。"

"梅郎中？"

顾山农一怔。

"先生一直在等你。他自己可能下不来楼，熬到了现在。怪我，我真是糊涂呀。"

借着头顶上方的油灯，梅郎中斜签在榻子上，这个晚夕手不释卷。

顾山农踮起了脚尖，拾级而上，楼梯就像一只磨着牙的小鼠，在暗中叫唤。矗立于承平堡东南角的这座文楼，总计三层，这些年始终撂荒着，成了雀鸟和小兽的领地。也就是在今年夏天，三伏之际，因为燠热难捱，顾山农请来木匠，在二楼的窗户下打了一张木榻；他偶尔在此过夜，独自筹谋着保价局的方方面面。不承想，这日下半天的时候，梅郎中应邀而来，诊断完惊白之后，撒懒不走了，声称要等少东主回家，有一事相商。彼时，达云正忙得四脚朝天，陪是陪不住的，忽然瞥见了文楼，便让伙计们将客人背了上去，悉心安顿好了，这恰巧也契合了登高望远的节气，实在算不上怠慢。顾山农刚刚踩住了二楼，梅郎中老迈的声音迎面袭来，顿挫有致：哦，向这傀儡棚中，鼓笛搬弄，只当做场短梦；猛回头，早老尽英雄；有恩不报怎相逢，见义不为非为勇，言而无信言何用；大丈夫何愁一命终，况兼我白发蓬松。

这一刻，顾山农的腿脚上灌满了铅水似的，突然下沉，坐在了地上。

其实，也说不清什么缘故，反正每次跟梅郎中单独相处时，顾山农总感觉自己就像一匹负轭的牲口，在跋涉了一生半世后，似乎抵达了草湖、水泉和驿站，总算可以歇息上一时片刻，目下亦不例外。对面不远，梅郎中依旧沉浸在他个人的情绪当中，高诵低吟，气宇轩昂：……凭着赵家枝叶千年永，晋国山河百二雄，显耀英才统军众，威压诸邦尽伏拱，遍拜公卿诉苦衷；祸难当初起下宫，可怜三百口亲丁饮剑锋，刚留得孤苦伶仃一小童，巴到今朝袭父封；提起冤仇泪如涌，要请甚旗牌下九重，早拿出奸臣帅府中，断首分骸祭祖宗，九族全诛不宽纵；那时节，才不负你冒死存孤报主公，便是我也甘心葬入路旁冢。岂料，顾山农不小心一个喷嚏，打断了对方的兴致，诵念声戛然而止。梅郎中丢下书卷，撑住胳膊，直起了身子，目光盯望过来，急迫道：呀，少东主回来了吧？

嗯，不敢高声语，恐惊天上人，山农太有耳福了，聆听了半响，但还是冲撞了先生，搅扰了你的雅兴，我正等着受罚呐。答复道。梅郎中局促地说：哎呀呀，瘸子的话，叫驴的嗓子，劈柴的调门，让少东主你见笑了！是这，我奉劝你最好去做一回许由，当一次洗耳翁吧。顾山农碎步上前，虚上一礼，揽起了窗台下的一对铁拐，分开左右，支在对方的腋下。有了凭靠，梅郎中忽地立起身子，却原来是一介起起然的汉子，状若高树，眉目清朗，一双眸子亮如精炭，肤色竟然像婴儿一般的细腻发白，吹弹可破。顾山农抬起袖子，象征性地掸了掸一只锦凳,摆在了方桌下,邀请客人慢慢落座。孰料,梅郎中却是余兴未消,手中攥着一册旧兮兮的唱本,感慨说:的确,明人陈继儒有云,闭门即是深山,读书随处净土,在下恭候少东主的这几个时辰里,幸亏有这一卷《赵氏孤儿》相伴,不觉已是更深夜漏,恐怕子夜时分了吧?茶凉了,也败了,顾山农泼在脚下,打开炉盖子,烧滚了一壶水,沏上一碗新汤,双手奉了过去:先生请,这是我带来的罗布麻茶,请你品鉴一下,最好给个评价吧。是这,今个天它唱的是主角,郡老和乡绅们在沙山上聚会,喝的就是这个茶;山农知道你不大方便,受不住车马劳顿,当初也就擅自做主,不曾下过帖子,先生千万别多心啊。顾山农喋喋地释解着,瞟见方桌上整齐地摆着一大碟子凉包子,青皮寡脸的模样,有点欠灰,筷子和蘸水也是纹丝未动,便猜想这是丫鬟们送来的夜饭,但客人读书心切,忘了这一茬饥饱。梅郎中不肯入座,探问说:少东主,你可是戏班子出身的人,你的话不仅内行,肯定也是权威,在下今晚夕读了三四遍《赵氏孤儿》,一时间气血冲顶,肝胆俱裂,直觉得这是千年未有之文章,天地之间最酷烈的故事。我冒昧地请教一句,这个戏的核心意思,究竟是什么?客人不动筷子,但顾山农见到了包子,眼睛就拔不出来了,一种搜肠刮肚的饥饿感席卷而至,遂抓过来一个,发现里外冰透了,形如石头。顾山农吹了吹炉盘子上的煤灰,将所有的包子逐个码在上面,翻着个地烤起来。先生,那不过就是一台戏,说书人的劈空结撰,写字匠的闭门演义,你实在不必当真。我以前就靠戏箱子吃饭,深知这当中的门道,倘若不让看客们落泪,又如何赚取他们的银两呢?在梅郎中面前,顾山农一向轻松,该迎合就迎合,该否决便否决,随顺心情,从来也不掩饰个人的好恶与主张。不料想,恰是这一句有口无心的话,此刻惹下了祸,激起了对方的反感。梅郎中愕然极了:你说啥?你意思是说,这《赵氏孤儿》和天下所有的戏,假的,全是假的?都是你们这些无良的戏娃子哄人的,骗钱的?顾山农全然不知火药捻子已经点着了,吊诡地说:唉,本就如此么!君为袖手旁观客,我亦逢场作戏人,天下的舞台就是给糊涂百姓们搭设的,你见过哪一个精明的人,为戏子所误,不使人间造孽的钱呀?梅郎中终于恼怒了,将手中的戏本子掷在地上，啸叫地说：呸，你们这些凉州驴，真是辜负了天意，连我这个瘸子也看不起你们。或许是激愤所致，用力过猛，一支拐子滑脱了，梅郎中摇曳了几下，身子一沉，瘫坐在了炉子对过，凶恶的目光逼视而来。顾山农一时失笑，戏谑道：喏，气大伤身，这就是例子。

胡笳五十六节

　　梅郎中，甘州霍家营子人氏，本名不可考，也向来为他本人所忌讳。另一桩成谜的事情，则是这个甘州人半生飘零，始终在凉州这一片绿洲上盘桓，从来不肯跨过焉支山以西，进入张掖境内。一介老光棍，未曾迎娶过，凭靠着一身上等的医术，在异邦他乡闯出了名声，名声大得就像一只响锣，无人不知，无人不晓。但是，这梅郎中也是个天生的怪骨头，特征有二：第一是挂在他嘴上的称呼，对那些不遵医嘱的病人，开口凉州驴，闭口武威驴，干脆不客气，甚至会一铁拐子撵走，从此陌路；第二，梅郎中从不出诊，只有病人上门挂号的份，哪怕是八抬大轿，哪怕是红缎子装饰的车马，就算病人在家中剩下了最后一口气，也休想请得动他。渐渐地，凉州人深信不疑地认为，请佛爷易，请梅郎中难。奇怪的是，这种难并不是因为梅郎中玉山有恙，不良于行，胳膊肘子下挂着一双铁拐子。他本人给出的理由，让凉州百姓们大惑不解，一直揣测到了现在。梅郎中竟然这么说，他之所以不出诊，不出门，只是担心院子里的那一株梅花树落了单，怕它心上孤独，将来发不出花骨朵。但是，天下的万事万物也没有那么绝对的，梅郎中的这个离奇借口，在权爱棠大人的面前，根本上无济于事。

　　其实，梅郎中是后天瘸掉的，身体残损了之后，才出现在了凉州。

　　入赘在权家，当了新姑爷之后，顾山农便从妻子达云的嘴里，一星半点，慢慢地勾勒出了一个大概的故事。无疑，外父的威望，权大人在河西一线广泛的人脉，要获取类似的线索并不困难。原来，梅郎中早些年就在甘州行医，名声一般，毫不显赫，但为人却相当狂傲。张掖城外有一家挖金子的大户，在祁连山中开了三座金厂，世代缨鼎，富可敌国。老爷在过完六十大寿的天气里，忽然春心漾荡，生出了一头乌发和满嘴的新牙，竟不顾前头几个婆子的强烈反对，又纳了一房小妾。新鲜劲过去后，小妾莫名地患上了一种偏头痛，发作之时，浑身抽搐，人也就处于谵妄与激烈的状态，啃板凳，啃桌角，见谁咬谁，仿佛前世里她是一介畜生胎。老爷花了一河滩的银子，遍邀各路医官和术士，开方的开方，作法的作法，但大家都当成了羊角风，无一例外地下了猛药，却始终也不见效果。彼时，梅郎中还不叫梅郎中，应该叫毛遂才是，他敲开了对方的大门，打算一试身手。几服药下去后，小妾的病情稍微稳定了，老爷的赏赐也不菲，可梅郎中突然不干了，撂了挑子。老爷百般挽留，说尽了这个人世上的所有好话，梅郎中这才吐了口，声称小妾得的不是病，而是报应使然。

小妾并不是旁人，恰是老爷和大婆子的头生子。想当年，这个丫头出世后，这家人满门不顺，骡马频频染病，金矿接连倒塌，风水查勘了庭院和祖坟，断定根子就在这个女婴身上。果然，丫头和爹老子是同一个月份出生的，又是闰月。按照河西一带的风俗，这是克父，女婴只有被溺死，方可根绝后患，转换运程。毕竟是自己身上掉下来的一疙瘩肉，大婆子着实不忍心，私下里使了钱，买通了风水，偷偷地将女婴送了人，却给当家人谎报说，已经照章办理了，尽管放心。这件事之后，整个家族重归正途，又一连生养了几个裆里带肉的儿子娃娃，如日中天，也就对从前的不堪三昏四忘，抛之脑后了。梅郎中的这一揭橥，令老爷颜面扫地，表面上并不做声，重金酬谢了对方，但后续的报复之举，却是空前而猛烈。实际上，这一丑闻业已在甘州境内传布开来，其源头就是风水先生的那一张破嘴，不是老了就坏，而是坏人老了。某一日，风水刚刚吃罢了酒，醉倒在路边，突然被人泼了几桶子火油，点了天灯，最后连一粒骨头渣子也没留下。大婆子也同样洞悉了真相，天天以泪洗面，老爷专门辟出了一座别院，将其圈禁了，形如猪狗，一两年之后，便很快下了世，带走了当初的秘密。至于那个小妾，准确地说是他自己的亲生闺女，老爷则网开一面，悄悄送进了祁连山里的净月庵，落发为尼，从此成了一名姑子。

这桩事情看似结束了，不拖泥带水，也没有隐患，但梅郎中的再次出现，又横生风波，还差一点断送了自己的性命，最终成了一个半截子人，双腿犹若枯木，飘零在人世上。事发两年后，梅郎中偶然获悉了小妾的下落，大感意外，便带着一份赎罪的心情，独自上了祁连山，并在半路上摘了几枝梅花，捎往寺里。一个是化外的姑子，纤尘不沾，眉目清秀，另一个则是风流少年，能言善辩，加之那一束旺盛而热烈的梅花，恰巧暗合了小妾芳名当中的一个梅字；这么着，一对孤男寡女电光石火，彼此爱慕，私订了终身，甚至于珠胎暗结，相约一起下山，取道敦煌和猩猩峡一线，前往口外去活命。但是，他们被这一场私情冲昏了头脑，竟然不知道就在净月庵的另一侧山洼里，有一座老爷的金厂。两个人的一举一动，其实早就飞报给了张掖城里的主子，事情已然恶化了。就在遁逃的那一日，老爷率着一帮金客子，截住了他们，三七不问，一顿镢头和铁锹下去，男将的脊椎骨断了，血肉模糊地趴在地上，不知生死。然而，面对着那名姑子，老爷从她的五官上，清晰地认出了自己的嘴脸，突然间心软了，慈悲大发，拿出一块刚刚掘获的狗头金，赠给了闺女，或者说他在这一世里的冤家。老爷再三声称，如果你们缘分不灭，医官还有可能活着的话，就速速下山，去做一对少年夫妻吧，倘若医官死尸了，那么这一疙瘩金子，也保管让闺女将来衣食无虞，了无挂碍。老爷和金客子们消失后，尼姑一时间错乱了，始终也摸不见医官的脉息，便误以为他咽了气，诀别了人间俗世。在峻峰野岭之上恸哭了一段后，尼姑将那一块硕大的狗头金，塞在了医官的怀里，决绝地投崖自尽了，天可怜见，最终落了个一尸双命的悲惨结局。

命不该绝，医官后来被一阵过雨浇醒了，又被路过的采药人及时搭救，转移到了山脚下的庄子里，疗治了数年之久。其间，医官托付恩人，葬埋了尼姑的尸骸，立了一块墓碑，并在周围植下了一片梅花林。奇迹的是，这个年逾半百的采药老汉，实乃世外高人，不仅深谙各种药理，肚子里竟然还揣着一大堆珍贵而稀罕的方子。因为怜悯，也缘于对眼前的残疾少年的赏识，老汉认了这个干儿子，倾囊相授，将浑身的草莽学问悉数传给了他，等于赐赠了一只将来吃饭的金钵。后来，在阳春三月的一次野猪祸害时，老汉身受重伤，不治而亡。在丧失了后援的情况下，少年求告了庄子里的几位大善人，瘫卧在一辆马车上，翻越焉支山，穿过永昌一带，进入武威城内，以后在凉州地界上扬名立万，成了一代名医，不可一世的杏林传奇。自始至终，钱在前头开路，那一块狗头金还替他在城里买下一座大宅院，雇了几个用人，开启了别样的生活。剩下的一大半金疙瘩，他托人捎进了祁连山，匿名捐给了净月庵，并塑了一尊菩萨像，据称像极了那名尼姑。

自此，梅郎中正式出世了。

凉州人上门问诊时，往往喜欢打听根苗，请教先生的名讳。但这个满嘴甘州话的郎中，却总是轻描淡写，只给出了一个梅字，其余的则三缄其口，概不多言。梅郎中，这个喝退群僚、一枝独放的称谓，随着他的惊世医术，很快就被凉州百姓们认可了，追随了。然而，声名广播之后，梅郎中渐渐滋生出了一种不羁与自负的情绪，开口凉州驴，闭口武威驴，似乎只有他才是两脚的大牲口，能说人话，地位优越。再一个，梅郎中张榜告示，自己绝不出诊，大家顾惜他玉山有恙，不良于行，于是顺服了，也不再异议。纵然冥顽不化，趾高气扬，但梅郎中的这些古怪之举，一旦碰上了权大人，就像一场雪下在了伏天里，顷刻间融化了。达云八岁多时，母亲就殁了，但在此之前母亲一直怪病缠身，见不得风，也见不得光，经不住车马颠簸，更谈不上去找梅郎中治病。权爱棠虚声下气，跑烂了鞋子，来回请了好几趟，均被驳回，只是在最后一次根据对病状的描述，讨来了一张药方，略见成效。这么着，一头热，另一头冷，一个百般恳求，另一个坚辞不出，事情闹得很僵。那时节的权爱棠也是豹子脾气，极尽各种手段，终于扣住了对方的命门，觅见了梅郎中的软肋。在一个清明前后的日子，权爱棠亲自押解着一株梅花树，从祁连山下来，驶进了武威城，强行栽在了梅郎中的庭院里，不发一语，竟掉头而走。整整一夜，梅郎中屏退了丫鬟与下人，枯坐于树下，在公鸡头一遍打鸣时，忽然间恍悟了，阳魂回到了腔子里，人也格外地精神了。其实，权爱棠不单单赠送了一棵梅花树，还专门为梅郎中打制了一对精铁的拐杖，握柄上覆着一层细软的羔子皮，怕他手凉。门开了，车马备好了，梅郎中携着这一双金属的翅膀，直奔权家而去。见面的那一霎，梅郎中伏在权爱棠的身上，淌下了热泪，心知对方早已洞悉了他的一切，但君子之风，又让对方成人之美，不肯纠举，不愿道出过去的不堪往事。梅郎中保有了自尊，感激地说：大人赐我一株梅花树，又赠我一双铁拐，我明白个中的含义，这是在鼓舞我，期望我像一棵树那样站起来，迎风傲雪，倾尽平生所学，为凉州百姓们效力，共谋福祉。彼时，权爱棠只简单地说了一句话：如此便好，聪明人不可细提嘛。双方相视而笑，化尴尬为默契，将一块陈旧的疮疤，葬埋在了光阴的深处。

那以后，梅郎中上门便勤快了，成了权家的常客，也跟权家上下打成了一片。实际上，恰是仰赖了梅郎中的悉心照顾，权夫人度过了最后的余光，干净，安详，不留遗憾，微笑地合上了双眼。这条线断了之后，虽说交往稀疏了，但权爱棠出于感念，仍然随时随处地遮护着梅郎中，仿佛靠山一般，令其更加坚实地驻足在了凉州大地上，声望日隆。不过，梅郎中也有所收敛，口头禅更换了一个字，由驴变成了人，动辄就说你们凉州人如何如何的，似乎在提醒他自己是一名游子，心思远在他乡。到了梅花绽放的季节，梅郎中大门不出，二门不迈，常常坐在树下，身披一袭锦绣的落英，痴痴呆呆的，谁也不敢上门打扰。有一回，顾山农询问外父，这个梅郎中究竟是怎样的一个人。权爱棠思忖了片刻，答复说：身疾之人，必定心烈，这个梅郎中实在不可小觑，值得你一辈子去结交。

身疾而心烈，顾山农记住了这一句评价，始终也不曾忘记。

目下，梅郎中的这个态度，包括他的牙齿间蹦出来的那个驴字，似乎旧病复发，令顾山农失笑，心里反诘说，你才是一头倔驴，不可逆鳞，只能顺着你的驴毛摸了，让你找见舒坦。炉火很旺，包子开始焦黄了，顾山农一边翻烤着，一边缓颊道：先生，我离开戏班子好些年了，我也就那么一说，你大可不必铺陈，好像要给我开课似的。梅郎中拉下了脸，揭短地说：哼，那你干么半途而废，辞了戏班子，葬送了个人的前程？难道就为了回来当个招女婿，不劳而获，坐拥这一座四方城么？天呐，他又来了，刻薄而尖酸，顾山农放下筷子，合十求饶：先生，许由是你，你应该去做一回洗耳翁了。我记得以前给你讲过无数次，我在戏班子里受排斥，遭打压，同门的师兄弟容不下我这个凉州人，又嫉恨我的唱功，所以在汤碗里下了药，撕裂了我的声嗓，废掉了我的本事，我这才中断了求艺，灰溜溜地回来了，幸而得到了外父大人的赏识。梅郎中呵斥说：哼，这我知道，你当初中了计，你的嗓子成了劈柴，于是你心生怨恨，现在却来倒打一耙，说什么逢场作戏，骗人的伎俩，就连《赵氏孤儿》这样的千古一戏，竟然也被你轻慢了，入不了少东主你的法眼。这只能说明一个问题。顾山农狐疑道：呃，先生明示，一个什么样的问题？于是乎，梅郎中笃定地说：戏可能是假的，刚开始是假的，但是演着演着，它一定就是真的了，天道轮回，周而复始，连《赵氏孤儿》这样的惨烈故事也不能例外。顾山农并不想触碰往日的生涯，鼻子里哼的一声，这引起了对方的反弹。梅郎中带着委屈的神色，抱怨道：信，相信的信，信任的信，一个人总该信点什么，戏班子才能奏乐，郎中也才好对症下药吧？

原来如此。这是抗议，这也是一句吃醋的话。

顾山农抓起筷子，煎烤着包子，心里揣着一块明镜似的。显然，这一种积蓄已久的情绪，梅郎中不便在达云跟前发泄，也只能在少东主这里一吐苦水了。这两三年，达云思父心切，身体状况一直欠佳，好像把伙食搭在了梅郎中的锅台上，吃的药比饭还要多。虽说郎中可靠，方子有效，但毕竟是铁杵磨针的慢工夫，需要仔细调理才是。达云却等不及了，上半天在梅郎中家里号脉，下半天径直去找法官作法，洒扫，燎邪，喝香灰，穿法衣，整天疑神疑鬼的，一点也不安生。如此一来，郎中跟法官相克上了，反倒让达云的身体每况愈下。就拿今个天来讲，梅郎中先一步跨进了承平堡，检查完了小少爷，料无大碍，惊白不过是惊吓过度，只需要仔细静养就够了。岂料，隔着文楼的窗口，梅郎中亲眼瞭见，达云又率着法官夫妇进了门，公然迷信。那一阵阵响铃和异端之声，仿佛耳光袭来，否决了他的诊断，擦掉了他的印记，嘲笑了他的存在。梅郎中欲走，挂着拐杖准备下楼，但没有了伙计们的搀扶,他眼望着那一面陡峭的楼梯,怕了,怂了,退却了。那一刻,梅郎中忆起了兰州城南郊五泉山上的一副楹联,乃是陇上名士刘尔炘所撰:高处何如低处好,下来还比上来难。这么着,梅郎中被迫放弃了,又恰巧发现了一册戏本子,遂斜倚在长榻上,贪夜捧读,沉浸于程婴和屠岸贾的恩怨当中,久久不可自拔。顾山农完全听懂了,哀恳道:先生,妇人家的心思,女流之辈的索求,你尽管睁眼闭眼吧,况且达云也是为了惊白那个小贼,颠连无告,拿着一根绣花针当棒槌罢了。梅郎中对这种和稀泥的话甚是意外,讶叫道:咦,你少东主的心里居然也没有尺码,丧失了绳则呀?难道你在被窝里让招安了,在枕头上被收买了?顾山农简直头大了,几乎肿了一圈,赶紧告饶说:信,我信,我也替达云和弟弟信你,独尊一脉,绝不分灯。梅郎中终于破笑了:怎么信呀?答复道:呃,信则有,不信则无,就当你是我们打着灯笼也难请的舅舅吧。梅郎中满意了:呵呵,如此便好,瘸子我笑纳了。

但是,这一切不过是铺垫,再铺垫。真正的风暴之辞,正在潜行而来。

烤黄的包子,就像一个个身穿金甲的武士,倔强地站在炉盘上,等待号令。顾山农真饿了,刚想咥掉几个,却听对方又开始了新一轮的聒噪:喂,这《赵氏孤儿》究竟想说啥,它的核心意思是什么呀?顾山农放下吃食,肃穆道:先生,依山农的看法,这个戏的要义大概是忠义,除了忠义二字,别无其他。忠义?呃,那你告诉我,什么是忠,又何谓义?追问道。在这样的深夜里,在手可摘星的楼阁上,围炉夜话,似乎也是君子之道,大有意味。顾山农忽然来了兴致,犒赏了自己一碗热茶,啜饮道:先生,我以为忠义有两根柱梁,一个是心,另一个是骨。具体而言,上报国家、下安黎庶是一种心念,而君子抱仁义,不惧天地倾,则是一副骨骼,缺一不可。因为只有心念和骨头一致了,相适了,榫卯无隙,一个人方可立于天地之间,也才能配得上忠义这一副黄金的冠冕。梅郎中目射精光,心中夸赞连连,暗自称许,嘴上却说:哎呀,求忠的话,一个人难免迂腐,陷于盲从的地步,但是再去追逐一个义字,又恐怕千疮百孔,此生不得安宁,也或许在前头的路上，挂着一件血衣，专门等着他穿上，要了他的性命。顾山农道：先生，你抽空去城里的街道上转转，你看看这些年来，哪一家棺材铺子不红火，哪一个画匠不发财，死人的事情天天都有，又有谁敢在他的龙头上，描下忠义二字？梅郎中颔首道：的确，安稳是一生，波澜也算一生，一个儿子娃娃既然来到了这个阳世上，假如不闹出一个天大的响声，不吼喊上几嗓子，岂不是白白走了一趟嘛。顾山农指了指旁边，接续说：一个忠字，好比这一支拐杖，一个义字，又好比那一支拐杖，先生恰是有了这样的依靠，医世救人，慈心于怀，所以才在凉州人的心目中，一直被视为扁鹊再世，华佗重生。哎呀呀，愧不敢当，少东主言重了！梅郎中唰地红了脸，两手合十，赶紧回归到了话题：不过呢，在忠义之外，瘸子我觉得这《赵氏孤儿》还有一层含义，那就是疯狂，彻底的疯狂，玉石俱焚、一了百了的疯狂。这个突兀的结论，完全在顾山农的认知之外，似乎他此前在戏班子里的那一段生涯，纯属虚度光阴，一无所获罢了。顾山农痛斥道：疯狂？好我的先生呀，亏你红嘴白牙的，居然这么轻易地臧否古人，说长论短。你知道么，程婴那一伙人提着脑袋，泼上性命，就为了拯救赵家的那一棵根苗，如此的忠肝义胆，惊天地，泣鬼神，岂能用疯狂这样的亵渎之词来作结，来概括？梅郎中沉吟着，回避了对方的锋芒，笃定地说：少东主，你务必记住，疯狂可不是一种善行懿德，根本不值得夸耀，因为比疯狂更疯狂的，那才是真正的优良品质，也是一个成熟男人应有的作为。顾山农一怔，心知这是开示的前兆，慌忙问：先生，有什么比疯狂更疯狂？梅郎中简略地说：隐忍。

言罢，这个机深莫测的医官，挪动着自己累赘的身子，捡起了那一册戏本子：少东主，城里头传言说，你正在承平堡里练嗓子，温习功课，打算唱一出《赵氏孤儿》，可是当真？顾山农点头，委婉地说：嗯，这是我当年给面汤爷的一句承诺，虽然嗓子坏掉了，现在成了劈柴，但我不怕丢脸，我至少要唱给他的后人擀杖哥听一听，了却了这一桩夙愿，报答了恩情。突然，梅郎中揭开炉盖子，一页一页地开始撕扯，撕碎之后，将纸屑投进了炉口，竟然毫无愧色，反而像干完了一件庄重之事。顾山农心中愕然，但始终泥塑着，一不抢夺，二不嗔怪，因为这些浅陋的举止，毕竟也是于事无补。这个关节上，火焰高涨着，蹿升着，在主客二人的颊脸上，洒下了醉酒一般的红晕，仿佛彼此之间的谈议，已抵达了酣畅的境界。少顷，一册戏本子被彻底焚化了，梅郎中笑眯眯地说：其实呀，少东主你所谓的报恩，你对面汤爷的那一份春秋情义，虽然牵肠挂肚，令人动容，可它终归是你个人的一件私事，无关宏旨，但整个凉州对你的谋求，对你的托付，却是任重而道远，你的确应该三思了。这种熟悉的暗示，亲切的叮咛，让顾山农恍惚觉得，梅郎中、面汤爷、尹先生、罗什寺里的老僧等等，这些背景各异、生涯苍茫的人物，八成跟外父权爱棠是一伙的，他们或许就在当年结社邑义过，歃血盟誓过，共同守护着同一桩秘密，生死不弃。念想至此，顾山农以屈求伸，试探地说：先生，你刚才撕得好，你烧了就更好，这个《赵氏孤儿》我不唱了，我现在要忘掉它。但是，你不妨直言吧，凉州究竟要对我托付什么？山农又该如何应对？梅郎中的眼神狡黠一亮，答复说：是这，你们凉州委托我这个草泽医士，一定要转告你，暂息雷霆之怒，略罢虎狼之威，以待将来。顾山农再次一怔，这分明是戏中程婴的一段唱词，心里嘀咕说，你个老狐狸，竟然滴水不漏，一个破绽也不暴露。这时候，梅郎中又道：少东主，隐忍可不是让你吞声下气，一世寂然，因为隐忍才是最大的疯狂，内心似炭火，而外表犹如三九寒天，为你自己，也为你们凉州赢得一次机会。

"先生，时辰的确不早了。"楼下的更声再一次靠近，顾山农借着这个由头，其实是心生厌倦，不想再继续这个话题，唯恐对方手段老辣，步步紧逼，榨光自己的本钱，不小心道出最深的机密，"是这，听说城里头在闹事，已经全面宵禁了，先生干脆就在文楼上将就一宿吧。我这就下楼去，抱一套新被褥上来，后半夜恐怕更凉。"

"且慢。"

一根铁拐伸了过来，拦住了去路。

"先生，戏本子都烧了，何必再旧话重提？"

"不，我寻思再三，觉得此刻是一个机会，如果再不坦诚相对，实话让少东主知道，我想我会憋死的，我也将不义。"梅郎中凝重的口气，显然不是喜鹊来临，而是老鸹飞至，"唉，这件事跟大小姐有关，结果很糟糕，我用足了工夫，现在也是无力回天呀。"

顾山农抽心一疼："达云？你说，你说大小姐咋了么？"

"少东主，敢问你和大小姐多少天没有同房了？"

"岂有此理。"

一时间，顾山农羞得彤红绯赤，颊脸上就像开了一座染坊。

"瘸子我直来直去，这可不是刚才的清谈，不能务虚，我这是在问诊，在开方下药，所以少东主你就宽谅一回，容许我放肆地打听打听吧。"梅郎中释解完毕，盘坐在对面，俨然进入了医官的角色，又问，"我意思是说，你跟大小姐很久都没有夫妻之实了吧？"

"嗯，大概有四年了。"

"难怪。"

"其实，六年也有可能，只长不短。我记得，在修建承平堡的那两年，我跟着外父一直吃住在工地上，甚少回家，偶尔跟大小姐打个照面，但是也从不过夜。因为凉州人有讲究，就怕沾上了不洁的东西，连累了风水，耽搁了进度。两年后，堡子虽说建成了，但外父大人突然下世，达云悲伤缠身，几乎挣脱不出来，况且我也发誓守孝三年，自我禁闭，算是与世隔绝了，更谈不上夫妻聚首、耳鬓厮磨一回。"既然把话说开了，顾山农便也解除了重重顾虑，芝麻是芝麻，豌豆是豌豆，一五一十地绍介说，"出关到现在，我回家的次数倒是多了，夫妻二人也少不了关起门来说话，但达云的那个身子骨，唉！反正我也知趣，更是惜疼她，我经常抱着铺盖卷出门，在外面随便凑合一夜，我不计较。"

梅郎中颔首，坦率地说："瘸子我是废了，我无势，我也无能。但少东主你却是英武之年，虎豹之躯，你那种求而不得的心理，我真是替你抱憾。我平生过于自负，狂傲不羁，可是我的这一手医术，到了大小姐的身上，竟然全无功效，碰了一鼻子的冷灰。"

"先生，你尽管说话，我能成。"

"嗯，是这，少夫人确实身有不洁，这半年多来，她一直恶露不断，四肢浮肿，虚弱得就像一疙瘩棉花。这要是放在一般常人的身上，恐怕早就危险了，实难将息，但少夫人强撑着一口气，估计也是对惊白这个弟弟用情太深，所以才不曾倒下。"梅郎中伸出一根指头，在他的肚腹上指画着，接续说，"少夫人三焦不调，不嗜食，时常呕逆，这个还好办。你记住，章门下五寸三分，五枢穴前下半寸的这一块，乃是维道穴，归属于足少阳胆经，为足少阳经与带脉的交会穴。其他人不方便，少东主你得了空，一定先把双手搓热，仔细地按摩此处，不怕多，只怕不够，这样或许能消了肿，我再做下一步的盘算。"

"达云她不许碰，平时又穿得那么肥大，原来是这个隐情呀。"唏嘘道。

"其实，浮肿倒在其次，我会想方设法，让少夫人稳静下来的。麻烦只在于，病人的恶露腥臭难闻，兆头不祥，我越发怀疑病灶就在宫内，一因体寒，二是病变。"

"先生，你把话说到底？"

"这很棘手，我从来没碰见过像少夫人这样的病例，我也吃不准，所以等你来商量。"

这个关节上，顾山农仿佛炎天饮冰，突然间冷静了下来，靠在客人的身畔，踏实地坐了下来。万般滋味，千种情愫，其实已不能表达他对妻子的缠绵爱意，更不愿与外人道出，于是板住了面孔，强硬地问说：

"先生，最坏能坏到什么地步？我只要你一句话，达云还有救么？"

"仄身子？"

梅郎中失声道。

"我在问话，你赶快告诉我。"

"少东主，你这是仄身子口音呀，我可头一次听见你这样，你瞒我瞒了有多久？"梅郎中一再喋喋着，眉头紧锁，显然被震惊了，方寸大乱，心中频频哀告，天呐，祸不单行，祸不单行，这个夜晚就像一座千年的古墓，什么都能刨出来，掘出来，予人一记又一记的重拳。瞧见对方逼视着，等待着最终的答案，梅郎中索性铁下了心，决定和盘托出，声色艰难地说："哎呀，现在麻烦大了，少东主你得有个精神准备,千万不要因为我这个草泽医士的话,影响和冲撞了你的前程。"

"闲话休说,山农的这一副肩膀扛得住,先生大可不必过虑。"又是仄身子腔调,似乎这一种直撅撅的声音,只宜于当头棒喝,只宜于痛斥,而非春风酥雨,促膝密谈。实际上,顾山农也紧张到了极点,手心里攥出了一把汗,激将道:"呵呵,谁不知道梅郎中风流倜傥,乃一介性情中人,怎么现在却哑巴了?"

"我怕我说出来,我就对不起权爱棠大人,辜负了他的恩义。"

"什么意思?"

"恐怕,少夫人在这一世里不能生养了,少东主的膝下将来也不会有一男半女,权大人的香火可能止步于此。"梅郎中小心翼翼的,挑剔着辞藻,唯恐言重了,挫败了对方的心气。又说:"是这,大小姐害的这个病叫宫寒,即便你们有夫妻之实,天天同房,但也难以坐胎,更谈不上抽枝发芽、硕果满堂了。"

即便靠着火炉子,顾山农也是冰寒刺骨,知觉全无:"先生,你你你当真?"

"唉,一面之词罢了,我这些不打粮食的话,你听过就作废,千万不必认死理。"梅郎中连连抱拳,忏悔地说,"少东主你知道的,我就是因为话多,透露了天机,天老爷才惩治了我,让我这一辈子像个蛤蟆,瘫在了地上。"

"还有救么?"

"我正在寻方子。我托了敦煌方面的友人,查找藏经洞遗书里的偏方,尚无回音。"

"呵呵,点灯熬油的,你我说了大半夜的车轱辘话,现在又回到了当初。先生高明,先生的这一番铺垫,可谓是用心良苦,时时处处在体恤着山农。"寒冰犹在,但顾山农盯望着炉口上那一束炽烈的火苗,抑制不住失望与悲伤,苦笑地说,"信你,我终于信你了。"

"信什么?"

"先生透露天机,告诉了我这个结果。虽然山农遭受天谴,辜负了外父的心愿,有秧无瓜也好,有花无果也罢,但事情似乎并没有坏到底。只要大小姐乐乐呵呵地活着，活在这一幕大光阴里，我不求其他，我只愿她天天在我眼前晃荡着，碎嘴着，我也就知足了。"

"嗯，不愧是顾山农，这一腔子男儿肝胆，真该让你们凉州人全都来听听。"

"岂敢。"

"不过呢，依瘸子我的看法，少夫人的全部心思，如今都扑在了惊白这个弟弟的身上，千重呵护，百般娇纵，简直当成了她自己的儿子一样在养。这是顶呱呱的事情，这对她有百利而无一弊，最起码可以让她分神，不至于随时陷落在肉体的病痛当中。"实际上，天下郎中的所有把戏，不外乎两种，一个是方子，另一个则是口舌之魅惑，双重下药，抚慰身心。但是，此刻的梅郎中除了兼具二者之外，因为顾及了主人的身份，仍旧不敢唐突，仿佛在剥一棵包心菜那样，徐徐图之。又道："其实，只要惊白时时挑唆着，捣蛋着，少夫人护犊心切，元气高涨，身体里的那一堆炭火不肯罢休，遑论寒冰，哪怕是一块顽石也会焐热的。"

"当儿子一样在养？哼，我看简直当成了太子。"

"不，这个言重了。"

"先生方才说得在理，惊白其实就像一颗铁钉子，只要钉子在，达云就被挂住了，拴牢了，什么风也吹不走，什么鬼也抢不去，就在这父母之邦的凉州活着，好端端地活着。"这一刻，顾山农惦记着文楼下的亲人们，极力忍住了翻江倒海的恓惶，黯然地说，"再一个，惊白还是大小姐的一丸药，不是先生们开的，而是她的命里带来的那种。"

"什么药？"

"化毒为友的一丸药。除了惊白，任何人替代不了。"

"听少东主的意思，你似乎很有把握？"

"不错，因为这个小贼，他同样也是我的一丸药，我的克星。"

宿命的口气。

"呃，既然少东主这么认为，心胸又如此开阔，那另外一件事情，我也要坦承相告。"这一棵包心菜终于剥到了尾声，露出了它脆弱的花芯。梅郎中就像一介老练的厨师，在腌制过冬的酸菜，先将菜叶子铺垫在缸中，层层撒盐，最后再压上一块沉重的河石，方可告毕。这么着，梅郎中又说："我当年治过老夫人的病，也就是少东主你的外母，恍若昨日。我现在发现了不好的苗头，我怀疑大小姐恐怕也将重蹈覆辙，染上了她娘老子的那种顽疾，年纪轻轻的就被病魔给拿住了，从此卧榻不起，辜负了她自己在人世上的大好光阴。"

"类风湿？"

对方点了点头。

"最后就是浑身的骨节疼痛，肌肉也无力，等同于瘫痪，根本料理不住她自己，形同一个活死人，是么？"倏忽间，顾山农忆想起了自己刚出关时，妻子达云的锥心哀告。三年了，这三年简直活埋了我，我几乎喘不过气来，达云当初这么说时，竟被丈夫忽视了，弃之于不顾。这一刻，心痛与不舍犹如一大把碎钉子，撒在了顾山农的体内，天女散花，剿灭了重阳之日的全部欢欣，令其悔意丛生，仿佛站在了悬崖之巅。顾山农慌忙抓住了筷子，准备去翻动炉盘上焦黑的包子，苦涩地说："先生，就算大小姐最后瘫痪了，我也不允许她拄这么一对铁拐，因为她根本不需要。"

"天呐，我真是罪孽呀。"

"因为我就是达云的两条腿，我还囫囵着，我还年轻，大不了我天天背着她，在这个阳世上活一回。"

"少东主，瘸子我一定会尽力的，我正在寻方子。"

"这个咒我吃定了，先生你可以作证。"

不料，筷子竟然滑脱了，一只焦黑的包子翻滚而来，眼看着就要掉下炉盘，恰巧被顾山农抓在了手里。刚才说话的工夫上，外黄里脆的包子渐渐地被烤煳了，但凉州人惜食，顾山农并不例外，一抬手，直接吞进了嘴里，奋力一嚼。刹那间，一声惨叫传来，顾山农就像一根被砍倒的椽子，扑通跌在了地上，拼命地抓挠着自己的喉咙，险些背过气去。凭着直觉，顾山农知道，这是羊油和红糖拌下的馅料，经过炭火炙烤之后，不是岩浆，又胜似岩浆。顾山农洞开嘴巴，吐也吐不出来，那些黏稠而肥腻的汤汤水水，漫渍于口腔当中，撕裂了穹顶，捣毁了整个喉咙，烟尘四起，焦土一片。顾山农干呕着，鼻涕眼泪倾盆而下，真是连死的心也有了，恍惚自己跪在了阎王殿门口，正等待传唤，然后在那一册阴间的簿子上录下个人的名姓，从此暗无天日。梅郎中同样吓坏了，拖着累赘的身子，送来了一碗凉茶。顾山农接住后，并没有当即喝下去，稍微噙上三四口，涮了又涮，尽情地吐掉了。果然，那些羊油迅速沁在了脚下，就像一摊紫红色的血块，散发着膻气。

半晌后，顾山农这才仰起头，恍如一个犯下错误的娃娃，歉疚地笑出了声。

但梅郎中却格外警觉，突然嗅见了其中的大不测，赶紧将油灯移将过来，罩在了对方的颊脸上。顾山农甚是听话，乖乖地张开了嘴巴，将自己彻底交给了梅郎中，就像过去许多次求医问诊的那样，一是信任，二是托命，不再有耻辱和羞涩。事实上，顾山农的这个隐疾，除了梅郎中之外，全天下绝不会有第二个人获知，这不仅仅是医患双方的契约，更是两个男将之间的守诺，根本不必担心外泄。在曳动的灯光下，梅郎中拨开了那一抹盖胡子，发现对方的整个口腔被热油烫烂了，牙床苍白，肌肉紧蹙，神经般地抽搐着。问题不在这里，梅郎中摸出来一根牙板，压住了顾山农的舌面，仔细查看了一番色泽、质地与咽喉部位，基本无碍。但是，当牙板松开的那一瞬，整个舌面却拱凸了起来，犹如一座坟丘，筑在了嘴巴当中，显然形势险峻。梅郎中凝神聚气，用牙板慢慢地挑开了舌头，瞭见在舌面下的地坑里，另有一块多余的息肉，粉红色，椭圆形，大小像半块银元，状若婴儿似的，蜷卧在上层舌头的怀抱中，样子娇羞。

想当初，也就是顾山农第一次去问诊时，这一块息肉仿佛嫩芽，刚刚生发出来不久。梅郎中遇到了如此罕见的病例，大为震撼，于是草率地称之为鬼舌。病人出于紧张和惭愧，便也顺水推舟地接受了，不曾反驳过。按照当时的意见，梅郎中采取了保守治疗，一不用药，二不禁食，相反却加大了营养，顿顿肉糜之外，还让顾山农天天服用凉州月婆子们的新鲜母乳，费尽了各种周章，寄希望于这根鬼舌长大一点，再长大一点，以观后效。目下，梅郎中查看完毕，将牙板扔进了炉膛中，心里已然有了一个确凿的结论。

"真是一日不见，如隔三秋呀。刚才闻听了少东主的仄身子口音，我就知道，这一根鬼舌长大了，一夕之间能够开口说话了，这由不得你。"

"的确，我真是无奈，干脆被绑架了。它就像一匹脱缰之马，根本束缚不住，还时常乱语三千的。"

"我思想，这恐怕是前一阵子误食桃花水的缘故吧，你体内的毒素犹在，尚未排解干净，或许催熟了鬼舌，比我预计的要快，也增大了不少。哎呀，时间太棘手了，再这么放任下去的话，鬼舌一旦堵塞了咽喉，少东主难保有性命之忧。"这个关节上，梅郎中肃穆了表情，郑重地说，"看来，瘸子我要食言了，非得跨过焉支山这个禁区，去一趟肃州，找酒泉海关医院的洋大夫，给少东主来一个彻底的根治。"

"洋大夫？"

"不错，少东主需要一次手术。瘸子我无能，这个我干不了。"

"我觉得这样也行。真的，我可不想挨刀。"

"但鬼舌说的是仄身子口音，假如你顾山农言行不一，你又如何取信于凉州百姓，荷担使命，光大这一座承平堡呢？"梅郎中的执拗，毕竟也是出了名的，欸然道，"少东主，这跟你从前唱戏不一样，唱错了还可以重来。目下凉州的这个危局，你稍一闪失，轻则家破人亡，重则满盘皆输，你最好有个尺码，掂一掂斤两吧。"

"是这，你先烤烤火，我下楼去拿一套被褥来，咱们再详谈。"

顾山农忽然慌掉了，一手捂住盖胡子，另一只手攀住栏杆，沿着嘎吱作响的楼梯，一道烟地下到了底层。黢黑中，心脏像一只狂乱的钟摆，忽上忽下，搅乱了时辰，打扰了思绪，令顾山农默立良久，这才逐渐恢复了神志。这一刻，夜风从河套平原与腾格里的方向上吹来，灌进了文楼的各个门窗。重阳过后，天地间陡然进入了更为深刻的一季，山川和庶民，草木与鹞鹰，整个凉州的蜕变，近在咫尺。顾山农的视线尽头，也就是位于角院头顶的那一堵城堞上，挂着一盏南瓜状的羊皮灯笼，迎风光亮，煞是夺目。显然，管家廖逢节已经照着当家人此前的吩咐，准备妥了一套笔墨，另有一只特制的笼舍。临离开时，顾山农似乎心有不甘，突然跺着脚，冲着楼上的梅郎中呱喊说：

"先生，那根本不是鬼舌，你必须要改口。"

"少东主明示？"

声音飘了下来。

"哼，它叫不灰之舌。先生应该去罗什寺里问问，砖塔底下埋着的舌舍利，它就叫不灰之舌，乃是鸠摩法师当年在长安的草堂寺圆寂后，留下的唯一证据，后来才被迎请到了凉州，隔世开花，分灯法脉，如今报应在了我身上。"

俨然，顾山农用这样的方式，暂时获得了一种报复性的快感。

这个寒夜，唯有这一丛灯光是温暖的，原本也是秘密的。但是，顾山农并不打算这么干，他公然站在城堞下，铺好了一页纸，打开砚盒，膏完了笔尖，援管落墨，故意写下了这一封密件的抬头：新城军部。截稿后，顾山农将信纸折叠起来，搓成了一根柱状，塞入一截羽管内。脚下是那一个特殊的笼舍，掀掉皮罩子，解开束绳，顾山农掏出来一只鸽子，将羽管绑定在了信使的腿脚上，而后扬手一送，将其扔进了凉州广大而机深的夜空当中。

事实上，这只午夜的鸽子训练有素，没有一丝翅声，也不带鸽哨，在腾起的那一刹那，迅速就被黑夜接走了，沿着星宿的方向，冲向了承平堡以北。顾山农合上笔墨，天气有点冷，兀自咳嗽了一两声。他清晰地记得，自己刚才特地省略了四个字：

阅后付火

胡笳五十七节

此刻，在火神庙的偏殿内，盆中的火焰已经死灭了，纸灰婆娑，寒气进逼。

絮叨了大半天，顾山农终于陈述完了重阳节之日，他的全部行止与感受，口干舌燥地停下了话题，静待武威县县长吕介侯的审判。当然，在上述乱如缠麻的万千细节中，在这个摧人肝肠的寒食之夜，顾山农的这一番讲述，与其说是辩白，是洗清，不如讲是混淆，是搅浑了凉州的这一池子稠水，从而为其所用。在一声声恳切而幽怨的语气中，顾山农就像一个杰出的绣花匠，谨慎地剔除了罗什寺里的奇遇、与马警队队长王伯鱼的邂逅、弟弟惊白的真实现状以及他本人的双舌之变等等，包括冒险向新城军部发去了一封密件，诸如此类的秘辛。神圣小丑，顾山农一厢情愿地认为，他越是将自己描述得不堪、狼狈和濒临绝境，或许越能引起对方的同情与怜悯，为承平堡获取一个可能的生机。的确，吕介侯先时的威胁是确凿的，也有一定的道理，在县府和县警察局这一把锥子面前，刚刚开张的保价局和整个堡子，不过是一只吹胀了的猪尿脬，一扎就破，毫无反抗之功效。恰是出于这样的心理，顾山农用了一大堆枯枝败草，精心编织出了一个无形的筐子，替自己和承平堡兜住了底。

寸尺之外，县长吕介侯始终一语不发，在埋头抽烟。身畔的桌案上，搁着那一把勃朗宁手枪，枪柄上镶着一层琥珀色的牛角，大概源自乌鞘岭上十分罕见的白牦牛，根本不像一件凶器。顾山农依稀记得，吕介侯有君子之风，一向不嗜烟酒，自视甚高，但他刚才奇了怪了，不知发了什么症，竟然向王伯鱼讨来了一盒烟卷，当即叼在嘴上，一团表情也陷落在了烟雾当中，深浅莫测。此刻，烟盒子瘪掉了，吕介侯脚下扔了一地的烟头。顾山农觉得自己聒噪了半天，全部的陈词犹如这些凌乱的烟头，不被对方悦纳，不由得心悸起来。

但是，更让顾山农紧张与不安的，在于县警察局的三个人先后溜走了，一个借口去解手，一个声称去火神庙门外检查警戒的情况，最后一个扬言去抱柴添火，癞蛤蟆避端午，谁也不肯回来。在这个寒如冰窖的偏殿内，一场审判进入了尾声，却不是三堂会审，只有这孤独的两个男将，彼此争锋着，角力着，难分胜负。有一度，顾山农甚至揣测，那几名警员是被吕介侯故意支走的，清除了外人，腾出了这个空间，只为了一吐心扉。果然，预感成真，吕介侯踩灭了最后一颗烟头，双手拍打着自己的颊脸，仿佛击碎了一层冰壳，突然从烟雾与梦魇中挣脱了出来，哀叹地说：

"其实，火终归是要灭的，人世上从来就没有一盏长明的灯。"

"阁下的意思？"

"喏，你来瞧瞧，它刚才多旺呀，烧得那般热烈，就像一个人青春年少的季节，又澎湃，又张扬，又无羁。但是很快就过去了，草木罢了，冷灰而已。"吕介侯指着脚下的火盆子，内里涌过了一种虚无感，动情道，"真的，天黑时灭掉，跟天亮之后灭掉，根本没什么不同。即便全天下的公鸡在叫魂，死灰也不会复燃，秋天也不再重生。"

顾山农哑默着，不明白这些抒情而伤感的话，究竟指向何处，意义何在。

"少东主，有一点我很是羡慕你。"

"哪里的话，阁下折煞我了。"

"唉，至少凉州是你的故土，埋着你的胎衣，埋着你的先人们与千年过往，你好歹有根，有来路和归途，此乃一桩幸事。你守着吾土吾民，守着五谷稼穑，不管是金窝也好，狗窝也罢，心中还有一座靠山，还能寻见一条溃败之后的退路，去舔舐伤口，去东山再起。"也许是寒冷的缘故吧，但更多的却是怆然，吕介侯凶猛地咳嗽开来，那一种打夯般的声音，似乎可以将五脏六腑大卸八块，在所不惜。稍事平静后，吕介侯又道："我可比不上少东主你，像我这样的野鬼孤魂，飘零在外，犹如一粒沧溟芥子，生为棋子，死是尘埃，哪怕是为官一方，最终也不过就像祭奠之后的一根蜡烛头，无力发光。"

"阁下一定有话要讲，你干脆吩咐吧。"

本以为是审判，但风向陡然一变，令顾山农暗自吃惊。

"不错，我想说的是顾山农你不同，你还年轻，你要赶紧。一个人的灿烂光阴毕竟是有限的，谁的热情也终归有焰火燃尽的那一天，宁可十年不要将，不能一日不拱卒，根本耽搁不起。"忍着咳嗽，吕介侯再三重复着这些话，末了又说，"唉，容许我道一声歉，此生抱憾凉州，愧对河西吧。因为我是个逃兵，失败者，负罪之人，将来还是整个社会的靶子与替罪之羔羊。我已经在三天前赶走了妻小，让家人们全部回原籍去了，如今真是了无牵挂。"

"阁下这是要撂挑子，挂印辞官么？"

"哼，此乃少东主你的猜测，但并非是鄙人的抉择。我曾经举过拳，发过誓，这一生铁定要效忠共和，但我上了当，受了骗，一无是处，不但辜负了凉州百姓，同时也将自己搁浅在了半路上，泥涂缠身，寸步难行。"实际上，在咳嗽之外，吕介侯倾吐而出的，多半是他个人的郁愤与不平，"目下的中国，虽然扯起了一面共和的大旗，但内乱不休，军阀祸害，一个沃美而悠久的国度，如今形同一座座割裂的岛屿，甘省如此，陕省如此，川省如此，云贵也如此，北平、保定、绥远、武汉、广州和东三省，及至上海与整个江南，概不如此。在这样的修罗之地，杀伐之场，一个人再有天大的抱负，岂不是笑话？"

"可是，知其不可为而为之，逆流迎难，苦中作乐，至少也算是一种君子之德。每个人坚守住自己的那一捧心火，将来也可以遍地燎原吧？"

"不，跟你相反，我是个彻底的悲观者，有哭无泪，有泪却也哭不出来。"

"山农记得，阁下在文庙的那一夜，还在指点江山，擘画来日，现在怎么就……？"

"唉，时也，运也，命也！天不慷慨，地不仁慈，加上身边羊性之甘省百姓，奴性之甘省同僚，狼性之西北军阀，哪怕我是一个莫高窟里上等的画匠，我也无能为力。"吕介侯握住拳，捶打着腔子里的那一团郁愤，苦笑说，"你知道么，凉州上访团此番奔赴省城兰州，一路上敲锣打鼓，肩扛手举的横幅上，不是活埋、油煎、枭首、溺死吕某人，便是强烈要求绞杀、枪毙、吊死、车裂了在下。明摆着，我已经是一堆臭大粪，跟百姓们交恶，与凉州为敌了。我无路可寻，只好出此下策，求助于少东主你。"

"阁下明示，山农愿意肝脑涂地。"

"太迟了，你前头的那一番辩解，你的借口，彻底关上了我的生门。我死了心，我也不奢求，人固有一死，就像这些纸火成灰，迟早的下场。"突然，吕介侯举起了骇人的目光，盯视着对方，笃信地说，"不管你如何狡辩，也不论你顾山农怎样巧舌如簧，我现在仍旧确信，你跟军部脱不开干系，甚至于你就是新城大营里的一员，一只效命于军阀的鹰犬，虽然你一再否认，不肯施以援手。"

天呐，直到这一刻，顾山农方才醒悟，吕介侯的全部意图原本在这里，遂急迫地问：

"阁下是想通过我，去给军部说项？"

对方犹豫着。

"呃，假如山农猜得没错，阁下打算借助军部的势力，分两步走。其一，在武胜驿和平番县境内，将凉州上访团迅速拦截，就地驱散，不能让任何人渡过黄河，进入省城兰州，在省府门前叩衙喊冤，惊动了省主席和中央。其二，最好可以说服新城大营里的当家人，抬出马长官的那一张脸，尽快致电省主席，和缓气氛，从速纾解武威城内罢市、罢课和罢工的这一场危机，洗清阁下身上的污名，还你一个清白的声誉。"

"在下就是风箱里的一只老鼠，两头受气，里外也不是人。"

"另外，依山农的看法，如果这件事得以从容解决，百姓、县府和军方皆大欢喜之后，阁下想必也就跟马廷勷长官达成了莫逆，彼此引为知己，将来军地双方互为表里，合作空前，说不定也是一则共和之佳话。自然而然，倘若这件棘手之事妥善处置了，那么河西首郡将固若金汤，孤悬一角，也就成了一座独立的岛屿。"

"顾山农,你眼界非凡,足堪大任,你绝不是平地里久卧之人。"

"阁下,我愿意冒险走一趟。"

"不!"

吕介侯断喝道。

"是这,外父权爱棠大人在世时,勉强跟新城大营有过不多的几次交往,也认识一半个人头,想必警察局也有密报,阁下你早就掌握了。"这一刻,顾山农的意志显然松动了,萌生了救援的心思,实在是不忍吕介侯一败涂地,夤夜而走,匹马离开了凉州界。可即便如此,顾山农仍旧谨慎地措辞,哀恳地说:"其实,山农跟军部并无瓜葛,但我敢拼着胆子,打着外父的旗号,也要闯一回白虎堂,替阁下去陈情,争取有一个挽回的机会。"

"呵呵,你听说过跟太岁爷分土、与老虎谋皮的先例么?"

"胆量才是头等的事情,阁下。"

"嗯,少东主你的美意,你的这一番苦心,在下真是心领了。"吕介侯蓦地虚了一礼,面色板结,全盘否决了对方的盛情,款然道,"我方才突然想明白了,或许也是这一座火神庙显了灵,一个声音在呵斥我,不可,断然不可。少东主,我断定你的身上一定另有使命,承平堡更是机深似海,绝不是一个简单的贸易码头;它就是你跟权爱棠大人合谋的产物,藏匿着你们的主张,翁婿二人的核心秘密。唉,吕某人虽然不知其详,现在也不便究问,但我深信这一点。你也不必抢着辩白,矢口否认,容咱们各自留下一寸颜面,倘若日后回忆起来的时候,或许会心头一热,彼此能有一个善良的念想吧。"

顾山农慌忙抱拳,赶紧还上一礼,知道此次晤面该结束了,天就要麻麻亮了。

"我送你一样礼物吧,你可不要拒绝。"

不由得一怔。

"喏,这个你一定收好,务必不要轻易示人,回去了之后仔细研读,彻底装在你的心里头。它也许能对你和承平堡有所助益,不至于你两眼一抹黑,耗费精力,走太多的弯路。"吕介侯从怀里掏出来一件东西,指尖蘸了蘸唾沫,揭开了表层的油布,却原来是一册书。严格地说，它甚至不叫书，不过是一些凌乱的手札装订成册的，边角毛糙，皱皱巴巴。吕介侯慢慢捋平后，双手递将过去，仿佛托孤一般："吕某在凉州为官六年，一白如洗，毫无寸尺之建树，但是这一本札记，却是我绞尽脑汁所作，也是我唯一的心得。"

顾山农赶紧接在手里，定睛一瞧，瞭见封皮上有一行刀凿斧刻般的墨字，颜体，顶天立地，正大端庄，忙脱口道：

"凉州肉表册？"

"对，肉表册，全凉州只此一本。"

"阁下为何如此信赖山农？这可是千金难求的机密呀，我受之有愧。"

"实不相瞒，这六年来，我根据各种密件和情报，粗陋地勾勒出了一张凉州的关系网和裙带图。虽然谈不上面面俱到，包打天下，最起码十有八九应该是准确无误的，但愿少东主能用得上它，不至于明珠暗投了。"言毕，吕介侯掏出来一块雪白的手巾，在空气中抖了抖，下达了驱逐令，"抱歉，耽误了少东主这么久。你走吧，我好像听见了公鸡打鸣的声音，雪或许停了。"

"阁下保重，咱们改日再见。"

辞别后，顾山农带着那一本肉表册，拽开手脚，急忙奔向了偏殿的正门。这个关节上，身后追来了一声惨烈的哭腔，大喊着少东主，仿佛锯齿一般，拦住了前路。顾山农猛一回头，骇然地瞭见吕介侯躺在地上，已经将那一块白手巾遮住了他自己的五官，突然举起勃朗宁，枪口戳在了太阳穴上，决绝地扣动了扳机。

武威县县长吕介侯长期祸乱地方，鱼肉百姓，自知罪孽深重，法不可逭，最终迫于各界压力，举枪自裁，以谢天下。半个月后，来自甘肃省府的这一纸文告，将吕介侯打入了另册，从此污名缠身，彻底失踪在了凉州史册中。随该文告同时寄达武威县城的，另有一份任命状，县警察局局长陈垦丁代理县长一职，即日生效。

那一刻，闻听了枪声，正在偏殿门外避寒的陈垦丁，率着两名队长冲了进来，先是围住了顾山农，究问原因。但是，人已经殁了，热身子变成了冷身子，血腥气开始弥漫，只有死者颊脸上苫盖的那一块手巾,仍旧白雪雪的,一滴血渍也不见。顾山农未及开口,陈垦丁和王伯鱼便抛下他,掉头扑了过去,单膝跪地,一遍遍地呼号着上峰,啜泣声不断。

步警队队长张彝走远了几步,又突然折转回来,朝顾山农的手上努了努嘴。顾山农蓦地忆想起了重阳节的那一幕,悄声道:队长,权家谢谢你,惊白也谢谢你,山农这一辈子记住了你的好。张彝始终抿笑着,却并不作答,擅自夺下那一本《凉州肉表册》,匆匆折叠起来,塞进了顾山农的口袋里,叮嘱说:装好,不要马虎。临走之前,张彝又拍了拍对方的肩胛,让顾山农觉得,这一切都亲如兄弟。

祭奠吕介侯的第一堆纸火,乃是顾山农在庙门外单独烧的。他知道自己不能分心,遂将那本肉表册,喂给了一根洋火,将其原物奉还。

胡笳五十八节

旧历正月初七。人日。午后有雪。

惊白突然出现在了流木巷的街道上,一边望天,一边踢踏着积雪,样子寒瑟。惊白的现身,首先被炸油糕的小贩发现了,一声唿哨传递给了下一站。钉鞋匠获知后,点燃了一挂炮仗,赶紧收了摊子,飞奔起来。炮仗声引起了一介武把式的注意,他当即扔下了青龙偃月刀,弯弓搭矢,朝着城中心的根据地放出了一枚响箭,也来不及捡拾地上的赏钱,在看客们的嘲笑下,一道烟地跑走了。实际上,这是一帮来自北疆的死士,隶属于救孤团这个神秘而凶险的组织,内部结界森严,纪律血腥,但在平日里,又各自扮演着五行八作、贩夫走卒的角色,谨守着当年的信条,以及父辈们的誓约,一刻也不曾忘却。可以说,在环环相扣的传递下,在如此缜密的烽火警报中,惊白的这一次出现,终止了清凉池里连续多日的斗殴与纷争,化解了一场路线危机,并最终避免了这个铁血团体的分裂,也暂时弥合了分歧。

清凉池门口的一名伙计,捡起了那一枚响箭,一时鼻酸,盯望着下雪的天空,呱喊了一声:天老爷呀,你可终于开眼了!不巧,几个邋遢汉子跑了过来,酒气熏天的,嚷嚷着要泡汤,要洗澡。伙计当即拒绝了,挂上了打烊的牌子,开始上门板。待四下里阒寂后,伙计这才机警地闪进了院门,顶着热腾腾的蒸气,穿过几座澡池子,站在了一间宽阔亮堂的明屋里。在伴当们错愕的注视下,这名伙计蓦地哭下了,一扬手,将响箭钉在了桌面上。

响箭的尾部是一丛火焰色的羽毛,来自祁连山深处的红腹雪鸡。此乃北疆一带最高等级的警报,在场的诸人谁都明白其中的含义,既盼着它，又害怕它。伙计率先跪了下来；桌子周围的一干人先前还火冒三丈，阵营分明，充满了尖锐的敌意，此刻却像被放了气的皮胎，纷纷跟着跪了下去，不再嚣张。少顷，这些人开始了一场诡谲而自虐的仪式，一面捶打着自己的心口窝，一面仰首呼号，吁请老主子下凡，当场显灵，来见证这一刻的珍贵与虔敬。有几个男将下手更狠，除掉衣裳，精赤着上身，将皮鞭抽打在各自的脊背上，顿时血肉模糊了起来，令人不忍。倘若仔细去听，他们虽然带着浓郁的北疆口音，但实则不同，发音更短促，力道更猛，仿佛嘴里吐出来的不是一些辞藻，而是飞沙走石，伤人于无形。究其实，这是一种马帮内部的古老语言，除非你生入此门，死于结义，否则就算你站在当面，你也是一个活生生的聋子。

仪式已毕，伙计突然一跃而起，抹掉了皮帽子，脱下外面那一件肮脏而累赘的皮袍子，露出了过年时才穿上的新短袄，领口的羊毛白雪雪的，精气抖擞，拳大如斗，俨然是一介要害的角色，向来说一不二，不容置辩。见诸人还在恓惶，泪水涟涟，这个家伙抓住墙上的一把斧头，突然转身，咔嚓一声，竟将一个桌角砍了下来，叫停了屋梁之下的啜泣与悲咽。哭个锤子，号的什么丧呀？大过年的，赶紧收住你们鼻脸上的尿水，这不就是咱们苦盼的一天么，小心把运气哭塌了。詈骂之后，瞭见伴当们基本上规矩了，安分了，这个家伙又慨然地说：天老爷眷顾，机会就像一个咳嗽，一声喷嚏，今个天抓不住的话，咱们这一辈子就日塌了，就枉活了，我横下心来，等一下就抢人。人群中，一个结巴反驳道：苏巴什，你驴日的可不要冒失，坏了北疆的这一盘棋，你得等游击回来了再商议，他去上药了，花不了几个工夫。苏巴什恼恨道：你个杂碎，天老爷可没那么大方，机会就像云层里的那一束光，眨眼就不见了；你们全都躲开，我好歹捐得起这一颗头颅，我来干这一票。结巴哽咽地说：贼日的，驴粪蛋子表面光，谁不会说漂亮话，哪个不会表忠心呀？你苏巴什记住了，少主子乃是大家的主子，可不单单是你们苏氏一门的主心骨，就算火烧到了眉毛，也得商量一个万全之策，不能有一毫的闪失。当众受辱，怒火攻心，苏巴什再次抄起了斧头，劈向了结巴的面门，但后者毫不畏惧，一个蹿子抢先迎了过来，眼看着就要血溅当场，双双去投下一世的胎了，竟然谁也不肯避让。

生死之际，一声尖啸划破了空气，苏巴什来不及躲闪，只感觉腕子里一麻，好像被点中了穴位，操斧的手立刻耷拉了下来，气焰不再。低头时，苏巴什瞭见斧头掉在脚下，砸碎了一块方砖，另有一枚弹丸也碎了，却是泥制的。来者不善，善者不来，苏巴什骇出了一身冷汗，心知游击回来了，但鉴于此前的争执与反目，加之心腹们在场，所以嘴上仍旧不饶：哼，北疆人谁不知道，游击张汲水绰号张三丸，钢丸、石丸和泥丸，一向弹无虚发，杀人于顷刻之间；不过呢，我丑话先说在前头，你要是敢挡我的道，除非你换一颗要命的钢丸，别抟上一疙瘩烂泥来吓唬老子。明屋的门端里暗下了几寸，张汲水袖着手，斜倚在门框上，答复说：呸，那些狗屁的话，你可千万别相信，其实我最拿手的是斧头，金斧头，但鉴于你也使这个，我就换了嘴子。苏巴什当然知道金斧头的威名，一时间下不来台，挑衅说：挡我者死。游击咧笑说：除了那老三样，在下还有金丸、银丸、琉璃丸、铁丸、陶丸和针丸，倘若你今个天想死，我就一定敢埋了你。不待苏巴什吱声，他身后的一名心腹却按捺不住了，抽出一把砍刀，扑向了门口。惨叫过后，这个贼跌坐在地上，捂住了嘴巴，疼得像杀猪一般，登时血水喷射，手心里竟然多出了几颗碎牙，以及一粒黄澄澄的东西。张汲水击掌道：恭喜发财，这一颗金豆子成色十足，足够你去养伤了，装一颗金牙也不在话下；这是我花钱给你的警告，以后大人们拉完屎，你才能吃，但你不能抢。苏巴什一直愣怔着，眼神滞涩，双膝如木。这是他头一次目睹这名可怕的游击真正施暴，却不知道传说中的那一支弓弩藏在哪里，那一颗金豆子，到底是从何处射出来的，竟然一击而中。得手后，游击解开护耳子，摘下狗皮帽子，哈着手进了门，兀自倒了一碗开水，慢慢喝将起来。张汲水的颊脸和额头上贴满了膏药，药水渗透出来，味道很大，只有五官是暴露的。苏巴什似乎受了刺激，突然想透了一个关键的道理，心里痛斥自己是蠢货，忙开腔道：

"你个半脸汉，我终于明白了。"

"呵呵，狗往往啃上半天之后，才知道那不是干骨头，原来是一根屎橛子。"

"对，因为你不是一般的畜生，你是承平堡的走狗，你还是顾山农的恶犬。"苏巴什切入了正题，仿佛被这一发现所陶醉，"去年的重阳节，你八成在外面杀人害命，侥幸逃脱了。你带着一张撕碎的脸，一身伤疤，前来清凉池里避难。现如今过去了好几个月，你非但赖着不走，你还故意在偷偷地毁容，不肯让大夫治愈。"

游击腼腆地说："清凉池是北疆的秘密据点，救孤团的暗哨，自然就有我的一份。"

"但你终究端的是承平堡的饭钵，你的新主子姓顾。你切记，这个澡堂子是从老先人们的手里头传下来的，目的只有一个，恐怕庙也太小，容不下你这一尊七尺金刚。话丑理端，我奉劝你赶紧收拾好自己的破脸，北门外的那个堡子格外红火，日进斗金，顾大掌柜肯定也离不开你这一根拐杖，你就别在这里添乱了。"

"日能的，如果治好的话，我的确就该滚蛋了，那我又怎么阻止你们呢？"

"驴下的，你一直水米不进，好话不听，你到底打的什么鬼主意？"苏巴什再次怒了，似乎远处的脚步声，就是一道道催命的符，容不得他这样鸡零狗碎下去。

"卸下门板，把水烧烫，恭迎少主子前来沐浴，下雪天洗澡才叫舒坦呐。"

"而后呢？"

"嗯，赶紧差人去钟鼓楼一带，抓紧雇一辆干净的呢子车轿，带炉子的那种，停在门外头候着。等少主子泡完澡，浣洗之后，我假装跟他邂逅，亲自将他一路护送，款款地送回到权家，一根汗毛也不能伤及。"游击的话有板有眼，仿佛这一切应该由他说了算，语气也是命令式的。又道："听好了，在少主子歇息的这一半个时辰内，你们该打洞的打洞，想刨食的刨食，别一惊一乍的，败坏了惊白的兴致。罪过呀，他不久前刚从血泊中爬出来，身心上难免有些皲裂，这跟锔瓷补碗一个道理，需要慢慢修复才是。"

"挨刀的货，这惊白二字岂是你随便叫的，你莫非忘了自己是个下人？"断喝道。

"抱歉，我应该喊他少主子。"

游击一抱拳。

"你到底效忠的谁家？"

"北疆续门。"

"咦，哪个续，你总得吐一个核儿吧？"

"续命的续。"

"呵呵，你个狼吃剩下的，你总算清楚个人的角色，知道自己的斤两，也幸亏这个清凉池你说了不算，你最好一旁站着去。"这一刻，苏巴什显然镇住了局面，眼角眉梢上，根本无视那一介草莽之徒的存在，径自道，"弟兄们，姑舅们，劫人的时候到了，这是天老爷的安排，更是老主子的护佑。假如错失了这个机会，你我就再也没脸活在人世上，无法给死去的几十口子亡灵一个交代，即便想回家，北疆恐怕也不会赐一条生路，接纳我们这些窝囊人。"

循着这一番血勇之辞，四下里传来了刀枪剑戟的声音，其中最显眼的当数天狼弩、飞石索与李广箭，气氛陡然一紧。张汲水喝完最后一口水，随手一摔，老黑碗掉在地上，立刻炸裂了，一地的心荆肉棘，更是增添了恐怖的成分。游击抱住双臂，表情上伤痕累累，但口气实在是轻蔑极了：

"日能的，你这是打发他们去送死呀！"

"哼，本来就是死士，我们专为这个日子而活着，埋伏了这么多年，只等着今个天将血身子豁出去，蹚开一条路，迎接少主子回家。"

"劫不了，再说你们也走不脱。"

游击啐了一口唾沫，啐在了墙上。

"狗怂，你有话说尽，有屎拉光，别像个阴阳那样，云来雾去的。"

"是这，你们照我的手上看。"游击俯下身，捡起几片尖锐的黑瓷，上下左右地摆放在了桌面上，恍若一座四方城，"你来瞧吧，就算你苏巴什是天罡地煞，三头六臂，等一下劫持了少主子，但你怎么脱身？北门外，革命军的一个加强营，刚刚从腾格里与雅布赖拉练回来，石羊河两岸三步一岗，五步一哨，禁绝行人和车马，听说已经开了枪。南门一带，驻扎着从祁连山换防下来的两个连，这些狗日的好像饿虎下山，牙口锋利，你岂能将少主子陷于危险之境？往东，那可是通向省城兰州的公路，一向密如篦梳，搜查极为严厉，连一只麻雀也有身份，你们休想挟持着一位凉州少爷出境。剩下的，整个西边就不必说了，那是军阀们的防区，姓马，马家的天下。"

"先劫了再说，大不了扣在清凉池，先避避风头，静观城外的变化。"苏巴什倔强道。

"哼，我敢打赌，赌我这一颗项上人头。如果你们敢在此刻动手，至迟在夜饭之际，陈垦丁的那两条恶狗，一个叫张彝，另一个叫王伯鱼，一定会将这个澡堂子掘地三尺，而后将大家一网打尽，挫骨扬灰的。"游击的威吓，加之那一张狰狞的嘴脸，似乎让他的咆哮有根有据，真实得就像一块烁闪的碎瓷。又道："真是一帮糊涂客，你们也不出去瞧瞧，再过八天就是元宵节了，代县长陈垦丁为了庆贺他个人的升迁，拨付了一大笔专款，正在武威城内栽花灯，搭旗门，训练社火队。寒天雪地的，街上站满了警察和探子，你苏巴什在这里放个屁，陈垦丁的那头就是一声炸雷，你以为他是害病的大虫么？"

"反正豁出去了。我偏就不信，这一腔子滚开的热血，化不完地上的积雪，感动不了上苍，能让救孤团这十几年的殷勤追索一朝落空，鸡飞蛋打。"

"其实，死是个简单的事情，活着却是一桩要命的勾当。"

"外面的雪很大，整个凉州就像一座灵堂，如果能死在今个天也不错，天地替咱们披麻戴孝，一般人哪有这样的福报。"

"的确，这场雪下个不停，这也是我平生仅见，凉州简直冻透了。"

这一霎，游击的态度似乎有所松动，苏巴什窥见了罅隙，赶紧问说：

"那你答应了？"

"嗯。"

"那好吧，大家抓紧张罗一下，各就各位，各领各命，一旦少主子进了门，立刻就绑了，把嘴给塞住，别让他呱喊，先请在地窖里歇息，天黑了再说。"这么一怂恿，伴当们迅速动作开来，除了绳子、皮带和棉花疙瘩之外，又抱来了一套崭新的被褥，大红的绸子被面，感觉不是要动武，而是去迎亲。苏巴什断喝说："贼娃子们，都给我听仔细了，少主子的身子金贵，下手的时候一定要轻，千万不能磕了碰了。谁要是敢伤了少主子的一根汗毛，我就敲碎他的膝盖骨，抽了他的脚筋，让他以后在土里刨着吃。"

不承想，恰是这一句话，令张汲水的脑海中，浮现出了大小姐达云的模样，登时抽心一疼。刚才去福泰堂换药时，张汲水瞭见权家的丫鬟丸子也在抓药，又听说大小姐的风湿病犯了，犯得很厉害，这半个月下不来炕，腿脚也开始变了形。这个糟糕的念头一旦发酵，游击的心里便溃烂了，当即滋生出了一份罪孽感，一种感觉自己下作和无耻的黑暗情绪。

"慢着。我答应了不算，有一个人绝不会让你们得逞。"

"谁呀？"

"权家的大小姐，承平堡的女少主，也就是顾山农的夫人，惊白的姐姐。"这个话一出口，游击突然恓惶了起来，哽咽道，"明摆着的，假如你们今个天掳走了弟弟，大小姐她一定见不到明日早上的天光，那等于拔了她的心，要了她的命。"

苏巴什恼恨地说："这跟我无关。她的死活和一只鸡没有两样，我不费这个心思。"

"你个狗日的！你知道么，少主子虽然是咱们将来的头把子，但更是大小姐的命根子。她养了惊白这么多年，时时遮护，处处维系，已经是十指连心的情分了。想当初，权家从慈善堂里领养了惊白，此乃天大的恩义，也是咱们北疆人的一门活菩萨，你们岂能恩将仇报，甘心去做一群白眼狼，加害于大小姐呢？"游击一耸肩膀，横在门端里，手上竟然多出了一把金斧头，悬在了空中，告诫说，"仔细听着，在少主子进门前，除非你们宰了我，剐了我，踩着我的尸身子出去。否则的话，谁也不许靠近惊白半步，妄想动他一根指头。"

"那好吧，求死之人，我也是没有办法，你可别怪我。"

说着话，苏巴什抽出了一根套马绳，绳圈对准了游击，势在必得。

"且慢，临死之前，我得托付一下后事。等我被一绳子勒死，彻底咽了气，拜托你们赶紧将我送到郊外的化人场，一把火给烧了，撒在地头田间，可千万别像重阳节里冤死的那几个伙计，劫持少主子未遂，被军部的特务枪杀了不说，尸身子迄今还被冻在冰窖里，升不了天，投不了胎，遭受了阴阳两世的报应。"

"这个我答应你，我亲自点火。"

"呃，可惜太迟了。"

"什么话？"

"因为顾山农来了，承平堡的大当家一定嗅见了你们的味道，说不定他早就盯上了这个澡堂子，专等着你苏巴什犯错呐。"身处下风，游击也是莫可奈何，盯视着那一根绳索，虽然有所畏惧，但口舌之间，仍在寻找着突围的可能性。又佯笑道："对了，忘了告诉你，承平堡收购了城外的化人场。这也就是说，顾山农的势力如今掌握着凉州的大小白事，求死容易，但抬埋和落葬并不那么简单。"

苏巴什一时愕然："天呐，难怪那几个老弟兄一直躺着，怎么也烧不掉。"

"死身子就是线索，顾山农可不傻，你最好把脖子洗干净，你就等着挨刀吧。"

"他是个买卖人，我也是开澡堂子的，半斤对八两。"

"呵呵，你真是被老鹰啄掉了眼珠子，瞎汉一个。"一块膏药松脱了，刚刚长出来的新肉像一道塄坎，横在了张汲水的颊脸上，在狰狞之外，又平添了凶险的杀气。游击接续道："前不久，代理县长陈垦丁为了缓和关系，颁发了两份聘书，一份给了新城大营的马长官阁下，另一份被顾山农收入囊中。现如今，他们可是武威县府仅有的两位高参，炙手可热，门庭若市，就连大名鼎鼎的郡老们也服帖了，任由顾山农摆布。"

"这并不稀罕。钱可以通神，承平堡有的是钱，顾山农也深谙这一点。"

"狗朝屎走，人向势行，单单一个钱财，恐怕也难以概括顾山农的品行。实际上，这个人以一己之力撑起了承平堡，打开了北疆的道路，令百货流通，贸易畅达，又让河西各地的英才纷纷归附，为其所用。虽然不敢说三足鼎立，但最起码他现在也是一股子气候，一刮风就能下雨，一咳嗽就会天阴。"

"狼吃剩下的，你好像很得意，比夸你自己的先人还来劲？"

"端谁的碗，说谁的话。"

"呸！姓顾的才是真正的武威奸贼，凉州境内的头号土匪，黑喇嘛算个屁，黑喇嘛给他拾鞋也不配。"苏巴什的震惊，犹如一层又一层的涟漪，连绵而至，但顾山农远在别处，眼前的游击才是出气的活靶子，"你个驴日的，你不替救孤团卖力也就罢了，你却反过来给顾山农帮腔，为承平堡说话。呔，你忘了当年的誓约，你记不起喝过的那一碗血酒了么？"

到了这一刻，张汲水索性吐了核儿，甩出了最后的底牌：

"十年前的血酒，我已经尿光了。"

"反了你！"

"那一句救孤的誓约，我也记不得了。"

"大胆逆贼，你背叛了北疆，你侮辱了老主子和整个续门，你也对不起先人们。"

"唉，真是可怜呀，如果惊白被你们这一伙流寇和杂毛绑走了，今晚夕悄悄出了城，越过了石羊河冰面，回到了镇番县以北的干滩旷原上，从此重操旧业，以贩马为生，在刀尖上活命，那才是人世上真正的罪孽。"感慨罢了，游击突然敛住了表情，满脸威棱地说，"与其那样不堪，我倒宁愿惊白做一个混世的少爷羔子，天天在权家吃香的，喝辣的，在承平堡里上房揭瓦，打鸡骂狗。只要惊白安然无恙，大家一辈子守在武威城内，听着少主子的动静，那就是我们天大的福分。"

"只可惜，你不过是个下人，你说了不算。"苏巴什反诘道。

这一霎，张汲水觉得腰眼上一麻，浑身的气力突然被卸光了，疲沓地跌坐在了地上。蹊跷的是，对手苏巴什也好不到哪里去，他同样身子一歪，倒在了窗台下，屁股下面似乎有一块碎瓷，难免惨叫了几声。游击猛一举首，这才瞭见大姑爹进了门，后面跟着两个胸乳硕大、涂脂抹粉的美妇人，一个个风骚地甩着胯，样子实在很浪，比翠红楼里的窑姐们还浪。往事板结着，但有时候一道霹雳砍下来，记忆也会讶叫，醒目得就像一把锥子。不错，这一锥子戳中了游击本人，令他蓦然忆起，这一对浪里浪气的姐妹，原本来自下双的梁家庄子，去年的收秋季节，他还在无量寺里邂逅了一遭，见识过这两只母狗干仗。大姑爹的断然出手，制止了明屋内的这一场械斗，事情似乎再次回到了原点。游击毕竟是客居于此，还轮不到他当面指画，只得暗中捡起地上的那一块膏药皮，捂在了颊脸上。

重阳日之后，张汲水一直窝藏在清凉池，一方面避难，一方面疗治那一张破脸。

刚开始，游击不敢上街，随便寻来了一介游医，下了猛药，伤情非但没有好转，相反却恶化了，脓血不止。往后，游击虽说偶尔去药店里换药，但也要精心装扮一番，要么像马户，要么像驼夫，一般贴着墙根行走，仓皇如鼠。那一阵子，当属凉州的多事之秋，北门外的枪杀事件，尹先生投水失踪，县长吕介侯开枪自尽，前往省城兰州的上访团被武力驱散，乃至于城内的罢课、罢市与游行示威，雷声大，雨点小，最后却被一风吹净，成了禁忌，谁都害怕提及。然而，张汲水深知，自己的手上还欠着军部的几条人命，亡灵走了，但亡灵的叔伯兄弟们还活着，在磨刀子，在擦枪，在哭天抢地，在搜捕仇家。幸亏是冬日，狗皮帽子和护耳子藏住了鼻脸，但迎面而来的一个个路人，哪怕是小商小贩，甚至是醉鬼、街痞和二流子，常常让张汲水心悸不已，裆里的那三两糟肉也提悬了，汗下如雨。张汲水心猜，军部之所以不事声张，暂时吞下了这一桩耻辱，恰巧说明了人家手段之高明，以及布局之精妙，但新城大营内的特务、密探和疯狗，一定全部放了出来，就在这一座城池里嗅闻着，伺伏着，张看着，甚至连一个哈欠也不会打。除了上药，张汲水的其他时光，几乎全部消耗在了清凉池，用他满身的臭力气，去换取避难期间的饭食与住宿，迄今两不相欠。吊诡之处就在于，这恰恰是张汲水始终也无法治愈的真正原因，他干的是水工和火工，前一阵子烟熏火燎，后一阵子又水汽扑面，不仅泯灭了药效，纵横的伤口也根本长不在一起，青是青，红是红，仿佛戏台子上的那些花脸，经常骇人一跳。有一次，大姑爹玩笑说：你个贼，你入错了行当，你去唱戏的话，还省下了胭脂钱。张汲水答复道：对对的，跟着你老汉，咱们正在唱一出本子戏，这个戏就叫《赵氏孤儿》。亏了没有旁人，但大姑爹着实气坏了，将一碗滚水泼将过来，浇在了游击的鼻脸上。伤口再次恶化了，难闻得就像一块夏天放坏了的腐肉，大概有半个月，双方互不理睬，牙齿都咬得很硬。经此一遭，张汲水终于尝到了寄人篱下的万般滋味，同时也明白了他本人不过是救孤团的一名外围，一切动念与决断，均由那一位身材佝偻的大姑爹说了算。而苏巴什的跋扈与戾气，缘于他是大姑爹的儿子，也是在那一场北疆灭门惨案之后，剩下的唯一一棵根苗。牛的肋巴条子往里拐，张汲水自然占不上什么便宜，只能在暗中使钱，收买一两个伙计，等待机会的垂青。

  究其实，也许正是这一种倔强与不服输，让张汲水当初撇开了北疆的人马，决定单干，于是一路南下，进入了武威城。果然，在香火炽烈、稠人广众的无量寺里，他打听到了承平堡招兵买马的消息，还意外地碰见了权家的两个主子。凭着一种荒野般的执拗与狡诈，以及保商游击的身份，他又成功地引发了顾山农的怜悯心，将其领进了堡子内，根治了他浑身的皮肤顽疾，最后居然还收留了他，并且委以重任，自此开始独当一面。实际上，这一结果意味着北疆救孤团打入河西首郡之后，首次渗透到了承平堡这个神秘的壁垒当中，无限地接近了目标人物。不错，张汲水一再尝到了勇气的甜头，胆子放开了，野心更烈了，所以在奉命追查张观察的那些被盗物品时，不惜杀了人，杀的还是军部的高级特工，完美地交了差。凭着从前在旷野与荒漠中的活命伎俩，张汲水心知，只有杀人立信，剖肝献主，自己才能彻底地站住脚跟，再去筹谋身上所荷担的那一桩秘密使命。为此，张汲水舍了本钱，下了狠心，亲手毁坏了自己的那一张脸，血肉模糊地呈现给了顾山农，果如所料地赢得了对方的认可。在沙山之巅，游击提出去养伤，去避难，其实目的有二。首先，在离开的这一段时间，可以测试一下顾山农对自己的依赖程度，是否真的应验了那句话，承平堡左有廖逢节，右有张汲水，缺一不可。当然，这一点很快就明确了，因为在约定的联络地点，顾山农频频投放书信，间或留下一笔笔盘缠，催他抓紧归返，大家在一个锅里吃饭最香；那种央告的口气，不像是主仆，更多地体现了一种手足之情，这不免让张汲水得意了许久，也故意放慢了归队的脚步。这期间，为了根除隐患，张汲水甚至还化装出城，冒险干掉了承平堡北门外那个卖炒货的密探，无人知晓。其次，前去避难的清凉池，乃是以大姑爹为首的北疆救孤团，在武威城内经营的一处秘密据点；张汲水的此番到来，绝不是效命，而是炫耀与震慑，以期取而代之。

千计万算，张汲水也不曾料到，进入清凉池后，他被冷落了整整一个月。

气氛相当肃杀，伴当们的表情就像死了爹，丧了娘，但又牙关紧闭，一个字也不吐露。大姑爹本来想关门停业，或许是担心张汲水吃白食，于是只留下了一座澡池子，交给他去打理。炫耀未遂，卖弄也破了产，张汲水带着一脸的疼痛，天天扑在了水火之上，就连一顿热乎的饭食也指望不了，病人变成了伙计，便开始炸了毛。大姑爹率着一干北疆子弟出门后，突然像迎风撒开的一把沙子，不知去向，这更让张汲水的心病发作了，一半是仇意，另一半则是醋意，感觉自己上了当，做了一回吃屎的瓜娃子。大概过了一个月，豁嘴子回来了，躺在炕上发烧说胡话，张汲水便拿出了表舅的架势，询问他们的行踪。外甥是狗，不知饥饱，况且是不疼不痒的远房表亲。张汲水碰了壁，只好摸出来一把碎钱，收买这个秘密，当即成交了。是这，大姑爹带着我们在办丧事，但跟平常的丧事不一样，眼泪准备妥了，但找不见尸身子，豁嘴子如此相告。张汲水问说：你的意思是哭了半天，但不知道死的是谁？豁嘴子答：不，死的是程本义、连老三和孔德明，但尸首却被马警队扣下了，大姑爹也是无能为力，没有抢回亡灵，他们至今还躺在郊外的化人场。闻听此语，张汲水头皮一麻，摔下了炕沿，伤口也被挣破了，血流不止。这三人乃是北疆救孤团的主力骨干，也是当年横行于河西一线的著名游击和马户，尤其是程本义，带着张汲水入了门，彼此有师徒的情分。耐下性子，张汲水又使出一笔钱，追问他们的死因，这才骇然地得知，伴当们是被军部的特务所枪杀，横尸街头。不曾想，马警队又抢先插了一杠子，以革命军滥杀无辜、破坏当地治安为由，向军部索要一批枪支弹药，但后者并不理会，事情便僵在了那里，毫无转圜的余地。三具无主的尸骸冻在了化人场，警察局不烧，大姑爹也不敢去认领，丧事撂荒着，这一干人马惶惶不可终日。那么，三位伴当是如何被特务们枪杀的，这里头一定大有文章。豁嘴子再次伸手，勒索了一块银洋，一边支在耳朵上听响，一边详细描述了特务们如何绑架徐惊白，然后拉到北门外的刑场上去枪决的那一幕。张汲水哎哟一声，咬烂了舌头，险些疼死过去。豁嘴子却道：幸好没杀成，身上也还囫囵着，子弹打偏了；少主子现在被顾山农锁在承平堡里，人肯定还健在，因为没有棺材被运进去，大小姐也不曾发疯。

天老爷，只要北疆的根苗不灭，脉息犹存，哪怕耻辱是一坨屎，吞下去又何妨。

显然，这么挣钱太容易了，豁嘴子渐渐上了瘾，且明码标价，一则机密一块大洋，总计三块。获得首肯后，豁嘴子终于犯了死士们的大忌，坦承说，大姑爹已经兵分三路：一路人马围堵在了承平堡门外，一俟少主子露面，便强行掳走，一直往北，越过西山口一带，才算抵达了安全之境；另一路则扑向了化人场，准备抢尸，将来抬埋在原籍，不忍让伴当们做了孤魂野鬼；至于第三支人马，由苏巴什亲自率领，已经摸到了军部的马营附近，只要大姑爹一声令下，便纵火焚烧，日他妈的不管是马夫，还是成百上千的军马，总之新账老账一起算，牲口和仇家，干脆不留一个活口。末了，豁嘴子还免费透露说，大姑爹已经在承平堡安插了两个自己人，一个叫华姑姑，另一个叫凤姑姑，目前在灶房里当饭婆子。闻听此话，张汲水虽然吃惊不小，但一想对方是烟熏火燎的妇人，便也轻蔑地一笑，竟然忽略过去了，而恰是这一点自负，让他在日后吃尽了苦头。

见豁嘴子没了料，再也榨不出一滴油水，正在喜滋滋地舔银元，张汲水一个蹦子跳上去，骑在了他的身上，撕开一只枕头，将干硬的荞麦皮，强行塞进了他的喉咙中，没有一斤，至少也有八两。豁嘴子挣扎了一番，迅速消停下来，死得很客气，悉数奉还了全部的钱两，还赔上了他的一条狗命。后院的墙根下积雪如山，张汲水挖开一个坑，将伴当的尸身子丢进去，仔细地填埋干净。末了，张汲水准备了一把铁榔头，一把刨子，又将一根干燥的牛筋绳浸泡在水里，切齿地发咒说：咹，你个老驴日的，看我不把你的脊背刨平，我便誓不为人。

也真就巧了，跟着这句话，大姑爹佝偻着腰身，形状像一把生锈的角尺那样，咳嗽着进了门。张汲水携带着怒火，犹如宰杀一头牲口似的，将其放翻在地，用牛筋绳子捆住了四个蹄子，上半截绑在了条凳上，下半截则塞进了炕洞里，幸亏炕是冰的。大姑爹叹息道：唉！我担心个啥，啥就作乱，豁嘴子真是该死，他现在不说×话了，他应该让我省心了。张汲水问说：几时动手？你个老贼娃子，你打算带着大家哪一天去送死？大姑爹不答，冷笑说：别费唾沫渣子了，你给我准备了什么礼当，我照单全收。张汲水冷漠道：是这，我打算改一下你的身材，将你的脊梁骨刨平了，让你以后说直话，做直人，走直路，别再拐弯抹角。大姑爹笃定地说：也好，你把我杀了卸了，只要刨下来的肉片子，够你咥一顿涮锅子，我也就知足了；但是你想让我开口，坏了北疆的整个计划，我劝你还是趁早死心吧。当年救孤团的誓约乃是毒誓，也是大姑爹率先发的咒，撼山易，撼诺言难，张汲水深知这一点，于是下跪求告，催促他老人家赶紧改弦更张，发一个信号，鸣金收兵，不要让伴当们以卵敌石，送羊入狼群。讽刺的是，大姑爹竟然开始打鼾了，鼾声如雷，不啻于一种挑衅，突然间激怒了游击。张汲水将刀刃插入刨穴中，吐出来一线杀人的锋芒，而后撕碎了大姑爹的衣裳，露出了他畸形的后背，眼看着就要动手，将他片成一地的肉屑。

偏偏此时，大姑爹醒来了，叮嘱说：对了，等我死后，如果你们还是儿子娃娃，还记得北疆父老的诺言，不惜生死地去营救少主子的话，一定要记住，少主子的脊背上有一道记符，那才是真正的凭信，务必要验明正身。记符？什么样的记符？张汲水头一次获知此事，慌忙扔下了凶器，觉得兹事体大，追问不休。大姑爹道：七星，少主子的后背上有七颗星,就像是七颗碎痣,但合起来就是北斗的形状,简直一模一样。这么着,张汲水心生好奇,伸出来一根指头,摁在了大姑爹枯瘦的脊背上,一边摸索,一边询问着位置。不一时,在对方的引导下,张汲水确定了这七颗星宿的各个方位,心中有了一册清晰的图谱,方才罢手。按理说,这种对秘密的分享应该是快慰的,喜乐的,但张汲水却怎么也高兴不起来,一种酸楚而悲怆的情绪攫取了他,令其一下子心理崩溃了,哽咽不止。

真的,大姑爹的整个脊背,简直不像一个活人的肉身,更像是一截烧残的树桩,一块在热油锅里炸过的牛皮,焦黑,生硬,粗糙。那些狰狞的伤痕,横七竖八,由表及里,尤其是腰眼一带的脊椎骨,被活生生地撅断了,骨节突兀,形成了一个愚蠢的直角。这使得大姑爹永远也抬不起头来,始终弓下身子,贴地行走,就好像在拾粪似的,样子凄楚极了。盯望着那一张受难的脊背,张汲水突然悲从中生,蓦地醒悟了过来,原来这么多年,北疆的惨剧一直独自扛在大姑爹的肩上,他在掘井自饮,他在默默消化,他在等待着拯救的机会,一刻也不曾忘却。但是其他的伴当们呢?包括自己在内的救孤团的成员们呢?如此一问,张汲水便汗颜无比,一下子理屈词穷了,觉得自己有负于曾经的老主子,愧对那一桩北疆的秘密使命,如同猪狗一般,无情也无义。于是乎,张汲水噙着泪水,砍断了牛筋绳子,将大姑爹抱到了炕上,赶紧烧了一锅热水,替老人家开始洗脚。

后来,苏巴什也回到了清凉池,在他爹老子的耳朵上说悄悄话。大姑爹当即不干了,反手一记耳光,又指了指游击,释解说他也是咱们的人,你一个儿子娃娃,舌头长在裤裆里,见不得人么?这么着,张汲水获知了新城大营最近调动频繁,军部的马场内空空荡荡,除了几匹拉水拉煤的走马之外,再无一匹良骏,即便是前去纵火,烧掉的也只不过是一间间草料棚子,雪不了恨,复不了仇。这个意外的枝节,令大姑爹恼怒无比,一时语塞,不清楚下一颗棋子到底要落在哪里。张汲水开了腔,央告大姑爹赶紧收兵,事不宜迟,假如一意孤行的话,救孤团将面临灭顶之灾,毫无一线生机。凭着在承平堡里耳食来的一点点马路消息,以及在顾山农身边获得的种种口风,张汲水绍介说，中原大战激战方酣，冯玉祥、阎锡山和蒋介石正打得不可开交，牛不顶牛就是怂牛，如今国内的大小军阀各有归属，纷纷杀向了主战场，新城军部也不例外，先遣部队已经抵达了潼关，驻扎在凉州的主力则开始了冬季拉练，北疆地区犹如铁桶一般，就算这次得了手，大家如何才能生还呀？大姑爹思忖再三，终于放弃了冒险计划，急招两路人马抓紧撤回，该炸麻花的炸麻花，该卖油糕的卖油糕，该开店的开店，吩咐这一群死士继续潜伏，不得妄动。至于盯梢在承平堡周围的那一部分，则化繁就简，只需要日夜守候，默默陪伴着堡子内的少主子即可，不能目无纪律，独擅胜场。大姑爹的这一席话，乃是北疆救孤团的最高指示，苏巴什虽然身为激进分子、骁勇之战士，却也无计可出，不得不奉命照办。临出门时，苏巴什捂住脸上的巴掌印子，切齿地恨了张汲水一眼，将所有的病根，看在了这个杂种的身上。就此，内讧开始了，或者说这一批来自北疆的马夫、游击与死士，陷入了窝里斗的境地，鸡飞狗跳，互相撕咬，再无宁日。

渐渐地，形势有变，令人乐观了不少。刚进入腊月里，北门外传来了一则消息，说大小姐带着弟弟惊白回了城，打算在家里过年，因为承平堡异常吵闹，不利于小少爷的身体康复。这个季节上，恰恰是北疆一带的运输线最为繁忙的时候，避开了夏天的酷热，春季的风沙，牲口们的血脉最烫，脚力也最勇猛最慷慨。这是常识，救孤团的每个伴当都知道，远在天边的各路土匪也掌握得一清二楚，所以抢劫和火拼的事件时有发生，如影随形，噩梦不断。又有情报显示，每天排队等候在承平堡门外，申请保价护商的驼队、马帮与商团，少则五六例，多则十七八支，可谓是昼夜不息，天天连轴转。那一日，大姑爹格外开心，破例买来了一坛苞谷酒，割了猪头肉，让大家放开肚子吃，以示庆贺。酒喝到了半酣，大姑爹抹了一把喜悦的泪水，感慨道：嗯，这个年不错，大家一定会过得舒坦，虽说墙里墙外的，但毕竟权家不太远，只要少主子还活着，还在这个人世上蹦跶，我们就踏实了，心安了。末了，大姑爹还冒出了一句醉话，笃定地认为少主子会来清凉池一趟，跟诸位亲戚碰个面，相互拜个年。众人究问原因时，大姑爹却也避而不答，眼睛里闪过了一丝狡黠的光芒，抓紧分解各个步骤，仔细地落实了迎候的环节，一点也不敢马虎。酒桌对面的张汲水心猜，大姑爹之所以如此有把握，多半是安插在承平堡的内线所为；那两个饭婆子，一个叫华姑姑，另一个叫凤姑姑，真是不可小觑呀。事实上，张汲水只猜对了一半，因为那两个梁家姐妹陪着达云和惊白，一起进城过年来了。这也就是说，救孤团业已撒开了一张大网，只要惊白前脚踏入清凉池，后脚就可以彻底销账了。

风雪侵袭，气候寒烈，同在一座屋檐下，打烊之后，漫长的冬夜煞是难熬。

那一日，吃罢夜饭，北疆汉子们便钻进了热炕房，躺着的，蹲着的，盘着的，乌泱泱的一层人。空气恶劣极了，放屁声、饱嗝声接二连三，旱烟、脚气、狐臭和汗腥味混迹一团，又不敢开门窗，就像缸里的酸菜似的，大家腌在了一起。最近一段，摩擦和打斗往往是张汲水引起的，他要么发现被窝里塞了一坨干狗屎，要么自己的漂亮靴子被烫了一个洞，要么饭碗里被人吐了痰，要么突然飞过来一块石头，总之狼狈万状，令其不堪。讨好不成，卖乖未遂，这种绥靖的政策失败后，张汲水便放弃了软弱的一面，决定硬碰硬，开始用拳头说话，凭胆量吃饭。擒贼擒王，捉贼捉赃，张汲水料定幕后的主使就是苏巴什，于是撇开了他的喽啰们，单刀直入，绝不拖泥带水。按北疆时期的老规矩，类似的单挑先文后武，文戏一般停留在口头上，吹嘘自己杀过什么猛兽，放翻过多少大牲口，挣过几两金子，睡过几个妇人，反正吹牛皮不打底稿，越玄乎越好。苏巴什呱喊了大半夜，上天入地，无所不能，几乎快要挣死了，却不承想，游击仅仅使出了简单的一招，便当众击败了他。那一刻，张汲水解下腕子上的一串珠子，丢在了炕桌上，神情睥睨。苏巴什抓在手中，细察了半晌，却发现不是菩提子或玉石，而是一颗颗老牙齿，油腻腻的。喏，我每杀死一个仇家，就要掰下他的一颗门牙，留个想头；我真的不知道干掉了多少杂种，你来帮我数一下吧，游击散漫地说。这个不祥之物震惊四座，吓坏了苏氏一派，但也仅仅消停了三两日，武戏就上演了。张汲水势孤力鏖，又不敢下狠手，结局一般是被绑了，被捆了，被吊了，熬煎上大半夜，天亮后照样去烧火煮水，挣他自己的那一口饭食。占据了上风，苏巴什便停止了暴力，转而哀求道：是这，我干脆喊你一声爹，我求你原回承平堡去吧；顾山农那里大鱼大肉的，你又何必跟着我们喝酸菜拌汤，啃锅盔，过这样的寒酸日子呢？张汲水伸开双臂，挺直胸膛，傲然地说：你瞧，我像不像一堵屏风？我就是要当一扇人肉屏风，隔在你们跟少主子中间，不许任何一个狗日的去碰他，除非你们现在打死我，把我填了热炕，烧成一把灰。苏巴什断喝道：叛贼，你背叛了当年的血誓，你算不上北疆的儿子娃娃，这个救孤团里从此没你，你被除名了。张汲水苦笑说：呵呵，这个叛贼老子当定了，最起码，它比我以前害的那个怪病名声要好，因为我效忠的是老主子，而不是你们苏门。往往，这样的争吵花拳绣腿，毫无结论，可一旦纠缠在了少主子将来的去向时，双方便会产生根本性的分歧。

怎么？儿不嫌母丑，狗不嫌家贫，把少主子劫到了北疆之后，咱们再扯起一面大旗，继续拥戴他，重操旧业，贩马为生，岂不是更逍遥自在么？苏巴什争辩道。张汲水却不这么看，哀告说：天呐，你们吃的是炒面，惊白啃的是羊腿，你们住在澡堂子，人家睡在堡子里，一个地下，一个天上，这不是存心祸害他么？再说个犯忌的话，那个小贼，不，咱们的少主子自从进了权家，娇生惯养，混世的哪吒，早就养下了一身的少爷病，即便被你们绑回了北疆，谁来服侍？谁敢保证他不绝食，不咬舌头？苏巴什倔强地说：呸！他那叫寄人篱下，顾山农的脸色未必一直好看，承平堡的饭食也不一定好消化，人心隔肚皮，况且不是一个姓，他不过是被领养的娃娃罢了。张汲水将一口唾沫啐了过去，詈骂道：亏死你先人的话，想当初少主子落难在了慈善堂，受尽了凌辱，那时候你干啥去了？你爹老子又干啥去了？现在可好，权家把娃娃给拉扯大了，衣来伸手，冬棉夏单，惊白滋润得就像一个小王爷，你们却不识相，专门下山来摘桃子，来拾跌果，你说人世上哪有这样没皮没脸的勾当呀？苏巴什抽了一鞭子，气恼地说：难怪么，你如今是承平堡的一条走狗，顾山农的一只恶犬，链子攥在了有钱人的手里，自然不肯替北疆人说话。这个庙实在太小了，南面的天梯山才能供着你。张汲水也是一反常态，拼命压抑着怒火，讲解利弊，力陈利害：姑舅们，叔伯们，退一万步讲，就算你们得逞了，回北疆去贩马，但是另一个人肯定活不成了，就等于你们亲手杀死了她，恩将仇报了。实话说知道吧，这个人就是大小姐，她可是把少主子当亲弟弟看，更是当成儿子一样在养活。三尺头上有神明，大家做人不能亏了这一世的良心呀！岂料，闻听此语，炕上炕下的这一帮粗野汉子，竟然咯咯咯地讥笑开来，诸如病胎子、大脚婆娘、推车子上的瘫子之类的谤词，充斥着昏暗的四壁，无耻且下流。苏巴什也几乎笑翻了，阴险地说：呵呵，我敢打赌，大小姐如果不在了，被抬埋了，不出三个月，顾山农一定会再娶一房新太太，他现在有了钱，连县府和军部都让他三分，这并不稀奇。蓦地，苏巴什摸了摸自己的额头，手心里居然是一口黄痰，免不了动怒。

在这样的寒夜里，主事的大姑爹经常起夜，从茅厕里出来后，偶尔会站在外面听窗户。有一回，张汲水正在劈柴，大姑爹蹒跚过来，塞给他两个熟鸡蛋，催他赶紧吃掉，别让旁人看见了。又说：你搬过来吧，搬在我的炕上，咱爷父俩夜黑了喧个慌，解个闷。张汲水拒绝了，但是从对方苍老的眼神中，瞭见了一丝笑容，他竟不明白，这其实是一份首肯，一种赏识。那以后，大姑爹这位昔日里剽悍的马帮头子，再也不愿提及此事，依旧佝偻着腰身，打理着这一大摊子家务，张着耳朵，目光也不曾死灭。

此刻，大姑爹的突然现身，制止了一场迫在眉睫的械斗。

北疆的粗野汉子们立刻规矩了，纷纷起立问候，说了一大堆过年的吉祥话。在游击看来，这不仅仅缘于大姑爹的重大权威，更是对那两个突然出现的母老虎的畏惧与胆寒。果然，伴当们七嘴八舌的，左一声华姑姑，右一声凤姑姑，叫得简直甜死了，嘴巴上抹了蜂蜜水一般。礼多人不怪，两个妇人忙碌地应答着，收敛了先时的浪气，迅速端庄了起来，鼻脸上带进来的寒霜，转换成了一种炭火般的红晕，比胭脂还生动。既然辈分高，对子侄们要有一个馈赠，必须还礼。这么着，凤姑姑解下肩上的包袱，一人一把六合糖，整整撒了一圈，又挨个问说：甜不甜？杭州的糖果甜不甜么？答案是满意的，也是陶醉的。凤姑姑一时喜悦，骗腿骑在了凳子上，开始敲膝盖，显然是走累了。轮到了华姑姑，她忽然诡谲了起来，扑哧一笑，呱喊说：娃子们，把脏爪子统统伸出来，观音娘娘和我要给大家记个符，祝你们来年吃肉包子，啃羊腿子，住高房子，睡小娘子，皇上来了给个金瓜子。话音未落，一下子炸了棚，气氛也随之戏谑了起来，伴当们仿佛回到了北疆，置身于从前的旧日子当中，勾肩搭背，没大没小的。华姑姑从身上摸出来一捆细绳子，鸡血色，大概有一尺长，声称这是从无量寺里请来的，方丈开过光，法力无边无际。北疆汉子们撸起袖子，握住拳头，等待着观音菩萨赐福的一刻；不消说，这是整个过年期间最令人激奋的事情，否则就要被活活憋死了。华姑姑却不着急，每抽出一根红绳子，她都会仔细地绑在对方的腕子上，然后打上一个结，用舌尖舔一舔，阿弥陀佛上几句。事实上，一个绳结跟另一个绳结迥然有别，有的呈花瓣，有的呈十字，更多的则是宝塔状，即便来日大祸，仿佛这根绳子也会筑桥结筏，劈山开路，度化人世上的一切劫难。北疆汉子们纷纷遂愿了，一边雀跃，一边将箍着红绳结的腕子塞入领口内，发誓这一年里不洗手，也不沾水。

"呵呵，那可就捂臭了，腌成了糟肉，八成要熏死这座武威城。"

大姑爹开了腔。

"城里人其实也腌臜，驴粪蛋子表面光，掰开了也臭，打上十遍胰子也没用。"

"哎呀，话可不能那么讲，卖镜子的人鼻脸上有灰，卖猪头的人燎不净猪毛，开澡堂子的裤裆里有屎，这总归是一件丢人的事，我不主张。"大姑爹叼着一支羊骨头烟锅，一边玩笑，一边依山傍势地蹴在墙根下，似乎唯有如此，才能安放下他那一根畸形的脊柱，卡住后背，找见一个惬意的姿势。大姑爹又吞下一口旱烟，歉疚地说："我知道，你们这些娃子憋坏了，过年想家了，想北疆的爹娘老子了，但咱们干的这个活计性质不同，容不得羼杂个人的琐事，等将来吧，我老汉一定会报偿大家的。"

趁着爹老子心情不错，苏巴什加重了语气，提醒说：

"日子到了，少主子已经在路上了。"

"不急，估计下雪天走得慢，他现在八成在布衣巷一带，有人跟着，我心里有数。"

"今个天不动手，恐怕天老爷也不答应。"

"放屁的话，你给老子乖乖地蹲着，等一下少主子来了，你们全都回避，不得无礼。"这一霎，谁也不曾瞭见大姑爹是如何出手的，但那个铜质的烟锅子迅如闪电，敲在了苏巴什的箍拐上，疼得他"妈呀"一声，跌坐在地。大姑爹说："权家的少奶奶派了你们的两个姑姑出来，专门是来照看少主子的，万一人丢了，她们如何空手回去，怎么交代呀？"

"姑姑们打入承平堡，岂不是同样的目的么？"

"今天初七，人日，不宜舞枪弄棒。我可是丑话说在了前头，别怪我翻脸不认人。"

"爹，这个机会就像一个喷嚏，打完就完了，你可别老糊涂呀。"如此激进的言辞，显然代表了救孤团里青壮一派的意见，苏巴什梗起脖子，愤恨地说，"你知道么，仇恨天天熬煎着我们，血誓也随时磨折着大家，盼少主子盼了这么多年，盼得眼睛里一直在流血？天老爷降赐了这个机会，假如你再不动手，等承平堡将来坐大了，你连一口热饼子也吃不上。"

"瓜娃子，顾山农已经坐大了，比你我料想的还要威风十倍，厉害百倍。"

"那你还等个啥么？"

"嗯，实话告诉你们吧，我现在改了主意，武戏是演不了了，我打算跟顾山农唱一出文戏。人心都是肉长的，我偏就不信，他的腔子里装的是一堆石头。"大姑爹磕掉了锅子里的烟渣子，扶住墙，慢慢地起了身，去往后院里。突然，大姑爹掉转过头，目射精光，诡秘地说："你们千万记住了，这个世上没有谈不成的生意，什么都可以作价出售，除非你不想挣钱，你打算饿死自己。"

末了，一阵怪异的笑声，蹒跚在了门外。

"听听，他说了个啥？他想跟顾山农那个奸贼做买卖？唉，他到底老了，他就是个颠盹货，该死的糊涂客。"苏巴什咬着牙，臭骂了几句爹老子，但鉴于姑姑们在场，又惹不起那两只母老虎，于是将满腹的怒气,撒向了伴当们,"看什么看,小心我抽了你们的脚筋。驴日的们,赶紧去把池子洗干净,把水烧烫,再给少主子准备一套香胰子和白手巾吧。"

这一幕看似插曲,但对于整个凉州来讲,却是转折性的时刻。

屋子里渐渐空了,悄静了,苏巴什也知趣地溜走了,将不幸的游击扔给了姑姑们,让母夜叉去治他的病。张汲水怅然着,迷瞪着,大姑爹最后的那一席话,分明是说给他听的,尤其是那一道热辣辣的目光直扑而来,仿佛一介驰骋的信使,将一封密件塞给了他,然后飘失不见了。究问不得,也思想不出什么眉目,张汲水的心里苦哈哈的,一时间神魂不在。不承想,恰是这样的涣散与轻慢,突然间激怒了武威城外下双梁家庄子里的这一对姐妹。

凤姑姑一把拧住了游击的耳朵,喝问说:咋了,我的糖不甜么?杭州的糖是苦胆么?张汲水哎哟着,辩解说:我吃不惯,我只认得盐和辣子,牙也不好。凤姑姑浪笑着,用另一只手托起了半边硕大的乳房,肥嘟嘟地喂了过来,尖刻地说:你个贼,你的这一对眼珠子不老实,我进门的时候就被你盯上了,我现在施舍给你,你干脆一顿吃饱吧。来不及躲闪,张汲水的五官就被那一坨漾荡不已的东西盖住了,捂得严严实实,干脆喘不过气来。凤姑姑下手太狠,一面揉搓着胸脯,一面使出了独门绝技。浑蒙之际,张汲水只感觉腰眼里一麻,人就迅速软了,仿佛一摊烂泥似的,从对方的身上滑将下来,耷拉在地。

半晌后,张汲水挣扎着抓住一颗六合糖,吃进了嘴里,谄媚道:甜,太甜了,姑姑的这个礼当真是金贵。凤姑姑满意了,娇气地问说:嗯,那你吐个实话,是我的奶水甜,还是这个黑糖不错?张汲水答复说:糖和奶水倒在其次,主要是顶针不错;姑姑指头上的那一枚顶针天造地设,独一无二,因为它上面焊了一根铁刺,专门对付穴位的,再大的牲口也能撂翻,即便是张翼德和秦叔宝,也挨不住你那么一击。凤姑姑猛地一怔,慌忙藏起了右手,嗔怒道:你个贼日的,你认出我了,你竟然知道我呀?张汲水攒足了劲,撑住身子,苦笑道:哎呀,但凡在北疆的长路上讨生活的人,谁要是不知道顶针姑姑这个大名,那他简直就白活了,他几乎寸步难行。是这,我给姑姑磕个头,侄儿给你行一个礼性吧。凤姑姑突然抬手,赏给了游击一记抽脖子,再一把薅住了领口,不许他下腰,再三哀告道:天老爷,你饶了我吧,我可没那么老,我只是辈分大,我才活了三十来年,饭碗还没端稳当呐。言毕,这个母夜叉闪到了旁边,掏出来一块巴掌大的水银镜子,开始端详起自己。

张汲水浑身是汗,翻了半天白眼,仰面迎向了华姑姑,心生忌惮地说:嗯,我冒猜一下,她既然是顶针姑姑,那你一定就是绣花姑姑吧?华姑姑咧笑道:奴才坯子,真是长了一张好嘴,我手上明明拿的是金刚绳,来替菩萨娘娘赐福的,你又何必栽赃,冤枉我是丫鬟的命,靠浆洗和缝补过日子呀?不错,这是一个更厉害的角色,更麻缠的对手。张汲水忽然计出如神,决定让她们的关系立刻板荡,骨肉分裂,彼此内讧起来了再说。啧啧,姑姑的手上虽然没有捏着一根绣花针,可一旦到了生死搏命的紧要三关,那根针就飞了出去,比天上的闪电还快,比祁连山里的鹞鹰还要精神,打嘴不打脸,射瞎了狗日的左眼,绝不碰他的右眼,百发百中,从来就不失手,所以北疆的伙计们尊称你是绣花姑姑,游击搜肠刮肚了一番,翻箱倒柜地赞美道。这一霎,华姑姑销魂至极,咯咯咯地浪笑开来,乐得双乳汹汹,浑身上下的白肉乱颤,却又猛地一怔,闻听旁侧里飘来了一句嫉妒而愤怒的话:哼!挨尿的货,没见过男将么?凉州城里的公货们死绝了么?华姑姑得意地扬起了尖下巴,回击道:你个卖沟子的,我如今是单枝子,你也成了新寡妇,卖面的就不要见不得卖石灰的,你半斤,我也是八两,谁先抢上是谁的,我客气个锤子呀?凤姑姑登时被激怒了,啐着白唾沫说:大雪天的,这才是正月里的冷寒天气,菜花没黄,狗也不叫,你就开始发春情了,裤裆里湿了,你要淹死这个男将么?做妹妹的一个鬼脸,嬉笑说:别忘了今天是啥日子,初七,人日,黄历上清清楚楚写着呐。凤姑姑先是狐疑,转瞬间便开了窍:人日,人日咋了么?呵呵呵,难道玉皇大帝给你托了梦,喂了催情的春药么?说着话,凤姑姑不甘人后,一个蹦子抢了过来,叉开五指,掏向了游击的裆部,一把抓住了那三两精肉:相公,你这是独头蒜呀,还是双黄蛋？快把裤带解了，让咱姐妹二人见见世面吧。张汲水羞臊死了，一边拳打脚踢地抗拒，一边下话求饶，却根本无法抵御这两只疯狂的母狗，渐渐地处在了下风。

这一刻，腕子里的红绳子断了，颊脸上的膏药也掉了，游击露出了真面目。

姐妹俩盯视着对方的嘴脸，突然如遭电击，就像一对橡子似的，戳在了地上。张汲水紧了紧腰带，一骨碌站了起来，却后一步，抱拳行礼：二位姑姑自在，过年吉祥，侄儿张汲水磕头拜年了。不待对方下跪，华姑姑蓦地抬起了一条腿，拦在半空中，冷眼道：哎哟，生受不住，折煞了人，你的这一套把戏趁早免了吧，咱们无福无报，没你这样的侄儿呀。张汲水弯下腰身，再三鞠躬：的确，家父原本就是北疆那一带的人下人，侄儿当年屡次蒙受了老主子的大小恩遇，至今也不过是救孤团的一名外围，这些年来喜欢单打独斗，只打算有所建树，凭一己之力能将少主子赎回来，也好出人头地，报答续门的恩情于万一。言说至此，张汲水忽然心酸不已，婆娑着泪水，哽咽道：现在稍微好了些，天老爷惜疼，降赐下了一个机会，让我混入了承平堡，虽然一事无成，但毕竟离少主子近了，还能时常闻听到他的一些动静，我真的惜福，我也知足了。张汲水收住了眼泪，悲戚地说：唉，我在清凉池养伤养了这几个月，没有一天不想少主子，我还在夜里回回梦见他，他苦楚着，他磨折着，他孽障着，他遭受了那么大的冤屈，不知道这个年，有没有冲掉他身上的邪祟和晦气，他今个天来了，他就要来了，我真是等不及啊。

事实上，男将的眼泪从不说谎，游击的这一番真挚告白，也可以化毒为药。

彼此的敌意倏忽间消弭了，先前的打情骂俏，也被一种久远的情愫所替代，归于了肃穆和凝重。姐妹俩互视一眼，什么也都明白了，内里澄澈，一下子堆满了笑容，攀住了游击的左右肩膀。梁华仔细叮嘱道：你可要记牢了，咱们可从来没有见过面，咱们是生人，连个咳嗽也不熟悉。张汲水一面点头，一面恍悟说：对对的，两位姑姑演戏演得太像了，真应该去四喜班里唱花旦。我第一次去下双的梁家庄子借宿时，就险些被孙二娘给宰了，给剁了，蒸成了人肉包子；第二次是在城西的无量寺，你们又嫌我身上臭，我当时也的确太臭了，对不住姑姑们的好鼻子；现在是第三次碰面，我说完就忘光了，我一笔勾销。梁凤搂住了游击的脖颈子，郑重地交代说：喏，以后在承平堡的时候，你当你的护卫班头，咱们做灶房里的饭婆子，你邀你的宠，咱们下自己的苦，反正井水不犯河水，最好两不相认，各走各路。游击的目光逡巡过去时，竟然发现这一对姐妹的眼睛红下了，比兔子的还红。

突然，院子里传来了大姑爹的呱喊声，一句比一句急迫：

"回避了。全都回避了。少主子到了。"

胡笳五十九节

　　墙壁粉白，池子澄净。旁边的托盘上放着一块香胰子，大概是五月槐花的味道，另有一条白雪雪的手巾，叠得方方正正，一直漾荡着热蒸气。惊白发现，今天的洗澡水很特别，滑腻腻的，拈在指尖上时，竟有一种触摸了鱼鳞的感觉，好像水是活的。泉水，一定是泉水，八成是从大柳双树买来的；据说那里有一眼不冻泉，平时专供寺院里的老和尚们吃茶，水量不大，但价钱令人瞠目。惊白的经验，来自于哥哥顾山农。不久之前，少东主在承平堡里款待一支甘肃省府派出的春节河西慰问团，惊白有幸尝过那么几口，才知道了泉水的样子。

　　这些枝节，不过是饾饤琐事，惊白并不上心。实际上，这一刻最让惊白开心的，却是眼前的清凉池里再无他人，仿佛天地之间，唯其独尊，可以由着他的性子去尽情挥霍。如此的激动，赛过了除夕当夜，姐姐赏赐的那一大笔压岁钱，也肯定超过了少东主馈赠的那一套上等的湖州笔墨。的确，喜悦犹如这一汪清亮亮的池水，涟漪不绝，在惊白的内里当中一遍遍地扩散。天光从窗台上渗透进来，时弱时强，风雪扑打着那一层窗户纸，偶尔传来了一两声雀鸟的鸣叫，显得愈发地寂静。

　　惊白摊开四肢，让池水淹在了下巴附近，暗中积攒着力气，准备开始动手。

　　刚进门时，惊白抱拳，深鞠一躬，道了过年吉祥。孰料，那个脊梁骨塌掉的老掌柜吓了一跳，慌忙闪开后，也回敬了一句拜年的好话。惊白问说：咦，你怎么把门闭上了？你不打算再待客么？对方垂首道：天气太坏了，城里人都在热炕上盘着呢，公子善心，你是来替我开张的,我这就去灌水,你洗个烫的,让你美美地舒坦一下。又问说:店里的其他人呢,就你一个么?答复道:可不,他们全回乡下去了,年是儿女们过的,我老汉守着这个盘缠。惊白不解道:那你干么不直起腰说话,脑袋像个秤砣一样吊着?对方略微迟疑,嘀咕道:习惯了,公子随意吧,我就不打搅你的雅兴了。言毕,门帘一撩,人就不见了。

呵呵,这岂不是正中下怀、天遂人愿么!惊白差点失笑出声,抓出一大把碎钱,撂在了柜子上,开始脱靴子。浑身赤裸后,惊白将一套工具裹在裤衩里,夹在腋下,钻进了隔壁的澡堂子。池子里灌满了水,热蒸气扑棱棱的,堆积在头顶的屋梁上,犹若一座化外之境,与整个凉州的坏天气格格不入。惊白将工具沉在了池底,刚要抬腿下水时,老掌柜呱喊了一声公子不可,忙不迭地追到了跟前。这一霎,惊白尚未有所防备,却见老掌柜单膝跪地,三七不问,擅自抱住了自己的一只脚,搂在了他的怀中。公子,你刚在外面冻僵了,现在还不能下水,我给你活一活血吧?老掌柜言毕,在他的掌心里啐了几口唾沫,奋力地搓起了双手。大概是搓热了,这才按住惊白的双脚,又加快了搓摸。的确冻坏了,此刻的肉体就像一块从石羊河里伐来的冰,坚硬而混沌,一寸一寸地在醒来。毕竟是少爷坯子,惊白躺在池口上,毫无愧色,尽情地享受着,渐渐地觉得左脚是自己的了,右脚也是了,接着是两条腿也回来了,长在了身上。老掌柜一边搓摸,一边絮叨说:公子,你可得记住,三伏天不要抢着喝凉水,饿过了不要吃硬食,冻僵的时候,千万不要急着烤炉子、洗烫水,病就是这样得下的。惊白哼哈地应答着,又照着对方的意思,翻了个身,趴得直挺挺的,将整个脊背交给了他。从下到上,老掌柜搓摸得很仔细,原先青白的皮肉,渐渐有了一层灯火色,红润了起来。惊白讥讽说:咦,你的手就像一张粗砂纸,你应该开个木器行才是。对方道:唉,下苦人的手,在土里刨食的,公子你将就一下吧。半晌后,惊白又狐疑道:叔,你究竟在我脊背上找啥呢?你摸来摸去的,痒死我了呀!孰料,催问了好几遍,身后也没有吭气,惊白这才一骨碌爬起来,讶异地瞭见老掌柜捂住了嘴巴,正在哑默地啜泣。叔,你到底咋了么,过年可不许哭鼻子，这不太吉利呀？惊白提醒道。老掌柜擦了擦泪水，喜兴地说：公子，我可没哭，我这不是哭，我着实高兴呀，我恨不得搭一个戏台子，给凉州人唱一出《三滴血》呐。趁此机会，惊白忽然提出来一个非分的要求：好我的叔，劳烦你辛苦一趟吧，外面的柜子上有钱，你替我去买几个热油糕，我快饿死了，我饿得头晕眼花。

支走了店家，此刻的清凉池，忽然变成了惊白一个人的道场，这才真正松弛了下来。

稳静了半天，池水平滑如砥，好像一张透明的皮子，绷紧在眼前。惊白的脚一踢踏，皮子就破了，水花四溅，仿佛有一根鱼脊划开了河面，带来了石羊河两岸的春意。屋外是风雪，眼前却是温煦一片，天赐的机会，惊白简直玩美了，一会儿沉在水底，一会儿趴到对面，这一块疆域由他做主，统御一切，号令三军，不免开心死了。事实上，这次出门乃是惊白长期预谋的结果，最终缘于他的一份善心，权家的大门应声而开。

重阳日的枪声响罢之后，马乙麻带着特务们走了，军部的宪兵队也迅速撤离。左右两侧，捡了一条命的陈匹三和马眉臣更是快如脱兔，钻进了玉米地里，不管不顾，狼心狗肺，只有惊白还趴在地上，像一具中弹的尸骸。幸亏张彝来了，事后诸葛亮，带着步警队前来收拾残局，将惊白火速送回了承平堡。那个阶段，姐姐一不哭，二不闹，三不泼妇骂街，就像一条生性多疑的獒犬，链子拴在了弟弟的身上，寸步不离。哪怕是一只雀鸟飞过，她也会龇开尖牙，朝着头顶上狂吠，恨不得撕烂了天老爷的可耻嘴脸，给他一个下马威。除了贴身丫鬟，其他的下人们噤若寒蝉，揪心也是白搭，因为连少东主本人也不敢去招惹，石头大了绕着走，他也是天天陪着一张笑脸，有求必应，悉数满足了大小姐。起初，梅郎中被一辆呢子车轿请进了承平堡；一番望闻问切过后，这个死瘸子竟然一反常态，不但没有结论，还不肯开方子，只是轻描淡写地说，只需要静养就够了，惊白其实并无大碍。高烧不退，胡话不断，胳膊和大腿也在痉挛，口水挂在了嘴角，尿淌在了被褥上，这桩桩件件的异常，即便是一个瞎汉，也绝不会这么丧心病狂地乱嚼牙茬，弃之不顾。达云一再耐下性子，手按在了弟弟发烫的额头上，求问说：先生，心弦断了没？脉还在不在？阳魂呢，阳魂住在腔子里么？梅郎中撂下一句话，认定惊白仍旧囫囵着，少年人的身子骨皮实，这就跟打了一架那样，不必大惊小怪。达云没下逐客令，但对梅郎中有了另外的看法，干脆抛弃了这个瘸子，舍出一大笔钱，频频请来了法官夫妇，再加上一个丰乐镇的神婆子，要么作法，要么跳大神，要么燎擦，故意让文楼上的梅郎中耳食了去，一报还一报，彼此扯平了。先时，惊白还躺在角院里，逼仄不说，连日头也很少光临，这不仅仅是季节的缘故，恐怕也是风水作怪。反正豁出去了，在顾山农归来之前，达云披头散发地在承平堡的院子里巡视了一遭，最终挑了一间广厦明屋，连人带铺盖，将惊白转移了过去，仔细安顿下来。入夜后，管家刚一回来便发现了不妙，提醒道：少东主明令在先，客房是贸易区，待客的地盘，不许家眷们越雷池一步。达云突地火了：哼，角院里睡着我爹，躺着一个死人，阴气那么重，惊白本来就太虚，万一闪失了，我也就不得活了。廖逢节另谋一计：大小姐，还是进城吧，毕竟自己家里头方便，也安静得多，这对惊白有好处。达云却道：不，我相中的就是堡子里乱糟糟的习气，口音杂，生人多，那些来抓惊白的大鬼小鬼认不清眉目，或许他就躲过了这一劫。末了，这个天天喝汤药的单薄妇人，逼视着管家，截铁地说：去，你去告诉顾山农，惊白万一，万一惊白那个了，承平堡就缺一把火，这把火我来点，我也不打算逃出去。

　　果然奏效了。那以后，顾山农保持着一种谨慎的距离，不常露面，偶尔会打发廖逢节过来，问问弟弟的情况；但是他出手大方，要钱给钱，要车轿给车轿，似乎在弥补往日的亏欠，一切都滴水不漏，无从指斥。

　　惊白的重生，发生在一个深秋的早上，令达云始料不及。

　　日后，达云根本忆想不起来，那一天究竟是寒露，还是霜降，只记得天气开始冻腿了，墙头瓦脊上的稗草纷纷枯黄，季节很深了。天光刚刚发亮，堡子外的公鸡正在打鸣。达云枕着胳膊，和衣而卧，又熬完了一个通宵，昏沉不堪。这一霎，身畔传来了窸窣的响声，达云一睁眼，竟瞭见弟弟钻出了被窝，兀自下了炕，趿拉上鞋子，身体恍惚地走出了客房。天呐，惊白醒来了，阳魂也回来了，动作利索得就像一个正常人。达云煞是紧张，踮起一双天足，尾在了弟弟身后，生怕弄出一点点响动，惊吓了这个脆弱的早上。虽说寒凉，但惊白毫无知觉，除了一件松松垮垮的裤衩外，浑身赤裸，径自穿过了庭院，站在了南门楼下。达云藏在柱子后面，也不害臊，偷窥过去时，瞥见弟弟拽下裤衩，抓住裆里的那个东西，放出了一根尿绳。达云盯望着惊白的那个命根子，凭着一个妇人的经验，当即断定弟弟稍微长大了，有了男将的气概，也有了儿子娃娃的根器，早已不再是一介泥塑的稚童，如今花落莲出了。真的，这是一个热烈而喜悦的清晨，弟弟撒尿的声音如此响亮，又如此空旷，仿佛在宣告一件庄重之事，让武威城赶快听见，让整个凉州马上明白。惊白低着头，瞭见这一根温烫的尿绳激溅而下，准确地射进了一米之外的门海里，不由得开心至极。呵呵，尿水冲进了门海，打得那几条青鱼蒙头转向的，业已枯败的水草和花叶也慢慢地沉了下去，一半浊黄，另一半清亮。达云噙住泪水，暗忖说，这是人世上的童子尿，活着的证据，权家的香火，一切还在，一切都不曾绝灭。天知道，这一泡尿究竟撒了有多久。待达云收拾起眼泪，这才发现弟弟已经办完了，原回到了客房的热炕上，接着睡起了回笼觉，正在扯呼噜。

　　一连六天，总是掐着这个点，在公鸡打鸣的时刻，惊白便下了炕，去释放肚子里的那一堆累赘。惊白根本没有察觉，其实门海里的水已经换了，姐姐为了让他高兴，亲自换的。那些抱头鼠窜的青鱼，以及激烈的水花声，让惊白的这几个早上，仿佛充斥着一种刚刚切开的新鲜酥油的气息，温润不已。尿胎子，从慈善堂里抱回来的尿胎子，八成是不治而愈，管住了他身上的那一道闸门，不再糟蹋那一面热炕了。达云这么想时，就感觉弟弟这一尊瓷器，虽然有点局部的皲裂，有些小小的残损，但现在逐渐地修复了，愈合了，天老爷成全了。同时，达云告诫自己，千万不可粗心，眼前的瓷器还需要上釉补色，需要擦拭，需要一条丝绒去陪衬；这当然不能假手于人，非姐姐莫属了。到了第七天，冷不防发生了意外，惊白叉开腿，尿得正欢时，另外的客房里踅出来一个住宿的商人，循声而至，也站在了门海旁，大不咧咧地摸出了裆里的家什。尿绳断了，惊白提住了裤衩，呵斥道：茅厕里去，这个又不是夜壶，你放肆个啥？商人说：你个碎鬼，你尿得，凭什么老子就尿不得？惊白道：正是，小爷我在养鱼，我在养缸底里的玛瑙石，你肚子里的那些马尿有毒，你趁早滚开。商人惺忪了半天，果然发现了门海里青鱼的影踪，自知理亏地消失了。达云躲在柱子后头，竖起了大拇指，心中连连夸赞说，听听，这么伶俐的口才，这么利索的舌头，简直就像一只八哥；好我的弟弟，我不疼你，我还疼谁呀！当天夜里，达云将新买来的夜壶搁在了炕头，公鸡再打鸣时，惊白就不必出门受寒了，而是就地解决。在弟弟激烈的溺尿声中，达云犹如吃下了一碗活血化瘀的汤药，沉沉入梦，身心舒泰。自此以后，尿胎子彻底康复了，终于摆脱了从慈善堂带来的那一记噩梦。

然而，瓷器的身上，仍有一条隐秘的裂缝，达云最先发现的。

那日午饭时，姐弟俩坐在炕桌前，刚端起饭碗，管家忽地进来了，从皮袄里摸出来一只木猴，赠给了惊白。木猴就是冰陀螺，枣木刻制的，锥形的肚子下嵌着一颗钢珠子。管家笑说，天气彻寒了，他打算在门前泼一块冰场，让小少爷天天打猴儿，苦练一下筋骨。惊白跳下炕，蹲在地上玩起了木猴。恰在这时，丫鬟给管家端来了午饭，脚下一拌蒜，手上的托盘连同一碗滚烫的羊汤，直接飞向了惊白。闪开，快闪开，达云尖喊了一嗓子；幸亏廖逢节动作凌厉，用脚尖揽住了惊白，这才避过了祸端，托盘和粗碗掉在了地上。达云气呼呼的，责问说：你咋听不见呀，你聋了么？惊白答：嗯，我就是聋了，有时候还可以，有时候耳朵就关了门，干脆没一点声音。达云料见不妙，捧住了弟弟的颊脸：你咋聋的？你实话说知道，你可不要骗姐姐，我的心现在是一截线头子，一扯就断了。惊白噘起嘴，无辜地说：哼，就是重阳节那天呗，枪口支在我的耳朵旁，砰地开了一枪，结果把我给震聋了，脑花也可能散掉了，整日里嗡嗡嗡的，干脆不消停。达云简直吓坏了，眼睛里忽然飘来了一坨黑云，哆嗦道：开枪？在你的头上开枪？谁呀，谁想要你的命？惊白一抬下巴，示意着北方，嘟囔说：新城大营的丘八们，有宪兵，也有特务，反正没一个好贼。这个关节上，廖逢节咳嗽开来，咳得很凶，使尽了眼色，这才训斥道：唉，你呀你！你惹的是南门上的猴子，却在怪罪北门上的旗子，凡事要在个人的身上找毛病，少东主最揪心你的，恰恰就是这一点。惊白立时明白了，改口说：姐，儿子娃娃们打架的事情，你女流之辈，你旁边站着去，你不懂，总之那一仗我可没吃亏，顶多就是脑袋上挨了一砖头。廖逢节附和道：不错，张彝张队长把你送回来的，后来我称了三斤酥皮点心，还专门去步警队道了谢；你可要记住人家的好，别再胡吹毛燎的，惹得大小姐替你担惊受怕。

到了下半天，达云终究心慌不已，便开始胡乱作法，闹腾了起来。先是去了一趟马厩，借了一支皮喇叭。趁着弟弟下午觉还没睡醒，达云将皮喇叭放在枕头上，憋足了一口气，轰鸣地吹响了。妈呀，皮喇叭是训牲口的，骆驼和牛马听见了也会被吓瘫，可惊白却很迟钝，既没有跳起来，也不曾尖叫，睁了睁眼睛，居然又睡了过去，这让达云倍感扫兴。后来，惊白离开客房，拿着板凳，孤独地坐在门海旁，一边看鱼，一边捞起缸底里的玛瑙石，慢慢搓洗着。这是个机会。达云左手拎着一面铜锣，右手抓住一根小擀杖，悄悄地站在弟弟身后，贴在他的耳朵上，拼命敲响了。声音很干燥，满坑满谷的样子，就连天上的雀鸟也仓皇而逃，但惊白根本不为所动，唯一的反应是掉转过头，淡然地说：姐，别闹了。吃罢夜饭，天光稀薄时，丫鬟喊来了几个伙计，陪着小少爷在院子里丢沙包。惊白这一方输了，乖乖地接受惩罚，必须用黑布蒙住双眼，在胜家的指令下，学骡子学马，不得耍赖。显然，这一切都是达云事先安排的，终于下了狠手。伙计们取来几挂准备过年的炮仗，在地上布置成了一个乾坤圈，将惊白推搡入内，点燃了火捻子。在湍急的爆炸声中，硝烟四弥，仿佛一顶虚幻而广大的帐篷，影影绰绰的。惊白消失了一阵子，而后又现身了，神色冷淡，无动于衷，好像刚才的恶作剧，远在青海，远在蒙古一带，根本牵扯不上他自己。熄灯之前，达云让弟弟的脑袋枕在自己大腿上，摸出一支长柄的耳勺，掏完了左耳，接着掏右耳，反反复复了大半个时辰，仍不罢休。惊白疼了，挣扎道：没屎了，再掏就是脑花了,你这个疯婆子。达云回说:乖,别动弹,姐掏的不是耳屎,姐在捉一个鬼魂,等我捉见的话,我非把它扔在炉膛里,亲手烧死它不可。闻听此言,惊白突然间畏惧了,哀告道:难怪么,原来是这个鬼魂在捣乱,一会儿闭上左耳,一会儿又关了我右边的门窗,我八成是聋子吧?达云心悸地说:呸呸呸,你别乱嚼牙茬,你可要仔细记住了,这件事你知我知,千万不能传出去,对少东主也不许讲,姐姐将来还要给你说媳妇呢;难道你想娶一个哑巴,哑巴配聋子么?订立了攻守同盟后,惊白很快就睡熟了,鼾声猖獗。达云则蜷缩在炕角里,唉声叹气了整整一夜,天亮时,这才发现半扇炕席已经被撕碎了,指甲也秃了,她自己却浑然不知。

至此,弟弟聋了的这一事实,在姐姐的心目中彻底坐下了病,并且深信不疑。塞翁失马,但是对于整个凉州而言,惊白的这一后天缺陷,却意外地掘开了一座秘境,获得了一条荆棘密布的生死之路。此乃后话,暂且按下不表。

虽说武威城里吵得沸反盈天,就连郊外的田夫故老们也在争短论长,然而承平堡的伙计和丫鬟们,嘴上一律贴了封条,谨守着重阳日的那一桩残酷秘密,违者除名。达云被孤立了,始终蒙在了鼓里,虽说这件事未能伤害到她,却好像一次烽火警报,让她拖着病身子,昼夜看紧了弟弟,不许惊白出门,也不准回应堡子外那几个二流子的勾引。腊月二十三,小年,因为要祭扫灶王爷,达云这才率着弟弟,同坐一辆车轿进了城,回到了家中。又听说梁氏姐妹的年饭做得不错,达云便向丈夫张了嘴,借走了这两个饭婆子;不承想她们性格外露,天天叽叽喳喳的,给这个年节带来了不少的欢乐,所以一直滞留在家里,并没有打发走。

窝了这么久,惊白的心里生了锈,几乎长了一层绿毛,三魂六魄早就在外面游荡了,肉身子也在窥探着出逃的机会。今天一大早,达云下不来炕,口口声声地喊头晕,连吃下去的半碗饭也吐光了。丫鬟丸子本想派人去一趟承平堡,让少东主回来拿主意,却被达云拒绝了,不愿意给丈夫添乱。虽然此前对梅郎中颇有看法,意见丛生,但不走的路还要走三趟,害了病的人自然气短,达云吩咐伙计们备好车轿，打算快去快回，争取寻一个良方。丫鬟给女主子洗脸梳头时，惊白忧心地盯看着，忽然讶叫了一声：白头发，这么多的白头发，姐姐你老了么？达云回说：没老呀，主要是吃盐吃多了，再一个就是被你熬煎的，你也不惜疼一下姐姐，给我寻个开心的事情。惊白信了这句话，送走了姐姐和丸子后，迅速收拾了几件衣裳和一套工具，急慌慌地要出门。岂料，梁氏姐妹成了拦路虎，态度强硬，丝毫也不肯通融。惊白哀求说：我快臭了，我就去街上洗个澡么，我又不是去坐牢，你们行个方便吧！姐妹俩不干，立马要去烧水，伺候小少爷在家里浣洗。惊白辩解说：哎哟，家里的那个洗澡桶子，哪能比得上清凉池的澡池子呀，今个天我非去不可。姐妹俩面色一紧，失声道：清凉池，你去清凉池么？得到肯定的答复后，梁华率先闪开了，梁凤的眼泪唰地淌了下来。

现在玩累了，惊白歇息下来，靠在池子一角，等待着宽阔的水面渐渐平静，重新变成一张透明的皮子。此时，惊白已经有了十足的把握，心中揣着一册图卷，确定了那些星宿的位置，准备动手了。眼前的池水仿佛一座深夜的穹顶，繁星从池底渗透出来，放射出灿然的光辉，但是入眼的不多，尤其是称心的更少。或许，再等一等就好了。

唉，要是伴当们在的话，这个下午就刺激了，独乐乐毕竟不如众乐乐，老话在理。

惊白的这一遗憾，来自于刚才的邂逅。大概半个时辰前，惊白走出家门，刚刚拐进了加工巷，打算抄一条近路时，却意外地发现街角的一座草棚子下，陈匹三和马眉臣这两个贼娃子正在扎刀子。哎呀，天气坏透了，罡风呼啸着，雪大得要淹死人，但伴当们毫不在意，偎在一堆柴火旁，脚下的泥壤上画出了一片楚河汉界，谁的刀子扎下去立得住，谁就可以踏破贺兰山缺，一统江山。显然，伴当们正玩得开心，你吵我嚷的，嘴里头也是日娘捣老子的不洁之辞，却也习惯了，并不伤彼此的和气。因为心里装着事，惊白犹豫了那么一刹那，但是少年的情义突然就被点燃了，久别重逢的喜悦迅速占据了整个身心，于是咳嗽了一声，绽开了笑脸。棚子下的伴当们定睛一瞧，唰地坐在了地上，也跟着咳嗽了起来，干咳，似乎不肯相信眼前的这一幕。少顷，马眉臣呱喊道：呔，来将通名，在下从不斩无名之辈？惊白含了含胸，机智地说：呃，臣本布衣，躬耕于南阳，苟全性命于乱世，不求闻达于诸侯。马眉臣登时笑疯了，陈匹三接过了话茬：喂，你究竟是人呀，还是鬼，我怎么觉得你有点面熟？惊白答复说：呵呵，阳世上来了，咱们就在阳世上闹，既然你端的是人世上的食钵，我也舍不得去阎王殿里讨饭；二位小兄可别忘了，去年秋天时，你我曾经拈草为香，以大雁为证，有过义结金兰的那一折子。闻听此话，这两个贼突然冲出了棚子，将惊白撂翻在地，捧起积雪，砸在了他的身上，美美地发泄了一通，总算销了这一笔账，了却了思念之苦。

惊白亦不介意，湿漉漉地爬了起来，将包袱夹在了腋下，并没有进去烤火。这时候，周围出现了几个陌生人，卖艺的，钉鞋的，骆驼客和马夫，另有一介挽马带弓者，全都恶狠狠地张看过来，神色可怖，拳头在响。言谈中，惊白这才获知，陈马二人已经守候了许久，先是在承平堡门外徘徊，直到腊月二十三，又跟着姐弟俩进了城，在权家附近搭建了这个临时棚子，就此安营扎寨，开始了守株待兔。因为事急，惊白敷衍着，搪塞着，并不想打开这个话匣子，只是简单地恭维了几句：哎呀，小弟我何德何能，竟让你们如此牵念！这个故事堪比程门立雪，今晚夕我说给姐姐听，或许她会网开一面，你们以后可以来家里玩，她自然不会掉脸子。程门立雪，陈匹三被这个典故难住了，不再聒噪，但马眉臣野蛮地抱住了惊白，声称柴火堆里的洋芋马上就要烤熟了，吃一个再走，热乎热乎吧。惊白撒了个小谎，语气感伤，说姐姐去找梅郎中诊病了，只有一个丫鬟跟着，自己着实不放心，特地去半路上迎一下她们。直到惊白走远后，消失在了那一幕风雪当中，马眉臣这才醒悟过来：不对呀，梅郎中的院子不在那个方向，惊白走反了，他应该掉头才是。陈匹三错着牙齿，训斥道：日能的，你个大皮匠家的瓜娃子，以后惊白就是咱们的主心骨，他说啥是啥，他金口玉言，一切听惊白的，冒犯了他的话，小心我拾掇你，你可别怪我没打招呼。马眉臣吐了吐舌头：嗯，我爹也是这么讲的，承平堡是将来的靠山，少东主就是咱们的上大人。

离开了有一阵子,趔入了罗家巷,惊白忆想起刚才的碰面,心中不禁潮起了一股温烫的汁液,却又唖摸着,三个人当中,谁也未曾提及北门外的那一场血腥杀戮。似乎恐惧泯灭了,噩梦也失散了,一切都有待酝酿与重生,让随之而来的春天去破土,去萌芽,去抽枝散叶,怒放于凉州。或许,这就是少年人的天性吧,因为失败根本不值一提;失败其实就像一声咳嗽,咳完了,人也就整个舒坦了。

这个时候,惊白决定要动手,且速度很快。

惊白从池子底部捞出来那一卷包袱,搁在池口上打开,左手攥住一枚錾子,右手举起榔头,开始撬动池壁上的玛瑙石。实际上,经过先前的一番审视,惊白业已选定了其中的九颗,整整九颗。它们一般大小,质地匀称,浑圆光滑,基本上都是姐姐平素里喜欢的那种颜色,无可挑剔。如果把这九颗玛瑙石送去首饰铺子,凿了孔眼,再串上一根从无量寺里请来的明黄色的金刚绳,那当然就成了一挂精美的手链,姐姐一定会乐不可支,白头发变黑,黑头发更黑了。岂料,事情忽然变得格外简单了,錾子用不上,榔头也成了摆设,惊白的指头轻轻一抠,玛瑙石便滑脱下来,被泉水浣洗之后,簇新而温润,粒粒分明。危楼高百尺,手可摘星辰;不敢高声语,恐惊天上人。惊白在这一霎的心情,就仿佛李白的一阕诗词,充斥着肃穆与忐忑,为天地和神明所加持、所眷顾了一般。不敢迟疑,惊白赶紧将九颗珠子和一套工具包裹起来,夹在腋下,钻出了池子。回头时,但见那一汪池水仍旧繁星灿烂,星宿丛聚,还是原先的老样子。不错,就像惊白当初猜想的那样,从祁连山里偷走一片叶子,从雅布赖盐场抓走一把粗盐,一切都会神鬼不知,天衣无缝。

惊白精赤着身体,踮起脚尖,钻出门帘,来到了换衣裳的外屋。吊诡的是,老掌柜佝偻着丑陋的腰脊,蹲在墙角下,正在擦拭客人的那一双靴子。靴子已经很亮了,但老掌柜仍旧拿着一块绒布,蘸上油脂,仔细地膏着鞋面,嗓眼里"哦"的一句,算是打了招呼。惊白胆怯地说:叔,让你去给我买个热油糕,你咋就不动弹呀?你看你,你把手弄得那么脏。老掌柜回说:公子,这可是过年的时节,别说油糕店,就连寺院和道观里的神仙们也闭门谢客了。你抓紧回家吧,家里热乎,千万别饿坏了身子骨。惊白不打算纠缠,迅速穿戴整齐,将自己和那一卷包袱藏在了衣服里头,不肯以真面目示人。这个节骨眼上,老掌柜突然发了疯,膝行而来,一下子抱紧了惊白的双脚,哀恳说:

"公子,让我再给你穿一次鞋吧?"

一怔。

"天老爷慈悲,就让我再伺候你一回吧?我着实老了,我怕我机会不多了。"

由于做贼心虚,惊白一边挣扎,一边顺从着。

"嗯,公子你终于长大了,你的腿脚也结实了。"

欣慰道。

暴雪下烂了,下得凉州境内一言难尽。

惊白穿着发亮的靴子,冲出了清凉池,准备一口气跑掉,绝不回头。不承想,一辆奢华的呢子车轿停在门外,帘子半张着,上马凳支在了辕驾下,虚席以待。另有两个催命的母夜叉含笑不语,一左一右地拦在惊白面前,竟然是梁氏姐妹。来不及多想,惊白料定这一对饭婆子肯定向姐姐告了状,姐姐这才派了车轿来接他,于是一个蹦子跳将上去,钻进轿厢内,又迅速扯下了帘子,喘个不停。这时候,外面追来了老掌柜的声音:

"公子,你丢了这个,你快拿上吧。"

惊白慌忙伸手,从缝隙间收了回来,仔细一瞧,却原来是一颗玛瑙石,刚才不小心掉下的。这其实是第九颗,蓝色质地,姐姐最钟爱的颜色。惊白的双颊烧得难受,恳切地说:

"叔,你长命百岁。"

第九拍

胡笳六十节

公元1931年，亦即民国二十年，两具尸骸停在了武威城北门外。

两具尸骸，一具仍是肉身子，浑身泼满了水，被彻底冻硬了，原来是上海滩闻人，著名的国际观察家张翘楚先生。另一具则是一坛冰冷的骨灰，按照北疆土人的风俗，入殓在了一只人形的木匣子内；据送尸者交代，此乃弘毅乡学尹先生的灰烬，确凿无疑。令人震惊的是，这两具尸骸抵达的次日，恰是武威县自民国定鼎以来最大规模的元宵灯节。这也就是说，春节未曾过完，凉州人依旧沉浸于丰年的欢愉当中，在这么个喜庆的节骨眼上，类似的报丧之举，无异于佛头泼粪，又好像在凉州人的热油锅里，泼入了一瓢脏水，刺啦作响。据报，这一辆从西山口外驶来的灵车，在半夜里跨过了石羊河的冰面，急速南下，在距离河西首郡大概三里远的水埠一带，被步警队的密探盯上了，寸步不离。彼时，如铁桶一般严密的武威县城外紧内松，八方联动，虽然被辽阔的积雪所覆盖，但即便是一只雀鸟的爪印，也实难逃得过陈垦丁的耳目。获知这一消息后，陈垦丁沮丧道：狗娘养的，这分明是挖我的眼珠子，掏我的肝肠，打算给老子来个下马威么。随即，队长张彝奉命出城，将那一辆灵车截停在了北门外，并当场拿获了两名报丧者，一绳子全绑了。

那一段时日，身为新任县长兼警察局局长的陈垦丁，忙得四脚朝天，连个放屁的工夫也没有。除了筹备正月十五的盛大灯会，陈垦丁还分别会见了张掖、酒泉与敦煌方向上赶来的专使慰问团，接受各方面的恭喜，他本人也逐渐端起了河西第一县首脑的架子。恰逢年节，另有七八批来自兰州城和西安城的大小官吏回乡省亲，这些人的水太深了，一个也不敢得罪，陈垦丁特地交代下去，雇了醉仙楼和悦宾楼的厨子，在县府大院内张灯结彩，大宴宾朋，好歹都打发干净了，各自留下了不错的念想。对外如此殷勤，对内更是心思缜密，热肝辣肠，生怕踩不住点子，失了礼数与权威，于己不利。本着礼贤下士的原则，陈垦丁亲自上门，逐一拜访了凉州郡老这个著名团体，再三请益，反复求教，其拳拳之心，令在场的人们记忆深刻，夸赞连连，由此塑造了一段佳话，并迅速传遍了全境。临别时，陈垦丁还给每位郡老馈赠了一件羔子皮的短袄，针脚细密，制作精良，额外设计的那一道小翻领，透出了些许的洋气。陈垦丁担心大家省俭惯了，又要当作传家宝一样压在箱子里，所以亲自脱下了对方的罩衣，呵护他们穿上短袄，相帮着系上了纽襻，这才安心离开。感动之余，郡老们的表现也是五花八门，各显神通。沈光宅徒步一人，将县长送出了三条街以外，返家的路上，不小心跌了一跤，摔坏了胯骨，迄今还躺在热炕上呻吟，心情却格外爽朗，更是舍不得糟蹋那一件礼物，款款地搁在了供桌上，一日三炷香。彭澹然回赠给县长的礼品，则是一册莫高窟藏经洞中流失出来的写经卷子，并绍介说，此乃《晋书》唐写略本手稿，原为房玄龄所作。县长一再推辞，眼见着大居士微微变色，碍于情面，只好双手接住，声称借阅半年，半年后一定璧还。秦望澜近日里实在糟心，下人们在腊月里做了一缸烩菜，冻在院子里，另有一案板的蒸肉和花馍馍，而后回家过年去了；不巧的是，继母老喊自己肋巴疼，下不来炕，入不了灶房，秦望澜只好天天喝热茶，啃冷食，脸拉到了肚脐眼一带。闻听县长要上门，秦望澜登时来了精神，事先布置了一座道场。果不其然，主客二人行完了见面礼，坐在堂屋里攀谈时，陈垦丁发现了桌上的那只黑白相框，捧在手中，询问这一双戎装在身的儿女是谁。秦望澜喜悦地说：咦，男的叫秦木，他就是你儿子，女的叫秦琼，应该是你闺女，这还用问么。一时间，陈垦丁臊红了脸：岂敢，卑职一生效忠于革命，无一日不精进，无一日不扬鞭，从不曾因为儿女之情而分心。秦望澜道：你看你，你就是国家，秦木和秦琼来信说值此风云之际，他们立志要做国家的儿女，这样一折一算，也就等于是你的后人。陈垦丁被这一句突兀的话点燃了，深鞠一躬，肺腑地说：大人，不唯秦木和秦琼，你我也都是中华民国的孝子贤孙，有了你老人家的这一番深明大义，何愁武威不光绚，堂堂一个凉州不能烛照中国呀。是日晚夕，秦望澜心情大好，连夜写就了一封书信，将这一桩光耀门第的重大事件，完整地描述给了远方的子女，再三叮嘱，殷殷期盼。早起，秦望澜冒着风雪，去了一趟承平堡，虽说没能见到顾山农本人，但是将书信交给了管家，千恩万谢地拜托少东主抓紧寄走。不出意外，这封信的内容被承平堡截获了，而这正是顾山农当初布下的一个局，此处略去不表。

武威城外五门十八姓的总乡约王曰信更是了得。在贵客上门前，他不仅在庄子前搭建了一座非凡的旗门，挂满了各色绸带，还派人灭杀了沿途的野狗，铲除了道路上的结冰，铺上了一层炉渣，以防车马颠覆，伤及了大人。晤面后的第二日，王曰信挑了三十只肥羊，皆是产自镇番县的品种，洗浴得干干净净，用一辆大篷车送进了县府，慰劳各级官员。陈垦丁当即笑纳了，但是将这些羊出售给了屠户，迅速变了现，又将这一笔钱捎给了王曰信，回函上只有四颗字：真水无香。这下子难死了王曰信，揣着这一纸短笺，去拜访凉州总教。朱绣朱先生瞄了一眼，忽然朗声大笑，慨然道：天老爷，这凉州的一河水终于开了，共和的日子全美了，此乃河西之福，也是我甘省之幸呀。

话虽这么讲，但朱先生本人的失落，却像褥子下面埋了一根针，令其坐卧不宁，坏感觉不断。县长马不停蹄，业已拜访完了其他的郡老们，也不知哪个环节出了问题，竟将朱绣漏掉了，一连好几日，声息皆无。为了这桩头等大事，朱绣特地将门窗油漆了一遍，粉刷了逼仄的书房苦主斋，将夫人打布坯子纳鞋底的各种家什，统统藏在了柴房内，甚至还将几只下蛋的老母鸡，寄养在了邻舍家中。诸事齐备后，朱绣身穿一件浆洗干净的藏青色长衫，兀立于屋檐下，一边欣赏漫天的雪花，一边吟哦着杜工部的诗句，荒凉地等待着。渐渐地，朱绣觉得自己就像一介深夜的旅人，前去客栈投宿，却被告知客满，又似一个饥饿之人扑上了灶台，却发现锅中见底，粒米不存。焦灼之下，朱绣决定冒一回险，将礼数行在前头，否则凉州人的唾沫里有毒，自己的后半生将溃烂不堪。这么着，朱绣带着一册珍藏多年的

《淳化阁帖》拓件，寻到了县府，开门见山地求见新任县长。陈垦丁一拍脑门，连呼罪过罪过，并自称今晚夕就要去府上拜谒朱先生，岂料两岔了，真让人情何以堪呀。朱绣沮丧极了，但转念一想，这样的晤面，一定会不胫而走，满城纷说，便也踏实了下来，鼻脸上春风和煦，有问必答。闲章中，朱绣喝了三杯茶，吃了一块兰州老字号天生园的点心，又翻看了几本架子上的线装书，方才告辞。离开县府不久，朱绣打开了陈垦丁赠送的那只包袱，一时间情难自禁，目光中充满了波澜的泪水。不错，朱绣理所当然地获赠了郡老们人手一件的羊皮短袄，领口毛茸茸的，竟然像漫天的飞雪那样晶莹透亮，煞是高档。三七不问，朱绣当即将袄子穿在了身上，下青上白，无意间平添了几分总教大人的威仪与高迈。拔脚时，朱绣发现那一册拓件掉在地上，应该是陈垦丁方才所为，他不好当面拒收，所以委婉地夹在了袄子当中，幸亏被察觉到了。朱绣拾起拓件，仰首问天，朝着铅灰色的广大云层，由衷地抒发道：哈哈，凉州得此一人，犹如天老爷降赐了一座宝刹，香火和丰年，功勋与殊荣，从此指日可待也。

突然，县府里的一名干员追了出来，拦住了朱绣，邀其速速返回，去跟陈垦丁商议一桩重大事项。朱绣煞是诧异，指着自己的鼻子：我么，是我么？对方拉拽道：走吧，阁下钦点的你，称你为凉州的卧龙先生，八成是要向你问计。

疯跑了一段，朱绣抬手遮住了眉眼上的风雪，竟发现自己进入了警察局，而不是县府。

这个工夫上，陈垦丁对北门外的突发异常，大概掌握了十之七八。

狗日的，这个下马威绝对是冲着老子来的，没那么简单，自从获悉了北疆的传报，我等这一辆灵车等急了，如今就要见了分晓。言毕，陈垦丁将一瓶药水和一根棉签，交给马警队队长，又洞开了嘴巴，啊啊啊地呻唤。天呐，里外都是燎泡，一疙瘩一疙瘩的，王伯鱼讶叫着，用棉签蘸上药水，仔细涂擦了好几遍，晾了晾，又抹了一层。不一时，陈垦丁的嘴巴上就像打了一块紫褐色的补丁，阴阳两色。你上火了，阁下还是要劳逸有序，举重若轻，不能那么太拼，王伯鱼劝慰道。他妈的，点了我的天灯并不要紧，可万一将元宵灯会给烧掉的话，这个年有始无终，凉州百姓们问罪的不是你和张彝，而是在下，那我真就百死莫赎了。陈垦丁的颊脸一直抽搐着，显然被困在了眼前的危局当中。王伯鱼宽慰道：没啥，真的没啥，不就是送上门来的两具死尸么，触犯了死人只出不进的城防条例，冲撞了武威城的喜气；是这，等夜黑以后，我悄悄处理掉就行了，阁下也不必自责。陈垦丁瞟了对方一眼，一半是蔑视，一半是惋惜，哀叹道：唉，我也是架在车辕上的老马，两头扯心呀！什么时候能卸下局长这个担子，专心在县府大院里喝茶的话，那我可就烧了高香了。这句话不啻于一道天籁，梵乐四起，妙音翩然。王伯鱼咔嚓一个立正，抬手敬礼：阁下，张彝刚才只忙着争抢头功，抓紧审讯人犯去了，但他着实忽略了一个要命的关节，那就是北疆的蒙家庄子，是不是像人犯所供述的那样，已经被黑喇嘛的主力武装所控制，这才是问题的钥匙，阁下明鉴。再次奏效了，一旦涉及到这个敏感的话题，陈垦丁的手中犹如拿着一把烧红的刀子，轻易地切开了警察局的这一块酥油，分出了彼此，划开了沟壑，从而为其所用。咦，原来你这么看呀，你接着往下讲！陈垦丁催促说。王伯鱼一口气道：阁下，停在北门外的那两具亡灵，一个是肉身子，另一个则是冷灰，我已经亲自查验过了；木匣子里的那一坛骨灰无名无姓，没鼻子没眼，暂且搁在一旁，即便像人犯所交代的那样，尹先生的确死了，下世了，他们碰巧在石羊河下游捞到了尸骸，但这仍然存疑，有待于人证与物证去敲定。眼下，火烧眉毛的最在于那一个被冻住的家伙，因为他生前受过酷刑，遭了虐待，五官变了形，肢体也残损了，谁敢听信人犯的一面之词，轻率地签字画押，指认他一定就是上海滩的张观察？陈垦丁仰首，盯望着头顶上那一层陈旧的仰衬纸，吹了几口气，发现它纹丝不动，犹如黑幕，只有几根飘絮般的尘索掉了下来，无足轻重。王伯鱼接续说：阁下，死不过就是一个绳结，但这个绳结是谁打的？杀人的动机到底在哪里？黑喇嘛的传闻简直太多了，有的说早死了，有的说还活着，但依据河西一线的同行们汇总的情报，这个悍匪虽然罪恶累累，劫掠财物，杀人无算。可是像张观察这样单人独马,也不曾携带大宗银两,一个人上的路,那么杀他何益,有无必要?陈垦丁道:哼,土匪是毫无章法的,见人杀人,见佛杀佛,况且张观察的这个身份也足够敏感,牵动了各方,黑喇嘛对他动手,除了扬名立万,最起码可以勒索政府,肯定想给我上眼药水吧。王伯鱼却不接茬,而是顺着他自己的意思,坦承道:退一步讲,就算张观察本性倨傲,眼中无人,不小心惹怒了黑喇嘛,下场悲惨,但一个生性残忍的悍匪头子,他杀了人之后,往往就地掩埋,不露痕迹,只怕遭了天地的报应;那么黑喇嘛为何反其道而行之,突然念起了阿弥陀佛,又大张旗鼓地派出一辆灵车,在冰天雪地里疾驰了五六百里,直接将尸骸扔在了武威城下?陈垦丁心里打鼓,哀叹说:呃,秃头上的虱子——明摆着的,不过是趁我刚刚戴上县长这一顶乌纱帽,他率先开出了一个价码罢了。王伯鱼一怔:价码?那黑喇嘛这么干,他究竟图的是什么呀?陈垦丁两手一摊:天知道。

事情重又僵住了,话题回到了原点。

陈垦丁觉得炉子里的煤烟有点太呛,想透透气,于是拔掉了插销,将窗子切开了一条缝。这一霎,罡风裹挟着雪花,突然吹皱了他的表情,那一股沁人的清凉罩在面门上,顿时消解了燎泡带来的灼烧感,心下一喜。陈垦丁暗忖,对呀,堵不如疏,我干么要关起门来谈这一桩送灵之事?杀人者位北,而武威城居南,我只要仔细避开这一枚冷箭,一推三六九,想必也能保全自己,将来护法凉州。这么着,陈垦丁开腔道:咦,你说说看,那第一个绳结怎么解?谁来解?解开之后,又该如何?对此,马警队队长早就有了一套答案,献计道:阁下,承平堡堪当此任,恐怕也只有顾山农亲自出马,才能水落石出,辨认出那一具尸骸的确凿身份,再谋后续的良策。察觉上峰眉头一拧,甚是疑惑,王伯鱼便释解说:阁下,记得去年的秋天时节,张观察可是威风八面,从省城兰州煊赫一时地走下了乌鞘岭,前县长吕介侯和你当时放下架子,亲自赴古浪峡口接上了客人。问题就在于,阁下仅仅在应酬的场合上跟他有过一两次的短暂交流,实际上并无私交,也多半谈不上默契,但顾山农不同。陈垦丁的内里咯噔一声,仿佛天窗开启了，一束启示般的光芒照射下来，确认对方正在开渠引水，将这一股浊流指向了承平堡。呃，顾山农咋了，难道他跟张观察彼此钦羡，互相引为知己么？追问道。王伯鱼轻笑说：呵呵，岂止是一对知己，假如当时没碰上保价局开张，顾山农场面清闲，加之张观察赖着不走的话，或许他们早就给关帝爷磕了头，烧了黄表，义结金兰了。陈垦丁料定，这都是马警队第一手的情报，此前他并不知晓，这一霎经王伯鱼的嘴吐了出来，半年已过，他显然属于后知后觉，不免有些颓丧。哑默了片刻，陈垦丁方说：嗯，请顾山农去认尸，这个当然最直接了，或许也能一锤定音，但不巧的是，目下顾山农并不在承平堡和权家，也不在凉州，这又该如何呀？闻听此言，王伯鱼一拍桌子，失声道：去屎子，这不可能！他顾山农就在承平堡，除非，除非他长了一双鹞鹰的膀子，飞出了我的手掌心。有时候，下属的自负，或许更能激发长官的开明与大度。陈垦丁攀住了对方的肩膀，蔼然道：唉，别争了，这个我最了解。近一段时间我在拜访凉州郡老们，第一个就是顾山农，虽然他候任了许久，一直坚辞不受，但我还是倚重他，况且他还接受了我的聘书，贵为县府的顾问与高参呢；是这，我当时先跑了一趟承平堡，后去了权家，只碰上了少夫人，讨了一杯热茶，仅此而已。王伯鱼听懂了这种话的边界，明白了分寸，遂堆笑说：咋了，少东主在闭关打坐，不肯见人么？陈垦丁绍介说：不，他去了省城兰州，据说权大人当年的一位故交要给儿子办婚事，发来了红帖，想必这种礼数相当麻烦，顾山农可能被绊住了，在黄河岸边过的年。王伯鱼哦了一声，附和道：是呀，这个雪没完没了的，把祁连山也下白了，乌鞘岭一线成了冰山雪窟，道路早就封闭了，顾山农的归期恐怕还要另说，眼下也根本指望不上。

第一个绳结犹在，破解无术，只好先晾在一旁，因为朱先生来了。

朱绣踉跄地进了门，虚了一礼，肩膀上白花花的，分不清究竟是羊毛，还是积雪。见来了客人，王伯鱼欲走，却见长官丢了个眼色，忙塑在一侧，旁听起来。与前次不同，在县府里晤面时，朱绣一身轻快，带着旧历新年的喜气，哪怕说上一院子的吉祥话，也是人抬人、僧抬僧的功德，并不讨嫌。但是，目下在森冷而阴郁的警察局，这一座原本是废弃粮仓的庭院，在罡风的吹袭下，竟然透出了一股股肃杀之气，令人胆寒，脚下发虚。尤其在进来的一路上，不是鬼哭，便是狼嚎，耳朵里灌满了皮鞭与锁链的声音，狰狞至极。干员指着左右两侧的高墙，介绍说那就是县牢，一旦端上了里头的饭钵，这辈子也就罢了，没几个零花钱了。这不是君子之地，此乃教化之所，朱绣心生憎恶，不敢去打望，埋下头加快了步伐。陈垦丁落座下来，冰冷地说：先生，听说你有一个高论，圈养不如散养？朱绣一怔，心里头翻箱倒柜了半天，接不住话，竟也不知这些雌黄之辞，是不是出自个人之口，遂胆怯地说：阁下，话有三说，就看在什么场合下讲的？陈垦丁道：呃，你曾经说过，针对个别的少年人而言，散养才是最佳的教育，因为野天旷地必然胜于死板的课堂，在山水之间习修，一定优于书本上的之乎者也，也才能释放其天性，磨砺其品格，野蛮其体魄。朱绣着实糊涂极了，忆想不起这些大逆不道的陈词，怎么就算在了他的账簿上，屎盆子也扣了过来，躲闪不及：哎呀，武威城里的牙茬多，凉州地上的是非更多，也不知阁下从哪里听来的这一段闲话，栽在了我朱某人的头上？朱绣断定陈垦丁这是在问罪，突然翻了脸，一扫在县府大院时的客套，表情也板结着。这一刻，天光从窗户上投下来，加之紫褐色的药水开始干燥，这让陈垦丁的颊脸阴阳两色，不是判官，却胜似包拯包大人。身为凉州总教，先生本应该领袖杏坛，率先垂范，倾心于教育，极力维护凉州境内各个学校的那四堵围墙，让学子们日出而吟，日落而诵，为国家和革命锻造一批栋梁之材；可偏偏，你那一套散养的谬论，蛊惑了人心，动摇了根本，等于你这位总教大人，亲手拆除了学校的各个围墙，学子们虽然身处校园的操场上，心思却放了羊，这岂不是一桩罪孽，一种失职么？陈垦丁语气中和，但字字句句，却像一把把刮骨的寸刀，夺面而来。朱绣身上的寒气散了，但内里已开始结冰，一派千里雪原的样子，仓皇道：阁下，你方才的话，朱某虽然记不得始末，也不知道在何时何地讲过，但那毕竟是一家之言，也不曾被杏坛奉为圭臬，不值得你如此惊怪。事实上，自共和以来，凉州的教育就像一件百衲衣，分灯法脉，门户各立，东家用一套旧课本，西家则是另一套新式教材，暗地里互相排斥，但表面上却又是一个松散的结盟。呵呵，我这个凉州总教，徒有虚名耳，除了阁下你今日里如此礼遇之外，吕县长在世的时候，我哪有福分，穿得上这么一件漂亮的羊毛褂褂呐。这样的谄媚，陈垦丁几乎无动于衷，诘问道：不，那不单单是一件短袄，佛要金装，难道我就不能重塑凉州总教这个角色，让先生你以后扬眉吐气么？朱绣讶异不已，仿佛窥见了柳暗花明的那一刻，忙趋前一步，笃定地说：阁下，朱某不才，可肚子里好歹还有一两滴残墨，也有一颗犬马之心，从今往后，我必定照着你的这一番策励，一心不乱，澄澈如镜，为凉州子弟们开山劈路，替国家，也为了革命，尽力输送上一批批可用之才。

陈垦丁起身，拎住炉盘子上的一只铁壶，倒了一缸子开水，递给朱绣。末了，他又俯身打开了抽屉，取出一个镔铁罐子，抓上一把冰糖，丢在了缸子里，叹息道：

"唉，火星子还在，其实它并没有死灭。"

"还请阁下明示。"

"嗯，我指的是学生们罢课。罢课就是个火星子，一旦点着了，就会引燃社会各界的不满，势必破坏了春耕、贸易、集市和交通，让武威城再次陷入瘫痪，百业凋零，民怨沸腾。"陈垦丁的忧患真实而确凿，似乎跟远处的炮仗声格格不入。又道："最揪心的是，万一学生们被别有用心者所利用，一下子失控的话，去冲击新城大营，去跟军部对峙起来，那可就糟透了。再如果矛盾激化，死上那么一两个学子，我又有何颜面执掌凉州呢？"

"闹不起来。依我的看法，那股子气现在泄光了。"

陈垦丁笑说："先生这么确凿？"

"嗐，少年人的忘性大，记忆浅，最经不住消磨了。这场雪从去岁下到了开年，娃娃们大多在家里的热炕上盘着呢，该吃吃，该喝喝，油汤辣水的，阁下根本不必操心。"朱绣释然了不少，这种类似于嗑瓜子的饾饤琐事，尽在自己的掌控之内。又道："去年的罢课，说大也大，说小也小，这跟儿子娃娃们打群架一个道理，不过是精力过剩、上房揭瓦罢了。最可恨的，其实是那些行商坐贾、乡绅贤达，以及自诩为读书人的奸贼们。他们一泼火油，连带着引燃了少年人身上的乱草，这才烧着了武威城。"

"先生真这么认为？"

"嗯，不过那堆火幸亏灭掉了。再说，这个正月里燃放的鞭炮，肯定已经冲净了邪祟和晦气，开春之后，武威城的头顶上，想必又是一团和睦与澄明之气。在阁下的擘画下，凉州全境百业转苏，万泉涌地，如星丽天，一切都在指日之间。"朱绣觉得，身上的这一件袄子太热了，热得让他忍不住剖心献胆，将一腔肺腑搁在当面，"阁下，昨日的柴火，必然是今天的草木灰，不仅能肥田，还可以滋养凉州少年们。"

"先生别忘了，这可是吕县长捐出一条命，暂时平息了那一场狂燎烈焰。"陈垦丁仰首，仿佛朝着虚空中的前任，追念地说，"他可真是一条烈汉子，要不是他以命相搏，上访团不会撤回来，凉州的乱象也将持续到今日，没这么太平。遗憾的是，刘郁芬走了，孙仲连主席来了，省府的大员们走马灯似的，一直在纷纷换将，对吕介侯一案至今没有重新审定。我不免怀疑，这件事就这样摆荒了，一阵风吹了过去，有头无尾。"

"嗯，的确，亡者纵有百般的不堪，但生者还得穿上今天的袄子和鞋子，走将来的长路。"朱绣一边附和，一边垂手相告说，"阁下，我擅自做主，准备将这个假期延长。雪太大了，近十年来也没见过这么疯狂的天象，干脆让娃娃们避开坏天气，统统在家里蹲着，拴在他们爹妈的裤腰带上，大家也都省心。"

这样的水话，如此推卸责任的圆滑伎俩，令陈垦丁大为失望，也就索性不客气了："天地缟素。先生不觉得这是天老爷垂泪，为凉州搭建了一座广大灵堂么？"

"替吕县长？"

"除了他，另有一人。"

"请问？"

"尹先生。姓尹名贤，凉州人尊称他为尹先生。"

朱绣愕然不已，这个略显陈旧与斑驳的名字，此刻不请自来，突然像炉口上的一束火焰，摇曳于眼前，炙烤着诸人。朱绣按住了心慌，语气热辣地说：

"哎呀，原来是尹先生回来了？"

"回来了。"

"他在哪？天呐，我还要去拜见和请益，这半年来，我可是梦见了他不少回。"

旁侧里，马警队队长终于看不下去了，对这种虚头巴脑的言辞，对这样一人千面的矫饰，实在是大为光火。王伯鱼盯看着朱绣脚上的那一双黑棉鞋，发现他带进门来的积雪化掉了，整个地面上污水横流，一丝被冒犯的情绪，又蓦然占据了上风，吼喊道：

"对呀，尹先生他回来了。不过，回来的是一坛骨灰。"

"骨灰？"

"不错。尹先生的亡灵，如今就暂厝在郊外的化人场，按照武威县的治安条例，不可入城。这是今天才发生的事，阁下刚刚在第一时间便通知了先生你。"王伯鱼据实相告。

"他真的殁了？"

朱绣噙住了眼眶中的泪水，相信此言不诬，事实俱在。

"是呀，投水之前，尹先生他还是一副热身子，如今借着这一场风雪归来，回到了这座城池，这个白雪皑皑的广大灵堂，却成了一坛冷灰。这是凉州之痛，也是整个河西损失了一根知识的柱梁，令人寸断肝肠，心中悲戚。"陈垦丁盯望着总教大人，那些泪光，同样在他的内里深处引发了共鸣；但是对于一个地方首脑而言，类似的感慨无疑是多余的，更是有害的。陈垦丁话锋一转："依我看，骨灰虽然冷却了，但那只木匣子内，还埋着危险的火星子，一俟风吹草动，走漏了这个坏消息，明天的元宵灯节，恐怕也就成仙坐佛、力所不逮了。"

"阁下八成是在担心，学子们将闻风骚乱，重新啸聚，再次罢课？"

"所以需要圈养，不能放了羊。"

"哎呀，这个话么，这个当属朱某不恰当的浮淫之谬论，最好不提也罢。"朱绣终止了这个话题，忽然变成了一个解人，输诚地说，"阁下，照我的看法，等开了春之后，东来西去的旅人们也就多了，尹先生生前交友广泛，知音遍布天下，倘若有同乡什么的寻到了弘毅乡学的门上，不妨让他们将这一坛子骨灰捎回去，葬埋于桑梓之地，魂归故里，也算是一个妥善的良策吧。"

"咦，先生似乎很有耐心，不知这要等到什么时候？"

"在下有一个不情之请。"

"先生吩咐则是。"

"是这，"朱绣肃穆下表情，两手合十，款然道，"不管等到何年何月，哪怕是地老天荒，只要尹先生的骨灰动身的那一天，朱某定然一袭素衣，埋首东向，一路上悉心随护，代表凉州父老将他的亡灵送归故乡，落葬在一块山明水秀的无上宝地。"

陈垦丁忽然接过客人手中的那只缸子，抿了一嘴，发现并不甜，冰糖未曾化开："呵呵，听说你跟尹先生一向不睦，彼此也罕有走动，更没有同道之间的那一种唱和与激赏？哎呀，这是我耳食来的闲话，你大可不必当真。"

"阁下，这种话并不可笑，也不应该由你的口中说出来，我颇感失望。"

"抱歉，我这是无心之过。"

"实际上，道理浅显极了，天下的和尚与道士，从来不会在本村念经，也不在自己的庄子里设坛作法，因为他不受悦纳，无人肯信，香火自然也就惨淡。"一味地退让，虚声下气的谦恭，唯唯诺诺的性格，面对权势之人的拘谨与驯服，让朱绣朱先生的这一根脊梁，弯折了许多年，始终也抬不起头来，下巴几乎要贴在了脚面上。但是，反击开始了，朱绣在这个坏天气里，终于撕破了云层的一角，扯下来一道日光，照彻在了他自己幽冥而胆怯的内心深处，仿佛突然间获取了一种勇敢，一份柔中带刚的果决。昨日种种，譬如昨日死；今日种种，譬如今日生。或许，这一刻的脱胎换骨，不单是朱绣本人的吁天之举，对日后的凉州来讲，更是迈出了鼎新的第一步，进而填补了尹先生过世之后，留给凉州，留在这一片沃美土地上的巨大空虚。又接续道："阁下，你知道么？你今个天相赠的这一件礼当，在旁人看来，它只是一件贴肉的短袄，可是在朱某人的眼中，它另有一个名字。"

"先生请讲。"

"它应该叫尊严。"慨然道。

"尊严？"

"不错，就叫尊严，斯文在世的尊严。所以阁下你不能一方面慷慨相赠，另一方面又弄脏了这件袄子，让郡老们难堪，无法穿戴。"朱绣回眸，目光瞥向了东南方向，回忆般地说，"过年的这些日子，我天天去文庙里扫雪，院子里只有两个人，一位是孔圣人，另一个则是学生我。或许，就是在那一座私密的课堂上，我想透了这一切，尹先生的肉身虽然走了，但斯文犹在，衣钵也同样不曾灭失。这一件名叫尊严的衣裳，我来替他穿，为他保养下去。"

"先生的话，可谓是大地醍醐，滋养了凉州的生气与文脉啊。"

"岂敢。"

朱绣收回了目光，发现自己陡然间多了一份底气，一种从容的态度。

"哎哟，先生请受我一拜。"

"不，万万不可。"朱绣拦住了王伯鱼搬过来的椅子，不肯落座，又慌忙抱拳还礼，"阁下，我忽然改了主意，我以为唯有如此，尹先生的魂魄方能继续庇护河西首郡，也才能给凉州子弟们留下一颗定盘的明星，一块压舱的巨石。"

陈垦丁讶异地看了看王伯鱼，但答案却在总教大人的表情上，赶紧点了点头。

"把骨灰撒了。"

"什么？"

愕然一问。

"呵呵，其实我跟尹先生早年间有过不少交道，根据我的了解，他是一个看透了生死的人，根本不会计较身后的那些繁文缛节，更是瞧不起哭天抹泪的丧葬习俗。与其带着他的骨灰出省，在战火遍地的千里路上去送灵，倒不如干脆遂了他一生的愿望，直把凉州作故乡，撒在祁连山下的这一片绿洲上，想必尹先生的在天之灵，也会首肯我的这一想法。"朱绣一吐为快，不免喜兴了起来，"阁下，我愿意替你跑这个腿，去说服其他的郡老们，求得一致的意见，尽快让尹先生入土为安。"

"但是，尹先生的骨灰就是一根火捻子，一包炸药，如果点着了它，武威城又将开始罢课罢市，开始了游行，那应当如何？"

"阁下，这个不劳你担心，我已经拔掉了引信，火是点不着的。"

"怎么？"

"因为，尹先生的骨灰将要撒在文庙，文庙院子里那些从祁连山上移栽下来的松树还真不错，恰好可以陪伴着他。"朱绣抬手，扫了扫肩膀上的雪水，截铁地说，"阁下，相信没有一个学子胆敢欺师灭祖，去拆了武威文庙，去烧了那些历朝历代传承下来的牌匾。这是起码的道德，更是凉州的最高准绳，我有这个把握。"

"对，先生说得在理。"

王伯鱼瞭见，陈垦丁的眼睛里闪过了一丝喜悦之色，却又迅速湮灭了，不露痕迹。杯酒释兵权，王伯鱼暗忖，当年的宋太祖赵匡胤亦不过如此；但陈垦丁似乎更为高明，手腕也相当凌厉，于三言两语之间，便将尹先生的骨灰所带来的这一场重大隐患，推卸给了凉州郡老们，消弭在了这个坏天气当中，一切都被掩盖了，就像死亡只是一片风中的雪花，无从查找。

可是，城外还有另一具尸骸，真正的肉身子，且看你如何处置吧？王伯鱼这么想。

恰在这个关节上，步警队队长进来了，身后跟着另一个臃肿之人。

张彝的喘息声很粗鲁，扔下外套，靠在炉子上烤手，嘴巴里的那一团白雾也消失了。见缸子里有水，张彝牛饮了一口，发觉是甜的，甜得醉人，便客气地喊了一声小少爷，将其递了过去。惊白窝囊极了，用冻僵的手指头解了半天，这才陆续除下了皮帽子、护耳子和围脖子，露出了本相。一旁的朱绣登时惊住了，嘴皮子哆嗦不已，念叨着惊白二字，缓步上前，突然抱住了这个少年，将脑袋埋在了他的肩膀上，哽咽地说：天呐，这些日子真是活杀了我，我一不敢去承平堡和权家敲门，二不想惹大小姐生气，我的心思全都在你的身上了，好我的娃子，你囫囵着就好，你的光阴还在，那我也就放心了。惊白嫌热，暗中搡开了对方，戏谑道：哎呀，你的眼珠子咋就红了？难道说，先生也会哭鼻子么？朱绣噙住泪水，搪塞道：瓜娃子，你也不事先知会一声，我是白手出门的，身上也没带压岁钱，这个礼性我先欠下吧，择日再见了面，我一定给双倍的。惊白却后一步，赶紧鞠躬，铺垫了一段过年吉祥的话，又狡黠地说：先生，你可否看在过年的份上，原谅我一次，恕我无罪呢？朱绣一时欣快，喷笑道：呵呵，这是在衙门里，几位阁下都在，又不是在课堂上，我不查你的文章，也不会让你背诵诗词，原谅个啥？惊白垂首，俨然是一介弟子的模样，汗颜地说：先生，去年秋上有你的一件邮品，我半路上接获的，因为当时事急，我就让油坊的伙计们先捎进了承平堡，不过后来么，后来被耽搁了，腊月里才想起来这件事。

旁侧里，陈垦丁瞥了一眼张彝，又盯望着王伯鱼，同僚们互换了意见，觉得这步棋肯定下对了，这个少年的到来，将作为最关键的证人，揭开今日的谜底，给这件棘手之事钉上最后一根钉子，办成铁案。不过，陈垦丁察言观色，此刻又生出了另一重惊讶，眼前的少年不似以往，或许是因为经历了那一幕生死场上的淬炼，他蜕变，他硬朗，他筋骨，他变得格外机敏，口齿伶俐，分寸恰当，具有了一种成熟汉子的初始气象。陈垦丁暗笑一声，思忖说，这个承平堡，这个权家也真是够意思呀，一个接一个地出良将英才，居然连这个少年人也如此俊秀，惹人怜爱。事实上，恰是缘于这一句赞赏，惊白未来的长路已经若隐若现。

"邮品？你是说寄给我的？"

朱绣不免疑惑。

"对。里头是一件响器，不，应该叫乐器。"

"什么乐器？"

"胡笳。"

"胡笳？天呐，我的忘性可真大。"

这一霎，朱绣仿佛闻听到了顾山农的召唤，以及来自承平堡的烽火警报。

"好像就叫胡笳吧,我也不敢肯定,反正邮品上是这样写的。我不识此物,不过它现在已经散架了,我玩坏的,还丢了几个零件。"惊白再次弯下腰,深鞠一躬,致歉道,"先生,这个错记在我的账上吧,我愿意受罚。"

"关碍不大,你不必介怀。"

话虽这么说,但朱绣的内里当中,少不了怅然与失落,夹带着辜负了承平堡信任的那一番歉疚。见朱先生如此大度,惊白的忧虑也被一风吹净了,突然像一匹未曾驯服的儿马,目射精光,矬住了肩胛,一个蹦子跃出了栅栏。的确,在这座深宅大院中,在众目睽睽之下,惊白抛下诸位,堂皇地趸出了屋门,兀立于罡风和狂雪中,两只手箍成了喇叭状,吼喊道:

"脱可木,你个贼娃子终于来了呀?"

并没有答复。惊白急了,挣破了声嗓,又哀求说:

"木哥,我来接你了,我接你回家。"

胡笳六十一节

此处算不上县牢,但脱可木宁肯去坐牢,也不愿受眼前的这个罪。

无门无窗,头顶上的瓦叶子也朽烂了一大半,房梁和椽子裸露着。天气更坏了,雪花变成了渣子状,下得越来越急,将地面刷白了,拱到了半尺来高,犹如一面面斜坡。八成是装粮食的库房吧,墙根里栽了一排铁桩子,拴牲口用的,脱可木和伴当被一根脚镣锁定后,困坐其中,牢骚满腹。刚开始还有一堆火,但警察走了之后,火也就熄了。寒冷像一堵倒塌的高墙,活生生地砸了下来,烟尘四起,连目光也在寒战不已。伴当实在不甘心,瞭见墙根下有一捆柴火,于是拖拽着脚脖子上的铁链,伸手去抓,怎奈他天生是一个侏儒,身材短小,干脆够不着。抓得太急了,脱可木甚至听见了伴当骨折的声音,一时悲悯,遂抬起了屁股,打算自己去干。不承想,趴在柴堆上打瞌睡的那一条狼狗突然醒来,撑住蹄子,露出了狞厉的尖牙,喉咙里的雷声滚将而来,煞是瘆人。明摆着,这件事无果,还得继续哆嗦下去。

不过,一报还一报,报应不爽。

伴当可不是一个饶爷爷的孙子,哑默了半天,终于来了脾气,痛斥说:哼,你瞅瞅那个畜生,那个畜生跟城里人一样嫌贫爱富,见咱们身上穿的不攒劲,不光鲜,便想吃了我,咽下我,把我变成一坨热狗屎。脱可木失笑道:哎呀,你这是眉毛胡子一把抓,惹你的是狗,又不是城里人,你小心让风打歪了嘴,蒙家庄子的人不再认你。伴当荒凉地说:唉,这是我头一次进城,本想浪一趟世面,开个眼界，可武威城心地不善，先是来了几个穿老虎皮的人狗，把我一绳子捆住了，现在这只狼狗又在仗势欺人，看人下菜，我如今真是比囚犯还惨。脱可木告诫道：呔，那些人可是警察，吃公家饭的人，断断不能乱语三千，仔细你的口舌，万一惹翻了他们，你我准保没有好果子可吃。伴当鄙夷地说：呸，一个尿样子，区别只在于一个用两条腿走路，另一个使唤蹄子，他们肯定都是从畜生界里转世的，挨刀子的货。也许，这些腌臜话被狼狗听懂了，突然冲下了柴堆，单独纠缠住了侏儒一人，这里嗅嗅，那里闻闻，最后站在了他的脊背后头，伸出猩红色的舌头，舔舐着那一截冰凉的脖颈子。伴当不敢动弹，一直泥塑着，哀告说：天老爷，你看看你造的孽吧，人世上不容我这个半脸汉，谁都想欺负我，现在居然连一只畜生也把我当成了荤腥，求求你，你再给它一坛苞谷酒，我实在不想活了。伴当并没有得逞，因为狼狗对他的肉兴趣不大，扭着胯，低吼着转过身来，蹲在了两个人的面前，仿佛一介狱卒似的，值守在这个坏天气里。

半晌后，伴当方说：人比人，气死人，狗比狗的话，也羞死了它先人；咱们北疆的伙计才算是真正的天犬，眉眼漂亮，身上像缎子一样光滑，又忠人敬事，礼数周全，比这个畜生可要强上许多。这是发泄，脱可木心知，如果不让他把怒气撒光的话，以后实难相处了，而伴当平素里就是吝惜言辞，三棍子打不出一个屁来，遂附和道：对呀，你想见见世面，武威城就是最大的世面，咱们如今就坐在世面当中，你可别不知足。伴当灰败地说：呸！你这个话跟狗屁一样臭，难道武威城就是这么待客么，客人还没进门，就被一绳子绑了，拉到这里来吃牢饭？脱可木劝慰道：哎呀，好我的姑舅哥，我刚才不是招安了么，警察们顺着我的意思，一定去了城里核实。我敢打赌，如果不出意外的话，夜黑之前，我的保人就来了，肯定替咱们解枷卸具，再用一辆呢子车轿邀请到府上，今晚夕就睡在热炕上，舒坦死你。狼狗锉着牙，声音像磨刀似的，可能随时会下手，一下子突刺过来。对这种画饼充饥的许诺，伴当保持着一份清醒的警惕，喟叹说：唉，我不如你，我知道你在武威城里念过书，长过见识，但是我进了城之后，干脆两眼一抹黑，在这里，除了有一个人，我谁也不认识，我没人来保。脱可木一怔：你个贼，你居然还认得人，你认识谁？伴当吸了一下鼻涕，诡谲道：庙里的佛呗，我认得佛，佛却不知道我，看来也是一厢情愿，也是枉然。原来如此，伴当还记得先前的契约，走了一路也没忘，脱可木接茬道：我的保人是菩萨，菩萨显灵的话，咱们今晚夕就能吃上一口热饭，化解了这一场杀身之祸。岂料，好端端的一席话，竟然被伴当听岔了，一时间怒上心头，飞扑而来，将脱可木一头顶翻在地，骑在身上，拳头犹如打夯似的，砸得对方一佛出窍，二佛升天。狼狗谦逊地观望着这一幕争斗，对人世上的龌龊勾当毫无意见，放任自流。打累了，伴当颓坐在一旁，揉着脚踝上的疼痛，哭诉道：贼日的，我本以为你真有保人，我也能跟着你沾光，原来你认识的竟是菩萨。呸，菩萨跟城里人一样虚伪，见不得穷人家的烟囱里冒烟！你这是指屁吹灯么？你打算捉住虱子挤奶么？脱可木仰躺在地，盯望着屋顶上残缺不全的漏洞，目光飘升，挂在了高邈的云层之上，畅想地说：其实呀，姐姐就是人世上的活菩萨，姐姐还是我和惊白弟弟的唯一上师，这一辈子的金刚护法，将来以后的度母、恩人与先生；这错不了，姐姐对我和惊白恩重如山，十指连心。哎呀，姐那个王母娘娘，一旦听见了这里的风吹草动，指不定她会御驾亲征，率领一群天兵天将，荡平这一座警察局的。伴当狐疑道：呔，你发症了么？厨子的汤，戏子的腔，你一口一个姐姐地喊，你哪里来的姐姐？你家里的底细，你的屎屁股我还不清楚么。这么着，脱可木一骨碌爬起来，跪在地上，朝着权家的方向磕了头，截铁地说：姐叫达云，达云就是姐，我跟惊白的活菩萨原本姓权，乃是权爱棠大人膝下的千金，后来嫁给了顾山农，也就是承平堡的当家人，大名鼎鼎的少东主。伴当的眼睛突然瞪大了，如同牛铃一般，惊呼道：天呐，少东主，还有权大人？那你可攀上了高枝，有了承平堡做靠山，你将来吃香的喝辣的，自然不在话下，武威城里你也可以横着走路了。脱可木趴在地上，半晌也不肯起来，兀自忏悔说：唉，真是对不住姐姐，气候这么冷，警察上门去对质的话，一定会惊吓了姐姐的身子骨，害得她操心死了。转瞬，脱可木声嗓一尖，呼唤道：姐，我这么打搅你，绝不是为了我自己，只因尹先生的亡灵还在城外游荡着，我迫于无奈，这才招出了你，想请你做主，赶紧给一个万全的对策吧。这些话不像戏言，眼泪也骗不了人，伴当开始深信不疑了，却又照顾自己的面子，决绝地说：呃，你看你，你马上就要吃上大户了，成了承平堡的贵客，现在却来给我哭鼻子演戏呢。我本来还想跟着你浪个世面，你这么一恓惶，分明是割舍了我，抛弃了我。不过你放心吧，等事情办罢了，我这只落单的大雁，原回我的北疆，回我的石羊河下游，我绝不拖累你，我将来也饿不死的。

伴当的两手不停地比画着，掏出了一腔子的肝胆。吊诡的是，他的十指之间，竟然粘连着一层半透明的皮膜，仿佛打开的伞，被伞骨牵拽着，不是漏斗状，而是一双招财进宝的富贵手。这一异常，被狼狗窥见了，猩红色的舌头垂了下来，伺机等待着。

北疆，这个词不提也罢，但是一旦说破，两个镣铐在身的落难之人，眼睛就红了。

伴当扇了他自己一耳光，歉疚道：我不是人，我刚才的话全不作数，我真该死，将来五马分尸也好，点了天灯也罢，我的下场就是一个惨字。脱可木收住了哀伤，不解其意。伴当又说：天老爷，整个蒙家庄子的父老们，如今还在土匪黑喇嘛的手中，被绑成了人质，死生就在一线之间，可咱俩没心没肺的，现在竟然在浪世面，在武威城里乱嚼舌头，这是连猪狗也不如的行径呀。脱可木哀告道：求你了，你这只黑老鸹，你闭嘴吧，我的心也在时时滴血，我一刻也没有忘记庄子里的危险，可凡事有急有缓，容我一个一个地料理吧。伴当哼了一鼻子，斥责说：呸，我这一路上看出来了，你的心思都在那一坛骨灰上，你舍不得让你的先生颠簸受罪，所以你一直背着那个木头匣子，让另一个死人可把我给折腾够了。脱可木蓦地恼怒了，挥起拳头：驴日的，你可记住了，尹先生就是我的长生天，也是我的亲老子，我背着他老人家的亡灵，不忍心扔在车上，那可是我在一路行孝，我在沿途号丧。你信不信我一拳砸碎你的鼻脸，现在就能杀了你？不过，伴当也是个硬茬子，当面揭短说：你没爹，你爹那个老二流子不敢进蒙家庄子，一旦进去的话，不断腿，就断胳膊。再说了，你娘下世已经过了百日，你也不必守着那几亩瓜地过活，你这一趟到了武威城，没准要甩了我，你其实根本看不起我，一直在预谋着如何脱身。脱可木的拳头捶在地面上，好似在发誓，又像在告诫自己：你听着，一码归一码，待我先安葬了尹先生，再将张观察的后事交代完毕，然后腾出手来，跟你仔细地论一番短长；我现在全都给你攒着，别逼我大开杀戒，拿你祭刀。伴当放肆极了，口无遮拦地说：哎呀，人一阔，脸就变，你有了承平堡和权家当靠山，你从此不用喝米汤了，你嘴里好像叼住了大小姐的一对奶头，老子才不稀罕呐。登时，脱可木大吼一声曰你妈，带着脚上的那根锁链，飞身扑了过去，将可恶的半脸汉压在膝盖底下，一顿乱拳。

实际上，在蒙家庄子，在石羊河下游，在北疆一带，最后还是拳头说了算，拳头才是头把子，也是真正的枭雄与帝王。

那一夜，黑喇嘛的主力武装从西山口外掩杀而来，越过石羊河码头，在凌晨时分围住了整个庄子，枪声大作，纵火焚烧，还将头人吊在了一棵榆树上，准备剥皮。这是自尕司令马仲英的部队当年血洗了北疆之后，蒙家庄子遭遇的又一场重大劫难。岂料，黑喇嘛并不打算杀人，也无心劫财，却出人意料地拉来了一副薄木棺材，棺材匣子里躺着一具尸骸，浑身被泼满了水，冻得比石头还硬。黑喇嘛将刀子戳在了头人的心口上，逼迫他立刻动身，将棺材和尸骸送到武威城，交给县府衙门。巧的是，脱可木和侏儒二人，也打算当天动身南下，将尹先生的骨灰捎回故地，送交弘毅乡学，反正一只羊是放，一群羊也是放，干脆合二为一，一趟子给办了。脱可木站了出来，说明了缘由，一则获得了黑喇嘛的首肯，另一方面解救了头人，颜面上有光。黑喇嘛心切，并没有追究那一坛骨灰的内幕，赶紧让喽啰们扎了一辆灵车，将薄皮棺材搬上去，催促他们二人即刻出发。走出了蒙家庄子，脱可木心知不妙，又折返回去，跪在了黑喇嘛的脚下，哀告说：老爷，我应承了这桩事，我就一定会兑现，将棺材款款地送到武威城去，但请你也要守诺，一颗唾沫一根钉，将来解封了整个庄子，千万不要伤人害命，不要让左邻右舍的亲戚们，在这个正月里大办丧事。黑喇嘛也是痛快，声称只要这一口棺材抵达了武威城下，他自然会知道，他也将第一时间解除封锁，撤回到西山以西，然后翻过喇嘛梁子，去马鬃山下的明水碉堡接着过年。临走前，脱可木问说：老爷，倘若县府衙门里的人拒收这一口棺材，我该当如何？黑喇嘛摇头：不会的，他们胆敢拒收的话，这几块不值钱的破棺板，一定将压垮整个武威城，遍地焦土，无人可以幸免。又问：我们这是替老爷你去跑腿，可万一县府衙门的人栽赃陷害，说我们杀了人，一命赔一命的话，那岂不是做了冤死鬼么？黑喇嘛大笑说：呵呵，你见过小鸡娃抓老鹰、兔子吃狐狸的么？武威县府里可都是一个个人贼，怎么会相信你们两个儿马能杀人，杀人之后还去举丧，去送灵，去自首？再说了，这个人真不是谁都敢杀的；除了我，旁人巴结他还来不及呐。黑喇嘛忽然俯身，在脱可木的耳朵上嘀咕了一阵子，如此这般地交代一番。最后，脱可木求问说：老爷，这个死人到底是谁呀？你总得给我一个他的名姓，万一碰上官府的哨卡盘查时，我也好应对吧？黑喇嘛答复说：张观察，你就说他是上海滩的张观察。

虽然念过书，但脱可木不求甚解，记一忘二，叨念着这三个音节，长官查，长官查，掉头离开了。变起肘腋，黑喇嘛突然断喝了一声且慢，随即抽出了腰间的一把马刀，明晃晃地架在了脱可木的颈项上，喝问道：小贼，你认得我么？答复说：老爷，你是天上的星宿，你是帐篷里的王公，我咋会认识你呢，我几辈子也攒不够这样的福分。又叱问说：咦，你刚才好像闻了我一鼻子，你在盘算我吧？脱可木抽吸着鼻涕，望了望头顶上弥漫的雪花，打着寒战，样子无辜极了。黑喇嘛不敢马虎，刀尖指着地下：快去，你去把鼻脸给我洗干净，让我记住你的长相，假如日后相见的话，我要亲自给你沏一碗奶茶。无奈，脱可木蹲在地上，捧起积雪，仔细地搓洗了起来，竟然将白雪也洗黑了，洗了不下七八遍。这么着，脱可木抬起一张清晰的面庞，就像答完了一份干净的卷子，交给对方去审核。黑喇嘛吓了一大跳，目光迅速瞥开了，不忍地说：见鬼了，真是见了鬼了，你咋就没肉呢，你鼻脸上全是骨头，你真是一个骷髅鬼呀。脱可木道：老爷，我在坟滩上守了一百多天，日头晒的，风刮的，粮食饿的，前几天才送走了我娘，我皮袄下面的孝服还没脱掉呐。闻听此言，黑喇嘛收回了马刀,却意外地扔下了一把银元,率着喽啰们进了庄子,二话没有。也不知道这一把银元是图个吉利,还是黑喇嘛专门给的盘缠,反正钱的话谁都明白。侏儒喜滋滋地奔了过来,一个不落地拾在手里,吹完之后,放在耳朵上听了又听,最后咧开嘴笑了:日他妈的,钱这么容易挣呀!这可真比我在石羊河上找食的强,再多给几个死人,老子也敢拉进武威城里。走,开拔了,咱们一趟子去浪世面吧。

但是,这一次南下的路,竟然走得疙里疙瘩,双方一直在拌嘴。

毛病根本不在伴当,毛病就出在了脱可木身上。沿途中,他们竟然没碰见一次盘查,哨卡里的警力全部被调回城里去了,因为元宵灯节即将临近,四乡八村的百姓们不惧严寒,车来马去,不绝于途,令县府衙门压力空前。这是伴当首次进城,一来有了银元,二者灯节的吸引力,就像一根刚刚出锅的肥羊腿,惹得他眼睛里喷火,只恨自己不是神行太保戴宗。灵车在雪地上嘎吱着,车轮上缠满了胶皮和麻袋片子,倒也不打滑。路人们瞭见了车头上挑起的那一根引魂幡,纷纷避让,并不想沾上邪祟与晦气,这样也省下了不少的吆喝。气恼的是,离开了蒙家庄子以后,脱可木的病就犯了,伴当再三恳求,催他上车,毕竟驾辕的牲口比他多了两条腿,速度也更快,放着油馍馍不吃,又何必啃干粮呀。脱可木的倔强此刻发作了,说他不忍心将尹先生的骨灰搁在车上,就怕颠疼了,也怕被罡风吹跑了,所以他宁愿将人形的木匣子背在身上,踏雪而行,劝了也是白劝。伴当道:瓜娃子,骨灰是死的、冷的,它咋知道疼呀?你瞅瞅,连棺材里的这个死身子也不动弹,难道一把冷灰就能闹鬼?脱可木哀伤地说:你不懂,我是他的门下弟子,我知道尹先生会疼的,他喊疼的声音,你自然听不见,但是在扎我的心。伴当狐疑道:啧啧,那你喊他一声,看看他答应不答应?脱可木的泪水唰地下来了,仰面而泣:其实,这每一朵雪花都是尹先生写下的批语,每一股子罡风也是他老人家在喊疼,骨灰的确死了,但亡灵还活着,就在天上跟着咱们,一步也不曾离开。伴当张望了半天,天空毛糙糙的,仿佛一块从旧衣服上撕下来的破布,心说:哼,准定是念书念愚了,连我这个半脸汉也不如,竟然相信蒙家庄子里的那些阴阳法术、哄鬼的话,随他去吧,等他的脚上磨出了血泡，看他怎么来求我。

这个期待破灭了，因为脱可木再生枝节，气得伴当差一点吐血。

好端端的一条官路横陈眼前，沿着那一排枯瘦的左公柳南下，武威城指日可待。岂料，脱可木偏偏跟人不一样，撇开了官道，在封冻的石羊河畔逆行，简直害苦了牲口和伴当。好在两岸的坡地并不太险峻，淤泥和卵石全部被冻硬了，犹如铁板一块，下得去脚。每到了一处河湾，脱可木总要祭奠，或者向附近的农户要一捆麦草，或是拾来一堆干柴，点燃之后，让一根根黑烟挂在天际，等于供上了一炷炷高香。没有黄表，也没有供果与酒水，幸亏随车带来了不少的奶疙瘩，脱可木掰碎之后，扔在了火焰当中，又仓皇地跪在人形的木匣子面前拼命磕头，涕泪不止。那一刻，脱可木重三倒四，反复叨念着一句话：尹先生，我来给你拾魂了，你跟我回去吧，别在这旷原雪地里游荡了，我舍不得你忍饥受冻。这个季节的石羊河始终哑默着，白茫茫一片，冰层厚实，就好像一条刚刚擀完的羊毛大毡，蜷曲在凉州大地上，河湾众多，精疲力竭，对脱可木的喊话无动于衷，不加评判。每次祭奠完，车马又开始上路，但脱可木的膝盖跪久了，疼痛难忍，觉得身上的那只木匣子犹如铅铸，一步一声哎哟。偶尔，伴当嘲弄道：姑舅，你拾上了么？你到处在拾魂，匣子里恐怕都装满了吧？难怪你比王八还慢。脱可木诚实地说：不，其实只有一个魂，只要我在天上留下记号，尹先生就不会迷路，他一定会跟着我的。

引魂幡是另一个记号，充满了不祥。

夜黑前，冻得实在扛不住了，两个人便离开了河岸，去附近的庄子上投宿。巡夜的民丁用火炬一照，瞭见那一根引魂幡之后，便三七不问，一顿棍棒伺候，撵跑了他们。大概在汉家营以西，终于住了一宿，因为庄子里的人们走空了，去了武威城看灯，只留下一个又聋又哑的老汉，惜了他们的可怜，这才停下了脚步。美死了，先是在炕洞里填了一背篓锯末，又洗了热水脸，熬了一大锅茯茶，两个人打算睡个好觉。但是，炕烧得太烫了，芦苇席子也被烤焦了，没了办法，两个人缩在炕角里，一边喧慌，一边坐等天明。脱可木突然拿出了银元，全都交给了伴当，叮嘱他不必伴随，最好天亮了先走，并约定在武威城北门外会合。伴当正中下怀，连连答应，但是将银元逐一铺开在了炕面上，一家一半，谁也别吃亏。脱可木分文不取，哀恳地说：姑舅哥，自打去年秋上，我就一直想报答你，但我的身上很穷，我自己也在挨饿，我这一半你全都拿去吧，让我了却了这个心愿，你可别嫌少。报答个什么？一个庄子里的姑舅，你却说两扇门里的话，你打算撵我走么？伴当反诘道。脱可木释解说：哎呀，你真是当局者迷，你其实是一位接引者，你将来会有天大的福报，可你现在还不自知。见对方困惑不解，又道：我还记得那一天，要不是姑舅你援手的话，尹先生的尸骸，怎么会从石羊河中现身，让我这个弟子接住了这一桩后事，如今亲自带着亡魂回家呢？原来如此，伴当登时羞红了脸，揶揄地说：对么，天没塌吧，凉州的长生天还囫囵着吧？脱可木答复道：的确，尹先生虽然殁了，但这一坛骨灰就是擎天的基石和柱梁，凉州的天塌不掉，长生天还在呐。末了，彼此相视一笑，各自心中明了。

无疑，只有他们才懂得这一句切口。

母亲下世后，脱可木开始了守孝，再也没能返回武威城。至于学业什么的，就像往日里做过的一个梦，稀薄，恍惚，热情散尽，了无痕迹。母亲落葬在了庄子外的一片砾石干滩上，靠近家里的瓜田；此前亲房们帮忙种下的瓜苗，如今格外地旺盛，大大小小的西瓜祖露在旷原上，绿意盎然。脱可木搭了一座简陋的草棚子，天天在念阿弥陀佛，超度亡灵，到了饥饿难耐时，便砸开一只西瓜，连皮带瓤地啃光了，不敢浪费。实际上，在脱可木的内里深处，始终矗立着一尊榜样，这个榜样不是旁人，恰是承平堡的当家人顾山农。在脱可木看来，少东主作为一介上门女婿，尚且能为外父权大人守孝三年，现在他自己也成了一名孝子，死的又是撕心裂肺的亲娘，三年的期限并不是一件难肠之事。悲哀去如抽丝，随着时日的更替，渐渐地，脱可木将眼前的这一片坟滩，当作了一间修习之所，除了在坟头前枯坐祷念外，打拳、跑步、嘶吼又成了一门新的课业，日子也不再那么磨折，就像涂上了一层油膏似的。秋深时，脱可木发现北疆的旷原上，渐渐地多了两件东西：一个是南下的大雁，以人字状的队列，悄然地滑过了弧形的天空，投向了武威城和祁连山，以及更远的青海与西藏；另一个则是密集的驼队、商团和贸易零客，首尾相衔，络绎于途，方向上大多来自河西首郡的武威县，成员们面目各异，口音驳杂，运输的货物也是千奇百怪，芜杂多样。脱可木多次站在路边瞭看过，终于窥破了其中的门道，因为那些大牲口和车辆的行列中，少不了悬挂着一样的牙旗，于浩荡的漠风中猎猎拂动，上下恍惚。保价局，脱可木认出了这三颗内容生疏的大字，不知其详，便也忽略过去了，并不好奇。

　　那日午后，一支商团踅出了官道，停歇在了干滩上，埋锅造饭，躲避秋老虎。荒凉了那么久，此刻见到了不止一个大活人，脱可木一时喜悦，赶紧抱着两个西瓜送了过去。对方也是开朗人，投桃报李，当即舀了一海碗羊肉面片子，端给了脱可木，大家蹲在地上吃喝起来，并不见外。雇主是四川自贡人，惊魂未定，声称现在到了这个狼不拉屎的地方，他才稍感宽心，这一批货物也是有惊无险，没有损毁一件，前景可期，将来少不了打点诸位。雇主感慨说：日他的仙人板板，老子走遍了天下的州府和郡县，虽然军阀内战，各处硝烟，见惯了不少的屠杀，但是对学生娃娃动手，枪杀一批少年人，这也只有狗日的武威县才能办到。脱可木诧异极了，竖起了耳朵，又闻听几个凉州当地的马夫，七嘴八舌地附和着雇主的意思，一下子将这个话题扯开了。这么着，有关承平堡、小少爷、宪兵队、枪毙、游行示威、罢课罢市等等的尖锐辞藻，犹如一股狂乱的黑色风沙，裹挟了脱可木，一时间不辨东西。孰料，另一重打击接踵而至，自贡商人半是惋惜、半是夸赞地说：老子觉得，你们凉州应该给那个投水自尽的先生盖一座庙，塑一尊像，万世供养下去；天下的教书匠多了，但为了保护学生娃娃不惜舍命的，老子可是头一次遇见，等我挣完了这一笔钱，折返回来后，我一定要捐出一半。脱可木失了三魂，丢了六魄，登时预感不祥，恐惧地问说：敢问诸位，那个投水的先生姓甚名谁，怎么称呼？凉州马夫们相告道：不是旁人，正是大名鼎鼎的尹先生，武威城里传疯了，学生娃娃们也哭成了一片，这错不了，就是姓尹的先生。脱可木撂下饭碗，还来不及擦泪，蓦然发现大家面色一紧，相互提醒说：快住嘴吧，承平堡的护卫们过来吃饭了，千万别往他们的伤口上撒盐，他们可是野兽性子，小心挨揍。

随队的两名护卫长相颇似，应该是兄弟俩，铁青着脸，吃得很沮丧。事实上，凉州保价局跟以往的镖局本质迥异，并不承担生死搏命、舍身护主的责任，大概等同于向导的角色，望风指路，寻水勘查，在北疆的土话中称为"路引子"。这些向导属于承平堡的外围人员，临时雇来的，一单一结付，把把清，靠的是机灵与经验，在长路上挣钱活命。一俟离开了武威城，雇主害怕向导们做手脚，便纷纷改了口，以护卫尊称对方，顿感这一支驼队或商团有了梁山好汉的意味，亦有了七侠五义的铮铮铁骨。这是默契，更是人抬人、僧抬僧的招数，双方各自宽慰，礼数行在了前头。下半天的日头很毒，雇主和凉州马夫们钻进车厢底下歇息去了，脱可木见兄弟俩吃罢后，便相邀二位去了自己的瓜棚，砸开了几只西瓜，双手奉了过去。人敬我一尺，我还人一丈，护卫们开始有问必答，毫不隐瞒。如此一来，脱可木获知了两条重大线索，这一生一死的消息水火分明，喜忧参半，令其痛彻心扉，眼眶里噙住的是血，而不是白花花的泪水。生，据说权家的小少爷还活着，从刑场上捡了一条命，少夫人正在堡子里替他叫魂，其余的不详。死，有关尹先生的这个噩讯，就像一丛丛茂密的水草，在脱可木的想象中纠缠不清，并释放出一种黑暗的力量，将岸上的所有生灵，拉拽到了水底，试图一起殉葬。情急之下，脱可木差一点泄露了自己的身份。他拗口地说：惊白那个贼皮实，死不会找他的，找也找不见，他能把死气个半死。护卫们讶异道：你个娃子，你认识小少爷么？你咋知道惊白这三个字的？脱可木抽出来一把砍刀，宰了西瓜，催促说：吃瓜，哥哥们吃瓜。

日头西移，天气凉却了下来，自贡商人率着这一支队伍驶离了干滩旷原，消失在了深秋的天涯尽头。脱可木挑了两颗大西瓜，一前一后地挂在肩膀上，匆匆赶往石羊河畔。暮色垂降之际，他终于站在了码头上，瞭见了侏儒那个贼。侏儒是一枚异数，虽然身为蒙家庄子的后裔，但一直不受待见，猪嫌狗不爱，只要他一跨进庄门，石头瓦块便飞将而来，往往鼻青脸肿的，他遂一再发誓跟庄子里的人势不两立，老死不相往来。脱可木曾听母亲讲过，说侏儒生下来的当天，蒙家庄子下了一场罕见的冷子，冰雹把地里的庄稼打光了，牲口也死了不少。本来生的是儿子娃娃，亲房和邻舍们前去道喜时，却被吓得魂飞魄散，每个人都炸毛了。怪胎，这个婴儿的头颅仿佛一个肉瘤子，五官皱巴巴的，而且十指粘连，像鸭子的蹼，竟然十天半月也没哭过一嗓子。及长，侏儒的母亲受不住庄子里的闲言碎语，跑到西山口外跳了崖；父亲去了哈溪镇的金厂挖金子，结果矿井塌了，尸骨无存。半脸汉，庄子里的大人娃娃们称之为半脸汉，虽然嘴上作践，但毕竟惜疼他是一条命，所以东家扔半个锅盔，西家赏一碗剩饭，居然糊里糊涂地长大了，谁也记不清他的岁数。蒙家庄子不过是一块指甲皮大的地方，被其他的娃娃们占据之后，侏儒没了去处，便一退再退，站在了石羊河边。天无绝人之路，侏儒突然发现，北疆人惧水，一般不敢在河里戏耍，这浩荡宽广的水面，无疑成了他的疆土、他的领地与王国，于是干脆让出了陆地，整天只跟鱼虾和浪花为伴，再也不愿返回庄子里去看别人的眼色。也就奇了怪了，一旦跳入石羊河中，侏儒就像一匹插上了翅膀的天马，一只从云层里扑下来的鹞鹰，迅若闪电，快如霹雳，吓得河里的大小生灵们望风而逃，还以为孙猴子前来要账，一棒子捣毁龙王爷的宝殿似的。很显然，短处变成了优长，手指间粘连的那一层皮膜，竟然像一对划水的桨叶，而颈项后凸起的那一颗肉瘤起到了托举的作用，仿佛天老爷先时的亏欠，如今全部补偿了回来。有人亲眼瞧见，这个贼只用了半根烟的工夫，憋住一口气沉入水底，泅渡到了对岸，而那时候石羊河洪水暴涨，宽度达到了三四十米。另一回，高德旺的女人跟婆婆吵了嘴，将半扇磨盘绑在自己身上，跳进了河里。幸亏侏儒正在岸上晒日头，三七不问，在河底里摸了半天，才将女人和磨盘拉拽了出来，搭救了一条命。熟稔了水性之后，侏儒在码头上找见了吃饭的门道，买了几张牦牛皮，扎了一只结实的筏子，在左右两岸运输货物，从此靠水吃水，跟庄子上的人们鲜有往来，性子很独。脱可木算是仅有的几个能跟他说得上话的人，这缘于母亲在世时维下的关系，加之自己去城里念了几年的书，并不在庄子里晃荡，跟这个家伙并无冲突。

那一刻，侏儒正在绣花，手里攥着一根粗针，一把明晃晃的锥子。说绣花并不准确，应该是缝补，但怪胎自有怪胎的论调，随他去吧。上半天渡河时，牛皮筏子被砾石剐破了，割开了一条半肘长的口子，侏儒备好了一块新牛皮，穿针引线，打算补缀起来。但是，指头很不利索，那一层粘连的皮膜相当碍事，刚刚缝下的七八针粗陋不堪，恐怕也不能防水。正在气头上时，侏儒瞭见脱可木走了过来，一团和气，将两只西瓜卸下来，率先行了一个礼性。伸手不打笑脸人，况且对方接下来的一句话，令侏儒煞是欢喜。脱可木恭维说：姑舅哥，你就是北疆的黑旋风李逵，你身为五尺男，心似绣花针，仔细起来可是吓人一跳呀。这些酥油一般的话，膏在了对方的心田。侏儒当即接纳了这个毫无敌意、晒得像一截黑炭似的本庄少年：秀才，河面上的风大，小心把你的嘴吹歪了。脱可木接过了针线和锥子，凭着在外读书时练就的些许本事，就像缝裤子似的，将那一块新牛皮缀在了筏子上，补住了漏洞，针脚细密，平顺而光滑。日头即将沉没了，从祁连山上洒下来的夕光，羼杂着深秋的水汽，让整个石羊河流域寥廓霜天，笼盖着一种生死寂灭的味道。啃完西瓜，吃罢了干馍馍，两个人坐在河岸上，眺望着眼前的暮色，各揣心事，竟然也无话可说。

　　但是，罕见的一幕发生了，近在眼前。

　　一灯破夜，就在对过的堤岸上，出现了一支支疾驰的马队，高擎着炬火，扯开了声嗓，朝着广大而幽冥的水面，纷纷呱喊道：尹先生，尹先生你在么？黑夜放大了这种嘶吼，掠过了河面，清晰入耳。前头的一拨走掉了，后面的马队又追撵了上来，接续不断。侏儒听见了身边的啜泣声，开腔道：嗯，我知道你也是为这件事来的，可你羞脸大，你难为情，你不好意思求我罢了。脱可木答复说：不，但凡有一线希望的话，谁也不愿意看见最坏的结果，我怕我开了口之后，死就找上门来了，我现在还穿着孝服，我办不了另一场丧事。侏儒坦言道：哎呀，香头子恐怕早就灭了，指望也不大，估计你还得把孝服穿下去，再把眼泪继续哭干。脱可木哽咽地说：好我的姑舅哥，活要见人，死要见尸，倘若我见不到先生的法体，瞭不见他最后的音容，我怎么能甘心，又如何才能举丧呀？这也就是我来寻你的目的。言毕，脱可木膝盖一软，便想下跪求告，却被对方猛地抱住后，摁在了地上。

实话说吧，我恨承平堡，我恨顾山农，所以我才没答应下水捞人，我消停地坐在河岸上看笑话呐，侏儒竟然和盘托出。脱可木惊问道：哎呀，这是哪个门楼子上起的火，点着了你的怒气？你认得少东主么，你去承平堡走过亲戚么？对方一再摇头，牙齿也很硬：哼！我不认得姓顾的那个贼，我也不知道承平堡的门到底朝哪面开，但他的保价局断了我的财路，本来打算渡河的驼队和商团，如今在向导们的哄唆下，偏偏绕开了码头，不走水路，直接上了旱道，我被当成了一只猴在耍。洵不虚言，恰是因为这一份怨恨，所以当承平堡派出的一支支人马，沿着石羊河两岸一路北上，寻找尹先生的下落，在希望越来越渺茫的关口，被迫求助于这个家伙，请他出手捞尸时，却被粗暴地拒绝了。钱的话谁都能听懂，侏儒亦不例外。当承平堡的人拿出了哗啦哗啦乱响的钱袋子，又相告说，少东主另有一大笔赏金，足够在武威城里买下一座奢华宅子时，侏儒也曾心动了，但转念一想，这是要弃河上岸，自毁江山，于是便打了退堂鼓，继续执拗了下去。隔岸观火，眼望着对面的一支支炬火被黑暗吞没，叫魂声也逐渐消失后，脱可木忆想起了自贡商人以及那两名护卫的绍介，两厢对证，料定武威城里一定出了大事，天大的事，少东主和惊白也许正处于无明无昼的熬煎当中，难以脱身。一念至此，脱可木心知身畔的这个家伙只能智取，不可强攻，遂和缓了表情，使出了一记山里套山、戏中有戏的计谋。

佛，你见过佛么？探问道。侏儒说：见过呀，佛都在庙里，见过不止一回呐。又问：佛是娃娃的时候，你见过么？侏儒摇头：庙里没塑，我见到的都是长大了的佛，莫非你见过？脱可木因笑说：是这，佛刚刚生下来的时候，样子像一个肉球，十根指头也被一层皮膜粘连着，人们还以为他是个怪物；可是，佛就是佛，原本就天赋异禀，才华殊胜，他一手指着天，一手戳着地，说天上地下，唯我独尊。一时间，侏儒讶异极了，叉开他自己的十根指头，反复检查着，不明所以。脱可木又道：别思想了，你的手张开了就像拾粪的叉子，但你在庙里见过的佛手，那一般都是并拢的，因为佛在施救，在普度，在发愿，在结印，佛从来就不小气，尤其是事关生死的时候。这些话锋芒所指，句句锥心，令对方的内里很不是滋味，忐忑地问说：秀才，佛的手也粘连着，那他长大以后呢？他是不是也被庄子里的人们排挤出来，像我这样苦寒，这么落魄？这么着，脱可木截铁地说：哎呀，这得请教尹先生！据我所知，在整个凉州范围内，也只有尹先生才知道佛的底细，佛的造化，这跟他的德行和修养有关，那些敲钟打木鱼的和尚未必懂得。突然间，对方攀住了脱可木的肩膀，哀恳道：乖乖，好我的姑舅，要是见到了尹先生，你千万别喊我杂碎，也别骂我是半脸汉，你干脆就叫我伴当吧，咱们将来一起搭伴，我替你牵马拽镫，你让我去见个世面。脱可木点头答应，并无二话。

这一桩难题看似迎刃而解了，但稍后不久，伴当又回过神来，试探说：可万一尹先生死了，捞出来的是一具尸首，请教不上，岂不是落了空么？脱可木就怕这个结果，怅然道：唉，拆除一座学校，等于毁掉了世上的十座寺庙，假如再冤死了一位教书先生，就好比砸碎了庙里的十尊佛像，那罪孽真就大了。尹先生可谓是凉州的天，文明与教化的天，天一旦塌掉的话，地上也就没有了雨露和生机，恐怕这一条石羊河的水也将干涸，一切都会洪荒起来。伴当陡然变色，立刻制止了这种悲观的论调，相问说：事发在哪一天？答曰：九月九，重阳日。再问：尹先生走的可是萨班渠？回复说：正是，县城北门外承平堡身后的那一段萨班渠。这么着，伴当举起那一双丑陋的手，在指尖上快速掐算着，嘴里也振振有词，似乎是一套神秘的口诀。末了，伴当方说：天呐，不好了，前几天祁连山里下过两场大暴雨，秋水来了，我的指头上全是汗。

目迷口噤、心冷烟寒地等待了多时，到了次日下午，脱可木得到了最后的结果。

河水一片蜡黄，仿佛得了一场急症似的，痉挛而汹涌，裹挟着上游的枯枝败草和无尽泥沙，埋首北上，并不曾激起任何浪花，而是将雷霆之势掩在了身下，不怒自威。日光照临在了水面上，空气中有一群草蜻蜓，几只斑斓的蝴蝶，雀鸟们也在上下翻飞。脱可木举首眺望时，竟然发现那只牛皮筏子是从码头的下游驶了过来，样子蹒跚，步履滞重。脱可木突然慌了，料知不妙，因为筏子上没有站人，连伴当也不见了踪影，它犹如一介幽灵似的，踉跄在险恶的漩涡中。脱可木吼叫了几嗓子，实在是气急了，大骂半脸汉窝囊废，将心中的怨愤与仇意统统发泄了出来，但也无济于事。那个幽灵突然间失控了，似乎一脚踩空了，斜起了半个身子，险些倒扣在水面上，摇曳了一阵子，这才开始稳住自己。脱可木乃是旱地上长大的，根本不识河流，盯望着翻卷的涟漪，禁不住头晕目眩。恰在此时，横跨于头顶上的索道咔嚓一声，一根缆绳从天空中甩落下来，又有一股神秘的力量拉拽着它，慢慢地沉入到了河底。半晌后，绷紧的水面豁喇一声，居然撕裂开一个口子，伴当赤条条地钻了出来，立在河岸上，拼命喘息着，又湿漉漉地呱喊说：

跪灵！

天老爷，一切都被坐实了，尹先生殁了，下世了，离开了这个宽大明亮的阳世，辞别了这个日渐寒凉的秋天。脱可木不敢怠慢，依照伴当的喊话，赶紧下跪，抓紧磕下了一地的头，几乎把脑袋都磕肿了。但是，脱可木的内里仍存有一丝侥幸，偌大的石羊河，你个半脸汉抓一条鱼都很困难，凭什么可以大海捞针，偏偏能将尹先生从河底里拖上来？这是在哄骗我么，莫非你用了一具无名残尸在搪塞我？伴当大概也猜出了对方心中的咆哮，赶紧将筏子拉上岸，打了桩子，系好了缆绳，又拿出一块棉布单子，抖开以后，遮覆在了尸骸上。此乃河西之风俗，亡灵是见不得日光的，既然走了，阴阳两隔了，就不能让人世上的牵挂给拖累了，否则在下一道的轮回中并不省心。认灵，秀才你过来认灵吧？伴当掀开了单子一角，一再催喊。脱可木百般镇静，俯身而去，钻进了那一坨阴影下，突然就瞭见了梦牵魂萦的尹先生，内里当中登时潮起了一股锶水般的汁液，感觉自己的身心漏洞百出，就像一张破烂的筛子，这一生就要完蛋了。真的，尹先生赍志以殁，溘然长往，但他睡得很香，也很乖，头发和胡子略微干燥了，表情中庸，似乎对这个世界毫无看法，也没有任何成见。一袭长衫显然被整理过了，湿漉漉地贴在躯体上，勾勒出了一副贫瘠而嶙峋的轮廓，肉身没有坏，也不曾被鱼虾啮咬过，暂且还囫囵着。伴当在旁边绍介说，尸骸在河里泡了这么久，之所以没有零散，也没有化掉，一则是因为祁连山上的冰川水太寒，保全了这么多时日，二一个，恐怕是死者胸有不平事，愤怒缠身，难以纾解的缘故吧。尹先生是在码头一带的回水湾子里被发现的，尸骸卡在了乱石当中，水流缓速，幸而没有被冲到河流的尽头，葬身于北疆的干滩荒漠当中。果然，脱可木发现了愤怒的证据，因为尹先生的双拳攥得很紧，几乎快要变形了，似乎捏着一件什么东西。脱可木不放心，先后捧住尹先生的两只手，掰是掰不开的，只好用嘴里的热气哈了一阵子，这才打开了拳头。岂料，左手一无所有，右手亦是空空如也，尹先生跟这个悲凉的秋天两不相欠。

别动，小心把蜡给碰掉了！伴当一边警告，一边将脱可木推开，撑起棉布单子，苫在了尸骸上，并在头尾各打了一个死结。尸蜡，照着伴当的说法，这是亡灵的身体渗出来的一种汁水，假如破了，干了，少了这一层保护，尹先生的法体就将变绿，继而散发出恶臭。这一霎，日头是秋老虎，正在撕咬着石羊河两岸，水汽氤氲，弥漫着一股莫名的燥热。脱可木盯看着自己的指尖，果然，有一种蜡状的物质沾染其上，像后半夜的霜，又像放坏了的猪油，这或许是师徒二人之间最后的触碰。脱可木一时心酸，不忍去想象腐烂之类的恶劣局面，更不知道如何处理这一具尸骸，所以巴夕夕地望着伴当，渴望他尽快拿个主意。事实上，石羊河上没盖子，一年到头，溺毙在水中的冤死鬼多了，伴当也是一介老手，为了积阴德，他早就练就了一套熟悉的本领，有他自己的门道。如此一来，伴当忽然心软了，苦楚地说：秀才，你个贼娃子，你把我给骗了！本来我还打算请教尹先生，问一问佛手和佛家的底细，可现在线索断了，就算我提上一只大猪头，也找不见庙门呀。脱可木也是心急，鬼使神差地答复道：呃，尹先生这里中断的，另有一个人可以弥补，他叫顾山农，他是承平堡的当家人。

火化的时候，脱可木在坡底下支起案子，摆上了供果、花卷与香烟，又宰了一只公鸡，当庭跪下，仰看着眼前的那一面坡顶。冈峦不大，伴当包揽了这一切，独自将尹先生的尸骸抱上去，款款地安放在一堆干柴上，而后泼了火油，用一根洋火点着了。

秋后的白风从俄境一带，从蒙古和腾格里沙漠一线吹来，脱可木发现尹先生突然变成了一根黑烟，起初还笔直地挂在天上，却又慢慢地歪了，仿佛一棵不幸的枯草，在辞别这个人世的最后一霎，倒向了南方，朝着武威城的方向上消失了，寂灭了。的确，脱可木看懂了这一天象，暗自起誓说：先生，你的魂灵往宽处去吧，那里亮堂，那里无病无灾，那里让你不再扯心；至于你的骨灰么，待我守孝结束后，我一定背着你，咱们一趟子回去，让凉州子弟们为你搭一座灵堂，我再美美地给你哭丧吧。

不承想，就在丧期结束，脱可木即将除下孝服，于次日一早赶赴武威城的时候，来自马鬃山的悍匪黑喇嘛的骑兵队伍包围了蒙家庄子，带来了一具冰冻的尸体，并提出了非分的要求。确实，放一只羊和放一群羊没有任何区别，在送灵的途中，捎带上这个名叫张观察的亡人，说不定也是一桩积攒功德之事，没有必要拒绝。离开了汉家营，脱可木仍旧背着那只人形的木匣子，一路上走得磕磕绊绊，不是点火叫魂，便是磕头祭奠。伴当再也不想催喊了，因为脱可木的赞美声，就像一坨坨新鲜的酥油，正在他的心中慢慢融化，彼此之间也有了一种默契的成分。

古历正月十四，这一对送灵者终于站在了河西首郡的北门下，奇怪的装束，丑陋的貌相，以及那一辆充满不祥的车马，严重侵犯了武威城自古而来的习俗，破坏了亡灵只出不进的治安条例，并立刻引起了各个哨卡的注意。在步警队包抄过来，仔细地盘问当中，脱可木一再声称，灵车上的尸骸名叫张观察，错不了，真的就是从上海滩来的张观察。或者是风雪太大，也或者附近的鞭炮声太吵，张彝听见的回答却是长官查，长官你查吧。于是乎，张彝最终动了手，一绳子拿获了这两名凶嫌，押解到了城里的警察局，上了脚镣，拴了狼狗。至于尸骸和骨灰么，则临时交给了郊外的化人场，以待这一桩案件的侦破工作有所进展，避免冲撞了于次日启幕的元宵灯节。

列位看官，此处需要补缀一行笔墨。恰是因为化人场来了一位特殊的亡人，所以北疆救孤团轻易地领走了三具死士的尸首，兵不血刃地遂了他们的愿望。这是冥冥当中的福报，亦是无心插柳的事情，略去不提。

此刻，两个人终于打累了，分不出胜负，疲倦地瘫坐在地上，喘息不定。狼狗喜欢在软处取土，知道机会来了，空气中的一股血腥格外醒目，便循着气味跑了过来，猩红色的舌头舔舐着侏儒的脚踝，一时间吃美了，咥得相当过瘾。脱可木盯视着，发现伴当早就卸掉了那一根沉重的脚镣，没有羁绊，成了自由身，或许刚才用力太猛的缘故吧，留下了几处伤口，血水汹涌。脱可木头皮一麻，悄声道：呃，你个驴日的，你可以逃走，但你干么不跑呀？伴当胆怯地伸手，抚在了狼狗的颈项上，答复说：瓜娃子才跑呢，我可没那么笨，等一下你的菩萨来了，我也要当面磕头，你少撵我走。其实，这是北疆的金兰兄弟们之间的隐秘逻辑，往往正话反说，反话正说，大不了舍出这一副热身子，结伴去闯公堂，一搭里站在法场之上，喝罢了三碗辞阳酒，共赴阴曹。脱可木内里一热，猛地一个鲤鱼打挺，立在了伴当面前，脚踝上也是空无一物，那根铁链早已不翼而飞。见此情状，伴当大喜过望，喊了一声彼此彼此，喜相喜相，突然间扼住了狼狗的头颅，一把按在地上，令其来不及咆哮。

剩下的事情就简单多了，乃是北疆汉子们最拿手的杀狼之术。

脱可木扑将过去，用膝盖压住了狼狗的豆腐腰，手在脊背上趔摸一番，寻见了穴位，而后用钳子般的指关节，死死地扣住了它。狼狗白眼乱翻，一瞬间泄光了气势，威风不再，彻底洞开了嘴巴，猩红色的舌头像一块抹布，吊下来一尺多长。伴当也是铁石无情的狠人，居然一拳头戳进了狗嘴里，仿佛打夯似的，寸寸逼入，直捣龙庭，最后揪住了那一团热辣辣的心肺，当即扯断了血管，愤怒地掏挖出来，扔在了脚下。狗心就像拳头那般大，一面抽搐着，一面由紫变白，血水喷射了几下，地上的积雪也被融化了，遂不再动弹。脱可木也算经见过世面的人，饶是如此，仍然被伴当的这种杀戮手段所震惊，惶恐地说：该死的，我这么干是害怕它咬你，但你怎么就杀了它，闯下这个天祸呢？伴当的手沾满了血水，仿佛戴了一只红手套，反诘道：哼！我要是心软的话，等一下它就把我变成了一坨热狗屎，我从来不做亏本的生意，哪怕是跟畜生打交道。脱可木哀告道：姑舅哥，你这个杀生害命的勾当，不但让咱们难以洗清，恐怕还会连累了少东主、惊白和姐姐，陷整个承平堡及权家于不义。真的，我开始后悔了，我后悔得直砸腔子；我干么要带你进城，搅乱武威城的太平日子呢？伴当伸出了那只畸形而血红的爪子，堂皇地说：呸，武威城先惹我的，我又不是猪尿脬，谁都想来揍我，不给他们一点颜色看看，还真以为我是一个半脸汉！脱可木詈骂道：你个歹人！

事已至此，再说也是枉然。

脱可木头也不回，率先跑出了大门。伴当冷笑着，并没有尾随而去，兀自靠在了墙上，顶住自己的五短身材，蹭了蹭脊背上的痒痒，又突然攀住了窗框，犹如一只机敏的鹞鹰，跃出窗口，消失在了广大而稠密的风雪当中。

据《武威地区志》记载：是年，凉州大雪，迁延一冬，几成铁灾，俨然白银世界也。

胡笳六十二节

后半天的光景上，这桩案子是分开审理的。

讯问完侏儒之后，王伯鱼和张彝互视一眼，顿了顿下巴，觉得这名人犯的口供跟另一个的出入不大，有关蒙家庄子、黑喇嘛、张观察的尸骸、灵车、被迫南下等等的线索俱在，两厢对质，榫卯匹配，大体上应该是同一个路数。两支警队的首脑均是人中吕布，马中赤兔，经手过的案子累百成千，眼睛里自然揉不进一粒沙子，况且像侏儒这样的乡下人，简直就是壁虱一个，一指头就能碾死。目下，只有一件事情尚未查证，即蒙家庄子的封锁状况，所以王伯鱼相告说：是这，我已经派人去了北疆，八百里急快，估计后天下午就有准信，咱们还等得起。张彝冷言道：老哥，你的饭碗搁在马警队的灶台上，以后少在我的锅里盛饭；你吃惯了油汤辣水，我这里可只有酸菜拌汤，小心伤了你的脾胃。见面就掐，这也不是一次两次了，王伯鱼虽然被呛，仍旧缓颊道：哎呀，你看你，大家都是在替共和卖命，为革命效力，何必非要分出个你我不可！假如你乐意的话，那两个急报一旦回来，我就让他们去步警队报到，听候你的差遣。免了吧，在下伺候不了，我那里庙小，但不缺和尚，张彝言罢，匆忙赶往前院，去给陈垦丁汇报了。王伯鱼不愿搭伴，因为另一件怨愤之事就在眼前，遂轻笑开来，冲着张彝的背影詈骂了一句：小人呀，不过是讪君卖直罢了。

这是县警察局的偏院，或者叫马警队办事室，王伯鱼的天下。

罡风猛烈，雪渣子又变成了一幕幕雪花，几乎快要淹到了人的脖膝盖子上。审讯完之后，侏儒被押解出了房间，突然置身于冷酷的天气下，一时间预感不对，莫非大限将至，马上就要开铡问斩？寒冷并不要紧，对一个在石羊河上讨生活的北疆汉子来讲，有的是火气，火气才是第一位的。但是，当警察给他戴上柳具，锁上了镣铐，侏儒立刻慌了，口水哆嗦了下来，淌个不停。打眼望去，围墙边的石头桩子上，绑着一二十个罪囚，衣不蔽体，蓬头垢面，眼睛里喷射出一道道凶光，煞是骇人。事实上，此乃警察局为了元宵灯节的治安，提前抓捕来的一群二流子、惯偷、纵火者、鸦片病人、流寇与抢劫犯，但侏儒并不知情，还以为自己这一介清白之身被冤枉了，轻则下狱，从此靠牢饭度日，重则吃一颗铜豆子，脑袋开花。侏儒的目光在围墙下踅摸了大半天，竟然没发现蒙家庄子的那个贼，心里头简直落寞极了，沮丧万分，仿佛冤情就像这狗日的天空，在给他一个人撒纸钱，在泼洒祭奠的酒。瞭见王伯鱼走了过来，侏儒忙问说：长官，那个瘦猴子呢？我那个伴当呢？答复说：嗯，他姓脱，他刚才自首了，正在跟县长阁下喝茶呐。闻听此言，侏儒的内里一下子塌方了，仓皇地说：呸！他自首个屁，他招安个锤子，他就是主谋，我是被他哄骗到武威城的，我的两手干干净净。这个关节上，侏儒料定脱可木反草了，背叛了，自己被彻底出卖了。

然而，一提及手，却是证据确凿，因为狗血犹在，侏儒仍戴着那只血手套。

王伯鱼诡笑着，努了努嘴。几名属下当即会意，不一时，便将狼狗的死尸拖拽过来，在后腿上套上一根绳子，吊在了柳树上。侏儒绝望透顶了，瞭见狼狗比活着时长了一倍，皮毛也黯淡了许多，整个身材瘦削削的，那是因为剖了心、断了脉息的缘故吧，而他本人就是丧尽了天良的刽子手，辩解无门。王伯鱼喝问说：招吧，肚子里有啥话，现在还来得及讲，等一下就迟了。侏儒的情绪突然反弹，怨怼道：天呐，我交代了有十七八遍，我的舌头都说瘦了，我是被哄骗来的，至于张观察是如何死掉的，我真是不知。这时，一名警员拔出了匕首，开始给狼狗剥皮，否则冷却之后，就难以下刀。王伯鱼接续道：呔，你不是蒙家庄子的人，我了解那一带，那里的人们根本不可能杀狗，因为狗是家里的一员，比亲戚们还亲，怎么会舍得害命呢？无疑，这个道理像一碗水那么简单，侏儒无法狡辩，只得推诿说：的确是我杀的，但它先惹了我，准备吃我，我可不想变成一泡狗屎，所以下手太重了。剥皮也是很有讲究的，刀尖从狗蹄子上破开一个洞，而后沿着大腿根划下来，停在了后门附近。也许是匕首太老了，警员换了一把伺候大牲口的半月刀，揪住了狗肚子，继续往下剖解。这一系列动作煞是缓慢，心急不得，似乎生怕刀刃碰上了油脂，万一滑脱的话，这一张漂亮的狗皮就废了，可惜了。王伯鱼笑出了声，款然道：嗐，这就对了么，招了就好，因为验尸的结果证明，张观察也是这么死的，跟你的手法如出一辙。侏儒吓坏了，浑身挣扎着，但枷具和镣铐固若磐石，又似乎越来越紧，生机逐渐地渺茫了起来。王伯鱼再道：张观察是被一根牛筋勒死的，脖颈子里有绳索的勒痕，杀得很快，他死得也很痛苦。唉，跟这条狼狗相比，唯一的不同就在于，你挖的是狗心，张观察其人却被你割掉了舌头，那根舌头就装在他的口袋里，一并送到了武威城，好歹也算是一具全尸吧。侏儒绝望地说：长官，你可要明鉴呀！我跟那个贼素不相识，也没有任何恩怨，更谈不上有杀父之仇，我杀他干么？王伯鱼截铁道：哼，割了他的舌头，他就会永远闭嘴，不可能再对整个凉州指手画脚，自称老子天下第一了。

这一刻，半月刀划开了狗肚子，皮毛忽然像一张撕成两半的麻纸，左右各拉了下来。

是这，我是不会冤枉你的，我手里有证据，证据就是从你身上查获的一堆银坨子，因为照你的这副尊容，就算你在石羊河上白捡了十年的钱，你也不可能积攒下这样的家底；依我的判断，这就是买凶的款子，杀人灭口的酬劳，容不得你狡辩。王伯鱼一气呵成，悉数道来，仿佛在棺材上砸下了最后一颗冥钉，将侏儒判了死罪，别无生路。大人，我说了我只是个跟班的，跑腿的，敲边鼓的；这些银坨子是土匪黑喇嘛赏赐给脱可木的，我爱钱，我也爱听钱的响声，所以背在了身上，听了这一路，可的确与我无关，侏儒一味地哀告着，声音也开始流血。这时，王伯鱼的手中捏着一枚银元，吹了吹，搭在了人犯的耳畔，逼迫他仔细听：呵呵，听见了吧，这种坨子成色十足，这不可能是刘郁芬阁下主政甘肃期间铸造的，不能因为他下了台，滚出了甘肃地界，就给他栽赃。那好吧，我再来告诉你，这种坨子叫鹰洋，一面画的是佛陀，另一面刻的是老鹰，只在甘肃境内作为有效货币之一，别的地方可不好使。这种钱是刘郁芬的继任者孙仲连开造的，但可惜他也滚蛋了，直到现在的省主席朱绍良阁下当政后，才在市面上流通开来，距今也不过三两个月罢了。狗皮已经被剥了下来，漾着热气，像一条臃肿的围脖子，环在了颈项上。开始剥狗头了，此乃最复杂的手艺，但是持刀的那名警员实在冻坏了，手指头也肿成了十根胡萝卜，动作笨拙而愚蠢。王伯鱼发怒了，干咳一声，有人立刻拎着一把斧头过来，手起斧落，将狗头砍剁下来，一脚踢开了。侏儒觉得自己的脖子里一凉，不是雪落入了领口，而是那一把斧头对他的提前警告。王伯鱼需要这个效果，趁热打铁地讯问说：嗯，你已经够聪明的了，那你告诉在下，黑喇嘛这一支悍匪的老巢远在肃北马鬃山一带，他的手上怎么就有了这种鹰洋？况且，鹰洋在凉州市场上刚刚出现不久，我本人也是过年前才见到的，黑喇嘛何以如此大方，别的不赏，偏偏给你们送了这么一堆新坨子？侏儒终于崩溃了，哭泣道：日你妈，你难死我了，你有本事的话，你去蒙家庄子问问黑喇嘛吧，我真的不知道，我上了当。这种钝刀子割肉的审问方式，王伯鱼屡试不爽，这一次亦不例外，而且只花了一条狼狗的代价，便迅速见了效。王伯鱼恳切地说：贼娃子，你确实上了当，你被蒙在了鼓里，因为这些鹰洋来路不明，要么出自新城大营的军部，要么拜承平堡所赐，除此无他。剩下的一席话，王伯鱼悄悄说给了他自己，据此估计，黑喇嘛不过是一介走卒，一个戏台上的傀儡，这幕后的势力正在下一盘大棋，凉州的这一河水开始浑了，真是深不可测呀。

　　狗皮被卸了下来，摊开在雪地上，里子朝上，四肢蹬踏，犹如一个摔跤手被击倒后，脑袋不见了，脑袋埋在了积雪中。柳树上的狗身子还吊挂着，热气失散了，不是太肥，多半是紫红色的瘦肉。王伯鱼一挥手，屏退了属下们，这才言归正传，绍介说：

　　喏，你瞧见了么，这张狗皮的尺寸，跟你的身材差不多，等一下我让人将你捆扎起来，裹在狗皮当中，然后绑上牛筋绳子，两头缝合，你也就彻底消停了。侏儒汗下如雨，怆然地说：我就知道，我这一趟进了城，准保没好果子吃，这下应验了。王伯鱼感喟道：唉，这个人世间真是不好活，太麻缠了，你早死早托生吧，再也不必背着那一疙瘩肉瘤子，像个王八似的。侏儒求告说：长官，你干脆把我扔进石羊河，让鱼虾们吃掉吧，我欠的债太多了，也害过不少的命，我最起码要让它们咥一顿饱饭，我才能心安。王伯鱼发笑道：不，在下的名字里带了一个鱼字，我可不喜欢你的肉。是这，我给你安排了另外的去处，最近天公发怒，听说祁连山上的豹子们下来觅食了，我把你放在山脚下的张义镇，你就当一盘肉点心吧。侏儒灵慧无比，抢白说：阁下，你这是要活祭了我，你想作法害人吧？记得在北门外，抓我的那一位长官就叫张彝，想必你们二人面和心不和，应该是一双死对头。王伯鱼并不答话，因笑道：嗯，雪如果再下大一些的话，豹子也可能撒懒，不稀罕吃你；但这并不要紧，等开了春以后，密林里的蚂蚁和蝎虎子也全都醒来了，可以趴在你的身上美美地解馋，过完了嘴瘾，你最后就只剩下了一副骨头架子。这一番话恐怖且狞厉，侏儒的沟门子果然松了，哀恳地说：长官，你刚才说你名字里有个鱼字，那你就是来寻仇的、要债的，我现在认栽了，我究竟怎么办，你才肯高抬贵手，留下我这一条小命呢？

钉子，我需要一颗钉子，你就是。王伯鱼不愧是老手，在漫长的铺垫之后，终于甩出了底牌。钉子，此乃北疆地区游击、驼夫和马户们之间的暗语，机密之切口。侏儒于一刹那听懂了，澄明无比，忙问说：长官，你需要我钉在哪里？你是想见血，还是打算寻龙问穴，刨根究底，探一条暗路出来？王伯鱼的目光逡巡了一遭，掌心朝上，接住了几片雪花，又一口气吹掉了：是这，承平堡乐意当保人，已经派了那个少爷羔子来接你们，县长面子薄，恐怕我不得不放人。不过呢，我也是有皮有脸的，我不能就这么痛快地答应了，我至少要扣押你三天，说不定今晚夕，我还要请你吃一顿狗肉锅子呐。身疾心烈，这是万古不磨的真理。侏儒突逢大赦，仿佛一棵被连根刨掉的树木，一瞬间倒向了对方，探问说：长官，我这一颗钉子仰赖你，将来钉在了承平堡之后，你到底有什么盼咐？王伯鱼语气飞扬地说：天马，承平堡里秘藏了一尊天马，此乃整个河西境内历代尊奉的神主之一，谁占有了它，谁便是凉州君王，在下不才，但我也是志在必得。闻听此言，侏儒当即一怔：天马？王伯鱼报之以笑：不错，一尊铜铁铸造的天马，听说它简直漂亮极了。

岂料，承平堡的小少爷一来，打断了这一场关键的谈话。

实际上，惊白本可以不来，安心地待在前院里，跟久别重逢的脱可木喝茶叙旧，一诉思念之苦。但是恶作剧的本性，少爷羔子的派头，又让他不甘心缺席了接下来的这些热闹场面。跫入了偏门，惊白对马警队院子里的恐怖之相并不畏惧，一路坏笑着，走向了侏儒。忽然，惊白蹲了下来，将一页纸衔在嘴角上，抓起一把积雪，搓洗着指头。指头泛白了，但雪水黑乎乎的，大概是墨汁的缘故吧。末了，惊白在衣襟上擦干了手，趋上前去，将那一页纸递给了王伯鱼：

"这是保票。陈阁下刚才首肯了，三日之后，验票放人。"

"少爷，你保的是何人？"

"阿骨里。喏，就是他，就是这个戴枷上镣的家伙。"惊白抬手一指，锁定了侏儒，表情上开始鸡皮蛙脸的，怨怪道，"哎呀，我真是被难死了，刚才填写保单的时候，他草鞋无号，野鸡无名，连木哥也是一问三不知，让我随便填一个名号，我就写了阿骨里。"

"放屁，我不叫阿骨里。"咆哮道。

"咦，你居然不识抬举呀！你以前可以不叫阿骨里，现在叫了也无妨。"惊白狂笑起来，浑身的肉在乱跳，相告说，"对了，这是个死人的名字，他被枪决了，我擅自借来的。"

"少爷，这似乎不妥吧？"

王伯鱼诘难道。

"哼，有啥不妥的，反正总比坏怂、杂碎和半脸汉之类的要强，也相当悦耳。"惊白记仇，仍旧忘不了以前的阴影与不快，嘲讽地说，"长官，你以后去承平堡抓人的话，最好闻香下马，知味停车，别那么虚张声势的，就好像你赶着一群大牲口，非要踏平凉州似的。"

这一刻，王伯鱼面露疑惑，尚未答话，却听见侏儒惊喊了一声：

"你个小贼，原来是你呀！"

"阿骨里，不，姑舅哥，你不就是石羊河码头上的浪里白条么？"

"碎怂，正是老子。"

风雪之中，双方认出是兄弟。

"对了，你叫惊白，大名徐惊白，原来你就是姓脱的那个贼娃子这一路上念叨不停的坏蛋呀。我可早就认得你，不承想替我作保的竟然是你，这真是山不转水转呀。"一时间，侏儒的喜悦盖过了恐惧，又嚷喊说，"小贼，你的枣红马呢？我说的是去年秋上，那一匹经常来找我的枣红马，除非你牵着它来接我，否则我的架子可大了，我宁肯不走。"

"枣红马？那可是我哥顾山农的坐骑，再说它已经老了，谁也舍不得动它。"

"呸！狮子老了，但它还是狮子。"

抢白道。

旁侧里，王伯鱼耳食了这些对话，突然心中一堕，眉头紧锁，趄开了几步，站在围墙下，掏出了裆里的家什。一股浊黄的尿水飞射下去后，王伯鱼瞭见地上的浮雪裂开了口子，被大卸八块，仿佛一片残垣断壁。承平堡，王伯鱼百思不得其解，为何一提及承平堡这三颗字，凉州人就像吃醉了酒、吸食了鸦片似的？那座北门外的城池，究竟充斥着什么样的魅力，让河西长路上的人们纷传不已，葵花向阳，鼎立在了祁连山下的这一块绿洲上？

尿毕后，王伯鱼的身子颤栗了几下，寒冷是一个原因，敌意也同时大面积降临。

其实，不是逃跑，也根本算不上自首。

在脱可木听见门外的那一声声呼唤后，便知道惊白来了，权家的担保也到了，长生天在上，一切都有了转机，觅见了一缕光芒。那一刻，虽说脚镣已经被卸掉了，但异姓兄弟声嘶力竭的呐喊，又像一根救命的绳子扔将过来，脱可木不能不循声而去，抱住惊白，诉说各自的心肠，道一番别后之苦。伴当突然一跑，侏儒立时慌了，跃出了窗口，不巧被一支巡逻队所擒获，另外还发现了那一条尚有余温的狼狗。

冲出了马警队的地盘，拐过偏门，脱可木一口气来到了前院，眸子一亮。

你个小贼，你在替我叫魂么？脱可木厉声道。惊白靠在廊檐下，鬼脸迭出，戏谑地说：我才不叫魂呢，我也不会西山口外那一套骗人的鬼把戏，黑喇嘛能上你的当，鄙人却了解你肚子里有几斤坏下水；我只不过是受人差遣，忠人之事，来作保人的。果如所料，菩萨发了慈悲，降下了恩泽，脱可木感激道：惊白，大小姐还好么？我一直惦记着姐，我忘不了临走之前的那一顿蒸羊肉。不说也罢，但惊白听见了这种絮叨，一下子勾起了天雷地火，郁愤至极：哼！狼吃剩下的，你死了那么远，既不捎一个口信，也不托一个梦回来，姐算是白疼你了，账簿子上可都是你的罪孽，你别以为中间送来了一支铁喇叭，那只地耳朵，就可以销了你的欠账。脱可木汗颜道：唉，乡下人难肠，我认打认罚，只要姐开心，我当牛做马，绝无二话。倏忽间，惊白一个蹦子跳下台阶，攥紧拳头，在对方的胸脯上擂了几拳。脱可木亦不示弱，猛地抬手，给了惊白一记抽脖子，亲昵地说：尿太子，好我的弟弟呀，你现在长高了，肩膀也厚实了。惊白肃然道：我可警告你，我的病好了，不许再喊我尿太子，这是规矩。

这一霎的重逢，相隔了整个秋冬，让这两名少年伴当，不胜有天涯之感。

旋即，脱可木瞥见凉州总教从门内趸了出来，袄子簇新，尤其是领口的那一圈羊毛白雪雪的，气色良好，挂着笑意。朱绣的身后另有二人，脱可木此前业已打过交道，知道他们一个是凉州的父母官，另一个则是冷脸张彝。惊白识相，赶紧让开了场面，脱可木却慌忙掸了掸衣裳，小跑了过去，先是抱手，而后深鞠一躬：晚生脱可木，见过朱先生，过年吉祥。朱绣定睛一瞧，虽然眼生，但对方的这一套礼数，俨然来自弘毅乡学，心中不禁叫好，嘴上却辞让说：不敢，公子的先师只有而且只能是尹先生一位，他人岂敢贪天之功，蒙蔽世听，惊扰了九泉之下的亡灵呐。脱可木忽然就像换了一个人似的，语言清亮，肃穆道：不，一日为师，终身为父，我记得有一年秋季开学时，先生曾到弘毅的院子里来训话，学生当时就在主席台下聆听，真是受益匪浅，滋润一生呀。朱绣眉尖一挑：呵呵，那一定是老朽昏聩了，竟有如此的胆魄，敢在尹先生的地盘上口讲指画，卖弄学识。即便有之，那也不过是半瓶子醋在晃荡，但不知我当时都讲了些什么呀？脱可木垂首道：先生的高头讲章，鸿篇大论，题目就叫作《共和之未来，凉州之觉醒》，我如今仍然记得当时的情景。或许，因为诸人在场，类似的话题不合时宜，也可能是缘于同侪之间的惺惺相惜吧，朱绣突然制止了对方的赞美，语带哽咽地说：哎呀，尹先生真是福报不浅，功德在世，有了你和惊白这样的门下弟子，他也足以告慰平生了。见他们推来辞去，互相戴高帽子，惊白插嘴说：木哥，朱先生刚才哭鼻子了，眼睛哭得像红玛瑙，那可真叫一个悷惶呀。说着话，惊白开始顽劣了，伸手戳在了总教大人的胳肢窝下，试图挠痒痒。朱绣一边躲闪，一边尖喊道：尹贤，尹先生你出来瞧瞧吧，你教养的这两个混账娃子要翻天了！你小心我给弘毅乡学记过一次，秋后罚尔等去助农，去劳军。脱可木欲做和事佬，跑上前拽住了惊白，喝令他不许放肆，却不料想脚下一滑，突然绊倒了，另外两个人自然也无法豁免。

一瞬间，他们人叠人，山叠山，摔倒在了盈尺厚的积雪上，滚作一团，幸无大碍。

到了这个关节上，即便是一名老瞎子，也会对眼前的事实深信不疑，不再纠缠。因为，这雪地上且哭且笑、没大没小的老少三人，全无作伪，也不曾演戏，一切情绪均发自肺腑，倾肠而出，真实得就像这个白昼天，确凿无疑，令人无心可猜。如此，这最后一根冥钉砸了下去，尹先生的骨灰最终被确认了，结案了。陈垦丁长出一口气，对步警队队长耳语一番，催促张彝抓紧去办保释单，但必须由权家的小少爷签字画押，以为凭证。顾山农的面子太大，将来以后，不仅县府和警察局，恐怕就连整个凉州在内，也少不了要去倚重承平堡的势力。不过，陈垦丁也留了一手，尹先生的门生可释，但那个丑陋的侏儒还必须扣为人质，再羁押几日，防止事情恶化。言罢，陈垦丁偶然心动，捧起一堆雪，捏成雪球，扔向了不远处的三个人，可惜打偏了，心知这一场欢愉与他无关，便要掉头进门。

"阁下，我有一事相告。"

陈垦丁驻足，瞥见脱可木从雪地上起身，追撵了过来。

"对不住，真是抱歉，只怪我昏三忘四，脑子着实不济，这一路上忙着照顾尹先生，差一点误了大事。"脱可木的口中喷吐着热气，思想说，"阁下，围堵了北疆蒙冢庄子的黑喇嘛，让我给武威城捎一句话，务必要当面说给天台大人你听。"

"黑喇嘛？"

刹那间，陈垦丁的脑海中飞沙走石，山崩海立。

"对，正是那个土匪头子，他不光让我捎来了张观察的遗骸，另外还有一句话。"

"什么话？"

"大兵南压，截断东西贸易，必须付费通行，然后要求瓜分利润。"脱可木仔细答复，用了最俭省的字词，将来自北疆的这种赤裸裸的威胁，悉数转达给了对方。又道："黑喇嘛杀了张观察，便是一个例证，以此来要挟武威城，并且扬言说，如果县府不在接获尸体的当日，在四个城门上张贴布告、公布死讯的话，元宵节的灯会恐怕将酿成一场全城大火。"

"杂种，见过送礼的，但不曾听说过在春节送尸体的。"

陈垦丁似乎并不惊讶。

"听话听音，锣鼓听声。这也就是说，黑喇嘛的人马已经潜入到城里，只等着北疆的一声号令了。"张彝自感责任重大，不敢退缩，于是请缨道，"阁下，你赶紧发话吧，干脆四门落锁，封闭街道，实施宵禁，咱们来一次全城大搜捕，最好能擒获这个悍匪头子，永绝后患，进而保住河西这一线的贸易，让老百姓能吃上一口平安饭。"

"不幸的是，黑喇嘛他在暗处，咱们却在明处。"陈垦丁唏嘘道。

"哼，那又如何？在下掘地三尺，相信也能将他刨出来，吊死在钟鼓楼上，曝尸半年，以正视听。长官，黑喇嘛在北疆祸害了有一二十年，乃是河西四郡的心头大患，这是个机会，如果咱们装聋作哑的话，岂不是成了罪人，有负于国家和凉州父老？"

"狂妄！"

陈垦丁断喝道，感觉嘴角上一疼，原来是燎泡挣破了，血水渗了出来。实际上，陈垦丁依然记挂着王伯鱼派往蒙家庄子的那两名探子，心中叨念着阿弥陀佛，指望他们尽快传来不错的消息，以化解眼前的危局。是的，此乃陈垦丁执掌凉州政权之后的第一个春节，花灯业已挂满了，各色旗门搭好了，旱船与秧歌准备妥了，风也放了出去，天下皆知。开弓没有回头箭，在这个关节上，任何的虎头蛇尾，瞻前顾后，不仅有悖于陈垦丁的内心，恐怕也不啻于一种公然的反叛，这是他绝对不肯接受的。又吩咐道：

"打开城门，来的都是客，武威县不能挑三拣四，一律款待。"

"阁下要唱一出空城计？"

"咦，诸葛亮唱得，难道我就唱不得么？"

一脸的愠色，反诘道。

"明白了，卑职自当肝脑涂地，全力辅佐阁下。"

陈垦丁仰看着凉州的天空，这一场无始无终的大雪，似乎慢慢地露出了真相，即将道出那一则深渊般的谜底。但是目下，寒冷封锁了祁连山下的连绵绿洲，初春尚早，草木还不曾发芽，一切都不必提及。陈垦丁挽起袖子，又忽然放下，冲着脱可木一笑，蔼然道：

"布告上具体撰写什么，他说了没有？"

"擅闯北疆者，杀无赦。"

转告道。

"杀无赦？"

"对。黑喇嘛讲了，张观察的这条命便是例证，他用来祭刀的，将来也会说到做到。"

一瞥眼，陈垦丁瞭见朱绣和惊白二人过来了，满头满身的雪水，全然丧失了长幼之间应有的规矩与界限，嘻嘻哈哈，勾肩搭背的，像爷父俩，也像一对忘年的伴当。陈垦丁忽然抱拳，冲着凉州总教深鞠一躬，恳切地说：

"有劳朱先生，张观察的这个死讯，还得请你亲自执笔落墨，起码要写出百十来张，争取将武威的各个城门糊满了，晓谕八方，尽人皆知。"

"不妥不妥，我那个涂鸦真是上不了台面。"推辞道。

"哪里的话，谁不知道朱先生乃是一位大写家子呀！由你援笔挥翰，县府的权威才能淋漓尽致，取信于人么。"陈垦丁盯视着朱绣那一张红透了的脸，恭维说，"呵呵，敦煌曾有张芝和索靖，但凉州也不乏文曲星，先生足堪大任，你再不要谦虚了。"

"敢不从命。"朱绣慌忙还了一礼。

"恰好，我来给朱先生铺纸研墨，做一个书童吧。"

惊白插嘴道。

就在诸人掉转方向，彼此礼让，准备进门的那一霎，来自县府的一名机要员突然穿过了庭院，火速而至。陈垦丁预感一定是出了大事，但当他听罢了汇报，目光中仿佛侵入了一团不祥的乌云，暗中扶住了门框，靠在了墙上。半晌后，陈垦丁镇定地询问：

"省府的加急电报？怎么说的？"

"是的，朱绍良主席亲自签发的电文，责问国际观察家张翘楚先生殒命凉州一案，敦促县府据实上报，不得有误。"机要员歇了一口气，再次带来了一则令人愤懑的消息，"另外，新城大营的刘北楼刚刚到了县府，自称来拜访阁下，他正在喝茶呐。"

"你说什么？军部也来插手了？"

"嗯，除了刘北楼，马乙麻也跟来了。"

"该死的特务！"

切齿道。

第十拍

胡笳六十三节

"北楼兄，我冒猜一下吧，紫禁城里是否也有这样的地宫？"

"咦，你干么想起了紫禁城？宣统皇帝已经逊位了许多年，那一座宫殿估计也被乌鸦和黄鼠狼占据了，谁还操心前朝的冷暖呀。"一如他的名字，刘北楼魁伟冷峻，双肩就像一堆炼砖筑就的，宽大厚实，呈虎熊之势，尤其是那一对眉毛格外有神，浓墨漆画的样子。又道："不过，你要是这么好奇的话，我可以肯定地讲，十有八九吧，太和殿的脚下至少有一条秘密通道，以备不测。"

"这就是说，皇帝也心虚，一半在明处，另一半在暗处，天天提心吊胆的？"

"嗯，这个世界上的人，但凡有一点脑筋的话，一定会给自己留下一扇暗门，一条退路。走为上，此乃三十六计里最妙的一招。"刘北楼刚刚从台阶上下来，置身于温煦的地宫中，还来不及暖和手脚，就被这一席问话给纠缠住了，只好仔细作答，"康熙和乾隆是人，光绪和宣统也是人，概莫能外。狡兔三窟，经武整军，关外的那一支满人，当年就是在马背上打下的江山，可他们一旦坐稳了天下，服属了中原的水土以后，竟然比咱们汉人更深谙统治之术。所以我敢打赌，将来你去北平寻龙问穴的话，紫禁城一定不会让你失望。"

"北平？你这个话太蹊跷了，我干么要去北平城？"

"紧张什么呀？不过，你的话也不要说绝。常言道，不走的路走三回，将来的事情谁知道呐。"刘北楼虎躯一震，抖了抖肩膀，抖落下来的并不是雪花，却是一种无形而凛冽的寒气，"呵呵，你可真够舒坦的，公子王孙那般的惬意，令人妒忌。喏，头顶上大风竟宵，彻夜未息,整个凉州已经完全冻僵了,柴火紧缺,煤炭告急,百姓们的烟囱里几乎快要断炊了,但此地不同。你瞧瞧,你独自坐拥这一座地宫,灯光雪亮,伸张于一隅,一切都应有尽有。尤其是这两堵夹墙的设计,将烟道与通风口砌在了里头,不但嗅不到一丝煤烟,相反还清风徐来,引人遐思。依我的看法,你这叫大隐隐于市也。"

"不愧是军部的政训员,马长官的心腹高参,北楼兄果然口才一流,惯于指鹿为马。"

"怎么,你好像不太欢迎我?你的情绪很消极。"

"岂敢,你尽可随意,不必在乎我。"

"贵体欠安?"

"唉,拔了几颗坏牙,力气也被卸掉了,我还是少说为妙。"释解道。

"吴干越钩,轻用必折,匣而藏之,其精乃全。牙齿也是这个道理,你没藏好,它自然就会发作,轻则溃烂,重则反叛,有时候甚至还会要了人的命。"刘北楼性格外露,似乎对任何话题都充满了热情,也不乏一些真知灼见,尤其是敏锐的职业嗅觉,"呃,我明白了,难怪你刚才过问紫禁城的事情。你也在找退路,为时局所屈,打算匣而藏之,无声无臭吧?"

"可惜呀,我不打听退路,因为我根本就没有退路,又何必庸人自扰。"

"武威驴脾气,你除了犟,便是炝蹶子。"

假嗔道。

"北楼兄,你最清楚了,眼前的这一切,不过是军部的勾画,新城大营的部曲,更是马长官钳管西北腹地的手段。劣弟何其无辜,如今被绑在了你们的战车上,死生由不得个人,只能螺蛳壳里做道场,龟缩在这个寸尺之地。幸亏你来了,现在还有个动静,有个响声,否则我就跟活埋了没有两样。对了,你尽管自便吧,像以前那样,反正你也不会客套。"

"我先声明,我这一趟没什么公务,我是来喝酒的。"

"恕不奉陪,拔牙的缘故。"

"呵呵，美酒可以消毒，还能够止痛，这是我给你开的方子。"

"活该我的牙坏了，在北楼兄跟前，我其实只有闭嘴的份儿。"

"怎么样？杜康来也，我特地托人从陕西那边捎来的。"说着话，刘北楼一抬胳膊，竟然从左右两侧的袖子里，滑下来两只瓷瓶，款款地站了桌案上，瓶身上果然有杜康二字。这还没完，刘北楼变戏法似的，又掏出来一包油纸，打开后却是两只清水羊头，味道诱人。刘北楼熟门熟路，拿来了酒碗，另外还有两把刀子，分别插在了羊头上，感慨道："烽火连三月，杜康抵万金。呵呵，你可真不知道，陕西那边何等的糟糕，整个中原都被拖进了内战当中，诸省割据，群雄争霸，这两瓶杜康可是枪林弹雨，一路硝烟，来得太不容易了。"

"我懂你的意思，劝了也没用，你赶紧独享吧。"

"牙疼不是病。"

"抱歉，我几乎不能张嘴，我陪着你就是了。"

"哼，我知道你对我不满，你在给我上发条呢，不容我辩解。"刘北楼除下靴子，脱掉臃肿的制式棉袄，盘腿坐在了一尺高的桌案旁，如同往日那样，迅速进入了宴饮状态。又道："我在新城大营里是异数，是另类，他们不碰酒水，酒水是犯忌的事情。马长官也是宅心仁厚，对我网开一面，睁眼闭嘴的，从不斥责。呵呵，我这个贪杯的坏毛病，后来又在你这里得到了纵容，咱哥俩好，去年喝过几场痛快的大酒，那真是半斤八两，彼此难分胜负啊。"

"黄埔的高材生，军部的高级智囊，难怪马长官那么倚重你，左右不离。"

"武汉时期的，但后来我肄业了，西渡黄河，落脚在了凉州。"

"你肯定有心事，来借酒消愁？"

"不，我只是一个悲观分子罢了，革命喊不醒我，口号感动不了我，酒也点不着我。"刘北楼抠掉瓶口的蜡封，逐个沏上后，一碗让给了对方，将另一碗灌在了他的嘴巴里，咂巴着，露出了赞许的表情。又问说："一直忘了请教你，你如何看待酒？"

"除了和你，我从来不动它，它也休想控制我。"

"这个我相信；你也是一个异数，十足的另类，我去年就领教过。"

"至于酒么，说白了，它就是一种不要脸的水。"

"此乃新城大营的看法，姑且不论。"

"火。喝下去就是一团火，酒是水做的火，你的肚子里开始烧了吧？"

刘北楼兀自啜饮着，轻慢地说："这个也不新鲜。三碗不过冈，武松只有点燃了自己，他才敢上山打虎，名满天下。还有呢，你比方说？"

"酒也是泪，泪水的泪。"

"不错，酒仅仅伤身，但眼泪却令人伤心。"

"你能不能坦率地告诉我，去年的几次对饮，你每每酒后失态，哭得就像一头受伤的野兽，让我不知所措，无法安慰你，那究竟为何？"

"听听，你这是秋后算账，你又在取笑我。"

"担心罢了。我其实知道，在新城大营的万军丛中，你不但是寡人一个，孤单极了，还因为你的灼灼才华，能谋善断，加之马长官的格外赏识，早就得罪了不少的同僚和他的子弟兵，所以你步步惊心，小心处世，金沙深埋。不过，我这里百无禁忌，你大可放心吧。"

"嗯，你这句话值一杯酒，我先干为敬。"

刘北楼长鲸吸水，干掉了半碗。

"恕不奉陪，牙疼的缘故。"

"不勉强，我知道你这人从不装假，你尽量少说话，听我唠叨便是了。"刘北楼举起刀子，按住了一只羊头，沿着额顶往下，一直切割到了鼻梁上。这时候，羊脸就像一卷课本，左右打开后，连皮带肉地耷拉下来，露出了里头惨白的骨骸。又说："哎呀，我真是没料到，原来你始终在揪心我，在惦记我，害怕我酒后失态，乱了军纪，得罪了军阀头子的嫡系和子弟们，引火烧身，最后上了断头台，临死也没有醒过来。"

"的确，酒不仅仅是火，是泪，它还是一种惨痛的血水，颜色会变。"

"领教了，这可真不是你在打比方，这是教训。"

"什么教训？"

"你小心，此乃军事机密也，这恐怕是新城大营最绝密的行动。"

一时犹豫。

"我要去吃药了，这该死的牙又开始发作了。你先歇缓着，反正你也不是外人。"

"当然，我可不是来做客的，我这次也没带任务，除了这两瓶杜康。何以解忧，唯有杜康，但今天我略感扫兴，我满身心的热情，却碰见了你这一堆冷灰，杜康也爱莫能助，根本就点不着我。哼，头顶上的世界太残酷，竟不料想这地下也是一样的冷寒，真是凉州无人呀。"

"凉州无人？"

"毁灭来了。毁灭就在当前，可武威城还在忙着张灯结彩，还在放炮过年。"

"阁下，你竟敢如此托大，口无遮拦？"

"你方才讲过了，你还打了一个恰当的比喻。你说酒的颜色会变，有时候它就是一种惨痛的血水，信不诬也。"刘北楼忽然抬手，行了一记北面之礼，大概是新城大营的方向。又接续道："我记得，三少君曾经亲口对在下说过，他们的官，他们这一支军阀势力的崛起，是从血水里捞出来的，也是无数条无辜的性命搭建起来的，所以才有了甘青宁这一块地盘，有了现在马姓的天下。"

"北楼兄，这里可不是地上的新城，更不是革命军军部，你只管吃酒，切莫谈论国事。再说了，区区一个杜康，干么引起了你满腹的牢骚，让你指天戳地，如此大发感慨呢？"

"革命，革命才是一碗疯狂的毒酒，颜色像血水。"

咆哮道。

"你身上的这件老虎皮，岂不就是革命的化身么？"

"所以我上当了，家奴而已。"

"打住吧，免得我下逐客令。"

"不，虽说这是军部的绝密行动，但我现在说给你听听也无妨，否则压在我心头，我迟早会爆炸的。你还记得么，我在去年秋末，曾经给你飞鸽传报，说我将要离开一段日子，不能再跟你纵酒放歌了，因为新城大营的主力部队要北上，我得跟随三少君，须臾不离他左右？"

"你当时说冬季拉练开始了，要开赴北疆。"

"但那是撒谎。"

"北楼兄，劣弟当时并不怀疑，我甚至还感激你看得起在下，临走之前捎来了一封口信，留个念想。你我萍水相逢，一见如故，迄今也不过是君子之交，往日的酒酣耳热虽然欢愉，但你离开了新城大营之后，这一整个冬天，我滴酒不沾。至于军部的机密么，那可关乎你我的项上人头，我以为，你不说也罢，更不要试探劣弟的底线。"

"我可以闭嘴，但马乙麻来找你的话，他根本不会像我这么客气，这样委婉。"

"马乙麻他干么找我？"

一怔。

"走着瞧吧，马乙麻来找你，就等于整个新城大营开始器重你，三少君阁下决定启用你这一颗棋子，借助你的民间力量，试图在冯玉祥将军的手上翻盘，挣脱他的束缚，将来独立成军，统御河西，以此称霸西北诸省。"这个关节上，刘北楼性格的外向，以及痛快淋漓的一面，彻底暴露了出来，切齿地说，"狗娘养的，我原先太天真了，我还以为天下的军阀们之所以混战，不过是积怨太深，政见不同，但大家分久必合，将来可以化解分歧，精诚合作，一起图民族之觉醒，求中华之涅槃。但是现在，我这个愿望就像一张破烂筛子，什么都漏光了，眼睁睁地看着覆水难收，百姓流离，山河板荡。"

"北楼兄，你何出此言，究竟发生了什么？"

"耻辱，军人的耻辱。"

欲说还休的样子。

"呃，你原本可是一位截铁之人，胸有沟壑，心中带钢，一向是疾恶如仇，善恶分明。部队拉出去这才三四个月，你怎么就颓废了起来，消沉的口气，就像是吃了一场败仗？"

"的确吃了败仗，三少君这一回输得很惨，在下也是幻灭了不少。"

"我敬你一杯,北楼兄压压惊吧。"

"不了,我其实不是来喝酒的,我突然厌恶了这种液体,我十足地恶心。"

"咦,这倒奇怪了,前日里我接到了你的飞鸽传信,约在了今晚夕,你扬言要跟劣弟一醉方休,怎么一下子就变了卦?也怪我,我被这一口坏牙拿住了,疼痛难忍。"

"顾山农!"

刘北楼猛然断喝一声,拳头砸在了桌案上。

"劣弟在此,仁兄尽管吩咐。"

"呃,少东主,请你原谅我的失态吧,我不该这么直呼其名。可能我太矛盾了,一方面顾及着你我之间的情义,另一方面却又怀疑你,担心你和凉州子弟们被军部所操纵,充当了马家军的炮灰,将来伤了整个河西的元气,进而沦丧了大半个国土。"吊诡的是,刘北楼不再饮酒,兀自划着了一根洋火,举在眼前盯看了半晌,忽然扔在了酒碗中,低语道,"知道么,冯玉祥和蒋介石去年谈崩了,彻底决裂了。这个冬天,双方都在大规模运兵,如今已呈剑拔弩张之势,谁也不肯退让。依在下的分析,如果没有居中调停的话,等开了春之后,冯蒋二人势必要在豫东一带决战,鹿死谁手,现在还难以下结论。"刘北楼伸出一根指头,蘸了蘸碗中的液体,在桌面上画了一条蜿蜒的曲线,并分别标注了甘陕宁的字样,绍介说,"此番,我跟随三少君率领凉州主力,对外佯称开赴北疆,以冬季拉练为幌子,实则奉命东进,布防在了这三个省的边境,准备于宝鸡至榆林一线,竭尽全力,策应冯玉祥将军的作战计划。但是东窗事发了,三少君的这个绝密行动,不幸被冯玉祥的特务们侦破,在长武县境内,他们截获了大宗赃物,并当场捕杀了三十七人组成的特遣队,根本没留下一个活口。三少君内心畏惧,接到冯玉祥拍来的电报以后,称病不出,百般推诿,最终却任命我为特派代表,下了一趟潼关,去往前线参加了军事会议。他妈的,也就是在潼关,在那几天,我才获知了内幕,掌握了新城大营里见不得人的肮脏勾当。"

"莫非,这就是北楼兄方才讲的吃了败仗?"

"不错，三十七条人命，全部被枪杀了，打的是太阳穴，脑袋全崩了。决战在即，如此痛下杀手，足见冯玉祥其人被气疯了，震怒到了什么地步。"刘北楼苦笑了几声，指头再次蘸上了液体，在桌面上画了一根东西线，仿佛祁连山的走向，又依次描出了四个圆圈，哀告说，"少东主你知道么，这些被杀的人可都是河西子弟，凉州的，甘州的，肃州的，也包括敦煌沙州的，可偏偏没有一个姓马的。其实从一开始，三少君就老谋深算，铤而走险，做好了失败的准备，所以事先留了一手，将他自己的那一门人择得干干净净，撇清了关系。"

这一霎，顾山农讶异地发现，对方的手指上缠着一根微弱的火苗，白中透蓝，蓝中又镶嵌着一道金色的项圈。无疑，此乃杜康发出的花朵，摇曳在彼此之间，不过很快就灭掉了，仿佛这个密闭的地宫，不是它所称心的场合。顾山农相问说：

"可是，特遣队到底做了啥，竟然遭此毒手，连一个也没活下？"

"鸦片。"

"鸦片？鸦片咋了么？"

顾山农语气跟跄，颊脸唰的一下红透了。

"哼，整整一吨鸦片，成色一流，全部产自河西。据冯玉祥部的化验分析，这些罂粟的种子来自俄境一带，也就是现如今的苏联南部山区。当年被列宁的红军打垮的白匪武装，不甘失败，躲藏在了榛莽丛林当中，伺机东山再起。为了解决反叛的经费，他们几经试验，培育出了一种强劲而旺盛的罂粟品种，诨名叫花花子，并且流入到了中国境内。"刘北楼显然做足了功课，对这些鲜为人知的细节熟稔于心，头头是道，"河西一带水脉丰饶，土质肥沃，自从花花子侵入之后，老百姓见钱眼开，铲除了大部分的五谷庄稼，改种成了罂粟花。不必讳言，这祁连山下的四郡两关，如今已不再是甘省的粮仓，而是一个鸦片王国，一条罂粟的走廊。果然，鸦片也是一个恶魔，让农户们在挣钱的同时，又反噬过来，极大地糜烂了西北。新城大营一年四季在抓丁，补充兵员，但河西子弟们一个个精血全无，形容猥琐，早就被鸦片攫取了魂魄，甚至连一把镢头也提不起来，更谈不上扛枪吃粮，报效国家。"

颊脸烧得很厉害，恐怕像一只公鸡冠子吧。顾山农为了掩饰尴尬，慌忙将指头伸进了酒碗当中，感觉到了一种灼热，一种似有若无的燃烧：

"北楼兄，这实在也怨怪不得百姓们，凉州以西遍地的罂粟花田，每年的望果节之前，从敦煌的方向上吹来的风，简直能把人熏醉，比喝上一壶杜康酒还要兴奋。"

"咦，少东主的口气就像在作诗，罗曼蒂克呀！"

"也就这么一说吧。"

顾山农一窘，忙举起了指头，一根火苗迤逦而上，缭绕于眼前。

"少东主说得不错，河西出产的鸦片，以凉州最差，甘州次之，肃州再次之，而以敦煌境内的最是上品。我原本以为，整整一吨的上品鸦片，恐怕是新城大营搜罗了数年之久才积攒下的，但是我错了，我太轻信了。此次班师回到了凉州之后，我也在秘密调查，竟然发现军部的一个特种连徒有番号，却不见一人一枪，仿佛幽灵似的。经多方查证之后，我才得知这个特种连驻扎于敦煌，在党河附近割地划水，秘密地经营着一座罂粟基地，世人根本不知道这一处所在。不用问，三少君才是这一门生意的大老板，也是真正的罂粟王。"

"你说什么？革命军也在贩卖鸦片，走私烟土？"

指尖上的火苗熄灭了，顾山农愕然道。

"这个错不了。如今的军阀，不管他姓马还是姓骡子，也甭管口号喊得多么震天响，究其实，不过是图一己之私利，窃天下人之果实。他们随便扯起一块破布充当旗幌，就能裂土分疆，鱼肉百姓，将大好河山据为己有，肆意玩弄，百般蹂躏，直到榨干最后一滴油水。"刘北楼握住刀子，扑哧一声插在了羊眼中，左右旋转了一遭，便剜下来一颗眼珠子，滑落在桌案上。又道："恰逢中原鏖战，道路梗阻，各方势力早已拉开了天罗地网，进入了决战阶段，东进无异于送羊入虎口，所以军部只能选择冒险北上，这自然是巨大的利益所致。唉，假如当初顺利的话，那一支特遣队押运着鸦片，取道包头与保定一线，再于北平城望风决断，然后在津门上船，通过海路一气南下，要么登陆上海滩，要么贩运到香港或南洋，这便是一条清晰的罂粟之路，堪称完美。"

"啧啧！竟然去了南洋呀，这恐怕是河西的东西，走得最远的地方吧？"

"不，就算在太平洋里洗刷三天，也洗不净鸦片的罪恶，这个根本不值得赞美，少东主。"刘北楼的刀子始终不停，剜下来另一颗羊眼，坦承道，"鸦片是逐利的，哪里的利润丰厚，自然就流向了那里，但三少君的野心和意志并不在金钱，他觊觎的是地盘与权力。在他的眼中，这祁连山下的广阔绿洲，不过是牧养万千奴隶的草场和羊圈。"

"阁下的意思，他一直在暗中经营？"

顾山农心知，秘密之门即将打开。

"确实如此。你想想，这一吨的鸦片，上品的烟土，在上海、香港或南洋一带出手后，就变成了黄澄澄的金条，而后折返回来，又在天津口岸购买枪支弹药，将大宗军火化整为零，伪装成各路商团的模样，相互策应，首尾倚重，再经张家口、榆林和石嘴山的方向，进入盐泽与荒漠干滩，而后穿过腾格里那一片沙海，最终叩开凉州的大门。"

"我明白了，罂粟之路其实就是军火之路，北楼兄窥破了真相。"

"如今，各路军阀次第崛起，其背后的原因无非两种：一个是大地主、大买办和工业家的赠金馈银，寻找他们的代理人；另一个则是西北势力，因为身处偏远，历代穷寒，加之工业不振，也只有贩卖鸦片这一条道可走了，别无财路。"

顾山农捂住腮帮子，牙齿似乎在作祟，冷汗孵在了额顶上。

"其实，他们可不是第一次这么干了。俗话说熟路上最好活人，依赖之心也由此萌生，他们贩运的频次越来越密集，少则几十两，多则一二百斤，蚂蚁搬家，聚沙成塔。这些年新城大营财力雄厚，扩军势头一直威猛，端赖于此。"刘北楼抓起一只羊眼，象征性地吹了吹，喂在了嘴里，含混地说，"这一回他们真是栽了。本来计划很缜密，行动也神速，可人算不如天算，谁也不曾料到，特遣队里竟然混迹着一个鸦片鬼，毒瘾发作后，便私自撬开了木箱，偷走了一块烟土，躲在附近的破庙里吞云吐雾，结果被冯玉祥的特务们当场擒获，三十七人格杀勿论，血溅他乡。"

"天呐，这一票人折得可惜，闻所未闻。"喟叹道。

这一刻，刘北楼突然张嘴，将咀嚼了一半的羊眼吐在地上，声称太冰了："少东主你真不知道，我作为马长官的特派代表，这一趟下了潼关，根本不是去参加所谓的军事会议，我甚至连冯玉祥将军的面也没见上，一进门便被搜了身，卸了枪，关了禁闭，开始轮番接受大大小小的审讯。也真就怪了，在失去自由的那七八天，虽然伙食里有肉，味道也还不赖，但是一想到咱们凉州热腾腾的羊头肉，我心里只是一个劲地馋，馋得我浑身冒烟，一点也不担心自己要掉脑袋。所以吧，我这次活着回来后，一定是报复心发作了，估计我已经啃掉了一大群滩羊的脑壳，真是罪孽不少。"

"天下至美的，莫过于凉州境内的滩羊。"

"的确，羊大为美么。咱们凉州一带的羊只，用屈原屈夫子的诗来比喻，便是朝饮木兰之坠露兮，夕餐秋菊之落英，实在也不为过呀。"

"呵呵，北楼兄真是豪气干云，快意平生！劣弟虽说自小在凉州长大，但对羊头下水之类的边角料，一直抱持着退避三舍的态度，实在不敢轻易去尝试。"念及此物，往日里遇袭的那一幕如在眼前，让顾山农的嗓眼紧了紧，略微有点恶心。

"是么？那你可就是胆小鬼呀！"

刘北楼坏笑着，左手卡住了羊头的下颌，右手按住脑壳，也没见他如何使劲，倏忽间就掰成了两半，或许是煮得太烂的缘故吧。刘北楼抓住羊舌头，刀子在舌根上一割，而后捧在手心里，款款地递给了对方。恶心像一股膻腥的潮水，再次涌出了嗓眼，但更大的则是恐惧与慌乱，顾山农无力遁逃，腿脚上仿佛灌满了铅水，目光痴呆地兀立着，失了三魂，丢了六魄似的。羊舌头又递了过来，带着恳恳与催促的意味，似乎这根本不是一件俗物，而是这位青年军官开出的一纸药方，专程来疗治顾山农的心病，祛除他身上的暗疾。一方在相让，另一方却是觳觫的眼神，瞥见那一根失血的口条，就像一小截发胀的木头，带着一层密密麻麻的白色颗粒，犹如宿命。奈何不得，顾山农悻悻地接住了，赶紧握在了掌心里，眼不见为净。刘北楼却仍在兴头上，用刀尖扎起另一只羊眼，搭在了酒碗上，开始翻烤。

此刻，一丛火苗破空而出，颜色焦黄，缠在了刀刃上，与油脂相互缭绕，攀援而上。

顾山农暗自一凛，思想道：原来酒碗里的杜康从不曾熄灭，或者说，那一丛透明的火苗始终埋下了姿态，敛住了光焰，为世人一再忽略，伺机等待着一个爆发的时刻，去阐释它的内心，去递送温暖，去道出最后的真相与机密。天老爷有心，这无疑是一次开示，一番灌顶。顾山农眨开了目光，扫视着眼前这一座炼砖砌筑的广大地宫，干净，素朴，机深无比，又知道它深埋于承平堡左近的地底下，为自己廓开了一方天地，一块秘境，用于疗伤与思考，以期将来破土而出，东山再起，收复失去的一切。但是且慢，这一碗杜康焕发出来的火苗，微明的光焰，以一种传音入密的方式，悄悄告诫顾山农，目下还不是机会，一切都尚未成熟。是的，凉州圣地，启示无所不在，无时不有，此刻的杜康才能堪称典范和榜样，将他的内心长久地窖藏起来，静待一根火柴的来临。这么着，顾山农心有所悟，突然间宽释了许多，对刘北楼此次造访的戒备心荡然无存。

刀尖上，那一只羊眼在滋滋滋地冒油，表皮炸裂，膨胀了不少。

"北楼兄，你方才三兜两转的，絮叨了一大堆，你说你被关了禁闭，那你又是如何侥幸生还，一路西行，回到了凉州的？"

"嗯，卑职不才，毕竟也算是凉州方面的特派代表，专使之一，值此豫东决战之际，他们好歹也要顾及一点点颜面，做足表面文章。再说了，我还遇见了两名黄埔时期的同窗，如今在冯玉祥将军的麾下效力，深受信任，由他们替我从中说项，我自然做不了当年的马谡。"

"特遣队全部被杀，整整三十七条人命，难道就一笔勾销了？"

"坑葬了，我带不回凉州。"

"那一吨的鸦片呢？"

"哼，这话问得多余。少东主，你把一头祁连山的牦牛拉到广州，它还是一头牦牛，变不成鸭子和狗。同样的道理，一吨河西的上等鸦片，甭管在上海滩还是香港，必定是抢手货，赵掌柜失了手，难道钱掌柜就不眼热？你懂我的意思，我只能说这么多。"

顾山农迟疑道："黑吃黑？"

"这可是你讲的，在下并没有这么说，守住你的口舌吧，新城大营最忌讳这个话题。"

"北楼兄，我发现你很恐惧，你害怕了？"

"少东主，想必以后你再也不能一口一个北楼地喊我了。我决定要改名字，北楼上太邪性，阴风肆虐，寒气瘆人，我自小到大待得太久了，我打算下楼来，暖和一下自己的身心。"羊眼已经烤透了，刀尖挑了过去，搭在了嘴边，刘北楼一边吹气，一边苦笑说，"你有承平堡这一座城池，我可比不上你，我只想建一个简陋的园子，度此残生。"

"改名？你，你这是唱的哪一出呀？"

失声道。

"入乡随俗吧，按你们凉州的习惯，我也该换个风水，求个体面。"羊眼已经入口，但刘北楼并不曾咀嚼，双腮也没有鼓凸出来，煞是平静。这一刻，顾山农清晰地瞭见，对方的喉头一耸，一枚球状的东西，竟然被他硬生生地吞进了肚子里，似乎那根本不是羊眼，应该叫决心，叫立意已定，也叫背水一战。刘北楼接续说："权大人在世时，我跟他老人家形同父子，感情甚笃。他不仅对我有知遇之恩，时时教诲，处处提携，还引荐了自己的贤婿，让我跟少东主一见如故，彼此莫逆，这恐怕是我在凉州期间仅有的果实，我真的知足了。想当年，权大人就对我的这个名字一直摇头，戏言说'巍巍乎高哉，楼上不胜寒'。呵呵，也怪我往日无知，加之心高气傲，不曾当面向他老人家请益，求赐一个顺风顺水的大名，但如今我有所恍悟了，我自己来改吧。"

"改成个啥？"

"幻园。"

"哪两个字呀？"

"喏，幻灭的幻，退园的园。"

"刘幻园？"

或许是为了强调这一时刻的重要性，也或许是在告诫他自己，刘北楼蘸了一指头杜康，在桌面上仔细地写了下来，字大如拳。顾山农心中了然，并不太吃惊，但一股酸楚的汁水慢慢地潮起，弥散于内里当中，思想说：一个人但凡还有生之希望，还能在天明之际，披上这个人世上的一抹霞光，谁又敢如此绝情，丢弃了生养的爹娘赐赠下的名号，找出这么两个灰头土脸的汉字，从此招摇于世呀？目光尽头，那两颗笔画粗壮的水字还在燃烧着，倏忽间又瘦了，蜷曲了，枯干了，先是灭掉了一个"园"，紧接着另一个"幻"字也逐渐萎缩，柱梁坍塌，火势挣扎了几下，最终也飘失在了空气当中。刘北楼款然一笑，叮嘱说：

"等开了春，如果我还能有一个春天的话，少东主你一定记住，你可要改口呀。"

"不，我只认识北楼兄，我不想结识刘幻园其人。"

"这又是为何？"

"哎呀，这个该死的牙。"顾山农一时间疼痛难耐，慌忙扔掉手中的羊舌头，捂住嘴巴，噙住了一口突然而来的血腥，料知自己的伤口再次发作了，那种仄身子的腔调尚未根除干净，还在作祟，还在蠢蠢欲动，抢着发声。顾山农侧转过去，将一口血水吐在了袖筒里，暗中兜住了，不想被对方窥见。少顷，顾山农荒凉地说："北楼兄，你的情绪很危险，你的状况似乎不大对头，你的话也很冷寂，比寒冰还能杀人。真的，你飞鸽传信，只说要跟劣弟豪饮一场，但方才你所讲的这一切，分明是来诀别的，我全听明白了。"

"呵呵，顾山农你不愧是一位解人，什么都瞒不过你。"

"北楼兄明示。"

"不错，放飞前一名信使，我可是真心邀约你喝酒的，打算一醉方休，但新城大营里局势骤变，万分煎逼，我只好亲自前来，做一只报警的鸽子，与你当面诉说。"刘北楼起身，围着那一张桌案，踱了足足有三圈，仿佛他被一个难题攫住了，不便开口，也无法陈述。等待中，顾山农瞭见砖墙中央灯台上的几只油盏慢慢暗了下去，随手抓起了一把油壶，陆续添上了灯油，拔长了捻子。这一霎，灯光波澜而至，好像一次赤红的大潮，整个地宫犹如置身于正午的时节，明亮如许。突然，刘北楼抢了过来，激动地攀住了对方的胳膊，双目凝视着，恳切地说："少东主，我想从你手里买一份保。我的这件事情很大，事关人命，不知你有没有豹子胆？"

"北楼兄，承平堡和我吃的就是这一碗饭，你但说无妨。"

"唉，我的脑子其实很乱，我真不知从何说起。"

自责道。

"劣弟可以给你拍拍胸脯，说个大话。除了这天上的日月与星宿，除了这地上的祁连山和石羊河之外，凡是在凉州境内的大小贸易，商业往来，过境货物，哪怕是一个货郎担子里的针头线脑，只要他想买个平安，求个利润，图个顺心，承平堡便是他的靠山，保价局当然会照单全收，一路保商护驾，履行契约中的各项条款，不至于让他陷入困境。"或许，保价局在这几个月里过于顺利了，承平堡的名号也在四郡两关之间炙手可热，一时无两，所以顾山农的信心水涨船高，意气飞扬。又道："呵呵，北楼兄贵为少校参谋，军部的政训员，金口一开，山农岂有推托之理，敢不从命？但不知阁下保的是什么货物，打算买明保、暗保，还是子孙保，我也好有一个周全之策？"

"我保一个人。"

"人？"

"一位女子。她叫沈阁兰。"

刘北楼的喉咙中，似乎纠缠着一团乱麻，艰涩而颤栗。

"阁下，是这，我是做贸易的，靠的是保商护驾赚钱，才能养活承平堡里的百十来口人。我保过金银珠宝，保过古董文书，也保过南来北往的各式商团，还保过这市面上的七七八八，但是坦率地讲，我从来也没保过什么大活人，况且是一介女子。"事实上，此一时刻，顾山农依旧迟钝而惘然，或者说，他身上那种动物般的敏锐与嗅觉，早已被持续发作的伤口裹挟了，湮灭了，沉沦了，进而全然无视这个重大的关口。自此，随着这个名叫沈阁兰的女子走出了新城大营，现身于武威城外，承平堡以及顾山农个人的命运，即将迎来颠覆性的转折，一发而不可收拾。顾山农转念一想，苦笑说："北楼兄，你这是来替劣弟开张的，既然阁下这么吩咐了，凡事也都有一个开头，我一定尽力而为。"

"少东主，那就一言为定，我会尽快派人将她秘密送过来，你们就在上面的朱家嘴子见面，用你我之间的暗号。她叫沈阁兰，沈阳的沈，阁楼的阁，兰州的兰。"

"地宫只有那么一个出口，我随时听令。"

"呵呵，权大人不愧是凉州诸葛，祁连山下的卧龙先生，他不仅筹谋了生前的这一切，还燃犀烛照，如此神明广大地安排好了身后之事，令晚生动容，景仰不已。"仿佛卸下了心里的一块磨盘，刘北楼忽地抱拳，朝着虚空中深深一揖，又掉过头去，对着顾山农行礼。"少东主，这就拜托了，有劳你操心。卑职乃一介武夫，扛枪吃粮，半生毫无积蓄，暂时还凑不够这一笔保费。但是，我擅自做主，这两瓶杜康权当是我的一点心意。"

"阁下，口头之约也须有期限，你究竟要保到什么日子？"

"秋天吧，大雁南下的季节，我估计。"

"倘若失约呢？"

"少东主，假如这一年的秋风吹过了凉州，卑职还未曾现身，刘幻园也不来承平堡销账的话，你尽可以解约，将沈阁兰逐出乌鞘岭，让她去自生自灭吧。"真的释然了，刘北楼嘻然一笑，泼掉了碗中的残液，打开了另一瓶杜康，一分为二，重新沏满后，率先喝光了他自己的那半碗，扬了扬下巴，催促对方赶紧，并自嘲道，"喏，刚才那瓶杜康算是保费，现在这一碗却成了少东主替我饯行，为我摆的一座坛场，我先干为敬。"

这些黑铁一般的言辞，迎风冒火的暗示，令顾山农心荆肉棘，一时间疼痛难捱。犹疑中，顾山农却发现自己的手叛变了，一马当先地伸了出去，端住了酒碗：

"敢问阁下，这位姓沈的女子，跟你是个啥关系，值得你这么托付？"

"兄妹吧。"

"咦，我只知道北楼兄当年匹马西北，落脚凉州，孤身戍边，怎么就多出了一个妹妹？对了，一个姓刘，另一个姓沈，想必是阁下孤寂得太久了，半路上认下的干亲吧？"

"我实在说不好，我也从来没思想过，你刚才问得太急了，我就勉强这么称呼吧。"刘北楼敷衍道，但这个话题分明引起了他内心的波澜，目射光芒，颊脸上也泅出了一层羞涩的红晕。灯光如水，墙上的灯花不停地炸裂着，仿佛一组弦乐班子在奏唱，让顾山农忽略了对方的这一变化。刘北楼为了掩饰内心，忽然诘问道："少东主，你如何看待咱俩的交情？"

"北楼兄在上，劣弟在下，你我恐怕就差一份金兰帖吧？"

"还需要一座桃园。"

"呵呵，磕头自然也是免不了的。"

"少东主且慢，你一定是疏忽了，当年的桃园里一共有刘关张三个人。三人成虎，你我现在还唱不了大戏，因为缺了一位角色。"除了少校参谋一职，刘北楼还兼任军部的政训员，凭的就是辩才，汗漫滔滔的口舌，更有他过人的机敏与情义。刘北楼款笑说："沈阁兰便是第三个人，我现在把她交给你了，还请少东主多方善待。"

意思全都搁在了明处，敞亮，郑重，不留余地，大有易水之别的慷慨与血勇。顾山农不再二话，端起那半碗杜康，强忍着身上的疼痛，一口气灌进了肚子里，喉咙骤然一紧。彼此辞别，刘北楼掉头走了。坡道尽头的那一排台阶通向了朱家嘴子，出口距承平堡不远，处于东北角的一片郊田上，大概是在去年年底，筑起了一座貌不惊人的宅院，遮人眼目。刚跨上第一个台阶，刘北楼摸出来一只怀表，讶异地说：

"哎呀，时候不早了，军部该吹号了，我得赶紧去点卯。"

"上面是白昼，还是夜里？"

"少东主，你在这个地宫里闭关思考，圈禁自己，已经长达一个多月了。这世界上的白天和黑夜，跟你关系不大，你又何必究问呢？"刘北楼将怀表揣入口袋，拔脚而上，丢下话说，"除了我和那只报信的鸽子知道以外，武威城的街头巷尾都在议论，说顾山农去了兰州城，乌鞘岭的公路断掉之后，他被这个冬天的风雪困在了省城，至今未归。"

"我本来打算就这一两天出去的,可始终也找不到一个借口,又听说马牙雪山崩塌了,古浪峡里落石不断。唉,我总不能说自己是一只老鹰,从武胜驿那边飞过来的吧?"

"你记住,你是搭军部的汽车回来的,走的是腾格里东线,绕开了乌鞘岭。汽车团里有我的亲信,我会安排好的,你可别说岔了。"

"为何这么讲?"

顾山农相跟着,忙不迭地问说。

"因为马乙麻没睡着,他的眼睛一直睁着。这家伙乃是新城大营里最棘手的一员,令人头疼,他肯定在秘密调查你消失的真相,一刻也不会停歇。"快接近出口时,罡风倒灌了进来,刘北楼系上纽扣,放下了帽翅子,凝重地说,"最近风声颇紧,天象不佳,少东主和承平堡一切以小心为原则。军部出了大事,有了大麻烦,三少君的屁股现在坐在火炉子上,说翻脸就翻脸,说杀人就杀人,即便荡平了整个武威城,他也在所不惜。"

"阁下,这难道就是你不顾安危,前来报警的原因么?"

"不,危险的恰恰是你顾山农,我倒在其次。假如卑职没有猜错的话,三少君已经瞄上了承平堡,你这一颗棋子很快就要被启用了。"刘北楼掏出手电筒,又摸出来两块干电池,旋开后盖,逐一塞了进去,上紧后,试了试光亮,叮嘱道,"坦率地说,我从冯玉祥部返回凉州后,三少君便开始怀疑我,极力冷落我,将我排挤出了他的圈子。我虽然不知道后续的行动计划,但是只要军部的要员找到你,你一旦接到了马长官的手谕,少东主你就别无选择。但是别慌,你其实还有一条路可走,那就是当面拒绝,坚辞不受。你这样一策应,我就有了施展手脚的空间,我不会错过这个机会。"

如此电闪雷鸣的忠告,如此烽火狼烟的警报,令顾山农突然忘却了疼痛,相问说:

"军部发生了什么事?要开战了么?"

"不,这比战争还要麻烦,还令人头痛。一个上海要人在凉州被杀,这件事闹大了,举国都在声讨,海内外的报章上全都是讨伐的檄文;冯玉祥和蒋介石也罕见地达成了一致,电令新城大营尽快侦破此案，积极善后。"停在了暗门的机关下，刘北楼俯下身子，悄语道，"他妈的，军部表面上看似乱了，但实则是一个假道场，一座戏楼子，三少君也在亲自做戏。因为那个国际观察家就是马廷勷下令干掉的，马乙麻的特务小组最终绞杀了他。"

"张观察？你说的难道是上海滩来的张翘楚么？"

一时间，顾山农色飞骨惊，愕然不已。

"臭狗屎，他哪里能配得上什么国际观察家的称号。他简直太天真，太书生意气，也太狂妄了。他竟然以为河西乃无人之境，仅凭着他手中的那一支烂钢笔，就可以涤荡罪恶，揭橥真相，昭告天下，给西北军阀们一个颜色，一记重拳。可惜喽，他刚刚翻过乌鞘岭就被军部给盯上了，命中注定的，一脚踏入了死境。这不，结果在敦煌见了分晓，他命丧黄泉。"

"他发现了罂粟基地？"

"是的，鸦片就是军火，也是政权和天下，那可是新城大营的命根子。"

刘北楼略一颔首，随即闪身而逝。

胡笳六十四节

　　刘北楼的话没错，外面的白昼和夜晚，与这里根本就是两张皮，互不牵扯。或者换个文雅的说法，山中方一日，世上已千年，也恰巧可以描述眼前这一种孤寂的情状。囚禁，幽闭，放逐，坐牢，还有什么辞藻能像一根确凿的钉子，去挂住此刻的心情，不至于流失呢？顾山农疲倦而颓丧，搜肠刮肚了一番，终于寻到了一个词：活杀。

　　活杀。活杀了一般。

　　这是妻子达云讲的。顾山农去年出关，结束了三年的守孝期，打开承平堡的大门，刚一回到城里的家中，达云便如此抱怨道。彼时，顾山农踌躇满志，心思高邈，心中装着一幅未来的灿烂图景，并没有将这句话听进去，反而觉得那不过是女人的脆弱与娇气，于是不为所动。目下，命运折戟于此，顾山农虽然捡了一条命，但早已半死，气息衰微地卧在长榻上，被恶劣而刺鼻的空气裹挟着，犹如一块腌肉，混沌难明。活杀，一念及这个词，顾山农不由得想起了妻子和弟弟惊白，想得肝花烂了，想得脑子稠了，想得手脚也麻木了，以至于五马分尸，万箭穿心。这个年，姐弟俩是怎么过的？家里缺了一员男将，就像少了一面火炕，权家上下是不是冰锅冷灶？达云身上的风湿病，到底有没有缓解，膝关节和手指是否变形？惊白规矩了么？吃了那一次血亏之后，他是否长了记性，明白了做人的分寸，一夕之间长大成人了呢？这些疑问犹如一大把碎针，撒在了顾山农的体内，游走着，刺痛着，啸叫着，逐渐将这一具肉体变成了箭靶子，带着地火与耻辱，几欲将他焚尸灭迹。

　　病痛发作是经常的，但刚才的这一幕，却来得格外猖獗，异常猛烈，顾山农感觉挨了一记闷棍似的，难以喘息。

刘北楼临走之前透露的消息，虽然寥寥数语，但这是军方的机密和内幕，也是顾山农头一次获知了张观察的真正死因。也许，他们这些军人习惯了屠戮，漠然于生死，早就麻木了，冷血了，带着一种动物般的无情。但是张观察乃一介文人，单人独马，不过是来西北边陲考察的，开眼界的，他又何其无辜，竟然被绞死在了敦煌境内，尸骸像一只断了线的风筝，飘荡于河西，如今停尸在了武威城外的化人场，死不瞑目。"罂粟基地"，刘北楼丢下这个话，扬长而去，顾山农却突然弯下腰，一口血水喷在了脚下，从十几级高的台阶上滚落下来。

那一刻尚未昏厥，顾山农拼着最后的一点意识，破口大骂，日娘捣老子地喊着管家的名字。呱喊了半晌，顾山农这才恍惚地瞭见廖逢节疯跑过来，将救命的家什点着后，交在了他的手中。享用完毕，顾山农惬意地爬上长榻，拉开了被褥，沉沉地入睡，恍惚中听见管家在旁边哀叹了几声，而后跺着脚消失了。真的，白昼和夜晚一个尿样，反正都是被活杀，顾山农觉得日子不多了，自己的这本命簿子上全是欠账，永世也难以结清。

荒凉地睡了一个长觉，待苏醒过来后，顾山农发现了地上的血水、羊骨头、杜康瓶子、打碎的酒碗、撕扯下来的衣裳和肮脏的鞋子，尤其是那一大摊呕吐物触目惊心，恶心，酸臭，刺鼻，拂荡在四壁之间，令人着实反胃。管家没及时打扫，要么负气怠工，要么堡子里事急，代替主子殷勤张罗去了，无暇分心。顾山农泥软着，浑身赤条条的，脑袋垂在了长榻边，打哈欠没力气，咳嗽也没力气，哪怕想放一个屁，后门也撅不起来，只好灰溜溜地放弃了。每次销魂之后，顾山农总需要一段漫长的消化期，俨然一条死狗，一边嬉笑，一边叫骂，仿佛他面对的不是一座空空荡荡的地宫，而是三山五岳，千军万马，于幻觉丛生当中，出尽了风头，相当地过瘾。

目光一瞥，顾山农咿呀了一声，就像叫花子发现了一块热油糕。

旁侧里的炕桌上，搁着那一套精美的家什，除了烟灯、烟枪、洋火、半碗漱口水和几条手巾外，在核桃大小的牛角盖碗中，竟然还有一粒烟泡，想必是刚才吃剩下的。这个意外之财，令顾山农大喜过望，登时生出了一股蛮力，连滚带爬地抢上前去，笑傻了，笑得前仰后合，鼻涕也喷了出来，挂在了下颔上。斜靠着一摞被褥，顾山农首先点着了灯盏，又端住烟枪，熟练地拿起一根子午签，剔净了铜嘴子里的烟油，捻开了烟道口，仔细地将烟泡填装了进去，对准了火苗。在顾山农并不太老练的经验中，第一口最辣，就像肉汤上的浮沫，必须赶紧滗掉，第二口才能咂摸出些许的味道，似有若无。但是等到了第三口以后，整个口腔里犹如一座存放着苹果和酥油的地窖，开始发酵，散发出一种难以名状的致幻气息，同时还伴随着一阵阵激烈的颤栗，皮肤红了，血烫了，汗也下来了，简直燥热无比。当初，顾山农纯粹是因为术后的疼痛，一时间走投无路了，这才连喊带骂地让管家去了一趟城里，在平心定气馆购置了一整套家什，买来了一包价钱最贵的鸦片。其实，疼痛也是个势利鬼，像所有的老鸨那样看人下菜，见风使舵；鸦片一旦入口，疼痛便踮起小脚，躲在门背后数钱去了，再也不肯露面。大概有半个来月，顾山农拼命地吸食了一段后，果然对疼痛迟钝了，麻木了，代之而起的却是对鸦片的饥渴与狂热，一刻也离不开烟枪，似乎那一件家什变成了他的第三只手，依赖日深。渐渐地，管家发现了毁灭的苗头，他不但吓坏了，还滋生出了一种罪恶感，几次三番地从中阻止，甚至还强行没收了烟枪，可顾山农不是求饶哀嚎，便是扬言要解雇了对方，全然丧失了以往的主子之风。管家以前也拔过几颗牙，却没见过拔牙竟然会引起如此大的后患，问得次数多了，顾山农马上就翻了脸，将一张血盆大口洞开，好让廖逢节明白。主辱仆罪，在万般无奈之下，管家便成了平心定气馆里的常客，花钱如流水，冀望着少东主赶紧从疼痛中脱身，尽快中止这一场梦魇般的游戏。另一个，承平堡最近生意红火，业务忙碌，正值大宗商品迅速过境的季节，作为当家人，顾山农久不露面，已经引发了社会各界的广泛猜测；尤其是那些财大气粗的货主，为了求见少东主一面，宁可推迟行程，自担风险，却又一拨拨地失望而走，心中结满了疙瘩，长路上的身影也充斥着不快与沮丧。这一段，廖逢节可谓是三头六臂，累成了一头骡子，除了要秘密照顾地宫里的东家，地面上的大小事务，哪怕是马厩与草料棚子里的饾饤琐碎，一概都需要他拿主意，简直连放个屁的工夫也没有。别看他这个管家老实持重，外表憨厚，兔子急了还咬人呢，爆发也不过是迟早的事情，将来够他顾山农喝一壶的了。

烟泡烧红了，油很大，兀自燃烧着，像一颗鬼魂似的。

吸食了片刻，顾山农的全部身心，陷入在了苹果和酥油的地窖中，一道发酵着。空气有点甜，灯台上摇曳的一排火苗也纷纷跳将下来，歌之舞之，足之蹈之，想必是天梯山佛窟中的散花仙子前来献礼，不忍错失这个令人癫狂的机会吧。这一刻，顾山农就像一团发面，慢慢地溢开后，舒泰地仰躺在长榻上，不敢出气，因为连呼吸也是一种浪费。突然，身上硬了一下，让脑海中惬意的想法猝不及防，摔倒在了腹部以下。顾山农举头，瞭见两腿之间的男根倔强地立了起来，指天戳地，满面威棱，一副赳赳然的样子，根本没把主子放在眼里，似乎它就是拿事的大掌柜，如今轮到它坐庄发话了。唉，这个唐突的小肉贼，这个丑陋而灼烫的小家伙，顾山农记得自己每一次过完烟瘾后，它总会不期而至，引颈向天。这就好比承平堡的一场夜宴，闯进来了一介颟顸的知客，砸了场子，洗劫了欢乐，终究不可饶恕一般。不过，顾山农也从男根的表情上，发现了欲望、饥渴与冲动，那是一种寡落落的状态，同样也是被活杀了的写真，无人援手，求告无门。想起来了，顾山农大致认定，男根的这种猖獗反应，多半是鸦片给予的鼓舞，带来的怂恿，但他本人却莫可奈何，只能眼睁睁地看着自己的这一具肉体遍地泥软，唯有一枝独秀。不是不谙人事，也绝非不近女色，但妻子达云一向是个病胎子，这几个月风湿病愈发地严重了，一吃就吐，只能天天灌药，现如今已经瘦成了一只鸡娃子。唉，别说夫妻同房了，达云如果能够收拾住她自己，勉强料理得了日常生活，那便是权家之幸，承平堡之福，让顾山农去各个寺里烧高香，他恐怕也在所不辞。这么念想着，顾山农借着一阵阵席卷而来的醉意，抬起右手，冲着挺拔的男根，敬了一记标准的军礼，告慰说：长官，暂且委屈你了，凡事都不可操之过急，就像在下是军部的一枚闲子，你也是我身上的一颗闲子，相信终归会有被启用的那一天，你别那么小心眼，你也别垂头丧气了。如此地乱语三千，令顾山农频频失笑，仿佛早年间在戏班子的时候，连夜背诵一段唱词。

放下军礼的那一霎，顾山农忽然想起了刘北楼。

手伸在了枕头下，顾山农慢慢摸出来一封信，在灯光下一瞧，信封的落款上，俨然是军部的番号，另有一行蘸水笔写下的墨字，分明出自刘北楼之手：山农贤弟亲启，阅后珍存。此前，这位黄埔军校出身的军官走掉后，顾山农震惊于张观察的真正死因，肝肠俱裂，加之一碗杜康酒在肚子里作祟，一时间急火攻心，从台阶上翻滚下来，呕吐不止。这封信是刘北楼悄悄留在桌子上的，但因为鸦片瘾犯了，普天下只有那一杆烟枪才算亲人，顾山农不想看，也来不及看，赶紧压在了枕头下面。目下，顾山农侧躺着，懒洋洋地撕开了信皮子，掏出来一沓子信瓤，举在了眼前。

芥子宇宙，针尖道场。

这个人世上无往而不在的巨大天道，犹如笼盖在凉州头顶上繁密的星河，一方面演义着信仰的深邃与辉煌，另一方面却老调重弹，诉说着命运的陈词，以及一切生灵最卑微的念想。是故，顾山农也无法幸免，更不可能脱逃，因为宿命来了。

　　山农贤婿，见字如晤！相信在你打开这封信的时候，四年，或者十年已过，总之是春秋轮替，四序更迭，人世上的这一幕幕光阴太过迫切，我也忍不住于长眠中醒来，用一纸信札，心香泪洒，告诉你这一桩事情的原委……

顾山农怔忡着，盯住了开头的称谓，目光审视再三，内心忽然燎起了一堆冲天的火焰。白纸黑字，这的确是泰山大人的手泽，一笔一画，竟然是那般的熟悉。顾山农讶异地翻到了最末一页，果然在落尾之处，发现了权爱棠的签名，并附有一枚殷红的名章，以及年月日。顾山农掰了掰指头，一番掐算，料定这是外父下世前半个月写就的，所以从容冷静，语气中和，犹如他生前那样，向来不以长者自居，而是用了一种商量与探讨的温婉口吻。四年？如今不就是外父大人走了将近四年的天气么？莫非他老人家生就了一双法眼，可以见心入骨，斩关落锁，一下子望穿了现在，指斥着凉州的这个多事之秋么？狐疑之下，顾山农再次从头看起，潦草地翻阅了几眼，忽然失笑了出来，跌倒在被褥上，瞥见自己裆里的那一根肉贼，仍然不依不饶，倔强地挺立着。

哎哟，这个权大人，这个精明古怪的泰山老子，这个名著一时的凉州圣人，走也走了，死也死了，竟然还不素心，事无巨细地伸出手来，试图控扼眼前的这一切。方才，顾山农身心颠盹，未曾听懂刘北楼的暗示，原来这一通旧日信札，也是烽火警报之一。顾山农暗忖说，等抽了空，该去坟上烧个纸，点个香，否则外父这么不放心，继续叨念下去的话，肯定不会是一桩吉兆。事实上，这一刻的顾山农，三魂六魄一直在虚空中飘荡，浸淫在了鸦片所带来的宽广幻觉当中，似乎一切都不在话下，他自己早已面南称王、敕令天下了。恰恰是这一份傲慢，这一次重大疏忽，令顾山农错过了命运的告诫，将来的劫难与不测，开始涌集而来，其实已经淹没在了他的脖膝盖子上，正在涨潮。

门开了。另一扇通向承平堡的暗门打开了，除了廖逢节其人，绝不会有第二个。

吊诡的是，闻听了管家的脚步声，顾山农就像遇见了一群野狗，忽然间慌乱开来，一把抓住那封信，喂在了灯台上，让火舌尽情吞噬着，纸灰飞扬，迅速焚化干净了。随着这封信的失踪，顾山农罔顾一切，对先辈于冥冥当中的警示与援手充耳不闻，一意执念，不久之后，他终于活成了凉州地界上的孤家寡人。烧毕后，顾山农一骨碌钻进被子里，又摸出来一套干净的衣裳，潦草地穿戴起来，擤了一通鼻涕，胡乱抹在了被角上。

到了床榻前，廖逢节一直气呼呼地戳在地上，喘息声野蛮而粗重，满脸愠怒。顾山农从被窝里探出了头，瞭见眼前的这个管家相当古怪，腿脚上沾满了积雪，颊脸上带着摔伤的痕迹，七八股绳子缠在了他的腰间，俨然一名作奸犯科的罪囚。尤为奇怪的是，管家的脊背高高隆起，似乎扛着一件家什，用一张薄皮子苫在上面，遮住了整个边角。顾山农失笑说：骆驼，你是属骆驼的么？管家答：哼，牲口也没我这么劳碌，这么落怜，你不必取笑我，因为你也不配。顾山农当即不悦，斥责道：我让你在堡子里主事，大小事务必须要过你的手，每天的草流和账目都要给我一个清晰的交代，可你干了个啥？你瞧瞧，你这个样子是想要猴呀，还是要去卖唱？管家梗直了脖颈子，反诘道：少东主，你眼睛里有刺，你就别在旁人的身上拔钉子了！虽说承平堡每天迎来送往的客商少则五六拨，多则一二十批，但我也懂得油水分离，去留两便，将生意打理得一清二楚，从不曾出现过一点点差池，这个不消你操心，你尽管糟蹋你自己，活成一只见不得人的地老鼠吧。反了，简直反了你了！顾山农呱喊着，啐了几口唾沫，切齿地说，你快去，你去给自己记上三张惩牌，等到了开春结算的时候，再从你的薪酬里扣除，这就是你顶嘴的代价。岂料，廖逢节并不胆怯，咧笑说：呵呵，少东主你不必吓唬我，就算你不撵我走，我也打定主意要撂挑子，我辞工不干了。俗话说此处不留爷，自有留爷处，我偏就不信天老爷吝啬，不赏我一口饭吃。此乃要挟，更是犯上作乱，顾山农一时难堪，嘲讽道：姓廖的，我知道你心中不平，你嫉恨那个北疆游击，你一直在暗地里给张汲水拆台，你想做一人之下、万人之上的大管家，但又迟迟得不到我的首肯，所以你因怨生恨，变本加厉，如今又想离开承平堡。难道你打算看我的笑话么？管家苦楚着表情，哀恳道：少东主，舌头里没有长骨头，但舌头讲出来的话，却是最伤人的，你太眼小了，所以你一直在门缝里看我，干脆把我给看扁了。实话说吧，我就是想离开承平堡，离开你这个鸦片鬼，去给自己闯一条活路，但不是今个天，也不是现在。顾山农被彻底激怒了，将一只枕头掷了过去，叫骂道：贰心！你这个背主的家伙，你赶紧滚，你最好马上立刻迅速就消失。廖逢节哀叹说：唉，我的确拿你没办法，但我也有治你的手段，我请来了一个人，你跟他讲吧。

言毕，管家矮下身子，将脊背上的重物支在床榻上，先是松开了腰间的麻绳，而后扯掉了那一张薄皮子，竟然冒出来一只旧背篓。不待顾山农有所反应，管家提起背篓，往下一倾，一个人骨碌碌地翻滚出来，蜷卧在了被褥上。顾山农一时骇然，带着疑问膝行而去，赶紧解开了对方腕子上的绳结，又摘掉了黑乎乎的头套，定睛一瞧，却原来是梅郎中。

旁侧里，廖逢节猛一抱拳，深揖道：先生，多有得罪，我也是没了办法，才请你出山的，你大人有大量，原谅我这个下人如此无礼，惊动了你的身子骨。就像一张揉皱的纸被摊开了，梅郎中慢慢地松活开来，胳膊上也有了劲，掏出一块手巾拼命擦汗，阳魂回还，长舒了一口气。顾山农当即料定，梅郎中肯定是被强行绑来的，这个平素里不吭不哈的管家，或许真是计出无门、狗急跳墙了，千思万想地搬来了这么一位援兵，一个令人头疼的冤家，专门来替他去病的角色。顾山农含着羞愤，剜了廖逢节一眼，赶紧攀住了梅郎中的胳膊，哀恳道：先生，你的腿脚不大灵便，刚在外面又受了风寒，你快快暖和一下吧，千万别跟他那个老贼娃子置气了，我身为当家人，尚且惹不过他，最近任由他骑在头上拉屎撒尿，你更是划不来浪费唾沫星子。不承想，梅郎中不但不恼，反而面呈悦色，感慨地说：嗐，他那是护主心切，忠臣之举，我才不怪他，我还为他叫好呢！只不过，你廖逢节刚才也太野蛮了，三七不问，直接将我塞在了背篼里，又是捆绑，又是头套，一肩膀扛上了就走，呔，你这是土匪黑喇嘛的招数呀，还是邀请本医官来给少东主看病的？管家再次一揖，汗颜地说：先生，你那个性格太倔了，文戏唱不得，我不抢的话，少东主指定就让牙疼给磨折死了，如果有冒犯的地方，我将来再加倍地补偿给你，现在还是治病最要紧。梅郎中扶住了墙，从背篼里取出来一个小包裹，显然是一些金属器械：罢了，罢了罢了，承平堡是大老虎，谁也得罪不起，反正我迟早要来复查的，今个天有幸骑了一头骡子过来，我也算是省下了一顿饭的力气。

这一唱一和的表演，在顾山农看来，显然是串通好了的，廖逢节做了反贼，吃里爬外的东西，恐怕早已将他的丑行，悉数告知给了梅郎中，这才有了所谓劫人的把戏。顾山农稳静了情绪，借力打力地说：你看你，你自己不检点，如今却连累了承平堡，你赶紧下去吧，三块加三块，今天的这六块惩牌你是吃定了，将来再结算吧，你不必废话了。管家嗯的一声，掉头走了，却很快折返回来，提着一簸箕炉灰，倒在了那一堆呕吐物上，用脚尖踩实了。

"快张嘴，啊。"梅郎中催促道。

顾山农无奈，慢慢地洞开了嘴巴，舌头抵抗着，下压着，始终也不肯就范。梅郎中托住他的下颌，将舌板塞了进去，硬生生地撬起了舌头，发现舌根下淤积着血水和唾液，伤口尚未愈合，新嫩，羸弱，粉红色，就像春天枝头上的一粒芽苞。反复审视了几遍，梅郎中抽出了舌板，在袖子上拭干净，重新卷在了包裹当中。顾山农忽然觉得疼了，捂住了腮帮子，心猜八成是刚才还没有吸够，区区一个烟泡，不足以止痛安神吧。

"相当不错，暂时还没溃烂，也没化脓，你再忍几天吧。"

梅郎中介绍说。

"呸，你这个庸医，你这个欺世盗名的坏郎中，你说得倒很轻巧，反正疼在了我身上，又没剜你的肉，你尽可以这样敷衍了事。"也不知咋了，顾山农突然发作开来，一拳头挥了过去，砸在了对方的胸膛上，双目闪闪，鼻涕眼泪一大把，乞怜地说，"天呐，我身上有一窝蚂蚁，火蚂蚁，我真的受不了了，我痒死了，我快被这些蚂蚁吃干喝净了。"

"拔掉了坏牙，歇息上一段日子，你就会好彻底的。"

"不，我没拔牙。"

"你仔细听着，牙是我亲手拔掉的，我最清楚了，你可别胡闹。"梅郎中立时怒了，呵斥道，"一个堂堂的男将，一个顶天立地的汉子，连这么一丁点痛楚也忍耐不了，竟然像个缠脚的老婆娘那样哭哭啼啼的，这成何体统？"

碰了壁，挨了骂，顾山农转而朝向了廖逢节，一边比画，一边趴在床榻上叩头，嘟嘟囔囔的。那种疯狂的手势再也明确不过了，他在央求鸦片，他在跪请烟泡，因为瘾头犯了，一股不可遏止的蚁痒，一场挫骨扬灰的火灾，由里及外地攫住了顾山农，此刻只有赶紧吸食上几口，方是解脱之道。管家哑了，也聋了，干脆不理睬，拎着一把笤帚，埋头将脚下的炉灰和呕吐物扫在了簸箕里，又在地上泼了一些清水，兀自离开了。实际上，这一座地宫统共有两个出口，向东通往了朱家嘴子，往西则是承平堡内部的草料房，设计精妙，与周围的建筑浑然一体，难以察觉。哐啷一声，闻听西侧的闸门关闭后，顾山农的乞求没了下文，遂泄气地瘫软在床榻上，仰看着炼砖箍成的那一道穹顶，向上射出了一口黄痰。转瞬，这口痰又掉了下来，不偏不倚，恰巧砸在了他本人的额头上，黏糊糊的。顾山农并不计较，抓起被角擦掉后，露出了血红色的牙花子，发笑说：自屎不臭，自己拉下的，活该自己吃掉。

囿于身体残疾，加之刚才在背篓里蜷缩得太久了，梅郎中此刻终于暖和了过来，筋骨舒展，便撑住双臂，挪移到了顾山农跟前，冷脸素面，用陌生的目光逼视着对方，整个腔子里呼哧呼哧的，犹如一只愤怒的风箱。

"对了，我方才记错了，你并没有拔过牙。"

"幸亏你记得。我知道你在保全我的面子，不让下人们知道这个秘密。"

"割舌。你是被割掉了小舌头。"

"天呐，那你实话让我知道吧，你在凉州行医问药了这么多年，你到底有没有遇见过像我这样的病人？像我一样长着双舌，一会子说人话，一会子又说仄身子口音的可怜汉？"顾山农心里的这一扇磨盘太沉重了，此刻觅见了一线罅隙，抱怨和愁闷，苦水与敌意，果然就像一道瀑布般地倾泻下来，"先生，就因为长出了这个鬼舌头，这一块多余的糟肉，我的声嗓坏掉了，我不可能再唱戏了，所以我扛着戏箱子回到了凉州。后来，我一方面禁闭在承平堡里服丧，甘愿做一名孝子，但另一方面却出于私心，主要是在养伤，看看它是不是掉了，死了，消失了，让我能合上嘴巴，从此做一个正常人，规规矩矩地吃饭和说话。先生你是知道的，就连这个最卑微的心愿最终也落空了，我从承平堡出来的第一件事情，就是请来了待诏，替我剃头修面，留下了这么一抹盖胡子，天天掩饰着嘴巴里的缺陷。"

"但是你并没有残缺，那只不过是害病罢了。人吃的是五谷杂粮，难免有个意外。"

"我知道我残了，我跟你一个样。"

顾山农开始慌不择词，底火十足，具有了危险的攻击性。

"不，你和我根本不一样，至少我的这颗心是健全的。"

"笑话，难道你一个瘸子走路，心就不趔趄么？"

"顾山农，你这是在侮辱我。"

警告道。

"天老爷，我只痛恨我自己，嫌弃我自己，我如今才觉得，我就不配活在这个人世上。自从我有了这一块糟肉，这个多余的鬼舌头之后，我自卑，我恐慌，我心乱如麻，我昼夜无眠，我觉得自己就是一个怪物，一头在凉州地界上摇尾乞怜的野兽。我迟早会被关在笼子里，我也一定会被猎人打死的，我预感不祥。"诡谲的是，顾山农在陈述这些隐衷时，竟然带着一种激烈的快感，仿佛在历数别人的不是，在清算他人的罪孽。又冷笑说："我真是够幸运的，我投在了权大人的门下，我做了他的上门女婿，我年纪轻轻的，就坐拥了承平堡和保价局，天天有流水，日日有进项，看似风光无限，衣食无忧；但是在私底下呢，我其实就是一块扶不上墙的烂泥，一只见不得光的地老鼠，我活该在这里暗无天日。"

"顾山农，我错看了你，我大错特错了。"

"那是因为你眼瞎了吧，呵呵？"

"呃，你根本就不值得我钦佩，你的傲慢、放纵和无礼，终归要毁掉你，让你在这一世里雷电交加，颗粒无收，最后变成一只丧家之犬。真的，假如你继续执迷于这个毒瘾，放不下那一杆烟枪，被鸦片收买了魂魄，那我就敢打这个赌。"

"我就知道，姓廖的是一只臭老鸹，搬来的救兵也不是啥好东西。"

"顾山农，你点烟的时候，那一根洋火，同样可以让整个承平堡，让你和大小姐的家，包括无辜的惊白弟弟，全部灰飞烟灭，荡然无存，由亲人化成一群厉鬼，你知不知道这个后果？"梅郎中受人所托，忠人之事，也是念及了权家往昔里的巨大恩泽，即便当面受辱，心头在滴血，却仍然硬撑着一口气，像一个体面人那样，款然劝慰说，"松色不肯秋，玉色不可柔。君子之道，也有可为与不可为之分，这害人的鸦片便是后一种，实在是碰不得呀。少东主，你还来得及，你别灰心。"

"瘸鬼，你快滚吧！你刚才怎么进来的，你就怎么爬出去，又不是老子下的请帖，八抬大轿邀请你来的。"顾山农如同被施了一记恶咒，脸色惨白，突然将一只手掌伸出去，搭了灯台上。火苗曳动着，炙烤着他的肌肤，甚至可以嗅见一股皮肉焦煳的味道。半响后，顾山农带着受虐的快感，龇牙咧嘴地说："我本来就没有亲人，我赤条条一个，我憎恨这个阳世，我就是要闹出一个天大的动静，让凉州人不敢小看了我这个上门女婿。"

"我输了。少东主你赶快收手，别再摧残自己。"

瞭见对方的嘴角上血水不断，梅郎中慌忙合十，不停地祈求道。

"你输了么？"

"输了。我的确输了。"

"那好吧，那我来问问你，你在我的嘴里动了刀子，割掉了那个鬼舌头，那一块多余的糟肉，可是我始终也不见好转，疼痛拿住了我，我千疮百孔，我几乎快要发疯了，没了办法，我只能靠鸦片来止痛，麻醉自己，试图度过这一劫，我何罪之有？"

"恕我直言，你的病三成在那一块息肉上，七成却在你的心里。"

"这个话听着刺耳。"

"呃，这是因为你心思过重，郁结太深，忧虑日久。依本人的揣摩，除了承平堡这副担子而外，你还肩负着另一桩秘密使命。我可不想打听，我也猜不出它究竟若何，但我可以确凿地认为，那恰恰就是你久治不愈的根由，一误再误，以至于到了今日这个地步，害得你虚弱而癫狂，常常出口伤人。"

"梅郎，梅郎，你果然是一介庸医，不过是欺世盗名罢了。"

嘲讽道。

"这是权大人当年对我的称呼，但是顾山农你不配，你也不必阴阳怪气。"

"哼，自打你从酒泉回来，你在洋大夫那里取了经，先是扎针，而后对我动刀子，其实你也心里没底，所以你事先预备了一套说辞，打算将来推卸责任。你一方面嫌我身上桃花水的余毒还在，迄今仍在作乱，另一方面却又让我忌口，戒这戒那，连葱姜蒜也成了仇人。"这时候，梅郎中的身体很沉，滞重而萧索地盘坐在一侧，表情上翻云倒海，瞥见顾山农烧完了手心，又将手背对准了火焰，表情剧烈地抽搐着，一副泼皮牛二的丑陋嘴脸。末了，顾山农冷笑说："你看你，既然你都认输了，干么还要反戈一击，居然说老子的病害在了心里，认为我的心坏了？"

"顾山农，你这是不打自招么？"

"喂，舌头呢？瘸鬼，你从我嘴里割下来的那一块肉，它到底在哪儿？"

"烧了。"

"你个贼日的，你竟然敢火化了它，一把火给烧掉了？"

"别忘了，这是你顾山农托付我干的。"

"那你烧在了罗什寺？"

顾山农一半惊愕，一半恍然。

"是这，顾山农你可记得，手术结束的当天，如何处理那一块息肉，我可是仔细征求了你的意见。毕竟，那是你身上的一个零件，总不能扔了，腐烂了，让狗吃了，让鹰隼给叼了吧？"梅郎中深感疲惫，这人世上的一切因果环环相扣，暗藏玄机，缺失了其中的任何一节，将无法自圆其说，自证清白。又辩解道："当时，你催促我赶紧离开这里，去一趟鸠摩罗什寺，趁着天黑，将那一块息肉点着，赶紧处理掉。实不相瞒，我照章办理了，我在罗什塔下点了一堆柴草，将它扔了进去，最后烧得一干二净，被寒风吹跑了。"

"那是玩笑话。去年秋上，我在罗什寺做过一个梦，梦见自己也有一根不灰之舌，堪比鸠摩法师，你不过是代我还愿罢了。"顾山农略显尴尬，手突然往下一压，恼恨地捂住了灯台，掐灭了那一丛光焰，"瘸郎中，你那天用的麻药过量了，我昏厥了好几次，我一定是失去了知觉，才那么胡说八道的，你又何必当真，一瘸一拐地跑去兑现？唉，你还不如把它喂了狗，那也算是一桩功德。"

"狂妄之徒，奸臣贼子，这正是你顾山农的病根之一。"

梅郎中猛一击掌，呵斥道。

"嘻嘻，我就想知道，我的那个鬼舌头，是不是变成了舍利子？"

"呸，顾山农你最好记住，普天下只有一位鸠摩罗什法师，别无分号，谁也不可能分灯法脉，玷污沙门。因为在尊者生活的那一幕大光阴里，他披挂起了无上慈悲的坚韧甲胄，他悲深愿重，他睿智深沉，他利益今生来世。对整个河西来讲，鸠摩罗什便是全境之怙主，苍生之教亲，万民之福田。虽说目下时局不靖，山河瓦裂，但任何一次对尊者的试探，恐怕都是一种僭越与冒犯，包括你顾山农，也包括你的那一块腐肉。"

"你跟尹先生、朱绣和那个自命清高的彭居士一个腔调，你们穿同一条裤子。"

"鸠摩罗什这个名讳，乃是凉州的一座圣庙，不容你亵渎。"

"闭嘴吧，你别自以为是了。我可不想谈论这个贼和尚，鸠摩罗什不顶用，他甚至还不如一颗烟泡来得过瘾。"顾山农依偎过来，一脸阴鸷，贴在了梅郎中面前，挑衅道，"咦，我忽然有个不好的念头，万一你割错的话，我岂不是被冤枉了？"

"绝无可能，我割掉的就是你舌根下的那一块息肉，你所谓的鬼舌头。"

截铁地说。

"梅郎中，你再帮我看看，我估计你没割干净，它还在长，我能感觉得到。"

无奈，梅郎中再次拿出了舌板，在袖子上擦干净，凑了过去。顾山农阴笑着，憋足了一口气，暗中做好了一切准备。梅郎中却懵懂不知，一手托住了对方的下巴，另一只手将舌板搭在嘴巴附近，示意他开口。这个关节上，顾山农偷偷攒足的一口血水，突然喷射出来，仿佛一张刚刚宰杀的羔羊皮子，挂在了梅郎中的鼻脸上，猩红无比。

梅郎中登时僵住了，眼泪婆娑而下，屈辱至极。另一厢，顾山农却兀自大笑，笑声就像一只成功偷袭后的黑老鸹，笑得脊梁也弯了下去。

胡笳六十五节

手术是临时决定的，因为天老爷降赐了一个意外的机缘。

去秋的那夜，梅顾二人在承平堡的文楼上晤面后，郎中便上了心，断定唯有外科手术这一条路经，才能一劳永逸地清理顾山农的隐患，根除了病灶，还他一个晴朗的心情。梅郎中自知其短，他一向以望闻问切、抓药开方见长，对西医的那一套把戏纯属门外汉，隔膜得紧。但是这个人身疾心烈，好学不厌，对一切未知的东西，始终充满了强烈的求知欲，加之他交友广泛，眼界并不俗，便想亲自出马，最好能掌握了这一门技艺，也不枉了凉州百姓对他的拥戴。原本，梅郎中计划去一趟省城兰州，在白塔山下的天主教医院里就读一段时间。不巧的是，坏消息传来了，称这家医院已经被省府和军方所征用，中原大战期间，蒋冯双方咬得很紧，伤病员被源源不断地送到了那一座水陆码头上，所以对民间概不开放。东进未果，梅郎中便将目光投向了西方，恰巧在酒泉境内有一家海关医院，主事的院长姓施名耐德，德人，已经在那一片沃美的绿洲上居留了长达十一二年，乃是梅郎中的一位故交，关系仍在。

这么着，梅郎中抓紧修书一封，通过敦煌急递社，投往了肃州城。不承想，这一封言辞热烈、虚心就教的书信泥牛入海，并没有得到洋大夫的响应，事情便拖宕了下来。天寒以后，凉州一带又爆发了流感，病人们纷至沓来，几乎挤破了门槛，梅郎中天天忙于招架，于是给自己延期了几个月，打算翻过年了再说。

腊月底的那天早上，公鸡叫了，但因为天阴，梅郎中正在睡回笼觉，院门突然被敲响了。丫鬟去应门，捎进来了一个账房模样的人，他自称是天津会馆的，当面将一个信皮子交在了梅郎中手里。打开一瞧，短笺上只有区区一行墨水字，恳请梅氏屈尊前往，渴盼在会馆内一晤，落尾上的签名不是旁人，恰是施公耐德大人。也就是身子累赘，否则的话，梅郎中肯定会一个蹦子跳将起来，山呼万岁的。梅郎中一脸喜色，揭开炕毡，挑了两块干净的大洋，犒赏给了来人，并吩咐他安心喝茶，自己有话要问。一来二去，相谈甚欢，梅郎中逐渐掌握了大致的线索，心中忽然有了一册图谱，同时也产生了一个大胆的想法。

原来，在德国国内度完了圣诞节假期后，施耐德搭乘一艘邮轮，驶往了东方，并在天津口岸登陆，急匆匆地返回西北腹地。岂料，施耐德在半路上身体不适，染上了风寒，连拉带吐的，险些丢掉了性命，幸亏在伴当们的照顾下，进入了凉州地界，并羁留在了武威城内的天津会馆，又跟酒泉方向上赶来的中国助理会合，迄今已经过去了整整三天。施耐德原本就是有名的医生，几经诊断之后，确认他自己罹患了伤寒，不禁有点担心，但更为沮丧的，却是在随身携带的药品中，偏偏少了一种叫金鸡纳霜的特效药。抱着一线希望，施耐德通过武威县府的电台，给远在兰州城的德国商社拍了一封电报，紧急求助，并很快接获了答复，称药品已经发出，将由一支军方的骑兵排顺路捎入凉州。等待中，施耐德的病情略有稳定，翻阅着助理从海关医院带来的书信与资料，这才发现了梅郎中的名字，一时欢欣，赶紧邀约一叙。

来人辞谢了两块银元，出门走了，但记住了梅郎中敲定的时间，午时之前，前去拜访。

照规矩，凉州人登门做客时，一般不会空手爹拳的，要么拎一盒点心，要么带一包六合糖，就像俗话说的那样，瓜子不饱是人的心。但是这天早上，梅郎中计出别门，剑走偏锋，决定给故人赠送一副汤药，权当是见面礼。丫鬟失笑了，说见过赠金赠银的，也见过赠粮食赠布匹的，可从来没听说过给人上门喂药的，这在凉州是犯忌的行径，小心人家将你轰出来，颜面无存。梅郎中并不介意，辩解说洋大人才不吃凉州的那一套，他们有自己的上帝，也就是有他们的佛祖和天老爷庇护着，况且禁忌就是用来被打破的，不可墨守成规，你今日随我去一趟，顺便也让你开开眼界吧。梅郎中开了一张方子，催令伙计们去后院的药材库房里配药，一定要找最好的那种，又在廊檐下点了一堆锯末火，架起了四五个药罐子，注的是山泉水。第一遍滚沸后，汤水被泼掉了，第二遍亦是如此。到了第三回时，汤水竟然金黄透亮，勺子一舀，还能拉出一些金灿灿的丝线，仿佛一束尾羽，不愧是名医亲自煎制的。梅郎中玩笑说：呵呵，他那个叫金鸡，我这个可是金凤凰，我得让施公见识一下中华国粹，不要小觑了咱们中医的手段。汤药煎好后，丫鬟分别装在了颜色各异的瓷盅里，放在了食盒当中，覆上了一件干净的棉毯，跟着梅郎中上了一辆自家的呢子车轿，匆匆出了门。

午时之前，一行人拐过了青云镇公所，上了民族街，在中华基督教会的右侧，寻见了天津会馆。早上的那名送信人迎了出来，将梅郎中诸人请进了客房院子，叩开了洋大人的门。彼时，施耐德因为睡不惯热炕，正躺在一张桌子上，里三层外三层地裹着棉被，脚下还生了一盆炭火，却仍旧打着摆子，瑟瑟发抖。煤烟太呛，梅郎中挂着一双铁拐子，潦草地行了礼，问了安，又让梅家的伙计打开所有的窗户，挪走火盆，揭掉了病人身上的全部累赘。海关医院的助理甚是不解，刚要上去阻止时，却被洋大人断然喝退了，微微颔首，对梅郎中报之以笑，似乎将他个人的生死悉数托付给了对方。丫鬟打开食盒，将药盅逐一端了出来，恭敬地递了上去。梅郎中俯下身子，恳切地说：施公，你快趁热喝了吧，喝完了发发汗，这是我养的金凤凰，一定会给你带来彩头的。施耐德讲了一口河西风格的汉话，幽默地说：凤凰涅槃，浴火重生，这个我懂，你就死马当成活马医吧。言毕，洋大人拔长了脖颈子，咕隆咕隆地灌了下去，哑巴说：生姜，里面有姜。

一连几日，梅郎中就在这两点一线之间来回奔波，人马齐备，分秒不差。唯一的不同，则是瓷盅里的汤药换了内容，用了新方子，颜色依旧金黄清亮，也能拉出来一束蓬松的长丝。施耐德好转了不少，偶尔能喝下去半碗米汤，也开始放屁打嗝了，后来还下了炕，在院子里溜达上一半圈，但总体上比较虚弱，仍有待静养。那天下午，来自省城兰州的骑兵排排长找到了天津会馆，一见面就道歉，说半路上遭遇了滚石与塌方，装有金鸡纳霜的驮马掉进了山涧，当时情况危急，不得已只能放弃，特来告知一声。施耐德不以为然，拍了拍肚皮说：金鸡飞了，但金凤凰落在了我这一棵梧桐树上，过一段时间我就可以鸣叫了。排长一头雾水，悻悻地告辞了。

然而，鸣叫的事情并未发生，可施耐德的一句话，让梅郎中看见了求助的希望。陪着散步时，梅郎中的铁拐一别，忽然间一个趔趄，栽倒在了对方的身上，幸亏被及时搀住了，才没有吃亏。施耐德抓住那一对精铁的拐杖，详察了半天，诚恳地说：太沉了，这个也太不方便，干脆我在德国国内替你订一辆轮椅，报答你的救治之恩吧。梅郎中却道：你看你，施公你这是说胡话呢，拐子就是我的双腿，我干么要废掉，再让你安上一对车轱辘，变成一辆车呀？见对方继续游说，梅郎中趁机道：不如这样吧，你替我做一个外科手术，割一根舌头。

为了阐释手术的必要性和急迫性，梅郎中将两个手掌叠放在了一起，上层覆压着下层，一大一小，前后错落，犹如一对孪生子似的。施公，我的病人害怕极了，担心万一被老百姓知道的话，一定会将他视为怪物，群起而攻之，他或许也有性命之虞。凉州人的眼睛里揉不得沙子，以往灾年的时候，往往就有一些不洁之物降生，比如双头羊，比如六条腿的骡子和牛马，再比如长了两个肚脐眼的娃娃，等等。遇到此类的异常，无疑要由六郡老集体出面，晓谕全城，而后将怪物五花大绑了，架在一堆木柴上，活生生地烧死，一概灭杀，绝不留活口。梅郎中喋喋不止，无非是想说动对方，但理由必须完备而恳切，且具有极大的同情心。闻听绍介后，施耐德在胸前划了一个十字，郑重地说：呃，先知一般都是要受火刑的，火刑杀害的不是先知，便是圣徒，因为火刑就是一次洗礼，也是上帝的试探。如此费解的话，令梅郎中的头皮麻酥酥的，辩解说：此言差矣，他可不是什么先知，他就连私塾先生也算不上，他只是一个买卖人，现在是我的病人。施耐德揭开了对方上面的手掌，瞭见下层的指头蠕动着，形象地描摹出了那一根多余的舌头无助而不安的样子，紧接着又抛出了一系列问题。梅郎中万般耐心，再三绍介，说这一小疙瘩肉刚刚生发出来的时候，大概有黄豆那么大，几个月之后，它竟然长成了一只粉红色的蛆，卧在了病人的口腔内。病人原本是一介唱戏的，在四喜班里挑大梁，前程可期，但这个意外的变故，不但毁掉了他的声嗓，还遭到了同行们的排挤，暗中下了凶药，于是病情又恶化了不少。梅郎中刚刚接诊时，也是大感困惑，这完全超出了他的经验范畴，一时间束手无策。后来，梅郎中硬着头皮，大胆使用了一个祁连山里土著人的偏方，将老鼠尾巴化成了灰，一日三服，期待着那一疙瘩肉断根去尾，最终被剔除干净。这张方子失败后，梅郎中又从一卷敦煌医书中得到了灵感，不是割，而是养，待它长大成形后，再做论断。养也有讲究，可不是吃饭喝水那么简单，竟然要用月婆子的母乳，最好还是头生子哺乳期间产下的奶水为佳。病人也是费尽了招数，千寻万找地喝了一段时间，这才将那一疙瘩肉养大了，就是如今的这个样子。梅郎中捡起会馆围墙下一小片干枯的银杏叶子，指头捋平后，打了个比喻。施耐德一味地摇头，反诘道：我不喜欢你的说法，那不是糟肉，那很可能是一片息肉，它是神圣的，你不能剥夺它的生命。看菜吃馓饭，凭赖打官司。面对这个水米不进、油盐不食的洋大人，梅郎中也是极尽了阿谀之词，百般讨好，又将两手绞在了一起，呈纠缠之状，再次绍介说：眼下的关键就在于，这一片息肉也绝非饶爷爷的孙子，它长大了，它长开了，它自己会说话了，还是仄身子口音；它就像个小妾那样，根本不顾及大婆子的感受，时不时地跳出来逗能，还故意说反话，跟上面那一根真正的舌头针锋相对，令主人相当地难堪。施耐德蹙住了眉头，听得云里雾里的，狐疑道：仄身子？仄身子口音是什么？见梅郎中脸红语塞，茫然无绪，洋大人豁然一笑：呃，想起来了，那个小舌头恐怕就是歌剧中的神圣小丑吧？上帝，它是来拯救的，也是来赎罪的，我差一点犯了错。

絮叨也就罢了，但对方一直在眼花缭乱地画着十字，让梅郎中着实恼火，拄着铁拐，去了一趟茅厕，愤怒地撒了一泡长尿。返回后，梅郎中站在脸盆架子前净手，突然灵光乍现，将两只手叠放起来，浸没在了水中。施耐德立时住嘴，凑了过来，但见下面的那只手握成了拳头，蠕动着，抓挠着，渐渐地将另一只手拱出了水面，精赤溜光的，不一会儿就干透了，皮肤皲裂，裹挟着寒气。梅郎中肃然道：施公，情况很不妙，眼下可不是你念洋经、拜洋佛的时候，假如现在不动手术的话，万一你离开了凉州地界，一走了之，那个小舌头再长大一点，势必会堵塞咽喉，殃及病人的生命。施耐德终于让步了：好吧，你赠我一群金凤凰，那我就还你一个人情，明日下午，我亲自去主刀，不过你得告诉我，这位病人究竟是谁，值得你这么下功夫？梅郎中吝啬地说：一个大人物，凉州的大人物。

　　搞定了一头，另一头还需要去说服，毕竟是动刀子割肉的事情，马虎不得。

　　梅郎中迅速给承平堡捎去了一封口信，邀少东主来家里商议，避开外人。因为他深知，顾山农将这个奇怪而诡谲的病症，视为他本人极大的隐私，不但感觉耻辱，还滋生出了一种自卑与惶恐的情绪，他嘴上的那一抹盖胡子便是证据。事以密成，言以泄败，一切都必须滴水不漏，万般谨慎。顾山农按约来了，刚一闻听梅郎中的介绍，眉头便皱住了，结成了一块咸菜疙瘩的样子：先生，我从没干过一件坏天良的事情，难道就不能吃你的方子，让它慢慢消化掉，非要在我的身上拉一刀子么？那一刻，梅郎中听见了仓皇，看见了恐惧，果决地说：抱歉，瘸子我已经技穷了，中医之短，也许恰是西医所长，外科手术就是一劳永逸的法则，少东主你忍不了一时之痛，将来又怎么去做凉州的顶门杠子，去图谋大业呢？此乃激将，亦是策励。顾山农思想了片刻，笃定道：如此看来，明日一早，我必须得打马离开凉州界，去一趟兰州城了，这个年肯定是过不了，也不能在地面上跟家人们团聚，我自己的罪，我去地底下承受吧。梅郎中当然听明白了，安慰说：呵呵，我陪着你去当地老鼠吧，如果伤口愈合得好，元宵节之前，咱们就能回到武威城，吃上油饼子裹黏糕，还可以去观赏今年的花灯。

　　翌日一早，顾山农从承平堡悄然消失了。人们纷传，少东主慷慨仁义，不肯忘本，仍然维系着权爱棠大人生前的老交情，千里迢迢地去省城参加一桩婚礼，带走了满满一车的礼品。

　　按照梅郎中的交代，管家亲自驾车，去城里的天津会馆接上人，出了南门，绕过西门和北门，在郊外的官道上兜了一大圈子，最后停在了朱家嘴子。来人不解其意，糊里糊涂地被管家领进了地宫，等摘下头套后，梅郎中这才发现，对方竟是海关医院的助理。原来，施耐德之所以爽约，乃是深思熟虑的结果，因为他尚未彻底痊愈，偶尔还会打摆子，就怕手术过程中出现失误，所以才派了自己的助理兼高足，代行此次出诊。风已经放出去了，病人也已做好了精神准备，甚至连那一抹盖胡子都剃光了，总不能半途而废吧。梅郎中还在犹豫中，却见顾山农意志决绝，冲着助理说：用人不疑，疑人不用，在下的这一百来斤就交给仁兄你了，你尽管动手，我绝不会喊一个疼字。

到了目睹真章的那一刻了，顾山农仰躺在长榻上，四面里灯火丛聚，亮若白昼。先是打了一针麻药，等待局部的麻醉，梅郎中犹不放心，又给顾山农喂服了一颗自制的丸药，后者很快就入睡了，安静得像一截木头。助理拿出来一副金属的牙撑子，德国造，塞在了病人的上下齿之间，慢慢地撬开了嘴巴，亮出了内部的口舌。手术开始了，梅郎中瞧见助理点燃了一只酒精灯，指尖上缠着一根细如头发的钢丝，搭在火苗上烧红后，忙问说：刀呢？手术刀呢？助理答复说：这是新式手术，创伤面小，伤口等于被焊接住了，术后也不易感染，最适合切除息肉之类的病灶，十分科学。科学，这个新词太时髦，也过于深奥了。梅郎中当即哑默下来，在助理的指导下，用舌板翻开了病人的舌头，只见那一疙瘩息肉又增大了不少，像一枚椭圆形的钱币。钢丝完全被烧红了，并不是一根笔直的金属线，而是在顶端弯成了一个环扣，伸拉自如，可大可小。助理吹了吹钢丝，将环扣伸进病人的口腔内，仔细地箍在了息肉的根部，轻轻一拉拽，突然就咬住了目标。火刀，这其实是一把火刀，以火为刃，不仅流血少，还容易弥合伤口，助理再三释解。梅郎中不敢去瞧，一直偏过头去，但那一种皮肉焦煳的味道飘拂而来，让他的胃里蓦地一紧，忍不住就想呕吐。不一时，手术结束了，助理熄灭了酒精灯，但留下了牙撑子，继续固定在病人的嘴巴上。难道这就完了？我开个方子也没这么快呀？梅郎中抢白道。助理答：这是很一般的手术，并不复杂，重要的则是后期的疗养，口腔是一个特殊的部位，小心感染最为关键。梅郎中暗骂了一句，再问说：难道，割个舌头就这么简单，你哄人吧？助理收拾完了药箱，声称要回天津会馆去照顾洋大人，临到了门口，忽然变色道：我再重复一遍，这是息肉，不是所谓的舌头二世，凉州人的迷信主义太荒谬了，也该到了根除的时候。门开了，管家照例将一只黑头套箍在了助理的脑袋上，延入车轿内，扬长而去。盯望着那一匹辕马消失在了朱家嘴子，梅郎中追过去一口痰，恶骂道：你个卖沟子的，你才喝了几天的洋墨水呀，你还以为你能拉出洋屎来么？

一个是麻醉针，另一个则是自制的药丸，让顾山农的这一场睡眠格外地踏实而稳静，睡了足足有一个半时辰。梅郎中也着实累坏了，伏在床榻上丢了个盹；不承想，接下来形势陡变。顾山农是被一口血水呛醒的，头一歪，喷溅在了地上，凶相毕露，牙撑子也不见了。好在梅郎中有所准备，帮衬着病人漱净了口舌，又在创口上撒了一些止血粉，看来暂时无虞了。在这一座坟墓般的地宫内，灯花每炸裂一次，犹如晴天霹雳一般，令人头皮发麻，心荆肉棘。顾山农虚弱地说：天老爷，我的嘴里终于松活多了，不那么拥挤了，舌头也能躺平，可以伸个懒腰了。梅郎中不停地劝止，让他少说话，别动了真气，但是根本不奏效。兴奋是明显的，顾山农带着一种劫后余生的喜悦，相问说：先生，糟肉呢，割下来的那一块糟肉呢？求求你，你让我看看吧！梅郎中冷然道：不，那只是一块多余的息肉，一种病罢了，这个是有讲究的，你可不能看，你看上一眼的话，将来就会忘不掉。顾山农叹息说：呃，它的确是一个病，它差一点就毁了我，不看也罢。不过，先生你打算如何处置它？你总不会拿去喂了狗吧？梅郎中荒凉地说：少东主，身体发肤，受之父母，我暂且代你保管着，等咱们的这一幕大光阴行将结束时，我自然会交给你的。顾山农喃喃道：我懂你的意思，一层人有一层人的光阴，天老爷的算盘打得太清了，谁也别指望他老人家算错账。

先生，可是我以前有过一个遭遇，一场离奇的经历，我知道自己欠下了鸠摩罗什寺一根舌头，现在也该到了还账的时候了。顾山农突然袭击的这句话，令梅郎中大为骇然，惊悚不已，赶紧伸出手摸了摸对方的额头，烫得很厉害，便料定这可能是胡话，是呓语，是麻药消失之后的一种幻觉。岂料,顾山农再次说:它是不灰之舌,也是我要还愿的一份供养;劳烦先生你赶紧进城一趟,将它捎给罗什寺,也好兑现了我的诺言,了却了这一桩心思。

这个关节上,通往承平堡一侧的机关响了。

暗门开启后,管家白衣白帽地走了进来,一边粗重地喘息,一边拍打着身上的积雪。手术当日,也许是顾山农舍身供佛、以血点灯的行为呼应了天地,感动了日月,这一年的降雪胜于往昔,就此拉开了漫长而纷乱的序幕。廖逢节吸着鼻涕,相问说:先生,拔了少东主的几颗牙呀,还这么兴师动众的?梅郎中迁怒于他,冷脸道:你这张老鸹嘴不留口德,一颗就不得了了,难道你还想图财害命么?是这,少东主乏了,让他好好睡一觉吧,我抽空来换药,你赶紧派人送我进城,我家里还有一院子的病人呐。管家吐了吐舌头,矮下身子,将整个脊背贡献了出来。梅郎中并不客气,拎着一对铁拐杖,趴在了廖逢节身上,顺势给了他一记抽脖子,驾地吆喝了一声。

夜饭罢后,廖逢节分别会晤了两位大掌柜,一个来自额济纳,另一个来自青海湟中,并签订了保价协议,皆大欢喜。管家犹不忍心,吩咐灶房里赶紧准备了两套熟食,不外乎是猪头肉、羊杂碎、牛腱子之类的,又捎带了两大坛子烈酒,去了堡子以北的三岔路口,在商团的临时营地,招呼驼夫与马夫们吃喝了一通,就此作别。在广大而辽阔的风雪天气里,承平堡的牙旗插在了车马队列当中,首尾相衔,猎猎飞扬,仿佛一道坚实的藩篱,一幕屏障,庇护着这些长路上的生灵,踏入了沉沉夜色,去拼命夺取这一世里的口粮,而后身心囫囵着,安全归返。廖逢节心中一沉,忽然感觉到肩上的担子太重,尤其是少东主借故推托,隐匿在地宫中治病,将家里的一大摊子交给了他,这分明是小马拉大车,在炼他身上的油呀。堡子外的更声清晰入耳,大概临近午夜了吧,廖逢节在院子里巡视了一遭,悄然闪身钻进了草料棚,打开机关,进入了幽冥而鬼魅的地下世界。

这是病室么?不。这是坛场么?也不。难道这是少东主其人么?更不。

管家哀声一叹,蹲在了地上,失败的感觉就像一块寒冰,在内里深处融化了，流泻一空，干脆站不起来。千思万想之后，廖逢节终于判定，眼前的这一座地宫，已然是野兽的囚笼，恶鬼的封土，更是败家子血洗之后的现场。灯光无恙，但其他的一切都被砸光了，摔烂了，空气中充满了暴力的痕迹。彼时，顾山农正颓坐在一堆碎瓷和瓦渣子当中，嘴里的血水仿佛一匹长练，挂在了下颌上，扯也扯不断。这里本来静谧安稳，应有尽有，尘世的嘈杂与人际的纠葛，统统被拒斥门外，虽然谈不上奢华及高端，但也不落俗套，就好像将一座大户人家的厅堂，完整地搬入了地下，成了凉州全境至为机密的空间之一。忆想中，廖逢节也是禁不住落泪，自己当年受权大人所托，后来又跟随着少东主，一路辅佐，悉心呵护，这里的一瓶一罐、一桌一椅、一床一褥、一灯一油，基本上都是他千挑万选，搜遍了整个武威城，这才安置进来的。现在可好，一切都被毁坏了，日塌了，败光了。难道拔个坏牙，就可以让人成疯成魔，变成一头野兽么？大丈夫剐烂个皮肉，见个红，就能让一个平素里谦和的君子，扔掉了斯文，竟然这么狰狞和下作么？

生气归生气，但管家心地良善，仍旧谨守着一个下人的本分，不敢当面指斥，也不愿怠工，生怕伤及了东家的颜面。廖逢节蹲在地上，一边挪移，一边将碎瓷和瓦渣子拾起来，丢在了簸箕里，并不搭腔。岂料，后来靠近了对方，就在伸手去捡那只砸烂的花瓶时，顾山农却腾地起身，一只脚踩住了管家的手，狼心狗肺地狂笑开来，似乎他擒获了一个罪囚，一头野兽。廖逢节当即晕了，跌倒在地，感觉无数根钉子扎进了掌心，火辣辣的，一些黏稠的液体像火焰，蹿入了胳膊，泻入了体内，燎原遍地。顾山农阴笑说：疼不？老狗日的，你知道疼不，疼是个啥味道？廖逢节一个劲地点头告饶，但并不曾换来对方的宽恕，反而觉得那只脚的力道更大了，他自己的筋脉断了，骨骼粉碎了，眼睛里金星飞逝，几乎快要烧成了一捧灰。你个老贼娃子，你眼瞎了么，你看不见老子在疼么？你刚才不照顾老子，也不问候一句，我要你做什么，你是来承平堡吃屎的么？顾山农恶语相加，笑得开心极了，仿佛这一种快感是止痛药，可以麻痹伤口，拯救他脱离苦海，此生成佛。接着又拼命地踩住了，詈骂道：哼，马槽里多了你这个驴嘴，我心里其实很清楚，你妒忌我平日里偏袒那个游击，你嫉恨张汲水太出风头了，所以你连带了我，趁机来报复我，居然对我的头疼脑热也无视，驴日的你想做当家人，嫌我碍手碍脚了吧？疼痛持续着，疼到了极点，廖逢节反而不觉得疼了，手也不是他自己的了，心如刀绞地说：少东主，虽然我是个下人，但我也有汉子的尊严，个人的体面。你知道么，权大人在世时，他老人家从来没对我动过一指头，没说过一句重话，也没给过一个冷脸，你如今当家作主了，你又何苦这么糟践我，将我视为猪狗一般，再三侮辱呢？顾山农诡笑说：呵呵，权爱棠那个老贼不死的话，你就更不会在自己的眼皮子里夹带上我；管家就是一条看门狗，仰人鼻息，仗势欺人，只会对唯一的主子摇尾乞怜，不过呢，承平堡现在是我的了，一切都由我说了算，那你还不赶紧趴在地上，舔我的脚，给我摇一摇尾巴么？廖逢节悲伤至极，执拗道：我是个人，我吃的是五谷，忠的是情义，敬的是天地，我不是狗，我也没有长尾巴。这个关节上，顾山农的手就像一把钳子，突然扑将过去，扯住了管家的裤带，扯断后，一头吊在了腰间，一头垂在脚下，凶巴巴地说：你看你，你的尾巴这么长，你居然还不承认自己是条狗，你真是撒谎成性。

也许是闹够了，也许是被口中喷出来的一种褐色液体所惊吓，顾山农此后不再发疯，卧在了长榻上，胡话不断。管家噙着泪水，将一地的荆棘拾掇干净，在炕桌上搁了一碗热开水，拉开一床棉被，盖在了顾山农身上，吹灭灯，踮起脚走了。

其实，后半夜的天气里，管家哪也没去，默然坐在草料棚院墙下的一堆干麦草上，恓惶了许久，淌光了眼泪，这才发现一个清晰的念头，像劈柴一般，戳在了他的内里当中，熬煎着自己。那一刻，头顶的夜空短暂地裂开了一条口子，繁星乍现，撒下来一幕幕天光，笼盖在了承平堡的身上，将周围的文楼、武楼、角楼和高低不一的城堞浮现了出来，恬静，安谧，和平，如同权大人当年所冀望的那样。但是，一念及顾山农刚才的嘴脸，那些羞辱、谩骂和血口喷人，却让管家的脑子突然间稠了，僵了，恶化了，又进一步断定，这个堡子迟早要毁于顾山农的傲慢，顾山农的自负、跋扈和颐指气使。心里凉凉的，往日的主仆之情，其至还赶不上身边的干草带来的那一丝暖意，比起老主子来讲，廖逢节觉得两个主子一个天上，一个地下。今日里发生的这一幕，无疑在告诫他本人彻底失宠了，业已丧失了对方的信任，堡子里的这一只饭碗实在难端，也更难吃得可口了。墙外是马厩，马嚼夜草的声音格外亲切，但是冷不丁地，一匹儿马咴咴地嘶叫了起来，好像在闹夜，在耍脾气，在抗辩着什么，简直像极了权家的那个少爷羔子。惊白、顾山农，顾山农、惊白，廖逢节的思绪在这两个人之间不停地转换，相互游走，似乎一介赌徒正在押注，却又举棋不定。磨折了半晌，廖逢节终于痛下决心，押在了惊白这一方，不单单是为了他个人的身家性命，更是从承平堡的长远大计而着想。必须换将，取而代之，用以后几年的工夫，舍得一身剐，也要将小少爷扶上马，一路拱上去，淬炼成钢，主持未来的大局。凉州头顶上的云层很快就合拢了，星宿杳然，寒凝大地，但这个秘密的念想明亮而发光，令廖逢节一厢情愿地认为，这是一个仆人最后的忠诚，也是对老主子至深的孝敬，肯定错不了的。

天开始亮了，赶在武威城四门开启之际，管家匆匆进了城，叩开了梅郎中的门，说明了来意。梅郎中闻听之后，丝毫不担心，只说这是海关医院的麻药、自制的药丸，以及遗留在病人体内的桃花水相克的结果，所以吐出来的东西是褐色的，腥臭的，排一排毒也是好事。带着梅郎中新开的一张止痛方子，管家抓了药，又去了探马巷附近的一家门面，在门口徘徊了许久。廖逢节很清楚，这就是平心定气馆，昼夜营业，城内外的大烟鬼们麇集的窝子，败家子们欢聚的乐土。犹豫归犹豫，但这是顾山农先时的托付，亲口指派他来的，管家又带着一丝侥幸，不愿另起事端，并一再地说服自己，牙疼真的能疼死人，等这几天的疼痛过去后，当事人也就善罢甘休，不会再动鸦片了。这么着，管家一狠心，跨入了烟馆，当即购买了一套吸食的工具，另有一包价钱最贵的上品烟土。

就此，罪孽种下了。有了这第一次，管家以后就跑得更勤了，干脆刹不住车。

地底下业已不堪，窝藏着一个几近于发疯的角色，但地面上的承平堡却风平浪静，一切如素，在廖逢节和张汲水的彼此协作下，贸易井井有条，人员各司其职，对内对外都赢得了一致的赞许。实际上，在这种表面的和睦下，唯一陷入崩溃边缘的乃是廖逢节本人。他不仅要在白昼里对付各种各样的麻缠事，口干舌燥，精疲力竭；一俟入了夜，他还必须迅速消失，在下面跟顾山农唱对手戏，互相诘难，并试图将少东主感化，让少东主尽快丢掉手中的那一杆烟枪，重新回到堡子里去，当大家的定盘星，做众人的主心骨。然而，不管怎么掩饰，廖逢节毕竟是一介典型的凉州汉子，忠厚热忱，性子实在，连针尖大的一点点冤屈也装不住，整天恍兮惚兮的，还常常算错账，扇他自己的耳光，这不免让明眼人有所察觉。按着梅郎中的叮嘱，拔完牙之后，顾山农最好能吃一些流食，小心伤口。管家如命，让灶房里今日炖鸡汤，明天煮驼奶，佯称自己最近时常熬夜，感觉身子太虚了，需要进补进补。肉汤喝腻以后，顾山农心生不悦，扬言要绝食，廖逢节便匆匆去了一趟城里，千挑万选，在集市上买了半口袋黄澄澄的贡米，背进了灶房。熬米汤的事情交给了梁华和梁凤，这是个巴结的机会，姐妹俩将枸杞、蕨麻与黄芪丢在了锅中，端了满满一大碗，前去孝敬。管家苦笑说：错了，我要的是米油，浮层上的米油，不是这种糨子。姐妹俩双乳汹汹，又开始骚情起来，讥诮说：哟，米油那是款待月婆子吃的，催奶的，莫非你刚下了娃娃，还在月子当中么？说着话，母狗一样地贴了上来，动手动脚的，廖逢节赶紧夹住裤裆，蹲在了地上。顾山农爱喝这种米油，管家也就更殷勤了，却不料差一点出了大事，暴露了行踪。

那日晚夕，院子里悄静了下来，管家拎着食盒，踅入草料棚，先是移开了一方石磨，刚要打开夹墙上的机关时，忽然警觉起来，嗅见了不测。管家赶紧掉头，抄起一根木头叉子，三七不问，直接戳向了那一堆干麦草，哗地垮塌了下来。管家寻来了一盏马灯，仔细点着后，又举着剩下的半截子洋火，喝问说：谁，谁在里头？再不滚出来的话，我可就要使出硬茬子手段，火化了你！从干草堆里钻出来的竟是梁华，声称她跟姐姐吵了嘴，不想在一个炕上睡，所以在这里将就一夜。梁华贴了上来，手按在了管家的腹部，催促说：姑舅哥，你就收了我吧，承平堡现在由你说了算，我这个身子就是火炉子，你睡上了一定舒坦。撒谎，管家从对方淫荡的嘴脸上看见了恶意，她分明是来盯梢的，而不是情欲使然，于是抄起一根扫把，打在了母狗的箍拐上，喝令她滚蛋。梁华也是皮厚，临走之前瞄了一眼食盒，鬼祟地说：哼，你八成另外养了妇人，难怪天天往棚子里送吃食，我又不是瞎子，姑舅哥你高兴了就喊我，我随时给你去铺床捶背。暗夜下，管家一个人站了许久，头皮麻辣辣的，最后又提着食盒出来了，狠心让少东主饿了一夜。

此后，防备心就像一张密实的大网，无形地张挂在了承平堡的头顶，管家昼夜无明地睁着眼睛，一切风吹草动，都会让他心惊肉跳，吓个半死。但是，挑衅和怀疑仍旧来了，且是在一个公开的场合，不容廖逢节有一句辩解。大概是在梁华骚情过后的某日，灶房里开了午饭，管家端上一碟子刀豆拌面，跟伙计们蹲在廊檐下，吃毕后，又舀了一碗面汤，原汤化原食。不承想，一旁的张汲水突然间发难，猛地抱住了管家的一条腿，仔细地端详开来。平素里，两个人各守一摊子，内外有别，偶尔聚首在一起，也是公事公办，虽然心中埋着芥蒂，但表面上却相当客套；如今像这样的亲昵与撕扯，连在场的伙计们也是笑个不停。喂，你瞅啥呢？管家挣扎道。游击答复说：马脚，我在找你的马脚，你不小心暴露出来了。管家回击道：我哪来的马脚？你别胡逼乱拐的，由着你的野性子乱嚼牙茬。这么着，游击丢开手，指着对方的鼻脸说：呵呵，你的脸蛋上青一块，紫一块，这到底是谁抓烂的？你赶紧说，我替你去报仇，我把那个女妖精绑回来，扔在你的炕上，任凭你去折腾。权威受损了，面子也折了，但管家有苦难言，一肚子的窝囊气，竟无处可撒。伤痕是确凿的，仿佛一张报帖，麻眼也能看得出来。但这些暴力的痕迹出自顾山农之手，他吸食完鸦片以后，每每都要发疯，唯一的靶子便是廖逢节，后者也只能徒唤奈何，一味地忍辱负重了。管家佯装轻松，说堡子外头积雪太厚，还结了冰，每次出门一趟，他难免要挂彩而归，大家休要笑话。游击就像一个小丑，一直喋喋着，还在继续这个话题。管家含上一口面汤，漱了漱嘴，噗地吐在了脚下，扔下碗便走了。可恨的是，游击又追了上来，递话说：哎哟，好我的老哥哥，你身上的味道太大了，我估计，这个味道要么是胭脂，要么就是鸦片，罂粟花的那种。管家并未停足，却鬼使神差地说了一句胡话，让他自己后悔了许多天。那一霎，廖逢节仓皇道：呵呵，盐仓街的窑楼上新近来了几个丫头，天水的白娃娃，嫩得一指头能掐出水来，你不妨去尝尝鲜，松活一下身子骨吧。

事实上，归返承平堡的游击之所以扛着巨大的风险，敢在伙计们的面前，去冒犯树大根深的廖逢节，并不是文臣武将之间的个人恩怨，也无关权斗。最根本的原因，在于梁华前几日的草率之举，险些乎泄露了北疆人的行踪，一只老鼠害了一锅汤，而张汲水这么一捣乱，趁机补漏，也就暂时消弭了双方的敌意，停止了对峙。这一年开年之后，谁也不曾料到，北疆救孤团的秘密势力，其实已经渗透到了承平堡内部，连权家也没有绕过。在保价局业务繁炽、功成名遂的时节，一道严密的篱笆被悄悄扎紧了，幸还是不幸，尚在两可之间。

恰是因为这种地上地下的奔波劳碌，廖逢节的身心，犹如一张被虫蛀的皮子，千疮百孔，四处漏气。最为失败的是，顾山农全然不顾及自己的病，几次三番，将梅郎中开的各种汤药泼掉了，他就像卖给了鸦片似的，整天枪不离手，口味越来越挑剔，对管家的打骂也越发地频繁了起来。廖逢节孤僻的内心始终泪汪汪的，湿漉漉的，每次离开地宫，回到了承平堡，大有再世为人的感觉，并一再地催促自己，饿死他顾山农算屎了，饿死了再去投案自首，让县府法办了我吧。但是转念一想，权大人的音容浮现在了眼前，往日里少东主的百般信赖与恩惠，又让他深觉不安，罪愆在身。于是，另一种说辞占据了上风。唉，他终究是个病人，病人就得顺着，哄着，巴结着，千万不可逆鳞，干脆随他高兴吧。如此麻痹了自己，廖逢节也就夹紧了瘦沟子，跑得更欢实了。

果然，对病人的这个判断，在元宵灯节开启的持续热闹中，得到了印证。

过足了鸦片瘾，顾山农发问说：城里的花灯好看么，热闹么？管家回说：哟，我还没顾上去，我天天忙得屁淌，哪有那个闲心呀。顾山农开怀道：一定好看，想必整个武威城都亮了，比大白天还亮。趁着当家人心情不错，管家赶紧递话说：少东主，凉州出了大事，天大的事，北门外停了两具死尸，据说黑喇嘛的人马也进了城，警察局现在如临大敌，新城大营里一直在吹号，恐怕将有大的变故。费了半天口舌，管家一五一十地绍介完毕，心猜顾山农一定会闻风而动，一个蹦子跳将起来，究问原因的。岂料，顾山农不停地打着哈欠，漠然地说：尹先生死了？他不是去年就死了么，咋现在又死了一回呢？管家释解道：去年死的，但骨灰现在回来了，县府也就坐实了这一桩案子，亡魂有了下落，罢课、罢市和好事之徒的游行示威被秘密镇压，警察局抓捕了不少人，目前暂时太平了。顾山农随口说：唉，人死如灯灭，所以趁着热身子的时候，咱们就要活得痛快，什么都要尝一尝才好。在管家的暗中操持下，另一具尸骸停在了承平堡名下的化人场，王伯鱼的马警队和张彝的步警队分别验过尸，不知是粗心大意，还是技术出了问题，最终却被廖逢节钻了空子，掌握了实情。闻听了如此骇人的命案，顾山农竟然报之以冷笑，相问说：呔，你啰唆了大半天，这个张观察到底是谁呀？他是哪一路的客商，签的是明保、暗保，还是子孙保？天可怜见的，少东主的脑子坏了，让鸦片彻底熏坏了。管家从身上摸出来一枚金戒子，试图唤醒顾山农往昔的记忆，相告说：你还记得么？张观察就是去年秋上，从江南一带来凉州的张翘楚先生，上海滩的闻人，号称是国际观察家呀。对了，你当时还跟他一见如故，相识恨晚；要不是少东主你果断出面，他丢失的那一台照相的机器，恐怕也就找不回来了。顾山农的脑子卡壳了，接住金戒子，啐上一口唾沫，在袖子上来回擦拭了几遍，登时光亮了许多，并当即认出那是一只貔貅。管家耐心地说：是这，我私下里听王伯鱼和张彝讲，张观察是被黑喇嘛绞死的，脖颈子也折断了，但这个人相当古怪，临死之前将这只貔貅含在了嘴里，压在了舌根下，马警队和步警队去郊外验尸时，他们并没有寻获，最终却落在了咱们的手里。这一席话就像烈性炸药，突然引爆了顾山农，慌忙扔掉了那枚金戒子，一脚踹开了廖逢节，捂住自己的耳朵，暴怒道：快滚吧，你这个驴日的，卖沟子的，你滚远一点！我不想听，我害怕。言毕，顾山农一头钻在了被褥底下,像一张筛子那般战抖着,一瞬间小便失禁,尿湿了大半个床榻。

其间,梅郎中也确实来过几次,在管家回避的情况下,复诊和换药,时间大都很短。慢慢地,梅郎中来得少了,一个是天气太坏的缘故,另一个又借故推脱,称他的痔疮犯了,裆里不干净。真是难为了管家,但凡发现病人出现点滴的异常,他便奔波在了承平堡和梅家之间,腿都跑细了,然而开来的一张张止痛止血的方子,都被顾山农连汤带碗地扔掉了,还惹来一声声叫骂。骂就骂吧,打就打吧,只要尽到了一个下人的本分,天老爷瞧见的话,我自己也就问心无愧了,廖逢节如此宽心道。有一回在梅家,管家实在憋不住了,问说:我见过给骡子拔牙的,也见过给骆驼拔牙的,可少东主拔个牙怎么就这样难缠?先生,你实话让我知道吧。梅郎中揶揄道:呵呵,别小瞧了你东家,他那一张嘴可不简单,上有天,下有地,里头坐着三十六天罡、七十二地煞,应该叫聚义厅吧。这个说法过于新鲜,管家嘻然道:天呐,一百单八将呀!那么依先生的看法,少东主究竟是呼保义宋江,还是八十万禁军教头?梅郎中并不深入,而是一再告诫这位忠仆,病人在此期间,绝对不能动酒,一滴也不能动,否则不利于伤口愈合。这件事含糊过去了,管家也再未生疑。

那日,一只信鸽落在了承平堡内,廖逢节取出蜡封的羽管,悄悄下来,交给了顾山农。阅后付火,顾山农忽然精神大振,赶紧吩咐管家洒扫庭除,准备一车子精炭,届时将地宫里的温度烧起来,打算热情待客。管家猜出了客人的身份,因为放眼望去,让少东主如此开心,且能在这一处秘密场所接待的人,整个凉州,乃至于河西一线,肯定非刘北楼莫属了。客人于今天应约而至,管家有点分心,待忙完了堡子里的几桩生意,掐着时间下来后,这才发现情况不妙,顾山农已经成了一只醉老虎,大闹了天宫,不,地宫,又扑通跪在了廖逢节的面前,央求吃几口鸦片。顾山农痉挛着、抽搐着、嚎叫着,疼痛就像一座塌掉的老房子,掩埋了他,口中喷溅出来的血水和酒液,散发着一阵阵辛辣的恶臭。管家也是气死了,掏出一小包鸦片,掷在了桌案上,威胁道:你仔细等着,我去把大小姐和惊白喊过来,让他们也瞧瞧你的无赖,你的罪孽和可怜吧。

没骑马,也没坐车轿,管家一口气跑进了武威城,站在权家的门口,只想奏上一本,卸掉自己心中的邪火。管家单眼吊睛地趴在门缝上,瞭见里头的院子阒寂无声,在旌善亭和申明亭的旁边,也就是那一株枯死的牡丹树的脚下,一个雪人寂寞地打坐着,鼻子是胡萝卜,眼睛是两疙瘩木炭,嘴巴则是一根干茄子,头上还扣着一顶红色的绒布帽子。雪人旧了,雪人也脏了,身上落满了鞭炮的碎红,想必是惊白在不久前捏塑的;喜新厌旧,这恰恰是少年人的一贯秉性。窥视中,一股熬煮中药的味道吹了过来,有点呛人,也有些酸眼睛。也不知咋了么,管家突然趴在门扇上,吞声哭将起来,而后脊梁一挺,反身跑远了。

到了梅家,幸亏没一个就医的病人,梅郎中正趺坐在窗下,一边嚼杏皮子,一边翻看着老旧的医书,默记在心。管家说明了来意,恳请先生劳碌一趟,否则少东主失血过多,恐有不测。梅郎中刚刚要提痔疮的事,却被管家粗暴地打断了,一绳子捆住了胳膊,戴上了头套。管家又从院子里寻来了一只背篓,二话不讲,直接将梅朗中装了进去,扛在了脊背上,抄起一双铁拐子,仓皇北上。刚开始,梅郎中还在挣扎,还在发怒,但是当他听说顾山农竟然染上了鸦片瘾,已经不可自拔时,便迅速稳静了下来,笃定地说:是这,我今个天的准绳就是菩萨心,霹雳手,我非要开出一张千古名方,我偏就不信,他顾山农一意孤行,能将整个承平堡装进他的烟枪,抽成一撮灰烬。管家心情雀跃,探问说:先生的意思我明白,可以给一颗好心,但不能给他一张好脸,不知道你那个名方究竟是啥么,可否透露一半句呀?梅郎中摇首道:唉,其实我也不清楚,反正骑驴看唱本,走着瞧吧。管家失笑了出来,替自己鼓劲,大喊道:驾,驾驾驾。

此时,地宫里的空气都凝滞了,仿佛一刻长于百年。

四壁间的灯火也慢慢地暗下了几分,不忍心去看梅郎中,血水依旧像一张血腥的羊皮,挂在他的颊脸上,散发着骇人的恶臭。实际上,在吐完了第一口以后,顾山农忽然寻获了兴奋点,又攒够了第二口和第三口，伸长脖颈子，凑在梅郎中的眼前，噗的一声喷射了出来，而后咯咯咯地诡笑着，像极了一只恶毒的黑老鸹。自始至终，梅郎中一直盘坐着，既不闪避，也不去擦拭面门上的污秽，似乎这一切与他无关，受辱的不过是那一具人世上的肉身。对方的哑默与不屑，再次激怒了顾山农，助长了他的嚣张气焰，竟然一把托住了梅郎中的下巴，切齿地说：

"瘸鬼，你跟凉州人挡不住老子，谁也拿我没办法，别以为我真是病人。"

"你又何苦如此，顾山农？"

"呵呵，我觉得老子就是凉王，我现在就坐在太和殿的龙椅上，左文臣，右武将，你这个瘸鬼和庸医，不过是趴在我的朝堂上的一条饿狗，等着我扔一块骨头罢了。"顾山农完全疯了，心智大乱，或者说已经被鸦片控制了三魂六魄，早就由不得他个人了。然而，冷静如梅郎中者，却从对方的这一番攻讦中，分明听见了仄身子的口音，虽然不很显著，但也隐约可闻。梅郎中汗下如雨，心说坏了，坏了坏了，手术八成是失败了，那一块息肉犹在，尚未根除，那一根鬼舌头还在抢着说话，当事人竟然也奈何不了它。顾山农喋喋罢了，突然下了逐客令："滚吧，你这个瘸鬼，凉州的朝堂上根本没你的份儿，本王就要上朝唱大戏，会见群臣了。你快滚呀！"

"顾山农，君子交绝，不出恶声，忠臣去国，不洁其名。即便你如此地羞辱梅某，但我也真的不怪你，我只怪天道无常，将这一份凉州的业报种在了你身上，迫使你身心分裂，言不由衷。"这一霎，梅郎中内里恓惶，怆然无比，却仍然维持着最后的一点体面，抱拳作揖，"光阴还长，少东主将来要走的路也还不短，万望你好自为之，善待自己。"

"瘸鬼，这是割袍断义的意思么？"

逼问道。

"的确，宁为小人所弃，勿为君子所容，此乃千古不磨的交友之道。"梅郎中撑起身子，胳膊肘卡在了炕沿上，将自己慢慢地滑了下来，跌坐在地上。回眸之际，梅郎中就像一介红脸关公似的，苦笑说:"杜康酒虽然不错,但是它跟桃花水相克,也是罂粟的死敌。"

"呵呵,你个瘸鬼,你又要打算升我的血压么?"

冷笑道。

"不,我这是在摸脉。"

言毕,梅郎中卧在地上,胳膊爬行着,将自己这一具滚烫的躯体,拖向了出口的方向。骨骼颠簸着,筋脉错节,皮肉也似乎可以擦出一丛丛火花,剧痛就像一把盐,撒在了伤口上,哀嚎不已。半晌后,梅郎中快要接近那一扇暗门时,眼前突然出现了一双脏兮兮的靴子。

一抬头,原来是管家廖逢节。

第十一拍

胡笳六十六节

一般来讲，异状往往是惊变的火星子，俗称苗头。

保价局开出的契约书，编号已达到了三百一十四例。这也就是说，自打开张之后，东进和西去的驼队、马帮与各种商团，渐呈规律，均要在凉州枢纽经停，储备粮草，称觞聚会，寻觅伴当，而后相率出帐，勾肩搭背地拥入承平堡，痛快地签下保商护团的合同书，领走了牙旗，方才妥定。好像不这样做，大掌柜们心里没底，驼夫、马户和成群的牲口也少了一道护身符，欠缺了一种加持与赐福，难免心慌。实际上，保价局相当地低调，既没有派人站在大路小径的岔口上敲锣鸣号，蛊惑人心，也不曾在武威城的各个门楼子下分发报帖，招徕客商，鼓吹自己的无边法术。恰恰相反，保价局正是凭着这三百一十四支队伍的行迹，靠着这些买卖人和领房子沿途上的口口相传，迅速获取了巨大的名声，成了一块金字招牌。无疑，这块牌子当中最硬扎的元素，不外乎有两个：顾山农，承平堡。

除了人世间的风，凉州另有一种看不见、摸不到的风，但它确乎存在，于四序中吹拂着，从不歇停，这便是口风。起初时，天气还热，不论是蹲在墙根下晒日头的城内老叟，抑或是坐在田埂上收秋的农夫，包括大小客栈、车马店、城隍庙和各省会馆，乃至于贩夫走卒、引车卖浆者之流，人们挂在嘴上的谈资，一定是少东主，一定是北门外那一座显赫的堡子。俨然，顾山农是一颗糖果，承平堡也是一颗糖果，让大家的心中时时甜蜜，无穷地回味。天寒以后，凉州人便盘坐在了热炕上，男将们喝酒、吹牛、掀牛九牌，妇人们则抓紧纳鞋底子，做过年的新衣裳。顾山农作为一介典范，又被大家热炒了起来，不肯罢休。有人说，承平堡的那一面牙旗可以辟邪，还能够去祸，但凡是投了保的，在北疆的道路上一路畅行，好像脚底下抹了酥油似的，相当顺溜。相反，那些不被承平堡所关照、所庇护的队伍，要么迷失了方向，要么大牲口叛乱，要么就被黑喇嘛连锅给端了，折了货物不说，还往往伤人害命。又云，像黑喇嘛这样心狠手辣的悍匪头子，和尚道士敢杀，警察和兵士敢杀，政府要员也敢杀，就连上海滩的张观察也被活活绞死了，但是这个贼果然聪明，他从来不动保价局的任何一个客人。说白了，那一面牙旗有金刚法力，顾山农这个名字就是黑喇嘛的头痛药，不想吃，也吃不得。既然话说到了这个地步，就差捅破那一层窗户纸了，承平堡或许有军方的背景，县府和警察局大概也是靠山。又听说少东主去了省城兰州过年，豪门权贵天天在请客，他干脆吃不过来，想必一定富态了不少，也可能长出了双下巴。男将们吃醉以后喜欢耍酒疯，揍婆娘，骂娃娃，摔碟子砸碗，闹得鸡飞狗跳；女人们则尖起了声嗓，寻死觅活地呱喊说：喝吧，让不要脸的水把你们喝死算屁了！你们咋就不学学少东主，人家一个招女婿，把权家维持得那么出息，承平堡现在就是个挣钱的盘子，数钱数得手快要抽筋了，你们却只会在门背后流口水，难道你们的裤裆里没长那一根橛子，没有那三两糟肉么？腊月前后，武威城里忽然兴起了一股风潮，一些做父母的突发奇想，牵着自己的儿娃子出了城，站在承平堡的门外，要认顾山农为干爹、干爸、干大大，一时间轰动极了。瞭见娃娃们越聚越多，管家也是颇为无奈，赶紧搬来了朱绣朱先生，在一张红纸上写完了告示，好言相劝，敬谢不敏，这件事随后也就不了了之。

浮世里的这一种渲染，实在是经不住推敲，因为承平堡并非完美，也有失手的时候。

古历正月二十三，天阴，这一日管家别的不干，专心坐在账房内，一面核对证据，询问客商，一面办理各种赔付的申请，极为顺利。申请人总计九位，但实际上来的只有七位，另外的二人熬不住凉州的酷寒，在乌鞘岭封路之前，先期返回了内地过年，并留下话说，待开春之后押运新一批货物回来，投保与赔付再一起结算。按照契约上的规定，保价局的赔付每半年结算一次，倘若有加急之类的诉求，最终将在赔付的金额中，扣除数目不等的款项。鉴于这个原因，申请人宁可躺在客栈的热炕上睡大觉，也绝不提非分之要求，反正肉烂在了锅里，迟早能吃上的。在凉州羁留期间，这些贸易受损、买卖中断的客商们，虽然心乱如麻，钱袋子干瘪，但表情上却一派乐呵，矢口不谈赔付之事，遑论对承平堡的怨气与指责了。大河里有水，小河才不会干涸，这个浅显的道理，傻瓜都明白，况且是这些走南闯北、机深难测的买卖家。偶尔，在街道上邂逅了熟人或同行，一旦提及了承平堡和保价局，他们的大拇指竖得比谁都高，比谁都直，还义务讲解，绍介着明保、暗保，以及子孙保的不同内涵，俨然成了少东主麾下的一员干将。恰是缘于这个原因，承平堡及顾山农的头上，连一点点负面的评价也没有，冠冕日新，荣誉渐隆，他分明成了河西首郡新一代的商业翘楚，凉州真正的顶门杠子。

　　此前，管家就派了人去，分别通知了这七位客商，让他们事先准备好相应的证据与材料，当面理赔。证据来自甲乙两方，除了共同签字画押的契约外，尤其看重的是货物受损或丢失之后的供述，客商出具一份文字稿，由承平堡派出的保商队员也有一份详实的笔录，之间的契合度，以及货物的残渣碎片，构成了保价局赔付的全部依据。有时，申请表上注明的原因是大牲口在路上暴毙，客商或领房子必须出具大牲口的门齿，以及切割下来的那一块带有火印的皮张，否则口说无凭，概不接纳。赔付的过程仿佛三堂会审，客商当庭站着，口若悬河地讲解着遇险时的各种细节，陈述着自己的可怜，会哭的娃娃有奶吃，买卖人自然亦不例外。在桌案的另一侧，廖逢节坐在当中，左侧是打算盘的账房先生，右首则是一副杀威之相的张汲水，指头上蘸着唾沫，翻看着一摞子该宗案子的保商队员留下的笔录，冷不丁地提出一两个刁钻古怪的问题，催令对方作答。其实，张汲水真是识不了几颗大字，但架不住他的记性好，又护主心切，在手下人做笔录的时候，他往往听上一遍就记牢了，现在冷面素脸地假装翻阅，不过是为了吓唬对方，尽可能地少赔一点，反正苍蝇也是肉，积少才能成多嘛。廖逢节斜眼旁听着，瞭见张汲水头头是道，竟然板眼分明，一个个问题全都打在了客商的七寸上,也是忍不住在心里叫好,夸赞连连。的确,此乃廖张二人罕有的一刻,不仅配合默契,一唱一和,而且在彼此的内里,滋生出了一种好感与信任。管家听说,承平堡的伙计们当中流传着一个说法,少东主文靠廖逢节,武凭张汲水,将相和,方是众人最大的福祉。眼下,这一团和气最为要紧,因为少东主缺席,承平堡这辆大车要想行稳致远,两个轮子就不能有丝毫的闪失,管家思忖道。核实完证据,甲乙双方对赔付的款项达成了一致后,客商需要交出牙旗,接过账房先生开具的一张银票,千恩万谢地走后,这一桩契约才算作结。

呀,你先歇息一下,我给你沏一碗热茶吧!廖逢节起身,对游击款笑道。张汲水口称不敢,赶紧跳下凳子,率先抓住了茶壶,倒满了三只茶碗,兀自牛饮起来。也真够忙乱的,刚才谁也没抬屁股,一口气办结了六项,还剩最后一桩。账房先生抽出最后一摞子笔录,简略地绍介说,这名客商的驼队在艾力布盖一带炸了群,货物尽失,十一头大牲口全部跑散了,追了两个月,竟也毫无踪迹。天呐,十一峰骆驼,这可是天价!管家的心里开始打鼓,酝酿着应对之策。岂料,旁侧里的张汲水却鬼祟地笑出了声,一连迭地说:难日,这个太难日了,越到后面越难日,一个比一个难日。

这一刻,皮门帘被撩开了,当日值班的几名护卫闯了进来,失了三魂、丢了六魄似的,纷纷抢话说:不好了,大事不好了,军部派出了一支人马,已经将堡子整个围住了,恐怕是来挑事的,二位掌柜的快拿个主意吧?管家嘴里的一口茶喷了出来,却见张汲水格外冷静,迎上前去:说了个啥?新城大营派兵围住了承平堡?他们是要抓人,还是来搜查的?护卫们也是惘然不知,见事发突然,强兵压境,赶紧关闭了大门,插上了门杠,将麻烦交给了廖张二人。管家回过神来,拨开众人,簌簌簌地跑走了。游击也不敢懈怠,率着几名手下奔出了门,沿着东北方向的阶梯,登上了角楼一带的迈道,站在了北门的城堞上。

打眼望去,只有凉州的天是湛蓝的,接近于一种火焰初升时的颜色。虽然坏天气止息了,但是在寥廓而静穆的绿洲大地上,积雪犹在，板结着，凝冻着，反射出一道道烁闪的光斑，又将条田块地、草木、村舍与道路统统抹掉了，浑白一体，清光大来，令人眼睛生疼。瞅了半晌，管家和游击相视一眼，并不是因为搞清了门外的情况，实在是更糊涂了。

北门外，的确麇集了一百来个士兵，打的旗子上是新城大营的番号，正在列队听令。吊诡的是，这些士兵将长枪和子弹袋挂在树杈上，手中提着铁锨、镢头和洋镐，车下扔着一堆堆箩筐与簸箕，不像是来寻衅的。游击颇有见识，认定此乃工兵连，逢山开路，遇水架桥，干的都是一些急难险重的事，专门啃硬骨头的。如此一说，管家的心思更凝重了，两股战战，担心军部的真正目的，莫非是要拆除承平堡，荡平此地，真可谓卧榻之侧，岂容他人酣睡！这么着，廖逢节的身上立刻开了锅，一团热气腾腾的白雾笼盖其上，就像孙猴子头戴的那一道紧箍。

楼下，训话结束了，一声哨响，工兵们四散开来，犹如一条人链，自南向北，各守一段。

不料想，接下来的这一幕简直匪夷所思，大大地出乎了廖张二人的揣测，旁边的护卫们更是禁不住喜悦，连声叫好，口哨声不断。原来，工兵连真是来给承平堡开路的，自北门至最近的官道，大概有三华里的土路，下雨时泥浆翻卷，天晴时尘土蔽日，始终是少东主和大家的心病，但一直腾不出手去治理，耽搁到了现在。顾山农曾经打过一个比方，承平堡如果是一位鲜衣亮靴的士绅，腰上系的却是一根狗肠子似的裤带，肮脏不说，且令人作呕。狗肠子，这条路自此得了这么一个诨号，从此就叫开了。入冬以来的天气实在坏透了，积雪被车马和行人天天碾压着，一层层地冻结起来，起码形成了一尺厚的冰面，狗肠子亮若明镜，不是令人鼻青脸肿，便是让牲口们骨折，兽医铺子里的生意最为红火。眼见着，工兵们迅速撒开了，两人一组，分段承包，挥锨的挥锨，使镐的使镐，一时间干得热火朝天，将半幅狗肠子开膛破肚，挖到了沙石的阶段。冰块嶙峋着，狰狞着，如同坏天气留下来的罪证，不肯妥协，似乎又要被冻住了，但工兵们马不停蹄，连扛带抱，将它们统统码在了周围的郊田和树窝子里，将来开春后，庄户们也就节省了一笔灌溉的开支。不愧是扛枪打仗的人，训练有素，这些虎狼一般的年轻后生，干起活来根本不要命，很快就铲除了半幅路上的冰雪，点起一堆堆柴火，准备吃喝。

远处，也就是三岔路口的方向上，传来了汽车喇叭的声音。

管家以手遮眉，遥望过去时，发现一支卡车车队驶了过来，沿着另外半幅路，隔三岔五地熄了火。工兵们跑上前去，打开车厢板，将炉渣和卵石全部卸在了路基上，下一道工序就是铺路打底，夯实基础，整饬出一条康庄之路。这时候，张汲水瞭见一名军官跳下车楼子，点烟叉腰，开始监工，便忍不住趴在垛口上，用两手箍成了一支喇叭状，喊话说：阁下，贵军这是在做啥么，事先打个招呼，我们也好出人出力，给你们打个下手呀？军官仰面，朝着城堞上答复说：是这，我部奉马长官之命，特地前来给承平堡效力，打算筑一条三合土的马路，方便你们的贸易，这也是替凉州增添一幕景观么。管家接过了话茬，亢奋地说：马长官万岁，马长官万寿无疆，贵军行了这么大的一份礼性，承平堡实在是愧不敢当，只可惜少东主目前远在省城兰州，尚未回家，不能亲自出门道谢，我们两个做事的，先给诸位鞠躬了。军官也是肺腑之人，回说：呵呵，不必拘礼，此乃马长官所倡导的军地联谊的具体落实；待这条路修好后，你们马照跑，钱照挣，算盘照旧打得山响，承平堡的好日子还在后头呐。廖张二人将身子探出了垛口，一味地抱拳作揖，几乎将这个人世上的好话全部说尽了。

下面在激进地施工，喇叭阵阵，打夯的号子直穿云霄，但站在北门楼子上的这两个人却陷入了沉思，各自心事重重。游击到底憋不住了，探问说：少东主究竟啥时候才能回来呀？这一河滩的买卖，这人事社会，天天迎来送往的，还等着他拿主意呢，真是让人心里焦干不已。管家因笑说：唉，你问我，那我问谁去！我也是干小本生意的，不比你知道的多。游击假了过来，戏谑道：莫非，莫非少东主也是贪花好色之人，伤精耕血之徒，在兰州城的风月场中住了脚，不肯回来？否则照他的那个性子，实不该撂下这么一大摊子，去当甩手的掌柜。管家一拂袖，怒斥道：呸，乱嚼牙茬的话！你可千万别当老婆舌，别用你的一肚子烂下水，玷污了少东主的七尺昂藏；这种淫邪之辞到我为止，我权当没听见，你也从没说过。游击赶紧弯下腰，释解说：抱歉，我冒猜的，我也是开个玩笑么。

又瞭望了半天堡子外的景象，游击开腔道：老哥，我思来想去，觉得这天下不可一日无主，承平堡也不能一天天地缺了当家人。这件事迫在眉睫，你比方说人家来替咱们筑路，路就是水，川流不息的水，水能生金，此乃头等的赐福，可现在竟然没有一个拿事的，出去道一声谢，赔一个笑脸，这礼数上首先就亏大了。听话听音，锣鼓听声。管家料知这一介草莽之人并不简单，恐怕已有了答案，相问说：咦，你不妨直言，你是轮子，我也是承平堡的一只轮子，只有咱们的步子踩在了一个点上，那才不会翻车么。游击犹疑了片刻，索性和盘托出：是这，少东主虽然被绊住了手脚，滞留在了兰州城，但是你别忘了，承平堡还有两个当家人，一个是大小姐，另一个则是小少爷，他们可都是权大人根脉上的后人，这谁都明白。管家频频点头，一再用眼神怂恿着，听见对方又道：干脆，下半天就派出去一辆车轿，直接进城，将达云和惊白接回来，以后就在堡子里过活，也顺便替咱们坐镇撑腰；丫鬟和伙计们还是用旧人，一趟子搬过来，免得大小姐不习惯，看陌生人的脸色。管家唏嘘说：嗯，这个法子是好，但大小姐的身子骨向来欠安，在城里小门小户地静养，还有利于她的病情，但万一搬到了承平堡，这可是个生意场，天天鸡飞狗跳、牛来马去的，难保她会答应。游击反诘道：老哥，你切莫小看了大小姐，佛像即便破了，它也还是一尊佛像呀！小门小户才最容易拘出病来，如果待在热热闹闹的堡子内，反倒可以让她散散心，兴许这个办法比开方吃药要强上好几倍。管家暗中猜度说，这个贼句句在理，但他身为一个后来人，加盟承平堡不久，又跟女眷们并无交道，怎么就对大小姐如此上了心，殷勤到了这种地步呢？游击沉浸于自己的计谋当中，对廖逢节的防备之色并无察觉，接续说：另外，这个年也过完了，春学即将开始，朱先生也问过好几次，问他何时来角院里给小少爷授课，我答不上来。这个话不提也罢，但是一经说出，惊白的名字就像一根霹雳，电光石火地引燃了管家的不满情绪，彼可取而代之，废了大的，保住年少的，未必不是一个策略。基于对顾山农的一再失望，廖逢节的态度立时松动了，绥靖地说：不错，这也好，城里城外都是一样的活人，你抽空去问问大小姐吧；假如她乐意的话，抓紧搬过来就是了，我这就派人去将炕烧热，把角院也打扫干净。末了，又叮嘱道：对了，来的路上，一定要在轿厢里带个火炉子，大小姐架不住天寒，让那个少爷羔子也穿暖和一点，别骑马。

这一幕如此温馨，真好似凉州舞台上的《将相和》，但实则不然。

廖张二人虽然各揣目的，立场迥异，但缘于这一天的密切合作，突然间一拍即合，媾和在了一起，福兮祸兮，一切都尚未可知。从管家一方剖析，这不过是一次负气之举，幻想着借助于达云和惊白的力量，瞅个机会，能够将少东主拔出苦海，戒除了鸦片毒瘾，接着像往昔那样谦抑自守，斩将夺旗，浑身携带着一股子人主之风。然而，对张汲水来说，继北疆救孤团的人马摸进了权府之后，这一趟搬家，主仆们再次进入承平堡，那就意味着自己如虎添翼，从此有了一支秘密而可靠的私人队伍，一群嫡系，一伙子知根知底的伴当。

人在做，天在看。事实上，这貌似文臣武将之间的一番约定，其实是天老爷早就推演出来的一张草稿，悉心落下的一枚棋子，谁也逃不出这一世的前定。游击也万万没有料到，不久之后，他们这一个身份晦暗、怀抱死志的秘密团体，在承平堡濒临大难之际，慷慨地接过了节杖，举起了一面义旗，踏上了一条生死长路。

军部专门来修马路，三合土的马路，这件事极具光彩，一时间令承平堡的丫鬟和伙计们颜面生辉，纷纷挤在迈道上，将身子拔出了垛口，张看着底下的劳动场景。虚惊了一场，管家这才想起账房里的事情还未了结，尚有最后一桩赔付有待办理，忙扯开了声嗓，驱散了大家：快去，你们将堡子的大门打开，送一些耐烧的柴火，送一些凳子，别冻坏了官兵们。游击带着重大的兴奋，也在一侧帮腔：听着，灶房里的听着，要尊重新城大营的饮食讲究，千万别用旧锅，你们一定要用新锅烧茯茶，多搁一些冰糖、红枣和桂圆，烧开了送出去，让官兵们暖暖身子。这可是军地联谊，咱们无功受禄，谁要是胆敢马虎，我就紧谁的皮。伙计和丫鬟们推搡着，一下子就跑散了，泻下了迈道。

恰在此时，张汲水忽然瞭见了前头的一名伙计，登时怒火中烧，发足狂奔了上去，一把拽住对方：曹日鬼，你且站住，老子有话问你。曹立本三十来岁，乌鞘岭打柴沟人氏，隶属于护卫班的一员，但生性油滑，经常日弄人，所以得到了这么一个绰号。哎呀，当家的，你到底问啥么？你问啥我说啥。曹日鬼挣扎着，但手腕子已被钳住了，摆脱不得。游击的另一只手摸在了腰后，暗中抓住一根牛筋绳子，余光扫视，此乃迈道之尽头，恰好是一个死角：哼，老子不问天地，不问神佛，也不问你家爹娘，我就想知道这一趟大牲口到底咋了，你得实话让我明白。事发了，东窗事发了，曹日鬼哆嗦了起来，牙齿却很硬：怪尿子的，你说话别走火，承平堡又不是你开的，也不是你家的私产，我又没动你的一根香头子，你现在何必点我的灯呀？游击一阵冷笑：日你妈的，还轮不到你给老子上课！俗话说，扶人三年三日忘，喂狗三天三年熟，承平堡收留了你大半年，从来也没亏待过你，不承想你却在自己家的饭碗里吐痰，恶心不说，还败坏了少东主和保价局的名声。三斤的鸭子两斤嘴，即便到了这个关节上，曹日鬼仍辩解道：我穷怕了，我欠了一屁股的赌债，我要是还不上的话，债主们要来卸我的胳膊，要断我的大腿；当家的你今日饶过我，将来替你挡箭挨刀的人里面，我算头一个。游击阴笑说：迟了，太迟了！这个堡子里已经没有了你的米和面，我给你算完了伙食账，拔掉你这一根烂桩子，再请你去警察局吃牢饭吧。曹日鬼哀告道：杀头么？到现在我还没落上一角钱，我是被冤枉的，我要掉脑袋么？游击笃定地说：呔，你这叫骗保，跟杀人父母、淫人妻女、打家劫舍一个罪状，你最好把脖子洗干净，等着那一天吧。

廖逢节不谙内情，木然地旁听着，鼻子突然一痒，喷嚏响了。

游击略一分神，却见曹日鬼挣脱后，冲向了迈道尽头，但是没有路，路断了，他又折转回来，龟缩在了角楼下。游击抽出那一根牛筋绳子，两头扯拽着，啪啪啪地山响。凉州人大多知道，这种绳子一旦飞出去的话，摞翻一匹野马，放倒一头骆驼，八成是不在话下。曹日鬼也是一介护卫，太了解眼前这个北疆汉子的手段与无情，慌忙矮下身子，一耸肩胛，蹿上了城堞，摇晃了半晌，这才慢慢站稳了。游击逼上前去，断喝说：哒，你今个天敢死，我就敢埋了你！你跳吧，我要是拦挡你，我就是婊子下的。曹日鬼拖曳着哭腔，发现连下跪的地方竟然也没有了，哀求说：你别逼我，我真的连一角钱也没拿上，因为还没有赔付，说好的今个天，但被你们发现了。游击呵呵大笑：对，你这条狗现在想吃一泡热屎，但没人给你拉，让你失望了。

一刹那，曹日鬼飘下了城墙，来不及还嘴。

游击不闻不问，一把挽住了管家的胳膊，相率走过了角楼，穿过庭院，重新落座在了账房内，办理最后一桩赔付。廖逢节的眼皮子一直在跳，心慌地问：摔死了咋办，那么高的山墙，咱承平堡可从没害过命呀？游击装模作样地翻看着一摞子笔录，生硬地说：害的不是人命，那就是一条狗，不值当，我这是在执行家法。家法？管家心里咯噔一下，诘问道：什么家法？少东主啥时候制定的，我咋不知道？游击诡笑说：老哥，你主内，我跑外，咱们最好井水不犯河水，有些章法不能放在台面上讲，你就睁眼闭眼吧，像护卫队这一帮属核桃的，你只能砸开吃，否则就硌牙。分歧开始了，刚刚和缓的气氛，一下子别扭了许多，管家抱臂假寐了起来，决定不再吱声，让这个混蛋而自负的家伙去唱独角戏吧。

掌柜的应声入门，两只手抄在棉衣袖子里，始终哈着腰，相当地谦和。姓牛，甘谷县人氏，据称跟哥嫂一家不合，负气在外，常年奔波于河西一线，倒卖的货物品种很杂，但这一次折掉的却是丝绸、缎子和洋布，原本是酒泉城内的万福祥布料庄预订的，还事先支付了订金。货物暂且不论，恼火的是这一支骆驼队炸了群，整整走失了十一头大牲口，即便是死了，却连一颗门齿、一块火印也不曾捎回来，竟然还狮子大张口，索赔一大笔钱，真是岂有此理。游击从笔录上抬起了目光，热烈地迎向了牛掌柜，又让账房先生倒了一碗热茶，吩咐客人坐下说话，不必拘谨。哑默了半天，游击瞭见对方没动嘴，但手抖得很厉害，茶汤洒在了地上，几乎快洒光了，遂讥讽道：牛掌柜，你属骆驼的吧？对方吃惊地说：不，我不属骆驼，十二生肖里也没有骆驼这一门呀。游击执拗道：呃，你肯定是个例外，这么香的茯茶，你居然也不喝，可见你是属骆驼的，耐渴，抗旱，本来就装着一肚子的坏水，所以你也用不着。这一句杀威之辞果然奏效，牛掌柜舔了几下碗中的残液，媚笑地说：哎呀呀，属就属吧，既然你当家的说我是骆驼，那我以后就当一匹大牲口，替承平堡卖命。游击突然变了卦，申斥说：呸，你即便想当骆驼，你还真是不配。俗话说，铁打的骡子，纸糊的马，只有骆驼最金贵，为了一点点蝇头小利，你竟然弄丢了十一头大牲口，这是北疆几十年未有的丑事，不仅让驼户们损失惨烈，还连累了承平堡的名声，你仔细掂掂分量吧。牛掌柜也强硬起来，梗直了脖颈子：当家的，我左也不是，右也不是，你不许我做人，我现在当了牲口，属了骆驼，莫非你还不肯放过我么？游击同样也被激怒了，拔出身子，离开了桌案，绕着牛掌柜，足足转了有七八圈，突然戳在了对方的面前，目光焊在了那一张鼻脸上，久久不语。牛掌柜简直被看毛了，颤抖地说：你找啥呢？我脸上没别的，你快别看我了。游击开腔道：瓜怂，你知道么，欺人可以，但你千万别嫁祸给骆驼，因为骆驼总共有十三像，马耳，鼠目，兔口，羊鼻，龙项，虎背，猪肾，狗卵，鸡腿，牛蹄，猴毛，蛇尾，鹅头，集天下灵兽的特征于一体，但我刚才瞅了你半天，你一样也不占，你竟敢自称属骆驼的，真是亏死你八辈子先人了。呃，我差点忘了，我其实在你的嘴脸上发现了一个优点，这个特征连骆驼也没有。牛掌柜苦笑道：难得你如此看重，优点是个啥么？游击伸出了小拇指，挖出来一粒鼻屎，弹飞了：小人，你就是十足的小人。滞留凉州多月，冥想中的一大笔银子眼看就要泡汤了，黄粱一梦，牛掌柜自然不肯妥协：几位当家的，咱们契约在先，按当初的协议办吧，承平堡总不该店大欺客，伤了买卖人的心呀。

果然是鸭子烂了嘴还在，一个难日的货。

那好，那我且来问你，游击平静下来，落了座，佯装看了半页子笔录，讯问说：据承平堡掌握，去年夏天，也就是北疆的驼户们下厂（停运）的时候，你却挨家挨户地去挑骆驼了，要知道在那个季节，骆驼全身脱毛，疲敝无力，一般不能运货，驼主们也是心疼牲口，除非万不得已，你的反常之举，我现在有一摞子的证据。牛掌柜释解道：嗯，这个不假，人有三急，贸易的行当里也有三急，天色急，关山急，路程急，要不是酒泉城里的万福祥催得太紧，我也不至于糟蹋大牲口，还额外花了不少的银两。游击再道：后来，你终于说服了一家驼户，组了十一峰骆驼，开始起厂（启运）了。在承平堡办理保价契约的时候，本应该有两员护卫去北门外，一是勘验货物，二是检查大牲口的状况，逐一登记火印，而后再跟货主三方签字画押，造册在案；但是，除了一名姓曹的护卫留下的指印和笔迹清晰外，另一个却模糊不清，结果证明是伪造的。牛掌柜答复说：这怪不得我，那是你们承平堡的家务，用人不当，他当时喝醉了，我又急着上路。游击耐着性子，仿佛在剥一根大葱，非要剥到底不可：呃，是这，我另有一事不明，还需当面请教。这保价契约上一共有三项，明保、暗保和子孙保，按照你的货物与路程，一般的买卖家侧重于前两项，可你却偏偏买了子孙保，不但投保货物，还格外替十一头大牲口缴纳了费用，这个单子也不免太扎眼了吧？牛掌柜嘻然道：呵呵，愿打愿挨的事情，这就是买卖，这就是生意，又何必大惊小怪呀。游击追问说：问题就在于这是脱裤子放屁，因为这一支驼队是你雇来的，你无须负责。再说了，领房子手下那些经验丰富、熟知路途的驼夫们，你一个也不用，却临时招来了一批散兵游勇，又在半途中找了各种借口，陆续解雇了他们，可有此事？即便到了这个阶段，牛掌柜仍不吐口，顽固地说：当家的，这地上的事情曲折难测，天老爷尚且也有不懂的时候，你干吗要为难我，以大欺小呢？游击扮了个鬼脸，一吐舌头：咦，天老爷圣明，你居然在这里说他老人家的坏话，你可要小心三尺头上的报应。牛掌柜大言不惭地说：哼，天老爷再能，也有四件事是他老人家所不知道的，第一，旗在风中的方向；第二，老鹰在天上的飞行；第三是蛇在沙上的轨迹；第四一个，他也不懂得男女交合之道。游击忽然伸出来一根大拇指，夸赞了一秒钟，但指头又猛地朝下，伴随着一阵阵恶意的笑声。

显然，这是一场猫捉老鼠的把戏，游击之所以迟迟不作结，给出一个定论，一方面缘于这种梳理与审判，带来了前所未有的重大快感，既杀人立威，又扬名凉州乃至于整个河西，从此令人不敢小觑；另一方面，这是给旁边的瞌睡虫听的，别看廖逢节那个贼娃子假寐着，呼噜声不断，但其实他一直醒着，比无量寺头顶上的那一挂挂经幡还要清醒，只不过这个风头被对方抢走了，他也只能吞声不语。游击暗忖，谁是承平堡的实际维护者，谁便是少东主麾下的第一干将，经此一役，业已高下立判，水落石出。这么着，游击朗声道：对，你揭了天老爷的短，你比天老爷还日能，但你着实不知，我也有一项要比天老爷聪明。牛掌柜一翻白眼：啥么？这跟我有啥关系？这一刻，游击拍案而起，呵斥道：贼日的，老子别的不知，但对艾力布盖却是一清二楚，因为那是我的老家，骆驼绝不会炸群，更不可能失散。牛掌柜手中的茶碗掉了，碎了一地，失慌地说：牲口毕竟是牲口，就算你日破天，你也不能打包票吧？游击对这种蠢话相当冷漠，击了击掌，相告说：是这，艾力布盖有几个干净的草湖，还有大片的胡杨林，你们到达的时候，天气还好，水草丰茂，那么请问放着一大桌酒席不吃，骆驼们干么要端着饭钵，一个个像没娘娃似的，跑出去讨饭呢？

击掌声刚停，门帘子就被挑开了，几名伙计抬进来了一副担架，撂在了地上。

管家睁眼一瞧，却原来是曹日鬼，承平堡那么危险的城墙，他居然没被摔死，浑身沾满了泥浆，想必是角楼外的那些雪堆救了他一命。曹日鬼哎哟着，好像肋巴断了，肝花也烂了，兀自干嚎了几声，见无人理睬，便气馁道：恐怕呀，这就是命，命苦不能怨怪天老爷，牛掌柜你就别再放屁了，你我这一两三钱的小聪明，即便炒个菜，也不够人家塞牙缝，还是如实招了吧。这个高帽子来得太及时了，游击故意咳嗽起来，瞟了廖逢节一眼。曹日鬼不甘地说：我认栽了，但我就死活也想不明白，当家的你是在马前（出发前）察觉的，还是在马后（归来后）发现的？你太阴险了，你玩得我团团转。游击面似冷铁，沉静道：哼，凡是在赌博场上输掉裤子的人，一定会别生心窍，四处抓钱，你可以去偷，去抢，去杀人，去放火，但实不该做一个家贼，在承平堡的锅里捞油水，你辜负了我。牛掌柜插嘴说：的确，正是这个姓曹的家伙在捣鬼，他先找到了我，说保价局有空子可钻，一切主意都是他拿的，将来获赔之后，他七我三，我不过是一个小跟班罢了，还望当家的明察。游击挖苦道：喏，酒泉城里根本就没有一家叫万福祥的布料庄，你当初真该花一点银子，至少也要赁个铺面，挂个招牌，这个人世上哪有干指头蘸盐的美事呀？曹日鬼一动弹，地上的担架便咯吱咯吱地乱叫，比担架叫得更惨的，则是他的肋巴骨，几乎刺穿了胸腔，戳破了皮肉，不由得摇晃地跪下了，磕头不止，哀求道：当家的，我宁肯受家法，也不想让你去报官，牢饭不好吃，我以前不小心吃过几次牢饭，那还不如去死。游击答复说：不，牢饭的味道也不错，可惜这次只给你上一道菜，太少了。曹日鬼狐疑道：一道菜，啥菜么？游击突然大笑，用指头戳在了曹日鬼的额头：子弹，啪，一颗子弹。

倏忽间，承平堡的庭院内传来了一阵响铃声，越来越近，越来越清晰。南门的西侧就是马厩，东面则是草料棚，客商们的坐骑偶尔出入，似乎并不稀奇，但眼前的这种响铃声却又格外不同，滞重、硕大、清绝，犹如打铁一般。游击简直快要笑翻了，拍着自己的腔子，雀跃到了窗口下，一边卸下窗杠，打开了窗扇，一边呱喊说：增武呀，你这个老驴日的，你要是再晚一步的话，我可就丢人现眼了。外头的也叫骂道：呸，骡子不死，毛病不改！你这个贼游击呀，我可上了你的当了，这一趟干的事情真是头比身子大，划不来死了。游击戏谑地说：得了，住嘴吧，等一下我舔你的沟子，再给你拌上一石槽大颗子的粮食，让你美美地咥一顿精饲料，咱们就两不亏欠了。窗外的人也笑了：也好，那等我先吃完了精饲料，消化上一夜，待后门兜不住的时候，你想怎么舔，我一定撅着不动。

咔嚓一声，窗户被撞烂了，一头骆驼的颈项竟然探了进来，在屋梁下面摇晃着，反刍着，口液喷溅着，当即吓坏了诸人。天呐，见过骆驼，但谁也没见过屋子里的骆驼，它简直算不得一头大牲口，更像是一根柱梁，一棵祁连山上的松树，一挂天老爷的车辇。

游击却丝毫不惧，嘘了几声，手摸在了骆驼的鼻门上，仿佛这是他的异姓兄弟，喝问说：曹日鬼，牛掌柜，这一匹头驼你们总该认识吧？两个人纷纷摇头，矢口否认。游击呱喊说：增武呀，你这个卖沟子的货，你身为买赃人，你仔细说说，这两个贼当初是怎么撒谎，给你售卖那十一峰骆驼的？窗外答复道：不说了，老子也懒得说，省下一点唾沫吧，反正我在北疆当了这么多年的驼户，见过把人不当人的，但从来还没见过把骆驼不当兄弟的。游击哈哈大笑：这么说，骆驼就是你先人了，你根本就惹不起？北疆驼户也不肯吃亏，扬声说：对，十三像就是我先人，也是你的老祖宗，承平堡这一回遛狗惊出了贼，幸亏有我兜住了底，否则这件事很灾难呀。游击猛地抱拳，朝着外面一揖，相问说：好我的老哥哥，你我结识有多少年了？窗外的故人说：上辈子吧，但下一辈子我就跟你不玩了，因为你老来泼烦我，我这一双靴子都烂了。

至此，这一桩貌似完美的敲诈案件油水分离，尘埃落定，再也清楚不过了。

管家廖逢节斜睨着，瞭见游击的臂膀揽住了骆驼的长颈，大牲口就像一个乖顺的娃娃，垂首依偎了过来，伸出卷帘一般的舌头，舔舐着张汲水的旧皮袄。管家思想说，的确是天地间的灵兽，老马识途，骆驼其实也认得归家的路，天老爷牧养的这大地上的一切生灵，说到底都是平等的，各具其美，守在了这一幕慈悲的光阴中，犹如一大家子人，彼此不分。突然，管家的思绪被打断了，账房内横生变故，一下子乱了。

曹日鬼料知下场不妙，竟然一个蹦子跳将起来，从门帘的下端窜了出去，动作快得像兔子，出乎了所有人的意料。游击一耸肩膀，正要追出门外，擒获那个家贼时，却见旁边的牛掌柜拾起一块碎碗茬子，在他自己的颈子里割了一刀。登时，一股鲜血像红色的绳子，一边喷射，一边缠在了牛掌柜的身上，人也随即倒地。游击喊来了几个帮手，赶紧开始救命。

管家憎恶这种血腥的场面，一时间恶心，忙踮起脚，从另一扇门里出去了。

但是，承平堡内业已大乱，鬼哭狼嚎的。

曹日鬼蹿到了庭院中，瞥见草料棚外扔着一具铡刀，慌忙上前，拔掉了螺栓，将刀身扛在肩上，扑向了北门。丫鬟和伙计们吓死了，四散奔逃，跌倒的跌倒，告饶的告饶，鞋子丢了一地。恰巧，有一辆独轮车拦在了前头，曹日鬼手起刀落，将车子砍成了一堆劈柴，犹不罢休，冲向了账房外的那一峰骆驼。骆驼的颈项依旧探入窗内，只留下一个肥大的屁股高翘着，不知危险将近。曹日鬼举起铡刀，正打算砍断那几条长腿时，管家忽地从门里出来了，断喝一声：狗日的，反了你了，你可不许伤天害命。曹日鬼掉转方向，迎向了管家，吓得廖逢节连连后退，贴在了墙上，恨不得钻进墙缝中去。孰料，就在咫尺之距时，曹日鬼突然丢下铡刀，扑腾跪在地上，磕下三个响头，哀嚎道：叔，我穷怕了，我被钱财迷住了心窍，所以才干下了这个缺德事，我走了，我可不想吃一颗子弹，让他们把脑浆打出来。管家来不及劝说，但见曹日鬼收拾起膝盖，扛上铡刀，逃向了北门。

临出门之际，曹日鬼的心智彻底疯掉了，挥舞着铡刀，左剁右砍，两块高大的门扇剧烈地晃动着，虽然不曾倒塌，却已经破了相，木屑横飞，伤口累累。曹日鬼一边发泄，一边詈骂道：我恨承平堡，我恨保价局，我更恨顾山农那个贼人。管家追了过来，嘴上叼着皮哨子，呜呜呜地吹响了，呼唤着堡子里的伙计们，催喊说：抱住，你们去给我抱住，千万别让他出门。一群伙计赤着手，像潮水般地拥了过去，但又忌惮那一丛令人胆寒的刀光，哗地退了下来，各自躲在了廊檐下。骂毕了，曹日鬼扛起铡刀，赳赳然地踅出了北门。

谁也不曾料到，曹日鬼的这一步，让他终于踏入了死境。

这个关节上，正在筑路的工兵们突然停下了手，纷纷举目，但见一介杀红了眼的汉子狂奔过来，刀锋烁闪，竟然比郊田上的冰块还要明亮。连长料定这是一种极端的挑衅，猖獗无比，分明是冲着国民革命军而来的，遂下令众人举枪，瞄准了曹日鬼。

枪响了，不是一颗子弹，而是一排子弹呼啸着，将曹日鬼射杀在了承平堡的北门外。

管家追出了门，瞭见曹日鬼脑袋开了花，一头栽倒在地，吓得他手里的皮哨子也掉在了地上。枪声并未走远，在寒寂的大地上犹有回声。郊田一带的枯树上，腾起了一群群黑老鸹，缭绕不散，仿佛一根根新扯来的孝布，煞是不祥。管家丧气地跺了跺脚，忽然一怔，这才想起那一座潜藏在脚下的地宫，顾山农的可耻嘴脸，同时也浮现在了他的心头。凉州人说，基础不牢，地动山摇，想必恰是有了那一处丑恶的存在，以及顾山农的下三烂，承平堡才被人所欺辱，有了眼前的这一桩公开杀戮。这么一想，管家再也顾不得门外的死人了，掉头往堡子里跑去，就想讨一个说法，争一个道理。

游击也迎面跑了过来，两只手是红的，沾满了牛掌柜的鲜血。张汲水哭喊说：我没咒曹日鬼，我可没让他吃子弹，我刚才只是吓唬他来着，老哥你可以作证。管家揪住自己的头发，疯狂地撕扯着，哀告说：快去，你快去收尸吧！我这就去找少东主，我非要撕烂他的耳朵，把他从老鼠洞里撵出来不可。游击愣怔着，相问道：你，你刚才说了个啥？少东主他回来了，他从省城回来了么？管家也是气疯了，慌不择词地说：哼，他那个败家子哪也没去，他就是一个地老鼠，他没脸见人罢了！

游击回首，瞥望了一眼身后的承平堡，顿感凉州的水太深了，他仍旧是外人一个。

胡笳六十七节

朱先生，这是坟堆么？那这个坟堆里埋的是谁？

趄到了玉米地的深处，瞭见一座被积雪覆盖的土丘，惊白一面发问，一面收住了表情，两脚并拢，恭敬地鞠了一躬，似乎在为打扰了亡灵而歉疚。朱绣朱先生始终尾在后头，面色肃穆，下半天的时光里，他一直在堡子外监督着惊白背书，此刻闻听了弟子的提问，实在是憋不住了，扑哧一笑：瓜娃子，那可不是坟堆，你何必要行礼如仪呀？见朱先生不再刻板，挂着笑容，惊白当即释缓了下来：咋了，我拜错庙了，还是磕错头了？朱绣几乎快笑喷了：乖乖，说你是少爷羔子，四体不勤，五谷不分，现在倒是有了部分证据。实话告诉你吧，这下面没埋什么人，因为这是粪堆，开春了以后要给庄稼施肥的。惊白根本不害臊，脖子一梗，辩白道：哎呀，那本公子既没有拜错庙，也不曾磕错头！常言道民以食为天，庄稼一枝花，全靠肥当家，我如此礼遇了这一座粪堆，想必将来这块地里的收成也差不了。说着话，惊白又追加上一份礼性，深鞠了一躬，而后将书本夹在腋下，解开裤带，掏出了家什，放出来一线尿绳。朱绣的目光回避过去，连连摇头，却不是失望，而是为这个弟子的聪明伶俐，以及他的反应之快而暗自叫好。不过，朱绣很快就瞪大了眼珠子，因为他发现雪地上有一颗清晰的尿字：朱。

见对方面色一凛，惊白忙将尿水夹了回去，提住裤带，申辩道：朱先生，你可千万别误会呀！我这个朱字可不是在说你，我指的是洪武皇帝，那个要饭的麻子。朱绣沉声道：哼，一笔写不出两个朱字，难道皇帝的姓贵气，老朽的卑贱，反而是我跟着朱元璋沾了吉不成？

惊白一吐舌头，心知自己大不敬了，冒犯了对方，但嘴上却不承认：你看你，你切莫小气么！皇帝老儿早已作古，化成了这一堆粪土，可先生你高大明亮、威风八面地活在这个热闹的人世上，你划不来跟一个躺在地底下的死鬼计较，你就宽宏大量吧。朱绣压抑着失笑，仿佛在瞧一只贼猴子，又听惊白说：对了，我这个朱字指的是前面的朱家嘴子，我可不骗你。

这么着，惊白成功地转移了话题，遥指着不远处的一堵山墙，描绘说：这个新打的庄子是去年开建的，我站在角楼上看过几回，竟没想到如此阔气，这么漂亮，这肯定是朱家嘴子一带最大的庄院。朱绣的目光也跟随而去，审视再三，附和道：的确，这不知是谁修建的深宅大院，恨不得比承平堡还巍峨；我估摸这家人不是发了大财，就是做了大官，否则的话，他们也不会如此招摇，这么败家。惊白好歹解脱了，丢掉了刚才的负罪感，嘻然地说：咦，朱先生还懂建造呀，那你赶快教教我！朱绣眯缝着两眼，一边望气，一边指画道：唉，但凡有所戒惧和敬畏的话，也不会在这么好的良田上开基筑梁，这并不是宅基地，糟蹋土地爷罢了。另一个，这个庄子的大门朝向东北，东北角则是以前的满营，现在的军部，这明显是犯冲，与虎谋皮，气象堪忧呀。惊白撇笑说：呀，唯心之辞，尹先生以前在课堂上可不这么讲，他后来讲的最多的是科学，不讲风水堪舆之类的迷信。朱绣哀叹一声：所以么，尹先生太刚了，他至死对凉州水土不服，以卵敌石，这才酿成了那么大的祸端，最后连性命也搭上了，真是令人痛心呀！惊白不想继续这个悲伤的话题，遂说：朱先生，百闻不如一见，咱们干脆去瞅瞅，见识一下这个庄子的格局和内容，毕竟它就在承平堡门外，总不能以邻为壑吧？言罢，惊白率先跑远了，给自己放了羊。

朱绣奈何不了这个少爷羔子，只好深一脚、浅一脚地追撵上去，勒令惊白赶紧背书。眼前的玉米地仍旧被冰雪封锁着，地壤冻得很瓷实，脚下打滑。其实，附近的农田在收秋之后，迅速就被碾平了，烧了荒，唯独这里的玉米秸秆不曾被刈除，仿佛一群群在风雪中逆行的旅人，让罡风吹瘦了，锁住肩膀，哈着腰，不肯以真面目示人。走了半截子，身上渐渐走热了，朱绣停下来稍事歇息，不承想，从这个角度上瞥望过去，刚才的疑问一瞬间豁然了。原来，这一大片玉米秸秆是特意留下的，它就像一道密实的篱笆，一匹土黄色的粗布，将新庄子掩藏于其中，俨然构成了一座孤立的岛屿，外人实难进入，哪怕是一条野狗。但是，对惊白这个好奇心严重的少年来讲，没有什么能拦得住他的手脚。这不，恶作剧又开始了。

惊白踮起脚尖，将朱绣一把拽出了玉米地，连扯带搡的，站在了新庄子门外。这一时，院门紧闭着，厚实的油漆是猪血色，门环锃亮，但门外的麻石路面上，留下了两道沾满泥浆的车辙印，还没有干透。朱先生，得罪了，借你的肩膀用一下。朱绣还来不及作答，就被惊白拦腰抱起来，叉开两腿，撅起屁股，双手扶在了门扇上，仿佛一架人梯。惊白蹬住旁边的上马石，攀住门框，款款地踩在了朱绣的肩膀上，拔长了脖颈子。

隔着一寸宽的天顶，惊白瞭见这个新打的庄子里空空荡荡，廊檐下栖落了一群麻雀，堂屋的泥墙上连一根钉子也不见，窗户是封死的，糊了一层麻纸，听不见一个咳嗽声。新房子易塌，旧房子长命，惊白忽然理解了这一句凉州谚语，原因恐怕就在于缺少烟火，缺少了人的气息吧。朱绣的哎哟声飘了上来，一面喊疼，一面嘀咕说：有啥看头么，你快下来吧，别把我的锁骨给踩断了。惊白嘻然地说：你看你，新茅厕尚且还有三天的香气呢，这个古怪的庄子，想必大有来历，容我再看上一眼吧。人梯一趔趄，惊白当即换了个角度，窥见在偏房的廊檐下，停着一辆绿呢子装饰的车轿，轮毂上泥浆斑斑，缰绳也是旧的。车轿的身后，隐约拴着几匹大马，地上摊开了一麻袋麦草，另有一盆子清水，牲口们正在咀嚼着，声音却像豆子崩裂的声音。刚开始，惊白不过是好奇使然，但突然间暗自心惊，一下子瞭见了门道。

因为，其中一匹大马是枣红色的，也就是说，它是专属于少东主的坐骑。

惊白不肯相信，攀在门框上，又深望了几眼。不错，那一匹硕马的皮毛灿若烧炭，浑身殷红，犹如一条刚刚从染缸中捞出来的绸缎，每一根毫尖上都反射着天光，可唯独马嘴上有一坨微白的胎记，让人误以为是生了癣。枣红马嚼吃着，颈项摇曳，惊白认出了它的臭德行，心下大喜，就想吹一声口哨，呼唤伴当过来，以解思念之苦。岂料，院子里传来了一阵急遽的脚声，一颗石子破空而来，打在了门板上：谁呀？哪个丧门星？惊白赶紧丢手，将身子滑将下来，挽起朱绣的胳膊，不敢逃回承平堡，而是反方向跑走了。

这是一段小河汊，分开了朱家嘴子和对面的校尉庄，夏天时水就不大，到了这个枯寒季节，除了背阴处的积雪，河沟里裸石累累，青冰丛聚，坡岸上则长满了膝盖一般高的蒿草，黄中透绿，似乎还保留着一份不肯绝灭的生机。疯跑了一路，目下终于安全多了，师徒俩站在向阳的一面，在屁股下垫了一堆干草，落座下来。朱绣疑惑地问：喂，你实话说知道，你刚才究竟瞭见了啥？你这样拽着我乱跑，精沟子撵狼，要命不要脸似的，我还顾不顾斯文了？我哪有半点凉州总教的体面呀？惊白摇首道：没啥，真的没啥，就一座空落落的庄院，连一个鬼影子也瞭不见，我不骗你。朱绣忽然噙住了泪水，央告说：小少爷，你可不能再欺负我了，尹先生在世时，你怎么待他的，难道那一套礼数就放不在我身上么？我那么卑贱，我不够格么？惊白一时间慌了，揉搓着对方的肩胛，又是下话，又是献媚，却也无济于事。朱绣唏嘘道：娃子，我舍不得让你们伤心，生怕在你们的心里坐下个什么病，所以乡学里的人一个也没喊，只有我们郡老班子里的几把老骨头，将尹先生的骨灰撒在了文庙的院子里。尹先生殁了，下世了，横死了，尹先生是为了你们才投水的，设若一个生命都唤不醒良知，他岂不是枉费了自己的血肉和情义么？惊白立时语塞，这个令人心荆肉棘、惊悚万分的话题，在过年期间逐渐被淡忘了，被忽略了，如今旧话重提，就像这一阵阵从北疆刮来的罡风，看不见，摸不着，但是钳制住了凉州的心跳与心脉，充满了撕心裂肺的颤栗。朱绣又说：这一回，我可是女少主亲自请来的，我本想拒绝，可又不忍心拂了她的面子，累及她的病情，所以赶鸭子来上架。倘若你不配合我，我随时可以撂挑子，辞了这份教职，你自己去给大小姐当面释解吧。这种软中带硬、不怒自威的话，类似于一份最后通牒，惊白听懂了，从怀里摸出来那一卷皱巴巴的书本，翻开了其中一页，傲然地说：朱先生，其实背书是最简单不过的事情，只要稍微用点心，我就能把它们全部消化掉，熟记在心，一字不差。朱绣因笑道：唉，你先别夸海口，企图哄我高兴了，行胜于言，你那点鸡零狗碎的花花肠子，休想瞒得住我。

朔风吹叶雁门秋，万里烟尘昏戍楼；征马长思青海北，胡笳夜听陇山头。惊白高举书本，仰头诵念，少年的声嗓仿佛一枚枚发光的箭矢，破空而去，播撒在了萧索而清冷的旷野上，煞是悦耳。朱绣一边耳食着，一边拾掇柴草，点着了火堆，也好让弟子去除寒气。惊白轮番念了三五遍，迅速记住了这首诗，又翻开另一页，激昂地吼叫道：城南虏已合，一夜几重围；自有金笳引，能沾出塞衣；听临关月苦，清入海风微；三奏高楼晓，胡人掩涕归。朱绣乐呵呵地蹲在火堆旁，忽然忆想起了什么，解下挂在肩上的一只布口袋，伸手探了进去，竟然摸出来了几个熟鸡蛋。鸡蛋是冰的，朱绣不敢剥，先将它们偎在了火堆旁，用一根木棍拨弄着，继续旁听着弟子的清亮之声。

其实，熟鸡蛋是临出门时，达云硬塞给师徒二人的，就怕他们在堡子外饿坏了。

列位，总因笔墨有闲，此处稍歇，先叙述一件枝节小事。

年关之前，朱绣几次去了承平堡，一来探视惊白的身体，问问学业，二者，打算跟顾山农说说话，看看有无可以效劳的，比如撰写春联之类的琐事，但被告知少东主出了远门，去了省城兰州。正月里，凉州风雪炽烈，朱绣闭门读书，与往年一样，过了一个寡落落的春节，唯一的成就，便是给惊白新编了一册国文教材，注释颇多，一直都在修订和润色当中。初九那日，朱绣终于坐不住了，觉得不能输了礼性，赶紧冒雪上街，称了一包六合糖，两斤水晶饼，去往权府。然而，这个年也没拜成，因为朱绣恰巧瞭见权家的丫鬟出了门，提着药罐子，将热气腾腾的药渣倒在了门口，此乃送病的意思，显然时机不对，恐有不妥，便当即折返回家了。往后，一连迭的事情纷至沓来，先是新任县长陈垦丁逐一拜访郡老们，请益或求教，却偏偏将他放在了最末一位。县长这个词太时髦了，朱绣喜欢称天台大人，不仅别出一格，且充满了古典的韵律，对方肯定会侧目的。在等待的过程中，朱绣慢慢地变成了一介怨妇，度日如年，天天抓住笤帚，清扫落雪，几乎将房前屋后的地皮刮掉了一寸。仰衬是新糊的，门扇和窗子也刷了一层新漆，购置了一套崭新的景德镇茶具，猪圈被填掉了，几只家养的母鸡交给了隔壁邻舍，屋脊上连一根枯草也不见。终于，这种烧心呛肺的日子熬不下去了，朱绣决定打上门去，亲自拜谒天台大人，并如愿以偿地见了面，获赠了一件羔子皮的夹袄，犹如加冕一般。尤为震惊的是，尹先生的噩讯，也是在那一刻抵达武威城的，朱绣刚刚积攒起来的兴奋与荣光，当场就被彻底击毁了，从此肺腑中储满了酸辛的泪水，悲情不已，一个人在独自消化。

由武威县府主导，在极端保密的措施下，郡老们在文庙内送别了死者，尹先生终于入土为安了。但是，逝者往矣，却将来日的痛苦与熬煎，和盘交给了生者，于这一幕光阴当中，慢慢地发酵，并以此影响着凉州大地上的各项进程。事毕后，朱绣在家中躺了三天，滴水未进，默默地在心里为尹先生举了丧，设了水陆道场，办完了法事，而后一骨碌跳下炕，活转了过来。在苦主斋的书房墙上，朱绣砸下了两颗钉子，一根挂起了那件羔子皮的夹袄，余生再也没有穿过一次，权当是摆设罢了；另一根钉子上，则挂着一幅朱绣亲笔书写的墨字，枯寡，寒立，萧然自警，天地间只有四颗字：一望皆悲。

实际上，尹先生之死就像一记重挫，让朱绣始终也缓不过劲来，唯一的疗伤之法，便是埋首砚田，诉诸笔墨，不舍昼夜地写诗填词。在致尹先生的大量诗稿中，朱绣逐渐地廓清了眼中的荫翳，爬梳了彼此之间的交往，理顺了各自的位置，并且痛斥了凉州地界上对二人关系不睦的种种不实之词。于平仄和韵律当中，朱绣的这种辩解与反抗，一是显得孤掌难鸣，二一个，他自己也感觉脸红，有点违心。嫉妒是真实的，轻慢和诋毁也曾经发生过，但死亡就像一把笤帚，一只簸箕，统统没收了这一切；如今在朱绣的心目中，只剩下了物伤其类的悲鸣，一种生而为人的无力感。在朱绣看来，假如凉州的杏坛上原本有两盏灯的话，尹先生当然是首席，最耀眼的那一盏，而他身为总教，次席是稳妥的，光芒也不遑多让。但是，军部用了最野蛮的方式，吹灭了尹先生那一盏灯，他本人即便亮了，又何其无辜，何其危险呀。

是的，如果凉州只有一盏灯，那才叫困境，才叫危局，它也就离彻底凉下去不远了。

恰是抱着这样的惶惑与反省，朱绣的笔墨在追思完了尹先生之后，迅速投向了承平堡，并落实在了一个人的身上。与往昔不同，这一次的目标并非顾山农，因为朱绣以为，少东主已经独木成林，家大业大，俨然形成了一种气候，倘若自己再去沽名卖直，一再输诚，以结其心，那无异于吃力不讨好，势必有本末倒置之嫌。教育的本质就在于培根护苗，而不是锦上添花。在千计万算了一番后，惊白成了不二人选，权爱棠的义子是一个原因，但这个少年的聪慧、活力与干净的品行，尤其惹人怜爱，他就像一匹儿马那样，让你不忍举起手中的鞭子，也不愿去说一句重话。实际上，自从荷担了凉州总教一职后，朱绣就再没有上过讲台，门下亦无弟子，更多的是走村串巷，呈奏请示，上传下达，处理和协调教育方面的琐碎之事，不免活成了两张皮，身心分裂。现如今，朱绣在心里劝慰自己，试试吧，一群羊暂时放不了，那么先放一只羊，说不定等这只羊长大后，就会兀自发光，成为另一盏青春的灯，跟自己引以为伴，相互照亮，凉州此后也便多了一份光明。无疑，此乃朱绣个人生命中的重大转折，知行合一，终于落了地，并且在冥冥当中，接过了尹先生留下的那一棒，自此一归本业，力返内心，萧然踏上了一条孤绝的险径。

这人世上的因果，如同手心和手背，不知道哪一面才能接住自己的光阴，就此一醉。

果然，转圜来了。一日傍晚，朱绣正在苦主斋里修一本旧书，妻子就像被狼撵来了似的，说大小姐到了，就在门外候着，请你去说话。朱绣半信半疑地出了门，瞭见巷道里有两辆车，呢子车轿的帘子一挑，达云率先问候了一番，自称腿脚不便，最近风湿病犯得厉害，邀请对方上车，在轿厢里面谈。朱绣猜测兹事体大，也就顾不得男女界限了，赶紧钻进了轿厢，盘坐下来，发现达云的膝盖上覆着一块毯子，中间搁着一只暖炉。闲荒了几句，达云开门见山，邀请朱绣再次出山，尽快确定一个日子，前往承平堡给弟弟惊白授课，年也过完了，总不能收不住心，继续散养着，荒废了课业吧。散养，这个词原本是朱绣去年的一番高论，如今却被大小姐推翻了，虽然没有一点点指斥和怨怪的意思，总教大人的脸却很红，也很烧。不过，这种尴尬的情绪迅速消失了，代之而起的，则是一种不谋而合的激奋，一种先见之明所带来的快慰。朱绣相问说：大小姐句句在理，但少东主也是这个意思么？达云道：呃，他被兰州城里的事情绊住了。前些天，我带着惊白和其他人搬出了城，住进了承平堡，先生你是知道的，那个小贼猴子本性，打架斗殴，四处惹事，现如今又成了我的头痛病，我再也经不起折腾了。朱绣再问：既然打算圈养，那么圈打扫干净了么，拾掇好了没有？达云会心一笑：先生你尽管宽心吧，现在气候还太冷，等开了春之后，我一定将角院里整饬一新，变成一座小小的学堂，由着你们师徒二人在里面谈经说法，龙啸虎吟，哪怕是翻斤斗也行呀。哑默了许久，朱绣实在忍不住了，嗫嚅道：唉，想当年，令尊权大人带着我，也仰赖本地万千百姓的襄助，众人拾柴，本打算将承平堡建成一座漂亮的书院，一座独立的平民学堂，不承想，天不假年，权大人赉志而殁，这是我一直以来的隐痛呀。达云并不伤感，晴朗地说：先生，你先从惊白试起吧，倘若有了成效，那个角院里足足可以牧养一群羊，况且还有整个堡子呢，你大可不必操心。

　　言谈中，朱绣瞭见了达云痛楚的表情，她的手抚在膝盖上，不停地揉搓着，遂哀恳地问：大小姐，你用心良苦，可谓是在世的菩萨，那你到底想让惊白成为怎样的人？达云道：最起码，等他长大了以后，要学会直道事人，不圆滑，不苟且，不世故，胸中有善恶，肩膀上有气象，做一个纯良和清正之人，这一辈子活得凿凿有据，云气澎湃，那也就算没有辜负了我这个老母鸡一样的姐姐。朱绣一面唔摸着，一面颔首道：不错，素心为人，侠义交友，大小姐虽为女公子，但方才的这一席话，却道出了一个儿子娃娃的志业和正途，在下也是受教不少。那一刻，达云忽然俯身过来，悄语说：另外，先生你切记，断然不能让惊白成为第二个顾山农，他当不了少东家，他将来也接不了承平堡的班。此言一出，朱绣立时怔住了，犹如咒语加身，慌忙一抱拳，仓皇地下了车。

目送着车轿驶走了，朱绣仰首问天，发现一群寒鸦，在烟云变灭之间。

进了家，妻子在抹眼泪，喜悦的眼泪，牙齿都快笑裂了。朱绣瞭见廊檐下码满了各色礼当，粉条、包菜、番瓜、胡萝卜和一筐子冬果梨，还有点心、糖果与布匹。妻子努了努嘴，朱绣又钻进了灶房，案板上搁着几只宰杀好的母鸡，一只白猪头，三只冻硬的羊羔，粗粗一算，恐怕卸下来了整整一车吧。妻子问说：天呐，大小姐专门来行这个礼性，你恐怕又要忙碌了吧？我这就给你炖肉，补一补身子骨。朱绣道：瓜婆娘，这不叫礼性，这是束脩。我重新出山了，我早就说过，我朱某人绝非平地里久卧之人，你现在信了吧？妻子又问：束脩，束脩是个啥么？朱绣不答，闪身踅出了灶房，将自己关在了苦主斋中，拨亮了油灯。

依照达云在车轿里的那一番郑重嘱托，朱绣推翻了先前修订的那一册国文教材，另起炉灶，又迅速编纂了一本，润色、注释、誊抄，并特地用海藏寺印经院里的一卷油皮纸，工整地装订完毕，方才觉得满意。按照说定的日子，朱绣换了一身浆洗干净的棉布长衫，头戴礼帽，挎着布口袋，径直去了承平堡，推开了角院的门。在姐姐的监督下，惊白乖顺极了，先是鞠躬行礼，热辣辣地喊了三声先生，说了吉祥的话，又扑将过来，挽住了朱绣的胳膊，煞是雀跃。朱绣暗忖，那一桩枪杀事件的阴影，或许已经从这个少年人的心中退去了；一切恰如当初推算的那样，眼前的惊白一如往日，仍旧是一块好料子，一棵好根苗，有待他去捏塑，去锻造，去悉心陪护。

岂料，猴子毕竟是猴子，稍一纵容，他就要蹬鼻子上脸。朱绣摩挲着弟子的脑袋，刚夸赞了几句，惊白却突然发难，钳住了先生的胳膊，强行将一件东西，戴在了他的腕子上。朱绣抬手，发现是一串手链，十几颗玛瑙石串成的，色泽艳丽，珠圆玉润，感慨道：哎哟，我又不去登台唱戏，你干么这样打扮我呀？惊白嘻然地说：贵人么，你跟我姐一样，乃是晚生命中的贵人，也只有这些宝石，才能衬得上二位，让你们善面涵春，金光耀日。旁侧里，达云也展示了一番她的手链，目光怂恿，一再努嘴。朱绣臊红了脸，摘下珠子，揣进了口袋，委婉地说：这个礼当太金贵了，也许小女喜欢，待我回家后转赠给她，想必她一定会高兴的。达云道：闺女几岁了？我记得她是属羊的，等得了空，你带她来堡子里玩吧。朱绣撇嘴说：嗐，没见过啥世面，上不了台面的丫头，大小姐你不必牵挂。欢然话旧了半晌，达云知道该授课了，遂告辞而出，轻轻地掩上了角院的木门，揩掉了眼窝子里的一些惆怅，朝着凉州的天空叨念了一句什么。

　　开课之前，朱绣忽然除下了身上的累赘，整理了长衫，垂手而立，冲着对面紧锁的暗屋，一鞠躬，再鞠躬，三鞠躬。见先生如此，惊白不敢怠慢，慌忙趴在了廊檐下，一连磕下了三个响头。朱绣轻语道：权大人，在下今日来给令郎授课了，打扰了你的清静，还望你宽谅。呃，是这，如果我讲得对的时候，你就别吱声，权当我还称职；倘若哪一句讲错了，你一定要站出来指谬，当场驳斥我，这是个原则，也是你我当年交往一场的准绳。言毕，朱绣捉住了惊白的手，相率而入，落座在了身后那一间素朴而温馨的课堂内。

　　一举首，朱绣瞭见了墙上张贴的一张白纸，上面的墨字形如蝌蚪，粘连在了一起，密密麻麻的。朱绣凑前，眯缝起眼睛一瞧，扑哧笑了出来。戒帖，上面罗列了三四十项，诸如戒懒觉，戒狐朋狗友，戒好吃懒做，戒妄言，戒打架斗殴，戒大手大脚，戒花钱无度，戒目无尊长，戒对下人们无礼，戒偷家里的钱，戒逾时不归，戒欺上瞒下，戒学业无成，戒礼数不周，戒不敬惜字纸，戒糟蹋粮食，戒不记恩义，戒黑白不分，戒马大哈，戒和稀泥抹光墙，戒身形不正，戒鸡皮蛙脸、相貌不端……凡此种种，要么是人格提炼上的内容，要么是日常生活中的饾饤之事，仿佛一支来自天梯山石窟的杰出画笔，相当精彩地勾勒出了惊白的现实嘴脸，去皮入骨，形象万分。戒帖，或者叫誓词、发愿文和决心书，落尾的地方果然是"徐惊白"三个字。眼瞅着朱先生的表情中略带赏识，惊白便志气满满，大话喧天，吹嘘这是他独立思考与撰写的，一来约束平时的行为，二来替自己鼓劲，每日三省吾身，假如违反了其中的任何一项，绝无二话，哪怕先生打板子也可以。惊白献媚道：朱先生，这些紧箍咒我拱手相送，以后它就在你的手里了，你开口一念，我肯定头痛，就算齐天大圣来了，也不敢跟你造次。这种少年人的狡黠，洋洋得意的腔调，自然逃不过朱绣的法眼，蔼然地说：唉，就让它挂着去吧，我宁肯一句也不念，也不想看见你的脑袋上有一根箍子，影响了你的俊美，破坏了你的仪表。稍后，朱绣面色冷静，话锋一转，仔细地叮咛道：惊白你切记，常立志不如立长志！你心中一定要有一个将来的盘算，未来的尺码，唯有这样，你才能目标高远，执念于心，不至于被耽搁在半路上，荒废了光阴，最后泯然于众人。

　　一切均如想象的那样，惊白变了，变得像一介真正的学子，浸淫于书本，专注于课堂，平时甚少走出角院，去北门外看马帮和驼队的新鲜，或者去打听保价局的买卖。达云专门安排了梁华和梁凤，负责为角院提供一日三餐。这姐妹俩总算停止了争吵，默契无比，天天变换着花样，荤素搭配，连汤带水的，让师徒二人大呼过瘾，体重也慢慢上来了。夜饭罢后，朱绣拾掇拾掇便走了，赶在城门落闸之前回家，抓紧温习一番次日的内容，丝毫也不敢大意，就怕弟子突然提问，他自己一问三不知。入睡前，惊白还有一个时辰的晚修，除了背书之外，必须做一篇五六百字的文章，定稿后，誊抄清楚，第二天再请朱先生阅批。可以说，恰是在天气反复、寒冷深锁的这一阶段，惊白凭借着书本中的热烈，词汇间的焰火，慢慢地沉静了下来，度过了一个鲜为人知的成长期。

　　豹变的迹象开始了，有的人只在一夕之间，而大多数人却终身罕有。

　　朱绣渐渐发现，惊白身上的毛刺还在，动不动就会咬牙切齿，莫名地发怒。比如，他坐在廊檐下发呆时，突然抓起一颗石子，恼恨地扔向堡子里，也不计后果。再比如，每次吃完了饭食，惊白不允许梁氏姐妹来收碗，他两手各举起一支筷子，就像敲打乐器一般地兴奋开来，直到将其中一只瓷碗打碎，方才罢手。又比如，角院南侧的文楼上有一窝土雀子，惊白在听课时，偶尔会面色潮红地嘀咕说，掉下来了，雀子掉下来了，我真的听见了。寻了个合适的机会，朱绣将这些异状说与了达云，本想讨一个应对的良策，孰料达云却撇嘴说：活该，那还不是打架留下的病根子么，胡墼砸的，砖头拍的，他聋了也好,关上耳朵窗子的话,以后就再也听不见堡子外那些勾死鬼的呱喊了。朱绣立时恍然了,吓得一巴掌捂住了嘴,料定惊白的耳朵一定是被枪声震聋的,那一场杀戮的阴影犹在,他的脑子里肯定连毛带草,不甚清晰。不过,达云怨怼完了,又很快生出了一份怜悯的态度,哀恳说:朱先生,迈道上清静,文楼上的视线也不错,惊白如果想上去背书的话,还可以听一听风声,看一看云彩,你们不妨去散散心吧。讨得了这一份口谕,角院的门便打开了,开始进出自由。

不过,三两天之后,惊白就嫌迈道和文楼上也不过瘾,太局促,提出要去堡子外的郊田上转转,有利于背书,还可以放松心情。少年的心,天上的云,达云也害怕弟弟被关出什么毛病来,索性答应了。这不,临出堡子前,达云专门让梁凤煮了一些鸡蛋,塞在了朱绣的布口袋里,叮嘱他们饿了就吃,据说蛋黄还可以补脑子,对惊白大有益处。

此刻,朱绣偏过头去,一边吹着柴火,一边拨弄鸡蛋,耳食着弟子的念诵声,内里当中潮起了一股安详而惬意的情绪。旁侧里,惊白依旧举起书本,朝着天空嚷喊说:汉将留边朔,遥遥岁序深;谁堪牧马思,正是胡笳吟;曲断关山月,声悲雨雪阴;传书问苏武,陵也独何心。郑愔的这一首诗很快就背熟了,惊白翻到了下一页,开始背诵无名氏的《胡笳曲》:月明星稀霜满野,毡车夜宿阴山下;汉家自失李将军,单于公然来牧马。鸡蛋烤烫了,蛋壳也炸裂开来,沾了不少的草木灰。朱绣拾起一颗,放在衣襟上,擦干净之后,剥掉蛋壳,款款喂给了弟子。惊白一口吞进嘴里,却没料到这么烫,又原样吐了出来,捧在手心里,开始掰着吃。朱绣喜上眉梢,一边继续剥鸡蛋,一边打望着这个俊秀的少年人,感觉自己凉州总教的头衔,因为有了惊白的相伴,现在名副其实多了,也踏实了不少。

不承想,朱绣的这一幻觉,很快就被击毁了。惊白嚼吃了一半,蓦地失笑了起来,目光像一对弯刀,架在了对方的肩膀上。朱绣不解,一时间被看毛了,误以为自己的颊脸上有了污渍,掏出一块手巾来,擦了再擦。惊白却诡谲地说:

"我猜,朱先生你的心里,悄悄藏着一件东西,不肯示人。"

"啥东西呀？我能藏什么？"

"呵呵，晚生发现了，我猜一定是这样的，我有证据。"

朱绣巡看了一圈周遭的环境，手也在前心后脊里摸了一遍，疑惑道："没啥呀！我跟你一样的脏腑，一样的胳膊和腿，一样生在了凉州，你可别给老夫下害。"

"胡笳。"

"什么胡笳？呃，你这些不打粮食的话，你可把我弄糊涂了，你不妨明说吧。"

"是这，朱先生这次给我编的国文教材，想必也是花费了不少的心血，字字珠玑，篇篇精彩，学生一下子就喜欢上了，感触良多。"依旧是老把戏，先赠送一顶高帽子，谄媚了之后，惊白便图穷匕见，"哎呀，朱先生肯定也是一座海上神山，云里雾里的，仙气飘飘，在编纂的过程中，一不小心就袒露了心迹，抒发了意志，恰巧被学生嗅出了一点蛛丝马迹。"

"口不能敞，惊白你可别大肆发挥呀。"

朱绣一头的雾水。

"喏，那就让学生当面剖析一番，恳请朱先生指点。"惊白咽下了鸡蛋，抓过水囊，漱了漱口，仿佛他获知了天下第一等的机密似的，灿然地说，"我刚才总共背会了四首诗，先是一首杂曲《凉州歌》，最后一句这样说，胡笳夜听陇山头。第二首则是王昌龄的《胡笳曲》，里头说，自有胡笳引，能沾出塞衣。郑愔的这一首也叫《胡笳曲》，谁堪牧马思，正是胡笳吟。到了最后一首，作者无名氏虽然在文中没有直接提及，但它的标题却偏偏也叫《胡笳曲》。呵呵，这就是证据吧？"

"原来是胡笳二字呀，我前头听成了别的，怪我，这怪我。"

一时快慰。

"所以说，朱先生的心中藏着一件乐器，外人难以测知。"

"呵呵，你考据的本领确实大有长进，竟然从几句诗词当中，断定老夫最钟爱的乐器就是胡笳。嗯，只可惜现在没酒，否则我当浮一大白。"说着话，朱绣解下肩上的布口袋，一股脑地倒在了地上，又逐个抓在手里，哈了哈气，在膝头上擦拭干净，捧在了眼前，"不，我真没藏着掖着，其实我天天背着这一支胡笳，在寻一位乐器大夫。"

"干么找乐器大夫？"

惊白明知故问，颊脸上开始烧烫了，不敢接触对方的目光。

"看病，给胡笳看个病，修理一下，不知道它还能不能复原。"朱绣言辞委婉，自始至终也不曾提及惊白和承平堡的伙计们，因为好奇而私自拆开了他的邮包，将这一支胡笳大卸八块，破坏成了一堆零件的不堪之事。又道："惊白，你可别小瞧了这一件老乐器，它的岁数太大了，起码有两三百年吧，比凉州郡老们的岁数加起来还要大。实话说，我厚着脸皮，去年给肃州金塔县的一位故交写了信，原本只打算借来看看，一饱眼福，却不承想他竟是仁义君子，成人之美，当即将这一件家传的宝物赠与了在下，令人惭愧。唉，不过它现在病了，成了这样残损的零件，胡笳也不再是胡笳，一点声息也听不见。"

"朱先生，你没找见乐器大夫么？"

"凉州无人。"朱绣一再摇头，失望就像脚下的累累河石一般，确凿而冰冷，"我寻遍了笛子师傅，锣鼓匠人，弦索的把式，二胡的行家，吹埙的牧人，甚至还去拜访了大名鼎鼎的四喜班，居然没有一个人认识这件老乐器，看来胡笳失传了，八成再也修不好它。"

"哎哟，朱先生你怎么突然对胡笳上了瘾？"

这个关节上，朱绣的脸上腾起了一种回忆的表情，遥看着南方的祁连雪山，回望着这一片积雪的凉州大地，深情相告道："娃子，只要一个人在有生之年，曾经听到过那么一声胡笳的旋律，它就像一场热病，从此坐在了心中，它也是一场豪饮，能让人后半生长醉不醒。"打开了布口袋，朱绣将那些老旧的零件，陆续放了回去，感慨地说："在下有幸，曾经听过三回。第一次是在肃州的金塔，我大概二十来岁，我那位友人的父亲，曾经吹奏过一首《塞下曲》，至今仍绕梁多年，回味不绝。第二回，则是在镇番县境内的苏武山，一个游方的僧人面朝居延海的方向，吹奏了一曲《牧羊调》，这个意思再也明确不过了，海上看羊十九春，人间化鹤三千年，那是专门为持节出走的汉臣使者招魂的。辛亥那年，武昌首义，民国粗定，天下共和的消息传到河西一带时，已是年根岁尾。那一日晚夕，我恰巧路过武威城内的钟鼓楼，风雪大作，寒气逼人，却突然从楼上传来了一阵子胡笳之声，吹奏的正是《文姬归汉》。到了次日，我才听说满城大营的残余清兵出动了，连夜杀害了那一位乐师，将他射成了一座箭靶了，惨不忍睹。惊白，容老夫卖弄一句，仅此三回，就足以快慰平生呀。"

"朱先生实乃人中龙凤，马中赤兔，放眼整个凉州，也就只有先生你才能配得上这种天语纶音、人间妙曲，其他人的耳朵里，恐怕都塞满了驴毛，听不得的，肯定听不得。"惊白的嘴巴上抹满了蜂蜜水，小心翼翼的，唯恐破坏了对方的那一份陶醉与信任。

"不，此言差矣。"

"朱先生明示。"

"其实呀，坦白地讲，在下之所以突然对胡笳来了兴趣，这半年里抽空翻翻乐谱，研习一下宫商角徵羽，只因为我这个乐理外行，对另一位伴当有所承诺罢了。"朱绣的表情上，漾荡着春水一般的喜悦，款然道，"呃，惊白你也认识他，他的大名叫顾山农。"

"少东主？"

朱绣颔首，仿佛这个名字犹如宫殿一座，高敞宏轩，系于心目。

"但不知朱先生对我哥，不，对少东主的承诺究竟是什么？"惊白狐疑满腹，对这个久未露面的兄长心生不快，这多半是缘于对姐姐身体状况的担忧。又轻蔑地说："哼！少东主变了，他现在就是个买卖人，一门心思全部扑在了孔方兄的身上，道不同，不相与谋。"

"你误解了他。作为弟弟，惊白你不该如此指责少东主。"

"呵呵，莫非你们引以为知音，一个自比俞伯牙，一个扮演钟子期？"

"你果然聪颖，一点就透，真是明白人不可细提。"朱绣拊掌，仰看着天空中穿梭而过的一只沙隼，闻听着翅膀擦剐空气的那一种迫切声，不由得开怀道，"是这，少东主打算重拾旧技，打开戏箱子，再唱一出经典大戏。我呀，或许我能有所长进，忝列其中，试着用这一支老胡笳，帮他吆喝上一两声，也就算遂了我几十年的心愿。"

"唱戏？你们打算唱什么戏？"

惊白一怔。

"《赵氏孤儿》。"

截铁道。

突然间,从承平堡的方向上,传来了一阵阵激越的锣鼓声,声震四野八荒。

胡笳六十八节

　　半个时辰前，游击张汲水在三岔路口，刚刚送别一支安徽商团上了路，徒步返回后，一时尿急，躲在承平堡的西墙下准备放水，却不料想，竟被眼前的这一幕突然激怒了。冬阳高照，整个城墙上蓬蓬勃勃的，砖石与枯草在闪光，可护卫班的那些二杆子东倒西歪，有的在晒脊背，有的在掀牛九牌，有的在打瞌睡，还有几个赤裸着身子，在捉虱子和虮子，指甲皮上血糊糊的。张汲水当即就恼了，抓起一大把沙石，愤怒地抛撒过去，下了一阵子过雨，又跳起脚痛斥道：呔，日你们的妈了！承平堡雇你们是来享福的么，是来跷二郎腿的么，是来晒日头的么？这一开骂，游击更是气疯了，从腰间解下来一根软鞭，在头顶上甩出几个花子，而后反手一拧，释放出了一道晴天霹雳。护卫班的队员们心知，这个豹子头一般的游击，好的时候比亲爹还慈祥，但是坏起来的话，阎王爷也输他三分，所以千万别往他的油锅里啐唾沫，小心他炸了。鞭声未落，队员们就像受惊的兔子，一个个跳着蹦子离开了墙根，迅速列队完毕，高低不一地紧挨着肩膀，收敛了表情，等待游击的训话。

　　张汲水贴着面，来回走了五六趟，逐一审视完了这三四十张嘴脸，心中忽然揣了一本清晰的名册。不错，除了原先的旧人之外，来自武威城内清凉池的那几名伴当，也就是以苏巴什为首的北疆救孤团的死士们，此刻赫然站在了队列当中，但是从衣着与肤色上判断，他们并不扎眼，相信也不会引起任何人的怀疑。事实上，此乃张汲水的一记高招，但最终还是北疆救孤团的主心骨大姑爹拿的主意，下的决心。那一日，趁着少东主顾山农尚未从省城返回凉州，游击借口堡子里无人做主，不如将大小姐接过来，当即就跟管家一拍即合，想到了一起。廖逢节去了一趟城里的权家，说明了来意，诧异的是达云更干脆，为弟弟惊白的学业着想，举家搬到了承平堡，连一个丫鬟和下人也不曾留下。这种热刀子切酥油的架势，令游击暗自发笑，正中下怀，但也不敢私下里去跟苏巴什诸人接头，生怕廖逢节那个老狐狸嗅见味道不对，从而前功尽弃，鸡飞蛋打。今日一早，管家的嘴脸上就装满了心事，匆匆离开了堡子，说他要去一趟海藏寺，张汲水寻见了眼前的这个机会，假如不抖擞一下自己脖颈子上的鬃毛，还没有人相信他是狮子。

这么着，张汲水以前不久被射杀的曹日鬼为例，说明了忠诚的重要性，剖析了家贼的悲惨下场，鼓动大家振作起来，将整个护卫队拧成一股强有力的绳子，闲时在家练武，上路了就做一头保商护团的猛兽，既给少东主的脸上添彩，同时也按照计件分配的原则，尽快将每个人的腰包肥实起来。游击的这一番鼓噪，效果显著，犹如烈火烹油似的，一时间让众人群情焰焰，血脉偾张，同时也在无形之中，再次确立了张汲水头把子的地位，空前地提升了他的权威。日头西斜，在稍纵即逝的暖阳下，张汲水突然有了翻身的喜悦，一种当家做主的迫切愿望，又让他恍惚觉得，不能就这么随便过去，适当地耍一耍，杀个鸡，给猴看，权力就会硬棒一点，自己也才能格外享受到这种出人头地的快感。游击的目光瞥望过去，瞭见苏巴什和北疆的死士们拔长了脖颈子，肩胛紧锁，保持着听令的样子，一个个乖顺极了，仿佛被拔了毛的公鸡，威风不再。这一刻，游击的内里潮起了一股伤感的汁水，酸楚不已。想当年，就因为自己这一门人出身寒微，地位低下，凭力气吃饭，所以被大姑爹父子俩排除在了救孤团之外，名义上是外围人员，属于策应，但根本上无人过问与体恤，放个屁也不响。不蒸馒头了，就争口气。张汲水也算是一介狠汉子，偏就不信这个邪，后来停止了自己在北疆一线保商护团的不错生涯，匹马单枪，飘然南下，独自闯入了祁连山下的这一片绿洲，顺利地将个人的户头，挂在了武威城外的承平堡，开始辅佐少东主顾山农，并有了现如今的这一良好局面。于是乎，张汲水在举手投足之间，不免有些骄矜与狂妄，这未必就是旧习不改，很可能只是为了一刹那的得意，炫耀才是翻身之后的第一曲目。

岂料，在这个兴奋点上，游击却碰见了真正的硬茬子，干脆不买他的账。

后排的队列中，有两个呆货正在咬耳朵，全然无视头把子的尊严。张汲水冲上前去，三七不问，逐个赏了一记耳光，打得他们蹲在地上，连连下话，鼻血也淌了下来。呔，驴日的们，承平堡是干事的坛场，可不是卖嘴的街巷！谁要是再敢乱嚼牙茬，拉老婆舌，老子绝对要除掉他的户头，赶出堡子，去外面要饭吃吧。游击骂毕了，仍不解恨，当即颁出了两张惩牌，一家一张，待发薪时再扣除也不迟。旁侧里，一个碎鬼不停地吸溜着鼻涕，鼻涕黄得就像两棒子屎，几乎挂在了下巴上。张汲水倒也客气，摸出来一块手巾，捏住了对方的鼻头，催他赶紧擤一擤，别丢人现眼了。拾掇完了，张汲水忽然讥笑说：你个卖沟子的，就算你想卖沟子，那你至少也得把自己的那两瓣屁股涮一下，洗干净了，再扑上一点香粉吧？喏，这个脏手巾送给你，洗一洗再用，你可要记住，咱们端的是少东主赐下的饭碗，绝不能丢了承平堡的面子，老子只说这一遍。

一扭头，张汲水再次火冒三丈，因为他发现了异常，断喝道：你个侏儒鬼，你把爪子伸出来，让老子亲自瞧瞧。对方磨蹭着，两手缩在了袖筒中，开始发抖。游击从腰间摸出来一把金斧头，舌头舔了舔斧刃，吓唬说：呵呵，你不掏也可以，等我卸下了你的这条胳膊，那可就晚了，十三省的大夫也接不上断骨，将来你只能单膀子飞了。侏儒颤栗着，两只手探出了袖筒，被张汲水突地捉住了，仔细查看了一番，惊喊说：妖怪呀，原先你是个妖怪！日你妈的，你是怎么混进承平堡的？众人围观过来，但见那一双手诡异极了，十指之间被一层皮膜粘连着，冻疮累累，皲裂的伤口上血丝呼啦的。呔，你叫个啥么？你给老子报一声你的户头？游击追问道。侏儒耷拉着眼皮，回复说：我原本野鸡无名，草鞋无号，但人家非要喊我阿骨里，那我就叫阿骨里吧。游击被这种滑稽的答案惹笑了，又问说：你来堡子里吃饭，那你的保人是谁呀？阿骨里道：哼，除了惊白那个小贼娃子，还能有谁呀？他给我起这个名字的时候，我差一点撕烂他的嘴。闻听此话，张汲水猛地怔住了，慌忙将金斧头别在了腰后，怒斥道：你个驴日下的，这小少爷的大名也是你能喊的么？我可警告你，别让我听见下一回，否则我发誓剁掉你的这一双鸭爪子。话虽这讲，但游击的心里其实已经松动了，因为这个半脸汉乃是少主子绍介的，连名字也是惊白亲口赐下的，他作为北疆救孤团的秘密一员，自然不敢异议，更不能细究了。

可是，按下了葫芦，浮起了瓢，张汲水本以为这件事就过去了，不再声张，日后再调查也不迟，却没想到斜刺里杀出来了一个人，突然发难道：这位兄台，你方才的言行，就好比坐在垃圾堆上给苍蝇断案一样，真是于事无补，毫无益处。俗话说良言一句三冬暖，恶语伤人六月寒，你开口闭口的，除了恫吓与威胁外，讲的全是裤裆里的脏话，看来承平堡的面子虽然锦绣而华丽，但里子却龌龊不堪，糟糕透顶了。仿佛被扎了一锥子，张汲水顿感自己的这一具皮囊开始漏气了，颜面扫地，眼珠子一瞪：咘，你又是哪里来的一碟子狗肉，怎么上了我的席面？对方干净而瘦削，款然道：本人脱可木，曾经跟惊白一起投师就读，在弘毅乡学里同窗了几年，后来又一起辍学，也是因为姐姐达云发心善良，抬爱不少，安排我在承平堡里做事，结果目睹了你刚才的这一折子戏，实在是不敢苟同呀。锤子，都是日破天的角色，全是有来头的主子，张汲水不敢细想，冲上前去，攀住了脱可木的肩胛，哀告道：秀才，好我的秀才，我嘴里的那点粪，我留下自己吃，可千万别动了你的真气，你划不来跟我一个粗人计较。脱可木并不打算罢休，肃穆地说：孔夫子有言，质胜文则野，文胜质则史，文质彬彬，然后君子。我以为承平堡应该是这样一座带有君子之风的凉州城池，开风气之先，切不可流俗，将来变成一个充斥着钱庄和势利的旱码头。张汲水豁然而笑，做出了一记礼让的手势，相邀说：秀才，咱们现在就去东面的校场，我给你看一出精彩的大戏吧。脱可木挽住了阿骨里，相率而走，一点也不惧怕。随即，游击掏出来一只皮哨子，叼在嘴上，刺耳地吹响了，吼喊道：

伙计们，开拔喽，现在去校场上拔筋、直腰、迈大步，练练你们的胆量和威风吧。

说是校场，其实不过是堡子东墙外的那一块平地，有四五亩左右的规模，隔着一排阔大的槐柳，毗邻着附近的条田块地，可以隐约瞧见远处朱家嘴子的轮廓。前一阵子，趁着军部派来的工兵连替承平堡筑路，张汲水也是心血来潮，率着护卫班铲除了这里的烂泥，铺设了半尺厚的三合土，打夯打了三天，终于整饬成了一块平整的桌面，还模仿新城大营的喊法，美其名曰校场。校场呈长方形，边角上栽着一杆杆牙旗，象征性地拴了一根长绳，南北入口处分别矗立着两块号牌，内容一致：堡子专用，禁绝生人；一旦不测，死生自负。张汲水更是开动了脑筋，搜遍了整个城隍庙与大小集市，陆续买来了石锁、石磙子、石磨和石盘，再另外采购了一批刀枪剑戟、斧钺钩叉之类的兵器，悬在了墙体上，猪血色的缨穗猎猎飞扬，俨然开了一家超级武馆似的。校场中央，单独架设了一座高台，一面硕大的牛皮鼓挂在天地之间，一俟擂响，那种斩将夺旗、狂燎烈焰般的声音，简直可以拳打祁连山南北，脚踢石羊河两岸，一时间轰动了四乡八镇，万人争睹。这个季节上，冰雪封冻，道路坚实，正是北疆的运输贸易最为红火的一段，护卫队派出去的保商人员，平均占到了七成左右，而滞留在堡子里的这一部分人，要么刚刚回来，正处于休整的状态，要么就是一些滑头和奸贼，既不出工，也懒得出力。张汲水的眼睛里可揉不得一粒沙子，看不惯他们睡懒觉、斗酒、掀牛九、扯是非，于是借鉴了国民革命军的正规手段，一鞭子轰了出来，带领大家开始出操，野蛮体魄，锤炼筋骨。不承想，这反而赢得了众人的拥戴，整个队伍面目为之一变。拔筋、直腰、迈大步、掰腕子、甩石锁、扛石磨、举石盘、摔跤、放骆驼、斗鸡……这些诡谲而古怪的叫法，大多是张汲水临时起意，胡乱诌出来的，却也充满了乡野生趣，每一回都能让校场上笑声不断，沸腾连连。

此刻，游击拽开步伐，率着众人，绕过承平堡的北门，三三两两地站在了冬日的校场上，各自脱掉臃肿的外套，活动着腕子和腿脚，调整呼吸，热身了起来。脱可木和阿骨里不解详情，悻悻地站着，似乎这一切都与己无关。张汲水跑了过来，二话不说，径自将脱可木的一条腿抱住，架在了一盘石磨上，催促他赶紧弯腰：快，快拔筋，把腿上的筋拔开，不要伤着了秀才你。见对方好意，收敛了先时的嚣张气焰，脱可木当即就坡下驴，动弹了起来，阿骨里也不肯闲着，开始有样学样。拔完了筋，张汲水正要辅导大家直腰，却瞭见一个丫鬟站在城墙根下，拼命地向他招手，火急火燎的样子，于是发足奔了过去。

前头的那个贴身丫鬟丸子嫁人以后，这一个则是达云千挑万选出来的，长相出众，浓眉大眼，尤其是那一双油亮的黑辫子十分惹眼。丫鬟名叫叶小梳，哈了哈手，从袄子下取出来一册簿子，递给了游击。哎呀，大小姐的懿旨来了，我得擦擦手，张汲水一边玩笑，一边从城墙砖缝里刨下来一大把积雪，搓洗完了手心手背，这才接住了那本簿子。簿子上罗列着护卫班新近录用的名单，除了姓名、籍贯与年纪外，还专门填写了每个人的一技之长，供当家人参阅。张汲水快速地翻阅着，悬在心里很久的一块石头终于落了地，因为他发现来自北疆救孤团的那几名死士，均已被达云画了圈，正式录用了，成了承平堡的一员，也就是他本人的属下。不错，这一切都掐算得天衣无缝，有了女少主圈定的这最后一道手续，即便顾山农返回了凉州，想必也不会推倒重来，再亲自去面试一遭的。张汲水压抑着激动，内里一遍遍地呼号说：天老爷，你仁义，你慈悲，你全美了北疆人的念想，如今有了这一道篱笆，严密地扎在了少主子的身边，有了这一群生死伴当，日夜拱卫在惊白的左右，哪怕凉州全境天塌地陷，恶匪盈野，战火不断，至少这些骨肉抱在了一起，再也不可能分开了。叶小梳见对方有点出神，抬腿踢了一脚，相告说：喂，这名册里头有一个人被大小姐勾掉了，不能录用，更不能当你的使娃子。谁？他叫个啥么？张汲水蘸着唾沫，翻到了最末一页，找见了脱可木这个名字，果然被女少主的朱笔抹去了。叶小梳道：大小姐有话，说这个人不是下苦的料子，他的书念得特别好，又跟惊白知根知底，亲如兄弟，所以不能委屈了他，干脆单独挑了出来，另外安排一个去处吧。张汲水也乐于成人之美，点头说：听大小姐的，我也觉得这个少年人确实不错，秀才一个，嘴里文绉绉的；他刚才还给我上了一堂课，可惜我太笨，没能听懂孔夫子的那句话。叶小梳因笑道：那当然，就是因为他的身上有斯文之气，大小姐才打算让他去角院里，一方面给惊白做伴，另一方面还可以继续念书，不要耽误了前程。此话一出，张汲水的脑子里嗡的一声，诘问道：你说啥，让他去角院里伴读，粘在惊白的身上？瞧见叶小梳频频点头，张汲水感觉刚刚扎好的那一道篱笆，突然被戳开了几个窟窿，惆怅就像一疙瘩乱麻，再次揣在了他的心头。

喏，你往上瞅瞅，你别那么鸡皮蛙脸的，好像别人该了你一年的工钱。叶小梳毫无城府，指了指堡子上方，嘻然道。借着广漠的天光，游击仰首一望，却见在锯齿形的城堞上，出现了达云的身影，孤单，萧索，寒凉，令人心生不忍。他当即就发了火：呸，你个该死的小蹄子，我咒你将来嫁不出去！风这么大，天这么冷，你把大小姐扔在城墙上干啥？她的身子骨那么弱，瘦得就像一只鸡娃，你赶紧上去吧，劝大小姐回屋子里烤火，小心我撕了你的嘴。叶小梳并不胆怯，牙齿很硬地说：哎呀，这怨怪不了我，小少爷跟着朱先生跑出去背书了，现在还不见回来，难免让人担心。惊白是女主子的命根子，凉州人全都知道，莫非你脑子瓜了，明知故问么？天呐，日头明晃晃的，北疆人的十几只眼睛始终在盯着角院，惊白却溜了，连个风吹草动，连一声咳嗽也没听见。张汲水的内里昏黑一片，再次觉得那一道篱笆墙上，布满了大窟窿，他自己失职了，真是罪该万死。叶小梳送完了名册簿子，话也转达了，脚一跺，震落了浑身的寒气，拔腿欲走。张汲水忽然灵光乍现，感觉主子太远，但丫鬟太近，世上的小鬼们最是难缠，不如化敌为友，将这个小蹄子争取过来，为己所用。这么着，张汲水涎着脸说：唉，我这辈子命苦，一直想要个小姑姑，但是天老爷不肯成全，刚才我眼睛里一亮，觉得菩萨下了凡，你最适合不过，你干脆就收了我这个老侄儿吧？叶小梳立时喷笑，手一伸，玩笑道：呵呵，这个便宜我占了，我白得了一个侄娃子，磕头就算了，但见面礼不能免除，你总不会干指头蘸盐吧？张汲水哈了哈腰，恭敬地说：小姑姑，城里的胭脂铺子都是你的，布料庄的大门也是为你开的，你想扯几身料子，随你的心情，老侄儿绝无二话，早晚听你的吩咐就是了。这一霎，张汲水忽然计出别门，一种强烈的冲动涌集而来，急迫地说：另外，你赶紧上去告诉大小姐，请她驻足片刻，我这里有一台大戏，准保能让你们乐呵乐呵，暖一暖金贵的身子骨，别给冻坏了。

叶小梳衔命走后，张汲水不敢怠慢，掏出了皮哨子，刺里哇啦地吹响了，三长一短，这是列队的信号。其实，校场上的伴当们也早有察觉，瞭见那一位身穿棉袍的年轻妇人，正站在城堞上咳嗽不断，咳得让人心碎，让人不忍抬头。这一套演练的方式，也是游击从新城大营偷来的，包括校场这个名字，虽然比不上国民革命军的规模，但已经初具气势，俨然是一座凉州民团的演武场所。拔完筋，热了身，队员们仿佛一下子醒来了，跃跃欲试，口中喷吐着白练似的热气，拳头里也能攥出汗水来。张汲水见列队完毕，两排人马肩挨肩，腿并腿，下巴纷纷上扬着，整齐得就像一根墨斗绳画下的，不由得心中大悦。张汲水回望了一眼西天，光线刺眼，城堞上有一团晃动的人影，虽然看不清晰，但他知道那就是达云，承平堡的女少主，顾山农的枕边人。这么着，张汲水整理完声嗓，开始训话：姑舅们，儿子娃娃们，端谁的碗，唱谁的歌，这是牲口也能明白的道理，更是做人的秤砣，良心上的尺码。现在大小姐就在城墙上站着，瞅着咱们呢，机会难得，众位听我的哨子，开始迈大步，喊口号。

言毕，游击的皮哨子再次吹响了，突然更换了一种风格，变得温婉而悠长。

一，二，一，张汲水把守在队伍的尽头，一边喊话，一边吹哨子，显得从容不迫，局面尽在他的掌握之中。这些凉州的生猛子弟，这些舞枪弄棒的年轻后生，这些不安分的儿子娃娃，这些在说书楼上听惯了《三侠五义》和《杨家将》的少年人，此刻异常血勇，双目有神，拳脚挥动之间，仿佛可以戳破天，踏破地，三山五岳为之让路，五湖四海礼让三先。在哨声的引领下，护卫队员们来回折返，走了整整三趟，筋骨终于松活了，脑袋开始冒热气了，脊背上淌汗了，豹子般的喉咙也陆续张开了，该到了呼号与呐喊的时刻。张汲水掂出了火候，料定这是最为精彩的一瞬，于是扯开了声嗓，率先吼喊道：

天凭日月，人凭心，

秤杆凭的定盘星；
佛凭香火，官凭印，
江山凭的是忠义。

伴当们也是急不可耐，张汲水吼罢一句，他们也跟着呱喊一句，声震四野，气势威猛，跺下去的每一步，仿佛都能让凉州大地抖上三抖，从此记住他们的名字。在激情滚沸的这一刻，张汲水跑到了校场中央，跳上高台，抄起两根鼓槌，擂响了那一面牛皮大鼓。鼓声播撒着，飘飞着，引来了附近庄子里的大人娃娃们，有的蹲上了槐柳树，有的骑在肩膀上，谁也不肯错过这一幕大戏。张汲水擂下的每一槌都很实在，充满了节奏感，并且在心里央告说：大小姐，这些鼓点子都是送给你的，感谢你这一位在世的菩萨，又当姐，又做娘，含辛茹苦地将惊白拉扯到这么大，庇护得如此之好，替咱们北疆人留下了最后一份骨血。恓惶开始了，好像内里当中的一块疮疤被戳烂了，脓血漫流，视线也渐渐地模糊不堪。张汲水恳切地说：女少主，你的这一场恩义，就像凉州头顶上的日头，照得这个人世上暖意洋洋的，但是你该歇缓一下了，你也该操心自己的身子骨了，因为北疆救孤团已经到来，如今要接手你的担子，将惊白继续服侍下去，让他尽快长大，成为未来真正的主子。叨念完了，张汲水抬起胳膊，擦掉了颊脸上的泪水，这才发现城墙上杳无一人，达云和叶小梳不见了。

哦，风太大，上面也着实太冷了，大小姐回去就好，游击如此安慰道。

这个关节上，一匹黑马喷着响鼻，甩着长鬃，出现在了校场边上。立时，人们的目光被这匹黑马吸引了过去，嘴里啧啧不断，大为惊奇。天呐，这或许就是传说中的凉州大马吧，头颅像一只龙首，优美的背脊，仿佛祁连山顶的一道缓坡，四根长腿犹如柱梁一般，戳在了天地之间，而脖颈子上的那些长鬃，飘拂在罡风之中，就像一丛黑色的火焰，纷飞不息。人们最为吃惊的，却是在积攒了一整个冬天的冰雪背景下，在远天近地的浑白一色中，这匹马竟然没有一根杂毛，沉静，坚实，清高，容仪丰伟，不是精炭，却胜似一尊巨鼎。然而，令人生疑的是这匹黑马的四个蹄子上，仔细包扎着一块块麻布，绑了束绳。难道它贵为主子，下人们唯恐它踩到了烂泥，生怕它滑倒，才这么精心打理的么？带着这些迷惑，凉州看客们将目光瞥开，投向了牵马引路的那个家伙，大家也再次活跃起来，拥向了校场中央。

站在高台上，游击眺望了一眼闯入者，心里咯噔一声，便预感到自己的宿命来了，现在来索账了。稠人广众之下，张汲水自然不肯示弱，握住两根鼓槌，趑下了台子，挺起胸膛，等待着对方前来交涉。

其实，这个唐突之人的身份并不难猜解，护卫队的伴当们见状，立刻解散了，火急火燎地围拢过来，簇拥在了张汲水的身畔。大家举目望去，待对方渐渐走近后，这才看清了那一件属于军部的制式皮衣，包括他脚上革命军的牛皮靴子。但是，这个贼头戴一顶夸张的皮帽子，耳翅子也系在下巴上，遮住了整张鼻脸，竟也不知道他是何方神圣。不一时，对方终于站在了高台下，摘掉手套，将缰绳拴在了木架子上，又出言温和，邀请旁边的护卫们过来帮忙。队员们无人搭理，但是张汲水意外地松了口，便有人响应起来，纷纷拢上前去。原来，黑马的另一侧挂着一只斑斓的木箱，木箱的边角上包裹着皮革，合页与提手乃是黄铜质地的，箱盖上嵌有一颗颗明钉，烁闪光亮，勾勒出一副繁花盛开的样子，奢华且精美。黑马确实太高大了，箱子一时间难以卸下来，便有人站在高台上搭手，将其慢慢地移开，安放在了牛皮鼓的下方。此刻，这只木箱所带来的全部惊骇，不啻于一声旱天里的干雷，就在伴当和看客们纷纷鹅立、表情不解之际，这个陌生人打开锁扣，揭起了箱盖，箱子里突然跑出来一束稀罕的白光，令大家讶叫不已。

银鞍子。

的确，这是一副老旧的马鞍，蒙皮是牛革，稍有皲裂，幸好被膏上了一层油脂，所以在陈旧当中，泛滥出一种深沉的古铜色。鞍桥四周，钉了一圈银钉子，大小如成年人的指头蛋，密密麻麻的。实际上，这只鞍子最为奢侈的，乃是它的整个框架和前后桥一带的半月状把手，均是老银子打制的，镶刻着一幅幅云水图案，不那么刺目，但蕴含的光泽却是年深日久，被人世上的光阴一遍遍淘洗出来的。马鞍的两翼，垂挂着一些挽带，挽带是阴阳打结之法，掐金丝，走银线，尾部曳带着一根根流苏，果然也是一件无价之宝。

百千年来，在祁连山下的四郡两关之间，尤其是在凉州境内，一直流传着一首歌诀：天马出，麦子熟；天马出，河西固；天马出，圣人住……而在关于天马的种种奇闻逸事当中，又以金银双鞍的传说最为盛行，于是便有了金班超、银玄奘之论，意思是在他们踏上漫漫西路的过程中，座下的鞍鞯一只是纯金打造的，另一只则是纯银锻制的，煊赫异常。列位，只因笔墨有限，事情危急，此处暂且按下不表。

这个陌生人并不客气，磕掉了靴子上的泥浆，扶住栏杆，站在了高台上。他回首望去，仔细地瞭看了一眼承平堡，喉咙里发出了一种古怪的声音。俯下身，他从箱子里搬出来那只银鞍子，嘘的一声，待黑马靠近后，呼哧一下，将其架在了马脊上。接着，他跳下了台子，钻在马腹下，拽住左右两侧的挽带，各自打上了阴阳结，这是最保险的一种绑扎。一匹黑缎子似的天马，本来就足以让人咂舌了，再加上这一副银鞍子，众人更是够呛，现在又有了这个家伙迅若闪电、行云流水的一套把戏，护卫队的伴当们简直错愕万分，竟不知对方的葫芦里卖的是什么药，于是簇拥得更紧密了。张汲水的惊奇并不在这三样，虽然黑马和银鞍子也是他平生仅见，但游击的不解之处却在于，这个家伙根本不像是来专程挑衅的，方才的那一幕凌厉之举，也丝毫没有炫耀的成分，不过是一介骑手身法娴熟罢了。

这么着，张汲水朗笑道：呵呵，古有杨志卖刀，今有仁兄贩马，但好像你走错了地方，这里并不是牲口集市，而是承平堡的地盘呀。对方抱拳一揖，答复说：那就对了，我专门来给承平堡赠马的；这样一匹天马神骏，你何曾在市场上见过，真是有眼无珠罢了。张汲水被呛了回去，不甘地说：哼，人世上有四件事最难，钱难挣，屎难吃，向婊子买牌坊最难，问皇上借马难上加难；这一匹马固然不赖，说它是玉皇大帝的胯下坐骑也毫不为过，但要让我相信你是来赠马的，除非我是个吃屎的娃娃。回见吧，仁兄你一路安生。对方也是经见过世面的主子，并不气恼，兀自笑说：嗯，不怕红脸的关公，就怕抿嘴的菩萨，你这个退了槽的游击果然是直性子，一怕我开方子，二怕吃了我的仙丹，上了我的贼船，第三怕我的礼当皮太厚，吃了半天，你咬不住什么肉馅吧？身份被识破了，就像浑身的衣裳被扒光了似的，张汲水一时尴尬，口气也和缓了下来：岂敢，猪往前拱，鸡往后刨，像我们这些下苦人，一辈子就是在土里刨食吃的，哪里还敢嫌弃什么皮厚皮薄呀。对方踱了过来，沉静地说：我知道你们的规矩，借米不借柴，借衣不借鞋，借刀不借马，但我这一趟并不是来赚利息的，我是专门来求和的。闻听此话，张汲水心下大骇，这完全是一套北疆地带的黑话，游击、驼夫与马户内部的术语，竟不知这名闯入者是如何知晓的。稳静了片刻，张汲水盯视着对方脚上那一双漂亮的牛皮靴子，抱拳道：军爷，咱们开门见山，你干脆道个蔓儿吧？

对方依言，用牙齿咬住指尖，摘掉了手套，又解开颔下的扣子，打开耳翅子，将皮帽子抹了下来，相告道：在下马乙麻。张汲水断定这个人是鬼，却不承想，他竟是鬼中的阎王，突然间觉得裤裆里一冷，男人的家什也缩作一团：哎哟，果然是新城大营里来的军爷，贵客上门，我真是太失礼了。马乙麻道：免了，你不认识我，但我却相当熟悉你这个贼游击。我知道这几个月里，你其实一直就在凉州境内，但不知道你躲藏在哪一座庄子里；我甚至知道你就在武威城内，可也搞不清你究竟潜伏在哪一条巷道中，这是实话。张汲水的面庞撒开了，迎向了北方，恨不得让罡风打脸，浇下一桶子冰块，再让自己的颊脸迅速冷却下来：阁下这是嘴上念佛，心中咥人，我根本就没有病，你又何必来号我的脉，升我的血压，给我开吃药的方子呢？马乙麻蔑笑道：俗话说，内科难治喘，外科难治癣，你切莫以为浑身各处不痒了，就觉得自己现在披上了一件清白的袈裟；你一定要记住，你的手终究是你的，就算它得了麻风病。此乃游击的隐痛，想当初他背着一卷生牛皮，一路跟跄地南下时，恰是被一种罕见的癣疥捉住了，到了濒死的地步，但如此不堪的机密，此刻就像一捧雪那样化了，化在了眼前，这难免让他色飞骨惊，方寸大乱。马乙麻不肯歇气，更是下坡里追乏兔，嘲讽地说：另外，一个人为了洗脱杀人的罪名，宁可用匕首将自己的五官划花了，毁容了，这种赔本的买卖简直是丧心病狂，我做不出来，一般人也不敢这样下手，除了当事人为表决心，为了博得主子的欢喜与信任。这时候，张汲水下意识地摸了摸颊脸，感觉罡风送来的并不是什么冰块，而是一大锅开水，自己的全部表情登时滚沸了，一下子溢了出来。

俄顷，张汲水的思绪，方从恍惚与郁闷中摆脱了出来，仰天一叹：唉，天真冷呀，凉州就像是一座冰窖，把什么都冻住了，连一只土雀子也瞭不见。马乙麻也抬头，附和道：的确，这个冬天太冷了，人间浮世都被冻僵了，可有一样除外。除了什么？你说说看，哪一样没被冻住？追问道。马乙麻笃定地说：人心，因为人心是冻不住的；只要热身子还在，只要还有一口气，只要揣上一个念想，那就绝不会服输。话里有话，张汲水苦笑了起来：阁下，你是高人，我不过是一个退了槽的保商游击，你这个话我不懂。马乙麻盯望着城墙上的角楼，仔细道：是这，去年重阳节的那天，我在城里的几个桩子遇袭，双方都折了人马，也就是在那个前后，军部特务组的三名干员遭到了暗算，两死一伤，所以我掌握了大致的线索，尽管现在手头没有证据。趁着对方仰首问天的工夫，张汲水的手按在了腰后，抓住了斧柄，却在不经意之间，瞥见了人群当中的北疆伴当们，苏巴什在摇头，在递眼色，嘴皮子在动，张汲水似乎听懂了，那意思是说少安毋躁，小不忍则乱大谋，等等吧，再等等吧。长官，我听你的口气不大对劲，你方才说自己是来赠马的，可颠来倒去，你却像一个捕快，莫非是来校场上抓贼的？张汲水的手仍旧握住了斧柄，不敢大意，暗自思忖说，这个特务头子一定发现了什么，就像狐狼嗅见了血迹一样，他多半是不肯罢休的。带着不祥的预感，张汲水将脑袋歪向了另一侧，露出了颈项上的血管，拼命告诫自己说，一旦对方翻脸动手的话，务必要在第一时间自杀，率先抹了这个脖子，争取一刀毙命。唯有如此，线索才能就此中断，北疆的救孤团也就可以继续潜伏下去，再图大业。死志已决，张汲水忽然轻松了不少，背后的金斧头也渐渐地充满了力量，等待着生死一搏的时刻。岂料，马乙麻从天空中收回了目光，突然一拳，捶在了游击的腔子上，因笑说：

"对呀，我根本不是来办案的。只可惜我有心赠马，却无人牵绳。"

"你是说少东主么?"

趔趄了一下,游击腰后的金斧头迅速归位。

"不错,我跟顾山农已经约好了,下半天在此碰面。他一向是守时的君子,也不清楚为了啥,现在还不肯露面。"马乙麻掏出一块怀表,瞄了瞄,讥诮道,"刚才过来时,这里人山人海的,我还当承平堡替我扎了旗门,请了锣鼓班子,准备狮子耍绣球呐。"

"但是,少东主并不在堡子里,他在兰州城,所以谈不上怠慢了阁下。"

"不,他已经回来了,他就在海藏寺闭关。"

话音未落,靠近槐柳一侧的人群豁然分开了,让出来一条孔道,原来是惊白狂奔着,呱喊着,闯进了校场。原本以为这里上演了一台热闹的大戏,待驻足一瞧,惊白登时钉在了地上,面色一黑,赳赳然地怒视着马乙麻,大有仇人相见、分外眼红的架势。或许,马乙麻杀过太多的人,手上有无数个冤死鬼,对这个少年人的敌意并无察觉,但是当他闻听旁侧里的游击喊了一声小少爷之后,突然忆想起了去年秋天北郊外的那一幕,不由得警觉了起来。变起仓促,张汲水有点慌乱,一边喊着小少爷,一边抢上前去,抓住了惊白的胳膊,生怕他无事生非。惊白就像一只愤怒的气囊,越来越鼓,越来越胀,几乎快要爆炸了似的。张汲水交了底,悄声道:惊白,你不可乱来,伸手不打上门人,人家是来给承平堡赠马的,正在等少东主见面,你快回堡子里去,大小姐刚才还在城头上盼你呐。惊白切齿地问:赠马?赠什么马,他恐怕又在拨算盘珠子吧?张汲水努了努嘴,示意着不远处,劝慰道:你仔细瞅瞅,那一匹黑马多结实呀,简直就像龙驹神兽一般;等叼了空,我把本事全部教给你,你可别小瞧我,在整个北疆,没有人比我的骑术更好,我就是天老爷派下来的弼马温。惊白的表情松开了,从肩膀上取下朱先生的那只布口袋,摸出来一本书,诡笑说:没事的,我考他几个问题,既然是来赠马的,想必他也能对答如流。

马乙麻弯下腰,刚打算用脏手套去擦靴子上的泥浆时,瞭见惊白踱了过来,毫无恶意,赶紧直起了身子。比起去秋,眼前的这名少年长高了,胖了,筋骨了,山根下敷着一层细细的茸毛,还谈不上是胡子。在马乙麻看来,惊白的这份得意之色,多半来自他手中的书本,一方面像个教书先生,另一方面又像傲慢的小公鸡,难免会啄人。靠近后,惊白虚上一礼,清了清声嗓,率先开了腔:

"阁下,你认得我哥么?"

马乙麻颔首:"当然了,我此番就是来拜访少东主的,我正在等他。"

"不,你误会了,我说的不是少东主顾山农,我指的是另外一个。"盯望着对方无知的表情,惊白在心里失笑了起来,故弄玄虚地说,"喏,我还有一位兄长,大名叫李白,叫李太白也行。他可是天下第一,文武双全,上马击狂胡,下马草军书,样样都在行。"

"公子,鄙人身在军营,不过是一介武夫,并不认识你这位姓李的尊兄。"

逊然道。

"呵呵,原来如此,那你就更不会背诵这一首李白哥哥的诗词了,趁着我现在心情不错,我来给你传道授业,讲一讲《侠客行》吧。"炫耀至此,惊白将书本塞入布口袋,并不曾挎在肩上,两只手紧紧地攥住了提绳,寻觅着机会,但颊脸上仍旧堆满了笑,一口气念光了,"赵客缦胡缨,吴钩霜雪明;银鞍照白马,飒沓如流星。十步杀一人,千里不留行;事了拂衣去,深藏身与名……"

马乙麻开始鼓掌,赞许道:"小少爷真是好记性,不愧是权门的少公子呀。"

"可是,照着我李白哥哥的脾气,今个天就是阁下的唐突和无礼了。"云遮雾绕的,此刻终于露出了真章,惊白也好歹觅见了一个借口,一个发难的机会,又怎肯错失呢?这么着,惊白肃静下来,款然道:"长官既然是来赠马的,却如此草率,实在是不应该呀。"

"咦,这有啥不妥么,公子不妨指教?"

一时不解。

"好吧,那你再来听一遍。我哥哥李白说过,银鞍照白马,飒沓如流星。这个意思再清楚不过了,黑是黑,白是白,人世上的道理总归是黑白分明,恩仇两清,一点也不可马虎。"惊白一边卖嘴,一边将浑身的力气灌注在了臂膀上,又接续说,"你看你,你可太大意了,你既然是来赠马的,送了一匹黑马,却配了一只银鞍子,你如果当初想送一只银鞍子,也就不该牵来一匹黑马,这恐怕要让我哥哥李白难为死了,他又不能推倒重写。"

"公子,你简直把我搞糊涂了,你究竟想说个啥么?"

马乙麻吃力地问。

"那你过来,我悄悄告诉你。"

惊白招了招手,示意对方趋前,似乎接下来的话重大而机密,关乎这一日的核心。饶是像马乙麻这样叱咤多年、横行河西一带的特务头子,竟也不知其中有诈,他俯身而来,将耳朵贴在了惊白的面前。惊白的嘴巴靠拢上去,发现对方的耳眼中探出了几根黑毛,遂吹了一口气,廓开了道路,清晰地说:呔!一报还一报,这是去年的仇恨,你上当了。言毕,惊白一个蹦子闪开后,将手中的那只布口袋,准确地甩向了对方的面门,一击而中。马乙麻惨叫一声,抱住脑袋,接着像一根椽子似的,慢慢地歪倒在了校场当中。

布袋子破了,里头的书本、墨笔和熟鸡蛋撒了一地,另有一些胡笳的残损零件。要命的是一块卵石赫然在列,大概有一只拳头那么大。

胡笳六十九节

马乙麻竟不知道，就在他陷入昏厥的那一刻，顾山农大张旗鼓地回来了。

作为一名特务头子，一介少校军官，他不迟钝，他也不是窝囊，他曾经九死一生，无数次地从刀丛火海中活了出来，从枪林弹雨里捡回了这条命，斩关落锁，累累功名之后，这才获得了如今的地位，在整个新城大营里，犹如鸡中之鹤一般，无人能及。况且，马乙麻的为人一向是绝情辣手，睚眦必报，哪怕是一桩再小的恩仇，也绝不过夜，现世现报。但是，这一次彻底失手了，完全没防住，他败在了一个少年人的跟前，一位读书郎的手中，愧疚、悔恨与丢人现眼涌集而至，仿佛心中出现了一只酸菜缸，在慢慢地发酵。事实上，待马乙麻苏醒过来，发现自己正躺在那座牛皮鼓的高台上，身下铺了一层毡毯，身上盖着一件老皮袄，热汗蒸腾，他忽然决定闭上双目，继续瞌睡装死下去，把这件事仔细地捋上一捋。

第一次遇袭，也就是惊白使诈，将手中的布口袋甩将而来的那一霎，马乙麻并未在意，也不打算躲闪，猜想那不过是一个棉布书包，大不了就是替老虎挠痒痒罢了。另一个，少年人都是记仇的，不记仇的人一定枉为少年，惊白在动手之前的那一席话凿凿有据，分明还怀恨在心，至今也不曾忘掉去年秋天的那一桩枪杀事件，那一幕公开的羞辱。马乙麻还秘密获知，自那以后，这个小少爷的一只耳朵聋掉了，倘若他不反扑，他不咬人，那还算是一个儿子娃娃么？但是，意外发生了，当布口袋袭上颊面时，马乙麻突然觉得自己的颧骨碎了，眼珠子炸了，喉咙里惨叫一声，摔倒在了地上。

毕竟是行伍出身，一等一的练家子，马乙麻暗中运气，筋脉偾张，迅速摆脱了疼痛，一个鹞子翻身，重新站在了校场中央，并且矬下身子，扎起了守势，护住了各个要害部位。脑子里嗡嗡嗡的，视线也是模糊不堪，但马乙麻很快发现自己被撇在了一旁，势孤力蹙，而承平堡的护卫们犹如一堵山墙，齐刷刷地矗立于眼前，彼此对峙了起来。惊白得手了，抢先占据了上风头，余勇可贾，一边跳脚大骂，一边扑身而来，不罢不休。然而，这名少年人的嚣张与狂躁，在这个寒寂且诡谲的下午，只能算得上一丛小小的明火，一口气就能吹灭，肯定不会火烧连营，玉石俱焚。马乙麻告诫自己，真正可怕的其实是暗火，瞧瞧吧，对面那些黝黑而壮实的汉子，仿佛三十六天罡，又好似七十二地煞，他们一旦燎原起来的话，整个军部也将无计可施。

果然，这样的猜测应验了。

惊白飞扑过来的时候，脚下一滑，眼看着就是一个狗啃泥，却不承想，张汲水从斜刺里杀将出来，整个肉身子垫在了地上，脊梁一拱，将少主子完美地托住了，毫发无伤。说时迟，那时快，承平堡的人墙突然松动了，五六条影子快如箭矢，飞射而出，一眨眼的工夫，便将惊白团团围住，遮护在了各自的身后，仿佛一道密不透风的屏障，简直无懈可击。马乙麻吃惊不少，拳头里攥出了大把的汗水，单从这些人的身形手法上判断，第一，他们不是来自大大小小的凉州武馆，不是那种花拳绣腿、指屁吹灯的样子货；其二，他们也绝不是枭匪散勇，如今从良了，归正了，在承平堡里端上了一碗安生饭，从此替主子看家护院，统统不是。凭着一种猎人般的嗅觉，马乙麻当即断定，顾山农麾下的这一干人马背景复杂，来头不小，自己绝不能小觑。的确，这个特务头子猜得没错，恰是以苏巴什为首的北疆救孤团的死士们，于生死一线之际，訇然而出，犹如一扇人肉的屏风，迅速罩住了少主子，哪怕他们自己的热身子被千刀万剐，被碎尸万段，至少也全美了长久以来的心愿。就在这个下半天，重大而致命的分野清晰地出现了，因为马乙麻只发现了草莽与勇毅，瞭见了这一帮乌合之众的狂热，但是真正的忠义与果敢，依旧像一部沉静且庞大的根系，埋在了祁连山下这一块积雪的凉州大地上，不为人识。当然，这也怪不得马乙麻,他的户头本来就在新城大营里,他跟马长官一向如此。

够了,这些就足够了。一念至此,马乙麻释然无比,收住了姿势,突然大笑开来,笑得执着而放肆,张狂且无忌,将校场上的护卫们根本没放在眼中。这一切简直太完美了,马乙麻蓦地觉得承平堡就像一坨新鲜的酥油,被三少君咔嚓一刀切了下来,掉在了热锅里,正在融化,正在滋滋地冒烟。在张观察停尸武威城,整个军部陷入混乱与焦灼的这些天,由马乙麻精心策划,并经马廷勤长官签字认可的这一桩秘密计划,正式开始实施了。

一群驴,一群下贱的武威驴,一群凉州的大牲口,马乙麻在心里咆哮着。

可偏偏,这个特务头子的狂笑,再次激怒了惊白。惊白不管不顾,挣脱了周围伴当们的拉拽,嘶吼地扑了过来。马乙麻拔出了手枪,子弹上膛,朝着天空放了两枪,但惊白听不见,或者说这个少年已经不再惧怕了,早就渡过了这一劫。苏巴什大骇,一个猛虎扑食,将惊白一把揽住,拼命地抱住了他的腿脚,一连迭地哀告着,下着话。水火难分,北疆救孤团的死士们终于动手了,游击猱下身子,几枚弹丸破空而出,先后追逐着,分别射向了马乙麻的不同部位。就算马乙麻身经百战,骁勇异常,但这种土包子般的民间战术,他也是闻所未闻,头一次碰见。最终,一枚弹丸追了上去,准确地击中了马乙麻的太阳穴,当即就炸裂了,原来是黑泥烧制的,这显然是北疆人手下留情、不想惹事的选择。

这一回,马乙麻并没有惨叫,而是当场昏厥了过去,跌倒在了高台下。

惊白总算获救了,但愤怒一直持续着,依旧叫骂不停,试图冲过去再踢上几脚。突然,脱可木站了出来,抬手一记耳光,打得惊白趔趄不已,一瞬间清醒了。惊白哭开了,嗫嚅说:木哥,这个狗贼差一点就毙了我,你也险些见不到兄弟我了,这个仇我非报不可。脱可木断喝道:可你还活着,你还有一口气,这就够了!儿子娃娃吃一点亏,难道都要像泼妇一样吼叫么?惊白恓惶透顶了,反诘道:嘻,真是鸭子顶了白鹅了,我喊你这么多年的木哥,事到临头,你却来劝我做一个受气的小媳妇，你的血性呢？你的骨头呢？你身上蒙家庄子的那种不服输的勇气呢？脱可木拽住了伴当的胳膊，凝重地说：惊白，咱们现在都长大了，不是碎娃娃，这个人世上没有几场悲伤，可以供我们挥霍，所以需要加倍珍惜才是。这个乡下少年的口音，以及他的诚恳与略带哲理的肺腑之辞，让身边的北疆汉子们频频点头，迅速认可了他，并将其纳入了自己人的范畴。

这个关节上，朱绣朱先生气喘吁吁地跑了过来，瞭见惊白浑身泥浆，粗头乱服，便猜出了一个大概。朱绣哀叹一声，蹲在地上，逐个捡起了布口袋、墨笔和书本，扔掉了那几个破碎不堪的胡笳零部件，沮丧地挎在肩上，一语不发地朝承平堡走去。少顷，朱绣又折返而来，站在两个弟子的面前，潸然地说：

"少东主回来了，我刚碰上的，你们快跟我回角院里去吧。"

"呵呵，我哥总算回家了，他这个贼，他这一趟可是浪美了，乐不思蜀呀。"

惊白大喜。

"唉，少东主他瘦了，他好像也病下了，情况不是太妙。"

口气晦暗道。

第十二拍

胡笳七十节

"你说什么,马长官请我赴上海滩一趟,这是他亲口讲的?"

顾山农一回到承平堡,刚刚下马,天大的难题便横在了眼前,不由得失声问道。

"是的,阁下一直赏识你。"

"这从何说起?我事先一点也不知道,这个口信太突然了。"

"所以么,我专程来承平堡拜访少东主,就是为了这个,当面告知你一声,也算是郑重其事。"马乙麻躺在高台上,侧转过身子,盯望着底下的顾山农,忽然换了一口浓重的河州口音,讥讽道,"唉,尕鸡娃瘦得毛长了,孽障着上不去架了,少东主现在混得人大了,我可是搭不上话了。实话说吧,我联系过你,还放过几次鸽子,但你根本不肯搭理我,连羽管动也不动,甚至一个字的回复也没有。"

顾山农心慌不已:"那是误会,容我以后再释解吧。"

"少东主别介意,我可没有问罪的意思。昨天,哦不,应该是前天夜里吧,我偶尔从汽车二连的嘴里得知,你是搭着他们的顺车返回凉州的,我这一颗悬着的心,也才放了下来。"马乙麻措辞缜密,环环相扣,在这种貌似关切的寒暄中,实际上完成了一次火力侦察,"我还听说,少东主下了车没有回家,直接去了海藏寺,说是要闭关三日,我不懂,我是个外人,这又是什么讲究呀?"

"临走之前,我去拜佛,回来之后,报个平安,其实就这么简单。"

"抱歉,卑职打扰了你的清修,让你提前出了关。"

顾山农不怿,诘难道:"岂止是打扰,这恐怕就是命令吧,顾某不得不从。"

"马长官格外惦记你,我只不过是三少君的一条走狗,他的传声喇叭。"

"哼,你口衔大命,又有一把尚方宝剑,你尽管吩咐吧。"

罡风中,顾山农瑟瑟发抖,赶紧拽起了衣领。

"恭喜少东主,你已经被列入了凉州各界慰问团的名册当中,你是长官大人钦定的,县长陈垦丁也画了圈,此乃板上钉钉的事情了。我特地奉命前来告知一声,你最好有个精神准备,可能随时会出发,马上。"这一刻,马乙麻的脑袋虽然很疼,意识却很清晰,三言两语之间,便将新城大营的计划简单地讲述了一遍,"少东主,如今你是凉州最显赫的门面人物,一时无两,代表河西首郡的父老百姓们,自然非你莫属了。另外,武威县府也派出了一员干将,他叫张彝,步警队队长,想必你也认得。至于军部么,马长官的特别代表则由刘北楼担任,他是革命军的少校政训员,黄浦武汉时期的高材生,没有人比他更懂得内地的情况了,他的人脉也相当广泛,况且还是他主动请缨,立下了军令状。呵呵,你们三人结伴,踏上这一条千里长路,真是好有一比呀。"

"比作什么?"

"千里走单骑,三虎下江南。"

马乙麻在畅想之际,居然被一阵阵触电般的快感所攫取,肉身的疼痛也纾解了不少。

"但不知这一趟怎么个走法,还请你明示?"

"呃,是这,你们凉州各界慰问团将取道北线,先是穿过腾格里、一条山与六盘山,越过平凉和泾川府,然后走董志塬,直接北上。"马乙麻的脑海中揣着一册详细的山川图谱,急管繁弦地说,"到了榆林一带继续东进,跨过阎锡山的地盘,最后进入北平城;在北平,上海方面派来的代表将迎接你们,如果一切顺利的话,你们在天津口岸登船,然后乘坐海轮,最终抵达目的地。在上海期间,甘沪双方交接之后,你们参加完了正式的公祭仪式,这一趟的任务也就基本上圆满了;马长官一定会在凉州设宴,替诸位接风洗尘。"

"且慢,你方才所说上海的公祭仪式,这什么意思?"

顾山农怔忡不已。

"嘻,这个怪我!少东主你在外太久了,又刚刚回来,或许有所不知,我也忘了及时通报。"马乙麻相信自己的判断,对方的懵懂之状,无知之相,的确是初来乍到的样子,遂相告说,"凉州各界慰问团的特别代表总计有三人,少东主你年轻有为,素孚声望,由你代表本地的父老百姓,再也合适不过了,万勿推辞。另外,你的两位同伴,张彝代表武威县府,刘北楼则代表军部。军地双方,加上你这位民间人士,这是个完美的三人小组,长官大人的精妙安排,上海方面也势必无话可说。不过呢,在你们的队伍当中,还有第四个人,一个死人,一个不会说话的死人,他不会妨碍诸位的行程,也根本不会打扰了你们游山玩水的兴致,我保证。"

"他叫张翘楚,国际观察家,他在河西死于非命。"

顾山农怆然道。

"呃,少东主在兰州城逗留期间,想必早就听说了这个悲剧。对了,去年秋上,你还跟他有过一面之缘,彼此情投意洽的。"

"不,他只是飘零天涯,游历河西,恰巧路过了凉州几天,泛泛之交罢了,谈不上莫逆。"这一霎,顾山农忽然警觉了,从昏聩与疲倦中抽身而出,仔细道,"他的死讯,我也是在省城兰州知道的。《西北民国日报》上天天都有文章,甘肃文高等学堂的学子们不仅罢课,还围堵住了肃王府,请求省府和省主席出面,彻查此事,缉拿凶手,尽快清除本省的这一桩奇耻大辱。我还亲眼见到,兰州城内的大小驿馆和客栈全部爆满了,来自海内外的抗议人士络绎于途,时至今日,他们恐怕依然驻留在黄河岸边,不曾离开吧。"这些二手话,当然来自刘北楼,不过的确管用。

"他妈的,本以为张观察不过是一只跳蚤,却没料到他竟然是一桶子火油,渐渐失控了,将甘省架在了炉子上,昼夜在炙烤。不瞒少东主,这也正是军部、县府和马长官最为头痛的地方,各方面的压力实属空前,新城大营的发报机也连续烧毁了四五台。"

"依我看,这位仁兄死得其所。表面上,他乃一介羸弱的书生,最终却像一个烈士和英雄那般轰动,殒命黄沙,折戟边陲。我以前扛过戏箱子，我唱过忠义和然诺，我知道儿子娃娃的气象与海拔，正所谓迁史愤心尊聂政，泉明诗咏慕荆轲。"

顾山农到底回来了，心魂大备，言辞剀切。

"少东主，你真这样认为？你就不觉得他是一个鲁莽之人，逞匹夫之勇，误入河西么？"马乙麻陡然变色道，"顾山农，你可别忘了自己的身份，你不单单是一个买卖人，你还是军部的外围人员；当初如果没有马长官的首肯，没有军方在北疆一线的武力担保、强势庇护，保价局不过就是一个笑话。"

"这个不假，但我也有权力质疑，我又不是一只哑巴羔子。"执拗道。

"你究竟怀疑什么？"

"哼，杀他的人，无非就是害怕他手中的那一杆笔罢了。"

"幼稚。少东主，你显然是被张观察欺骗了，你只知其一，却不知其二。"马乙麻手摸着颧骨上的一块血疙瘩，被惊白偷袭的情景历历在目，但视野尽处，书本、墨笔和布袋子统统不见了，只发现了地上那几个散乱的胡笳零件，他终究也不知何物。又咧笑说："呵呵，那我告诉你一个秘密吧，这个秘密迄今还没有公诸天下，只因为海内外的声讨之势如日中天，仍旧在广泛的燃烧当中，但最起码甘肃省府与凉州，已经在私下里跟上海方面达成了谅解，所以才有了这一趟远行。"

"这是谋杀，张翘楚其实就是一道祭品，被军部交易了。"

"不，据军部成立的特别调查组侦查得知，张观察取道河西，名义上是在考察内陆腹地，向海内外绍介西北诸省的山川形胜，但事实上，此君的目的地却是莫斯科，证据昭昭。"

"莫斯科？"

"不错，他生前留下过一段文字，袒露了心迹，说他将要去拥抱红色苏维埃。"

"苏维埃？红色？"

无疑，这是顾山农闻所未闻的辞藻，也远在他的认知之外，不想打听，更不愿求教。因为死亡是唯一的结论，张观察的尸骸如今就停在郊外的化人场，再怎么赞美，如何地抹黑，他都不会重生于世，让自己亲昵地喊一声尊兄了。死生如蜕，世道浇漓，顾山农的脑子里一锅糨糊，干脆理不出一点点的头绪来，茫然无助。或许，为了掩饰个人的心慌，也或许是鸦片瘾发作了，哈欠不断，顾山农接下来的举动，竟然让整个承平堡都炸锅了，哭泣了，也大大地出乎了马乙麻的预料。这一刻，顾山农趴在台子上，由衷地说：

"请你转告马长官，山农答应了，我一定不辱使命。"

"少东主，你抓紧准备吧，阁下将会亲自来给你们送行的，估计很快。"

"不必了，这是送灵，长官他扶不住。"

断然道。

"咦，此话怎讲？"

"真的也没什么，你别疑心太重，就让我顾山农一个人扶灵，一直扶到上海滩去，沿途中也好跟张观察说说话，解解闷。"突然，顾山农抱住了马乙麻的两脚，强行脱下了他的一双军靴，丢在了高台下，咧笑道，"你看你，靴子都这么脏了，我干脆给你擦一擦吧。"

言毕，顾山农一屁股坐在校场上，抓起自己的袖管，认真地擦了起来。

这个阶段，不论是承平堡的当家人，还是军部的特务头子，谁也不曾察觉，牛皮鼓的台子下面潜伏着一名来自北疆的死士，这个人名叫苏巴什。

胡笳七十一节

校场上的这一幕耻辱,被承平堡的众人悉数看在了眼里,吞声饮泣,身心炸裂。

本来,少东主回家就像一则喜讯,虽然少有人知,但堡子里分明漾荡着一种贵客临门的气氛。赶早,管家安排了车轿,声称要去海藏寺一趟,特意挑选了红呢子装饰的轿厢,这便是一个信号。管家还抽空钻进了灶房,交代几个饭婆子,一定要好好擀些长面,熬上一锅羊肉臊子,再将过年期间蒸下的碗坨子也提前熘上,大概在傍晚时分开席。上马的饺子,下马的面,少东主平时就喜欢吃捞饭,大家于是又猜中了七八分。这以后,伙计们提着大扫把,将整个庭院洒扫得一干二净,将各个门窗擦洗得油光发亮,简直要比办一场婚事还隆重。

不料想,就在自家门口,少东主竟然被耽搁了,让外人活生生地骑在了胯下,颜面尽失。

后半天的时候,朱绣跑出了朱家嘴子,毕竟年龄大了,不比从前,惊白却早已不见了踪影。响铃传来时,朱绣瞭见一队车轿停在了官道上,先是廖逢节跳将下来,支起了凳子,接着顾山农钻出轿厢,站在了地上。那一霎,朱绣突见故人,心头一喜,不胜有天涯重逢之感,本想上去招呼一声,结伴而归,却被钉在了地上,错愕不已。大概,少东主就得有少东主的架子,临到了家门口,顾山农却不愿坐车,廖逢节赶紧跑走了,随后带着伙计牵来了那一匹枣红马,摆好了上马凳。吊诡的是,顾山农连续上了好几次,但都从马肚子上滑了下来,虚弱地捂住了口鼻,咳嗽声不断。天呐,少东主瘦了,下巴尖了,肩膀塌了,整个人好像被拔掉了火气,耗尽了心力似的。朱绣藏在了树后，一边唏嘘，一边觉得自己在这些日子里写下的大量诗文，尤其是题赠给少东主的不少篇目，其中的少东主不过是想象中的产物，与眼前羸弱、疲倦、枯槁的顾山农大相径庭，判若二人。歇缓了一阵子，最后还是管家出手，踩在了凳子上，一胳膊揽住了顾山农的腰，将其安顿在了马脊上，喊了一声驾。

朱绣想起了惊白那个贼疙瘩，唯恐他又生事端，遂抄了一条近道，奔向了校场。

果然，这个头脚长刺的哪吒，这个永不安分的弟子，前一秒是人，后一秒成鬼，又闯下了天祸。校场上躺着一个军爷，死活不知，可惊白仍在咆哮，还在不依不饶，幸亏被伴当们撕扯住了，他才没有酿出更大的祸端。朱绣羞愤难当，无权无势的先生，原本已经走开了，却又顾及自己肩上的责任，惜疼顾山农刚才的那一番孽障样子，遂折返回来，告知了详情。少东主回家了，这个消息如同一阵风似的，吹遍了堡子内外，丫鬟和伙计们也纷纷跑将出来，挤在了校场上，雀跃异常。惊白好歹消停了下来，不再狂躁，就像被一榔头砸进去的钉子，失踪在了木头中。在朱绣看来，这个榔头恰是少东主，而不是旁人。

天光如蜡，在混沌而生涩的北风中，顾山农摇曳在马背上，率先到来了。

一时间，众人倒吸了一口冷气，心生悲凉，各自念起了阿弥陀佛。眼前的少东主，竟然脱却了往日的俊秀、沉静与威严，毫无人主之风，变得如此地猥琐，这样地落怜。他的头发长了，油腻腻的，好像是在泔水桶子里浸泡了一夜，脖子细得如同一根筷子，根本支不住脑袋，随时都有人头落地的危险；尤其是在他咧笑的时候，颧骨似刀，皱纹就像一块千层饼，牙花子也暴露了出来，紫黑色，嘴角上甚至挂着少量的血迹。天老爷造孽呀，人们此前只听说少东主去了省城兰州，吃香的，喝辣的，在各种场合中坐的都是上席，风光无限，但究竟遭了什么劫数，中了什么邪祟，败落到了如今这样的地步？抽心一疼后，人们的想象便走入了歧途，开始糜烂，觉得一个落第的举子，一个生意失败的买卖家，一个吃了败仗的将军，一个被贬谪、被流放边地的大臣，或许也要比眼前的少东主体面三分，要精神六成。枣红马停在了校场上，身后是一支车队，货物满满当当的，也包括那一辆红呢子车轿。人犹如此，牲口也相当不堪，虽然枣红马是少东主的坐骑，在凉州也算数一数二的良骏，但是比起城墙下耸立的那一匹黑马来讲，它简直就像一只兔子，一只大老鼠。车轿停稳后，管家赶紧抽出了凳子，支在了马肚子下，但顾山农几次踩虚了，干脆下不来。周围的人们急死了，簇拥上前，但谁也不敢搭一把手，更不敢造次与冒犯，除了小少爷。

　　惊白的眼睛里肯定没水，忽视了顾山农如此软弱与挣扎的一面，当然也是为了掩盖他刚才的暴力行径，拔脚跑上前去，搂住了哥哥的大腿。暗无天日了许久，顾山农此刻见到了弟弟，不免欣喜，虽然笑容丑陋，但还是乐不可支，上下打量了一番，抚摸着惊白的头，煞是满意。惊白二话不讲，叉住了哥哥的两肋，将其抱下马背，仔细安顿在了凳子上。实际上，就这么一眨眼的工夫，顾山农已经疲累了，身体乏力，打起了哈欠，凳子是再好不过的。惊白的猴性立刻爆发了，趴在哥哥的肩膀上，一把揪住了他的盖胡子，嘲讽道：呵呵，这个毛帘子不太讲究，明天我去喊待诏来，给你修剪一下吧。顾山农瞥见了朱绣朱先生，刚想问问弟弟的学业时，惊白却诡笑道：哼，你瞒得了旁人，却瞒不住我，海藏寺不过是一个幌子，你既没去朝佛，也不曾闭关，我掌握了你。顾山农略噔一下，失慌地说：刻薄鬼，我最偏心你了，这一趟从兰州城回来，我特意给你捎了一个狐狸皮的护帽子，等一下你试试吧。惊白干脆不接茬，贴在耳朵上，悄声说：我知道，你忘不了老本行，你这次去省城学戏了，你打算唱一出《赵氏孤儿》，对不对？顾山农略感释然，叮嘱道：嗯，你可是儿子娃娃，儿子娃娃的第一品格就是守密，口不能敞，小心闪了你的舌头。惊白一时间得意，迅速忘了形，飞沙走石地放肆开来：

　　"山农哥，我一直口紧，不然的话，我咋知道海藏寺不过是你的一个借口呢？"

　　哑默着。

　　"呵呵，你故意装可怜，扮寒酸，好像你真是从城外的海藏寺回来的，一路上冻僵了，连马也下不来。我知道，你顶多就在堡子外兜了一大圈，演了一场戏，大家都信以为真了。"揭人疮疤，以图后快，此乃惊白的乐事之一，又坏笑道，"朱家嘴子有一座新打的庄院，不见灶烟，也无人居住，但你的枣红马却在里头嚼草，难道那是牲口的金銮殿？"

"你恐怕看错了，凉州可不止这一匹马是枣红色的。"

"哼，我还掌握一个情况，枣红马曾经在石羊河下游，也就是蒙家庄子的羊拐骨码头一带出现过。"惊白瞥见了人群中的阿骨里，去秋的一幕，突然清晰如画，"可惜牲口不会说话，否则我一定能撬开它的嘴，抓住你的勾当。"

这一霎，顾山农犹如五雷轰顶，头皮发麻，斟酌了半晌之后，方开腔道：

"你个小贼疙瘩，这是大人们的事情，你操心个屁！"

"我也不小了，我什么都懂。"

争辩道。

"不错，的确有那么一座庄院，新打的，但这是爹老子生前的意思，也是他的交代。"

"真的，那你咋不早说么？"

这个关节上，管家忽然丢下了兄弟二人，发足奔向了牛皮鼓的高台，台子下躺着一个军爷，生死未知。顾山农忽然计上心头，揽住了弟弟的颈项，悄语道："你记住，这件事口不能敞，一定要守密，到时候给他一个大大的惊喜。呃，其实也不为别的，爹老子下世前，只有两件事情放不下心，一个是你，另一个就是老光棍廖逢节。"

"怎么，那个新院子就是为了给他安个家，说一门媳妇呀？"

惊白大喜。

"对呀，有了良马，还得配一副好鞍子。他可是咱们的叔伯辈，在权家干了这么多年，忠心耿耿，从来也不发一句怨言，现在老了老了，总得在他的枕头旁安顿一个妇人，不至于炕是凉的，被窝筒子也是冰的，让他一个人在半夜里恓惶。"

"那将来的这个妇人，咱们该叫她婶子吧？"

"当然是婶子了，但现在八字还没一撇，我正托人物色呢，你切勿走漏了风声。"

"天呐，我有点等不及了。"

惊白举目，失笑地瞥向了廖逢节，却发现情况有异，大事不妙。管家也是气疯了，攒足而来，一边指戳着惊白，一边从腰间解下了牛筋鞭子，犹如怒目金刚一般，前来问罪。惊白这才恍悟过来，先前闯下的天祸还扔在校场上，军部的那个特务头子一直在耍死狗，他自己高兴得晕了头，忘过了，竟然被管家人赃俱获。来不及逃脱，惊白的耳朵就被一巴掌揪住了，但是想象中的疾风暴雨并未袭来。当着顾山农的面，管家催促说：惊白，麻烦的事交给我，风光的事由你去办，少东主从兰州城带来了两车子礼当，你赶紧撤回堡子里去，给大家全都分发了，这是你露脸的时候，你快去吧。无疑，这是放生的话，高举轻打的绝妙手段，惊白答应了一声，脚底抹油地跑开了，呱喊着伴当们过来帮忙，迅速将枣红马和那一支车队，统统赶进了堡子里。

热闹消失后，校场上阒寂无声，除了城墙下的那一匹黑马甩着尾巴，不问世事。

马脊上的银鞍子烁烨闪亮，格外刺眼，顾山农盯看了半天，竟也全无记忆。廖逢节突然发难说：少东主，你干脆给我三张惩牌吧，我这个做管家的，一步一个窟窿，真是拖累了你。顾山农道：天还没黑，你这种阴森森的话所为何来呀？廖逢节执拗地说：要么，你也别给惩牌了，你现在就辞退我，让我跟承平堡一刀两断，没了瓜葛，我再去新城大营里吃牢饭。这种五马分尸的态度，令顾山农大感意外，只见廖逢节朝着牛皮鼓的方向努了努嘴，溃败地说：喏，你自己瞧，马乙麻阁下死了，我刚才抱在了台子上，用皮袄和毛毡给盖住了，等着发丧吧。闻听此话，顾山农踉跄地戳在了地上，愕然道：死了？你是说马乙麻死了？天老爷，我紧赶慢赶地跑来赴约，他怎么就出了事？廖逢节也是带着后快，突地一跺脚：呸，他那个驴日的杂种，他死上十七八遍也不冤枉，我倒也真盼着他一命归天，我好去他的坟上添一把新土。顾山农一面发抖，一面眺望着日光下的承平堡，心魂登时散了架，只觉得悲剧再次来临了，新城大营的工兵连一旦出动，顷刻之间，这里就将被夷为平地，片瓦不存。这一霎，念及自己肩上所荷担的重大使命，以及脚底下深埋的整个凉州最大的机密，顾山农不由得惊出了一身冷汗，突然攥住拳头，振作了起来，打算立刻返回堡子里去，以应对这一场猝变。可偏偏此时，廖逢节又追过来了一句话，白事变成了红事：不过呢，那个狗日的真是福大命大灶火大，他没死干净，他还有一口活气，他请少东主你单独过去说话。顾山农怒斥道：你先滚回去，你给自己记下三张惩牌吧，像你这样的烂结巴，你最好让贤，赶紧把管家辞了，找一个郎中看病去。

廖逢节根本不想辩解，趔入了承平堡，第一目标锁定了张汲水，准备干上一架。

然而，堡子里空空荡荡的，除了马厩内的动静外，居然连一个鬼影子也瞟不见。管家寻了几趟，甚至连大小姐的卧房也查看了，竟也无人，失望之余，便钻进灶房，先填饱了肚子再说吧。一大早出门，管家赶着红呢子车轿，在海藏寺门口停留了大约半个时辰，然后带着另外两辆满载礼品的车辆，原路返回，又神不知鬼不觉地在朱家嘴子火速接上了顾山农，这才算圆满。其实，这个回归的计划乃是刘北楼当初制定的，在军部特务组的严密监视下，如今的承平堡毫无秘密可言，任何一个环节的失误，势必将遭受一场灭顶之灾。但是，马乙麻再可怕，他毕竟也是一个信教之人，虽然教义不同，但一向对凉州沙门尊敬有加，从不打扰佛界的事情，海藏寺便成了一个恰当的借口。管家下了一大碗捞面，舀上羊肉臊子，挽起裤腿，蹲在灶房门前的廊檐下狂咥了起来，吃得山呼海啸，忘我极了。不巧，一阵啜泣声隐约而来，管家撂下饭碗，追到了斜对面的柱子后头，发现是大小姐的贴身丫鬟。小梳，你号个啥么，谁惹你了？管家气呼呼地问。叶小梳噘起嘴，指着东面的城墙说：哭下了，全部都哭坏了，不信了你上去瞧吧。管家甚是不解：哼，这又不是清明节，你们到底哭的哪一门子呀？叶小梳蹙住鼻子：呸，看你说得轻巧的，少东主正在堡子外给一条狗擦靴子呢，你不去替主子分忧，却在这里对丫鬟凶巴巴的，看来你就是一个门背后的老光棍罢了。

话音未落，麋集在城墙上的护卫和伙计们，犹如一道悲伤的洪水，从角楼一侧的坡道上拥了下来，乌泱泱地挤满了整个庭院。张汲水是最后一个下来的，面色铁青，站在板凳上，巡望了一圈伴当们，冷笑说：姑舅们，弟兄们，实不相瞒，老子以前是杀过人的，杀了还不止一两个，但杀的都是该杀的杂种，所以我知道在这样的寒天冻日，杀人的最好办法就是剥皮。是这，咱们先将那个军贼扒光了，倒吊在廊檐下，等冻上一半个时辰以后，他的皮子就紧实了，动刀子之前，还得再抽他一顿鞭子，这叫活血，只有活了血的皮子才又红又亮，一点人油也不粘。这些话寒彻入骨，每个人鼻脸上的泪水都冻硬了，板结了，等待着一堆篝火去消融。张汲水又道：日他妈的，横竖也就是一死，还不如趁着咱们身子发烫，趁着儿子娃娃的裤裆里还有一股子胆气，今个天索性就豁出去拼了，大不了我来做头号恶人，这一具血身子赔给新城大营，随他任杀任剐吧。气氛被点燃了，这恰是张汲水迫切需要的，挥手一指：啧啧，你们刚才可都瞧见了，马乙麻这个驴日的不安好心，他单挑承平堡，专门来捏咱们的脖子，来给大家的饭碗里吐痰，少东主正在受辱，如果再不动手的话，那我就只好给你们每个人办一场丧事了。张汲水噙住泪水，断喝了一声：还愣着干啥，抄家伙！

一时间，场面骤然大乱，斧头，棍棒，叉子，鞭子，绳子，擀杖，菜刀，铡刀，凡是堡子里的大小利器，似乎都接获了一个神秘的号令，统统闪身而出，被护卫们举在了半空中。张汲水扔掉帽子，除下了羊皮袄，一身短靠，赳赳然地率众而走，却不料想，在堡子的北门口被截停了，一切都没了下文。

门楼下，达云肃立着，一脸阴沉，静默地打望着这一支揭竿而起的队伍，浑身冷凝，伸手拽了几次，但羊毛坎肩还是滑了下来，吊在了她的脊背上。张汲水断定，大小姐是管家邀来的，从中作梗，横插了一杠子，无疑在跟自己抢功，不由得怒火顿生，狠狠地剜了对方一眼。达云捂住口鼻，痛楚地咳嗽了起来，咳得掏心挖肺，身子摇曳，简直令人不忍再听下去。幸好，惊白跑了过来，拎着一只马扎，搀住姐姐坐下，叶小梳也拿来了一件棉袍子，裹在达云的身上，众人这才舒了一口气。箭在弦上，不得不发。张汲水慌忙抱拳，虚上一礼，大概说明了事由,央请大小姐体恤并首肯,让出一条路来,众人也好去校场上援救东家。达云不怿,抬首道:咋了?人家是上门的客人,远路上来的,少东主替他把靴子擦干净,这怎么就成了受辱?瞧瞧,你们如此兴师动众、杀气腾腾的,这难道是承平堡的待客之道么?变起肘腋,张汲水一时无措,心中怒斥着这种妇人之仁,嘴上却说:问题在于,这个特务头子对承平堡一向不善,时时找碴,处处刁难,他冷不丁地前来造访,名义上是赠马,实际上很可能是敲诈。少东主现在被他纠缠住了,我们不去架一根梯子,不搭一把手,对得起平时的这一碗饭么?达云的脸上充斥着威棱,满含愠怒,逼视着对方:哼,你口口声声要对得起这一碗饭,那我来问你,你吃的是阳世上的五谷,还是地府里的冥饭?张汲水不解,也不知道这位少女主气炸的真正缘故,又闻听达云接续道:诸位,既然大家端的都是一口热饭,也还苟活于这一幕光阴中,那总得有一个公正的立场,一个人事社会的法则吧?我记得家父生前曾说过,这个法则就是温良恭俭让,就是忠孝节义,就是黑白两分,知所戒惧;恰恰是有了这一根准绳,才能让不肖者犹知忌惮,让贤良者有所依归。这种广大而不着边际的训词,似乎于事一毫无补,张汲水真是急出了浑身的火灾,鲁莽地打断了对方:大小姐,你住嘴吧,再这么聒噪下去,少东主不但擦净了别人的靴子,恐怕还会下跪,去替马乙麻洗脚。这个关节上,咱们最好别窝里斗,将来关起了门,纵然你说上三天三夜,我保证连屁股也不抬。旁侧里,管家突然大怒,一心护主,詈骂道:呔,你个北疆来的贼娃子,仔细你的口舌,承平堡这个坛场,还轮不到你指手画脚,这笔账我先替你记下,择日再论也不迟。达云几乎被噎死了,险些下不来台,目光求援而去,巴兮兮地盼着管家。毕竟是主仆多年,心念一致,廖逢节当即明白了,款然上前,冲着自己的几个心腹伙计点了点头,沉声道:

"来人呀,快将小少爷拿下,给我一绳子绑上,捆结实了。"

惊白原本置身事外,方才在城墙上冻僵了,腿不是自己的,耳鼻也不是自己的,只想赶紧溜掉,跑回角院里去,跟朱先生一起搭伴烤火。不料想,就在大家争辩不休时,一旁的叶小梳偷偷地伸手,掐住了他腰间的几钱肉,掐破了似的,递话说:呀,你的皮最近太松了。惊白简直疼死了,威胁道:你个该死的小蹄子,看似你眉眼还不赖,原来竟是一个妖精,你小心猴哥我身上的金箍棒。叶小梳不惧:等着吧,自然会有人给你紧皮的,你别嘴硬。惊白坏笑说:呵呵,你妈又怀上了,怀了一个我的克星么?这一霎,惊白突然被揞住了,来不及抗拒,一根牛筋绳子便将其捆住了,一番踉跄后,靠在了门墙上,失了三魂,丢了六魄。

"姐,你以为你是佘太君么?承平堡姓权,可不是当年的杨门。"咆哮道。

"惊白,你可给我听仔细了,虽然年远世湮,故老无存,但我仍然记得爹老子在世时,他老人家对你的一番期许。爹曾经说过,自信者常沉着,而骄傲者常浮扬,这就是他对症下药,有先见之明,开给你这辈子的一张方子。"达云虽然单薄,风湿病频发,但在这个节骨眼上,却也是扪心静气,娓娓道来,"这里当然不是杨门,但作为权家的一员,你为何不虚心服善,开阁延宾,却置承平堡的名誉于不顾,竟然对上门的客人动起了手,闯下了大祸,害得少东主在外面替你擦屁股?"

丫鬟在旁边偷偷抿笑,一副翻舌的嘴脸。惊白沦为了阶下囚,浑身被缚,绳子越来越紧,便知道大势已去,惩罚在所难免,也就破罐子破摔了,言辞激切地说:"大小姐,爹老子也说过,学问可在人下,但意气不可在人之下。这个姓马的奸贼,去年差一点要了我的命,我的一只耳朵至今还聋着,今日里仇人相见,假如我佯装不知,念了乌龟经,缩头不出,那我还叫徐惊白么?难道我的意气被狗吃了么?"

"你呀,你交友不慎,才高行短,这终究会害了你的,姐姐真是揪心死了。"

泪水簌簌地淌了下来。

"姐,昔日孟尝君门下,尚且还有鸡鸣狗盗之辈,荆轲游于燕市,常常与屠狗醉饮,我也不小了,你以后别再用喂六合糖的方式管束我,我更不会把自己金子当作铁给卖了,这个你不必操心。"话虽这么讲,但惊白最怕的就是姐姐的眼泪,不忍她哭坏了身子骨,更不愿让她伤心与失望。这么着,惊白蹓了过去,将脑袋埋在了达云的颊脸上,亲昵地拱了拱,相告说:"好我的姐姐,只要你高兴,我吃屎也乐意。你稍等片刻,我去去就来。"

言毕,惊白矬起肩胛,囚徒似的冲向了北门外,却不承想,管家一道烟地扑将而至,横在了他的面前。绳子太紧了,这就是牛筋的不可思议之处,越是挣扎,越是上不来气。叼了个空子,管家趁势抱住了惊白,一边往堡子里拖拽,一边频频下话,恳求他再不要添乱,不要别生枝节,这一大家子人已经够糟心的了。孰料,达云收住了眼泪,沉声道:

"快放开他,让他去负荆请罪,尽量求得客人的宽谅。"

"惊白无罪,我敢担保。"

管家倔强道。

"哼,成也萧何,败也萧何,刚才绑他的是你逢节,现在鸣冤叫屈的还是你姓廖的,你究竟有没有一个做人的尺码,善恶的立场?"达云的语气看似软弱,但态度却相当强硬,"惊白,你滚出去请罪吧,别连累了保价局的前程,敲碎了诸位的饭碗。"

"大小姐,这实在不妥,也于理不符,少东主既然已经擦完了客人的靴子,这就是一个和解的方式,道歉的态度,难道还要让承平堡献上一颗项上人头么?"

"逢节,承平堡至大,你切不可糊涂。"

求援的眼神依旧迫切,热辣万分。

这一瞬,管家忽然洞悉了达云的一番用心,权宜之道,一切以承平堡为重,其余的不过是饾饤琐事,哪怕是去献殷勤,去屈服,去下跪磕头。这么着,管家的内里呛啷啷一声,拍案惊奇,不禁为达云的道心与坚切而暗自叫好,悔不当初。管家喊来了心腹伙计,同样用了一根牛筋绳子,双臂倒悬,将自己捆成了一头等待上架的牲口,慨然道:

"惊白,我这一副热身子陪着你去,你别害怕。"

"不,请罪的是我,你赶紧留下,专等好音吧,我又不是去跪法场。"

拒绝道。

"我这半辈子从来没有热闹过,干脆你带上我,让我也出个风头吧。"

"留情不动手?"

"呵呵,动手不留情。"

突然间,默契达成了。这种切口,自然是达云所不知道的,惊白和廖逢节相视而笑,双双拽开了脚步,朝着北门外走去。旁侧里,张汲水尖锐的目光,其实一直盯在了那根半尺高的圆木门槛上,因为那是一条红线,那是楚河与汉界的边际,那也是承平堡不成文的规矩,内外有别,各司其职。事实上,就在刚才的争执与混乱中,在惊白被缚,而大小姐又执念不改的情况下,张汲水真是心如刀割,回天乏术,自己手下的护卫队员们也纷纷投来了桀骜的眼神,只等他的一个咳嗽,一声号令。但是,张汲水始终按兵不动,也不发一语,谨守着个人的本分,因为他知道堡子内的这个坛场,还轮不到他开腔,再说惊白只不过是被一根绳子拘住了,暂无性命之虞。张汲水期盼的,就是惊白越界的那一刹,只要他抬脚迈过了那一道门槛,踏入护卫班的地界,自己肯定会立刻显灵,当场作法的。

管家率先跨过了门槛,侧转身子,回首却发现惊白突然一怔,戳在了地上,一只脚还踩着门槛,目光寒瑟。原来,北门外出现了一名刀客,麻布缠头,头顶上插着一根红缨簪,光着膀子,肩膀上还扛着一把牛背弯刀,满目凶煞,怒视着堡子内的众人。管家沮丧透顶了,但还是笑脸相迎,全然不顾身上的绳子所带来的一阵阵痛楚,趋上前去,欠了一礼:

"这位大兄,只怪家中有事,今日恕不接待,还请你去别处落脚吧,抱歉抱歉。"

"呸!我一不借宿,二不讨饭,我专门攒足了一口恶痰,现在要唾在承平堡的门脸上,恶心你们一遭。"刀客扬起下巴,露出了一副丑陋之相,果真就啐了一口,射在了脚下,蔑视道,"大敌当前,军部已经欺负到了家门口,你们本应该拧成一股绳子,破釜沉舟,一致对外,却也万万没料到,你们寻词推托,如此伪善,竟然连少主子也绑了,打算献给那个特务头子,让他去剁了,去剐了,去毙了,去砍了,承平堡这样就能安生了么?"

"这是我们的家事，你无权插嘴。"

廖逢节断喝道。

"哼！少主子不可能去请罪，他的膝盖可比你金贵，不信的话，你来问问我的这把刀。"

"你到底是什么人，呔？"

"姓廖的，老子实话告诉你吧，我也在承平堡里端饭碗，不过是看家护院的一条狗，入不了大管家你的法眼。"说着话，这名刀客粗暴地推开廖逢节，激愤地冲上前去，一把拽住了惊白的衣襟。惊白挣扎着，表情木讷，这乱云飞渡、风起沙行的一系列突变，几乎令他喘不过气来，也难以辨识眼前的一张张面孔。刀客闪电般地出手，一瞬间挑断了惊白脊背上的牛筋绳子，将其彻底松绑后，又扔下弯刀，扑通跪在了地上。惊白的那只脚还踩在门槛上，刚要收回来时，却已经迟了，被刀客搂抱在怀中。刀客一边扑打着裤脚，一边悒惶道：

"少主子，我来给你掸掸灰尘吧，凉州人太龌龊了，让你吃尽了苦头。"

"你喊我什么？"

惊白追问道。

"在下苏巴什，户头在北疆，专门来给少主子你牵马拽镫、生死效力的，现在不是说话的时机，改日再论。"苏巴什一番忙碌，掸净了惊白的左右裤管，收紧后，塞入了靴筒中，仰首道，"少主子，恳请你赶紧退后，退回堡子里去，这一切跟你无关。其实，刚才是我放的那一颗弹丸，是我动了杀心，只可惜不能替你复仇，宰了那个狗日的。"

"乱语三千，胡嚼牙茬，你滚开，我要去请罪。"

惊白飞起一脚，踹在了对方的面门上。

"呵呵，少主子打得好，打是亲，骂是爱么。"鼻血唰地淌下来，滴在了他赤裸裸的腔子上，苏巴什倒也不在乎，带着夸张的表情，对门楼下的众人说，"这个包子，承平堡的这个包子皮太厚了，看来我非得割下一块肉，不然的话，吃起来肯定不香。"

"快闪开，承平堡头上的老鸹太多了，不缺你这一只来聒噪。"

"少主子，山水如今转过来了，那就让我给你行一个再见面的礼性吧。"

言毕，苏巴什手起刀落，竟然剁掉了他自己的一根指头，血溅当场，惨烈万分。苏巴什咬着牙，用另一只手捡起门槛上血淋淋的断指，吹了吹灰，款款地递给了廖逢节，哀恳说：

"大管家，劳烦你拿去请罪吧，趁热。"

这个过程中，张汲水也是找不见亮相的机会。因为他忽然发现，即便是在承平堡的门槛之外，自己现在也说了不算，北疆救孤团业已接手了这一切，苏巴什才是真正的头把子，况且背后还有一个神秘莫测的大姑爹，身为游击，他不过是其中的一员。再者，真正撂翻马乙麻的那一颗弹丸，原本就是他张汲水射出的，而苏巴什迎风顶罪，自断其指，这分明是一种庇护与关爱，唯有同门兄弟才敢如此。事实上，这些倒在其次，令游击最为骇然的，乃是苏巴什刚才丢下的一句话，恐怕只有来自北疆的死士们，才能听得懂这个惊悚的切口。

承平堡这个包子破了，露馅了，哪怕它的皮再厚，也已经被人咬开了。

胡笳七十二节

夜幕降临得飞快，就像一把旧伞被收了起来，忽然就黑下了。

顾山农虽然面呈疲态，哈欠不断，但兴致颇浓，似乎他被圈禁了许久，一直找不见说话的人，此刻碰见了马乙麻，这才得偿所愿。发现这一点后，马乙麻打消了告辞的念头，不忍拂了对方的美意，并痛快地答应了围帐夜谈的请求。顾山农带着喜色，去了堡子里一趟。马乙麻也从高台上走下来，在附近的柳树下撒完了一泡尿，寒风吹来，一下子就清醒了，虽然太阳穴上疼痛未消，但他从心底里感激这一次遇袭，接下来仍有文章可做。

在这个料峭而深稳的夜晚，城墙下的校场一侧，赫然搭起了一座漂亮的帐篷，品字状，俨然是北疆的风格，灯光雪亮，炉火正旺，大有添酒回灯重开宴的气氛。眼神一碰后，双方再次行礼，各自落座在了毡毯上。顾山农拎出来一把鹤嘴壶，朝旁边努了努嘴，马乙麻伸出手，接住了水流，仔细地搓净了十指。当中的茶几上摆放着干果和一些清真点心，这是承平堡平日里招待回民商团的食品，又新鲜，又酥软。当着客人的面，顾山农拿出来一只崭新的汤锅，盛了半锅清水，丢进去一疙瘩茯茶，坐在了炉子上。待滚沸后，他又将羊奶慢慢地注入了茶汤，吹了半响，终于熬制成功了，分成了两碗。马乙麻半倚着，几乎看得入了迷；这个男人的细腻与认真，以及他对客人的饮食风俗之尊重，显得丝丝入扣，方寸不乱。然而，这种好感并没有持续多久，或者说迅速消失了，马乙麻刚刚啜了第一口，就像吞下了一块烧炭，挣扎地咽进了肚子里，惨然地说：

"哎呀，少东主你太热情了，真是烫死人了。"

"阁下也对承平堡一向热情，俗话说热肝换辣肠，我怎敢慢待。"

马乙麻一怔："这个肯定有说头，请讲！"

"你的枪管好像从来没有凉过？"

"嘚，枪管从没凉过，那是因为凉州也不曾凉下来，相反它还一直很烫，就像这个炉膛似的。"马乙麻亦是善辩之人，岂肯错失眼前这个促膝封坐的机会，肺腑地说，"其实吧，军阀也只是一条路，一桩特大生意，只要干上它，就停不下来，就不想亏本。马长官尝言，我们这一门人的官帽子，就是从血水里捞出来的，用人命换回来的，那你说枪管怎么会变凉呢？"

"阁下，你伸手，我给你看一样东西。"

马乙麻依言，将手心摊开在半空中。顾山农掏摸了一番，而后将握拳递了过去，含在对方的掌心里，慢慢地打开后，原来是一颗黄澄澄的弹壳。

"咦，我记得我刚才开了两枪，那另一枚呢？"

"阁下误会了，这个弹壳并不是我在这附近捡来的，这是去年秋上，我在你的刑场上发现的。"毕竟口腔里病患未愈，一仍其旧，疼痛尚在，甚至还会渗出血水来，顾山农带着激愤，但也言辞缓慢，"我一直把它揣在身上，没敢丢掉它，为了让自己记住。"

"寡恩之人，必定薄情；善忘之辈，自然负义。少东主你的确做得对，这枚弹壳你拿着，你还是继续揣在身上吧，在下愧疚万分，不知道该对你说些什么。"

马乙麻欠了欠身子，放下了弹壳。

"阁下一世英名，声威并著，但你千计万算，错不该在去年的重阳节当日，鲁莽地设立了一个杀场，又错上加错地朝着惊白开了一枪。"顾山农的抱怨就像过了一冬的菜窖，虽然灰头土脸，但记忆依然鲜亮如昨，"他是我弟弟，更是我这一辈子撕扯不开的骨肉，你对他下手，等于是在戳我的心口，挖我的脏腑，割我的肝胆。"

"山农，我是个军人，我在奉命行事。"

"我懂得，上意难测，主子的意见，你也是不敢不从。"

"是这，事出反常，必有妖孽。新城大营里连续折了七八个人，有的被杀,有的失踪,这些人又跟马长官沾亲带故的,你让三少君如何给河州交代,给他们的爹娘一个说法?"马乙麻同样带着一种怅然不释的表情,哀恳地说,"敲山震虎,那也是长官大人一时间急火攻心,想给你来一个下马威,勒令你停手。"

"这就是说,马长官在怀疑我?"

"不,我不能替三少君下结论。但至少,承平堡的翅膀现在硬了,似乎想单飞。"

"单飞?呵呵,承平堡的旁边就是军部,新城大营号称有三四万将士,我纵然想飞,可飞得起来么?"顾山农兀自苦笑,这半年以来的猜测,终于得到了军方高层的承认,况且是马乙麻这位实力派人物的亲口答复。他一方面心里有了底,另一方面又荆棘顿生,步步惊心:"阁下,我连自己的弟弟都保护不住,我究竟往哪里飞么?"

"我很后悔开了那一枪,山农见谅。"

"就算你不开枪,行刑队照样也会奉命执行,所以我倒宁愿由阁下你来扣动扳机。"

"这是讽刺吧?"

"不,我前不久拔掉了几颗牙,我不会咬人。"

顾山农洞开嘴巴,又迅速合上了,血水溅在了前襟上。

"唉,举国皆然,这是一场大流血的内战,谁都无法幸免,也还看不见尽头。蒋介石正在中原逐鹿,冯玉祥也在角力,各省的地方势力同样在加紧战备,形势相当地微妙。"

"那太远了,山外面的事情,我并不操心。"

"对了,前不久军部给你颁发了一枚勋章,我这次没带来,我暂且替你保管着。"马乙麻谈及此事,略带兴奋,"山农,勋章可是三少君亲自签发的,以嘉奖你前期的作为。保价局开门有喜,如今的业务这么红火,实在是出乎大家当初的预料呀。"

"一手蜜糖,一手棍棒,这难道就是军部的套路么?"

诘问道。

"你看你,翻脸比吹火还快。"

"阁下,俯首于新城大营的人是我顾山农,称臣于马长官的人同样是我顾山农，走狗也好，鹰犬也罢，我跟承平堡就是军部秘密安插在河西一线的暗桩，一个贸易的码头，我干的活越脏，你们的手就越干净，金库也将越来越充盈。坦率地讲，我甘心做这枚卒子，让你们一直在下我，在下这一盘大棋。"

"啧啧，恐怕这就是三少君放心不下的缘故，你这叫以屈求伸之计，卧薪尝胆之策。"

马乙麻突然不悦。

"山农不解，还望阁下开示，给出一个子丑寅卯？"

"你当初低头太轻易了，你也驯服得太快了，甚至连一句反驳的话也没有，不去呛上一声，就迅速归附了军部。像你这样的反常行为，必定是为了窝藏更大的秘密，隐瞒别样的抱负，所以才甘心在平地里久卧，伺机等待，这难免让人生疑。"

"我早就是军部的一个奴才了，我又何必要演戏？"

"呵呵，你原本就扛过戏箱子，你可以抹掉过去，但三少君却记得你的出身。"马乙麻揶揄地说，随手喝掉了半碗微凉的奶茶，他自己又添满了。

"阁下，那我如何才能取信于长官大人，重建他对顾某的信任呢？"

"明日凌晨，天亮时分。"

顾山农猛一皱眉："你什么意思？"

"少东主，照你刚才的那一番恳切态度，在下决定再帮你一回，但也就只能帮到这个地步了。"或许是为了郑重起见，马乙麻绕过了茶几，挨着顾山农并肩坐下，蔼然地说，"我突然有个想法，凉州各界慰问团需要提前出发，就定在明日一早，少东主你是第一扶灵人，刘北楼和张彝则是你的左膀右臂。真的，我可以断定，马长官如果听到你如此爽快，这么有力，他一定会高兴的，他没准还会漫一首河州花儿。"

"我，我刚刚才回来，还这么狼狈，怎么又要出门？"

乞怜道。

一种溃败的情绪从天而降，攫住了顾山农，他不由得剧烈地咳嗽了起来，血水落满了衣襟。马乙麻握住拳头，砸了一阵子顾山农的脊背，咳嗽这才缓解了。阿司匹林，马乙麻忽然想起自己随身携带的这种止痛药，慌忙摸了出来，在对方的手心里倒上几颗，又端起一碗水，催促他赶紧服下去。药倒是吃进去了，但顾山农并没有喝水，而是拌着满嘴的鲜血，硬生生地吞进了肚子里。噎死了，顾山农拔长了脖颈子，喘息不定，马乙麻再次土法上马，一把搂住了他的肩膀，用另一只手在后心里揉搓着，试图让他好受一些。恰是在这个关节上，马乙麻嗅闻到了一种意外的气味，突然间色飞骨惊，草木凄迷，一下子松开了顾山农。

这种味道来自上品的鸦片。在四郡两关之间，它另有一个漂亮的名字：芙蓉香。

炉壁彻底烧红了，祁连山里的木炭，无声无臭，马乙麻却寒意顿生，重新坐在了茶几的对面，冷脸盯视着承平堡的当家人。马乙麻确信，就在顾山农刚才去了一趟堡子的间隙里，他一定举起了烟枪，过足了鸦片瘾，然后佯装清白地回来了。问题出在了哪里？凉州，抑或是兰州城？思想了半天，马乙麻竟也寻不见一个答案，越发地灰败了。在新城大营，沾染鸦片绝对是一种死罪，一律枪决，没有谁敢于犯忌。特务组的工作范畴林林总总，其中的一项要务，便是侦缉走私过境的鸦片，每一年告破的大宗案件，约摸有七八起，令人疲于奔命。一俟拿获后，涉案人员均被秘密处理掉了，部分鸦片却几经转手，又流入到了黑市，埋下了另一桩案件的线头。是故，马乙麻算得上真正的行家里手，对这种杀人害命的东西，他只要嗅上一鼻子，便可以准确地判断出成色与等级。因为这一发现，顾山农身上的气味瞬间被放大了，让马乙麻觉得穹顶之下，充斥着这种神秘而诡谲的异香，既令人困惑不解，又让人呕吐。

糟了，这一切简直糟透了，马乙麻领衔主导的这一项秘密行动，面临着夭折，面对着胎死腹中的境地。这就好比他苦心孤诣，亲手打造了一辆华丽的车轿，辕马配好了，车油也膏上了，鞭子甩了出去，但在起步的那一霎，车轴却突然断了，日塌了。车轴不是旁人，偏偏就是眼前的顾山农。再仔细打量时，马乙麻这才察觉对方的五官略显脱相，局部也变了形，颧骨似刀，眼窝深陷，焦褐色的表情黯然无光。或许是阿司匹林见了效，也或许被特务头子看毛了，顾山农蓦地

一笑,牙花子猩红,央告说:

"阁下,你伸个手吧,我再让你看一样东西。"

马乙麻撕开几张麻纸,却原来是一根指头,骨茬齐整,显然是刚刚砍下来的,惨白,失血,逐渐开始了干瘪。

"咦,你好像一点也不吃惊?"

"让我来瞧瞧吧,这应该是左手的,应该是食指,长满了这么厚的老茧。这个人如果不是铁匠,那就一定是刀客,但这并不妨碍他的凶残,想必这也是他自己情愿剁下来的,以证其心。"马乙麻格外冷漠,就像在百货局里挑一件东西,"呃,他是在向我请罪,我心领了。"

"阁下宽宏大量,恳请你贵手高抬,宽恕了惊白的无礼与放肆吧。"

马乙麻揶揄说:"当哥哥难呀,总喜欢大包大揽,替他遮风避雨,扮演一个圣人。"

"嗯,因为军部令下如山,明日一早,我就要离开武威城,离开凉州界了。我这一走,堡子里便无人主事,内子体弱多病,常年吃药,即便她想给惊白拴一根链子,恐怕也是有心无力。"这一刻的怅惶与感伤发自肺腑,犹若一个人在弥留之际的忏悔,不可能掺杂太多的水分。又道:"阁下跺一跺脚,凉州也会震上三天三夜,所以我把惊白托付给你,至少等我回来的时候,他还是一个活泼泼的少年,还能在这个人世上嬉闹。"

"千万不可,你这分明是在托孤。"

"他本来就是孤儿。"

顾山农伏在地上,郑重地行了一记大礼,对方意欲阻拦时,却已经迟了。

"呵呵,惊白那个小贼骨头,其实我打心底里喜欢,纵然他是哪吒和孙猴子托生的,乌烟瘴气,不可一世,但也奇了怪了,他就是不招人恨。少东主,我坦率地讲,我干的就是刀口上搏命的事情,我对人不抱感情,对任何人,我只是一部杀人的机器,栽在我手上的冤死鬼不计其数,我也不相信你们所谓的报应。"在顾山农惊愕的注视下,马乙麻拾起那几张带血的麻纸,铺在茶几上,将一截断指重新包裹起来,搓成了条状,竟然揣入了怀中。马乙麻笃定地说:"少东主你有所不知，我还欠惊白一堂功课，在你回返凉州之前，我保证他这位小先生安然无恙，连一根汗毛也不会损失，这是马某人的诺言，我说到做到。"

"功课？你跟那个小贼之间，能有什么功课呀？"

"李太白。"

一时惑然。

"瞧瞧，少东主你跟我先前一样，也是一问三不知，被惊白占了便宜。"马乙麻简略地介绍了下半天发生过的那一幕，蓦地失笑说，"这个人间浮世本来就是少年人的，少年们不闹，难道还要让我们去折腾么？呵呵，那个小贼鬼，他还真以为我是一介白丁，不知道李白其人。我当时被问住了，这才给了他偷袭的机会，他下手可真够狠的。"

顾山农哀恳道："他是个孤儿，从慈善堂里抱来的，自小就格外敏感，一向争强好胜。"

"难道他就没有根苗，也不知出处么？"

"一概空白，迄今不知。"

事实上，这个特务头子看似云淡风轻的一句话，不过是虚晃一枪，只想尽快打开顾山农的话匣子，于他的喋喋当中，捕获一些蛛丝马迹，再因势而动，寻找万全之策。

秘密行动业已开始，马乙麻倍感压力空前，他不想因为自己的疏忽，一个偶然的失误，将这一切都搞砸了，在马长官与同僚们当中颜面尽失，进而耽搁了个人的前程。扶榇南下，送灵上海滩，这个天才般的构想，乃是马乙麻一手擘画的；它就像一尊精致的瓷瓶，一旦炸裂，那一声荆棘似的尖叫，谁也难以承受。

"那你说说惊白吧。"

"是啊，再不讲的话，我怕我自己也会忘掉。"

胡笳七十三节

万象互起灭，此心仍自在。

列位，总因笔墨有闲，长夜无端，这里暂缓一步，先叙一桩往事吧。

后来的天主堂虽然被山西会馆强行霸占了，搬离了那一座优美的花园，落脚在了火神庙附近，但信众犹在，香火也不曾绝灭。新一任的司铎来自古浪土门镇，名叫羊唤星，三十郎当岁，眉清目秀，个子高挑，一口土话煞是扎实。据说，羊唤星原本信佛，可当他捧着一盏还愿灯进入武威城之后，忽然间改宗换业，投靠了天主堂，并成为其中最为激进的一员。一年半过去后，凭着他的聪颖与善良，在前任猝然下世、教门无人打理的状况下，经过骨干信众的票决，他被一致公推为司铎，并取得了兰州方面的首肯，就此穿上了大白衣，执掌了天主堂。先时，偶有一些乞丐和绝户的老人去敲门，伸手要馍馍，要开水，要麻钱；可到了慈心于世的羊唤星治下，口子就慢慢放开了，不仅时常发放舍饭，还招呼大家在教堂内过夜。逐渐地，如此的善行就被搅浑了，被曲解了，天主堂的门口竟然出现了弃婴。弃婴倒也罢了，大小还是一条命，也是生人造物的天公请到这个阳世上来的，总归要怜爱几分，但这些娃娃没一个是囫囵的，身带残疾，不是塌鼻子、豁豁嘴、独眼龙，便是脑子不太灵光，一脸的痴呆相。羊唤星却并不生厌，捡上一个，就抱回来一个，视同己出，半年的工夫下来，炕上居然挤满了七八个碎娃娃，一起哭，一起拉，简直就像一窝子羊羔。刚开始，姐妹们还较为热情，惜疼这些没爹没娘的娃娃，纷纷过来搭一把手，但兄弟们不干了，借词推托，怨声载道，前来念经和祷告的人也慢慢地稀疏了，一时间门庭冷落，大有关张歇业的架势。

就在两难之际，制革厂的老掌柜雪中送炭，声称他的几间库房还空着，干脆改造一下，将这些弃婴集中照管起来，不要影响了教门中的日常活动。老掌柜是一名虔诚的信徒，又干散，又守信，当即捐出了一笔修缮经费，还迅速雇来了一批泥瓦匠人，不舍昼夜地实施改造。工程即将结束时，羊唤星从外面拉来了一口铜钟，大约两尺的口径，恳求匠人们又筑造了一座小楼阁，将其悬挂起来。用羊唤星的话说，钟声一日五次，每次敲响时，一方面给天国报告最近的心得，接引天上的福音，另一方面则是将老掌柜的圣行播撒出去，让凉州人尽可能地周知，以此铭记这一桩功德。很快，消息就像长了腿脚似的，传遍了城内外，并惊动了武威县府。就在开张的那一日，由时任县长上官枢森亲自题写的一块匾额，张挂在了门头上，将这里正式命名为：慈善堂。

有了上官大人的褒扬，羊唤星的腰杆子也硬扎了许多，那些财大气粗的势利眼人士，在给佛寺道观捐赠的同时，也会刻意拨出一小笔钱，扔给慈善堂。实际上，这种钱只是过雨，真正能让慈善堂长久维持下去的，则是父老百姓的善待，这家扛来一袋米，那家抱来一桶油，菜蔬也是按季节供应的，从来就没断过顿，犹如涓涓细流，默默地浇灌着这一方田地。名声大了，麻烦也就跟着来了，其中有一度，慈善堂里的娃娃们竟然达到了十七个，做上一大锅洋芋搅团，竟也不够吃，最后挨饿的还是一些大人。阳世上的光阴犹如手中握住的沙子，松了，紧了，到头来终究要漏光，什么也抓不住；唯一值得欣慰的，便是那些娃娃仿佛沙地里的萝卜，呼哧呼哧地长大了，又白又胖，让慈善堂的院子里充满了笑声与欢乐。

翻过年的一个伏天，羊唤星忽发奇想，从天梯山请来了一名画匠，打算在慈善堂的照壁上画一幅圣母育婴图。画匠难肠死了，他画过佛，画过菩萨，也画过香音神、大象和狮子，但圣母究竟什么样，谁也说不出一个确凿的答案。几易其稿之后，羊唤星总算点了头，画匠开始挥毫上墙，一笔一画地勾出了轮廓，接着就是上色。圣母的形象渐渐地清晰了，好像她原本就藏在照壁中，如今只不过是破墙而出，亮相在了武威城。这个过程中，羊唤星率着一帮姐妹坐在门槛上，指戳着，品评着，说笑着，他根本不曾料到，命运就在这一刻站在了悬崖之上，危如累卵。画匠出现了失误，有一笔勾得很糟糕，羊唤星欠身而起，冲上去理论，就在这个关节上，姐妹们愕然发现，他的大白衣上有一团血迹，殷红，刺目，水淋淋的，仿佛刚刚从裤裆里渗流出来。喂，当家的，你的沟子上挂了一颗红日头，你哪里破了么？众人一呱喊，羊唤星拧住身子，拽起大白衣一瞧，当即钉在了地上，脸色煞是难看。照壁下扔满了坛坛罐罐，各色颜料狼藉一片，羊唤星终于从噩梦中苏醒了过来，嗔怪地说：天杀的，我怎么坐在了颜料堆上，可惜了我这一件衣服，我赶紧去洗一洗吧。言毕，羊唤星夹紧两腿，一挪一移地走了。

这个插曲，本来也无人在意，姐妹们一直在架子下帮工，递这送那的，难免被画匠手中的毛笔所侵袭，溅上星星点点的颜料水。可偏偏，门槛上坐着一个年轻妇人，人称米家婆娘，绰号×刀子，早年间为妓，如今从了良，嫁进了一家开水铺子。米家婆娘盯看着司铎刚才落座的那一截门槛，发现了几滴明晃晃的新鲜血迹，于是偷偷地伸出手，揩来了一指头，先是嗅了嗅，而后在指尖上搓开，分析了一番成色。凭着老练的经验，米家婆娘当即断定，这是女人的月水，说明这个穿大白衣的家伙身体有异，正处于月信来临的季节。

主啊，司铎竟然是一介女流，羊唤星原来是一个母的，这个挨刀子的货。

在胸前画毕了十字，米家婆娘仰看着头顶上的小阁楼，幻想自己变成了那一口铜钟，不叩自鸣，一声声地呱喊出去，将这个为人不齿的秘密宣讲给凉州人，闹出来一个天大的动静。实际上，这时候的米家婆娘还算不上一个恶人，性子也不坏，她只是不甘寂寞，不堪忍受开水铺子里的单调与乏味罢了。开水不响，响水不开，恰恰是她这种半生不熟的性格，将慈善堂慢慢地撕开了一道口子，剖心挖肺，去皮见骨，进而送上了一条不归之路。

这以后，羊唤星就格外提防了，碰上每个月的那几日，他总是穿得很厚，颜色深黑，裤脚也扎束了起来，防止跑冒滴漏，大白衣就晾在了院子里，像一记无声的信号。米家婆娘还留意到，羊唤星上茅厕时，老爱单独一人，去得快，出来得也急，经过几次偷窥后，她终于确定这个司铎是蹲着撒尿的，跟自己一样。慈善堂里有两口大缸，专门给娃娃们洗澡的，每次用不完的水，又不想泼掉，姐妹们便脱得精赤溜光，跳入缸中嬉戏，玩够了再爬出来。羊唤星躲避着女人们，但他也不会跟火工、水工和杂工这样的男将们同处一室，而是喜欢在后半夜里，锁紧门窗，吹掉灯火，一个人偷偷地沐浴。这是一段相安无事的日子，羊唤星忙于天主堂与慈善堂的日常事务，无暇分心，却不知道背后有一双紧盯的眼睛，对他寸步不离。米家婆娘几乎快被憋死了，这个秘密时刻发酵着，是屁，又放不出来，是嗝，也打不出来；她随时可以听见自己的肚子里有两个小人在吵嘴，说，还是不说，可真够磨折她的。

不承想，一个儿娃子的到来，点燃了米家婆娘内心的妒火，慈善堂当即危险了。

当初，惊白还不叫这个名字，草鞋无号，野鸡无名，出现得很突然。早起时，姐妹们从各自的家里回来，正在蒸馍馍熬米汤，羊唤星抱着一卷脏兮兮的被单，声称他昨晚夕捡了一个娃娃，喊大家过来认识一下。姐妹们雀跃不已，赶紧将被单搁在了案板上，解开束绳，一层又一层地打开后，果真瞧见了一个碎娃娃，四肢俱全，嘴上没豁豁，耳朵和鼻子也囫囵，毫无缺陷。尤为高兴的是，这个娃娃的裆里有肉，小牛牛翘着，仿佛天上的主宰赐下的一块金元宝。问及来历时，羊唤星却显得吞吞吐吐，只说是有人在后半夜里隔墙扔进来的，恰巧扔在了麦草垛上，才免于受伤。姐妹们思忖，昨晚上的那一场秋雨下得很大，或许是司铎没听见敲门声，那个狠心的爹娘才这般下作，一弃了之。争看了半天，被单里的娃娃一直酣睡着，怎么也弄不醒，一个饶有经验的妇人呱喊说，坏了，坏了坏了，这一定是被喂了药，成心让他睡觉的，必须抓紧洗胃灌肠。妇人拿来了一块土胰子，在脸盆里搅成了光滑腻手的黄水，滴了不少清油，一半灌进了娃娃的肚子里，另一半搓洗肛门，立刻见了效。上吐下泻之后，这个娃娃终于嚎哭了出来，撅起屁股，站在了案板上，并当着大家的面，撒了一泡长长的尿。姐妹们喜极而泣,并不嫌弃那些被尿水打湿的馒头,因为这是童子尿,吃了沾吉,于是迅速瓜分完了。这以后,慈善堂里有了一个新娃娃,名字很古怪,就叫胰子。

真的,人都是偏心的,一碗水永远也端不平。除了去天主堂祷告外,姐妹们在白昼里的时光,大部分花在了娃娃们的身上,这当中尤以胰子最受宠爱,不单单因为他的囫囵,还缘于聪明伶俐。彼时,胰子也就三四岁的样子,眼睛里布满的那种惊魂之色渐渐褪去了,入睡之后的痉挛与抽搐也消失了,吃得多,拉得也多,天天在院子里闹腾不休,如同一只幼兽,更是博得了姐妹们的欢心。但是,米家婆娘从来也没有抱过一回胰子,在她的心目中,这个娃娃是一根刺,一根肉刺,让她坐卧不宁,丢尽了颜面。从良之前,米家婆娘在兰州城卖过,在张掖卖过,在酒泉和敦煌也卖过,上了一定的岁数后,嫁进了武威城,本想给开水铺子的老掌柜生养个一男半女,可肚子就是不争气,而后又被几个大夫确诊,她这辈子不会有后人。嫉妒就像一根洋火,悄悄地揣在了她的身上,一旦擦着的话,纸是绝对包不住的。

秋上的某夜,大概是中秋节前夕,四喜班在城隍庙内连演几台大戏,一时间万人空巷,举城皆欢。权爱棠大人惦记着那些没爹没娘的娃娃,特地装了满满一车的月饼与瓜果,叮嘱管家送到慈善堂去,旁边的达云闻听后,当即跳上了马车,非要去看看新鲜,长个见识。天色昏黑了下来,抵达了目的地,却发现整个院子里没人,娃娃们睡在一面土炕上,正在梦周公。踅摸一大圈,两个人终于发现了一间亮灯的屋子,遂站在了窗口下打望,突然就被眼前的那一幕吓傻了。

这是个机会,发泄的机会,让自己舒坦一下的机会,米家婆娘当然不肯错过。

平日里,只要周围无人,米家婆娘叼上个空子,便会对胰子动手,要么扇几个耳光,要么掐一下软肉,听见娃娃的哭声时,她的心才能熨帖,仿佛喝下了一碗蜂蜜水那般滋润。但是,类似的暴力往往会留下若干痕迹,米家婆娘也胆怯,几经琢磨之后,她终于找到了一种天衣无缝的酷刑,并偷偷地对胰子下过几次手,感觉异常刺激。大刑伺候,在这个阒寂无人的夜晚,米家婆娘的阴毒与变态彻底爆发了。她站在两口大缸前,抓住胰子的双腿,倒提起来,慢慢地将娃娃戳入水中,淹上那么一阵子,然后再拔出来,探一探气息。要命的是,一口缸里是烫水,另一口则是冷水,这一冷一热之间,胰子的皮肤忽而彤红,又忽而煞白,布满了粗砂纸一般的鸡皮疙瘩,这正是米家婆娘的开心所在。一旦被淹进了水里,胰子挣扎着,扭动着,从深渊中冒出来的一串串气泡,密集而广泛,好似一个濒死之人在求救,在呼号。很快,水面就平静下来了,不再动弹。米家婆娘又将胰子拎出来,担在了缸沿上,朝着屁股蛋子猛击几巴掌,直到把娃娃打醒,吐出第一口水来,这才知道他还活着,还可以继续被虐待下去。胰子醒来后,一没有哭声,二也不动弹,就像从大牲口身上卸下来的一块软肉,刚刚被淘洗干净,等待下锅。

歹毒往往是骨子里带来的,这个妇人歇息上片刻,又开始了新一轮的迫害。她拎起胰子,戳在了烫水中,诡笑说:来,娘给你吃一口热饭。到了冷水缸里时,她又道:小贼,还是冷食好,你干脆自己下去吃吧,娘现在要洗脚了。胰子在水中沉沉浮浮,米家婆娘却骑在缸口上,一边搓洗脚丫子,一边踩踏着娃娃,她浑身的肥肉也在乱颤,激动不已。

究其因,惊白日后所患的那个难以启齿的毛病,长期尿炕的习惯,就是在这个秋天种下的因果,并因此获得了一个尿太子的坏名声,难以根除。多年之后,在北郊外的刑场上,一颗子弹炸响在他的耳畔时,惊白本应该屎尿横流,魂飞魄散,但他却奇怪地关闸落锁,大小便不曾失禁,这个病也就不药自愈,阴报变成了阳报,从此不再惧怕水,彻底恢复了一个儿子娃娃的自尊。此乃闲话,打住。

门外,达云已经看哭了,趴在窗台上,吞声饮泣。多一事不如少一事,那个疯婆子在惩罚她自己的娃娃,天经地义,谁也不愿意去踩这一堆狗屎。管家当即改了主意,打算将这一车月饼和瓜果送给无量寺,去做供养,却不承想,大小姐的几句话让他心上一疼,双腿灌满了铅水。那时候,达云也不大,个头也就刚刚超过了窗台,简直哭死了,泪下如雨地说:弟弟,我要这个弟弟,咱们领回家去吧!管家相劝道:人家的命根子,那又不是咱们藤蔓上的葫芦,不在一个根脉上，赶紧走，少给你爹添麻烦。达云立刻倔强了起来，一口叼住她胳膊上的软肉，威胁说：叔，我偏要这个弟弟，你不去劈山救子的话，弟弟就会被淹死，那我也就不得活了。弟弟，廖逢节咂摸着这个嘹亮的称呼，似乎也被一种神秘的意志所控制，突然解开了腰间的牛筋绳子，大吼一声，破窗而入，迅速将米家婆娘捆绑了，一脚踏翻在了缸下。

　　达云冲上前去，从水缸里捞出了胰子，拿着抹布，胡乱擦了一通，将其裹在自己的罩衣里，掉头就跑。合该要出事，羊唤星在秦腔《三滴血》开演之前，一是心慌，二是眼皮子乱跳，预感不祥，便脚不沾尘地返回慈善堂，在门口迎面碰上了达云，听见了胰子的哭叫，当即断定这是一个偷娃娃的女贼。正在撕扯不休时，廖逢节跑将出来，劝开双方，并简单说明了原委，声称这只是一个误会。的确，那一辆马车的记牌，以及叠山架屋般的月饼和瓜果，分明出自权爱棠大人的府上，而眼前这位目中闪闪、五官娇媚的女子，竟然又是权家的大小姐下凡，羊唤星虽然一时迷乱，连续画了几个十字，但还是感激主的恩赐，安排了这一幕相见。循着一声声救命的喊叫，大家放弃了客套，重新回到了那间亮灯的屋子里，却发现米家婆娘正浸泡在大缸里，一边喝水，一边求饶。管家愤慨道：神甫你大可放心吧，她这一身肥膘，淹是淹不死的，除非她交代了杀人的动机，否则我再去挑两担子水来，专门挑开水。

　　米家婆娘根本经不住折腾，见事情败露，气焰也随即削灭了大半，承认了自己的罪孽。然而，她毕竟没有辜负×刀子的绰号，表面上服软，却一直等待着反扑的机会。达云的仇恨犹在，恼恨地说：报官，押到县衙里去报官，最后是杀是剐，听凭天台大人的裁决，我和叔可以站在公堂上作证。羊唤星并没有采纳这一建议，亲手将米家婆娘拽出了水缸，解开了绳子，快快地说：去吧，你把自己的饭碗拿走，原回你的开水铺子里过活，慈善堂没有你的户头了，我抽空向主告解，让主降罪在我的身上。见大势已去，米家婆娘如蒙大赦，连滚带爬地跑掉了，但是到了门端里，这个歹毒至极的妇人丢下了一句咒语，从而引爆了武威城里一系列的惨烈悲剧，就连她本人也最终难以幸免。当时,米家婆娘阴笑地说:呸,等着瞧吧,你就是一只母老鸹,你不要在慈善堂里扮公狗,我的唾沫星子毒性大,仔细我填满了你裤裆里的那个黑窟窿,那个大涝坝。

这个关节上,羊唤星翘趄一番,面色发红,手心出汗,仿佛真的带着一种女儿态。她赶紧将脑袋埋在了冷水缸里,好半天才拔了出来,开始哄娃娃。

见慈善堂开始内讧,姐妹们反目,达云倒也知趣,纵然有一百个不舍,也没再提那个非分的要求,将怀中的胰子交给了司铎。羊唤星乃是一个解人,迅速看出了个中的意思,相告说:大小姐可以随时来慈善堂探望这个娃娃,一回生,二回熟,不必太拘礼,也不必带那么多的礼当呀。达云登时宽下了心,指着胰子脊背上的那几粒小痣,告诫说:我可盯住他了,这就是记号,谁也哄骗不了我。管家卸下了车上的礼当,载着达云,殷殷辞别,驶入了武威城内空旷的街巷。那一刻,凉州的月亮开始圆了,饱满却是几天后的事情。

但是,这一切尚未平静,因为×刀子还在,被慈善堂扫地出门的米家婆娘,面子上挂不住,总要替自己找一个堂皇的理由。白昼天,米家婆娘斜靠在开水铺子的门口,一边嗑麻子,一边呸呸呸,逢人便说:风水坏透了,天主堂里的那个神甫原来是个母的,她来路不明,一定是别有企图,千万不能让土门镇的乡下人得逞,糟践了凉州的这一锅清水呀。呱喊了几日,见效果不大,米家婆娘掐指一算,又幸灾乐祸了:你们快去看呀,那个姓羊的司铎又到了月信的日子了,她一边上香,一边沟子里流血,大白衣都被染红了,我可是亲眼见到的,骗你们我就去茅厕里吃屎。本来,天主堂一直影影绰绰的,似乎跟凉州人隔着一层纱,不像佛寺与道观那么亲近,信众虽说不少,但总归比例不大。可笑来了,凉州人爱看可笑的毛病这下子犯了。在这个重男轻女的人事社会中,一介女流,尤其是一个屁股上不干净的妇人,竟然霸占了一方地盘,公然作法,这让大家在失笑之余,又感到了一种深刻的冒犯,一种亵渎。那一阵子,不管在天主堂,还是在慈善堂,羊唤星的那一身大白衣俨然是焦点所在,走到哪里,总是拖曳着一群人,仿佛一把扇形的扫帚,踏起了弥天的烟尘。在最初的慌乱过后，这个女人机决明断，下了一记先手棋，自己跑去了县府里投案自首。

在公堂上，羊唤星除下大白衣，露出了一身女儿装，满脸娇媚，楚楚动人。

此前，县长上官枢森就给慈善堂授予过一块门匾，至今仍旧张挂着，那是他的脸，更是他的权威，岂容抹杀与亵渎。在听罢了羊唤星的陈词后，上官大人将她引入了内帷，攀谈一番，复又归来，遂当庭宣判。在凉州百姓的热切注视下，这位开明而激进的湖南人士讲了两点：其一，如今共和定鼎，民国初造，不但实现了五族和睦相处，还要力求一个男女平等、天下大同的未来世界；其二，既然百千年以来，凉州社会中就有女方丈、女住持、女道长，那么现在多了一个女神甫、女司铎，又有何不可？并且在他看来，佛祖、玉皇大帝和天主诸兄弟，其实就是一座窟子里的神仙伙计，同在一个锅里盛饭，同在一个炕上做梦，难分彼此。判决下来了，令人意外的是，上官大人竟然勒令羊唤星当庭放足，扯掉了又长又臭的缠脚布，弘扬天性，以便将来更好地服务于天主堂，同时致力于慈善堂的各项事务。那天午后，羊唤星提住裤脚，踅出了武威县衙，一对白生生的脚丫子，就像削掉皮的洋芋蛋子似的，不敢触地，还险些摔了一个跟头，幸亏被一堵墙扶住了。好事做到底，送佛送到西，上官大人当场派出了自己专用的那一顶轿子，一路喧哗，将重新恢复了女儿身的羊唤星护送回家，众人只好乖乖地闭了嘴。

消停了一段时间，武威城里波澜再起，恶浪滔天，几乎淹没了这一座河西首郡。

那个下雨的晌午，羊唤星正在天主堂内做弥撒，一个姐妹疯跑过来，告知说：不得了了，画匠正在慈善堂里发症，圣母没命了，圣子也快咽气了。半天也问不清楚，羊唤星便丢下经书，火急火燎地赶了回去，发现慈善堂的门口人山人海，没一个劝服的，基本上都在煽风点火，怂恿不休。在绵密的雨水中，来自天梯山的画匠挥动着长鞭，正在抽打照壁上的圣母育婴图。鞭子过处，那些绚烂的色块被支离了，被瓦解了，一对哀伤的母子累累伤痕，不复从前。画匠仍不甘心，拿来了一把刮刀，拼命铲除着剩余的壁画，咒骂不停。羊唤星拽住了对方的胳膊，哀告说：你对慈善堂有气的话，你就尽管撒在我的身上吧，圣母没惹你，圣子也无辜，你又何苦在这里砸锅倒灶，陷大家于不义呢？画匠擦干了雨水，收住了眼泪，终于认出了这位身穿大白衣的女司铎，逼问说：咹，我跟你没上过炕，也没在炕上咥办过男女之事，更谈不上生养过一个娃子，对不对？羊唤星登时头皮一麻，料定灾难来了，呵斥道：这里是教门，不是撒泼的地方，你可不要血口喷人，栽赃陷害，小心我轰走你。画匠不依不饶，吐露说：天老爷知道，我在慈善堂里只是画了一个娃子，我没跟你有过龌龊的交往，但这一股邪风吹到了天梯山，方丈大怒，已经将我除了名，撵出了山门，我只有这样鞭打一顿，才能出了这一口恶气。言毕，画匠哭着走了，也不知最终去了哪里。

当着凉州人的面，羊唤星放弃了抗辩，仰看着头顶上无涯的雨云，伸出一只手掌，接住了几滴雨水，幽恨地说：清者自清，浊者自浊，主啊，你最好下大一点，再下大一点。

气候进入了寒季，天主堂附近的婆娘们总喜欢搬上马扎，围坐在向阳的墙根里，一边晒日头，纳鞋底，一边戳是弄非，乱嚼牙茬。不巧的是，羊唤星正在绳子上晾晒大白衣，闻听大家正在谈论自己。一个婆子说：姓羊的女神甫就是个娼妇，她可金贵了，一般明里不卖，只在暗地里卖，如今得了道，攀上了高枝，只卖给县府的上官大人。另一个却道：的确，其实早就在卖了，人家跟上官大人还结了一只瓜，瓜的名字叫胰子，三四岁的儿娃子，现如今就寄养在慈善堂里，其他的那些半脸汉娃娃，不过是替她打掩护罢了。说到了兴奋之时，婆娘们开始回忆在公堂上的那一幕，上官大人将司铎请入内帷，大概是在统一口径吧。至于羊唤星的那一双白脚丫，肯定也被上官大人抱过、摸过、啃过、嘞过，想必还嫌不过瘾，所以才勒令她放了天足，以后可以当猪蹄子啃了。婆娘们开怀大笑之际，一旁的晾衣绳突然断了，羊唤星缠裹着那一件大白衣，重重地栽倒在地，晕死过去了许久，最后孤零零地爬起来，却见四下里阒寂无人，竟然连眼泪都是疼的。

谣诼纷起，负谤难明。画匠是一根锥子，而婆娘们嘴里的毒汁，则是一大把飞针，每一样都戳在了羊唤星的心口上，令其躲闪不及，遍体鳞伤。羊唤星思忖，自己已然成了凉州人的主要谈资，成了他们碗里的盐、杯中的茶、晚夕里的灯台，还不知道下一场灾难究竟在何处，于什么时候爆发。眼下最重要的就是去一趟县府，上官大人乃是恩人，他的声望受损了，他的名誉被玷污了，只有抓紧告诉他，让他及时止血，方为上策。岂料，羊唤星跑到了武威县府，传事室的门人却说，上官大人业已返乡，回湖南老家省亲去了，大概在次年的春上，才能返回河西。

羞臊，惧怕，抬不起头来，一种前所未有的恐怖感，一种旷野般的无助与乏力，开始像那个冬天的落雪，一波紧似一波地袭扰而来，加重了悲剧的成分。羊唤星不敢在白昼天出门，胆怯那些蜚短流长，害怕那些指指戳戳，但灾难还是不请自来，寻到了慈善堂的门上。

一日傍晚，羊唤星正在搓洗一堆尿褯子，忽然瞭见制革厂的老掌柜拄着拐杖，蹒跚了进来，心下大惊，当即搀住了对方。老掌柜瞅了半晌，眼泪唰地淌了下来，凝重地说：闺女，你就是一个女圣人，活菩萨，可是凉州容不下你，你最好另寻一块地方吧；我要收回这个库房，我的那几个后人天天在打架，扬言要分家产，要吃了我，我也是活够了。羊唤星究问原因，是不是慈善堂和她做错了什么，连累了老人家？对方却道：唉，武威城里的唾沫最毒，人心也最是险恶，不提也罢！你是个体面人，你是教门里的上等人，千万不要落上灰尘。临走前，老掌柜意外地说：胰子呢？让我见见那个叫胰子的娃娃。羊唤星顶着风雪，赶紧将胰子抱将出来，放在了地上，催他喊爷爷。娃娃怕生，一直咬着手指头，始终也不开腔。老掌柜蹲下来，用雪搓净了两手，抚摸着胰子的脸蛋，一时间泣不成声，最后还掏出来一包六合糖，行了见面的礼性。当天夜里，老掌柜便用一根绳子，将自己吊死在了制革厂的门梁上，等被人发现时，他早已冻成了一块冰疙瘩。

孰料，制革厂的后人们犹不罢休，一方面大办丧事，另一方面捣毁了慈善堂，将大人娃娃全部驱逐了出去，撵进了天主堂。羊唤星仍记得老掌柜的诸般恩情，各种友爱，在最后的时刻，亲自找上门去，打算给老人家抹一点圣油，祷告一番，但那几个贼儿子因为瓜分家产不顺，凶焰正炽，便将各自的怒火，统统发泄在了这名司铎的身上。婊子，娼妇，母狗，卖沟子的，当着一帮吊客和凉州人的面，羊唤星被剃成了阴阳头，扒光了衣裳，赤裸裸地站在了寒天冻日之下，仿佛一只待宰的羔羊。啧啧，这个烂货的确是一个如假包换的女人，小骨架，细脖子，凤凰肩，两个奶头猖獗地翘着嘴，裤裆里也是空的，肯定没有男人的那一件家什。彼时，人们觉得这个妇人似曾相识，恍惚了半晌，这才忆想起来了，原来被铲除的照壁上的那一位圣母，跟她就像是一对孪生的姐妹。遁逃不得，号哭也无益，正当羊唤星走投无路时，米家婆娘从人群中闪了出来，拾起地上的那一件大白衣，罩住了司铎的前后左右。当然，米家婆娘并非路见不平，拔刀相助，而是为了递一句话，落井下石，获得一种报复性的快感。她的嘴凑了上去，悄声说：开水不响，响水不开，这下子够你喝一壶的了。

需要补缀的是，这一系列的悲剧，最后竟以米家婆娘的暴亡而收场。大概半年后，她的丈夫，也就是开水铺子的老掌柜，从一口铁锅中捞出来一具完整的白骨，又对前来勘验现场的巡警说：唉，不听话么，我不让她去洗锅台，她偏偏要爬上去！八成是摔倒了，一头栽进了开水里，这下子把她自己给煮熟了。

路虽然绝了，但天主堂的兄弟姐妹们并不屈服，他们的身上仍旧披挂着上帝的光辉，行着地上的公义，念唱着人世间的美好。几经合议之后，大家化整为零，将那一班娃娃各自领回了家，安顿在了自己的户头上，心生欢喜。最后剩下的就是一个胰子，他是司铎的，他是羊唤星的，谁也不想过问，也不打算插手。

雪下了整整一夜，上午时还不曾停歇。车轿从梅郎中家里回来，停在了权府门口，达云提着药篮子跳下车，猛一抬头，瞧见了兀立在罡风当中的羊唤星，一袭大白衣，头发也被剃光了，苦楚而笑。胰子呢，那个小弟弟呢？怎么就你一个人么？达云喜出望外，瞧了瞧附近，口气稍显落寞。发现了药篮子，羊唤星当即退缩了，但还是架不住大小姐的热情，管家也闻声出来，连拉带拽地将其送进了院子里。简单说明了来意，达云和廖逢节一点也不惊诧，似乎街上的那些流言与谤语，对权门无效，百毒不侵。彼时，权爱棠大人正在上房里会客，或许是受了凉的缘故吧，咳个不停，咳得很厉害。达云反正不顾及这些，尖喊了一声，闯进去通报，很快就讨来了爹老子的首肯，将司铎延入门内，相互绍介了一番。

羊唤星脱下大白衣，欠身一礼，那种无助而仓皇的表情，令权爱棠和他身边的客人大感意外，蔼然道：闺女，神甫，天主堂的善功我一向钦佩，慈善堂最近的变故我也有所耳闻。虽说教门不同，信仰各异，但我十分清楚，如果不是迫不得已，你是不会上门来张嘴的，你但说无妨，或许我还能用得上，助你一臂之力也未可知。瞭见客人在场，羊唤星一时语塞，心中揣着一方磨盘似的，沉重不堪。权爱棠立时恍然，拉住司铎的手，热络地引见了一番，彼此匆忙行礼。尹先生？闻听了这个名字，羊唤星的心脏几乎要跳出了腔子，简直不敢相信本尊就在眼前，这两位凉州的天空下最为显赫的门面人物，仿佛约好了似的，赐下了这个机会，真是千载难逢呀。偏巧，达云这时候开始捣蛋了，踩住桌子，趴在父亲的脊背上，又是耳语，又是抓挠，哼唧一气，那个意思再也明确不过了。权爱棠相问说：胰子呢，你怎么没带那个娃娃来家里？喏，你看院子这么大，要是再有一个娃娃跟小女一起堆雪人，岂不是一桩快事？羊唤星哀恳道：大人，我正是为寄养一事而来，容晚辈慢慢禀告。

兹事体大，达云被管家领了出去，闭上了屋门，上房里忽然间肃静了许多。

咦，听说慈善堂的娃娃们都被遣散了，真是太可惜呀！好好的一个坛场，悲深愿重，庇护生灵，怎么会落到这个地步？尹先生唏嘘着，忍不住发问。羊唤星答复说：的确，慈善堂的路绝了，天主堂也踩在了冰面上，随时会有一个窟窿，谁也保不住明天，这就是我来求见权大人的目的。尹先生再道：神甫，依我的看法，这天主堂在凉州的地界上，陆陆续续也有百十来年了，一向友善，与邻和睦，总不会因为一场流言，一次中伤和诬陷，就这么大伤元气吧？这一番礼遇之态，令羊唤星噙住了眼泪，恳切地说：先生，我不过是一根弱草，风从哪个方向刮来的，我实在看不清楚，我也迄今不知，但这一股风伤人害命，杀人不见血，恐怕日子也不多了，最后的荆冠还得由我来戴，我其实不惧。尹先生似乎听懂了，喟叹道：唉，山河瓦裂，兵连祸结，只要国家不统一，风水糜烂，这一片土地就像多门之室，妖风盛行，难有宁日呀。羊唤星凄楚一笑：先生，你大可不必伤感，该来的总归要来，想必这一切都是天主的试探，在磨炼我，在拷问我，我其实天天都能听见天上的歌声，我并不孤单。这一霎，权爱棠接过了话茬，相问说：闺女，听你的口音，你来自古浪，应该是土门镇人氏；我冒昧地请教一句，你是如何穿上这一件大白衣的？羊唤星盯望着头顶上的仰衬，思忖了片刻，因笑道：大人，恕我无礼，我没有从前，我的前半生形同一张白纸，我天生就应该如此，这件大白衣便是我的天命，也是我的功课。被拒绝之后，权爱棠反而好奇心陡生，虚声下气地说：唉，我膝下也有一个小女，你方才也见过的，我这个人眼睛浅，见不得妇孺们受难，你既然看得起我权某，寻到了我的门上，你尽管吱声，我绝不会说半个不字。这些亲爱如素识的话，惹得尹先生也在频频颔首，连连称赞，却并没有引起羊唤星的呼应，犹如热火碰见了冷灰。后者沉吟道：大人，你的发心不端，假如你是出于怜悯、眼泪和不忍，那我现在掉头就走，不再叨扰了。权尹二人面面相觑，也不知病因何在，不约而同地抱拳一揖，愿闻其详。这么着，羊唤星缓颊道：其实，咱们都是寄养在大地上的羔羊，上帝牧我，上帝也牧着权大人和尹先生，同样也牧着整个凉州的父老百姓；即便教门殊异，歧见颇深，你们不愿苟同，但毕竟男女一致，生而平等，所以我也不能强求，一切都仰赖天主的旨意吧。女儿达云数次的威逼，司铎的板正之辞，让权爱棠恍惚觉得，此君乃花木兰再世，杨门女将重生，不由得拊掌而笑，态度立刻绥靖了：好我的闺女，在下恭敬不如从命，那就让我这个老羊，带着两只小羔子，继续在这一片绿洲上啃青吧。

事实上，在表面的客套中，权爱棠的内里却波浪翻卷，心投意洽，格外地看重这一刻。因为他从羊唤星的言辞与表情上，捕获到了一种画关为牢的决绝，一番风中烛光的神色，一份花就与心、同归于寂的烈士般的笃定。无疑，这些发现都源自女司铎信仰的血肉，精神的节操，不仅十分罕见，而且可以说在凉州境内，几近于绝灭。信，不管什么人一旦去信，去追随，去践行，去捐献，那么他的身心当中，必然携带了一种光芒烛地的勇气。小先生，权爱棠突然间失控，在心里美美地喊了这么一嗓子，深感这刹那之间的教化，犹如点石成金，让自己窥见了这个人世上最为耀眼的一根闪电，一道霹雳。多年以后，在面对承平堡的生死存留之际，在最后的关头，恰恰是因为权爱棠忆想起了这一日的晤面、女司铎的不羁与傲然，于是果决地放出了一记胜负手，投下了一枚关键的棋子。此乃后话。

闺女，既然你这么放心我，要将胰子寄养在我的名下，那你好歹也要告诉我一声，他的出处，他的根苗，他的身世吧？权爱棠业已首肯了，答应收养这个娃娃，这些问话不过是为了更加清晰。羊唤星叹息道：大人，实话说吧，我掌握的并不比你多，我只能根据一些针头线脑的细节，说个大概。权爱棠问说：胰子的爹娘是谁，他是哪一根藤蔓上结的瓜？答复道：不知他爹娘究竟是何人，更不知道他是旱路上来的，还是水路上来的，但似乎出身高贵，背景深厚，绝不是一般人家的后人。权爱棠一怔：他是贵胄子弟，何以见得？回答说：因为那个前来托孤的人，称呼这个娃娃叫少主子，言谈之间毕恭毕敬；对了，他们应该是北疆一带的刀客，口音错不了。

往事不远，羊唤星犹记得那个雨夜的诡谲一刻。当时，她刚刚忙罢，正要吹灯入睡，却听见慈善堂的大门被叩响了，声音很急。待披衣下炕，羊唤星提着一盏方灯，开了门之后，一个黑影突然飞扑过来，打灭了灯笼，又忽地跪在了她的脚下。在清凉的秋雨中，一种血腥的味道格外刺鼻，它不仅仅来自眼前的这个下跪之人，还因为附近街角上的几名同伙，想必他们刚刚从一场恶战中脱身，扛着半条命前来求救。慈善堂里有药，羊唤星本打算邀他们入内，赶紧包扎一下，不要被雨给淋坏了，却见这个头戴马夫帽的汉子，匆忙解下身上的一只背篓，塞进了她的怀里。黢黑中，羊唤星伸手一探，摸见了一卷被单，再一伸手，竟然抓住了一团蠕动的肉，原来是一个碎娃娃。汉子哀恳地说：恩人，这是我家的少主子，因为事发突然，一切都来不及料理，我们也算是走投无路了，所以才来打搅你，暂时将这条命寄养在慈善堂的门下，三日之后，我们再来抱他，到时候给你磕头也不迟。三天，三天不过是一眨眼的工夫，但羊唤星多半是出于天性，源自对娃娃们的一贯喜爱，慌忙搂住了那一只背篓，生怕对方变卦，再抢了回去。羊唤星道：你稍等，我进去给你写一张条子，留个字据吧。汉子抄起地上的砍刀，腾身而起：不必了，有恩人你在，我们的心落在了腔子里，一百个放心。言毕，这一干人消失在了雨雾中，连血腥气也被风吹散了，只留下了一个巨大的谜团。

　　三天过去了，到了第五天的时候，羊唤星听说西门上悬挂了六颗人头，县府的告示声称，在军部的大力协同下，一举歼灭了这一支来自北疆的乱匪团伙，就地处决，以彰正义。羊唤星吓得没敢去看，这些人头究竟跟那个雨夜的刀客们有什么关联，又和这个娃娃瓜葛在了哪里，便也失去了答案，反正胰子从此滞留在了慈善堂，无人认领。羊唤星一向口紧，类似的疑问绝不示人，哪怕现在面对着权大人和尹先生，她也将秘密烂在了肚子里。

　　依我看，最近的气候太差，这个雪下成了灾难，咱们就不妨干脆一点，等一阵让管家备了车，先送闺女你回天主堂，而后将胰子接过来，岂不更好？权爱棠快人快语，已然是喜上了心头。羊唤星却道：不可，一般的人家抓个羊，设个席，待个客，还要挑一个日子呢，况且这是抱养一个儿子娃娃！是这，明日晚饭前后吧，咱们以钟声为号，劳烦大人和先生在慈善堂门口见面，我再把胰子抱给你们，两不耽搁。谈妥后，羊唤星便要告辞，临到了门端里，又被权爱棠喊住了，相问说：胰子这个名字太古怪，我寻思着换一个，换个正式的大名，那么这个娃娃的本家姓啥，你有没有线索？羊唤星道：我当时也问过，但因为下雨的缘故，我听得不很仔细，他们说姓徐，可究竟是双人徐，还是言午许，我实在是不确定。自然，命名的任务落在了尹先生的头上。根据女神甫的介绍，这个娃娃得了尿炕的毛病，天天晚上尿，一旦鸡叫了，天亮之后，他的裤裆里也就能夹住尿水，与正常人无异。尹先生扑哧一笑，拍板说：惊白，干脆就叫徐惊白吧，意思也有了，念着还上口。权爱棠连连称是，又阐释道：夜里受惊，期待着雄鸡一唱，大白于天下，就这么定了，现在把胰子作废吧。

次日晚夕，天色还没有彻底黑透，但是雪下得很急，街上几乎不见行人。

听见头一遍钟声时，权尹二人不敢怠慢，深一脚、浅一脚地赶到了慈善堂门口，拔颈瞭望，这才看清羊唤星站在阁楼上，还在敲钟。自打制革厂的后人们收走了这座院子，铜钟就一直哑默着，现在突然发声了，不免让附近的街坊们撂下饭碗，纷纷跑出来看热闹。实际上，这是司铎刻意为之的，她知道，就在这钟声一圈圈播远的过程中，自己已经清晰地布下了线索，留下了头绪，武威城内一定有来自北疆的耳朵，获知了这个消息。再说了，一个是权大人，另一个是尹先生，这两位著名人士携手出现，街坊们不惊上一跳才怪呢。可偏偏事与愿违，待羊唤星从阁楼上走下来，见到了对方后，附近几乎连一个围观的人也没有，除了落雪，还是落雪。行罢了见面礼，羊唤星从一辆带暖炉的轿厢中，将惊白款款地抱将出来，噙着泪水，交在了权爱棠的怀中，又赶紧在胸前画了无数个十字。新棉衣新帽子新鞋，惊白穿得肥肥硕硕的，一点也不怕生，搂住了权爱棠的脖颈子，仿佛前世有缘、今生重逢了似的。辞别后，羊唤星披着大白衣，孤独地站在风雪当中，瞭看着大人和娃娃消失了，终于哭出了声，掉头而走，复又登上了阁楼。

但是，这一回的钟声只响了两下，突然就中断了，武威城里并没有人在意。在跨入黑夜的一瞬，那一件大白衣飘下了阁楼，重重地摔在了石阶上，一股鲜血就像梅花似的，绽开在了雪地上，惨烈而凄冷。直到开春后，羊唤星的尸骸才被人发现，慈善堂的大门从此永远关闭了，天主堂的院子里也是野草连天，成了黄鼠狼和老鸹的乐园。

或许，恰是因为这个噩讯，权爱棠悄悄地将惊白送到了乡下亲戚的家中，回避了街上的流言与恶意。这样疯玩了三四年，等到了开蒙的年岁时，惊白再次进入了权府。

叙罢了往事，这一次的围帐夜谈，似乎也到了该结束的时候。闻听黑马在帐外咴咴地嘶鸣，马乙麻掏出怀表瞄了一眼，心知还有一场功课在等着他自己，现在赶回新城大营的话，兴许还来得及。但更为要紧的，门外头还有一个小插曲，那也是他分内的事。顾山农又烧开了一锅奶茶，沏在碗中，奉给了这个特务头子：

"阁下，天气太冷了，你赶紧暖暖身子。"

"你忘了放盐。"

顾山农一拍脑门："哎呀，你看我这个死脑子，难怪你不大喜欢喝。"

"呵呵，我一直在等你的盐，可你就是忘了放，让我无滋无味的，口中寡淡极了，感觉也不甚过瘾。"针对顾山农刚才的那一大堆讲述，马乙麻判断他在提防，他在掐头去尾，他在反复斟酌，他在尽可能夸大一些细节的同时，又在刻意隐瞒着某些事实。有鉴于此，嘲讽是必要的，敲打一下他也未尝不可，马乙麻诡笑地说："少东主，你有所不知，当年开水铺子里的那一桩惨案，并不是像你讲的那样。"

"米家婆娘？"

"对，她并不是从锅台上失足摔倒的，她是被人活活煮死在开水锅里的。"马乙麻起身，掸了掸肩上的煤灰，打算出门，"马警队队长王伯鱼，原本姓米，开水铺子就是他亲老子开的，也就是说那个该死的婆娘，其实是他的后妈。"

"王伯鱼？他杀了自己的后妈？"

"不，他那是在执行任务，奉命行事，不值得大惊小怪。王伯鱼当时还很年轻，刚刚进入巡警队，恐怕再也没有比他更适合的人选。后来巡警队被裁撤了，成了现在的马警队，他也算是一步登天。"撩开了棉门帘，马乙麻的半个肩膀已经出去了，又回头说，"太吵了，那个米家婆娘太吵了，武威城里需要安静，所以容不下她那一张×刀子嘴。"

"这是机密，阁下为什么要告诉我？"

"嗯，除了安静，还需要忠心。"

马乙麻款笑道。

胡笳七十四节

金乌杳然，玉兔东升。

虽然没带马灯，但承平堡东墙下的这一片校场上，依然弥散着一种寒凉的清辉，似乎能照见附近的牛皮鼓，也能细数出顾山农此刻的心跳。这种清辉并非来自乌鞘岭方向上的一弯月牙，也不是郊田上积雪的反光，而是那一副银鞍子的光芒所致。马乃灵兽，况且是这样一匹高大的神骏，嗅见了马乙麻的气味后，从昏黑的墙根下踱了出来，犹如一尊巨鼎似的，令脚下的冻土也在震颤，寒瑟不已。

那一瞬，顾山农其实看花了两眼，因为这一匹炭黑的大马混同于夜色，突然间隐匿不见了，视野中唯有那一副发光的银鞍子，兀自悬浮于空中，正慢慢地飘然而至。金鞍子，银鞍子，这是传说中的两件珍贵宝器，就连大名鼎鼎的马王庙也无缘供奉，流落民间，不知其踪，几十年来不曾现身，可见其稀罕的程度。据称，金鞍子主昼，因为它的光芒与精美，银鞍子主夜，那是它的梦幻和静气；一个凉州人的一生如果得见其中之一，那便是极大的福分，而这个机会就在眼前。顾山农一时失语，忽然有所恍悟，马乙麻刚才在看怀表，显然他一直在掐算时辰，掌握着帐外的火候。此刻，月牙刚好，满天的星宿渗流而下的微芒不多也不少，映照着那一副银鞍子，仿佛一座枯寂的寒潭中，盛开了一朵白莲花。

黑马款款停了下来，长颈子一伸，偎在了马乙麻面前。比黑夜更黑的这一匹大马，简直高如山墙，每一块肌肉疙瘩里，似乎储满了生猛的力量，让脊背上的那一朵白莲花稳静而持久，不会轻易地洒下来一毫的清辉。马乙麻探摸着它的鼻门，它的颈鬃，它的旗门一般的长腿，嘴巴搭在了黑马的耳朵上，竟也不知说了些什么。末了，马乙麻忽然抓住了顾山农的胳膊，引导着他的手，再次重复了一遍，依次抚过了鼻门、颈鬃与马腿，开怀道：

"呵呵，你们总算是互相认识了，良马配明主，将来必定是一段凉州佳话。"

"阁下，你这又是哪一折子？"

顾山农感觉踩在了另一个窟窿上，心头一悬。

"少东主，你别这么紧张呀，我这是奉差办事，专程前来给承平堡赠马的。"马乙麻竖起衣领，系住了扣子，行了一记北面之礼，玩笑说，"长官大人姓了一辈子的马，卑职也姓了一辈子的马，军部的弟兄们十有八九也都姓马，可以这样说吧，新城大营如今就是天字第一号的大马厩，举国无两，称雄一时。"

"凉州大马，横行天下。阁下的这个比喻真是十分新奇，令人耳目一新。"

恭维道。

"可是，为难之处也恰恰在这里，因为你就要带领各界慰问团出发了，这一趟山高路远，荆棘遍布，三少君顾及你的身体，也为了提振凉州方面的威风与士气，一直千思百想，打算给少东主配备一匹坐骑，可挑来挑去，新城大营的那一座马厩里，竟然选不出一个像样的，真是气煞人也。"顾山农听出来了，此乃山中套山、戏中有戏的手法。果然，对方又道："没辙了，马长官只好忍痛割爱，将他自己私养的这一匹良骏奉上，还望少东主笑纳。"

"这个不敢当，阁下你这是逼着我去军部，去给马长官磕头请罪么？"

"呵呵，三少君托我给你捎一句话，天下之宝，当与天下人共之。少东主乃是青年翘楚，凉州典范，别说是一匹马了，就算是整个武威城，也配不上你将来的荣光。"马乙麻拽起了黑马的一条腿，指着麻布包裹的腿脚，傲然地说，"喏，卑职不敢斗胆骑它，我刚才可是一路上牵来的，这几只蹄子还干干净净，少东主你赶紧验收吧，不要拂了三少君的面子。"

这个关节上，黑马竟然俯身过来，蹭起了顾山农的衣襟，俨然一位故友的样子。无奈，顾山农只得乖乖地抓住缰绳，抚了抚黑马的鼻门，予以安慰。

"除了这个礼性，三少君另外还配备了这副鞍子。对这副鞍子，想必少东主你也略有耳闻吧？"

"岂敢，山农的贱造，何以让马长官如此青眼有加？"

马乙麻近前一步："愿闻其详。"

"据说，新城大营里有一座阁楼，名叫双鞍楼，里面安放着两副鞍子，一只是金，另一只为银。楼前楼后被划为了军事要地，禁绝外人，擅入者格杀勿论。唯一的那一把钥匙就挂在马长官的腰带上，他时常上去，将自己关在了楼内，拿着缎子，不停地擦拭那两副鞍子，一擦就是一整天，这是他不多的喜好之一。所以说，虽然这两只鞍子已经够有年成的了，可它们却簇新如初，就像当年刚刚打制出来的样子，连一粒锈斑也不见，况且从来就秘不示人。贵人善忘，其实这些话都是阁下告诉我的，我一直记着。"

"想起来了，那是你唯一一次去军部做客，我带你参观了新城大营。"

"阁下还说过，马长官一旦来了兴致，还会让侍卫们将鞍子搬下楼去，亲自在演兵场上纵马狂奔，风驰电掣，总要兜上那么几十圈子，方能过足了瘾。呃，我知道的，长官大人其实并不老迈，老的是骨头，老的是辈分，所以我猜想他一定就像一只年轻的鹞鹰，在马背上威风赫赫，犹如当年的宁远大将军那样，威震西北一带。"

顾山农搜肠刮肚，真是使出了万般的解数，一味地赞美道。

"岳钟琪？"

"对，岳飞岳鹏举大人的后裔。"

"少东主真是坐密室如通衢，驭寸心如六马，如此地知晓天下呀。"

"雍正年间，岳钟琪率部于青海剿灭了罗卜藏丹津之后，叛军余党窜入凉州的庄浪卫，企图东山再起，与朝廷继续周旋。宁远大将军统兵三万，兵分十路，出青海，越祁连，最终收复了那一片关隘，并呈奏皇上，将庄浪卫改为了平番县（今甘肃永登），建立了不世之功。"顾山农在扛着戏箱子的那一段生涯中，曾经实地踏勘过此地，所以并不陌生。又道："这一仗下来，起码给河西绿洲带来了数十年的和平光景，百姓们也是感念大将军的恩德，赠金的赠金，捐银的捐银，找了当时最好的工匠，开始打制这一对金银双鞍。只可惜，等这两副鞍子将要完工时，岳钟琪却班师回朝，奉旨入京，此后它们便流落民间，不知其音信了。"

"别忘了，新城大营恰好姓马，一定会失而复得。"

马乙麻立刻捂住了盖子，不愿多谈。

"相传，这一对鞍子各有不同，造化神异。比如眼前的这只银鞍子，状若莲花，镶珠嵌玉，只要借助一点点星光，它就通体浑白，纤尘不染，所以主夜。至于金鞍子么，听说它形如虎脊，虎爪之下倒扣着一条惊恐万状的麻狼，所到之处，大小生灵不敢趋近，一概望风而逃，于是它主昼，可以轻松地劈山开路，遇水架桥。"

"少东主，想当年向皇上借马，也未必能获得一副匹配的鞍子，如今马长官忍痛割爱，不光赠你一匹良骏，还赐给你天大的面子，竟然将银鞍子也拱手相送了，连我们这些本家子弟都想不通，心里醋溜溜的。但刚才领教了你的这一席话，我觉得少东主你才是真正的不二人选，你衬得上三少君的嘉许与信赖。"

"不，山农心领了，但这个礼当太重，我缘浅根微，无福消受，着实也扛不住。"

"那交换总可以吧？"

冷不丁地抛出了这个致命的要求。

"阁下明示。"

"少东主，你只知其一，却不知其二。在新城大营的双鞍楼北侧，三少君新近又建造了一座漂亮的楼阁，取名叫天马阁，这个意思你最清楚不过了。"这一刻，马乙麻罕见地露出了乞怜的样子，又是频频作揖，又是亲热地拉拽，哀恳地说，"别太固执了，万望少东主看在马长官对你一直垂青的分上，干脆就答应了这件事吧。呃，还是我刚才说的，他姓了一辈子的马，对马简直就入了迷，但凡是跟马有关的大小事务，他心里都装着一本明账似的。实不相瞒，尤其是在他得知了承平堡的机密后，这三四年以来，三少君可谓是寝食不安，夜思昼想，人都瘦了好几圈，连军事方面也疏于过问，真是令人担心呀。好了，现在马长官派卑职前来赠马，话我也说白了，你总不能让我空手回去，让天马阁也一直撂荒吧？"

"这么说，马长官还是不肯放过我，非要逼迫我吐出一尊天马来？"

"哼，那不过就是一块铜疙瘩，你留着何益？"

咆哮道。

"阁下，就因为这个不可靠的传言，我事实上被军部囚禁在承平堡内，长达三年之久，对外却打着忠孝的幌子，声称在给权大人守丧，在尽一个女婿的孝道。我够了，我真的受够了。"顾山农颓丧至极，猛扇了自己一顿耳光，口齿间一时痛楚，感觉血水又淌了出来，"天老爷，我要是真有那么一尊铜铸的天马，我早就乖乖地上交了，博取主子的欢心，求个一官半职，我又何必在堡子里坐牢，耽误了大好年华？阁下，这三年多你们也没榨出我什么，我早就服软了，归顺了新城大营，还照着马长官的意思，开了这一家保价局，你们现在干么又要旧事重提，揭我心头的伤疤，难道这是让我再次入狱的架势么？"

"少东主你误会了，这可不是勒索，这实际上是借阅，让马长官一饱眼福。"马乙麻放下了帽翅子，或许是碰疼了伤口，嘴角一咧，接续道，"你们就要离开凉州界了，这一趟恐怕要去很久，三少君担心承平堡一空，那一尊天马不甚安全，所以打算替你暂时保管，将它请进军部，安放在天马阁上，时时擦拭，天天观瞻，岂不是皆大欢喜么？"

"阁下，军部索要的，山农真是无法满足，这跟向皇上借马一样难肠。"

"这一副银鞍子，便是三少君的诚意。"

"只怕，谁也不敢斗胆坐在一朵莲花上，除了天上的日月，除了菩萨。"

"这匹黑马也是重金求购来的，千里挑一呀。"

"抱歉，又让你们失望了。"

"少东主尽可以推诿，可以搪塞，但卑职对自己却从不失望，因为我就是吃情报这一碗饭的。我敢打赌，那一块铜疙瘩就在承平堡内，它一直还在，绝没有离开过半步。坦率地讲，我本可以炸开这几堵墙，轰掉门楼子，而后掘地三尺，起获那一尊天马，但我一是怕伤及了凉州之宝，另一个，我还不忘军部跟权大人当年的君子之约，少东主你当时在场。"

"我当然记得，外父曾经发誓，承平堡不可能窝藏一尊天马，否则就宁可毁灭。"

"那好吧，我乐意再当一次君子。告辞了。"

"阁下慢走，恕不远送。"

"明日卯时，在北郊的化人场，军地首脑为少东主和各界慰问团送行，咱们届时再见。"

马乙麻抬手一礼，身披着一层脆弱的星光，脚步簌簌，徒步而去。顾山农赶紧拾起了缰绳，拉拽着那一匹黑马，急切地想归还给对方，却不料想，这个如同山墙一般的家伙绷住了腿脚，拼命地戳在地上，不肯就范，不肯挪动半步。就在拐过墙角的那一刻，马乙麻忽然掉转过头，冲着顾山农嚷喊说：

"少东主，我刚刚给你的新坐骑起了个名字，还请你笑纳。"

"咦，阁下真是好兴致呀。"

"李，太，白，就叫李太白吧。"

声音从夜风中刮了过来。

"李太白？"

半晌后，四下里阒寂无声了，顾山农这才觉出了彻骨的寒冷，一边朝堡子里走去，一边叨念着李太白，思忖说，也真就怪了，明明是一匹炭黑的马，他却偏偏起了个太白，还姓李，这岂不是指鹿为马的把戏么？但是，更为吊诡的事情发生了，黑马似乎听见了顾山农在喊它，也知道自己有了李太白这个新户头，竟然一步一跳地追了过来，尾在他的身后，莫名地欢喜。这一点让顾山农煞是费解，但不久之后，便有了答案。

进入北门，廖逢节迎了上来，接住缰绳，又听罢了顾山农的吩咐，惊恐地去办理了。

窗户纸破了，多半是被濡湿的，一股刺鼻的药水味道汩汩而出，令人喉头一紧。此刻，顾山农的眼睛凑在窗缝上，瞭见妻子达云正趴在热炕上，脊背半裸半掩，丫鬟在炉子上的一盆药汤中淘完了手巾，一边吹着气，一边开始替她擦洗。太烫了，达云的皮肤几成鸡血色，可她还是在不停地呻唤，说门上有风，说窗子没关好。这个季节真是难心，尤其是害了风湿病的人更是度日如年，一天三顿离不开药，除了内服，还要外敷和擦洗。叶小梳丢下手巾，跑过来检查窗户时，冷不丁地发现了顾山农，吞声一惊。末了，房门被轻轻启开后，丫鬟退了出来，顾山农脱掉外套，扔掉了靴子，柔软地跨了进去。

药材和水各半，不像是新煮的，有点腻手，顾山农拧出了热手巾，绷在掌心上，迅速按住了妻子的肩胛，沿着脊椎往下，一边揉搓，一边停顿，生怕她喊疼。瘦了，达云瘦多了，这一具熟悉的躯体似乎又小了几号，寡寡落落的，几乎全是骨头，不见一丁点肉。达云本来就白，一吃药胃口更差，营养始终跟不上，那些尚未擦洗的部位连一丝血色也看不见，就像刚刚磕破的鸡蛋壳里的那一层凤凰衣，一指头就能弹破。孰料，夫妻同心，达云突然失笑了出来，嗔怪说：呸，兰州城真是亏人，亏死他们老先人了，我原先养活得白白胖胖的夫君，去了一趟省城，他们居然不给吃，不给喝，现在还饿着回来了，一点力气也没有。顾山农道：非也，兰州城可殷勤了，一顿也推辞不掉，天天大鱼大肉的，还有从黄河水里捞上来的蝴蝶鱼，但我自己有分寸，我还记得外父生前讲过的那句话，常带三分饥和寒，不可放纵与饕餮。一旦提及父亲，达云的内心就垮了坝，偏过头来，一口叼住了丈夫胳膊上的肉，咬吧，不忍心，不咬吧，也不甘心，于是只好含在了嘴里，反复咂摸。顾山农一阵喋喋，虚构了在省城兰州的盛况，声称自己不仅是省府的座上宾，去过肃王府喝茶，还受到了水梓等一干士绅名流的款待，所以被绊住了脚，这才归返凉州。心意很实在，顾山农送给妻子的是一件猞猁皮的短袄、一条羊绒围巾、一盒擦脸油；送给弟弟惊白的，则是一双最时兴的球鞋、一只地球仪和一套世界画片。另外，兰州老字号的天生园点心与糖果，带来了满满一车，专门分发给家中的丫鬟与伙计们，无一缺漏。达云松开了牙齿，也开始唠叨，权家的那几座老油坊在年前忙碌不堪，一台榨机坏掉了，需要及时更换皮带；几个乡下的亲戚也都收到了份子钱，这是父亲当年定下的规矩，一个根脉上的骨肉，关系不能断了；大年初三，权家又准备了一批精致的礼当，分别送给了沈光宅、朱绣、秦望澜、王曰信和彭澹然五位大人，郡老们也是礼尚往来，回赠了吃的喝的，每一个关节上都是礼数在先；唯一的怪骨头便是梅郎中，伙计们送去了好几次，他明明在家中晾晒药材，却又谎称正在闭关，一概不见，礼当最终也被拒绝了，简直太伤脸；最近，堡子里添丁进口，又录用了不少的人手，事先由廖逢节和张汲水把的关，她本着用人不疑、疑人不用的原则，统统画了圈，交代他们去办了。言毕，达云感喟地说：哎呀，确实是不当家不知柴米贵，我代你操心了这么一段时间，累得我七窍冒烟，忙得我不知黑白，我这才理解了山农你的不易，幸亏你回来了，我现在可以卸下这一驾马车，仔细去吃药了。闻听此话，顾山农的心中潮起了一股温烫的汁水，啥也不想说，只是俯下身子，将嘴巴贴在了妻子的腰眼上，亲了又亲，半天也不愿抬头。

虽然按照医嘱，每次都是全身擦洗，但达云的风湿病，主要集中爆发在了腿脚上。顾山农闭上窗帘，撸起袖子，慢慢拉开了达云身上的被单。那一面薄如夹墙的脊背，那一道瘦削的胯部，那一座枯干的臀丘，那两条原本丰润饱满的大腿，如今却流失了水分，泄光了精气，松松垮垮的，皮肉两隔，根本不像是一个三十岁出头的妇人应有的身体，布满了哀伤、悲苦与急遽恶化的痕迹。顾山农一时心酸，连连自责，痛悔自己太粗心大意，一心扑在了承平堡的事务上，竟而对妻子如此地狼心狗肺，这么不够人，这么不是东西。达云兀自嘀咕着，顾山农抱住了妻子的两腿，发现膝关节一带略微变了形，筋腱塌陷，骨节凸出，仿佛无数只小拳头在挥动，扇在了他的脸上。后来，顾山农干脆将汤药盆子端在炕上，将达云的两个膝盖浸泡在水中，一边擦洗，一边按摩，心里也稍微好受了些。其实，药汤已经滚沸了，顾山农都嫌烫，可达云一直在喊冷，冷死了。这么着，顾山农用一条棉被裹住了达云，自己也翻身上炕，将妻子牢固地搂在了怀中，就想这样一直搂到天亮时分。

达云喜欢丈夫的这种粗野。那还是以前的记忆了，他一旦粗野起来，往往是山崩水飞，一境如狂，就像一头豹子似的，直接寻龙问穴，不管不顾。每次下来，达云也是吃醉了酒一般，感觉自己的整个身体，犹如一座被掏空了的粮仓，回音未绝，依旧绕梁三匝。不过，现在是第五个年头了，记忆早就稀薄，人又被这种难缠的病给拿住了，一切都是有心无力。达云挣扎着，探出了胳膊和脑袋，终于跟丈夫面对面了，一顿拳头上去，打罢后，迅速露出了羞涩的女儿态，又贴在了他的胸口上，抚摸着那一抹盖胡子。

怎么开口，如何辞行，顾山农的伤感本来就不可自拔，现在又被这个难题所困扰，一时间内里湿漉漉的，酸楚流成了一条河。达云缠绵完了，忽然开腔道：山农，我猜你现在很后悔，心里有苦又说不出来，只因为你可怜我。顾山农一惊：哎哟，这大半夜的，你从哪里学来的这种鬼话，真是让人瘆得慌。达云吊诡地说：哼，花花世界你都见过了，兰州城的女子们又时兴，又洋气，你恐怕看在眼里拔不出来了吧？原来如此，顾山农失笑道：呵呵，我又不是风月场中的细作，烟花路上的功曹，我的孽罐子还没满，你就别让我造孽了，我害怕报应。达云揪住那一抹盖胡子，苦涩地说：唉，凡事是我不对，我这个病胎子，既不能给你鱼水之欢，也没有替你生养下一男半女，我活在人世上，其实还不如那一盏灯台，它至少还有一道亮光。话越说越邪性，越说越暗，顾山农不知道该怎么应对，却听妻子又道：山农，如果我殁了，不在了，下世了，你就干脆再续上一房吧，省得我在地底下操心你和惊白。这个堡子里阳气太重，起码得需要一个杨排风，调解阴阳，固住风水，让你俩吃了上顿有下顿。顾山农再也绷不住了，目中闪闪地说：乖，这个堡子里有你就够了，别说杨排风，就算是佘太君来了，她们也还得看你的脸色，你才是真正的女主子。趁着这个热乎劲，顾山农相告说：明日一早，我就要动身去上海滩了，家里的这一大摊子，还有那个少爷羔子，少不了让你继续操心。去上海滩？天呐，你干么刚刚回到家，又要去上海滩？达云立时失慌了，挣扎再三，最终也动弹不得。顾山农恳切地说：我这一次下江南，一定要设法给你找到一味特效药，祛除你身上的这个顽疾，让你像个兔子一样地跳起来，以后百病不侵，谁也不敢招惹我家的大小姐。山农，达云轻唤一声，感觉自己化成了一摊蜜汁，流得满炕都是，简直就收拾不住眼下的这一阵阵激动。

顾山农坦诚相告，简略地介绍了这一趟的使命，什么张观察被虐杀，什么军部和县府聘请他担当送灵人，什么凉州各界慰问团，大多是一些骄矜与自夸的话，唯一的目的，便是不愿让妻子提心吊胆，妨碍了日后的治疗。听罢这些，达云突然面色一紧，推开了丈夫，催促他赶紧去佛堂里献香，给观音菩萨祷告一番，求个吉祥，保佑这一趟顺风顺水，穿凉州的靴子出去，必须把靴子再穿回凉州，哪怕它破了烂了，也不许丢在陌生的异乡。顾山农跳下了炕，瞭见达云的那一对天足露在外头，于是捧在手中，一左一右地贴在他的颊脸上，贴了许久，这才款款地送进了被窝筒子里。

后半夜天气变了，夜色湍急，密云不雨，似乎不是一个好兆头。

顾山农戳在内院当中，仰首问天，罡风从颊面上掠过，竟然带着一种沙粒的味道。乏极了，也饿坏了，嗓子在冒烟，眼皮子在打架，浑身上下的肉开始不听话，仿佛它们要沿着脊椎骨滑下来，在地上软成一堆，彻底放弃似的。不远处，管家咳嗽了一声，顾山农收回心神，踱了过去，接住廖逢节递来的一包东西，讶异地问：惊白呢，咋不见那个小贼？答复说：哼，你这只大猫来了，老鼠还等着你升堂么？又问：院子里这么安静，怎么回事？管家指了指夜空，意思是说你自己看看时辰吧，又随手掏出一把钥匙，打开了小佛堂的门锁，侧立一旁。顾山农闪身入内，管家突然拽住了他的袖子，苦瓜着表情：少东主，怕是不合适吧，这是佛堂，你可不能糟蹋这一片净土呀？顾山农阴鸷地说：呵呵，鸦片也是香火，说不定菩萨也喜好这一口呢。你去准备吧，别耽误了我出门。言毕，门关上了，一切都复归于寂静。

解开束绳，掏出里面的东西，顾山农将包袱皮抖干净，盖住了桌子上的菩萨像，遮得严严实实。不是畏惧，也不是谦恭，顾山农知道自己接下来所做的这一切太腌臜，太下作，不愿让菩萨瞭见，伤了她的心。将灯盏移在了脚下，顾山农落座在一块团垫上，打开那只枣木色的匣子，取出了烟枪。烟泡已经备齐了，平心定气馆的特供，这是管家用钱开辟的一条秘密渠道，质量上乘，味道更是前所未有，据说它还有一个浪漫的名字，叫芙蓉香。顾山农将烟嘴了刘准了灯曲，轻易地点着了，吸上一口后，直感觉一股摄魂夺魄般的气息蹿入了天灵盖，但是无隙可去，又反弹回来，竟然化成了一把绣花针，密密麻麻地钉在了脑浆里，疼得他哎哟了几声。呵呵，这是预料当中的，待到第二口、第三口以后，舒坦来了，醉意来了，颤栗也跟着来了。顾山农惬意地靠住墙根，不忍大口饕餮，只想掰碎了这一刹那的快感，慢一点享用，再慢一点品咂。倏忽间，绣花针似的疼痛消失了，顾山农觉得自己的这一疙瘩脑浆，就像放在炉盘上的一个馒头，烤得金黄灿烂，麦香扑鼻。但是这还不够，还需要掰开之后，再抹上一层厚厚的酥油，让它立刻融化，油汪汪地渗入每一个毛孔。油馍馍，武威城里最好的一块油馍馍，此刻就被顾山农吞食着，而酥油不是别的，恰巧就是芙蓉香。

烧完了第一锅子，一股勃勃生气，漾荡在了体内，顾山农立刻耳聪目明了，神情赳赳然的，似乎外面的广大夜色也奈何不了他。不巧，目光扫视过去时，那两根供桌的桌腿吸引了他，不由得膝行几步，一下子搂住了，好像搂住了失散多年的故人。灯火中，桌腿上的累累伤痕清晰入目，那是用指甲刻下的，刻在了褐色的漆面上，一个挨着一个，完整地记录下了顾山农被囚禁的岁月。三年有余，在那一千多天的日子里，顾山农就像一记孤魂似的，游荡在堡子内，喊天天不应，叫地地不灵，除了黄鼠狼、野鸡与雀鸟之外，唯一的伴当便是桌上的菩萨像。在最初的挣扎和嚎叫过后，顾山农放弃了抗争，突然安静下来，蜷缩在这一间简陋的佛堂内，打坐、面壁、诵经，几乎忘掉了晨昏与四季。特务、便衣、暗探在承平堡的门外逡巡着，封锁着，来自军部的压力犹如一台榨油机，逼迫着这个权家的女婿，未来的当家人，必须吐出那一尊凉州之宝，铜铸的天马。是的，每一道划痕都代表着骨裂般的一天，见证着那些饮泪如血的分秒时刻，它们居然还在，它们并不曾灭失。顾山农抱着桌腿，抚摸再三，仿佛在检视他本人过去的一段生平，忽然勒令自己不许伤感，不能如此窝囊。

再烧了一锅子，又续了一锅子，顾山农的鸦片瘾终于过足了，浑身的每一处关节开始明亮，脑子也格外醒目，恰巧应和了这个时辰，阴气退去，阳气上升，天就要亮了。顾山农将吸食的工具收拾齐整，逐一放在了那只枣木匣子内，这才发现廖逢节真是不赖，已经在匣子的底部，秘密地藏下了四块烟土，每一块大概有二两半的样子，足够他在远路上挥霍一阵子了。这个木匣子设计精巧，密布机关，翻过来一瞧，正面的盖板上烙着一行字：凉州生活。打开后，果然有一套上乘的毛笔，一沓素笺，一方袖砚，俨然是一介读书人必不可少的工具。顾山农取来包袱皮，将木匣子重新捆扎妥定，斜挎在了脊背上，临出门时，发现供桌上有一碗净水，于是三七不问，连喝带洒地灌进了肚子里。

放下碗的那一瞬，顾山农的视线，刚好落在那一尊菩萨像的身上，膝盖蓦地一软，跪在了团垫上。其实，菩萨一直在低眉，一直在悲智双运、法雨慈云地打量着这个人世，但顾山农的确发现，菩萨刚才眨了眨眼睛，目光中充满了幽怨、嗔怪与不舍的心情，佛堂里又无外人，肯定是针对着他本人。这么着，顾山农磕下了一地的响头，起身合十，恓惶地说：观音娘娘，我这一趟是走梁山了，我没有别的路，承平堡也被军部看死了，我只能吞下这一枚恶果，受这个胯下之辱，我求你不要保佑别的，只求你看护好咱们凉州的命根子，守住那一座角院，我也就在满世界放心了。停顿了半晌，顾山农将额头靠在了桌沿上，就像一个弃儿枕在了母亲的膝头，哀恳道：菩萨在上，待秋天的时候，山农一旦返回了凉州界，我发誓要重修这一座佛堂，再塑一尊娘娘的金身。

吹灭灯，顾山农启门而出，承平堡的头顶上已是大雪压城，罕见的倒春寒来了。

正待喊人时，廖逢节却从南门的方向上跑了过来，一瘸一拐的，叫骂说：这个大畜生，竟然给脸不要脸，老子当它是客人，它却给老子来了几蹄子，差一点废了我。顾山农诘问道：谁，谁对你动粗了？管家指着马厩的方向，愤慨地说：就那匹黑马，那一头军部的大牲口！唉，也不知咋了么，刚开始还好端端的，站在棚子里吃料，狗日的突然就炸了，冲着角院一个劲地乱吼，现在仍寻死觅活的，根本靠不上去。角院？它干么冲着角院炸了毛？顾山农等不及答案，接过管家手中的马灯，率先跑向了文楼之下。

这一刻，角院的两扇木门大敞着，在罡风中晃动不停，门轴有点锈，嘎吱嘎吱地嘶叫。顾山农不敢大意，特地将马灯放低了，照来照去，但地上的那一层积雪干干净净，并没有足印，或是另外的什么痕迹。顾山农在角院里转了一圈，毫无异常，反身出来后，正打算关门时，却意外地发现门扣是断的，断裂的茬口异常明亮，显然是才发生不久。顾山农退后几丈，盯视着那一道院门，心猜说，一定有一个巨大的东西撞开了它，夺路而逃，这家伙不会是人，更不可能是黄鼠狼或狐狸，但它究竟是什么，恐怕只有天老爷才知道。

此刻，马厩里的那一位客人闹够了，吼罢了，大汗淋漓地戳在棚子下，眼睛瞪得像一对牛铃，每一块肌肉疙瘩都在发抖，在颤栗，仿佛脏腑当中埋藏着一吨左右的恐惧。顾山农站在木栅外，挂住了马灯，瞭见黑马突然间塌方了，驯顺地伏卧在地上，紧接着便开始了发疯。黑马的头颅撞向了石槽，反弹回来后，又凶猛地撞击了上去，恨不得要了自己的命。顷刻之间，黑马已是血流满面，皮开肉绽，一股股血水扬洒开来，溅在了马脊上，溅在了那一副银鞍子上，鞍子也顿时黯然无光。那种恐惧持续地在发作，黑马的肚腹呼哧呼哧的，仿佛一架皮肉质地的风箱，从鼻门中喷涌而出的气息粗壮有力，吹起了地上的草屑与尘土，弥漫不散。眼看着黑马命不久矣，顾山农也是急火攻心，大怒道：

"逢节，它究竟看见了啥？它这是自杀么？"

管家拗口地说："它肯定发现了什么东西吧，它能看见的，我们人却看不见。"

"你仔细瞧，它的确不敢抬头去看角院，但角院里也没啥呀！"

"它是灵兽，只有它知道。"

"快去，你赶紧去把杆子拉开，让它走，放它一条生路，再迟就要出大事了。"

"放它走？你到底让它去哪儿？"

"它肯定认得路，它知道自己的去处，这个不必你操心。"

顾山农截铁道。

在后半夜的漫天风雪中，这一匹高墙般的黑马终于获得了生机，步履滞重地踱出了承平堡的庭院，跨出了北门，形如一介复活了的黑衣武士，隐没在了凉州深沉而诡谲的夜色当中，甚至连一声咳嗽也没留下。事实上，这是顾山农犯下的又一个致命错误，他永远也不可能知道，这匹大牲口其实扮演了军部的一名哑巴情报员，轻易地将秘密带出了承平堡，不久之后便有了分晓。

第十三拍

胡笳七十五节

化人场位于郊外的丁家拐子，阴气丛聚，所以罕有人迹，尤其在这个天气里。

但是这一日却不同，天还未亮，国民革命军的一个加强连便封锁了道路，三步一岗、五步一哨地包围了整个院子，气氛肃杀。而在院子里头，除了缟素般的落雪之外，一座由步警队的弟兄们刚刚搭建完毕的简易灵棚，显得突兀而喜庆；周围站满了童男童女，各种花圈和彩色的纸活在风中猎猎不已。背风的墙根下，一堆木柴棒子腾起的大火蹿到了半空中，火舌撕烂了似的，边缘泛黄，说明木柴棒子还没有干透。县长陈垦丁率着县府的一干要员，一边烤火，一边跟张彝道别，频频为他打气，言谈之间虽然轻松随意，但谁都明白这是一趟苦差事，不脱掉几层皮，恐怕也带不回来一个较为满意的结局。陈垦丁感慨道：唉，我已经有许多年没去过北平城和上海滩了，兄弟你替我去多浪一浪，多看上几眼，回来了我再一饱耳福吧。张彝答复说：呵呵，我这个井底之蛙，凉州土锤子，去了没法看，也看不过来，不如你们诸位把眼珠子抠下来，我带着你们去见世面吧。闻听此话，众人嘻然，陈垦丁瞥望了一眼院子深处，不怿道：哼，这个王伯鱼太肉了，去给死人穿个衣服，半天也不上来，真是够呛呀。

院子最里头有一块坡状的台地，化人场的两座炼炉就半掩在地下，冒出来一根油黑的烟筒，不祥地举向了天空。这时候炉子是冰的，一只黑老鸹盘旋了几圈，落在了烟筒顶上，不停地聒噪着，越发显得这个日子悲苦不堪。在炼炉的西侧，专门建有一座地窖，码满了从石羊河伐来的干净冰块，用于停尸，防止变腐。王伯鱼首先出来了，沿着坡道，站在院子当中，一个属下打开了烈酒，浇在他的手心里，伺候他慢慢搓洗，将细菌与晦气洗净了。紧接着，阴阳、炼工和几名警员推着一辆平板车，车上架着一副棺木，驶出了地窖，款款地停在了灵棚旁。大家一起喊了几声号子，七手八脚地将棺木抬下来，移到了砖头台子上，总算是让亡灵归位了，不至于在地窖里那般冷清，无人问津。陈垦丁带领部众，整理好各自的衣裳和表情，一字排开，行了一套鞠躬礼；每个人又抓起一把五谷，一面扬撒，一面首尾相衔地绕着灵棚转了三趟。王伯鱼相告说：九件套，刚才给张观察穿的是九件套，全是最好的料子，王麻子寿衣店里的手工，简直无可挑剔呀。陈垦丁乜斜着眼睛，打量着那一口寿材，或许是风雪太急的缘故吧，怎么也看不清晰。王伯鱼释解道：阁下，那是柏木的，最好的板材，又请了天梯山的画匠描绘的，前蟒后鹤，青龙白虎，寿桃莲花，左右两侧则是海上神山，云水图案，见过的人都在竖大拇指。柏木的？陈垦丁嘀咕了一句。王伯鱼道：这次是按凉州的习俗办理的，柏木为上，松木次之，榆木、杨木和其他的杂木最差，那都是穷寒人家才用的，阁下尽可放心。这一刻，也不知王伯鱼到底犯了什么病，夜里被谁托了梦，忽然偎上前来，神秘地说：阁下，有一件事情我不得不报告，我觉得真是奇怪，到现在脊背上还在发冷汗。见上峰点了点头，马警队队长在胸前比画说：是这，张观察这个人死了这么久，又被冻了这么长时间，可刚才去给他穿衣服时，我却发现他的胡子并没死，一直在长，竟然长到了下巴这里，俨然是一位美髯公的样子。陈垦丁申斥道：住嘴，少他妈的吓唬人！你这种怪力乱神的屁话，一则动摇军心，二者，也会让张彝和顾山农的心上起疙瘩，有碍于下面的行程。王伯鱼真是错乱了，执拗地说：阁下，骗你我就是骡子下的，这家伙不光胡子在长，指甲也在长，最起码也有一寸左右了；我怕上海滩的人看咱们凉州的笑话，也为了县府的尊严，所以让人给他修了面，铰了指甲，他现在很规矩，就像睡着了似的。陈垦丁的脚尖拨弄着地上的积雪，探问说：咦，你是凉州通，那你说说看，像这样的怪相究竟意味着什么？反正我的感觉很糟糕，这个雪下得人心里发毛，实在不是什么好兆头呀。王伯鱼坦承道：阁下，这个道理简单得就像一根针，胡子在喊冤，指甲在叫屈，这分明就是一桩冤案，卑职以为，张观察那叫死不瞑目。喏，你自己看吧，陈垦丁随手指了指自己的脚下。

王伯鱼定睛一瞧，那一片积雪上，清晰地躺着一颗字：冤。

显然，此乃陈垦丁刚刚用脚尖写下的，这也是武威县府的态度，可即便如此，人死不能复生，这一幕巨大的冤情更是无处伸张。在两个人的注视下，飞雪迅疾，很快就填满了这颗字的每一根笔画，等于擦掉了这个结论。陈垦丁感慨地说：它在么？它不在了，等太阳出来后，这一件冤杀案就彻底消失了，无人记得；张翘楚这个人也同样如此，他就像一只迷了路的鸟，从凉州的头顶上飞过，死在了荒垠绝漠上，连个影子也不会再有了。王伯鱼附和道：卑职明白，这一段时间里，阁下你的压力太大了，既有南方来的，还有省府施加的，尤其是狗日的新城大营，一直骑在咱们县府的头上作威作福，拉屎撒尿，真是受够了。呃，不过现在好了，等送走了这一具棺木，凉州解脱了，县府也就轻松多了，阁下可以喝几天闲茶，再去祁连山里打打猎。陈垦丁反诘道：你真是蠢，你太幼稚了，你以为这一场灾难消停了，就这么一走了之么？见王伯鱼昏头涨脑的，满脸尴尬，陈垦丁仔细地说：你最好记住了，这就叫革命，革命从来也不会喘息，更不会停下来歇脚；革命不允许乱发感慨，更不能随便抒情；革命其实只有两个字，那就是"生死"，敌亡我在，杀他个片甲不存，用残酷的暴力打出一座新世界。王伯鱼心知，上峰的这些话并非是一种教诲，也不是耳提面命，他在说给自己听，在替他自己鸣锣开道，号令三军。果然，陈垦丁率直地说：你瞧着吧，这一切不过才刚刚开始，因为张翘楚现在是死人，死硬棒了，可他一旦在棺材里动弹起来，将来不捅破天，那我就敢不姓这个陈。王伯鱼道：阁下，你的意思是说，军部的这帮杂种还不肯善罢甘休？陈垦丁颓丧地说：哼，革命的特征就是没完没了，它就像一辆失控的马车，半途中跳下去的不是胆小鬼，就是叛徒。

这个关节上，顾山农从院门外走了进来，肩膀和帽子上落满了雪，身后跟着承平堡的一干人，他们无一例外地在胸口上别着一条孝布，俨然是来送灵的。死者为大，顾山农来不及跟活人讲话，只是远远地冲着陈王二人点了点头,便扑向了灵棚。咦,你刚才说如果骗我的话,你就是骡子下的?陈垦丁冷不丁地发问。王伯鱼终于听出了自己的口误,忙纠正道:算了算了,骡子是绝户头,我改成狗吧,骗你我就是一条狗。

此刻,警员们纷纷回避了,灵棚归属于承平堡。顾山农率着众人,鞠了躬,献了香,焚完了黄表,将一整套祭奠的手续作罢后,差不多就可以交代了。不承想,顾山农突然号哭了出来,长身仆地,不管不顾地趴在了雪地上,一口一个尊兄地叫唤着。管家吓坏了,赶忙劝告说,你们是平辈,岂有这样三叩九拜的道理,快快起来,咱承平堡可不能输了这个礼数。顾山农踢打着,倔强着,连弟弟惊白和张汲水也是莫可奈何,竟不知道他这样风气犯心、迷了心窍的真正原因。哭罢了,喉咙也几乎哭肿了,顾山农这才收拾起膝盖,催促游击等人赶紧揭开棺盖,让他再瞭一眼张翘楚的遗容。附近的王伯鱼听见后,本想上前去阻止,却被陈垦丁一把拽住了:唉,就让他看上一眼吧!人活一世,谁还没有一半个亲兄热弟呀,这个国际观察家泉下有知的话,听见顾山农在为他落泪,又亲自扶灵下江南,想必也会闭上双目的。王伯鱼叹息道:少东主刚才那可是真哭,男人的哭声,一般做不了假,我好像听见顾山农的哭声里带了血,真的有血腥气。瞥见那些人抬下了棺盖,陈垦丁心里发潮,掏出来一块白雪雪的手巾,捂住口鼻,慢慢地踱开了:哎呀,真是太可惜了,顾山农刚才的那一场眼泪,假如洒在了上海滩的话,说不定还能取信于上海各界,从而赦免了这一桩罪恶,宽谅了咱们凉州的这一次无心之过。

棺木内,张翘楚早已脱略了往日的风流倜傥,丧失了那种指点江山的激越,像天下所有的亡人那样,对这个世界闭住了嘴巴,不闻不问。九件套,上海滩的翩翩公子,此刻却被凉州本土的黑色寿衣包裹着,窥不出身份、性别与岁数,仿佛一根冻硬的木头,在这个风雪紧锁的天气里黯然不堪。顾山农鹅立了半晌,又开始拖着哭腔,绕到了龙头的位置,双手捧住了故人的颊脸,一边嘟囔,一边抚摸。顾山农心知,一旦盖上了棺盖,砸上了冥钉,这只逼仄的匣子就是另一个幽灵的所在,从此将跟自己阴阳两隔、永世决袂了。这么着,越是心碎，越是不忍罢手，顾山农从头摸到了脚，站在了龙尾一侧，突然发现张观察赤脚穿着一双松松垮垮的布鞋，岂有此理。袜子呢？快去，你们给我寻一双新袜子来，还愣着干么？顾山农当即翻了脸，跺脚催促道。管家苦楚地说：少东主，这个狼不拉屎的地方，你让我去哪里找袜子？顾山农断喝道：快去，我的枣红马就在门外，你们抓紧跑一趟城里，务必要买一双新袜子，羊毛的最好。惊白慨然答应了，刚要拔脚离开，却被张汲水拦挡住了：小少爷不能去，谁也别去，这才麻麻亮的天气，即便进了城，街市上也是封门闭户，等于白跑一趟，干么要脱裤子放屁？顾山农郁愤地说：反了，你们一个个都反了，连我的话也不听了？张汲水劝慰道：活人才最要紧，死人已经冻成了一块冰疙瘩，就算你给他穿上十双羊毛袜子，他也不知道炎凉呀。管家也说：干脆先撂着吧，说不定等到了上海滩，人家还看不上凉州的粗衣陋衫，八成要换上文明的礼服。一时间，顾山农气极了，詈骂道：坏怂们，你们这一帮子贼人，分明是欺负我就要出远门，管不着你们了，才胆敢如此放肆的。我不求你们，我自有办法。言毕，顾山农一屁股坐在地上，扔掉自己的靴子，脱下了那一双半新不旧的羊毛袜子。

可是穿不上，怎么也穿不上，死人的脚是浮肿的，又被冻硬了，顾山农挣出了一身汗，也无法如愿。管家努了努嘴，跟张汲水分立在棺木的两侧，将死者的一条腿捞了出来，架在半空中。顾山农搓热了手掌，抱住那只大萝卜般的肉脚，一面哈气，一面揉摩，如此反复了许久，终于觉得它消了肿，骨骼当中的冰块也融化了，这才赶紧将袜子套上，穿上了鞋子。另一只脚亦是如此。待张观察双腿并拢，与世无争地躺在这一副三长两短的棺木里时，顾山农感念地说：一个尺码，先生跟劣弟是一样的尺码，这真是应了凉州人的老话，肩膀齐，为兄弟。而后，顾山农解开了纽襻，从怀中掏出来一册书籍，打开后，摊放在了张观察的胸脯上，似乎这是一件随葬的物品。实际上，这本颜色陈旧的书籍，乃是去秋的时节，张观察赠送给顾山农的一个礼物，由浙江上虞人氏屠思聪先生编著，经世界舆地学社发行的《中华最新形势图》。顾山农躬身一揖，怆然地说：尊兄，你来的路上，就是按照这个地图进入甘省，下到了河西，做客于凉州的。如今你又要返回，山寒水冷，歧路重重，我害怕你的魂灵会迷路，所以现在奉还给你，恳请你在一路上指点我，帮衬我，我也好不辜负这一趟的使命。

孰料，这个关节上，一阵罡风拂过，翻动着张观察胸膛上的书页，哗啦哗啦的，又恰巧停在了其中一页的位置。目光尽处，顾山农瞭见了一行蝌蚪般大小的墨字，嵌在彩色的山水之间，似有若无，间距不一，难怪他平时给疏忽了。顾山农抓起《中华最新形势图》，捧在眼前，几经识别之后，终于清晰地诵读了出来：

……敬爱江山，归老神州，愿为国家尽一份心力，培一份元气，绵一份国祚。

至此，眼泪再也噙不住了，犹如三月里的春江水，泛滥在了顾山农的面庞上，心里头恓惶无比。顾山农擦了一把泪水，模糊地看见了落尾处的款识：与凉州顾山农贤弟共勉 翘楚。这么着，顾山农合上了书籍，随手交给了身旁的惊白，而后俯下身去，用颊脸贴在了死者的额头上，贴了许久。在众人的错愕声中，顾山农昂起头颅，一语不发地拔脚而去。谁也不曾发现，他的一双靴子丢在了灵棚里，竟然是光着脚走掉的。

走出院门，顾山农跃上了枣红马，拨转方向，莫名其妙地离开了。

按理说，化人场一带是没有公鸡的，因为亡灵最怕的就是鸡叫，人世上的白昼天不属于这些鬼魂。但是仔细听去，鸡又叫得格外嘹亮，令诸人的头皮麻酥酥的，却原来是旷原上的野货，学名叫雉鸡，正在枯树草丛中寻觅吃食。这种瘆人的鸡叫一定大有原因，果不其然，从新城大营的方向上驶来了一支车队，引擎的震动，让寒凝的大地也孵出了一层鸡皮疙瘩。

这是约定的时间，马廷勷长官作为凉州方面的军事主宰，亲自前来送行。

门外，陈垦丁不敢怠慢，整理完仪表，站在了队列中央，县府的要员们分列两厢，一个个鹅立着，拔长了脖颈子，盯望着道路的尽头。打头的是一辆美式小卧车，后面跟着三四辆篷布覆盖的军用卡车，最后才是清一色的骡马车队，风雪迷乱，遮人眼目，一时间望不到边际。或许是天寒路滑，也或许是颠簸太大，担心影响了马长官的贵体与兴致，总之整个车队蠕动着，一寸一寸地在放大。小卧车的屁股后面，始终曳动着一根长长的尾烟，烟柱也被冻住了，浓稠不化，怎么也撕扯不断，越拉越长。不过这样也好，这一匹巨大的孝布挂在凉州，天地垂泪，日月无光，飞雪缟素，恰巧为这一场送别的仪式，平添了诸多悲戚而痛彻的成分。半晌后，车队驶了过来，小卧车停在了陈垦丁等人的面前，忽地熄了火。

陈垦丁摘掉手套，率先开始鼓掌，县府的要员们也纷纷效仿，掌声登时热烈了起来。事实上，除了陈垦丁等极少数的地方吏员之外，谁也不曾有幸见过马长官的尊容，更谈不上有什么亲近；所以送灵倒成了其次，能够跟传说中的三少君握上一回手，寒暄上一半句，这才是头等重要的大事，往后余生，他们也就有了可以吹嘘的资本。目下，小卧车的窗帘拉住了，看不清里头，也听不见一声咳嗽，但来自县府方面的掌声却经久不绝，充满了焦渴般的期待。头一辆卡车的驾驶楼子打开后，刘北楼跳了下来，马乙麻也跟着跳将下来，彼此耳语了几句，这才郑重地走了过来，双双立在了陈垦丁的面前，脚跟一磕，行了一记军礼。

握完手，陈垦丁尾在二位军官的身后，来到小卧车旁边，静待这一个庄严时刻。马乙麻戴着手套，扫了扫窗框上的积雪，慢慢地拉开了车门。车门打开后，马乙麻俯身进去，取出一只公文包，又从包里摸出来一个信封袋，双手递交给武威县县长：阁下，这是军部出具的全套手续，可保各界慰问团这一路上通关顺畅，安全无虞，请你阅示。信封上钤着一枚硕大的蓝色印章，一条缎带上注明了军部的番号，下方有一面飘舞的旗帜，代表着五族共和。陈垦丁接在手里，目光仍停留在小卧车上，迫切地问：马长官呢？有什么不妥么？马乙麻砰地关上了车门，相告说：哎呀，也真是不凑巧，马长官赶早起来，已经洗漱完毕了，正要开拔时，却发现自己身上有点发烧，可能是夜里头着了凉的缘故吧。告罪，真是告罪！马长官托我转告阁下，今天的送灵仪式，就由县府方面全权主持，等以后有了机会，他再登门拜访阁下也不迟。闻听此话，陈垦丁怔忡不已：怎么，本来说定的这是军地双方的坛场，事到临头了，马长官却突然撂了挑子，让武威县府来唱独角戏，这个用心恐怕太过分了吧？马乙麻并不恼，拍了拍小卧车的鼻子，笃定地说：阁下息怒，马长官虽然本人未到，但这辆专车绝对可以代表他，你们过年唱戏的时候，赤兔马不就是关公的化身么？人中有张飞，马中有玉追，不也是同样的道理么？陈垦丁一时语塞，却犹有不甘：哼，话虽这么说，但马长官的突然缺席，分明是将地方政府陷入了不义的境地。本来面对张翘楚的这一桩冤杀案，面对中央和省府的压力，面对全国各族各界的重大声讨，尤其是面对咱们的这一颗良心，军部和县府一起在扛，一起在爬坡过坎，彼此分摊若干，也许会轻松一点，可你们现在无缘无故地撤走了梯子，卸掉了轮子，在下身为一县之长，将来势必会成为唯一的罪人，千夫所指，万人唾弃。这个关节上，刘北楼赶紧跑过来劝和，释解说：阁下息怒，马长官之所以缺席，自然有他的道理，这一阵子军部忙得不可开交，确实也分身无术，大家彼此理解，相互尊重，方是干成一番大业的前提。既然到了这个地步，陈垦丁也是多说无益，面色尴尬地向旁边的吏员们交代下去，准备即刻发表，马上起灵。

但是，事情并非这么简单，新城大营的包袱里还有惊险的内容。

陈垦丁解开了信封袋，拿出军方开具的一摞子手续，逐一翻阅，突然发现了一份死刑判决书，眉头一皱，失神不已。显然，此乃国民革命军军事法庭的正式公文，上面赫然罗列着绞杀了张翘楚的罪犯姓名、籍贯与年龄，总计三人，另外还附有他们的口供，包括签字画押之类的证据。亓广武，索闷子，杨四十三，陈垦丁盯视着这些极端陌生的名字，质问道：什么时候破的案？你们从哪里拿获的罪犯？县府怎么一概不知，军部就这样一手遮天了么？马乙麻冷静地说：阁下，我们又不过年，在武威城张灯结彩的时候，我的特别行动组撒在了河西一线，全境追捕，终于抓获了这三名凶犯。因为他们的户头并不在凉州本地，所以我就没有及时告知县府，当然多半也是不想打搅了你们的喜庆，这是在下的失职，真是抱歉。王伯鱼出列，抢先道：敢问，这三个杂种的户头到底挂在了哪里？他们跟马鬃山一带明水碉堡的黑喇嘛有关么？特务组是怎么找见那一根绳头，将他们从老鼠洞里掘出来的？面对质疑，马乙麻依旧沉静如水，答复道：伯鱼兄，我知道你也一刻没闲着，你一直在武威城里搜捕凶犯，但是谁杀过人之后，还会斗胆进城，站在警察局的衙门前央求一根锁链，乖乖等着你立功呀？呃，是这，我跟你不一样，我不打算守株待兔，这恐怕也是军地双方的办案风格不同。实际上，这是一种输诚，一次卖好，于滴水不漏之间，王伯鱼被蠲免了个人的失责，同时也欠下了对方的一个人情，留待将来再议。

完全听出来了，这一刻，陈垦丁便也装聋作哑，不想让指头往磨眼里塞，自己去找疼：哎呀，这也就是说，果然是马鬃山的黑喇嘛起念杀人，要了张观察的命，他迄今仍然负案在逃了？马乙麻截铁地说：阁下，确乎如此，这名惊天巨匪的手下一个个杀人如麻，但其中最厉害的角色号称三阎王，这个位子油水大，向来也不固定，往往死一个，而后递补一名，所以土匪们争相踊跃，以杀人害命为荣。陈垦丁讶异道：那就好比是韭菜，割了一茬，很快又再生一茬，三阎王屹立不倒，永世是一个祸根了。马乙麻扑哧一笑，得意地说：呵呵，算我运气不错，也是仰赖马长官在身后全盘定夺，卑职这一次来了个连锅端，三阎王被我一网打尽，悉数擒获；不过么，阁下和王队长还需要格外警惕，此番重挫了黑喇嘛之后，这个奸雄必定不肯善罢甘休；等开了春，北疆地区一旦解冻，他势必要大举南下，袭扰边境和武威县城，将来凉州地界上肯定少不了厮杀，断不了狼烟，诸位还得倍加仔细才是。陈垦丁蹦出了一句方言，狡黠地说：怕个卵！背靠大树好乘凉，凉州万千百姓有了军部这座靠山，有了马长官的撑腰，还怕黑喇嘛那一根鸡巴毛么。马乙麻拊掌，侧立一旁，邀请县长先行：那好吧，在开拔之前，允许卑职执行判决，杀贼祭刀，鸣三声追魂炮。

其实，一切早就布置好了，这跟杀只鸡、宰个羊没什么区别。

靠近车队的西侧，恰巧有一片枯树林子，待陈垦丁率着一干人走近时，这才发现那三个家伙被捆绑在树上，腿脚踢打着，喉咙中发出了野兽一般的低鸣，但一句也听不清楚。死到临头了，或许是军部发了恻悲心，给他们每人换了一套新行头，帽袄靴裤了，所以也分辨不出各自的嘴脸。他们的后颈子里插着亡命牌，亓广武、索闷子和杨四十三的名字已被勾了一个圆圈，朱红色的墨迹煞是醒目。咦，这就是黑喇嘛的得力干将三阎王呀？看不出他们有三头六臂、凶神恶煞的本事么！陈垦丁疯狂于革命，热衷暴力，但在这一刻里却讨厌血腥，厌倦了杀戮，于是驻足不前，自有他的一番盘算。场面肃静下来后，马乙麻掏出手枪，咔嚓上了膛，刘北楼亦是如此，双方互相点头，踩着地上的积雪，煊身而去。

三阎王大概知道死期到了，反抗是徒劳的，忽然懈怠了下来，背倚在树身上，嘴里念念有词，在替自己超度吧。马乙麻站在五米开外，举枪瞄准了中间的那个，相告说：姓索的归我，姓杨的由你去处置，北楼兄你先来。刘北楼抬手，准星对准了目标，却迟迟不扣动扳机：妈的，这个雪下得太糟糕了，我的眼皮子乱跳，我真怀疑这一趟是否顺利。静候了半晌，马乙麻瞥见对方的胳膊在发抖，枪也不叫，遂缓颊道：是啊，越是接近开春，天气就越坏，北楼兄作为军方代表，此行必定艰辛，真是有劳你了。刘北楼控制不住内里的情绪，目光迢递而去，穿过稀疏的林子，落在了这一日清晨凉州广袤的雪原上，竟然觅不见一丝生息之机，黯然地说：唉，我第一次进入凉州，前来投靠马长官和新城大营时，同样也是一个下雪天，我当初走南闯北，少年飘零，还从来没有见过那么大的雪，记忆至今，想不到我现在离开时，天老爷又故伎重演，用了同样的招数为我送行。马乙麻颇感诧异，相问说：北楼兄，你干么伤感了起来？你这次可是凉州各界慰问团的军方全权代表，也是三少君的化身，将来不管在北平城，还是在上海滩，你说的每句话，那可都是他的金口玉言，务请你不要如此颓废，趁早鼓舞精神，赶紧动身吧。刘北楼收回了目光，仰首问天，喟叹道：不，我这不叫伤感，我只是在离开之际，突然有一种心痛，一份恋恋不舍，我心痛凉州，我难舍祁连。

见事有不欢，心思难奏，马乙麻忽然横下心来，施出了一招撒手锏：

"沈小姐还好吧？"

刘北楼暗中一怔："呃，她还不错，谢谢你的问候。"

"北楼兄，我知道你一直跟汽车团来往甚多，私交颇密。在下可不可以这样揣测，沈小姐就是搭靠了这条线，于前日午后偷偷地跑出了新城大营，也许已经离开了凉州界？"

"哎呀，这个要问你们特务组，你可是特务组组长。"

反诘道。

"不过不要紧，那一支车队的目的地是平番县，顺路去给古浪峡的驻军运输给养，我已经拍了电报，催促他们第一时间迎候沈小姐，再挑一个天气晴好的日子，将她安全地送回军部来。"马乙麻料定，他的这一番话才是最好的辞别，也是对同僚的一次坦率告诫，于是越发地得意了，"北楼兄，这两天我擅自做主，暂且压住了这件事，始终也不曾汇报上去，你要理解在下的这一番苦心。唉，我可以想见，如果三少君获悉了这个情况，他一定会失望，他一定会伤心的，所以请你这一路上好自为之。"

"沈小姐乃独立之女性，自由之身躯，我也不能违背她的意志，那是她的选择。"

"哼，口号罢了，这是你们激进青年的幻觉。"

马乙麻抬起枪口，再次瞄准了。

"阁下，请你务必转告马长官，假如这件事有错的话，错也不在沈小姐，错在了刘某人身上。哪怕将来军法惩处，就算是面对极刑，待我这一趟南下归来，我再独自一人领受，恳请你不要拦截沈小姐，她已经够苦难、够心酸的了，你最好放她一条生路吧。"

"抱歉，这个可由不得我呀，北楼兄。三少君宽宏大量，首肯了你跟沈小姐的姻缘，按理说，他还是你们的月老，月老应该得到尊重才是。"马乙麻同样被飞驰的雪花模糊了视线，用另外一只手托住枪柄，许诺道，"等你凯旋返乡，整个军部将替你扎彩门，放鞭炮，热闹上十天半月，我会亲自把沈小姐交在你的手上，北楼兄你尽管轻松上路吧。"

枪响了，子弹射进了索闷子的额头，打穿了一个洞，一股血水喷溅而出。

马乙麻率先杀完了人，拔脚而走，走到半途中时，发现鞋带开了，便蹲在地上系起来。鞋带很麻烦，待他收拾完毕，也不曾耳食到另一支枪开火，心里便蔑笑了一句：刘北楼这个窝囊废。末了，马乙麻站在了县府诸人的面前，瞭见陈垦丁一直捂住口鼻，撇开了脑袋，似乎不愿意目睹刑场上的这一幕杀戮，遂说：阁下，还剩下一个姓亓的，交给贵方了，抓紧毙掉吧，时候也不早了，等一下还要授勋呐。陈垦丁突然愠怒了：妄想！这三个人是军部判决的，也是你们特务组抓获的，前后左右，本府就是一个聋子，一个哑子，从来就没插过一次手，如今也别想将我们拖入泥潭。马乙麻费解地说：县长大人，你现在翻脸也没用，这一件惊天丑闻举国皆知，各界讨伐，从一开始就是军地双方在分担压力，互为表里；目下命案破了，枪决凶犯也是你我的职责所在，这似乎一点也不棘手呀？陈垦丁正要辩解，意欲为武威县府和他本人留下一份清白时，可偏偏，一旁的王伯鱼却按捺不住了，突然冲了出去，奔向了枯树林子。

这一刻，喊是来不及了，陈垦丁登时觉得马乙麻太过诡诈，军方借着这几颗子弹，彻底翻了盘，洗脱了责任，站在了胜利者的一方，再次扮演了凉州庇护者的角色。

其实，王伯鱼并没有冲动，在这个稍纵即逝的关节上，他之所以主动下手去杀人，表面上好像是为了还马乙麻刚才的那个人情，不惜当众冒犯了上峰的尊严，但实则是铤而走险，去一探究竟。到了亓广武的跟前，王伯鱼右手提枪，左手箍住了对方的脖颈子，仔细地一摸一抠，发现他的喉头已经粉碎了，难怪死到临头了也不喊冤。但是，马乙麻千计万算，竟然忘记了一个人还有耳朵，因为这家伙的听力还在。这么着，王伯鱼佯装检查枪支，悄声道：你说实话，我就放了你；我问你一句，你要么点头，要么摇头，我心里自然有数。见对方明白了，王伯鱼便问说：你根本不姓亓，你也不叫广武？对方点头。又问：姓索的，姓杨的，也是被军部抓来顶白鹅的？再次点头。又问：三阎王是谁？你认得黑喇嘛么？这一次却是摇头，拼命地摇头。又问：依我看，你们应该是要饭的，不小心要到了新城大营，结果端上了一碗辞阳饭？最后是点头。王伯鱼突然薅住了对方的头发，将枪口顶在了他的心口上，连发三弹。头顶的枝条摇曳不停，仅有的几片枯叶飘落下来，但很快就被飞雪葬埋了，白花花一地，除了那一大摊血迹。

枪声是一种嘲讽，一次催逼，刘北楼目睹了王伯鱼的干净利落，感觉丢人极了。

然而，越是心里着急，举枪的手越是在发抖，干脆找不见目标。这倒不是雪花乱眼的缘故，也不是以前没杀过人，作为一名参加过北伐战争的职业军人，刘北楼见过了太多的生死，习惯了诀别，他自己也是从死人堆里爬出来的，身上的弹孔起码能凑够十个数。但是，在即将离开凉州的这个肃杀的清晨，刘北楼临时受命，要充当一回刽子手，去杀掉一个人，这难免让他恶心，令其反感，所以迟迟扣不下扳机。同殿为臣，刘北楼其实跟马乙麻一样的军衔，一样的职级，但这个特务头子姓马，乃是马长官这一支根脉上的子侄，向来受宠，气焰熏天，加之他掌管着河西一线庞大的情报机关，无孔不入，刘北楼不想惹，也不敢惹，甚至还会忌惮三分。先时，在来的路上，在驾驶楼子里，马乙麻邀请刘北楼杀个人，这究竟是一次临时起意的试探，还是来自最高层幕后的计划，谁也无法猜测，反正刘北楼痛快地应承下了，现在就不得不兑现。

王伯鱼也是相当诧异，不就是吹灯拔蜡地毙个人么，这个刘北楼简直太肉了，磨磨蹭蹭的，全然不像一介军人。走近了，王伯鱼问说：咋了，你的枪有毛病了，那就用我的吧？刘北楼苦笑，立起了身子：不，我的家伙没毛病，我就是眼花。王伯鱼揶揄道：阁下并不是眼花，我猜你的心里有疙瘩。是啊，谁出门之前都想求个吉利，谋个平安，这大清早地沾上一手的血腥，君子不为也。这句话暖人，刘北楼突然看见了援助，冷不丁地问：

"呃，我信仰三民主义，信仰革命，那你信什么？"

"我么？我没想过，我真不知道。"

王伯鱼难肠极了。

"你一定有，你看你，你的腕子上还戴着一串珠子呐。"

"从无量寺请来的，或许吧，我也说不好，我可能信一点点佛。"

"这就对了，因为我今早上也开始信佛了，很奇怪不是么？我信得不多，也就那么一点点吧。我现在不想开枪杀人，我想积攒一些福报，种下一些善果，所以心就软了。"

"我听出来了，阁下一定遇到了一个坎。"

"呵呵，命犯桃花吧，男人都躲不过去的一个劫数，我也不能免俗。"刘北楼抬手，在自己的肚腹前画了一道弧线，油滑地说，"哎呀，我也没料到，第一枪就打了一个十环，结果给她种上了，此生有后了，这让我不得不积德，尤其是不可杀生。"

"恭喜阁下，期盼你早日当爹，能有一个弄璋之喜。"王伯鱼得知了内情，觉得对方的这一份信赖简单而赤诚，来而不往非礼也，他自己也应该有所表示，遂说，"这件事我代劳了，阁下的枪口最好抬高三寸，让天老爷知道你是干净的。"

转瞬，王伯鱼打光了弹夹，刘北楼也朝着远处开了两枪，惊起了雪地上的一群野鸡。

这都是计划当中的一部分，虽然有点拖沓，但基本上都能打满分。

剩下的仪式有两项，一个是授勋，另一个则是起灵。枪声落地后，马乙麻仍旧谦恭，将陈垦丁礼让在先，一干人等原路返回。小卧车就停在十几米开外，那是军部和马长官的化身，不可造次。岂料，马乙麻刚走了半截子，回首一瞥，却偏偏在人群当中瞭见了惊白，当即止步，掉头迎向了这名少年。承平堡的大小伙计们本来是给顾山农送行的，也是来帮忙的，但事出反常，少东主突然不见了，又碰上了这一场行刑，于是簇拥在一起，拔长了脖颈子看热闹，却不承想，等来了一个活阎王。

隔夜的仇恨，那也叫仇恨。管家哼了一鼻子，毡开后，苏巴什和几个北疆汉子刚一动作，便被游击张汲水喝退了，拥着他们走进了化人场的院内，不再打搅。反正昨晚夕交过了手，此刻亦不陌生，惊白指着滔滔狂雪之中的那一片枯树林子，不客气地问：长官，你那些丘八在干什么？马乙麻一手遮眉，定睛远眺，相告说：呃，他们在给尸体泼上汽油，一把火给点了，送三阎王升天。惊白不解道：化人场呢？那里面不是还有两座炼炉么，你干么要脱裤子放屁？马乙麻耐下性子，仔细道：少爷，我是个外人，不大懂你们的习俗，但我可以告诉你，他们不配进那个院子，不配当一个亡人对待，因为他们就是罪恶本身。惊白撇嘴，弯腰抓起了一捧积雪，握在手中开始团，嗤笑说：罪恶不罪恶，还不是长官你的这一张嘴说了算么？我可是领教过的，你别以为挨了我的一记偷袭，咱们就两清了，互不相欠。平素里，马乙麻深陷于一张由杀戮、背叛、告密、复仇、陷害、谎言、谄媚、欺诈与偷窃编织而成的大网当中，身心渐渐地麻木了，或者说疲沓久了，很难再吸上一口清新的空气。目下，这个少年人的幼稚和直率，颟顸与勇气，让他耳目一新，颇感好奇，乃至于惊白的轻狂、挑衅与无礼，也显得如此可爱，甚至能够被包容，被允许。马乙麻回道：少爷，既然我身穿这一件老虎皮，就是要为共和效命，为国家作战，我绝不会容忍罪恶像野草一样，在凉州的土地上疯长，祸害四方。惊白不怿，反诘说：臭屁不响，响屁不臭！去年你把我拖进了刑场，三七不问，就朝着我的脑壳开了一枪，那你说，假如那天我被你给毙了，又被你浇上一桶子汽油，我就姓罪名恶，以后不能叫徐惊白了？这一刻，马乙麻初步断定，去秋时节带给这个少年人心里的创伤，想必开始愈合了，否则的话，惊白也绝不至于如此地开诚布公，旧事重提，于是剀切地说：哎呀呀，好我的大秀才，我的孬老弟，谁还没个失手的时候，瞎掉的年成呢！这个恶人我来做，我欠着惊白你的，我将来再认真赎罪吧。惊白的手里一边忙乱，一边坏笑说：呵呵，死道友，不死贫道。依我看，你就是一个白脸的曹操，挟共和之名而号令凉州，你的调门唱得再高，恐怕也高不过那三炷香吧。你赶紧掉头瞧瞧，烟都起来了。

果然，浸透了汽油的烟柱，就像三根黝黑而粗壮的高香，插在了那一片供桌般的雪原上，激烈，绝情，攘夺天空。但是很快，那一张供桌就被摧毁了，满盘狼藉，老鸹惊飞，原来枯树林子也受到了殃及，呼的一下腾起了冲天的烈焰，火势形成了一堵红墙，赫然矗立于眼前，又蔓延到了周遭的干草丛中，不可遏止。马乙麻气炸不过，蓦地变色，正待发怒时，惊白却偷袭成功了，拽开对方的衣领，将一疙瘩雪球塞了进去。马乙麻的背脊猛一激灵，打了个寒战，却意外地失笑开来，将愠怒吞在了肚子里。

"长官，这是在替我的耳朵报仇，请你笑纳。"

"咦，我可没发现你聋掉呀，你这不是好端端的么？"马乙麻先时还在为惊白的痊愈而庆幸，闻听此语，慌忙抬起手，在惊白的两只耳朵旁扇了扇，"左耳，还是右耳？"

"说不好，反正被你一枪打聋了，左右两个换着聋的，就像难兄难弟那样。"

惊白的表情上，竟然没有一丝撒谎的成分。

"哎呀，我刚说我欠你的，你就现世报了，这让我如何是好？"

"不过还有救，因为耳朵现在还没彻底聋掉，脑子里的蛋黄还没被打散，病在我的身上，我知道坏在了哪里，只有我才能说得清楚。"这些无辜的言辞，令人深信不疑，受难的嘴脸，也让马乙麻掏出了一份同情之心。惊白埋下头去，怅然思深地说："唉，好男不和女斗，我姐姐那个人一定是蜘蛛精转世的，跟她斗法的话，一点便宜占不上不说，她还攮了我几锥子，差一点就放了我的气。真是没办法，我只好对这个母夜叉俯首称臣，甘拜下风，答应她跟我哥出这一趟远门，一起去下江南。"

马乙麻惊愕道："下江南？你等等，你并不在各界慰问团的名册里，你可别凑这个热闹。"

"我不过是搭个顺车，去外省看看大夫，求一张治病的方子。"

"呃，是这样呀。"

原来如此，马乙麻提悬的心，一下子落在了腔子里。

"除了我耳聋，我姐姐也需要一个根治风湿病的药方。真的，我宁愿找不到自己的方子，也不能让她失望，我就这么一个姐姐，我唯一的菩萨。"

惊白的哀婉与恳切，令这个特务头子立刻解除了全部的怀疑，眼眶一湿,手抚在了少年人的肩头,欣慰地颔首,痛快地答应下了。在惨烈而隐蔽的嗜血生涯中,马乙麻一向冷酷无情,像眼前这样昙花一现的动容时刻,实属罕见。马乙麻收住了表情,赞许道:

"我开始懂你了,惊白你不愧是一个儿子娃娃,你姐姐也该知足了。"

"天老爷,你竟然还会落泪?"

惊白双目一怔。

"不过,我答应了不算,这还得问问少东主顾山农。"

阻击道。

胡笳七十六节

这就是凉州，风雪掩盖下的河西首郡。

其实，顾山农根本就没跑远，光脚骑在了马上，勒住缰绳，眺望着天地深处的那一幕景象。距化人场不远，这里是一片台地，加之枣红马的托举，令顾山农视野大开，毫无遮拦。看也看不清楚，因为扯天漫地的雪花络绎于途，武威城不见了，承平堡也不见了，就连附近的庄子与村树，包括那些瓜田中临时搭建的草棚子，统统都被这一匹白色的长练隐匿于幕后，等待着春天的苏息之机。但是，即便如此单调、枯寂、琐屑与无聊，顾山农仍然看出了某些名堂，看得乐趣丛生，满目欢欣。

是的，张观察在《中华最新形势图》中的那一行墨字，说到底，它就是留给顾山农的一句遗言，正在热烈地发酵中。刚才在灵棚内，当顾山农瞭见这些文字的那一霎，一根闪电横在了他的脑海中，记忆突兀而起，往事般般，清晰如昨。顾山农犹记得，去年的重阳之日，他和张观察在东郊的沙山下相率而行，纵论天下，这些话就被上海滩的闻人亲口说过，而且还说了不止一遍。万人丛中一握手，使我衣袖三年香，吟咏着前朝龚自珍其人的这句诗，顾山农不禁潸然，彼时的一见如故，彼时的莫逆之情，彼时的亲切与关爱，并没有随着那一场秋天凋零殆尽，不知其踪。也许，张观察当时料到了他自己孤身犯险、执命向西的可怕结局，所以才特地将这一句话题写在了书本中，让顾山农时时去温习，去领悟。敬爱江山，终老神州！这连绵起伏的祁连山下的河西绿洲，不就是中华江山的一角么？张观察，不，尊兄翘楚先生兑现了这个诺言。假如死是一匹骏马的话，他如今就骑在马上，正在巡游这一片大地，虽然个中情形，充满了悲剧性的骸骨，令人心碎，但是天地有知，突然在起灵的时候，降赐下了漫天飞雪，筑造了这么一座素白如笺的广大灵堂，这未必不是一次伤悼，一种缅怀，连神仙也在落泪。顾山农的内心频频抗辩，罪不在凉州，罪亦不在河西，就像这脚下的泥壤，长出了五谷和树木，在赐予人们口粮的同时，照例也会生发出稗草、恶虫与瘟疫，实难避免。究其实，天外有天，恰是以新城大营为代表的军阀势力，在凉州乃至于整个河西的天际上，箍就了一座无形的穹顶，令凉州、甘州、肃州和沙州全境窒碍难通，形如巨坟，又继而剪灭了一切异己的力量。张观察的悲惨结局，恐怕也逃不过类似的劫数。这么着，顾山农忽然忆想起了以前在兰州城里见到过的一副对子，具体的出处已然忘却，但其中的内容，恰巧契合了眼前的这种氛围：

毕竟是奇才，能使世间容不得；
倘若成厉鬼，定从地下打翻来。

亲爱如素识，凭着当初的一面之缘，顾山农笃信张翘楚并不是一介悲观分子，他激进，他昂扬，他穿州走府，一路上寻山问水，体察神州，所以才有了后面的那一句叮嘱：愿为国家尽一份心力，培一份元气，绵一份国祚。倏忽间，胯下的枣红马喷吐着白雾，猛一扬鬃，引颈南望，顾山农仿佛得到了某种提醒，于恍惚之间，陡然觉得承平堡从远处的风雪中逼现而出，站在了地平线上，在开口质问。不错，虽然只是一个大致的轮廓，但顾山农依稀瞭见了文楼、武楼、角楼和北门上的瞭望台，如见亲人似的，内里当中潮起了一股温润的汁水，心思软了，割舍难了，也在一瞬间幡然醒悟了。是的，求法不必西去，佛陀也许就在自己家的院子里。

念想至此，顾山农似乎又望见了那一座隐蔽的角院，以及它所掩藏的凉州最大的机密。后半夜里发生的蹊跷之事，意外断裂的门扣，黑马的嘶叫与疯狂，包括那一副银鞍子上触目惊心的鲜血，这桩桩件件，无疑是在告诫顾山农，危险迫近，角院的大门已经被撬开了，想必劫难也只有一步之遥。角院，它难道不是心力之所在、元气之渊薮、国祚之坛场么？为了这个寸尺之地，外父权爱棠大人毅然赴死，慷慨捐命，他自己也被囚禁了三年之久。虽说照着老泰山生前的计划，他后来叛心离德，对军部俯首称臣，但是今个天要扶灵南下，远走他乡，却是他始料未及的事情。身后，传来了一阵子呱唧呱唧的响动，那是靴子陷入积雪当中、踩烂了冰层、奋力拔足的声音，顾山农也耳食到了马乙麻与弟弟惊白的说笑，一时间竟不明白，这两个昨晚夕还视若仇敌、暴力相向的人，怎么就突然说和了，热络到了如此的地步？

调虎离山，公然将当家人驱逐出凉州界，然后在软处取土，从惊白这个少年郎的身上下手，再打开承平堡的缺口，顾山农终于捋清了这一条线索，洞悉了马乙麻的计策，不由得豁然一笑。这么着，在答案来临之前，顾山农的目光中伸出了两只大手，搭在了天际之间，将眼前这一道罡风与狂雪的幕布仔细拉上了，拉得严严实实，浑白一体，无懈可击。文楼和武楼消失了，角楼和瞭望台也消失了，那一座令人扯心的角院，同样消失在了风雪深处，依然故我，继续呵护那一桩秘密。不过，这些都还不够，顾山农突然觉得应该再增加一点点戏码，一些自我中伤与诽谤，当众撕碎自己的形象，亵渎再三，才能在这个关节上道出拒绝的理由，争取一个全身而退的机会。

一路相跟着，惊白和马乙麻谈的是打猎的事情，因为白茫茫的雪原上，除了雉鸡、野兔和麻狼外，居然还出现了麋鹿、猞猁与黄羊的身影。这个话题很快就冲淡了先时的紧张气氛，有了男人之间的味道，并迅速拉近了彼此的距离。接近台地时，惊白本想热烈地喊一声哥哥，巴结，讨好，献媚，力争得到少东主的首肯，就此跟随凉州各界慰问团，踏上东去的长路，却不承想，他竟被顾山农的怪异之举惊呆了，拔足冲了上去，抱住马颈子，呱喊说：

"哥，你疯了么？你这是咋了么？"

"我太烧了。我浑身都在发烧。我身上好像有一锅开水。"顾山农跨在马脊上，扔掉了帽子，甩掉了上衣，精赤溜光地挥动着拳头，不停地捶打着自己的胸膛，"不，不是开水，我可能着火了，我身上起了火灾，你赶紧帮我拍灭它，哥求你了。"

惊白上下打量，一无所获："你好端端的呀，你发的什么急症？"

"我着火了，我就坐在火盆子当中，惊白你赶紧动手呀，你帮我灭掉这些火。"顾山农在马背上趔趄着，很快就撕烂了自己的裤子，挖心剖肺地哀求道，"我快烧成了一捧灰，我被烧化了，天老爷，我不得活了，你这是要亡我么？"

"胡嚼牙茬，我没看见一根火苗，你让我咋办？"

"求你了，我快死了。"

终究是气愤不过，惊白一胳膊揽住了哥哥的腰，将他猛地卸了下来，扔在了脚下。顾山农赤条条的，一丝不挂地瘫坐在地，血水涌出了嘴角，丑陋地痴笑不停。或许，这一场火灾并非虚构，它就确凿地燃烧在了顾山农的体内，旁人是根本窥不见的。顾山农突然捧起了大把大把的积雪，兜头浇在了他自己的身上，不停地搓洗着，仿佛一头被擒获的野兽，嗷嗷乱叫。惊白也是束手无策，吓得脸色煞白，赶紧跪下来，两手捧住成团的积雪，撒在了哥哥的身上，期盼着尽快熄灭那一丛无形的火焰。但是，顾山农估计就要被烧死了，忽然躺在了雪地上，一骨碌滚了下去，停在了坡底下，几乎被周围崩塌的积雪所淹没。

惊白凄厉地嚎叫着，一个蹦子追了下去。马乙麻兀立原地，瞅了瞅枣红马的周遭，以及地上的斑斑血迹，俯下身子，逐一捡起了顾山农的衣裤和帽子，搭在了臂弯上。马乙麻根本破解不出这究竟发生了什么，更不会料到，此乃顾山农一生中最炉火纯青的一次表演，一次自我亵渎，恰到好处，毫无破绽。事实上，在痛苦地权衡了一番后，顾山农知道无路可走，只能采取旁门左道之术，用了如此下作的方式，来表达抗拒，来展示自己不合作的态度。偏巧，这个水米不进的特务头子上了当，轻易地相信了对方的演技，也感觉顾山农确实发了什么急症，身体堪危。证据是现成的，马乙麻抓起臂弯里的那几件衣服，凑在鼻子下嗅了嗅，一股浓烈的芙蓉香的特殊味道，在清冽的空气中格外刺鼻，也十分醒目。唉，这个废物，这个龌龊鬼，这个已然堕落的家伙，这个自毁长城的承平堡的当家人，八成不是吸了两三锅子，估计是将整整一块鸦片吞进了肚子里，就像临上刑场的罪囚，捧住了一碗辞阳饭似的，担心再也没有了机会。依照过去办案的经验，马乙麻知道一个人过量吸食了鸦片后，要么如堕冰窖，要么欲火缠身，总之是冰炭两极，不可能中庸与平和。正是在这种撕裂当中，吃鸦片的人往往丢了三魂，六魄也荡然无存，变成了一个白昼里的鬼，一具空空的躯壳，无天地尊师，无亲无故，无人间是非，也就等同于旷原上那些觅食的野兽，徒具人形罢了。如此一念想，马乙麻突然间丛生了一种快感，心中就像过了电似的，连称幸亏幸亏，真是幸亏发现得早，否则的话，送这样一个货色上路，不但破坏了军部的计划，还无异于给狐狼开了一家肉铺子，给瞌睡之人递上了枕头。

这个关节上，马乙麻当机立断，下手果决，迅速将顾山农开除出局，踢出了凉州各界慰问团的代表名单。

刚趔到了坡底下，马乙麻扔掉了手中的衣裤和帽子，瞭见管家和刘北楼也从远处跑了过来，同样是惊骇万分，不敢相信眼前发生的这一幕。惊白刨开了坍塌的积雪，将哥哥架了出来，让他斜倚在自己的肩膀上，发现他还活着，这才略感放心。顾山农赤条条的，下盘不稳，一直趔趄着，那一件男人的家什可耻地暴露出来，牙花子狰狞，竟不知道他在诡笑什么。或许是冰雪的刺激，也或许真的有一场火灾在蔓延，反正顾山农浑身上下一片火焰色，几乎要焚毁了皮肉，流泻而出，让这一片雪原燃烧起来。惊白抓起衣服，正要替哥哥穿上时，却被廖逢节一胳膊拦挡住了：瞎了么，你没长眼睛么？这前后左右扎满了尖刺，你就不肯惜疼一下少东主么？确乎如此，顾山农从坡顶上摔下来以后，那些隐藏在雪地里的大小荆棘也不曾放过他，密密麻麻地呼啸而上，将其变成了一只刺猬。管家洞悉这一内幕，断定这又是鸦片的罪过，只不过这一次发作得更厉害，疯狂到了极点而已。刘北楼同样愕然，但碍于马乙麻这个特务头子在场，便也钳口噤言，学着管家的样子，掐住指尖，开始给顾山农拔刺。

有的是绣花针粗细的硬刺，这个还比较容易，但更多的却是毛毛刺，扎满了顾山农的前心后脊，干脆让人下不了手。这种刺未必有毒，可一旦拔出来，难免会带出来一些血滴，顾山农的全身很快就血丝呼啦的，疼得他抽搐不止。三个人态度各异，管家性子实诚，一边拔刺，一边哄唆着，就像在对付一个吃奶的娃娃。刘北楼一身热汗，这种活计比上房揭瓦还难，况且昨晚夕他刚刚铰掉了指甲，干脆派不上用场，又怕顾山农着凉，他趁机抓下自己的皮帽子，扣在了对方的头上。这时候，惊白的恐慌与忧心烟消云散了，反倒生出了一种鬼祟之心。以往的年月里，哥哥一般都是高高在上，喋喋不休地说教，一会儿仁义礼智信，一会儿温良恭俭让，总之让他厌恶死了。现在可好，这个典范人物轰然倒塌了，没皮没脸的，满身泥浆，尤其是他一丝不挂，露出了任何一个男将最为羞怯、最为看重的家什，这怨怪不了旁人，一定是他自家的缘故吧。毕竟，惊白年轻且冲动，血勇有余，经验尚浅，还考虑不到腠理深处那些至为幽秘而难言的无奈，那些生而为人的困境。惊白忙乱了半晌，忽然就不耐烦了，嚷喊说：

"哥，你暂时忍耐一下，等上了路之后，我再慢慢替你拔刺吧。"

顾山农一怔："你说了个啥？"

"哎呀，马上就是军部的授勋仪式了，大家可不敢耽搁。"

"上路？你刚才说你跟谁上路？"

"跟你呀。"

懵懂道。

"跟我？你这个狼吃的贼娃子，你跟着我做什么？"

"去北平城，然后下江南呀。"

这个时候，旁侧里的马乙麻弯下腰去，捡起一件羊绒短袄，抖了几抖，拍掉了上面的雪花，悉心地披在了顾山农的肩膀上。盯视着这个特务头子，顾山农的内里翻江倒海，一股岩浆般的仇恨冲决而出，意欲跟马乙麻同归于尽，一起下到阴曹地府里去，如此才能心安。顾山农思忖，一定是马乙麻在背后捣鬼，上下其手，弟弟惊白这才上了他的当，刚才不知深浅地说了一顿胡话。不料，最坏的结果还是来了，马乙麻蔼然地说：

"承平堡要出一个代表，既然少东主贵体欠安，那就惊白吧。"

"阁下，这个使不得。"

仓皇道。

"是这，你们兄弟俩自己决断吧，反正有一枚勋章，必须要戴在其中一人的胸膛上，这可是马长官签字颁授的，何等地风光呀。"马乙麻却后几步，好像腾出了这个争执的场合，不打算染指，"实话说吧，我替三少爷卖了半辈子的命，我连个木头奖牌也没有混上。"

"哥，让我去吧。"

惊白慨然道。

"不许乱嚼舌头，赶紧滚开。"

"这有什么呀，古有花木兰替父从军，我现在代兄出征，同出一理，何错之有？"

话音未落，顾山农一记耳光，当场甩在了弟弟的鼻脸上，血水哗地淌出了少年的嘴角。惊白一怒之下，推开了哥哥，头也不回地走掉了。管家见兄弟反目，一时间吓坏了，顾小顾不了大，刚刚追过去几步，便摔倒在地，半天也爬不起来。

胡笳七十七节

颁授仪式也是在小卧车旁边举行的,好像它真是马长官的化身,灵魂附了体。

跟此前不同的是,地上早已铺了一张阔大的栽毛毯子,红绿间杂,勾勒出了一片山水图景;嵌在中央的则是武威城的南门,城楼之上,一行白鹭于烟云变灭之间,右上首另有一排拳头般的文字:采山饮河,永镇金阙;沐日浴月,人民劲强。距此不远的地方,伫立着一支礼兵队伍,白色钢盔,白手套,胸脯上缠挂着一束金色的丝穗,一个个荷枪实弹。仪式开始了,刘北楼率先站在了毯子上,马乙麻从车内取出来一只精美的礼匣,打开后,将一枚银元大小的勋章交给了县长陈垦丁。刘北楼脚跟一磕,敬了一记标准的军礼,陈垦丁则表情肃穆地将勋章别在了他的左胸位置,彼此握了握手。陈垦丁开腔道:哎哟,此行必定艰辛,你们的肩膀上荷担着这一份凉州重托,全国各族各界都在紧盯着这支送灵队的一举一动,务请你们倍加小心,来去平安,待凯旋返乡之日,我一定在南门上摆酒设宴,也好替大家掸去这一路上的风尘。顿了顿,陈垦丁接过吏员递来的一只信封,交给了刘北楼,绍介说:首要代表,这是凉州百姓的心意,也是武威县府筹办的一批土特产,总计七车,还请你多加关照,将来抵达目的地之后,务必跟上海方面当面交割清楚,最好将这份清单交在亡者的遗孀和家人手中,替我表达一份最深的歉意吧。刘北楼接住后,再次抬手一礼,礼兵队朝天鸣枪,空气中漾起了一股淡青色的烟雾。

给张彝颁授的则是军方的马乙麻,马乙麻拿起勋章哈了哈气,象征性地在袖子上擦拭干净,绍介说:呵呵,这个虽然不是纯金的,但它比金子还值价，有了这块勋章，再加上军部出具的全套手续，保管你们在这一路上顺风顺水，堪比当年的钦差大臣。张彝身穿一件发亮的新皮衣，不能别，赶紧接住了勋章，看也不看，随手揣进了裤兜里，幕地一礼，阁下放心吧，作为县府的一员，我将密切配合北楼兄，尽快完成这一趟的任务，快去快回，力争不辱使命；再说了，这本来就是凉州军地双方的共同职责，我心里有数，肯定误不了事。马乙麻咧笑道：不，你可不是北楼兄的副手，你们都是首要代表，不分主次，平起平坐，今个天出了门以后，凡事都要一起合计，仔细商量，凉州的声望与名节，全都仰赖二位的机智，拜托了。言毕，马乙麻同样拿来了一份清单，右首上戳着一枚军部的大印，赫然罗列着赠送给上海各界的礼品，计有珊瑚大朝珠、珊瑚小朝珠、大小金手表、金盒金链马表、银盒马表、问表、猞猁皮袄、古铜色猞猁马褂、金黄藏羔羊皮袄、黄图画褥子、豹皮褥子、俄式毯子、裁毛毯子、狐皮帽子、五色缎子、西藏斜布，以及各式佛像和大洋若干。马乙麻叮嘱道：这一批礼品统共有十五车，可都是马长官劳碌了半个月，千挑万选出来的。这一回军部算是下了血本，不惜代价，只想勠力一心地挽回凉州的颜面，修复甘省受损的形象。希望二位守护好这些特制的箱子，不可出现半点的差池，更不要辜负了马长官的一番苦心。张彝得令，在抬手敬礼的一霎，礼兵队的枪声又响了。

轮到了惊白，则是陈马二人联袂颁授，让他一时间手足无措，羞臊得颊脸绯红，又是鞠躬，又是敬了几个军礼，但没有人计较和挑剔。显然，这两位军地长官已经沟通过了，所以陈垦丁并不吃惊，将勋章别好后，拍了拍惊白的脑袋，赞许说：呵呵，项橐七岁为孔子师，甘罗十二岁拜相，霍去病十九岁升任骠骑将军，率部西征，直取祁连山，击溃匈奴近十万人，俘获了祭天金人，这些老古今本来已经尘封了千年，斑斑锈迹，却不承想天道好还，凉州如今又生发出一根新芽，诞生了一位少年英雄，名叫徐惊白，真是可喜可贺呀！马乙麻也附和道：的确，这祁连山下的各个郡县，当数武威城的形胜与风水最佳，英雄辈出，代不乏人；虽然少东主罹患急症，不宜远行，但惊白也是一根响当当的顶门杠子，不辞劳苦，替兄出征，将来一定会全美了凉州百姓的热望,也不会辜负了军地双方的信任。陈垦丁感慨道:是呀,万人之拔萃者谓之雄,千人为豪,百人为英,十人为杰,这个填空题就交给惊白了,看你如何下笔落墨,如何在风雪中远去,从彩虹里归来。实际上,惊白也没听进去,这些溢美之词多半是他俩在自说自话,与己无关。惊白一直垂下头,把玩着胸膛上的那一枚勋章,瞭见在一面五族共和的旗帜下,清晰地镌刻着四颗字,表明了他此行的真实身份:首要代表。在下方的边口上,另有一行弧状的文字,乃是新城大营的正式番号,以及武威县府的全称。原本不过是一块金属的牌牌,可一旦挂在胸脯上,突然就有了分量,重若秤砣。这一再提醒着惊白,自今日开始,一切都不是玩笑,也不再是往昔里那些无法无天、风大尘扬的把戏了,他更不可能带有少爷羔子的习气。这么着,惊白开始踌躇满志,暗中握紧了拳头,在心里给自己上紧了螺丝,目光一刹那清亮了起来,嘴角含笑,一派生气。陈垦丁回眸,相问说:惊白,你预备好了么?答复说:阁下,预备就绪,就等你撒开缰绳了。陈垦丁一时不舍,扑上去抱住了对方,搭在惊白的耳畔,悄语说:去吧,像豹子一样去吧。

礼兵又放了一排子枪,这是专为惊白而鸣的,似乎更清脆,回声也更加悠远。

起灵了。一辆特制马车驶出了化人场的院门,轿厢顶上戳着一根丈尺长的引魂幡,厢体表面刷成了漆黑色,左右两侧的红圈内填满了同一颗汉字:奠。车厢底部铺设了两条凹槽,沉重的棺木便卡在了凹槽当中,蚂蟥钉守住了四个角,纹丝不动,不至于惊扰了亡者的睡眠。棺木的四周砌满了干净的水冰,这些冰块柔中带刚,刚中带柔,一方面起到了缓冲之作用,另一方面却又呵护着张观察,即便在冰天雪地里,也能释放出一种秘密的温暖,一份安全感。车头的三匹公马首尾相衔,褐色长鬃,皆是山丹贡马场捐赠的,蹄大如斗,脚力强劲,呼哧一声就上了路。

吊诡的是,伴随在灵车前后的一部分伙计,早已换成了承平堡的护卫们。或者换一种说法,来自北疆救孤团的死士们,自此而后,寸步不离地簇拥在了目标人物的左右。昔日的寻找,过往的念想,辗转多年的泣血守候，于这一天终于梦想成真。不论是张汲水和苏巴什，还是另外的几名骨干成员，无一不是噙住泪水，埋下头去，隐身在了这一场凉州的风雪帐幕当中，萧然而逝。这应该是个大日子，就像一滴流浪的水碰见了河流，从此不再干涸，也犹如一片迷路的叶子，投入了森林，消弭了这一生的孤单。只不过，这时候的惊白乃是首要代表，依然沉浸在勋章所带来的激动中，无暇他顾，更不明白有一道紧密的藩篱，业已扎在了他的身畔，犹如铁桶一般地将他保护了起来，仿佛当年那样，丝毫也不敢马虎。

在灵车的身后，陈垦丁率着县府的吏员们，以及特邀而来的一群凉州各界代表，稀稀落落地相跟着，一边抛撒纸钱，一边哈着手、跺着脚。实在是太冷了，雪花变成了雪渣子，一枚枚暗器似的，车轮碾过之处，忽然就出现了发光的冰面，一连摔倒了好多人，哎哟声不断。礼兵队撤走了，新城大营的其他官兵拉开了距离，远远地跟随着，不是不参与，而是出于习俗不同。那些寂寂飞舞的纸钱，环绕在灵车之上，天地悲戚，追悼的气氛一下子达到了最高潮。偶尔，浑白的天幕上掠过了一两只黑老鸹，就像从海藏寺和无量寺里请来的法器，叫声惨黯，也不知它们究竟念的是大悲咒，抑或是度亡经。

领衔的小卧车也启动了，打了几个黑屁，尾了上来。这是个信号，身后的几辆篷布卡车，以及望不见尽头的车马队伍，突然间辚辚作响，地动山摇，伴随着引擎的轰鸣，滚过了这一片茫茫的雪原。实际上，军部早有预案，趁着刚才仪式进行的间隙，已经给大小车辆安装了防滑链，这些钢铁的家伙气势威猛，咆哮而去，很快就追上了前头的灵车。

按照风俗，地方长官和县府的吏员们，包括各界代表的参与行为，也就划定在三里地之内。三里，这是一道虚拟的门槛，一俟跨越过去，便意味着这支送灵队伍打马离开了凉州界，往后的困厄与死生，颠仆和流离，概与此地无关。这么着，陈垦丁、王伯鱼和所有的本土人士侧立一旁，有的敬礼，有的鞠躬作揖，有的再三挥别，忽然间形成了两个阵营，各自分明。辞别后，刘北楼和张彝迅速上马，拨转方向，追上了灵车。军部的官兵们因为要赶回新城大营，还可以再送七八里地，倒也不急。马乙麻摘掉手套，跟陈垦丁简单寒暄了几句，为军地双方的精诚合作，为彼此之间的谅解与默契，频频互谢了一番。小卧车的车门打开后，马乙麻突然捉住了惊白的腕子，三推两搡，便将这位首要代表安顿在了后排的座椅上，他自己也挤了进去，啪的一声拉上了车门。

前路孤寒，气象萧疏，道阻且长，从兹万里。

等到所有的车马从眼前消失而过，再也闻听不到一滴声音时，陈垦丁方从一种岩石般的悲凉中回过神来，站在了坚硬而密集的辙印当中，拔长了颈子，依旧张看着远方。陈垦丁哀婉地说：唉，逝者已矣，亡魂还家，但愿这一场劫数就此了结，等开了春之后，我凉州能有一个太平和丰收的年景。王伯鱼接茬道：阁下，这个扫把星，这个外来鬼，真是压得咱们喘不过气来，差一点就被憋死了；不过现在总算打发掉了，卸下了这个噩梦，这也是你的英明擘画，到底是新年新气象呀。陈垦丁收回了目光，掸了掸肩膀上的落雪，款然道：

"张彝走了，步警队的那一大摊子暂时就由你来代理吧，难为你了。"

"不，还是阁下亲自统率最好。"

以屈求伸之计。

"怎么，你还挑肥拣瘦么？你的马警队，如今再加上步警队，你可是身兼双职呀，整个武威城都是你的地盘，还嫌这个坛场太小么？"陈垦丁开始踏上了返程的路，叮嘱说，"呃，你先代理一段吧，等有了合适的人选，我就放你的假，让你去外面冶游一趟，好好散散心。"

"阁下的信任，卑职不敢懈怠，我哪也不想去，我随时在帐下听令。"

这么轻易地，王伯鱼便赢了，大小通吃，将视若对手的张彝，变相地逐出了凉州全境，进而攫取了警察局的主要权力；一人之下，万人之上，这不但出乎他本人的意料，还难免有一种黄袍加身的错觉。王伯鱼浑身燥热，压抑着狂乱的心跳，又听陈垦丁低语道：

"切记，最好用你的心腹，给我昼夜盯住承平堡，一刻也不要松懈。"

"承平堡？阁下的意思是顾山农吧？"

王伯鱼亦是暗自一惊。

"等着瞧吧，承平堡才是革命最大的绊脚石，最可怕的敌人，我有这个预感。竟也不知陈垦丁到底怎么了，一反常态，似乎只想迫切地诉说一遭，"哼，军阀固然可耻，可军阀就在新城大营，一直在明面上活动，承平堡却在凉州这一条大河的下面，它究竟是龙，还是鳖和蛤蟆，这恐怕才是你的当务之急。"

稍不小心，陈垦丁脚下一滑，幸亏被王伯鱼一把拽住了。

沙石般的雪渣子扑打在车窗上，加上内部的一层雾气，惊白贴在玻璃上瞭看了半天，竟也没看出什么名堂来，颓丧不已。承平堡呢？承平堡过了么？惊白一迭声地发问。马乙麻咧笑道：一个南辕，一个北辙，你的脑子现在打了糨糊，肯定是糊涂了。惊白问：东是哪边？答复说：东在北平城，东在天津，东也在上海滩，你们一行就在东去的路上。如此一饶舌，惊白干脆放弃了，仰躺在座椅上，兀自发呆。马乙麻心猜，这个少年一定是想家了，尤其是想姐姐了，刚刚抬脚，便生出了留恋之情，真是可贵呀。马乙麻掏出来一只指北针，塞在惊白的手里，慷慨相赠之后，这才再次撩起了少年的乐趣。

其实，这是惊白第一次坐车，盯看着自己屁股下的这个怪物，愣怔了许久。车速不快，冰凌带来了一阵阵趔趄，车厢内似乎窝藏了不少的小嗓子，一直在嘎吱嘎吱地喊疼，惊白也不明白它究竟疼在了何处。偶尔，司机摁几下车喇叭，嘟嘟嘟的，接近于骡子放屁，不很悦耳。马乙麻一时快慰，玩笑说：

"这下面有一匹大马，马驮着这个铁壳子，咱们其实就坐在马背上。"

"咦，可当真？"

"的确。"

"什么马呀？"

"李太白。"

惊白突然振作起来，一股脑地说："赵客缦胡缨，吴钩霜雪明；

银鞍照白马，飒沓如流星；十步杀一人，千里不留行；事了拂衣去，深藏身与名。阁下说的可是这个李白？"

"三杯吐然诺，五岳倒为轻。千秋二壮士，烜赫大梁城。"

"原来你知道呀！"

惊白睁大了眼珠子，讶异极了。

"嗐！为了给你这位首要代表送行，我半夜里下了功夫，也就记住了这么三两句，还请赐教。说真的，我担心自己接不上的话，你又要翻脸，又来敲我的脑袋，昨晚上的这个疙瘩还没有消肿，我可不想再遭二茬罪。"马乙麻一面揉着太阳穴，一面抽丝剥茧，"不过，我说的李太白，可不是惊白你的《侠客行》。"

"除了本尊，难道还有人胆敢占用这三个字，欺世盗名，冒犯谪仙人，顶撞文曲星么？"

"黑马，那一匹银鞍黑马，它就叫李太白。"

"呵呵，简直失笑死了，你太自以为是了。"

惊白讥讽道。

"在下要说那匹黑马是专门赠给你个人的，或许有点夸张，你也不信。但实际上，它的确是赠给承平堡的，因为承平堡出了一位首要代表，马长官十分倚重，所以特地吩咐下来，让我昨晚上专程去赠马。"马乙麻取出一只军用水壶，让了让，惊白拒绝后，他自己抿了几口，"这么一换算，惊白你身为首要代表，黑马岂不就是你的坐骑？"

"呃，这个说得通，道理俱在，原来小爷的名字另有一解呀。"

"如何解？"

"惊白者，惊动了天人李太白也。"

"讲究，你这个说法真是讲究。"马乙麻嘴里的半口水险些喷了出来，却不吝赞美，又夸奖了几句，方说，"只可惜，少东主和廖管家将李太白牵进了堡子里，我临走之时，它还好端端的，也不知后来咋了，发生过什么，黑马居然满身鲜血、鼻青脸肿地回到了新城大营，丢了半条命似的，至今还卧在马厩里，一把鼻涕一把眼泪地哀鸣着。"

惊白脱口道："我瞅见了，李太白发疯的时候，我就在武楼上，一清二楚的。"

"咦，那你说说看。"

"是这，反正是突然发疯的。我记得李太白刚开始还挺规矩，管家喂的是精饲料，嚼吃豌豆的味道飘到了武楼上，我这才趴在窗子上往下瞭见的。"此刻，惊白的表情上落满了一层回忆色，心无城府地说，"大概是后半夜吧，角院的门轰的一声，好像被一头猛兽撞开了，那个庞然大物越墙而出，忽地不见了踪影，这才让黑马炸了毛，变成了一个疯子。我敢发誓，少东主和管家根本没动过它一鞭子，李太白就像个醉汉似的，自己在寻死。"

"惊白，那究竟是个什么东西呀？"

马乙麻警觉地问。

"说不好，我也不能乱嚼舌头，当时的雪下得太大了，这你知道的。"

"你方才说，那个猛兽破门而出，一下子就不见了，这证明它原本就藏在院子里？"

"对，那是我平时念书的角院。"

角院？马乙麻再三叨念着这个名字，并不觉得陌生。

"那么，你平时念书的时候，有没有发现过什么异常，一些不对劲的地方？"

"并无。"

"咦，惊白你再想想吧，别着急回答。"

一味地摇首。

"惊白，角院里除了你和朱先生之外，另有旁人么？"

"坟。有一座坟，我爹老子就躺在里头，这你也知道的。"

话未言毕，惊白突然掐住了自己的喉咙，埋下头去，干呕了起来。车厢内弥漫着一股浓郁的汽油味，颠簸不止，马乙麻知道惊白晕车了，赶紧摇下玻璃，将他箍在了车窗上。狂雪袭人，罡风扑面，惊白的嘴巴突然开了闸，吐了一路，将胃里的汤汤水水全部吐光了。

嘴嘴上到了，这是真正分手的地点。

恰像这个土得掉渣的地名所描述的，这一片旷原上只有四条官路，十字交叉，分别指向了东南西北。目下，道路虽然不见了，被半尺厚的积雪所覆盖，但当中的那一块祁连山石上，却明确地标注了各个方向。在石头的周身，还环绕着一行朱红色的大字：西门锁钥，紫塞龙堆；堂皇大路，如履平地。灵车停下后，另外的二十余辆骡马大车赶紧跑过来会合，首尾蝉联，终于组成了一支庞大的远行队伍，气势空前。

在缠绵的风雪中，刘北楼一手勒住了缰绳，一手遮眉，突然被远处的一幕震惊了，觳觫不止。张彝纵马贴了过来，顺着刘北楼的目光望过去，发现军部的其中一辆篷布卡车上，陆续跳下来了一群和尚。这些和尚身穿灰色袈裟，一个个矬如木桩，壮似铁塔，显然是精心挑选出来的，否则就不可能千人一面。和尚们训练有素，动作迅疾，拉成了一根人链，将卡车上的锣鼓铙钹、香炉铜铃、杖节经匣等等的宗教法器依次卸下来，很快就装满了一辆马车，而后垂首肃立，合十祷告，嘴皮子里也不知念的什么经。恰巧，马乙麻从小卧车里下来后，兴冲冲地跑过来辞行，却不料想被刘北楼的一声呵斥给钉在了地上，半天也回不过神来。刘北楼端坐在马脊上，鹰眼一般地盯视着特务头子，喝问道：

"姓马的，这个僧侣团是什么来头？"

"呃，他们这是一个法事班子，沿路上要替亡者念经超度。"

"放屁，军部的计划里，可并没有这一帮贼和尚。"

咆哮道。

"北楼兄，此乃马长官临时补充的一项内容，你要是有疑问的话，最好去军部请教三少君吧。"马乙麻同样也是硬茬子，丝毫不惧，仰看着同僚，答复说，"据我所知，这也是上海方面的请求，他们一连发来了几通电报，不得不予以满足。你知道的，新城大营并不信这个，肯定也不会染指。"

"哼，那你自己瞅瞅吧，这不仅是僧侣团，想必也是武装僧侣团。"

"在下只是奉命办事，你也一样。"

言毕，马乙麻朝远处挥手，果断下达了开拔的命令。

胡笳七十八节

法牙街上的积雪悄悄融化了，墙面一松软，老有一些土坷垃掉下来，掉在墙根里。

原本，这里并不叫法牙街，叫的是醴泉巷。前些年的特大地震之后，不光摧毁了成片的宅子和院落，疮痍遍地，甚至连一墙之隔的罗什塔也摇塌了，迄今仍是一堆瓦砾与废墟，枯草连绵，令人扯心不已。重建开始后，左右邻舍们在一个无星无月的夜里，目睹了一场圣迹，佛陀显灵了，降赐下了一幕恩泽与秘示。这件事假不了，也根本不可能作伪，因为当时在场的除了各家各户的男将女主外，另有几十号泥瓦匠、木匠、石匠、漆匠和仰衬匠，大家都挤在残破的寺墙内外，纷纷鹄立，瞭见了天上的那一场大光明。彼时，从罗什塔的塔基上升起了一朵发光的云，云朵呈莲花状，外红里白，停在了半空中。莲花宝座上趺坐着佛陀，诵经完毕，又将净瓶中的甘露洒落下来，忽然打湿了每个人的肩膀，四周也弥漫着一股清丽的香氛。云朵消失后，邻舍们的心中便种下了因果，觉得先前的街巷名字太粗陋了，简直配不上隔壁的这一座名刹，于是更名换姓。法牙，法耳，法眼，法眉，法顶，法额，不一而足，总之是瓜分了一张完整的五官，落实在了各处。当然，作为信众，这些人尚知戒惧，还保有一份敬畏之心，唯独不敢侵占"法舌"二字，将其留在了寺院，因为鸠摩罗什的不灰之舌就埋在那一座塔基下，玷污与冒犯，必定是一种罪愆。过了好几年，这类新名字也没有叫开，传播有限，只在这一片区域内自说自话，而武威城里的人们一般恋旧，还是喜欢用老名字。

天晴得有点邪乎，蔚蓝入目，就像一匹刚刚从染缸里捞出来的棉布，滴答着水分。

趁着午后的光线好，女子踅出了厢房，在窗台上一只倒扣的脸盆下，摸出来一大把钥匙，打算把每一扇房门都打开，放放潮气，别让里头的东西霉变了。俗话说，一把钥匙开一把锁，但钥匙实在太多了，每一个锁头都要试上几次，方能奏效。果如担心的那样，房门一旦被打开后，满屋子积聚的潮气突然间溃散了，仿佛整整一库房的粮食垮塌了下来，简直能活埋了人。每到这时，女子便抢出门来，一边捏住鼻子，一边贴在廊檐下，躲避里面的袭击。但是，那一种阴湿的潮气分明告诉她，一定有什么东西开始霉变了，并且正在加速腐烂，因为凉州的气候换了季节，气温也慢慢地上来了。

也算是胆子大，女子在堂屋的八仙桌下，发现了几只死老鼠，赶紧扫进了簸箕里，填埋在了花坛中。后来，女子举着一根鸡毛掸子，掸净了各个房舍内的墙壁与仰衬纸，瞭见炕头和窗台上落满了厚厚的灰尘，又打来了清水，擦拭得窗明几净，满室生辉。其实，更多的异味来自卧房热炕上的那些被褥，霉变了不说，还弥散着一股炕洞里的烟油气息，扎嗓子，酸眼睛。这么着，女子在庭院内拉起了几根绳子，绑定之后，将所有的被褥统统抱了出来，荷叶饼似的挂在了绳子上，一是让风吹干，另一个再让日光晒透，渐渐地蓬松开来。做罢了这些，女子擦完脸，搬过来一只马扎，将后背迎向了日头，负暄而瘵，突然感觉自己就像一朵棉桃，幸福极了。

除了胆子大，好奇心也颇强，晒了一阵子，女子便奔进了堂屋，从墙上悬挂的一排子账簿中取下来两册，原又落座在了马扎上。这么多天以来，女子谨守着规矩，仅在她擅自打开的那一间厢房内活动，不敢去触碰其他的屋门，今天也是心血来潮，想出一份力，所以才斗胆洒扫了一番。这个院子属于小户人家，面积不太大，却很恬静，同样是大地震之后重建的，至今还显得一派簇新，亮亮堂堂的。但是账簿除外，账簿是一个人身份与背景的机密要件，从中可以窥探出他的全部底细，每一笔支出和进账，哪怕是最不起眼的一笔草流，大概都能反映出这家主人的活动轨迹，乃至于他的人生半径。果然，女子翻阅了七八页，仔细查看了几笔明细，初步断定这家的掌柜应该是一个瓜果商人，尤以经营马首瓜为主，上游远在猩猩峡外的哈密城，下游分布于华北、中原和江南一带，贸易量十分可观。马首瓜者，亦即大名鼎鼎的哈密瓜，自清季伊始，一向是朝廷贡品，也是官贾恢贵与豪绅们追逐的西域异果，相当抢手。剖析了其中的几笔账目，女子发现这位精明的商人在腊月前后，已经提前预订了今年哈密城郊外苏乎木一带的马首瓜，总计达二百四十余亩，比往年多出了将近三成。这时，一个念头突然横空而降，女子猜想这家人八成是去了口外，去探望哈密城的瓜果联手们了，难怪这个院子人走屋空，也难怪这么清静，让她鸠占鹊巢了许多天，独自霸占如此明丽而和煦的暖阳。

这是一份确凿的慰藉，忧心不再，了无牵挂。女子合上了账簿，放心地将后背交给了日光，又听见自己体内的那一朵棉桃绽放开来，银白如雪，在一阵阵清凉的风中摇曳不已。

但是，这种释然与恬淡的情绪并没有持续太久，门响了，门环被叩得很轻。

女子醒来了，从膝盖上抬起头，恼恨地发现嘴角上挂着口水，一下子生了自己的气，赶紧跑回到厢房，换上干净的外罩，又在一块巴掌大的水银镜子里检查再三，擦上一点脂粉，拢了拢云鬓，心里麻酥酥的，竟不知门外的冤家又是谁。半空中晾晒的被褥仿佛迷宫一般，女子也被弄糊涂了，三兜两转，终于站在了门端里，听见门环再次被叩响了，相当礼貌。扪下心去，女子默念了一句观音娘娘的法号，遂抽下门杠，启开了一条缝。

哦，原就是这两人，一个尖下巴，一个粗脖子。

依照过去两次的经验，女子知道对方是公门中人，第一次来查火，第二次来查地基，今天也不清楚要查什么，但他们的谦恭与礼貌，令人放心。女子侧立一旁，将他们礼让进来，赶紧将门扇虚掩上了，不敢扣死，留下了一指宽的缝隙。二位，今天又要查什么？烦请告知一声，我也好有个准备。女子端来了两碗开水，搁在窗台上，相问说。显然，满院子张挂的被褥妨碍了他们的目光，于是扬起了下巴，搜索着左右两侧的屋脊。尖下巴答复道：查瓦，这一趟专门是来查瓦的，打扰了。女子惑然道：查火可以理解，这个季节风干物燥，防火当是第一要紧的；查地基也能够说得通，这些新盖的房舍难免有什么差池，提早发现的话，百姓们也就踏实了。但是屋瓦怎么了，查它干什么呀？粗脖子释解说：哎哟，这就是你的多心了，因为再过一半个月，河西一带的黑风暴季节就要到了，那种杀人的天气，恐怕会撕烂了屋顶，瓦叶子乱飞，每年春天武威城里伤下的人不计其数，还是当心为妙吧。尖下巴搬来了梯子，支在墙头上，临上去之前，冷不丁地问说：嫂子，我们来了三回，怎么不见你家的男将，掌柜的做什么去了？女子一时慌乱，脱口道：呃，他年前去了口外，在哈密城里做买卖，鸡肋巴的生意，吃不饱，但也饿不死，勉强将就吧。又问：你家掌柜捞的什么钱？走的是水路，还是旱路？女子愣怔了片刻，不明所以，掉头去收拾晾绳上的被褥了，丢下话说：贩瓜的，贩的是马首瓜，等夏天到了，或许你们还能碰上，享一享口福呐。

不出一炷香的工夫，这两人趔下了梯子，声称有六块瓦叶子碎裂了，必须及时更换。好在罗什寺的方丈慈心大发，动用了一小笔善款，专门雇来了几个瓦匠，替附近的信众们统一修葺，这也就省下了不少的麻烦，善莫大焉。到了院门外，女子说了一声慢走不送，刚要关门时，粗脖子忽然从公车上拎下来一只食盒，难为情地说：这位嫂子，我们另有一桩要紧事，需要马上出城，这本来是给家里人买的几样炒菜，干脆你吃了吧，免得放坏了。女子怔忡之际，食盒已经被交在了她的手中，那一辆骡车紧急驶出了巷道，轿厢尾部飘起的一块帘子上，赫然印着一颗字：公。

这一切均无破绽，女子也不曾多想，插上了门杠后，赶紧打开了食盒，一股馋人的气息直冲天灵盖，仅有的一丝戒备心便也灰飞烟灭，不复存在。四样菜，沙葱炒鸡蛋、酸菜夹沙、干辣子番瓜、一碗粉汤，还有一块余温尚在的油锅盔，中间撒了香豆子，最是诱人。空荒了这么多天，胃囊就像一只攥紧的拳头，现在突然松开了，张开了饕餮之口，谁也拦挡不住。到了夜幕四合时，女子已经吃罢了，一个饱嗝跟着另一个饱嗝，打出来的味道几乎都是酸菜，恐怕在肚子里又发酵了一遍。但是，这种不计后果的鲁莽，很快就产生了更为恶劣的一面，女子蓦地蹲在了花坛里，用指头一抠嗓子，刚才吃下去的汤汤水水，犹如一眼喷泉似的，一股脑地吐了出来。半响后，女子起身，含着哀怨的泪水，双手抚在了腹部，仰看着这一夜凉州头顶上清癯的天空，将滑落在颊面上的泪滴吞进了嘴里，一个字也没发出。

话说在法牙街口，尖下巴裹紧了棉袄，围着一个烤洋芋的火炉子，已经濒临绝望了。

绝望到了瞌睡时，尖下巴闻听身后传来了一阵响铃声，回首一瞧，果然瞧见那一辆熟悉的骡车出现了，停在了斜对面的寺墙下。尾部的帘子已经撤换了，上面印着一颗"皮"字，说明是大皮匠家里的车轿。发现粗脖子马眉臣在向自己拼命招手，尖下巴陈匹三暗骂了一句驴日的，这才懒洋洋地抬腿，趄到了街道对面，爬进了轿厢内。点亮了马灯，马眉臣拿出来两个半路上买的肉夹子，一家一个，谁也不吭气，狼吞虎咽地咥了下去，忽然就来了精神。陈匹三道：嗯，迟海海家的老卤子果然名不虚传，从来也不打折扣，一直就是这个味道。马眉臣回说：的确，撇开了迟海海家，谁也做不出这个味道的猪耳朵和猪肚子，武威城里独此一号。说着话，马眉臣铺开了一条狗皮褥子，扔下一只枕头，又抱过来一件羊皮袄，相告说：你先睡吧，我守上半夜，我不行了你再来。伴当言听计从，囫囵地躺在了羊皮袄下，很快就睡着了，连呼噜声也是那么沉闷。类似的情形持续了多日，一旦骡车空手而返，说明事情还没有转圜，所以彼此不问，也互不抱怨，各自带着一种危险而焦虑的默契。

在伴当的鼾声中，马眉臣坐在轿厢上端，撩起帘子的一角，始终不错眼珠子，盯望着法牙街口。那是一截断头路，任何进出法牙街的人，自然逃不过他的眼睛，哪怕是一只深夜的雀鸟。大概在戌时左右，马眉臣突感尿急，正打算下车去方便时，却不承想，一个再也熟悉不过的人出现在了街上。

一胳膊捣醒了伴当，马眉臣雀跃地说：快来瞧，你猜我瞅见了谁？陈匹三闻警即动，一骨碌爬起来，火速地张看着街上的动静。伴当坏笑说：喏，乡下人来了，买烤洋芋的那个，身上背着一只算盘的。陈匹三终于辨识了出来：哎呀，那不就是脱可木么！这个北疆贼娃子，他不在承平堡里混饭吃，怎么在罗什寺一带溜达呢？双方互视一眼，凭着从小狗皮袜子一般的交情，迅速达成了一致，先后跳下了骡车。

脱可木被及时劝住了，刚买的烤洋芋原样还了回去，连碎钱也不要了。

同窗相见，脱可木也是禁不住开心，攀住了陈马二人的肩膀，诉说了一番别离之情。入夜后的罡风犹如一枚枚飞针，灌进了裤管，腿脚很快就站麻了。马眉臣属于热闹人，瞥见旁边有一家羊杂汤门店，忙给伴当递了个眼色。于是三七不问，两个人连拉带搡地将脱可木弄进了店里，挑了一张干净的桌子，叫来一大盆羊汤，外加一个热锅盔，催请再三。寒夜逢故人，又受到如此隆重的礼遇，乡下人的尴尬与局促倏忽间消失了，脱可木从肩上解下来那只算盘，抓起筷子和锅盔，喉咙里一阵阵山响，真是吃歹了。这一刻，桌子上的算盘吸引了两个伴当，虽说材质是一般的木头，但在它的右手位置上，包裹着一层铜皮，铜皮上镂刻着一幅图案，乃是二十四孝里的"仲由为亲负米"。这个家当也是有些年成了，除了铜皮闪闪发亮，所有的珠子都是油腻腻的，那肯定不叫包浆，而是黑垢甲。陈匹三噼里啪啦地拨弄了一阵子，马眉臣接着整理好了天与地，也是胡乱打了几下，后来索性没了兴趣，揶揄道：

"木哥，你背着这样一件法器，在武威城里走街串巷，你是在算命呀，还是在卖卜？"

"呃，是这，我现在是一名经纪了，北疆雅布赖盐场的经纪，我靠自己的力气吃饭。"脱可木咥得很香，将锅盔掰碎后，泡在了肉汤中，咧笑说，"忘了告诉你们，这也是前不久的事，我才开始慢慢适应。算盘么，当然是一个经纪的标志，我从城隍庙里购来的旧货。"

陈马二人愕然不已："你不是在承平堡么？你不陪太子读书了？"

"辞了。"

"狼吃的，你怎么就辞掉了呀？承平堡的那个碗，恐怕是凉州境内最保险的一只碗，干么说扔就扔了？"两个人七嘴八舌的，发问了一通，又换成了驳斥的口气，"大小姐那么倚重你，栽培你，表面上让你给惊白那个少爷伴读，但你将来的前程不可限量，要么是少东主的谋士，再要么就是承平堡的军师，麻眼都能看出来这一点，我们也跟着眼红。哼，你这么一撂挑子，大小姐肯定会伤心的，失望的，你简直太短了，你还够不够人？"

提及人小姐，脱叵木忽然搁下筷子，当即丧失了胃口，一脸怆然。

"唉，这是我的不对，也是我一直歉疚的地方。大小姐对惊白，对我，对你们二位，向来就是菩萨心肠，老母鸡护小，这个恩典我怎么能忘？但是，天意不可猜，人心不可赌，在我看来如今的承平堡，已不是往日的那座堡子，现在的顾山农，也不是过去的少东主了。"

"木哥，你这是吃了枪药了，还是刚刚从粪坑里爬出来？"

"看看，你们一点就炸了，还让不让我说话？"

"屁话少讲。"

陈马二人怒目而起，踢翻了凳子，便打算出门。

"惊白走了。惊白跟着凉州各界慰问团去了北平城，然后要下一趟江南。呵呵，惊白现在混大了，成了军地双方特别任命的首要代表，已经走了有好些日子了。"脱可木的失落占了三分，但剩下的七分则是忧虑，"惊白这次一走，我这个伴读便徒有虚名了，还赖在承平堡里恋栈什么呀？连朱先生也不去了，估计他气得够呛，我昨天还碰见他在街上抓药呐。"

"你再仔细说说，惊白咋了？那个小贼干什么走了？"

好像脚踝上拴了一根牛筋绳子，两个人又被拉拽了回来，乖乖地坐下了。事实上，脱可木的这一番介绍，并不能用晴天霹雳来形容，因为根据过去的交往，陈马二人心知，在惊白这个孙猴子的身上，无论发生了什么，都不值得惊怪和愕然。瞧见伴当们气顺了，平和了，脱可木忽然摸出来一大把零钱，拍在桌子上，慷慨说：

"这是雅布赖盐场预支给我的，你们做主吧。"

"万万不可，木哥你平时还要吃饭呐。"

"呸，钱就是过手的东西么，你花着花着，菩萨送着，你省着省着，窟窿等着，反正是生不带来，死不带走。"脱可木的干散与磊落，完全是北疆汉子的那一种性格，又伤感地说，"我寻遍了大街小巷，寻遍了整个武威城，本来想把这第一笔薪酬孝敬给我爹，但迄今为止还没找见他，也不知道他的饥寒和下落；好在我自立了，挣钱了，将来有的是机会。"

"那就一醉方休吧，如何？"

再也不能拂逆了人家的美意，陈马二人带着这些日子的疲倦，紧急提议。

真的，酒就是一种不要脸的水，也是一把打开话匣子的钥匙，更是在五脏六腑当中流窜的一群恶心鬼。这家门店档次低，只有一种甜菜酿制的白酒，当即沽来了三大碗，魏蜀吴之间顿生纷争，杀伐声四起。喝了小半晌，轮到了中途歇息时，脱可木长话短说，简略绍介了一番惊白出走的前前后后，却不承想，这就像一滴水掉在了油锅里，突然间就炸开了。马眉臣抱怨说：难怪么，难怪前一阵子我们在承平堡的几个门上吹口哨，打暗语，里头不是聋了，便是哑了，连一声咳嗽也没有，原来惊白这个贼娃子挣断了链子，跑去外省吃屎了。陈匹三亦道：呸，鸡沟子里的闪电，红火不了几天，军部和县府颁授的所谓首要代表，跟我爹在火窑里烧塑像一个样，说你是佛，你便是佛，说你是魔，你肯定就是魔，惊白这下子上当了。马眉臣呱喊说：哎哟，好我的联手呀，想当年你也是弘毅乡学里的秀才，你怎么就如此糊涂呢？我今晚夕准定要给惊白你托一个梦，让你赶紧迷途知返吧。陈匹三也附和道：尿太子，好我的惊白兄弟，我宁可盼着你拴车买马，也不盼你做官为宦，你怎么就在自己的心窝里灌了猪油，成了县府和军方的一颗卒子？你现在这么两腿一走，真是让人扯心呀。焦不离孟，孟不离焦，这两人不愧是哼哈二将，一旦唱和起来，简直将这一家门店变成了说书场，周围的食客们纷纷回头，失笑不已。

嬉笑怒骂了之后，陈匹三似有所悟，一把拽住了脱可木：不妥，这件事味道不对，按理说惊白本是大小姐的心头肉，她岂能放走弟弟，自己一个人寡落落地守着承平堡，那还不等于活杀了她么？脱可木道出了个中原委，无非是顾山农那一日发了急症，而事情迫在眉睫，军地双方便临时换将，惊白也是自告奋勇，于是佩戴了一枚勋章，成了各界慰问团的一员。马眉臣鄙夷地说：呸，像这种先斩后奏的手段，恐怕大小姐也是万难接受；姐姐的那个火爆脾气，咱们可是领教过不少次，也没少受罚，估计最近少东主的日子不太好过，指不定他们两口子天天在打架，承平堡里鸡飞狗跳，乱作一团。这是 记诱供，陈此二接到了伴当递来的怂恿眼色，继续拱火：哎呀，不是我多嘴，像少东主这样擅自作威，将大小姐根本不放在眼里的行为，我们这些做弟弟的，也是心有怨言，毕竟向人向不过理，菩萨姐姐是对的，总归是没有什么错。甜菜酒或许不醉人，但这种话却是伤感和愤怒的药引子，很快就奏了效。酒碗终于见底了，又沽来了新一轮，脱可木神色迷离，终于掏出了心窝子：

"不瞒二位，这也就是我退出承平堡，去应聘雅布赖盐场经纪的原因。实话说吧，少东主早已不是过去的顾山农了，虽然姐姐还是菩萨一样的明灯，但整个堡子里形如坟墓，毫无生气，只有管家独自一人在勉力维持着。"

"的确，我们去找惊白时，堡子里往往是鸦雀无声，感觉就不太对劲。"

附和道。

"唉，头羊一旦鬼祟了，不攒劲了，私心大了，其他的伴当也只有喝风拉屁的机会。少东主原本是一介栋梁，凉州的儿郎，竟也不知道他犯了什么病，如今有家不回，亲情不再，居然将他亲手缔造的那一座堡子，弄成了现在这样狼亢的局面，着实令人痛心呀。"

"木哥，你是说少东主被逐出了承平堡，一直在外面打秋风？"

"秋风有价，可他身上未必有铜板，那也是枉然。"

"哦，难怪么。"

陈马二人对视了一眼，忽然间就明白了，连续多日的寻找未果，原来是这个原因。

那半碗羊汤彻底凉掉了，汤面上板结着一层白花花的油脂，让人起腻。但脱可木却不管不顾，抓起筷子，又往嘴巴里刨食，一边吞咽着，一边泪下如雨："记得去年收秋放假时，在我回蒙家庄子的前夕，姐姐和惊白专门为我设了一桌席，吃的也是羊肉。嗯，我忘不了那顿饭，忘不了那一饭之恩，我欠菩萨的太多了，我不知道这辈子还能不能给姐姐还上。"

"我俩也是,要不是姐姐在去年发威,过些日子我们坟头上的草就绿了。"

马眉臣恓惶地说。

"佛具店是我爹开的,里面的塑像、挂画和唐卡成百上千,但我一个也不信。我这辈子就信一位人间菩萨,就认一个人,她叫权达云,她就住在承平堡那座庙里。"陈匹三亦道。

"姐姐的面子最大,谁也绕不过去。"

"这还用说么!"

纷嚷道。

这个关节上,脱可木似乎才放下心来,一扫醉态,表情肃穆,拿起一旁的算盘,急速地拨打起来,好像在统计一笔账目。奇迹的是,无论他怎么用力,那些算盘珠子竟然连一丝声音也没有,仿佛从一块丝绸上滑过去的水滴,轻盈,哑默,不着痕迹。停手后,脱可木突然有了一种兄长般的庄重感,笃定地说:

"大家记住,不管发生了什么事,好事,抑或是歹事,只有天知地知,你我他三个人也知道,将来绝对要烂在各自的肚子里,最好做一颗算盘珠子,心中有数,但嘴上贴着封条。哼,丑话先说在前头,假如有一丝邪风刮入了承平堡,一旦吹进了姐姐的耳朵里,那可就是杀人不见血的结局,咱们就等着跪灵堂,一起给姐姐披麻戴孝吧。"

这些重话,令人心生荆棘,芒刺在身。显然,目下的这一场邂逅并非那么简单,脱可木不是一介深夜的游神,喜欢在寒寂的街道上乱窜,更不是饿极了,用一颗烤洋芋在充饥。实际上,在计出无门、独马单枪的情况下,他意外地瞥见了大皮匠家的那辆骡车,眼睛里突然就亮了,当即嗅见了这两位昔日同窗的气息,知道援兵来了,一切还没有糟糕透顶。但是,出于谨慎,也缘于一个乡下少年对城里人的天然戒备,脱可木以酒做媒,试探再三,终于在姐姐达云这一尊活菩萨的名义下,草创了这个临时的同盟,觉得陈马二人足可以托付。

闻听此言,马眉臣抓住一根油腻腻的筷子,咔嚓一声撅断了,啥话也不说。陈匹三摸出一把匕首,又揪住自己额头上的一绺发丝,割断之后，扔进了旁边的炉子里，漾起了一股焦臭的气息。此乃承诺，更是河西一线儿子娃娃们最慷慨的表达，除了义结金兰；而义结金兰，也莫过于同窗共读的那些情分。这么着，脱可木拱拳一揖，坦承道：

"少东主被囚禁了，已经好些天了。"

"什么？"

这不啻于一声噩讯，险些让陈马二人跌下凳子，瘫坐在地。

"他现在被囚禁在了平心定气馆，共和街上的那一家，暂且性命无虞，吃喝也能保证。"脱可木忽然蹙眉，沉重地说，"我爹是个大烟鬼，也是赌博分子，我虽然扬言不再认他了，但毕竟牵扯着一份血缘，到底心中不舍。前一阵子，我在城里的各家烟馆寻我爹时，偶然发现了少东主的身影，多方打听之后，这才得知他被扣下了，羁押在了那家烟馆的后院里。"

"木哥，你的意思是说，少东主也叼起了那一杆烟枪？"

陈匹三逼问道。

"不，或许是债务纠纷吧。烟馆里都是泼皮和打手、无赖与地痞，假如少东主一个人上门去追账，那岂不是卵不敌石，恰好让人家给欺负了，落到了被囚禁的地步么。"

"笑话，承平堡那么干净，少东主又一向洁身自好，怎么能跟烟馆瓜葛上呢？"

马眉臣一味地摇头，打死也不信。

"二位，这个也不难理解，生意有水上的，也有水下的，至于承平堡的挣钱渠道，那是少东主个人的筹谋与决断，你我不必揣测。"这一番说服如此艰巨，脱可木既要替顾山农辩护，洗脱他吞云吐雾的嫌疑，维护他的清白之身，又要足以煽动起两个城中少年的勇气，寻求一个拯救之策，真是苦口婆心，在在棘手。又道："不错，每个人都喜欢在自己的坛场上念经，少东主的那一本经文，咱们没必要去猜解。据我掌握，他虽然被囚禁了，但身份暂时还没有暴露，我最担心的是一旦东窗事发，承平堡可就百口莫辩，污泥浊水一定会淹死它的。"

"天呐，断然不能让姐姐知道，这可是让她上吊抹脖子的事情。"

"哼，姐姐要是成了寡妇，咱们就枉为了儿子娃娃。"

陈马二人激愤不已，一顿乱拳砸在了桌子上。

"是这，我有一个好伴当，他也是惊白的老相识，惊白喊他阿骨里。这些天他一直守在平心定气馆附近，什么情况都应该掌握，咱们不妨先去问问他，再拿主意吧。"脱可木忽然想起了一件事，叮嘱道，"他是个侏儒，见了面的话，你们可别笑话他，小心他的拳头。"

"不必了，木哥你抓紧回避吧，我只需要一根洋火就够了。"

陈匹三狡黠地说。

"对了，我的骡车上恰好有半桶子火油，玉门油矿的火油。"

马眉臣补充道。

是夜，共和街上的这一场冲天大火，持续燃烧到了天亮时分，才被周围的邻舍们奋力扑灭，幸无人员伤亡。警察局快快来迟，勘查了火灾现场，最后断定是平心定气馆的一盏烟灯惹的祸，并抓捕了几名瘾君子，打入了县牢。春天开始后，武威城里的查火行动异常严厉，没收了街道上不少烤洋芋的炉子。

胡笳七十九节

佛具店距火灾现场并不远，隔着四五条街巷，可以隐约听见救火的喧嚣声。

得手之后，大皮匠家的骡车将顾山农偷运出来，拐进了穷街陋巷，暂时躲避了一段时间。原本计划要回承平堡的，但那时候武威城已经四门落锁，无隙可乘，陈匹三忽然想起自己家中无人，爹娘老子赶在初一之前，在海藏寺里抓紧售卖佛具，并且吃住在了那里，岂不是一个大好良机么。骡马驶入了佛具店的内院，插上了门杠，顾山农昏头涨脑地从轿厢里趔趄下来，抬头瞭见半个天空都红透了，摇摇欲坠的，仿佛一张仰衬纸就要塌陷下来。这么着，顾山农腿脚一软，当即坐在了地上。

歇息了半晌，顾山农嚷喊说，他的头发太长了，生满了虮子和虱子，干脆剃掉吧。马眉臣以前在家里剃过牲口毛，当仁不让地抓住推子，铲光了那一头油腻腻的乱发，又用剃刀蘸上胰子水，来回刮了四五遍，这才罢手。顾山农的脑壳一下子发亮了，长出了一口气，释然无比。陈匹三另外烧了一锅洗澡水，将顾山农请进了门，而后用一根火钎子，将对方脱下来的那一堆发臭的衣裳挑起来，塞进了炕洞里，一把火给烧了。佛具店是清洁之地，一点腌臜和污秽也不能留存，此乃最起码的讲究。至于顾山农出了门穿什么，这个自然不必担心。

天地间阴阳参半，在黎明到来的这一霎，两个伴当兀立在院子里，感觉就像做了一场梦。一个说：贼疙瘩，你下手可真够狠的，直接把火油泼在了屋顶上，干脆不留后路呀。另一个答：这世上根本没有万全之策，火中取栗才是最保险的；这不，人已经救了出来，至于手段是不是下流，那就另当别论吧。又说：凉州有了咱们两人，将来究竟是祸，还是福，你我的心中可得有一个良心的尺码。对方道：你这句话在理，因为山再高，还在云下，人再高，也在山下，只要咱们求个良心管住自己，那以后做人的余地就大了。这是一种口头协议，更是少年人之间深刻的默契与砥砺，三言两语，双方便心知肚明，相视而笑。

大半个时辰过去了，听不见门里洗澡的水声，就连一声咳嗽也没有。陈马二人盯望着那一扇房门，猜度说，顾山农一定是出于自责，出于难为情，所以才这么拖沓，羞于现身的。当然，两个人知道该干什么了，遂垂手而立，并肩站在了廊檐下，共同喊了一声少东主。

门开了，顾山农踅身而出，停在了门槛外的石阶上。

这时候，凉州的天空已经亮了，日光携带着这一季的清寒、优容与衷曲，从东北腾格里沙漠的方向上逶迤而来，其中一缕明亮的光束，恰巧打在了顾山农的颊脸上，灿然一新。顾山农身穿一件佛具店里兜售的灰色僧衣，棉布质地，半山领口，脚上则是一双白底黑帮的敞口布鞋，两手兜住了袖口，他自己也是暗中一怔。陈马二人简直惊呆了，揉着眼睛，竟不相信眼前的这个人，就是他们在后半夜从大烟馆里捞出来的顾山农，他此刻一扫霉气，倦容尽失，仿佛一位青年僧侣刚刚晨起，踱出了山门似的。顾山农消瘦极了，双肩塌陷，颧骨高耸，一抹浓密的盖胡子削弱了他的表情，但陈匹三挑来的这一件僧衣却又格外合身，罩住了浑身上下，将凄楚与落寞掩藏在了里面，不至于让人窥破。先时，顾山农内心唐突，大感不适，在屋子里蹒跚了许久，但是当他迈出门的那一霎，仿佛这件僧衣就是天老爷为他量身裁剪的，替他缝缀的，并带着一种使徒般的天命，将凉州的大小困厄，悉数寄在了他个人的身上，喝令他去赴汤蹈火，九死一生。

久伫衲衣寒。在这个无辜的清晨，顾山农永远也不可能知道，所谓真正的僧衣就是一道天课，一旦穿在了身上，他将再也无法解脱出来，犹如甲胄，仿佛宿命。

陈马二人仰看着顾山农的颊脸，发现后半夜时他眼睛里的惊恐、觳觫与惧怕消失了，光束像一根火捻子，点燃了他的眸子，忽然焕发出了一种不可多得的神采。眼见为实，恰是这一种神采，让两名少年打消了一切疑问，对脱可木的判断深信不疑，相信顾山农之所以被平心定气馆囚禁，多半是因为债务上的纠纷，纯属误会。日光越来越澎湃了，犹如一场旷世的雪崩。沉浸了半晌后，顾山农移开目光，落在了陈马二人的身上，本打算辩解一两句时，事情却突然转折了。马眉臣扑通跪在了地上，额头触碰着顾山农的鞋尖，恳切地说：

"少东主，这个头是磕给你的，我还要再磕两个，请你悦纳吧！"

顾山农慌忙劝止："不敢当，这个受用不起。"

"去年秋上，要不是少东主你的威名，你的搭救，我恐怕早就被军部毙掉了，活不到今个天，这个头就是为了报答。"马眉臣没有哭泣，但泪水打湿了那一双鞋面，"我爹老子干的是屠宰，一辈子都在杀生害命，他本以为报应种在了儿子的身上，但少东主法力无边，帮我渡过了这个劫，让我从此有了一位恩主。而今往后，我就是少东主你的一员扈从，也是承平堡门下的一条走狗，你尽管吩咐吧！"

原来如此，顾山农知道劝解无效，便支起耳朵，听完了这一大堆聒噪。

随后，陈匹三也是当庭下跪，磕下的响头不止三个，起码有十七八个，又匆忙收拾起膝盖，搬来一只椅子，将顾山农安顿其上。吊诡的是，陈匹三跑到了五六米开外，左看看，右瞅瞅，端详过后，偎在了顾山农的膝下，神秘地说：

"少东主，你可是开过光的，我发誓。"

"这话怎么讲？"

"哎哟，我家的这个门店里，大概有成百上千的佛像、菩萨和法器，但它们一个个死气沉沉的，不是金石泥胎，便是木头石膏，头上并没有光芒，大不了就是哄唆一下普通信众，让人有个记挂罢了。"陈匹三到底是商人子弟，口舌上抹了酥油和蜂蜜水似的，舌灿莲花，"可少东主你就不一样，你身上的这道圣光，准定是天老爷布施的，佛陀赏赐的，菩萨加持的，凉州沙门里的那些贼和尚没这个资格，也没有你的这一份道行和慈悲心。"

"岂敢，我不能贪天之功，这是早上，你往东边看吧。"

顾山农否认道。

"少东主，那我问你，达云姐姐是不是惊白、马眉臣和我的菩萨？"

"呃，勉强算吧。"

"这不就对了么，这个道理简单得就像一碗水。"陈匹三掰着指头，细数道，"既然姐姐是惊白、马眉臣和我的观世音娘娘，你睡在菩萨的枕头边上，你又是姐姐的男将，承平堡的当家人，权府的顶门杠子，那你当然不是一般的人，你是被天老爷开过光的。"

如此佶屈聱牙的言辞，混账不堪的关联，虽说既不恭敬，也不体面，根本不值得一驳，但顾山农心知，此乃弟弟们的一番衷心告白。往昔里，惊白也没少这么干，他自己早就习惯了这种奉承与套路，所以并不惊怪。唯一的诧异，在于顾山农一直提心吊胆的事情并未发生，陈马二人干脆没有提及大烟馆，更不曾追问他被囚禁的真正原因，他们只是放了那么一把火，推倒了一堵墙，便将他抢了出来，重见了天日。面对此情此景，一方面，顾山农的心款款地落在了腔子里，如蒙大赦，另一方面却羞耻不已，觉得自己辜负了弟弟们的信赖。为了掩盖这一刻的虚弱与愧疚，顾山农抚弄着自己的光头，失声道：

"我的帽子呢？头太凉了，快去把我的帽子拿来。"

"烧了，马眉臣刚才拿去填了炕。"

陈匹三莽撞地说。

"天呐，那可是一件，一顶国民军的军帽，你们的胆子未免也太大了。"

"好像还没烧，我去找找。"

很快，马眉臣就从炕洞旁的一堆锯末和刨花里，找见了那顶军帽，拍净了木头渣子，交给了少东主。顾山农抱住它，拼命地抱在了怀中，忽然觉得陈马二人有些碍眼，便赶紧打发他们去街上买吃食，声称自己饿扁了，早就饿糊涂了。

院门关闭后，顾山农这才解开了帽翅子，从里衬中摸出来一根纸卷。

列位，总因故事错落，笔墨有闲，这里暂且抛下佛具店内的琐碎，另叙一事。

那一日，在茫茫无涯的雪原上，眼望着纸钱飞舞、棺木起灵、各界慰问团及一支庞大的车队开拔后，顾山农的疯狂突然停止了，萧索地茕立着，脑子里也是一片空白。管家羞愤至极，但囿于个人的身份，不得不忍气吞声，拾起了那几件衣裳和帽子，递给了东家。在凉州，除了傻瓜，除了在澡堂子而外，一个男将当着众人的面精赤溜光的，尤其是吊着大腿中间的那一件坠物，这几乎是丢死先人的丑闻，也是刨了自家锅头的事情。不承想，顾山农不以为耻，也未曾及时收敛这一种蠢行，反而当着廖逢节的面嬉皮笑脸的，抓起地上的积雪，前心后背地搓洗了起来，嗷嗷乱叫。管家侧转过身子，悲戚地说：唉，家门不幸呀！权大人地下有知的话，恐怕也将睡不安稳。事情临头了，本应该是老大顶上去，替小的遮风避雨，搭起一座庇护之所，但现在世道凶恶了，人心都喂了狗，竟然还有这等出卖弟弟的勾当，这是人能做得出来的么？冷到了极点，雪花也许会带来一丝暖意，顾山农搓洗过的地方，倏忽间开始泛红，寒颤也变成了一种美妙的亢奋：哼，我知道你在咒我，你尽管咒吧，你大声说给天老爷听，说给土地爷听，赶紧替我种下一棵因果树，等开了春再惩罚我呀！管家怆惶地说：不必了，不必费我的唾沫星子了，人在做，天老爷在看，谁也逃不过三尺头顶上的那一双法眼。顾山农坐在雪地上，举起了阳具，一边撒尿，一边被尿水冲击出来的画面所挑逗，尖喊说：呀，这个像奶头，大奶头，这个又是一座桥，另外那个最像蚂蚁窝，一地的黑蚂蚁。管家抹了一把眼泪，讽刺说：少东主，你就别再装疯卖傻了，我知道你在演戏，你演给了县府和军部的那些人在看，无非是想撂挑子罢了；另一个，你也不是大烟瘾犯了，拿不住魂魄，你在后半夜早就过足了瘾，我求你消停消停吧，你先把衣裳穿上，咱们再一趟子回家。滚蛋，你赶紧滚蛋呀，你少来泼烦我！顾山农怒斥道。

这么着，管家蹲在地上，先脱下左脚的靴子，又脱下了右脚的，将它们并排栽在了顾山农的面前，而后一语不发地走掉了。承平堡的伙计们已经撤光了，廖逢节孤身一人，即便白茫茫的旷原上偶有野兽出没，他也并不畏惧，踢踏着两只光脚丫子，方向是武威城。走出了十几米，顾山农的吼声追了过来：呔，你个老贼，你上哪里去？你马上给我滚回来。廖逢节的病也跟着犯了，倔强无比，甚至连头也没有回一下，扯着喉咙道：嘿，你好好作践自己吧，我顾不上你了，承平堡里还有大小姐，我再不着急赶回去，万一她听说了惊白的事情，你就等着搭灵堂，干脆让凉州人的唾沫淹死算了。片刻之后，一阵丧心病狂的浪笑再次追了上来：哈哈，大小姐再怎么金贵，她也是我顾山农的婆娘，她就叫顾权氏。管家业已走远了，咆哮而下的风雪擦掉了他的背影，只是轻叹了一声：你个招女婿，你做梦吧！

雪下到了这种地步，已经有了灾难的苗头，这一年的倒春寒只怕是难过。罡风吹掠而去，旷原上的死寂无所不在，先前仅有的那么一丝暖意消失殆尽，顾山农一个蹦子跳将起来，三两下的工夫，便将衣裳和靴子穿戴妥当，又拾起一旁的皮帽子，将耳翅子系在了下颌里。冷呀，冷到了骨头缝子里，冷到了发根上，铁砧子那般的冷，石磨一样的冷。没了办法，顾山农将颊脸贴在了马肚子上，将两手捂在了枣红马的鼻门上，这才缓慢地有了知觉。除了魂魄，苏醒过来的还有罪恶感，还有忏悔与哀鸣。顾山农突然意识到了什么，抓起一根树枝，疯狂地甩打着，在宽阔的雪地上奔来逐去，胡画一气：

"顾山农，你就是一个背信的小人，你把弟弟弄丢了，这下子彻底弄丢了。

"你个狗日的，你个戏娃子，你还有何颜面活在人世上，你去死吧，你去以死谢罪呀！

"天老爷，你惩罚的这一份罪孽太大了，谁又能扛得住呢？"

但是，这种哀嚎与狂躁很快就飘失了，连一丝回声也没有。旷野就是旷野，旷野容不得如此的放肆和质问，也不会承载你的伤情与谩骂，它就像一位冷漠的看客，等着你精疲力竭、魂飞魄散的那一刻。半晌后，顾山农跌倒在地，将整个五官埋在了积雪当中，寒冷再一次攫住了他，一种濒死的感觉，已经彻头彻尾地覆盖了下来。

不过，如果这时候天老爷睁眼的话，一定会发现凉州的雪原上有两颗字。或者说，顾山农恰巧就躺在这些汉字的笔画当中，一动不动。这两颗字是用树枝划拉出来的，深浅不一，粗野，蛮横，丑陋，意思却确凿有力，不容置疑：惊白。

弟弟丢了，可弟弟的名字好歹还在。顾山农趴在"惊白"二字上，美美地哭了一鼻子，释放完了心中的苦水，这才收住眼泪，踉跄地奔向了枣红马。翻身上马，顾山农松开缰绳，任由坐骑小心翼翼地踩住冰雪，踏上了回家的路。但是走了一里半之后，顾山农突然觉出了孤独的滋味，那种空落落的感觉就是没有伴当，没有亲人，他兀自一人在冰河中挣扎，甚至连一根麦草也抓不住，整个世界都充满了嘲讽，无人援手罢了。顾山农心知，孤独是惊白造成的，弟弟这么一走，如此消失不见，让他落到了众叛亲离的境地，不单单沦为了承平堡的罪人，而且终将成为整个凉州的一个笑柄，一个千夫所指的靶子。倏忽间，顾山农的内里潮起了一股巨大的悔意，犹如烧碱池子，吞噬而来，脏腑之间痛彻难忍。

顾山农猛地勒住了缰绳，拨转马头，朝着东郊的官道上飞奔而去。

不愧是阿尔金马，即便旷原上积雪盈尺，布满了冰凌与拳石，可一旦奔跑起来，便如履平地，好像身上生出了一对宽大的翅膀，罡风拦不住，狂雪也不能乱其眼目。顾山农伏在马背上，耳朵里灌满了呼啸的声音，犹如一枚飞矢，穿云裂帛，掠过了这一片无人之地。惊白，好我的弟弟，你不能走，你现在就跟我回家，我驮也要把你驮回去，交在你姐姐的手上，我不敢当这个罪人呀。在顾山农的咆哮声中，那些隐匿在枯草、榛莽与林柯之间的狐狼、野鸡和沙隼纷纷炸了群，消失得一干二净了。可越是念叨，顾山农越发地燥热，狠狠地抽了几鞭子，恨不得枣红马翻上几个斤斗，像孙猴子那样上天入地，一口气十万八千里。

然而，一切都太迟了，来不及后悔。

嘴嘴上一带阒无人迹，先时的骡马欢腾，喇叭引擎，包括地上的车辙、纸钱与足印，已经被这个坏天气统统抹掉了，只剩下了一片银白世界，仿佛一只空荒的酒樽，筵席已罢，各自东西。顾山农僵在了马脊上，目光来回逡巡，心中发毛，一种被彻底抛弃的感觉，整个凉州与其断绝了往来的冰冷现实，就像十字路口的那一块祁连山石，纹丝不动，重若千钧，压得他肝胆俱裂，眼睛里几乎能淌出血水来。天呐，泼出去的水，丢失了的弟弟，命运堪危的承平堡，这桩桩件件的事实，罪不在凉州，罪在自身！顾山农带着这样的念头，仓皇地下马，抱住了巨大的山石，这才没有滑倒。石头并不是死寂的，恰好相反，它似乎仍有余温，因为那些落雪根本站不住，一眨眼就融化了，水珠子像一场泪水，从它的皮里肉里渗了出来，漫漶成灾。顾山农用额头触碰着祁连山石，哀告说：呃，等弟弟回来的那天，我一定要在这个路口杀鸡宰羊，扎一道旗门，划旱船，舞秧歌，锣鼓齐鸣，专门替惊白和那几个伙计接风洗尘，我发誓。

这时候，帽子突然掉了下来，头顶一凉。

顾山农侧转过去，伸手去够帽子，一把抓住了帽翅子，猛然觉得里面有什么异物。仔细查看了一番，便从里衬中摸出来一个很细的纸卷，心下大惊。对了，这个帽子不是他自己的，此乃新城大营的军品，原本就是刘北楼的，加之这个字条的折叠手法，跟飞鸽传信如出一辙，也带有了他的习性，顾山农当即判断，这是一道惊烽羽书，前来报警的。顾山农揉了揉眼睛，哈了哈手，立刻打开了那一张窄长的纸条：

  法牙。沈阁兰。速营救。

落尾处，照例是刘北楼的那种潦草字迹，墨水笔写就的：阅后付火。顾山农连看数遍，也不曾悟出更多的意思，自然不敢付之一炬，相信这一定是事发突然，刘北楼着实无奈了，才铤而走险，当着特务头子的面，将帽子留给了他。沈小姐，满人，闺名阁兰。顾山农的记忆同样被冻僵了，只依稀地记得刘北楼在不久前托付过此事，请求承平堡收留这个女子，并多加善待。天呐，顾山农呱喊着，惊出了一头的冷汗，如此涉及身家性命的大事，竟然被对方匆忙写在了这张薄薄的纸片上，万一他自己刚才大意了，疏忽了，那么必然会酿成另一桩罪孽。惊白走了，弟弟丢了，但友人所托却又像另一副沉重的担子，此刻挑在了顾山农的肩上，让他来不及悲怆到底，也不容伤感下去。这么着，顾山农将字条仔细地卷住，重又藏在了帽翅子的里衬，一骨碌站起来，跃上了马背。

武威城出现了，在湍急的风雪当中，犹如一头踞伏的猛兽，伺机等待着。

这一日的黄昏，原本再也熟悉不过的街巷与楼宇，寺观和集市，以及迎面而来的凉州百姓们，却将最陌生的一面呈现给了顾山农。彳亍于街头，顾山农跟枣红马一个样，举步难行，不知道权府在哪儿，不知道城隍庙和钟楼在哪儿，也不知道县府的所在地，就连眼前的这一条主街也喊不出名字，遑论其他。喂，姑舅，叔伯，嫂子，掌柜的，法牙是个啥么？谁能告诉我法牙究竟指的是什么呀？顾山农牵着马，徘徊来去，拦挡下一个个行人，不停地询问，嘴皮子都快磨破了，也没问出一个子丑寅卯来。夜饭之际，天寒路滑，凉州人身上的热情和耐心相当吝啬，假如不是身畔有这一匹漂亮的枣红马在陪衬，依着顾山农那一种粗头乱服的狼狈，那一番穷酸之相，指不定让人以为他是乞丐或灾民。夜幕笼盖了下来，行人渐渐地稀少了，顾山农蹲在一户人家的墙根里，贴住脊背，只因墙内有一孔烟道，要么是灶房的，要么是热炕的，频频递送过来一种火烫的暖意，不至于令其昏厥而瘁。

打了一阵子瞌睡后，饥饿变成了一股子酸水，从胃里喷涌上来，塞满了整个嘴巴。手术后，顾山农的口味淡了，忌酒，忌茶，忌葱蒜姜，尤其忌酸辣，以防愈合不久的伤口再次受损。但是，饥饿就像一支揭竿而起的义军，摧城拔寨，占山为王，脏腑之间突然燎起了一场重大火灾，烧心呛肺的，迫切需要一碗热乎乎的吃食。顾山农忽而记起，自己从昨日下半天开始便滴米未进了，仅有的半碗水，那还是在过完了鸦片瘾之后，填在牙缝里的，根本无济于事。这么着，饥饿陡然生出了一把力气，驱使着顾山农蹒跚而去，终于在人声嘈杂的地方，瞭见了一家菜锅子店。

菜锅子是寒天里最贴心的食物，人们围坐在铜质炉子旁，木炭炽烈，焰火赳赳，汤水翻卷着一层层波澜，令人忘却了这个可怕的季节。名为菜锅子，但使用的却是羊汤或鸡汤，一旦入了味，就连萝卜、白菜和洋芋这些清白之物，便也有了荤腥的性质，让食客们欲罢不能。顾山农摸遍了浑身上下，竟然连一块铜元也没带，又不死心，只好趴在窗台上，巴兮兮地往里面打望，舌头虽然不很利索，但一直在拌嘴。看了半晌，终于有一桌食客离席了，剩下了半锅子菜，伙计跑过来刚要准备收拾残汤剩羹，却被顾山农及时喊住了。这一刻，顾山农确乎有点害臊，压低了帽檐，斟酌道：小哥，反正你要倒掉的，去喂猪喂狗，与其这么糟践，那还不如你赶快给我舀上一大碗，让我趁热吃了，我还能记住你的好。伙计讶异地说：你个驴日的，你会要饭么？要饭的人能用这个口气么？顾山农一怔：呔，你怎么嘴里不干净，你这个有人养没人教的东西，找机会我一定要去了你身上的病。伙计拎着一把铁勺，索性拉开了窗扇，本想干上一架，但冷不丁地瞭见了那一匹枣红马，略一迟疑，气焰便削减了大半，嘀咕道：你干啥的，你怎么不敢抬头？顾山农答复说：老子是贩马的，老子只向君子仰首，那是出于尊敬，但像你这样的势利小人，连我的一口痰也不配！废话少讲，快给老子满满地盛上一碗，最好连汤带水的。

伙计刚要还嘴，店家扯拽住了他，悄声道：狗日的，你眼睛里没水么，这号人可都是杨志，你仔细自己的皮肉吧，小心让他剁成了扇子骨。伙计当即听懂了：杨志卖刀？那我可不敢在太岁爷的头上动土，更不想当泼皮牛二；来来来，让我来伺候这位梁山好汉吧！

不仅连汤带水的，伙计还送来了两块刚刚出锅的鏊饼，顾山农掰碎后，泡在了碗里，一时间吃得山呼海啸，风卷残云，真是咥了个满福。吃罢后，伙计还要再续一碗，顾山农突然拔下了脖子里的一颗玉坠，塞在了对方的手心里，暗示他不要吱声。

入夜了，更声不断。顾山农牵着马，在青年团的门口追上了打更人，求问说：姑舅，你在城里打更报时，一定熟悉所有的猫道狗道，这"法牙"二字究竟是什么意思，它到底在哪里呀？更夫一再摇头，并不知晓这个名字，但他叮嘱顾山农跟在自己身后，或许可以有所发现。事实上，顾山农跟的不是这个人，而是踩着一阵阵的梆子声，耳食着他的呱喊，走完了一更天、二更天、三更天，几乎转遍了小半个武威城，照旧一无所获。

不过，失之东隅，收之桑榆，事情往往也有向好的那一面。在路过一个巷口时，顾山农猛然觉得那一扇院门颇为眼熟，几经思忖，朱绣的名字便浮现在了他的脑海中。抛下打更人，顾山农一路碎跑，拳头砸在了门板上，兴奋地吆喊道：朱先生，朱先生快开门呀！是时，朱绣正在书斋里夜读，循声而至，迅速抽掉门杠，打开一条缝隙，挑起了一盏方灯。瞭见灯光的那一刹，顾山农从头到脚的风雪立刻融化了，心头一甜，犹如一块新鲜的酥油偎在了火畔。少东主，你咋来了？这大半夜的，承平堡到底发生了什么？朱绣慌乱道。顾山农推开门，一手将缰绳递了过去，另一只手接住方灯，赶紧站在了苦主斋的廊檐下，笑说：朱先生，雪夜造访，只为求一张卧榻，不知你肯不肯赐予？朱绣一怔，立刻堆起了笑脸：哎呀，这是哪里的话么！我这个穷家寒舍的，少东主你突然光临，难怪刚才我的眼皮子一直在跳，你赶紧进门上炕，我这就去填上一背篼柴火，保管让你舒舒坦坦的。

这一觉睡得山高水长，酣畅痛快，直到风止雪息、日上三竿之际，顾山农这才下了炕，洗漱一番，吃罢了朱王氏做的茶饭，又跑去街道上打问。一连借宿了几日，顾山农均是早出晚归，朱家人诚惶诚恐地在伺候他，顿顿有肉，中间还吃了一回白米饭，的确破费不少。身为郡老之一，又是凉州总教，朱绣不打算过问，只当顾山农在忙于贸易上的事情，想必是大买卖，机密不可探听，于是睁眼闭眼的。不巧，武威城里的闲话渐渐地传开了，关于凉州各界慰问团，关于送灵日的一系列诡异现象，关于惊白等等，或多或少地灌进了朱绣的耳朵里，埋下了不快的因素，疑心日深。那天晚夕，顾山农狼狈地进了门，径直跑到了屋后，哈欠连天，鼻涕眼泪不断，突然指着枣红马，咆哮道：我的马褡子呢？马褡子干么不见了？朱绣无辜地说：少东主，你来的那天夜里，马背上就是光溜溜的，啥也没有呀。顾山农甩出一记耳光，不是对着总教大人，而是打在了枣红马的鼻脸上：你个畜生，老子要你有啥用，你连一个家当也保管不好，竟然还敢在承平堡的锅台上混饭吃。朱绣含愤道：且慢，马褡子里有啥？你要找啥？我现在就去买。顾山农尖喊说：命，马褡子里装着我的命，你怎么买？你穷得拿什么去买？的确，朱绣并不了解此乃鸦片瘾发作的症状，他误以为这是顾山农一朝翻脸，六亲不认，在戳自己的软肋，在笑话这一院子的清贫，于是诘问道：咦，你的命是命，难道惊白的命就是一只鸡的，一条狗的，被你送上了不归路？我现在就去给大小姐奏一本，让她来评判是非，给一个公正的结论吧。顾山农最怕的就是这一壶，够他喝的了，三七不问地抢出了门，落荒而逃，此后再也没有返回过朱家。

虽然连一块铜元也没带，但身上的这件皮袄却是上乘的，顾山农臃肿地走进典当铺，又寡瘦地出来了，握着几枚银元，在共和街的平心定气馆里消磨了大半夜。过完瘾之后，顾山农惬意地躺在炕头上，面色潮红，精神亢奋，一边盯望着仰衬纸，一边哼唱着《火焰驹》里的段落：北狄王侵中原强施蛮横，请长缨奉君命领兵北征，到边关克五城旗开得胜，王强贼断粮草军心不宁，被围困多亏了将士用命，杀得北狄王求和罢兵……或许是调门太高，也或许是唱词当中的杀伐之气过重，冲撞了某些人的手气，隔壁的一张赌桌上传来了叫骂声，日娘捣老子的，话很难听。可越是挨骂，顾山农的嗓门就越尖，故意作对似的，一下子惹怒了对方，门啪的一声就被踢开了，一道烟地闯进来了两个人。

不是旁人，恰是陈匹三和马眉臣这一双狗皮袜子。

突见对方，顾山农也是窘迫不堪，尴尬万分，但他毕竟历练太久，深谙人事，手段上也要狡黠三分，于是斜签在炕上，怒斥道：伙计，你们赶紧去茅厕里找一下毛掌柜，这个鸦片鬼恐怕掉进了粪坑里，驴日的，买卖尚未谈成，我却倒贴了一笔钱，让他在这里过瘾，真是太不划算了。哼哈二将的惊恐瞬间消失了，疑问不再，目光也随之温和而驯顺，嗫嚅了一声少东主。顾山农一拍大腿，恍然道：哎哟喂！原来是这两个贼疙瘩呀，怎么好的不学，偏偏流连在这种腌臜之地，要是让爹娘老子知道你们在耍赌博，那还了得？陈马二人本来就是赌场上的新手，腰里没几个铜，被谁碰见不好，却偏偏被赫赫著闻的少东主抓了一个现行，心中愧怍不已，于是又作揖，又致歉。顾山农先声夺人地说：哼，念在初犯，我也就不追究你两个的过失了，但如果再涉足这里，那我肯定不会客气，轻则打断你们的箍拐，交给各自的爹娘，重则除名，二位以后就不再是承平堡的贵客了。贵客？

哦，天老爷，原来在少东主的心目中，我们乃是贵客，而不是二流子和贼娃子。这个晴天丽日般的消息，这种无上的抬爱，令陈马二人心里湿漉漉的，当即就臣服了，乖顺不已。

又闲章了几句后，气氛颇为融洽，顾山农忽然面露难色，开腔道：唉，这笔该死的生意真是难啃，我被这个毛掌柜给绊住了，滞留在这个龌龊的地方，却怠慢了另一位贵客，让她在武威城里转达了多日，我此前找了好几趟，至今也不曾寻见，我生怕她会有什么不测。陈马二人料定，这是少东主在发令，在派遣先锋官，于是争相请缨，衔命而去。顾山农再三交代，这位客人叫沈小姐，一旦发现了她的踪迹，只能暗中保护，切勿惊扰并说明，赶紧回来通报一声。末了，顾山农吐出了那一个费解的辞藻：法牙。

此后的几日，顾山农逍遥于大烟馆内，吸食着上品的鸦片，直到欠债太多，被店家发现后，囚禁在了后院里，但也始终不曾暴露身份，连累了承平堡的名声。下半夜的这一把火来得太及时了，否则的话，店家扬言要在天亮之后，押着顾山农去报官。另一厢，对武威城里所有的猫道狗道烂熟于心的陈马二人，同样遍访了各处，一无所获，觉得对不住少东主的厚望，如同热锅上的蚂蚁一般。

岂料，得来全不费工夫。那日黄昏，一名香客走进了佛具店，挑了十几只灯碗，声称要去罗什寺里供灯，因为当日晚间，和尚们要念一场大经，机会难得。陈匹三随口问了一句，说法牙是什么道理呀？香客答复道：我就住在法牙街，它以前叫醴泉街，牙长的一段巷道，位置就在罗什寺的后身子那里。冲着这个喜悦的答案，陈匹三干脆不收钱，免费相赠；又赶紧喊来了马眉臣，跟着香客去了法牙街，并在他的介绍下，初步摸清了这些人家院落的大致情况，并锁定了其中的一户。

目下，顾山农已经吃了个半饱，身子暖和了，意识也从浑噩中清醒过来。这两个小贼的确会办事，出去不久，便买来了热乎乎的油糕、大饼、米汤、粉汤、熟鸡蛋和几样小菜，一边陪吃，一边喋喋，将事先侦察和掌握的情况悉数道出，不留死角。顾山农反复听了几遍，突然扔下筷子，将那顶军帽搂在了怀中，紧紧地抱住了，眺望着南方祁连山上的那一派曙光，不停地在心里祷告说：北楼兄，人已经寻获了，你尽可以放宽心吧！择上一个适当的机会，我会亲自将沈小姐接出来，护送出城，将来安顿在承平堡里，她一定会安全无虞的。这一刻，顾山农觉得自己终究不负友人所托，兑现了承诺，身心蓦然间宽释了不少。见两名少年也是劳苦功高，一夜未眠，顾山农没有别的奖赏，只是伸手摸了摸他们的脑袋，予以了肯定。

"说说看，沈小姐咋样？"

"那还用说么，人长得相当美气，就像从天梯山的画壁上走下来的仙女，眼睛像葡萄，眉毛像两瓣月牙，牙齿八成也是羊脂玉镶下的，白得晃眼。"马眉臣难得这么抒情，感觉建立了一桩不世之功，又道，"这个沈小姐武威城里没有，凉州也没有，她准定是从菩萨班里结业的一员，我敢吃这个咒。"

"哼，尹先生就这样教你们的？你说了大半天，我可越发糊涂了。"

顾山农将目光投向了陈匹三。

"少东主，我其实也说不好，但我总觉得沈小姐就像一盏佛前的供灯，心愿颇深，但话又很少，似乎被什么东西给拿住了。"佛具店的儿子果然有一套本领，观察入微，体悟甚深，"她不开心，她的眉头之间打了结，这个结叫忧虑也行，叫苦愁也罢，反正总是舒展不开。"

"这话怎讲？"

"是这，佛前的供灯一旦开心了，被悦纳了，它一定就会慢慢炸裂，崩出一些耀眼的灯花。但沈小姐没有，至少我没发现过，这恐怕正是她的不快之处；我猜她的心愿并没有被上佛应允，所以才那么颓废，那么落寞不堪。"

顾山农一时愣怔，这两个异姓弟弟虽然流里流气的，但心中颇有主张，绝不可以貌取人。

"我爹常说，一个人就是一盏灯。"

"咦，既然这么讲，人们又何必来你家的这个门店买灯，花冤枉钱呢？"

质问说。

"只为了见证，让人们在这一世的光阴里有凭有据，不至于一脚踩空，辜负了今生。"

"见证什么？"

"信。"

"信？"

顾山农抬身而起，握住双拳，在陈家的院子里徘徊了七八圈，最后默然停在了墙根下，背对着那两个少年人，仰首问天，心绪浩渺。信，这个词其实并不陌生，外父权爱棠讲过，尹先生讲过，张翘楚也讲过，甚至还出现在了朱绣的个别诗文中，但是此刻从一个弟弟的嘴里讲出来，哪怕他在鹦鹉学舌，这也让顾山农汗颜不已，相当地难堪。信，顾山农思忖说，它可不是一枚扣子，丢了就丢了，妨碍不大；或者反过来说，它就是一枚扣子，系住了每个人的尊严、体面与言行，在彼此的这一幕大光阴中有所为、有所不为，各自证悟，然后去扑住这一场热烈的生命。

渐渐地，手心里开始出了汗，浑身也异常燥热。这一天清晨的露水与薄雾，早已打湿了顾山农身上的一袭僧衣，带着三分滞重、五分寒凉、七分黯淡，似乎还有后半夜那一场火灾吹拂而来的些许灰烬。顾山农突然冲动起来，嚷喊说：

"哪家驿馆？哪个客栈？咱们现在就去接沈小姐吧。"

"不，她并不在这两处落脚。"

"你说什么？"

顾山农一惊。

"嗯，我们也很纳闷，沈小姐单门独院的，她好像过得很自在，问不出什么破绽来。"

二人答复道。

胡笳八十节

事实上，天亮时分，沈阁兰就被擒获在了院内，无法脱身。

恰如沈阁兰所猜想的那样，这家的主人就是瓜果商人，姓魏名龙，在正月里携着一家老小出了猩猩峡，去往哈密左近的苏乎木，一来游玩，二来结交瓜农们，为将来的贸易铺一条路。一切遂愿后，魏掌柜这才尽兴而返，于昨晚夕抵达了武威城，不巧赶上了关闸落锁，只好在城外凑合了一宿，待今日一早城门开启，便匆匆进入了法牙街，亦即旧时的醴泉街。

一到家门口，浑身的肉都松了，酸了，塌了，魏掌柜长出一口气，摸出了腰间的钥匙，将要开门时，却瞭见锁子不在了，赶紧推了几下，发现里头的门杠横插着，纹丝不动。贼，一定有贼，这是明摆着的事，魏掌柜在城里一个亲戚也没有，临走之前，也并未托付左邻右舍的照看家门，此刻变起仓促，不由得吓出了一身冷汗，慌忙让妻女们站远了，他自己独当一面。不料想，妻女们哇的一声哭下了，哭得越来越尖，嗓门都快撕破了。天气还早，法牙街的男将们被哭声打搅了瞌睡，气呼呼地出了门，从左右两侧围堵而来。

有了帮手，魏掌柜的气息一下子粗了，觉得关门打狗、瓮中捉鳖方为上策，也才能一雪心头的耻辱，于是借助邻居们的肩膀，骑在了墙头上。武威城的男人们一向爱凑热闹，也不怕事大，找来了梯子，准备翻墙越瓦，进去干上一架。魏掌柜蓦然回身，踹掉梯子，喝退了众人，让诸位不必大惊小怪，由他来单独处理这一桩事务。但是，魏掌柜始终坐在墙头上，一动不动，似乎被什么东西拿住了，难肠了，陷入了两难之境地。

的确，被难肠住的除了目光，还有这个商人一颗善良的心，以及他对于人事社会的见解与经验。视野中，几根绳子横七竖八地绷在半空里，上面晾晒着大大小小的被子、褥子和毯子，这个家整洁有序，洒扫得干干净净，就像刚刚离开时的那样，绝没有外贼闯入的一丝痕迹。日光从罗什寺的红墙上反射而来，仿佛一幕巨大的恩遇，笼盖在了屋顶与庭院当中，这种和平而温润的小日子，实在是令人踏实。但是，意外出现了，堂屋的右侧，也就是那一间厢房的门突然被打开了，一名女子惶恐地奔了出来，抬头一怔，登时戳在了地上，两只皮箱也脱了手，重重地摔在了脚下。

　　魏掌柜跳进院子，一路碎跑，绕开了一排排晾晒的被褥，停在了女子的跟前，抱拳相问：咦，刚才没吓着你吧？你不必紧张，在下姓魏，这个家是我的。女子的颊脸上彤红绯赤，臊得耷拉下头，竟不知如何开口，怎么辩白，嗫嚅道：我姓沈，叫沈阁兰，我真的没做什么，我只是在你的府上借宿了几日，我现在该走了。魏掌柜阅人无数，知道这句话不假，但也出于礼貌，目光并没有去审核对方的表情，而是落在了那一大一小的两个皮箱上。皮箱是牛革的，铜皮包角，一颗颗铜钉吃得很深，样子半新不旧。魏掌柜偏了偏头，瞭见箱子上有一行褪色的蓝字，仍可辨识清楚。原来是新城大营的番号，加之一连串的阿拉伯数字，中间还有一枚图案，两支交叉而立的长枪。这个发现，令魏掌柜一下子解除了警惕，芥蒂不再，相告说：沈小姐，听你的口音并不是凉州本地的，我也不便打听你的身份与来路。唉，大家都在这个人世上活着，谁还没有个难处呀，你别慌忙出去，反正屋子空着也是空着，你尽可以多住几日，随你的方便。闻听此言，沈阁兰的泪水唰地淌了下来，先时的惧怕、惊恐与不安烟云散尽，端正地鞠了一躬，哽咽道：这位大哥，多谢你的眷顾和收留，我也是走投无路了，这才撬开了你的门锁，在这里避难了一段，我不该这样，你的宽容尤其让我汗颜。魏掌柜赶紧还礼：不，你千万别这么想。我这个寒门低户，来了你这样的贵客，真是蓬荜生辉，修来的福报，难怪我头顶上有这一院子的光明。沈阁兰再道：大哥，这些日子我用了一点你的米和面，还有一大堆柴火，别的我没碰，这是我的些许心意,你不要嫌少呀。说着话,沈阁兰掏出一把钱,双手奉了过来,殷勤至极。魏掌柜哎哟一声,觉得自己被误解了,一屁股坐在了地上,抱怨说:听着,我可不是开店的,即便开店,也不可能开在罗什寺的隔壁,看在上佛的面子上,你不要再这么难为我了。

日光从寺墙上照射下来,在沈阁兰的脚下切开了两半,一半为阳,一半是阴,就好像去留这个难题,此刻横亘于眼前,等待她去抉择,去筛选。其实,沈阁兰早有预感,这一夜她怎么也睡不踏实,提前收拾好了皮箱,打算天亮之后去找一家驿馆,但那一阵门扇晃动的声音,飞沙走石般地淹没了她,令她插翅难飞。一瞥眼,沈阁兰瞭见魏掌柜竟然拿着一块手巾,在擦拭皮箱上的灰土,便知道自己遇见了一位贵人,喃喃地喊了一声大哥。

岂料,院子里的寂静,急坏了门外的那些男将,反正瞌睡被打断了,但怨气犹在。有人从院墙上翻进来,抽掉了门杠,巷子里的人们乌泱泱地蜂拥而入。魏掌柜眼疾手快,一把拽住了七岁的闺女,指着沈阁兰说:快,快叫孃孃,孃孃来凉州看你了。闺女怕生,一直往她爹老子的怀里钻,但魏夫人也是绝顶聪明,一下子会了意,附和道:快喊孃孃,这是孃孃,你三岁时孃孃还抱过你的。闺女终于喊了出来,惹得沈阁兰柔肠寸断,蓦地蹲在地上,将女娃子搂在了怀中,亲完了左脸,又亲了右脸,惜疼不已。

可偏偏,陈匹三和马眉臣从门外踅了进来,一看就是地痞二流子的做派。

沈阁兰的目光突然一暗,心知不妙,却不知道更大的劫难还在后头。陈马二人也颇感诧异,发现沈小姐被众人围住了,恐遭不测,于是口无遮拦地叫骂起来,日娘捣老子的,粗暴地推开了邻居们。拿下,哪里来的疯狗,随着一嗓子断喝,法牙街的男将们抄起了棍棒,横扫过来,直接打在了两个人的膝盖骨上,陈马当即跪了下去,又被一绳子捆住了,动弹不得。邻居们当中带头的说:魏龙,咱们都在一个巷子里住了这许多年,谁家的肉表,谁家有几个亲戚,大家恐怕都心里有数。哼,那你倒是说说看,这个妇人跟你是哪一根藤蔓上的,哪一枝根苗上的?魏掌柜本是血勇之人,将沈阁兰和妻女护在了身后，愤懑地说：不得放肆，这是我的宅院，谁敢在这里泼粪，辱骂我的客人，休怪我不客气了。对方道：不错，这的确是你的院子，一砖一瓦也都姓魏，但它跟佛门圣地一墙之隔，作为信徒，我们大家就有守护这一方净土的责任，岂能容这个妇人公然亵渎。魏掌柜不解，探问说：呔，你红口白牙的，你说话要有根据，小心我跟你去官府走一趟。带头的手指沈阁兰，突然喷出了一股毒汁：她呀，她就是卖沟子的，一名暗娼，我已经盯梢了许多天，现在人赃俱获了。

魏掌柜的脑子里嗡的一声，感觉一脚踩空了，满盘皆输，振作再三，忙哀告道：天老爷！你这是断人性命的话，说出来就收不回去了，你当着街坊们的面，今个天必须给我一个道理，还这个院子的清白。然而，魏掌柜毕竟势孤力蹙，一个人难以翻身，邻居们也热衷于下坡里追乏兔，婊子、娼妇、破鞋、卖沟子的、贱货，如此等等的污言秽语，夹杂着唾沫和拳头，纷纷泼向了那个无辜的女子。沈阁兰贴在墙上，慢慢地滑落下来，塌在了窗台下，已经是气血两虚，难以自持了。

但是，辱骂和践踏分明是有快感的，领衔的邻居带着这一份快感，突然间发了难，一顿拳脚落在了陈马二人的身上，痛骂说：呸，捉贼捉赃，捉奸捉双，这个尖下巴，再加上这个粗脖子，正是这些日子里鬼鬼祟祟前来法牙街行恶的贼人、嫖娼的主子，左右邻舍们也都知道，你掌柜的可以问问大家么。魏掌柜心如刀割，哀求说：诸位，咱们守着一座罗什寺，大家可都是信奉佛陀和菩萨的弟子，何苦要这么相逼，不给她留一条活路呢？带头的嚣张道：也罢，那就报官吧！咱们一绳子押往县警察局，在公堂上论一个是非曲直吧。

话未落地，陈马二人却已经割断了绳子，饿马奔槽般地扑将过去，一个卡住了对方的颈项，另一个箍住他的两腿，直接举在了半空中，恶狠狠地掼在了地上。仍不罢休，陈匹三骑在了那家伙的身上，一连甩出了七八个耳光，呵斥说：日你妈的，你恐怕认不出老子，但老子前些天免费送给你十几只灯碗，这个你总该记得吧？胯下的那个贼恍然道：呃，你就是佛具店的柜员，我可记得你的宅门地址，我改天再去拜访你。陈匹三的拳头立刻气炸了，砸断了他的鼻梁，直接在对方的颊面上开了一间染坊：哎呀，你的经白念了，你的灯白供了，你这辈子也是白活了！来吧，老子等着你来寻仇，咱们再来切磋一盘。

住手！

随着院门外的一声怒喝，众人循声望去，但见一介灰衣僧侣冲了进来，面色不怪。原本，顾山农坐在佛具店的车轿里烤火，打发哼哈二将下去接人，可这个想法太简单了，候了半天，这才觉得不妙，迅速现身在了院子里。陈马二人见状，刚喊了一句少东主，便被顾山农制止了，乖乖地肃立一旁，连眉头也不敢抬。邻居们跟罗什寺一向和睦，上上下下的都很熟悉，眼前的这个僧侣虽然面生，但俨然来头不小，若非住持，那么必定是监院之类的角色。就在众人木然之际，顾山农俯下身子，用一块白雪雪的手巾，擦净了伤者颊脸上的血水，安慰说：你的灯，我替你去供，整个法牙街的灯，也由我来点，替大家祈福禳灾，求个万事和顺，但你们最好各回各家，否则这个办法就不灵了，说不定还有祸患。

倏忽间，院子里空旷起来，包括哼哈二将，以及魏家的妻女，统统不见了。日光像一层被弓子打散的新棉花，均匀地铺在了地上，这个精致而紧凑的院落，又恢复了与寺墙内一样的静谧。魏掌柜目瞪口呆地盯望着这名僧侣，顾山农每跨前一步，他便却后一尺，直至退到了墙根下，这才停住。

"你，你是承平堡的少东主吧？"

"我是谁并不重要，但我今日有幸认识了你，真是不虚此行。"

"天呐，你果然是少东主，刚才他们就这样喊你。"

"你是义人。"

顾山农截铁道。

"不，我只是一个小买卖人，不值得夸奖。"

"听我说，你慈心于世，敦厚善良，这个院子里的上好风水便是例证。喏，这位沈小姐是我的尊贵客人，你收留了她这一段时间，就等于款待了我顾某本人，我报答你还来不及呐。"顾山农掌心向上，绍介了一旁的沈阁兰，又道，"抱歉的是，因为事发突然，这一切只能不请自便,让她在贵府暂居了几日,我现在才得了空来接她,还望你多多宽谅。"

"少东主,这是我魏家的荣幸,你千万别客气,也别自责。"

一再辞让道。

"是这,我知道你以瓜果贸易为生,今年又在哈密一带预订了大宗的马首瓜。嗯,这种瓜太娇气了,从摘采到销售,主要讲求的是一个快速运输,南线的官道税卡林立,盘剥甚严,你肯定选择了北疆一线,但北疆也并不安全,土匪和刁民们热衷于抢劫,你们等于是在刀口上活命。"顾山农言辞缜密,讲述得体,铺垫完了这一大堆理由后,方从身上摸出来一样东西,交在了主人的手中,"这个送给你吧,或许你能用得上。"

"天老爷,黄金腰牌?"

惊讶道。

"不错,这就是承平堡和保价局特制的符券,本来也没有几个,像你这样恩重如山的义人,自然应该拥有其中的一枚。"顾山农蔼然地发现,魏掌柜的双手在颤抖,将那一块闪光的东西塞入了皮套,仔细地拴在了自己的腰带上。赠与是快乐的,这个腰牌一直就藏匿在顾山农的身上,此刻真是轻松了不少。又道:"魏兄,有了这个黄金腰牌,我将来不仅可以给你免费保价,还能够确保你一路上顺风顺水,光明照临,连个刮风下雨的坏天气也不会有。你尽管去挣钱发财,我在后面替你敲边鼓。"

"少东主,你才是我的十方佛陀、八面菩萨,我今生今世的贵人。"

魏掌柜抽噎着,刚一抱拳,打算躬身致谢时,却被顾山农一把搀住了。四目相对,顾山农再次从这个汉子的面庞上,发现了一种宽广的善良,一种笃实且忠诚的性格,突然忆想到了什么,灵机一动:

"魏兄,在买卖之余,在你闲荒的时候,你来帮我做一件事吧?"

"少东主吩咐。"

"不过,这个可是没有报酬的,这是一桩义务,也是在替佛效力。"

"我本就是一名俗家弟子,我不挑剔。"

这么着,顾山农拥住了魏掌柜的肩膀,一道转身,瞭看着晨光之下，那一堵威峙而高耸的寺墙。寺墙是赭红色的，布满了斑驳而凌乱的水渍，墙脊上的琉璃瓦破损得相当厉害，鸟屎累累，还间杂着一丛丛枯草。顾山农款然道：

"眼看着就要开春了，我要兑现自己的诺言，否则我真是有愧于身上的这件僧衣。"

"什么诺言？"

"是这，我要建立一个罗什寺整理委员会，但我欠缺人手，所以请你来帮忙。"

合十作揖。

"罗什寺？整理委员会？"这一刻，喜悦压倒了惊讶，魏掌柜的表情上绽开了一朵花，眼睛湿润地问说，"少东主，这可是凉州天大的事情，足够给你刻一块功德碑了，但不知这个愿是怎么发下的，你又如何能以一己之力，将罗什塔重新砌起来，栽在这一片天际下？"

"我去年在寺院里被托了一个梦，当着鸠摩罗什法师的面，许下了这个愿。"

顾山农简略介绍了一番。

"哈哈，少东主你真是宅心仁厚，宽恕待人，太容易相信这个把戏了。"魏掌柜忽然掩口而笑，透露了天机，"嗯，你碰见的那个人，你被托的那个梦，一定是疯癫和尚搞的鬼把戏。他是玉蝉方丈的亲哥哥，既不疯，也不癫，但他一辈子都在用那种古怪的方式证悟佛法，也算得上是大德高僧了，这附近的邻舍们谁都知道。只可惜，他在腊月里害了一场感冒，突然就殁了，圆寂了，罗什寺里也少了一份热闹。"

"不，那绝不是把戏，更不是什么热闹，我眼见为实，我信它。"

"少东主在理，我就不啰唆了。"

魏掌柜也算一名解人，恰当地停止了这个纠缠不清的话头，让出了眼前的场合，声称要去烧水沏茶，抱起墙角里的一捆劈柴棒子，钻进了灶房。随后，烟囱里探出来了一根乌黑的烟柱，说明劈柴是湿的。

这一幕，被沈阁兰悉数收入了眼中。

顾山农侧转过去，掸了掸僧衣上的灰尘，放下袖子，待身心镇定与从容了之后，复又面对客人，欠身一揖：在下顾山农，承平堡的当家人，只因最近被一大堆琐事给绊住了，迎接来迟，还望沈小姐多多宽谅，饶恕了这些不周之处吧。沈阁兰款然还礼，答复说：不，这一切毫无瑕疵，我刚刚可是全部看见了，也领教了少东主你的风采。阁下足智多谋，井井有条，奖惩分明，方才的那些言行真是一气呵成，俨如行云流水，真是佩服。哈哈哈，谬赞，比起北楼兄来讲，我的这些本事纯属雕虫小技，就好比这个，顾山农伸出一截小拇指，以示谦逊。沈阁兰发现，对方乃是一介良善君子，初次见面，恪守了基本的礼数之道，板眼有序，目光并没有唐突地落在她的脸上，言辞温和，甚至连一句审核的话也不曾抛出。这是一份好感，沈阁兰当即解除了全部的戒备，知道这一种幽闭的日子结束了，恐惧不再，就连日头也是簇新的，凉州的天空中忽然布满了一层颂歌般的光芒。在感念之余，沈阁兰却揶揄道：

"少东主，北楼可没少说起你，我的耳朵里灌满了你们过去的事情。"

"咦，他是咋说我的？"

"他说了许多，如果没有七八辆马车的话，起码也说过三四筐子吧。"沈阁兰的性格很开放，也颇为外向，尤其在这个重见天日的时刻，"但是，北楼说了那么多，他却从来也没告诉过我，原来少东主你还是一位化外之人，佛家弟子。"

"呵呵，沈小姐你误会了，这是临时借来的一套衣裳，滥竽充数罢了。"

顾山农抬起了袖子，释解道。

"小心僧衣，僧衣可是一副甲胄，那不是随便能碰的，我忠告你一句。"

"沈小姐，这是专门为你穿的。"

"呃，此话怎讲？"

"这一件僧衣，加上门外佛具店的车轿，恰好可以掩人耳目，蒙混出城，将你送到一个安全的所在，我也就兑现了对北楼兄的承诺。"

先时，顾山农略感不快，对方的直言不讳，让他浑身不自在，但是残酷而危险的现实，不妨用直言相告，才能求得一种默契与理解。又绍介道："沈小姐，实话说给你知道吧，马乙麻的怀疑一直都在，军部的密探和桩子遍布整个武威城，你一旦被他们发现，你万一被捕的话，肯定就要被扣为人质，那么北楼兄势必会前功尽弃，他的一切计划也将付之东流。"

"真是抱歉，我没想过那么多，给你添麻烦了。"

"走吧，现在就出城，马上。"

"少东主，你的脸色可不是太好。"

"呃，"顾山农一怔，似乎感觉对方仍不太放心，于是掏出来一个纸卷，递将过去，"对了，北楼兄临走前送给我一顶帽子，就在门外的车轿上，这里面的留言也是他亲自写下的，沈小姐应该认识他的笔迹，还请你仔细过目。"

沈阁兰彻底释怀了："的确，这就是北楼写的。"

一根洋火追了过来，阅后付火。

而后，顾山农独自拎起了两只皮箱，一左一右，站在门端里，礼让客人先行。不巧，魏掌柜端着托盘撵了出来，上面有两碗热腾腾的茶汤。不忍拂了主人的美意，顾山农象征性地抿了几口，便不再喝了，一个劲地递眼色，催促快走。沈阁兰却不着急，仔细地对魏掌柜说：

"哈密的有一笔账，你恐怕算错了，你重新再打一遍吧。"

魏掌柜问："啥意思么？"

"喏，账簿就在屋里的墙上挂着，蓝面子的那本，你再去复核复核。"

胡笳八十一节

饥荒有一口狰厉的牙齿，所过之处，寸草不生，山石裸露。

此处乃一片谷地，靠近旧时的平凉府，属于六盘山之余脉。黄昏垂降时，各界慰问团在山口邂逅了一支赶往秦州的马帮，获知这里叫上川，溪水的下游则是下川。马户们嘴紧，又瞭见对方是公门中人，车马辚辚，阵势浩荡，且携带了不少的武器，生怕自己要被临时征用，所以并未告知详情，仓皇地离开了。稍后不久，刘北楼忽然忆想起了什么，打开马褡子，翻箱倒柜了一通，总算寻见了那一张脏兮兮的《甘肃民国日报》。路经靖远时，刘北楼带着一套公函，走进了当地的驻军，寻求帮助，并顺利地借到了一艘木船和一批牛皮筏子，安全渡过了黄河，一路东进。这张报纸就是从靖远军营中顺来的，瞄过几眼，意思也不大，当时并未上心。在稀薄的天光中，刘北楼再三翻阅，终于在报屁股上发现了那几行文字，甘肃当局判定兰州以东中部山区的上川及下川一带刁民逆反，烧杀劫掠，祸及了会宁、原州、天水境内的几十座村寨，情况堪危，日前已派遣定西驻军与民团予以进剿。事实上，在这篇报道中，政府只字未提糜烂了将近两年的特大饥荒，因为天老爷瞎了，滴雨未落，溪水断流，人吃人的惨剧已经持续了许久，举义造反也不过是迟早的事情。看罢了这些，刘北楼凭着军人的嗅觉与敏感，挑了一块易守难攻的坡地，当即命令整个车队就地扎营，不许举火，一律以干粮果腹，挣扎过这一夜，再图其他。

果然，坏消息传来了，清点之后，发现最末的一辆车马业已失踪，生死不明。

张彝自告奋勇，带着几名手下原路返回，去打探消息。作为首要代表之一，刘北楼心知自打离开了凉州界，这一路上除了天气作怪外，基本上还算顺利，一切也都在计划当中。之所以误入上川，踏进了这一片乱石狰狞的谷地，实在是因为陕甘公路上的瓶颈地带华家岭出现了大规模的塌方，十天半月之内也修复无望，于是才被迫北上的。犹不放心，刘北楼摸着黑，巡查了一遍营地，发现大家各顾各，互不耽搁。县府雇来的那一帮车夫走惯了长路，经验老到，将所属的辕驾逐个叠放起来，车屁股朝外，结成了一片人字形的屋顶，人却裹在羊皮袄当中，钻在车厢下面歇息，鼾声已是此起彼伏。各界慰问团的重心，自然是那一辆装殓了张观察遗骸的灵车，此刻就停在坡顶上，让寒寂的山风吹拂，保证那些冰块不至于融化。其实，一路上都在频繁更换冰块，尤其是碰见河流的时候，流水不腐，只有这个季节的水冰最干净，也最纯粹。刘北楼踅到了坡地的另一侧，但见新城大营派遣的那一支车队独立成军，平时鲜少跟其他人打交道，甚是封闭，可他作为军部的首要代表，又免不了时常过问，态度殷勤。薄暗中，一辆辆橡胶轮子的特制马车并排停放着，前后左右，各有一名秃头和尚坐在蒲团上，警觉地盯视着周围的动静，似乎忘了念经的本职。像当初揣测的那样，刘北楼现在更加确信，这个所谓的法事班子根本上就是一个冒牌货，这一个个身披袈裟的僧侣，绝对是马乙麻亲自经手，千挑万选出来的厉害角色。他们的唯一使命，便是借助送灵的名义，运输那些神秘而沉重的箱子，掩人耳目，偷梁换柱，抵达一个未知的秘密地点。一念至此，刘北楼蔑笑了几声，似乎并不在意。

不料，眼前突然出现了一星火光，刘北楼急了，刚要上前阻止时，斜刺里杀过来了一道人影，定睛一瞧，原来是布虚和尚，也就是这个僧侣班子的首领。布虚咧笑道：长官，你不必操心，那是在燃香，供奉给这一尊山神的，我害怕山上有落石，伤及了咱们的人。刘北楼故作轻松地问说：咦，今天晚上你们怎么不诵经了，不超度亡灵了？布虚合十道：长官，虽然我的班子没有诵经，今晚夕要歇缓一夜，但现在整个山谷里流淌着一种阿弥陀佛的梵唱，你听，你仔细听。刘北楼拔长了脖颈子，果然闻听到了一种夜鸟的群噪，以及山巅之上的阵阵松涛，莞尔道：呵呵，蝉噪林逾静，鸟鸣山更幽，师父真是好兴致呀，在这个陌生的天地里，还能品咂出一份浪漫的诗意，你继续吧，恕不奉陪了。言毕，刘北楼掉头而走，又特地丢下来一句话：对了，香头子太扎眼了，恐怕会暴露行踪的，师父最好灭了它，抓紧休息吧。布虚没有回答，而是咳嗽了几声，好像是被一股子山风迎面呛住了，他不得不如此。

惊白的游牧帐篷呈人字形，相当漂亮，典型的北疆风格，仅供一两个人入内过夜。

不用问，这是北疆救孤团的杰作，也只有这些死士才能谙熟旷野，知天晓地，身负野外经验，可以用几张皮子、一堆棍棒，在最短的时间内搭建起一座游牧帐篷。这种帐篷敛声聚气，即便是在数九寒天的季节，也能保有一种秘密的暖意，拆卸起来又极为便利，不过是将几张皮子一卷，分量很轻。自打离开了凉州地界，每日晚夕随处扎营时，惊白的这一顶游牧帐篷便出现了，显得格格不入，既在众人的视野内，却又保持了一定的距离。当然，此乃苏巴什和张汲水合谋的结果，凭着动物般的敏锐与嗅觉，他们也逐渐窥破了法事班子的异样，与豺狼相伴，跟恶鬼同行，一颗颗心脏早就卡在了嗓子眼上，不得不万般小心。刘北楼并不知道最深层次的内幕，更不清楚北疆集团的死结所在；在他的心目当中，这一帮人不过是承平堡的伙计和用人，因为有惊白这个少爷羔子，顾山农所以配备了这一组人手，昼夜间服侍，沿途上伺候。恰巧，此刻闲荒了下来，且看在顾山农的面子上，刘北楼打算去帐篷里坐坐，拉呱上几句，以示大人对娃娃的一份关心吧。

实际上，在刘北楼看来，虽说惊白是一介少年人，但总归是一个长不大的娃娃。

刚刚靠近了游牧帐篷，旁边的山石下突然跃起来一只羊，不，准确地说应该是一个身穿羊皮大袄的汉子。苏巴什低吼一声，拦在了当间，待认清了对方后，这才收回了姿势：阁下，这么晚了，你还没歇息呀？刘北楼抬望着山区的夜空，瞭见三两颗星星挤破了天幕，硕大如钻石，孤独地挂在头顶上，像极了这一支队伍，遂说：唉，怪我，一路上忙着赶脚，也没有过来看看惊白，他不会多心吧？苏巴什宽慰道：阁下，你可不知道，他一离开承平堡，一离开凉州，简直就像换了一个人似的，比兔子还兴奋，比鹞鹰还要攒劲，现在干脆连瞌睡也没有了，真不知道他在里面捣鼓些什么东西。刘北楼放下目光，隐约地发现了帐篷附近的几条人影，料定伙计们围着这座帐篷，和衣而卧，不免生出了一份恻隐之感。嗯，这个也能理解，惊白到底还是一个少年人么，少年的时节不好奇，不冲动，等将来头发白了，那也就有心无力，等于对这个世界举起了降旗，不战而败。刘北楼的话充满了赞赏，苏巴什附和着点头，赶紧在前头引路。

不巧，刘北楼发现了不妙，质问道：站住，你的手怎么了？你说实话。那天夜里，苏巴什剁掉了自己的一根指头，虽然求助于梅郎中，紧急救治了一番，但毕竟创伤面太大，加之颠簸与劳碌，最近一直在流血化脓，始终不愈，动作上也就开始了变形。阁下，这真没什么，下人们的身上有个剐剐擦擦的，不值得你分心，你是干大事的，掌舵的，只管领着咱们上路。苏巴什一方面推托，一方面将受伤的手藏在了皮袄下，掩饰再三。来，我来看看，跟我握一下。刘北楼伸出了手，既像请求，也似一道命令，让人根本无法拒绝。但是很快，苏巴什就懊悔不迭、汗下如浆了，因为他的伤口被对方攥住的那一刻，骨茬惨叫开来，血管崩裂，一种噬人的疼痛冲上了灵霄，脑浆也几乎散了黄。苏巴什不愧是一条汉子，就算被车裂了，被雷劈了，被点了天灯，断定这是一次试探，一个难关，他必须咬住牙忍受，取悦于对方，所以颊脸上迅速孵出了一层丑陋的笑容，一再哈下腰去，不敢喘气。刘北楼钳住了那只被白色麻布缠裹的手掌，断定这家伙缺了一根指头，一根食指，分明已经残了。这也就是说，来自承平堡的情报比较可信，在特务头子马乙麻的淫威下，果然有人公然抗命，不曾屈服，而这一切的幕后主使，当然非顾山农莫属。念及此事，刘北楼的内心突然间晴空万里，攥得更紧了，力道也更足了，他甚至要感激这一根断指带来的消息，因为它至少说明，顾山农还不是军部的鹰犬，也不会出卖法牙街的秘密。哎哟，等天亮以后，我让随队的军医给你重新包扎一下吧，你可得小心感染，小心败血症。刘北楼松开了拳头，放弃了钳制。这一刻，血液畅通了，脑子里的蛋黄还在，还囫囿着，苏巴什诡谲地问：阁下，你方才说的败血症是谁？刘北楼几乎失笑了出来，调侃道：你不认识它，你也惹不过它，但它会要了你的命，所以你小心为妙。

这句话似乎提醒了对方。苏巴什俯身而来，悄语道：长官，你也要多长个心眼，因为我发现法事班子的那一帮贼和尚恐怕有诈，我一路上盯着他们，总感觉味道不对。刘北楼故意面色一紧：啊，哪里不对了？你但说无妨。苏巴什恳切道：说不好，也不好说，但我的眼皮子一直在跳，跳得很凶。依据我在北疆的经验，想必咱们已经被乱贼跟上了，不在外面，而是在内部，就是那些穿袈裟的家伙。沉吟半晌，刘北楼试探说：你这个话还给谁讲了？惊白他知道么？苏巴什拼命摇头，否认道：不，我这只是预感，只是猜测，惊白当然不知道了，他那个猴子脾性一点就炸，这个尺码我最清楚。阒寂中，夜鸟的鸣叫越发显得明亮，两侧的山脊上，偶尔传来了野兽的低吼，一些被踩落的山石滚落下来，空旷无际的声音令人发毛。刘北楼从身上摸出来一样东西，交在了苏巴什那只完整的手中。原来是一颗子弹。

长官阁下，你这是要干么？苏巴什一愣。刘北楼掉头走了，朝着那一座游牧帐篷而去，丢下话说：喏，子弹是哑的，子弹要是胆敢随便开口，那么不是伤，便是亡，非得出人命不可，我相信你是个聪明人，你应该知道怎么办。苏巴什并没有跟上去，而是裹紧了羊皮大袄，守在了帐篷外头，警惕地盯视着四周的动静。

这个时候，惊白坐在帐内，心无旁骛，正沉浸于一种空前的喜悦当中。

马灯拧得很暗，一滴灯火，光晕就像液体似的，布满了这个狭窄的空间。惊白跨在一副马鞍上，两腿之间抱着那只铁疙瘩，偏下头去，将耳朵贴在嘴子上，正在仔细谛听。放下帘子，刘北楼侧身而立，惊白竟也不曾发现，兀自陶醉不已，仿佛一个人在上演独角戏：哒，快起来，起来快跑呀！呱喊了一阵子，惊白又叹息道：哎呀，你看你，你不听小爷我的话，活该你这么倒霉，被人家大卸八块，生吞活吃了你也不冤枉。这些话阴气森森、长了一层绿毛似的，尤其在暗夜中，令刘北楼的脊梁上孵出了一层鸡皮疙瘩，不免生疑，赶忙屏住了呼吸，继续打望。惊白撅起屁股，换了一只耳朵在听，嚷喊说：糟了，糟了糟了，马车被点着了，这一顿饭八成是烤马肉，我闻见了肉香，不要那样吝啬么，简直馋死小爷我了。承平堡的人真是诘屈难懂，备极特色，一个个都是性格鲜明之角色，连惊白这个少年人亦不例外，精灵古怪的，似乎天赋异禀，技艺多端，不为这个人间俗世所拘役。刘北楼这样思忖时，却听见惊白陡然变声，断喝道：狗日的游击，你朝西边跑呀！你们分散开来，千万别伙在一起，小心让人家给连锅端了！张彝你这个蠢猪，亏你还是穿老虎皮的警察，你不敢开枪么？难道你的枪是一坨冻住的屎橛子么？此后，惊白彻底气坏了，一脚踢翻了那个铁疙瘩。

刘北楼借机拧亮了马灯，知道这个严密而温馨的帐篷，不会将灯光泄露出去。

惊白抬头，一点也不吃惊，继续气呼呼的，好像满世界都是在跟他作对的钉子，他这把榔头再也无能为力了。刘北楼揣着一腔子疑问，扶起了那只锥状的铁疙瘩，掂了掂，七八斤重的样子，弧线优美，质地精良，又里里外外地审看了几遍，更是一头的雾水，不知其详。这东西乃是生铁铸造，年成大了，岁数久了，除了偶尔的焦褐色锈斑之外，其余的地方则明晃晃的，散发出一种类似于青铜的古老光泽。刘北楼反复查看，发现在敞口的边际一带，凸起了一行异族文字，可惜磨损得太厉害了，加之他学识有限，自然也就考证不出具体的来历和用途。照着惊白的样子，刘北楼将铁疙瘩栽在了地上，单膝跪地，将一只耳朵贴上去，对准了那个嘴子，仔细谛听了起来。什么也没有，耳朵里竟是一片漆黑的洪荒世界，无风，无沙，无日月星光，甚至连鸣禽和野兽也一干二净，不闻踪迹。刘北楼着实不甘，又换上了另一只耳朵，恨不得从那个孔洞里钻进去，像潜水似的沉溺其中，去一探究竟。然而，失望不可避免，两个耳朵同样一无所获，无辜地长在脑袋上，真就成了聋子的摆设。刘北楼再一次确信，惊白在公然演戏，少年人的把戏。岂料，惊白却另有一套说辞，扬扬自得：

"塞翁失马，焉知非福。刘代表你就别瞎折腾了，你的天眼还没开，你不会听见的。"

"咦，这话怎么讲？"

"除非，除非你敢在自己的脑袋边上开一枪，打不死你，却恰好可以震聋一只耳朵，意外地打开了天眼，这样的话，你或许就能听见铁疙瘩里面的声音，否则也是白搭。"惊白口讲指画，砰的一声，夸张地抱住头颅，做出了一番痛楚的样子。又傲慢地说："天眼，你知道天眼么？这个东西可玄乎了，三天三夜也说不清楚，我就不费唾沫星子了。"

"我明白，你小子记仇，你至今还没忘记马乙麻开的那一枪。"恍然道。

"呵呵，拜军部所赐，毁了我的耳朵，却也让我别立新宗，曲径通幽，听见了更广大的声音，这未尝不是天老爷的厚爱，对我的重大补偿。待回到凉州以后，我要请那个特务头子吃烤全羊，刘代表你务必来作陪，我要跟马乙麻彼此和解，我才不计较他的那一枪呐。"

"你这是正话反说，我就欣赏惊白你这一点，不愧是权家的后人。"

"这么讲，我以后在军部就有靠山了？"

"轻仇之人，必定寡恩，但惊白你却不是。"恭维道。刘北楼再次确信，这一支承平堡的人马，将是自己可以凭借的力量，未来的同盟军，虽然他们一个个出身寒微，貌不惊人："哎呀，那你总得告诉我，这个铁疙瘩究竟是干什么的？"

"铁喇叭，吓唬野兽的，狼群听见了也要发抖，我敢保证。"

"哼，喇叭是用耳朵吹的么？"

"嘿嘿，阁下你果然明察秋毫，不愧为首要代表。"

"你嘴上的蜂蜜水对我没用，打住吧。"

"对了，它也叫地耳朵。"

"地耳朵？"

"长官，那我据实相告吧。我刚才听了半天，听见张彝他们的情况不妙，恐怕是中了埋伏，遭了暗算，枪声响成了一片，现在八成在各自逃命，谁都顾不上谁，但也暂无危险。"旷野平原，头头是道，惊白仿佛被一种神秘的气息所附体，口舌滔滔，描绘出了一幅可怖的图景,"抢劫的人群里虽有上川的饥民,但这只是一个幌子,真正的黑手则是省府派来弹压暴民的定西民团,也不乏定西驻军的兵士,最后那一辆马车其实是被他们劫走的。饥民们不图别的,当场杀了马,此刻还在吃烤肉呐。"

刘北楼狐疑万分:"枪声在哪?从天黑到现在,这个山谷就像一座古墓,安静得瘆人。"

"事发在坎坎梁,所以你听不见。"

"坎坎梁?"

"嗯,不过他们现在分头跑散了,张汲水朝西,张彝往南,这样就分散了对方的追击,或许还可以捡到一条命,天亮时才能活着回来。"惊白掩饰不住得意,掏出来一块丝绒布,擦拭着铁疙瘩,又倨傲地说,"阁下如果想去接应的话,想必也为时不晚。"

"惊白,那我问你一句,这些事你是怎么知道的?"

"听风辨音,传音入密。"

拍了拍铁疙瘩,仿佛在赞美这个金属的伴当。

"不,你刚才的话就像是你自己亲眼所见,不像是听来的,你也没必要撒谎。"

"天老爷知道,我的耳朵坏了,但替我打开了另一扇门。"

"这是托词。"

"阁下,谁也不愿意当聋子,你乐意么?"

事态紧急,人命关天,一切都来不及辩解与理论。刘北楼突然拔出了手枪,子弹上膛,连一声招呼也不打,一道烟地闪出了帐篷,率着几名手下,奔下了坡地,前去接应张彝诸人了。惊白擦完了铁疙瘩,将一串珠子挂在了喇叭嘴子上,而后双手合十,挥动口舌,呜里哇啦地叨念了一段什么,恐怕连他自己也不明白。稍后,惊白撅起屁股,三拜九叩了一番,既像在无量寺的大殿前拜佛,又难免掺杂着一种恶作剧的成分,像极了这个凉州少年的秉性。

事实上,这个并不起眼的铁家伙,这只来路莫测的神秘法器,在漂泊流转了许多年之后,终于在这一年的开春时节,寻见了它真正的传人,它的接钵者,它的知音与伴当。自此而后,它不仅带给了惊白这个凉州少年一种险恶而飞翔的快乐，而且还揭橥了另一重幽秘的过往，廓清了河西境内诸多的历史细节，让真相浮出了水面，进而光明、伟烈、丰碑了起来。

此乃后话，暂且按下不表。

苏巴什在帐篷外咳嗽了几声，等于求见，待惊白应允后，他一个蹽子闪身进来，扯开一条牛皮口袋，罩在了铁疙瘩身上，打个死结，又匆忙扛在了肩膀上，掉头出门。惊白张大了嘴巴，简直吃惊不小，仿佛命根子要被别人抢走了似的，忙抄起一只马扎，砸在了对方的箍拐上。苏巴什哎呀一声，跌坐在地，被惊白骑在了胯下，一把卡住了他的嗓子，喝问道：你个贼，你明火执仗地抢劫呀，反了你了？苏巴什不屈，执拗地说：趁早扔了它，埋了它，敲碎它，省得你这样装神弄鬼，胡言乱语，不小心给自己引来祸端，让大家都心寒。话说重了，冒犯了，这绝不是一个北疆救孤团成员的本分，苏巴什赶紧缓颊道：少主子，枪打出头鸟，刀砍地头蛇，我方才听了半天帐篷，只听见你一个人在出风头，在鸡鸣鬼叫，三斤的鸭子两斤嘴，你能把死人说活，又能把活人说死，可对方到底跟咱们不是一类的人，他是丘八，他是军官，两条道上跑的马车，万一他查证之后发现你在撒谎，你在欺骗，再有个三长两短的什么事情，我和帐篷外的弟兄们也就不得活了。惊白松开了对方，冷笑说：呸，你少来吓唬我，也少给我上手段！这些屁话如果不是廖逢节教唆的，便是张汲水那个贼游击暗中撺掇的，现如今我翅膀硬了，离开了凉州界，况且身为首要代表，我的灯我来点，我的主我来做，谁也休想给我设一根绊马索，别妄想。苏巴什翻身而起，膝行过去，拽住了惊白的袖子：少主子，你可跟我们这些下人不一样，你太金贵了，也太无价了，假如你有一点点的闪失，一时时的不痛快，那便是我们的失职，我们的罪孽，所以北疆弟兄们只能天天围着你转，当你的人肉盾牌，替你搭起这一座金钟罩，才能确保万无一失。此乃抬举，八成也是哥哥顾山农的排兵布阵，临行嘱托，惊白虽然十分受用，但他很快就发现了其中的破绽，单刀直入地问说：

"嘻，你们的确跟正常人不一样，一个个都很鬼祟，也很怪异。"

"少主子明示。"

"你自己听听，这就是你们的吊诡之处，家里的上上下下都在喊我小少爷，喊得我羞臊了许多年，可嘴长在别人的身上，我也着实没办法，后来也就麻木了。"惊白剖析之后，费解地说，"但你们北疆来的这几个伙计更绝，一口一个少主子地喊我，这让我怎么活人呀？"

苏巴什伏下身子，哽咽道："你本来就是少主子，这不必怀疑。"

"谁的少主子？真是让人失笑。"

"我们的。"

"咦，那我的金銮殿在哪儿？我的文臣武将又在哪呀？"

"在北疆。"

"屁上的话，你这个高帽子太大了，我戴不住，你们也少给我灌米汤、抹蜂蜜水，这一套哄唆人的把戏我懂。"惊白解开绳结，除下了那条牛皮口袋，重新将铁疙瘩栽在地上，不悦道，"赶紧去吧，明天还要上路呢，你们别光惦记着巴结我，我身上又没有油水。"

"少主子明鉴。"

苏巴什恓惶一声，抱住了惊白的靴子，却已是泣不成声。

"你看你，你又来了，难道你是四喜班的人么？"

"少主子，容我长话短说，因为你方才的质疑，涉及另外一桩重大恩仇，过去的怨恨，也关乎咱们北疆老家这一世的兴亡与荣誉。不过，这些肺腑最好去凉州讲，也只能在河西首郡摊牌，像现在这个荒郊野岭的夜半时分，我实在不忍心吐口，糟蹋了大家的心情。"

"哼，那我也没空，我还想看看法事班子的那帮贼和尚在干么。"

说着话，惊白将耳朵贴在了嘴子上。

"少主子，你也感觉不祥？"

"那你呢？"

"实话说吧，恐怕我跟少主子一样，自打结伴上路的第一天开始，我浑身的肉都在跳，我的心也始终悬着，这就好比羊嗅见了狼群在靠近，一群鸽子里混进了鹞鹰，迟早会出事的。我活了这大半辈子，一直在刀口上舔血，还从来没有这么害怕过。"

惊白失笑道："哈哈，你看你在发抖，你真的见了鬼了么？"

"预感吧，这也就是我们不敢打盹的缘故。"

"嗯，杯弓蛇影，草木皆兵，说风就是雨，你这分明是恫吓与威胁，好让我乖乖地听话，服属了你们，这一路上被牵着鼻子走，不造次，不添麻烦罢了。"惊白反戈一击，转瞬从怀里摸出来一样东西，递了过去，"你呀，你多半是被人家拿住了魂灵，所以才像个无主的夜游神！这个可以弥补你，让你以后囫囵起来，不至于颠三倒四，一个劲地说胡话。"

"呃，这是个啥么？"

"你的魂。"

苏巴什接住后，撕开麻纸一瞧，却原来是一根断指。无疑，这一根指头是从他身上剁下来的，疼痛遮蔽了一切，路途上的琐碎也分散了精力，让他早就忘了去追问下落。此刻，它失而复得，重新回到了这一双手上，令苏巴什觉得犹如梦境，或许是天老爷在惜疼他，在眷顾他，不忍他残缺了这一截骨头。断指失血太久了，惨如白蜡，骨茬上的锋芒好像一丛绣花针，但整体上并不曾萎缩，也没有变色发臭。原来上面抹了一层清亮的酥油。此乃沙门里的善后手法，大德高僧一旦坐化后，法体便被一种特制的酥油包裹起来，供放经年，号称金刚不坏之身。苏巴什噙住泪水，双手捧过了头顶，激奋地说：

"少主子慈悲，让我给你磕个头吧，这是你对我的恩赐。"

"又在乱嚼牙茬。"

"不，我现在再也不惧怕了，哪怕我将来死了，我至少还是个全尸，上对得起天地，下对得起爹娘老子，一样不缺，一件不少，他们准保可以一眼认出我来，让我在九泉之下再行孝道，一门心思地服侍二老。"这一刻，苏巴什的骨血中突然充满了勇敢与无畏，铮铮作响，犹如青铜之声，"少主子对我有再造之恩，这个头我非磕不可。"

"吹牛皮，这明明就被剁掉了，你将来怎么算全尸？"

惊白只能如此阻止。

"的确，这可难死我了。"

"呵呵，你有本事先把它接上，接上了再给我谢恩吧。"

却不料想，苏巴什竟然干出了一桩匪夷所思的事情，但见他犹豫了片刻，突然张开嘴巴，将那一截断指吞了进去。或许指头也不愿意了，指头勾住了他的喉咙，不肯就范，苏巴什当即被噎住了，一时间面红耳赤，呼吸也急促了起来。惊白恶心坏了，从震惊中清醒过来，赶忙端住了半碗水，喂给了对方。灌完之后，苏巴什就像涝坝里的麻鸭那样，脖颈子梗了几下，气息疏通后，终于活转了过来，仍然站在这个阳世上。苏巴什咧开黑红色的牙花子，开怀道：

"这下子囫囵了，终于接上了，我将来就是一具全尸。"

"天呐，你这种贼太可怕了，连自己也敢吃，我以后少不了要提防你。"

惊白瑟缩着，恐惧来得异常真实。

"少主子。"

苏巴什叨念着，扑倒在地，结结实实地磕下了一大堆响头，几乎把额顶都磕肿了。惊白并不接纳，回转过身子，避开了这一套礼数，心生憎恶，挥手往外驱赶。苏巴什喋喋不休，但究竟聒噪了些什么，想必连他自己也不大清楚。半晌后，待帐篷里悄静了下来，惊白这才回首，发现苏巴什还比较识相，已经悄悄地走掉了，不再泼烦。然而，帐外的一阵阵窸窣声又告诉惊白，这些北疆汉子其实并未撤远，他们一定就像往日那样，和衣而卧，彼此蝉联，睡在了这一座游牧帐篷的周围，须臾不离。

惊白也不愿多想，因为眼下的头等任务仍然是那个哑巴伴当，那一块铁疙瘩，只有它才最可靠，也能给自己带来一种隐秘而空前的欢欣。离开了凉州界，缘于一个偶然的机会，惊白意外地发现了地耳朵的神奇，这以后他便不再孤单了，物我两忘，陶然其中，仿佛睁开了天眼，打开了另一重门，就此独霸了一个非凡的世界，获知了不可多得的秘密，也不肯与人分享。但是，嘴快，炫耀，毫无城府，这恰恰是少年人的天性，惊白刚才逞一时之快，给刘北楼卖弄了一气，他自然不会放在心上。既然开了这个口子，肚子里也没干货了，惊白还需要备料，抓紧补充下一次的谈资。这么着，惊白将目标对准了同行的法事班子，不为别的，只因那一帮贼和尚鬼鬼祟祟，鲜与人交往，看着也不太正经，似乎他们荷担了另外的使命。

惊白抱着地耳朵，俯下身去，贴在了嘴子上，魂魄突然间飞升而出，站在了夜空当中，清晰地瞭见了上川地带的这一座山谷。和尚们正在围坐诵经，敲击木鱼的声音就像解冻了的溪水，溢满了脚下的坡地，显得很湿滑。

胡笳八十二节

列位，总因笔墨有序，故事循环往复，这里暂且止步，先交代一桩并不久远的往事。

那夜，苏巴什在北门楼子下剁掉了一根指头后，一股鲜血溅在门槛上，凶光大炽。达云天生见不得血，突遭此况，一下子歪在了叶小梳的怀里，险些晕厥了过去。堡子内乱作了一团，鸡飞狗跳，骂声交织着哭声，迎面而来的几只灯笼也撞在了一起，腾起了不祥的火光，还差点引燃了马厩里的麦草垛。这当中，最冷静的其实就数苏巴什本人，他抬起四根指头的左手，举在眼前，一二三四，甲乙丙丁，仔细地数了几遍，确信自己护主成功，只浪费了区区一根指头，便止息了纷争，弥合了谤怨，这简直就跟捡了一个大便宜似的，心中暗自发笑。廖逢节木讷，用的还是凉州土法，从灶房里铲来了一铁锹草木灰，抓在左手上，将其中干净而绵软的那一部分，轻轻地吹在了右手心，又赶紧用灰烬裹住了苏巴什的伤口，一把攥住，等待情况好转。然而，这可不是剐擦，也不是皮毛之痛，此乃折筋断骨的巨大创伤，不一时，鲜血羼杂着草木灰，变成了一种黑色而腥臭的液体，从管家的指缝中滴落下来，一切都无济于事。疼痛发作了，疼痛是火辣辣的，沿着指根缭绕而上，就像一场火灾蹿入了苏巴什的体内，脏腑之间鬼哭狼嚎，烈焰丛生。苏巴什央求道：快，快给我泼上几盆子冰水，别把我给炼了！管家和伙计们依言，将刺骨的冷水浇在了苏巴什的身上，很快就结了一层薄冰，人也似乎迅速缩小了一号，庆幸的是血水慢慢停了下来，这当然是血管冷凝的缘故。

惊白急吼吼地跑了过来，拿着一把从女佣那里讨来的细麻绳，撕开苏巴什的袖子，在腕子上拼命绑了几圈，勒紧后，方才释解说：主要是动脉，动脉最危险了。见周围人狐疑，惊白又道：人的血管分阴阳二脉，动者为阳，静者属阴，如此才能构成一个个活泼泼的生命，这是科学，尹先生以前在课堂上讲过。这些话令大家相当迷恋，也对惊白充满了十二分的敬佩，深信不疑；但大小姐却不答应，让叶小梳传下话来，命令弟弟赶紧套车，将伤员火速送进武威城，求救于梅郎中，或许还有一线希望。姐姐的话等于圣旨，况且这一场灾难皆因惊白而起，他心虚，他胆怯，他浑身发毛，为了免于受罚，畏罪潜逃也不失为一种上策。

罡风狂烈，雪大如席，从承平堡驶出来的这一辆车轿沿着官道，停在了东门下。是时，武威城已经关闸落锁，但警员们听说这是承平堡名下的车马，加之又是救命的，便破例放了行。岂料，过了这个关卡，却被另一个看似简单的事情给难住了，梅郎中简直不够人，做人太短了，明明院子里亮着灯火，但是又让下人们放出话来，对承平堡的任何人概不接见。

对此，惊白一点也不恼恨，因为这都在姐姐的预料当中。姐姐这个女诸葛在临走前，同样给桀骜不驯、不可一世的梅郎中开了一张方子，并对弟弟如此这般地交代了一番。隔着门扇，惊白热烈地呱喊道：梅先生，郎中先生，你再不开门的话，这一本医书恐怕就要被雪下湿了；其实已经下湿了，干脆就扔了吧，反正也看不清楚了。果然，梅宅的大门豁然敞开了，下人们在前头引路，惊白率着苏巴什和张汲水相拥而入。庭院深处，那几棵梅树在暗夜下摇曳不止，枝条猛烈地抽打着，也不知是绽放的花朵，抑或是摩擦出来的点点星火。

灯光如昼，梅郎中盘坐在热炕当中，膝盖上覆着一条棉被，目光警觉。惊白问了安，说了吉祥的话，又将苏巴什的手拽过去，请他看了看伤口。梅郎中恶声道：哼！承平堡病了，病根子就在顾山农的身上，但是苦果却让下人们给吃了；等着瞧吧，承平堡这才刚刚开始溃烂，好戏还在后头呐。言毕，这个身疾心烈的家伙一扯被子，蒙住了头脚，开始呼呼大睡。惊白不解其意，但姐姐安排的步骤却也丝毫没忘，慢慢掏出来一本册子，诡笑说：可惜呀，这本绝世医书恐怕就要明珠暗投了！这原本是我姐从城隍庙里高价求购的，当初破破烂烂，她又咬牙花了一笔银子，在陈家修书坊里修缮了一番，现在既然无人赏识，那我干脆擤了鼻子吧。惊白作势要撕，梅郎中忽然掀开被子，一把给夺走了，赶紧凑在灯台下，反复审看之后，诘问道：莫高窟的，敦煌卷子？怎么就这几页呀？惊白扬起下巴，睥睨地说：呵呵，喂鸟别喂饱，投食有缓急，这个道理简单得就像一碗水，我才不会上当呐。梅郎中到底服软了，捧住苏巴什的创口，仔细地察看起来，嘀咕道：唉，大小姐高棋，这是打中了我的七寸，捏住了我的嗓子，她就知道我好这一口，所以才这么投食喂鸟的！承平堡里全是贼人，一个比一个精灵，我是缠斗不过的。

至于疗治的过程，惊白并不操心，也操不上心。不忍心去听苏巴什那种杀猪般的嚎叫，惊白踅出了房门，兀立在风雪中，心里却像吃下了一块秤砣，沉甸甸的。本来，堡子里的这一场变乱已经够人糟心的了，但梅郎中刚才的那些言辞，似乎意有所指，话里有话，充斥着不屑与嘲讽，这让少年人的一颗心格外敏感了起来。惊白知道机不可失，决定要撬开这个古怪之人的牙口，因为在这样的雪夜当中，一个人真的很难保守秘密。

疗治完毕，张汲水搀扶着苏巴什出了院门，去门外的车轿上烤火避寒。惊白闪身入内，发现梅郎中卧在炕头上，正在捧读那一本医书，津津有味的，浑然不觉。一个人倘若对什么东西入了迷，即便是九头牛也拉不回来，这叫痴妄、迷恋与沉醉，或者也叫独执己念，一意孤行，那么梅郎中必然是首选人物。静默了半晌，惊白闻听对方长叹一声：哎呀，太不过瘾了，只有寥寥数页，才尝到一点点甜头，这敦煌卷子神出鬼没的，真是要了我的命。惊白接住话茬：呵呵，梅先生要想保命的话，等天晴雪霁之后，我去央求一下姐姐，她的柜子里藏着那么多的破卷子，随便抽出来一沓子，也足够先生你一饱眼福了。梅郎中愕然，一时间目射精光，拖行着残疾的双腿，簌簌簌地爬到了炕沿上，催问说：她藏了多少？大小姐的手里怎么会有敦煌卷子，什么路数上来的？惊白故作神秘，撒谎道：不骗你，骗你我去吃屎，我亲眼看见的，最起码一个人抱不过来；至于具体的来历么，也许是我爹留下的，也许是我姐姐三天两头去城隍庙里积攒的，妇人们的事情，我一般也懒得过问。梅郎中这个痴子，最后还是上钩了，一面作揖，一面下话，甚至教唆惊白去做家贼，偷偷从承平堡里顺出一部分卷子，让他先睹为快。惊白沉吟片刻，开腔道：这是芝麻小事，改天我一定奉上，让你过足了瘾头；不过在这个君子约定之前，你得先回答我几个问题，解开我心里的疙瘩。梅郎中喏了一声，用胳膊腾开了半面炕，邀请对方上去取暖，但惊白置之不理，目光逼视地问：

"先生，你方才说，承平堡病了，这话咋讲？"

"病入膏肓，将不久于人世。"

愤慨道。

"你另外还说，病根子就在顾山农身上，我愿闻其详。"

"不，这个我不能讲，因为我跟他割袍断义，如今彻底反目了，我也早就发誓再不会踏进承平堡那个贼窝子。"梅郎中犹记得那一幕耻辱，被顾山农驱逐出门的情景，仍然像一根尖刺，扎在他的心头上，果决地说，"不，这个我断然不能讲。先贤有云，君子交绝，不出恶声，忠臣去国，不洁其名；这也是我做人的尺码，你休想套出我半个字来。"

"其实你已经告诉了我，先生。"

惊白的机灵仿佛云中之鹤，变幻莫测，这当然是胎里带来的一份聪慧。

"激将法，我刚才可是啥也没说呀？"

"该说的，你已经全说了。"

"对，我的意思再也简单不过了，承平堡如今病得很厉害，而顾山农即是病根子，也是一块溃烂的伤口，将来的情况不容乐观。那一座好端端的堡子，眼瞅着就要崩塌，灰飞烟灭的结局，权大人生前的期冀，甚至整个凉州百姓的心脉，恐怕也将难逃此劫。"

"难道说，连大名鼎鼎的梅先生也开不出一张救命的方子么？"

"恕我无能，本瘸子还欠着火候。"

"哎哟，那可就活该了，想必这就是承平堡的命数，这也是少东主的不幸，天老爷掐算着地上的一切，胳膊自然拧不过大腿呀。"惊白瞥见了那一双精铁打制的拐杖,伸手取过来一根,挂在了自己的腋窝下。此乃当年爹老子赠送给梅郎中的,现在却成了一个说话的道具。突然,惊白松开胳膊,那一根拐杖摇晃了几下,仿佛一介悲愤之徒遭到了痛击,重重地摔在了地上,声震四壁。惊白讶异地说:"天呐,靠山倒了,顾山农的靠山倒了,连梅先生也袖手一旁,置之不理,看来他的这个病真是无药可救。"

"乞人怜悯,求人救赎,那都是外因,最关键的则是自救。"

"先生的意思,是让顾山农自己去寻一张方子?"

"不错,在这个人世上,你跟我,乃至于我们每个人,其实都有一张命定的方子,来疗治今生的疾患。"梅郎中听懂了拐杖的声音,忽然忆及故人,内里当中潸然不已,"区别只在于,有的人寻见了,有的人却终身未遇,那张方子也算白搭了。"

"像少东主那样,应该算是得而复失吧?"

狡黠地追问。

"哼,得而复失也就罢了,关键在于他还不相信,他在嘲讽,他在取笑这一切。"

"真没救了,我赶紧把这句话捎回去。"

"只怕是为时已晚呀。"

"晚生告辞了,夜这么深,再也不敢打扰先生的歇息了。"惊白躬身一揖,道了吉祥的话,意欲出门,却又苦楚地说,"唉,我姐姐着实命苦,我回去后就告诉她,让她提早做好当寡妇的准备,三年之后再醮吧。"

这一刻,梅郎中终于崩溃了,从炕头上伸出双臂,死死地箍住了对方的腰身,哀告说:"好我的惊白,你别再纵火挑事了,也不要听风就是雨,这件事情还有挽救的余地,并没有坏到底,你容我把话说完呀!"

果然来了,招供了,得逞了。雪夜拜访,不虚此行,惊白抿着笑,骗腿骑在了炕沿上。

"眼下的当务之急,便是阻止少东主南下,务必不要跨出凉州地界。"

"各界慰问团?"

"正是。什么首要代表，什么鸡巴勋章，那简直一文不值，别让少东主被县府的米汤灌糊涂了，也不要被军部的高帽子压低了头颅。这分明是一个陷阱，天大的阴谋，听说顾山农在夜饭的时候已经应承下了，答应了马乙麻，他们天明之际就要开拔。"

"先生，你也未免太独裁了，你总得给我一半个理由吧？"

"哼，新城大营照样害病，照样开方吃药，我也是从军部来的病人们嘴里偶然听到的。"梅郎中言辞简洁，迅速绍介了三两个片段，字字据实，均有出处，又忧心地说，"少东主的魂魄就在凉州，这次一旦上了当，被他们调离了本地，那么马乙麻的这一盘棋便走活了，军阀肯定就赢定了。"

惊白蹙住眉头："先生，你这样吞吞吐吐的，让我感觉你是知情者之一。"

"不，我可啥也没讲。"

"恰恰相反，先生你洞悉承平堡的机密，或者说，你当年跟我爹权大人、跟顾山农是一伙的，这个念头我深信不疑，只不过我暂时不清楚你们在隐藏什么，在庇护什么，答案是迟早的，反正我等得起。"惊白失笑了出来，揶揄道，"你看你，你浑身冒汗了，这就是心虚。呃，我冒昧地给你开一张方子吧，你趁早把身上的内衣给换了，味道太大。"

梅郎中并不在乎这些插科打诨，凝重地说："必须阻止顾山农，他一旦上路，离开了凉州本地，那就只有死路一条。真的，他将要在路上饿死的，我了解他的胃口。"

"笑话，怎么会饿死一位首要代表呢？"

"皇上也会饿死的，这并不稀奇。"

"梅先生，你到底怎么了？你一向风清月明的，从来也不这样含糊，晚生实在不解。"

"扣住顾山农，千万不能因小失大。"

鸦片，这个不祥之词在梅郎中的舌面上堆积着，徘徊着，怂恿着，险些脱口道出，但终究被他拼命咬住了，硬生生地咽进了肚子里，替顾山农掩盖住了这一桩耻辱。君子交绝，不出恶声，不揭发，不纠举，不告密。言毕，梅郎中的内里深处，漾起了一股春潮般的颤栗，感觉自己守住了做人的底线，同时又有所暗示，只等待有心人去体悟，去察觉，而他带着一身的残疾，却已是鞭长莫及、无能为力了。这么着，梅郎中挣扎着爬过去，一口气吹灭了灯盏，躺在了枕头上。

倏忽间，黑暗降临，犹如十万吨的沙石，填埋在了四壁之间，令人难以喘息。

惊白也知趣，赶紧告辞出来，关上了屋门，又跑出了梅宅，钻入自家的车轿。疗治以后，苏巴什的伤口果然止住了流血，疼痛减缓，面色也平和了许多。风雪依旧，承平堡的这一支人马不敢拖宕，踩着武威城里的更声，顺利地驶出了东门，大概在子夜时分，回到了家中。岂想，谁也歇息不了，惊白拽着苏巴什和张汲水，悄无声息地登上了武楼，开始问计。

武楼和文楼一样，常年备有一定的应急物资，包括水、吃食和柴火。炉子烧红了，茯茶也滚沸了，上面漂着一层诱人的奶疙瘩，几碗下去，大家的身上忽然发出了热汗，疲倦和瞌睡也就荡然无存。这么着，惊白粗略地讲解了一番承平堡的日常事务，内容大多是从姐姐那里耳食来的，有板有眼，毫无差池，俨然是一位少当家的口吻。末了，惊白又感谢了苏巴什的义举，若非他断指求和，平息了那一场纷争，像马乙麻这种险恶人物，还指不定会造下什么样的冤孽，掀起什么样的狂澜。有情后补，金兰兄弟，情同手足，惊白一时间将脑海中感念的辞藻全部搜刮了出来，逐一献给了对方，害得苏巴什瞠目结舌，慌乱不休，一块奶疙瘩卡在了嗓眼里，险些跌倒在地上。惊白还郑重地托付了一番游击，叮嘱张汲水一定要跟管家搞好关系，彼此友善，勠力一心，在将来的日子里悉心辅佐大小姐和少东主，切不可内讧，让凉州百姓和新城大营耻笑，让权大人亲手缔造的这一座堡子堕落成笑柄。最后，惊白带着畅想而乐观的口气说：呵呵，假如一切顺利的话，迟则明年，最早在今年秋季，我就会回到凉州，那时候树叶和秋粮应该都黄了，我也就长大了一岁。

事实上，这些话一旦说出，惊白便立意已定，绝无更改。

闻听此言，苏巴什犹如五雷轰顶，大厦将倾，哀告道：少主子，你打算去哪里云游？好端端的，你的话来得毫无朕兆，干么突然间起心动念，急慌慌地负气出走？惊白答复说：这跟你们无关，此乃家门里的私事，二位少打听，也少插嘴。苏巴什抢白道：哼，怎么无关？咋就成了承平堡的私事了？只要少主子你在权家的灶台上吃一天饭，这武楼下的大小事情，便跟我们脱不了瓜葛，不得不管。惊白立刻怒目，生疑地盯视着对方，这个面孔陌生的护卫竟如此放肆，几乎抵消了他刚刚用一根指头建立的不世之功，但又念及那些鲜血与疼痛，不忍呵斥，遂缓颊道：喂，别当老鸹了，这里还轮不到你说话。苏巴什当即闭嘴，目光漂移过去，求助于旁边的伴当。张汲水的心里打了一阵子算盘，采取了婉转路线，咧笑说：少爷，你怕是记不得我的出身了，我是保商游击，干我们这一行的，在临出门之前必有准备，至少要打好一件行李，以免半路上吃亏。惊白顿生好奇，觉得学问来了，求问说：除了吃饭的碗，睡觉的被褥，请问在这个行李里，另外还要打些什么？游击虚上一礼，相告道：碗和被褥，那些不过是累赘之物，不带也罢，但首先要打在行李当中的，我以为是豹子的胆量、鹰隼的机敏、狐狼的牙齿，最后还有野猪那般的皮糙肉厚，经得住折腾，熬得住路途，九九八十一难之后，才能修成正果，取来真经。这一席话斩关落锁，令人刮目，惊白突然竖起了大拇指，予以褒奖：呵呵，小爷我一样不缺，一件不少，待我囫囵着回来之后，我第一个向你报告，请你当面开验。张汲水受到了鼓舞，又嘱咐道：另外么，你记得拿几件自己趁手的东西，平素里使惯的家什，长路上的意外桩桩件件，手脚经常就被打住了，有时候一把钳子比孙猴子的金箍棒还要管用。

或许，恰是因为这句话，惊白的脑海中跳出了铁喇叭的形象，地耳朵的样子。

凑巧的是，武楼下传来了一阵子响铃声，惊白趴在窗台上，瞭见廖逢节牵着那一匹凛冽的黑马，穿过了三道门，二道门，停在了武楼下面的马厩旁。风雪呼啸，马脊上的银鞍子被擦得格外明亮，犹如一尊庙里的法器，飘浮于半空中，放射着隐隐的光芒，使整个外院覆盖上了一层月白色。黑马固然珍稀，但事态紧迫，惊白还来不及欣赏，赶紧将目光落在了文楼下的角院一带。在承平堡鳞次栉比的建筑当中，指甲皮大小的角院，就像一个时常受气的小媳妇，掩面而泣，龟缩于一隅，根本不起眼。然而，唯有惊白知道，那才是自己念书的地方，安身立命的所在，也是窝藏了一名少年野心与梦想的领地。念想至此，惊白哎哟一声，捂住了肚子，借口去上茅厕，仓皇地跑下了楼梯，将游击和苏巴什抛在了身后。

不出意外，楼上开始干架了，日娘搗老子地在叫骂，用的都是北疆脏话，恶心极了。

出了武楼，惊白沿着迈道，一口气跑到了文楼下，又踩着湿滑的砖石，回到地面上，站在了角院门前。这一切都是蹑手蹑脚的，因为管家就在不远处喂马，马嚼夜草的声音很嘹亮，惊白甚至嗅见了一股生豌豆的气息，那当然是最好的饲料。摸遍了浑身上下，钥匙居然不见了，冷冰冰的金属门扣态度森严，禁绝入内，但这也丝毫难不倒惊白。惊白却后几步，手脚上攒足了力气，突然像一枚飞矢，蹿上了砖墙，而后跃入了角院。

半晌后，惊白从屋子里踅了出来，脊背上捆绑着一件包袱，怀里抱着那一块铁疙瘩，这是他匆忙预备的行李，简单至极。刚要翻墙时，惊白忽然心生不舍，将铁疙瘩栽在地上，掉转头去，肃穆地站在了那一间落满尘土的墓室前。里头是坟，爹老子就躺在九泉之下，一个在幽冥的阴府，另一个却置身于冷峻而枯槁的人间，爷父俩隔世而望。一时间，惊白有些鼻酸，内里当中的思念与缅怀突然被戳破了，那一股痛彻的汁水漫流开来，皮肉在疼，指尖在疼，连头发梢子也在纷纷喊疼。惊白压抑着浑身的颤栗，垂首合十，哀告说：爹，儿子要出一趟远门了，不知道多少里路，也不清楚需要多少时日，反正很有一段日子不能给你当面念书听了，你就安心歇缓吧。爹，你以前时常告诫我，翅膀要在外面练，眼界须在高处开，儿子谨遵你的这一番教诲，力争不虚此行，学有所成，将来以一副新面孔来拜见你吧。至于出走的动机和原因，惊白不愿意让天上的亡灵揪心，于是报喜不报忧地说：嗯，是这，我哥刚从省城兰州返回来，着实累苦了，人也瘦了一大圈，他应该去休整了，这个担子我来挑吧，反正首要代表的这一枚勋章，戴在了咱们权家人的身上，这才是光宗耀祖的头等大事；爹，现在是后半夜，儿子不再泼烦你了，你盖好被子，枕好枕头，踏踏实实地睡上一觉吧。

絮叨毕了，惊白刚要拔脚离开，可还没走上几步，终究拗不过腔子里的那一团酸楚与悲怆，蓦地折身而返，重重地跪在了雪地上。磕完了三记响头，泪水夺眶而出，惊白哭诉说：爹，你要是想儿子的话，你就马上给我托一个梦来，让我在长路上有个念想；儿子倘若不辱使命，一路平安，我也会时常捎一封信回来，让姐姐在坟前念给你听，免得你为我牵肠挂肚，茶饭不思。

这一霎，对面墓室的木门嘎巴嘎巴地摇晃了起来，锈蚀的合页也在鬼叫，仿佛有个人听见了惊白此刻的聒噪，急欲出来查看一眼，但门栓却怎么也打不开。惊白真是吓傻了，干脆忘了逃跑，趴在门前不敢动弹，借助周围微明的天光，发现一根筷子那么粗的小旋风，从门缝里慢慢地挤了出来，在角院的雪地上急速滑行。刚开始，那一股小旋风就像一截白蜡，也像一只松木削成的陀螺，脚尖悬立，疯狂地旋转着。倏忽间，它突然长大了，膨胀了起来，无形的身体蓄积了一股未知的力量，简直将眼前的狂风暴雪，当成了一件宽大的斗篷，巍峨的头颅也几乎抵在了屋檐上，在这个逼仄的院子里发疯撒泼，横冲直撞，毫无法纪。少年是绝不会服输的，待惊白冷静之后，瞅准了一个空隙，飞身而起，扑向了那个家伙，打算抱住它的腿脚，立刻制服它。但是，这个无形的家伙似乎早有预感，动作矫捷，一闪身避开了，惊白扑住了一团虚无的空气，重重地摔落下来，当即来了个狗啃泥。

疯了，这家伙的确发疯了，它八成是想逃离这个院子、这座堡子，但奈何风雪汹涌，夜色滞重，犹如在半空中构建了一道屏障，令其无法得逞。惊白从积雪中拔出头颅，清晰地听见了一种咳咳的嘶鸣，果然是它所为，但也看不清究竟是它的哪个部位发出来的声音，无色、无臭、无任何形骸，只搅得周天寒彻，地动山摇。疯狂一直在持续，两侧的屋瓦被纷纷击碎后，炸裂，飞溅，另有一扇窗户也被毁了，嘎巴作响，木屑横陈。惊白着实不甘，再次瞅准了一个机会，扑将过去，就在想象中擒获这个家伙的一刹那，斜刺里突然出现了一股力量，野蛮地打在了他的胸口上。惊白惨叫一声，又躺在了雪地上，半天都喘不过气来，竟也难以分辨，这一顿挫打到底来自拳头，还是牲口蹄子，反正他已经五内俱裂，疼痛难忍。恰在此时，惊白发现铁疙瘩就在身边，于是暗中抓住了，将怒火与仇恨灌注在了两个臂膀上，愤而起身，狠狠地砸向了对方。

这个无形的家伙，这个披着白雪斗篷的怪物，肯定是被铁喇叭击中了，仓皇中趔趄了几步，似乎吃惊不小，嘶鸣不断。不过，它很快就恢复了镇定，威猛高大地矗立于角院中央，身形急遽地膨胀起来，在隐约的天光中，被纷乱的雪花勾勒出了一个大概的轮廓，只可惜惊白未曾觉察，忙于躲闪，错失了这个目睹真相的机会。渐渐地，这头怪物也感觉到了惊白的存在，伸长脖颈子，慢慢地探向了少年人，样子甚是依恋。恐惧无以复加，惊白踉跄地退缩在了墙角，在最后的关头，又抄起那一块铁疙瘩，奋力砸去。

霎时，角院上空回荡着一种金属撞击的声音，好似铁锤砸在了铁砧子上，但是暗无火花。

那家伙突然被弹开了，在空气中打了个滚，又蓦地掉转身形，离弦而去。咔嚓一声，角院的木门被撞开了，惊白瞭见那一件斗篷矬住肩胛，拔身而起，一飞冲天，最终消失在了文楼顶上。四周阒寂之后，惊白的三魂六魄也慢慢回来了，战战兢兢地盯看着脚下的积雪，除了他自己的足迹外，其他任何一丝线索也没有，就好像刚才的那一幕，不过是幻觉，不过是坟前的一场噩梦。惊白不由得懊悔连连，扇了自己几耳光，打醒了，打得腮帮子发烫，又陡然一激灵，觉得此地不可久留，管家的那个狗鼻子，马上就会跟踪过来的。惊白扛起铁喇叭，掩上了角院的大门，原路返回。至于留在院子里的那些杂沓脚印，很快就被罡风擦掉了，被雪花抹平了，全无痕迹。

走过迈道时，惊白再次嗅见了一股生豌豆的味道，黑马的胃口确实不赖。

武楼上，听见楼梯的响动后，张汲水放下拳头，从伴当的身上站起来，揩净了嘴角上的鲜血。苏巴什的眼睛已经肿了，好像沾上了一坨墨，赶紧将鼻脸埋入了海碗里，假装在喝水，不再逞强。惊白发现了斗殴的痕迹，扶起凳子，收拾好火钎子和炉铲，戏谑地说：哎呀，看样子是平局，一个不服输，另一个也不肯告饶，现在索性休战吧，等我将来返回了凉州，我来做判官，你们下回再论一个输赢如何？两个北疆汉子臊坏了，纷纷垂下了头，不再言传。惊白相告说：二位赶紧回去吧，早点歇息，如果你们不想吃惩牌的话，最好能绕个圈子，从角楼那边下去，因为管家正在马厩里劳碌，小心让他给撞见，关了你们的禁闭。这是撵人的客套话，张苏二人彼此对视，发现了各自眼中的那一丝忧虑与无助，也清楚分别在即，这位少主子早就铁定了心，决定跟随各界慰问团南下，事情似乎没有了转圜的余地。

然而，北疆人的聪明与灵慧，在这一刻里爆发了出来。苏巴什指着一旁的铁疙瘩，发难道：这是个啥么？哎呀，我的眼皮子跳得很凶，一见到它，我就觉得太不吉利了，少主子你可得当心。惊白并不介意，潦草地绍介说，它叫铁喇叭，也叫地耳朵，原本是石羊河下游蒙家庄子里的祖传之物，承蒙友人不弃，赠与了他，干脆随身带上，一路上解个心慌吧。苏巴什愕然道：天老爷，蒙家庄子里那些贼人的话，少主子你怎么也敢相信？哎哟，这可不是人嫌人，狗嫌狗，他们那几十户人家都是当年遭了天谴，被自己的部落给革除了户头，流放在那一带谋生的，事实上他们就是囚犯的后裔，根苗不正，血脉不纯。惊白立时翻了脸：放屁的话，此乃脱可木亲手赠送的，谁要是胆敢再说木哥的半句坏话，那就是跟我徐惊白过不去，在跟我作对。苏巴什争辩说：少主子，我以前跟蒙家庄子的人打过不少交道，他们一个个胡日鬼，要么卖卜算卦，要么装神作法，不过是为了欺诈金银，劫掠钱财，那个蛇鼠一窝的地方，岂有可信之人，你千万不要被外人的虚情假意蒙蔽了眼睛。惊白蔑笑道：哼，木哥是弘毅乡学的一等高材生，连尹先生生前都对他另眼相看，况且我跟他等同于换帖的兄弟，你最好打住吧，少在这里戳是弄非，乱嚼舌头。

苏巴什当即哑火了，此路不通。张汲水见状，连忙更换了口气，以屈求伸地说：少爷，在下走南闯北、保商护团了许多年，只听说过队伍当中抱一只大公鸡的,因为公鸡可以打鸣报时,却从来也没见过扛着一块铁疙瘩上路的,还请赐教。惊白舒坦了,面对这种求问的态度,一般是来者不拒,欸然道:呵呵,你们可别小看了这个铁家伙!当喇叭使,它可以驱狼逐豹,屠龙打虎;如果当耳朵听的话,这方圆几十里之内的人喊马叫,鸡飞狗跳,几乎都能收纳其中,清晰得就像一本明账。惊白本来打算当场演示一番,却发现此刻置身于武楼之上,再神奇的法器一旦离开了泥壤,那也就白搭了。待惊白天花乱坠地吹嘘了一通后,张汲水仍旧摇头,嘴角扯到了耳朵根子上:是这,少爷的话,我自然是无条件地服属,谁叫我是承平堡的一员呢,但是要让我去相信这个鬼东西,除非它在能露上一手,让我再无二话。惊白登时嘻然,一拳头捶在了游击的腔子上:你敢打赌么?你敢的话,我就让你心服口服。不承想,张汲水摸出来一把明晃晃的短刀,在他的掌心上迅速割开了一道口子,立刻见了血:嗯,指血为誓,要是我输了,剩下的这半辈子我啥也不干,专门替少爷你牵马拽镫,云游天下,你指东,我绝不敢往西。惊白开始耍赖,乐不可支地说:嘿嘿,你已经输定了,你一开口就输定了;不信了走着瞧吧,咱们在一路上见证,反正承平堡方面也需要带走几名护卫,算你一个,你逃不出我这个如来佛的手心。

苏巴什干瞪眼,没办法,只觉得自己无辜极了,就像一根烂葱,被惊白择了出来,弃之不顾。实际上,关于凉州各界慰问团的所有消息,几乎都出自苏巴什之口,这是他潜伏在校场的牛皮鼓架子下窃听得来的,又在奔赴武威城去找梅郎中救治的车轿上,一五一十地告知了惊白。真是起了个大早,却赶了个晚集,苏巴什心有不甘,捣了伴当一肘子,张汲水方说:少爷,口说无凭,干脆就让我的这个老伙计也相跟着,一路随伴,见证咱们的输赢吧,当然主要是为了防止我耍赖,你看如何?怨恨犹在,惊白狠狠剜了苏巴什一眼,面色不怿。张汲水劝慰道:嘻,这支队伍轰轰烈烈的,有他一个不多,缺他一个不少,再说咱们也是师出有名,代表了承平堡和凉州百姓,县府跟军部当然也挑不出什么毛病来。趁此机会,苏巴什举起那一只麻布包扎的残手,谄媚地说:少主子,驮佛经和唐僧的,一定是白龙马,驮关羽关老爷的，必然是赤兔马，像你这样尊贵的身份和地位，除了咱们北疆人服侍之外，其他人一概不配。惊白相当受用，频频点头，无形中接住了这一顶虚无的高帽子，戴在了他的头上，当即答应了下来。想象中，惊白觉得自己受命于天，俨然成了一介钦差大臣，手持尚方宝剑，被众人簇拥着上了路，三山五岳为之让道，江河湖海铺路筑桥，一时间快慰极了。

张苏二人满意地下楼后，惊白却并不消停，另有一件事要办。

马嚼夜草的声音不见了，但生豌豆的气息一直不散，似乎还萦绕在鼻尖上，格外鲜明。与其说惊白喜欢这种豆子的腥气，不如讲，他更操心的则是那一匹黑马，那一副珍贵的银鞍子。凉州大马，横行天下，在这一片河西首郡的绿洲上，但凡是一个儿子娃娃，没有谁不爱马，不崇拜马，不追逐马，不梦想着拥有一匹猎猎飞扬的神骏，上天入地，气作山河，惊白当然亦不例外。下楼的脚步声消失后，惊白一个蹦子扑将过去，趴在了窗口上，探头外望，却被着实吓了一跳。

马棚子外，黑马停止了咀嚼，似乎受到了什么刺激，正在发疯。廖逢节退开几丈远，一边呵斥，一边试图拽住马颈子，让其稳静下来，但也屡屡失手，无济于事。黑马长鬃飞扬，恐惧地踢踏着，四个蹄子腾空，又重重地砸在了地面上，仿佛擂鼓的金刚力士，又好像越狱的囚徒，拼尽了浑身的力气。奈何不得，黑马根本挣不脱那一根绳子，因为绳子的另一头拴在了石柱上，拉拽之间，使得整个牲口棚子地动山摇，呼呼欲坠，几乎站在了崩塌的边缘。廖逢节也是无隙可乘，哀求地说：先人，你是我的老先人，你想让我供香呀，还是要焚表？你吭个声出来呀！黑马只有一个答复，疯狂地甩动着长颈，气急败坏的，武楼之上甚至也能听见那种骨骼错动的嘎巴声。少顷，黑马疲乏下来，廖逢节叼了个空子，一道烟地飞扑过去，张开臂膀，打算钳住马头，迅速制服这个大家伙。不料想，黑马早就识破了诡计，挥出了一根蹄子，就把对方打发掉了。廖逢节就像一块砖头被扔了出去，摔在了墙根下，捂住心口窝，一个劲地哎哟哎哟。

面对突变，惊白也是蒙了，感同身受地捂住胸口，好像自己也断了几根肋骨。

但是，惊白很快就有了主张，他拿起那只铁疙瘩，架在了窗台上，喇叭口朝外，含住了嘴子。此刻，承平堡陷落在忽明忽暗的夜色当中，风雪搅稠了这一幕凝重，荒凉而艰涩，即便是入睡的人们，恐怕也在经历这惊魂的一刻吧。大概是后半夜了，黎明竟如此难以分娩，惊白着实等不及了，干脆鼓起了腮帮子，狠狠地送出了一口气息。

喇叭响了。惊白知道喇叭真的响了，嗡嗡营营的，播撒在了武楼下面的院子里。

果然，黑马塑住了身子，不再咆哮，不再发疯，驯服得就像一方墨盒，汗气淋漓的，等待招安。天呐！惊白的心里一连呱喊了几声，诧异地发现，这个老法器不但可以驱狼，现在还降服了这匹大牲口，令其如同一介罪臣似的，将要接受承平堡的法办。简直要乐坏了，惊白高高在上，感觉自己端坐于丹墀之巅，握住了生杀予夺的权力，若非昔日的皇上，便是今世的凉王。这么着，惊白携带余威，又吹了第二嗓子，第三嗓子，将声音与恩泽传布了出去，在广寒的雪夜中，意外地获得了这一份鲜为人知的快感。不过，失望总是难免的，惊白发现廖逢节也许就是个呆子，一没有听见喇叭声，二者，他也不曾抬头朝武楼上眺望一眼，木头一个。这样也好，惊白原本只打算跟黑马说说话，安抚一遭，假如让管家那号子人轻易地耳食了去，岂不是自寻麻烦、授人以柄么？惊白不再拘束，不再胆怯，一颗心落在了腔子里，气焰一下子嚣张了起来。

见黑马安静了，廖逢节从墙根下慢慢趔了出来，试探着抓住了那一根缰绳，解开绳结，将其牵入了马厩。马厩之上是人字形的草棚子，覆盖着积雪，惊白一时间瞭不见动静，赶紧扛起铁喇叭，蹑手蹑脚地跑下了武楼。刚下到了南门的迈道上，惊白藏在城堞后，意外地窥见管家将少东主从小佛堂里迎了出来，一边比画，一边告状，似乎在挑唆顾山农去惩治那一匹大牲口。在马灯的映照下，顾山农赳赳然的，印堂发亮，脚不沾尘，方才的那些鸦片赋予了他筋骨与力量，此刻焕发出了当家人的那一种果决。惊白自知罪孽深重，害怕被擒，当然不敢去抛头露面，只好蜷缩在迈道上，循着哥哥和管家的声息，走一步看一步了。

吊诡的是，顾山农竟然扔下了黑马和廖逢节，狗鼻子太尖，独自一人跑到了文楼下的角院，仔仔细细地勘查了一遍。门扇是虚掩的，院子里连一点痕迹也没有，顾山农后来发现了断裂的门扣，茫然地捡起来，觉得意思不大，也就随手丢掉了。马灯在黑暗中游走着，一灯破夜，惊白躲在砖墙下，瞭见哥哥的目光扫视而来，一直盯望着文楼，仿佛他心有灵犀，也知道此前不久，有一个身披白雪斗篷的庞大怪物，拔身而去，一飞冲天，遁逃在了凉州的天坑深处。顾山农迷惑不解的样子，让惊白一厢情愿地认为，哥哥或许遇见了一道难题，一个重大关口，所以他左右莫是，患得患失。幸亏，天老爷出手襄助，及时扭转了眼前的局面，这才解了围。

那一刻，一场巨石般的罡风猛烈袭来，角院的木门轰然倒塌了，脚下一震。

这个猝然的变故，再次引发了黑马的惊悸与惶恐，廖逢节失声道：少东主，你赶紧过来看看，这个畜生到底咋了么？我真是收拾不住它了。顾山农闻之色变，丢下了疑问和那一块碎裂的门板，发足狂奔，手中的马灯就像一只发光的蝴蝶，飘到了马厩附近，见状大惊。马棚子太日眼，也太碍事了，仿佛一块丑陋的幕布，完全遮蔽了黑马的身影。惊白如同一个被赶出了戏园子的看客，错失了下一场高潮，恨得牙痒痒的，简直气断了肝肠，炸裂了肺腑。但是，天老爷偏心，惊白另有一件奇崛的武器，于是赶紧用脚尖刨开了地上的积雪，找见了一块净土，将老法器栽在了迈道上。

惊白俯身，将耳朵贴在了嘴子上，凝神谛听。刚开始，一切都晦暝不清，浑噩难分，这个锥状形的铁家伙内部充斥着不少的杂音，甚至有一点点刺耳。但是很快，云归云，雾归雾，尘埃落定之后，天地各安其职，儒释道门派林立，香火繁炽，郊田与旷原上四序更替，牛来马去，鸡犬之声相闻，忽然间廓出了一座幽微的人间俗世，带着日常生活的气息，栩栩如生，清晰如在眼前。事实上，恰是在这一刻里，耳朵就是眼睛，眼睛便是耳朵，惊白于这个诡异的雪夜当中，偶然地误入其中，却不料想，竟意外地获得了一种本领，一个秘密的通道，并且独自保有了这一份喜悦。事后，惊白携带着这一块铁疙瘩上了路，反复检查了无数遍，生铁还是生铁，锈迹仍是锈迹，其实与往日并无两样，但他再也离不开这个老法器了，似乎它就是一个哑巴伴当，天生的齐肩兄弟。

忆想起来时，惊白隐约地记得当日夜里，那一声电光石火般的金属撞击，仿佛余音未绝，至今还停留在了凉州，停留在了文楼下的角院里。谁知道呢，也许用了佛家的说法，恰巧因为那一次撞击，点化了，醍醐灌顶了，开示了，加持了，觉悟了，修成正果了，这个铁疙瘩便有了魂魄与精神，也有了爱憎和立场，才真正地位列仙班，成了一件凉州法器。信不诬也，惊白的这个猜测一点没错，将来的一桩桩一件件凉州事变，将予以佐证，此乃别话。

果真，终于听进去了，被惊白悉数捕获了，目睹了马厩里发生的那一幕。

黑马彻底疯掉了，口喷白沫、浑身痉挛，喉咙里传出了一团又一团的呜咽声，前腿一软，蓦地跪在地上，险些乎散开了骨头架子。廖逢节不忍这种哀鸣，举起马灯照了过来，慌乱地说：天呐，它刚刚才消停了下来，但角院的门板一震，它又被吓坏了，就成了这个怂样子。顾山农抓住围栏，呵斥说：逢节，这会要了它的命，该怎么办？你赶紧寻一个法子呀！管家挂住马灯，抄起了一根鞭子，打算动武，却被顾山农断然制止，吼喊道：它刚才究竟瞭见了什么呀？野兽，还是马王爷？它干么要跪在那里，迎驾不像迎驾，伏法也不是伏法，一副孝子贤孙的德行，难道它是吃错了药么？廖逢节耸了耸肩膀，义愤地说：哼！我这下明白了，它绝非良骏，它就是一个屎盆子，马乙麻和军部扣在承平堡头上的屎盆子，叫咱们恶心、难堪、丢人现眼，以后也休想洗刷干净。这些伤害尊严的话，同样被黑马听了进去，硕大的眼眸中储满了泪水，几欲昏厥。然而，耻辱也是一种力量，在你手无寸铁的时候，你其实还有最后一条路可走，那便是死。死得决绝、慷慨和迅速，你才能裹上一匹体面而从容的尸布，进而挽回一些自尊。倏忽间，黑马仿佛被灌注了一口生气，冷不丁地跃身而起，山墙般地横在了马棚子下，不屑于辩白，也懒得去搭理承平堡的主仆二人。这时候，黑马决定去死，于是拼尽了全力，举首撞向了那一座石质的食槽。

有种，儿子娃娃，铁汉子，烈士武臣，非你莫属！惊白搭在地耳朵上，清晰地瞭见了马厩内的这些情景，并且不吝赞美，将黑马狠狠地夸赞了一番。岂料，情况急转直下，一个是活生生的肉体凡胎，另一个则是狞厉的巨石，在一次次疯狂的撞击下，黑马早已皮开肉绽，鲜血淋漓，痛苦地甩动着长颈子，哀鸣不休。银鞍子，惊白揪心地发现，自己最钟爱的那一副银鞍子，此刻沾满了血水，失去了光泽，就像头顶上的月亮那样，被淹死在了乌云当中。主仆二人真是吓坏了，见过牲口惊掉的，但从来也没见过牲口自尽身亡的，顾山农催促说：快去！你快去把缰绳给解开，让它赶紧走吧，让它回新城大营里去。廖逢节应命，推开了门杆，一步一挪地靠上前去，伸手去解绳子，但是黑马依旧被狂躁和幻灭所笼罩，一个蹄子甩过来，逐开了管家。廖逢节没了本事，求告说：少东主，这个驴日的好像中了邪祟，发了咒病，我干脆没办法了，根本就拾掇不住呀！顾山农断喝道：放开它，立刻让它走！老马识途，它一定认得回去的路，即便它想寻死，也要让它死在新城大营里，承平堡办不了一个牲口的丧事。

死亡迫在眼前，黑马再次攒足了力气，瞄准了石质的食槽，要做最后的了断。这个关节上，惊白果断出手，将铁喇叭架在城堞上，呜呜呜地吹响了。这种声音低沉、机密、销魂，暌违已久，所到之处，令草木、百兽和鸣禽纷纷望风归附，内心臣服。可偏偏，承平堡的主仆二人是听不见的，被扫地出门、革除在外了。声音犹如一道道细碎的涟漪，播撒出去，渗进了草棚子，也仿佛被灯光融化的雪水，滴落在了马脊上。黑马突然悄静下来，目中驯服，将身上的愤怒与仇意迅速卸在了脚下，同时也放弃了引颈一快的念头。趁此机会，廖逢节摸了上来，不敢去解缰绳，而是用刀子割断了，陶然地说：滚吧，快滚吧！承平堡供不起你，也没有你的香火，你的户头挂在新城大营里，咱们最好各回各家，各抱各妈。黑马矗立着，左右两侧的肚腹仍在剧烈地抽搐，显然，疼痛尚未过去，生之意志还不曾收复失地。顾山农纳罕极了，先前鸦片所带来的那一种亢奋与燥热，虽然令其依旧在兴头上，但也来不及品咂，顾不上回味。因为，顾山农发现眼前的这一匹黑马，不，它应该是天马，正在盯视着自己，一语不发。血水慢慢地冻住了，凝固了，长鬃也板结在一起，黑马仿佛戴上了一张火红色的面具，在马灯的衬托下，灿若关公，满面威棱。让顾山农羞愧与自卑的，其实不是关老爷的驾临，那一束来自黑马的目光，透彻，高贵，咄咄逼人，似乎已经洞穿了他的内心，看透了他的伪善、龌龊和狼狈。顾山农不敢抬头，更不敢对视，忽然间觉得如芒刺在背，浑身长满了可悲的荆棘，同时也明白了，那种目光叫不屑，叫轻蔑，也叫视若狗屎。这么着，心虚、疲惫和荒凉无助，代替了刚才的热烈情绪，不免灰败连连，顾山农嘀咕说：日塌了，我就抽了那么几口，居然被人家给小看了，以后干脆就不动那个鸡巴东西了。冥冥中，这是顾山农第一次生出了割舍的念头，勉为其难地接受了这个唐突的救赎，虽然还不太确凿。

顾山农掉转过身子，催喊说：逢节，你让它走吧，天都快亮了，我听见公鸡叫了。

管家也是心里胀气，斜睨了当家人一眼，抓起一把豌豆，凑在黑马的口鼻下，嘘嘘嘘地往外逗引。但是，黑马无动于衷，腿脚像柱子般地戳在地上，你说它活着吧，一点声气也不见，你说它死了么，似乎又能感觉到皮毛上的温度。铁喇叭再次吹响了，一种广大而幽冥的声音洒布而来，笼盖在了整个堡子的头顶上，不为寒凉的人间，也不为庶民百姓，而仅仅为了一切因果，为了有缘的众生。廖逢节愣怔地发现，黑马的长耳朵动弹了一下，再动弹了一下，仿佛惊蛰之后的田野，忽然苏息了过来，天开地阔，美美地伸了一个懒腰似的。黑马活转了，口鼻喷吐着一团团白雾，朝马厩外探出了长颈子，踢踏而去，走出了承平堡的北门。

主仆二人相跟着，如同往日里送别一位贵客那样，心中的石头各自落地。

武楼下的迈道上，惊白早已大汗淋漓，几乎挣破了声嗓，连裤子也快掉了下来。惊白抓起一把雪，塞进嘴里，胡吞乱咽了一顿，润了润喉咙，继续吹了起来。想象中，惊白觉得恰恰是由于自己的吹送，这匹黑马才放弃了自戕，摆脱了桎梏，乘着这一片声音的祥云，踅出了承平堡，获得了暂时的安全。那么，这个声音究竟像什么？有什么来头？惊白思忖了半响，终于觅见了答案，对，它应该像云雀，或者像飞燕，可以度化一切生灵。

既然开始吹了，那就一吹到底、送佛送到西吧。惊白调整好姿势，廓开了两扇肋巴骨，打开整个肺腑，狠狠地吸入一口气，又果断地倾吐而出。人肉风箱，惊白这样替自己命名，被这个滑稽的称号弄得失笑不已，但腮帮子并没有停歇，一直吐纳着，呜呜呜地鸣叫。这一刻，在凉州的郊野上，在生冷如铁的风雪之夜，黑马驮着那一副银鞍子，走走停停，逆风北上。或许，惊白的吹奏毕竟有限，鞭长莫及，最终也追撵不上黑马，原本还烁闪发光的银鞍子，突然间跌了一跤似的，一下子隐匿不见了。

终于，铁喇叭引起了一只公鸡的抗议，附近庄子里的鸣禽们也纷纷附和，揭竿而起。事实上，公鸡叫或者不叫，凉州的天空总是要亮的，这个道理简单得就像一根针。

胡笳八十三节

上川的天空也不是公鸡叫白的。早起时，山谷里缭绕着一层薄雾，野兽们开始了觅食，踩落下来的碎石纷纷扬扬，轰鸣不休。一颗石子溅在了游牧帐篷上，惊白起身，这才发觉自己趴在地耳朵上睡着了，脊背上覆着一件羊毛皮袄，八成是苏巴什所为，惜疼而已。

闻听帐内有了动静，苏巴什掀开帘子，将惊白迎了出来。北疆汉子们貌似粗陋、蛮横、不拘小节，但也不乏相当细致的一面，就像李逵会使绣花针，如同往日那样，早已将洗脸水、吃食和擦拭干净的单靴摆在了门口。少爷羔子出身，惊白早就习惯了，见怪不怪，吞下了两颗煮鸡蛋，接过一碗滚烫的茯茶，嚼吃着锅盔。天光大白，薄雾渐渐退去了，但上川一带的露水很重，蕴含着开春的气息。惊白的目光逡巡了一圈，果然瞭见附近的草木披上了星星点点的绿意，山坡上也有了些许的鹅黄浅绿，晴空似瓦，雀鸟啁啾，可惜来不及深入一游，慰问团马上就要开拔。不巧，几只松鼠从树上跑了下来，盘桓在惊白的脚下，抢食馍馍渣子，互相谩骂和打架。惊白索性不想吃了，蹲在地上，将黄澄澄的锅盔掰碎后，施舍了出去，这才平息了一场纠纷。

见惊白心情不错，苏巴什提着茶壶，又注入了半碗，催他赶紧暖和起来。茯茶是热性的，此乃凉州人每天的第一道功课，缺了它，心里就像下了霜似的，一整天也精神不起来。惊白忽然想起了什么，附耳道：你快去，你假装去那边拾柴，瞭一瞭那些贼和尚早上吃的是啥么。什么？你让我去拾柴，去法事班子那边流口水，去讨饭么？哼！我堂堂一个七尺男儿，我才不操番瓜的心呐。苏巴什撂了挑子，当即冷下了脸。惊白款笑道：哎呀，俗话说，要知朝廷事，请问砍柴人。

反正我跟你俩打了一路的赌，你和游击输多胜少，那我再给你一次扳回来的机会吧。假如我现在栽了，我发誓听你整整一天的话，让你全权摆布我，绝无反悔。成交了，刚要拉钩上吊时，苏巴什猛地恍然自己缺了一根指头，不便订立誓约，于是啐了一口唾沫，按北疆人的规矩，一星唾沫一根钉，当即首肯了。惊白说：我猜呀，法事班子今早上吃的是油茶泡麻花，羊油做下的油茶。苏巴什愣怔道：少主子，你啥意思么？你是说这帮贼和尚开了荤，犯了戒，他们的身份可疑、来路不明吧？惊白并不答话，因为更多的松鼠跑了过来，仿佛一大群饥民似的。

　　苏巴什带着疑问走了，拾柴去了，表情上惶惑不安。

　　山坡下大乱，一匹快马杀奔而来，刘北楼伏在马背上，一边吹着铁哨子，一边嚷喊道：出发，即刻出发，小心咱们被包了饺子。北疆的伙计们身手敏捷，迅速拆下了游牧帐篷，卷成一根木头状，跟锅碗瓢盆一起，担在了骡子的两侧，而后拥将过来，将惊白遮护在了中央。松鼠全部跑光了，惊白略感失落，捡起几个指头蛋大小的馍块，丢在嘴里，自己吃掉了。快马停下以后，刘北楼却不肯下来，提住缰绳，围着惊白兜了七八个圈子，目光冷峻，一脸的怒气与困惑。惊白着实烦透了，也被这一头大牲口的嚣张气焰所激怒，不悦道：长官，拜托你给它拴一根链子吧，可别发疯咬人了，一般的狗见了热屎都要磕头作揖，况且是本少爷呐。这句话终于惹笑了刘北楼，嗻的一声，腾身下马，指着溪水畔的一堆石头，相邀说：首要代表，借一步说话吧。

　　坐定后，刘北楼摸出来一根纸烟，叼在嘴角上，但擦了好几次洋火，最后才点着。他的手一直在剧烈发抖，也不知是恐惧，还是天凉的缘故。惊白问说：阁下，坎坎梁上咋样了？承平堡的那个游击呢？还有张彝他们呢？刘北楼狠狠地吸了一口，截铁道：嗯，惊白你听好了，我的时间可不多，我只有这一颗烟的工夫，我必须迅速将全部人马带离上川，逃出这一座山谷，否则咱们就要被定西民团捏成饺子，被饥民们给撕了吃了，大家连骨头渣子也不会剩下的。惊白拊掌而笑：哈哈，这也就是说，你虽然吃了败仗，但在我的督促下，及时下山去营救，张彝捡了一条命，张汲水也活着回来了吧？刘北楼频频点头，坦承道：的确，这个不假，如果没有惊白你提供方位、时间和动态，我可能就全瞎了，老虎吃天，没处下爪。闻听此话，惊白一时间得意极了，朝自己竖起了大拇指：此乃头功一件，我惊白天生就是摇鹅毛扇子的，不出手则已，一旦出手的话，必定先拔头筹，不负凉州，也绝不会愧对首要代表这个身份。刘北楼夸赞道：对呀，等任务结束、咱们返回河西之后，我一定上报军部和武威县府，为你请功，然后扎旗门、舞狮子，隆重地嘉奖你，在你的胸膛上挂满大大小小的勋章，我说到做到。一番热络后，刘北楼突地起身，将烟头掷在了河滩上，踩上一只脚，死死地摁灭了，眉头紧皱地说：

"惊白，这里只有你我二人，你得实话告诉我。"

"什么呀？"

"呃，这恐怕是咱们之间信任的开始，除非你不打算跟我结交，但我却渴望与你称兄道弟，令尊权大人，包括顾山农，乃是我在凉州仅有的两位知己，你也不应该例外。"铺垫了如此之多，甚至还有点讨好的意思，刘北楼面色凝重地问，"惊白，坎坎梁的事情，你未卜先知，让慰问团免了一难，我感激你还来不及呐。我现在就想问你一句，难道你真是从那一块铁疙瘩，你所谓的地耳朵里，独自侦测出来的么？"

惊白诚实地说："我发誓，我全都瞭见了，不过我是用耳朵瞭见的，我也很奇怪。"

"哼，你这样藏头露尾的，不肯说实话。"

"阁下，我以我姐姐的名义起誓，假如有半个字的假话，不实之词，我跟她都不得好死。是这，那个蒙家庄子的铁疙瘩就这么神奇，你听不见，张汲水也听不见，苏巴什更是聋子，但我却听得一清二楚，就好像里面有一座戏台子，生旦净末丑，宫商角徵羽，把什么都能演出来。坎坎梁上的事情，我就是从地耳朵里看来的，不幸而言中。"

姐姐在惊白心中的分量，重若泰山，堪比日月，刘北楼对此早有耳闻，于是缓颊道：

"小弟,我开始信你的话了,你八成是开了天眼,身负异禀。"

"其实是仰仗了这个老法器,我个人不值一提。"

"那么请问,你到底还能听见别的什么?我很好奇这个。"

"嘿嘿,我刚才听了听武威城,我姐一大早就出了南门,去古浪的土门镇串亲戚去了。"

上天襄助,这恰巧是刘北楼急需的答案,猛一抱拳,央告道:"惊白,在下有一事相求,迫在眉睫,十万火急,不知道你肯不肯搭手,卖我一个面子?"

"阁下,我可从没见过像你这样客气的军官,你尽管吩咐吧。"

"可否,你帮我侦测一下鸠摩罗什寺?"

惊白一怔。

"听着,罗什寺的身后有一条巷道,名叫法牙街。我也记不清哪个院子了,总之里头住着一位北平城来的女学生,个子高挑,模样周正。我现在急切地想知道她的下落,她的处境,她的安危,内容越多越好,越详细越可靠,拜托!"

惊白坏笑着,一下子想起了金屋藏娇这个词,嘴上却说:

"那我就试试吧,也许会让你失望的。不过呢,我觉得眼下的当务之急,除了扶灵赶路之外,阁下还应该格外提防那一帮贼和尚,他们一旦打起了伞,便会无法无天。"

"法事班子?"

吃惊道。

"你看你,你又不高兴了,你这人一点就炸,我本来就不该多嘴。"

"少爷,我现在可警告你,这支慰问团的鸡零狗碎、杂七杂八,你最好别打听,也不要多管闲事。你记住,你这个所谓的首要代表,不过就是一件摆设,可有可无。我当初怎么把你带离凉州的,将来一定要原封不动地送回承平堡,交在你姐姐的手上,这是我对着令尊大人的在天之灵发过的誓,你可不要三心二意,要你的小聪明。"

惊白无辜地说:"喂,你翻脸就像打喷嚏呀,这么快?"

"小子,这是战争,这是要死人的。"

言毕,刘北楼掉头走了,带着满腔子的怒火,脚下一滑,摔倒在了卵石滩上。挣扎过后，刘北楼拾起铁哨子，在溪水里涮了涮，叼在了嘴上，呜呜呜地吹响了，再次发出了开拔的命令。挨了一顿训斥，惊白莫名其妙的，突然抓起一块石头，扔向了下游。这个关节上，苏巴什拎着一件羔子皮的短袄跑了过来，前来接应惊白，笑嘻嘻地说：

"少主子，我刚刚拾完柴，事情并不像你说的那样，你多心了。"

"咋讲么？"

"呃，那帮贼和尚今早上禁食，干脆没吃早饭，一直在念阿弥陀佛，在超度张观察。"

惊白随手接过短袄，突然嗅到了一股羊油的膻味，知道对方在善意地撒谎。